Elbendunkel
Kein Weg zurück

Für meine Mutter

»But he who dares not grasp the thorn
should never crave the rose.«

Anne Brontë

Ein Personen- und Sachverzeichnis mit Schaubildern zur Elbenhierarchie finden sich auf den Seiten 468 ff.

RENA FISCHER

ELBENDUNKEL

KEIN WEG ZURÜCK

PLANET!

Prolog

»Also, *Luz*«, sagte Darel und lachte.

Lachte, während sich gerade alles, woran sie glaubte, als einzige große Lüge herausgestellt hatte. »Was willst du jetzt tun, wo dein schimmerndes Licht mit grauer Asche bestäubt wurde?«

Seine Lippen verzogen sich spöttisch, aber seine Augen blieben hart.

Er hasste sie.

Und sie hasste ihn.

Was auch sonst?

Am Morgen

Luz

»Man sollte sie alle eliminieren.«

Luz liebte ihren Vater. Er hatte ihr Schwimmen und Fahrradfahren beigebracht, war mit ihr um die Wette gelaufen und auf Bäume geklettert. *Du bist mein Licht, Luz!*, sagte er abends, bevor er ihr einen Gute-Nacht-Kuss auf die Stirn drückte und die Dunkelheit sie umarmte. Aber manchmal bekam sie eine Gänsehaut, wenn sie seine Stimme hörte. Besonders in Momenten wie diesem.

»Kurz und schmerzlos. Ich verstehe nicht, warum der Kongress so einen Wirbel um die Aschefresser macht.«

Jagos Worte flogen die breite Marmortreppe hinauf, die von der Galerie im Obergeschoss zum Eingangsbereich führte. Ganz oben stand Luz, die linke Hand auf das Geländer gestützt, am unteren Ende Tyrasil. Seine langen, silberweißen Haare waren ordentlich im Nacken zusammengebunden. Er trug eine schwarze Uniform mit goldenen Knöpfen und blank polierte Schuhe. In den Händen hielt er eine Kappe. Sein Gesicht war ausdruckslos, die Schultern gestrafft. Geduldig wartete er, um sie zur Schule und ihren Vater zur Arbeit zu fahren. Wie jeden Tag. Aber heute war etwas anders. Die Tätowierung auf seinem rechten Handrücken schimmerte gelb. Luz' Kehle wurde eng und ihr Herz begann schneller zu schlagen. Solange sie sich erinnern konnte, hatte sein Implantat das nur ein einziges Mal getan. Damals, als ihr Vater ihm eine Ohrfeige gegeben hatte, weil er sie nicht pünktlich zur Schule gebracht hatte. Verdammt!

Ihre Schritte hallten auf dem hellen Stein wider, als sie die Treppe hinuntereilte. Dennoch sah Tyrasil nicht zu ihr auf. Sein Blick war abwesend, als wäre er tief in Gedanken versunken, und erst als sie ihre Hand vorsichtig auf die seine legte, zuckte er bei der zarten Berührung zusammen, als hätte sie ihn geschlagen.

»Tyr«, flüsterte Luz. »Was ist passiert?«

Unmerklich schüttelte er den Kopf und deutete zum Esszimmer.

»Beeil dich! Du bist spät dran«, murmelte er, bevor er ihr die Hand entzog und den Blick senkte.

Das Display in der weiß lasierten Eichenholztür flackerte auf, als Luz noch etwa sechs Fuß davon entfernt war. Neben einem ziemlich peinlichen Foto von ihr, auf dem sie wie eine Zwölfjährige aussah, erschienen die Worte: *Luz. Eintritt gestattet.* Sie musste ihren Schritt nicht verlangsamen. Die Tür schob sich nahezu lautlos in die Wand und schloss sich hinter ihr wieder.

Niemand beachtete sie, als sie das große, lichtdurchflutete Zimmer durchquerte. Sie blinzelte und dachte daran, dass helle Räume mit vielen Fenstern Tyrasil Schwierigkeiten bereiteten. Seine Augen waren so lichtempfindlich wie seine aschfarbene Haut. Aber alles in ihrem Haus war so weiß wie die Blüten der Apfelbäume in ihrem Garten. In der Eingangshalle zu warten, musste eine Qual für ihn sein.

Dunkelelben nannten ihre Mom und Luz sie.

Aschefresser ihr Dad und seine Freunde.

Mom hatte darauf bestanden, ihm diese Stelle zu verschaffen, als er ihr vor vielen Jahren gegen seinesgleichen beigestanden hatte. Freiwillig hätte ihr Vater niemals einen von ihnen beschäftigt.

»Sieh mich nicht so an, Glen!«, rief er bei Luz' Eintreten und erwiderte aufgebracht den kühlen Blick seiner Frau. »Als ob ich nicht mein Möglichstes getan hätte! Wer hat der **IUES** die tägliche Mentorenkontrolle vorgeschlagen? Ich! Wer hat dafür gesorgt, dass die Erziehung ihrer Abkömmlinge und Bastarde in die Hände der **ELO** gelegt wird? Mein Vater! Ohne uns hätten die anderen Mitgliedsstaaten schon längst nach einer endgültigen Lösung gesucht.«

Seine lautstarke Rechtfertigung perlte an der stählernen Miene ihrer Mutter ab. Von den Maßnahmen, die Luz' Großvater Alejandro gegen Dunkelelben ergriffen hatte, hielt Glenda Nolan noch viel weniger als von denen ihres Mannes. Aber Luz wusste, dass auch diese Diskussion enden würde wie alle anderen. In stummer Resignation seitens ihrer Mutter. Jago würde als Oberbefehlshaber der *Elb Liberation Organization* **ELO** nicht von seinen elbenfeindlichen Standpunkten abrücken. Manchmal fragte Luz sich, wozu ihre Mom sich überhaupt die Mühe machte, ihrem Mann zu widersprechen.

»Guten Morgen, Dad!« Luz setzte ein Lächeln auf, beugte sich rasch hinunter und drückte ihm einen Kuss auf die Wange. Sein stoppeliger Bart pikste sie am Kinn. Hatte er sich heute gar nicht rasiert? Mit einem Nicken zur Tür flüsterte sie: »Tyrasil steht schon draußen.«

Sein sonnengebräuntes Gesicht verfinsterte sich noch mehr und Luz erkannte, dass es ein Fehler gewesen war, ihn auf den Dunkelelben aufmerksam zu machen.

»Er kann das ruhig hören!«, donnerte er.

»Jago, bitte!«, seufzte Glen. Ihre schlanken Finger schlossen sich so fest um die Serviette, dass ihre Knöchel weiß hervortraten, während sie Luz zur Begrüßung ein verkrampftes Lächeln schenkte.

Eigentlich wollte Luz gar nicht wissen, was passiert war. Nicht ausgerechnet an dem Tag, an dem Niall Evans sie für den Abend zu ihrem ersten Date eingeladen und ihre Freundin Kelly sich bereit erklärt hatte, als Alibi für ihre Eltern einzuspringen. Also fragte sie lieber gar nicht erst nach. Sie war diese ewigen politischen Diskussionen ohnehin leid. Seit die Elben aus der Anderswelt Álfheimr in die Menschenwelt geflüchtet waren, stand die Menschheit Kopf. Die wenigen Länder Europas und die USA, die überhaupt bereit gewesen waren, sie aufzunehmen, hatten sich zu der *International Union for Elfish Security* IUES zusammengeschlossen und immer schärfere Gesetze gegen sie erlassen. Man fürchtete ihre körperliche und mentale Überlegenheit. Dabei hatten sie ihre Magie während des großen Krieges fast gänzlich verloren und niemand wusste, ob sie je wiederkehren würde.

Luz beugte sich vor und angelte sich eine Scheibe Brot aus dem Korb. Als sie ihre Hand zurückzog, schob ihr Vater sein Tablet näher zu ihr und sie streifte das Display. Der Bildschirmschoner verschwand und enthüllte das Titelblatt des *San Francisco Mirror*. Das Brot fiel ihr aus der Hand und sie verstand jetzt, warum Tyrasil so nervös gewesen war, als sie die Schlagzeile las: *»27. Mai 2044: Jugendlicher Dunkelelbe läuft Amok und ermordet Siebzehnjährige und ihren Freund!«*

Auf dem Foto darunter lag Vanessas Kopf in einem eigenartigen Winkel zu ihrem Körper. Ansonsten sahen sie und Jim aus, als würden sie schlafen. Jago tippte auf das Display. Ein Video poppte auf und zoomte näher. Luz entdeckte keinen einzigen Kratzer, nicht einen Tropfen Blut auf ihren Körpern. Dagegen war die Haut des Dunkelelben neben ihnen karmesinrot durchtränkt. Auf seinen blutigen Lippen lag ein grausiges Lächeln.

»Es tut mir leid, Luz«, hörte sie ihren Vater sagen und seine warme Hand schob sich über ihre und drückte sie sanft. »Ich wünschte, ich hätte sie beschützen können.«

Schweigeminute

Luz

Hunderte von Teelichtern säumten die Stufen vor dem Schuleingang. Sie flackerten wie Toplichter auf den Masten schwankender Segelschiffe in einem Meer aus bunten Zetteln und Blüten, vor allem roter Rosen, Vanessas Lieblingsblumen. In ihren scharlachfarbenen Fluten brachen sich weiße Wellenspitzen aus Lilien und Nelken. Während Luz sich einen Weg zwischen ihnen hindurchbahnte und vorsichtig ihre Füße auf die kleinen Flecke steinernen Graus setzte, die hier und da trotzig zwischen dem Farbrausch hervorlugten, erinnerte sie der süße Duft der Blüten und der des verbrennenden Wachses an Kirchen, Aussegnungshallen und Tod. Zu vielen Beerdigungen hatte sie in ihrer Kindheit bereits beigewohnt. Sie schluckte den bitteren Geschmack in ihrem Mund hinunter und streifte mit dem Blick die handgeschriebenen Botschaften.

»Wir lieben euch!«

»Ich werde euch vermissen!«, stand da.

Das würde sie bestimmt nicht.

Und Luz fühlte sich kein bisschen schuldig deswegen.

Vanessa Adams und Jim Kennedy waren zweifellos die beliebtesten Schüler ihrer Klasse gewesen, wenn nicht der ganzen Schule. Schon immer hatten die grazile Balletttänzerin und der tollkühne Surfer, dem die höchsten Wellen in Mavericks gerade mal gut genug gewesen waren, im Rampenlicht gestanden. Das hatte sich bis in ihren Tod hinein durchgezogen. Kelly und Luz hatten die beiden immer nur *Barbie* und *Ken* genannt.

»Weißt du, Luz, du hast wirklich Glück«, hatte Vanessa einmal mit einer Stimme klebriger als Zuckerwatte gesagt. »Wenn man so aussieht wie ich, hat man nur jede Menge Neider.«

Im Gegensatz zu ihrer Freundin Kelly war Luz zwar schlank, aber mit Rundungen, die man als »normal« bezeichnen würde. Durchschnitt eben. Langweilig. Weder zierlich noch athletisch. Wenn sie die Wahl gehabt hätte zwischen einem Dauerlauf durch den Wald und dem Lesen eines Romans in ihrer Hängematte im Garten, hätte sie sich, ohne zu zögern, in Letztere fallen lassen. Sie kam sich neben Vanessa blass vor, wie der Mond neben der strahlenden Sonne. Und das leider wortwörtlich. Legte sie sich an den Strand, bekam sie nur Hitzepickel und einen Sonnenbrand. Deshalb trug sie fast immer Sonnencreme mit Lichtschutzfaktor 50+. Selbst ihre Haare waren unglaublich hell. Lichtblond nannte ihr Vater sie liebevoll. Er behauptete, sie sähe ihrer Mutter zum Verwechseln ähnlich. Aber in Luz' Augen war ihre Mom eine Schönheit, athletisch mit goldblondem Haar, und mit von der Sonne geküssten Sommersprossen auf ihrer Haut. Nein, mit ihrer Mom oder Vanessa konnte sie wirklich nicht mithalten. Wollte sie aber auch nie. Und für Letztere existierten nur zwei Kategorien von Menschen: Diejenigen, die sie bewunderten und ihr nacheiferten, waren ihre Freunde. Diejenigen, die das nicht taten, ihre Feinde.

In der Schülermasse versuchte Luz, Kelly zu entdecken, konnte sie aber nirgendwo sehen.

»Hi, Luz!« Sie zuckte zusammen, als sie Nialls Stimme ganz

nah an ihrem Ohr hörte und Hitze in ihre Wangen schoss. »Zerfließt du auch schon in Tränen?«

Als sie sich umdrehte, verzog er theatralisch das Gesicht zu einer weinenden Grimasse und das, obwohl Vanessas beste Freundinnen gleich neben ihnen standen und ihn böse musterten. Hektisch packte Luz ihn am Saum seines ausgewaschenen T-Shirts und zog ihn in Richtung Aula, in der sie sich zu einer Schweigeminute versammeln sollten.

»Reiß dich zusammen!«, zischte sie leise.

Er grinste schief. Auf seinen Wangen bildeten sich zwischen den unregelmäßigen Stoppeln seines Dreitagebarts kleine Grübchen. In Luz' Bauch begann etwas zu flattern. Seit Anfang des Schuljahres tat es das. Aber bis vor zwei Wochen hatte Niall sie gemieden, als hätte sie eine ansteckende Krankheit. Er fuhr sich durch die braunen, kurzen Haare, was nichts daran änderte, dass sie hinterher genauso unordentlich aussahen wie seine Kleidung. Wäre er nicht an ihrer Schule, würde man ihn für einen Jungen aus einem der ärmeren Wohnviertel von San Fran halten. Doch wer auf die Greenwood High ging, hatte entweder reiche oder mächtige Eltern. Im Regelfall beides.

Die Aula war brechend voll und die Luft so stickig, dass Luz nur ein paar Schritte hinter der Tür stehen blieb, als wollte sie sich einen Fluchtweg offen lassen. Die Rollläden waren heruntergelassen, nur die Bühne mit dem Rednerpult wurde durch das interaktive Whiteboard beleuchtet. Überlebensgroß starrten die fröhlich lachenden Gesichter von Vanessa und Jim von dort auf sie herab. Vorne, in der ersten Reihe, lagen sich einige Mädchen in den Armen und schluchzten hemmungslos. Das verhaltene Gemurmel der Lehrer und Schüler erlosch, als sich die Türen der Aula schlossen und Rektor Whittaker die Bühne betrat. In der angespannten Stille schien jeder seiner Schritte unnatürlich laut widerzuhallen – er bemerkte es wohl selbst, denn im Gegensatz zu früheren Auftritten ging er so zögerlich, als fürchte er, das Podium wäre von Dunkelelbenrebellen vermint worden. Nicht, dass die Zugang zu ihrer Schule hätten oder es ihnen auch nur möglich gewesen wäre, ein Taschenmesser an der Security, die für die Bewachung der Greenwood High zuständig war, vorbeizuschmuggeln. Luz war es bereits so zur Gewohnheit geworden, täglich ihren Rucksack durch den Taschenscanner laufen zu lassen und langsam durch die Personenkontrollschleuse zu gehen, dass sie dieses Prozedere für völlig normal hielt. Sie war überrascht gewesen, als Niall ihr erzählt hatte, dass es derartige Sicherheitsmaßnahmen an seiner früheren High School nicht gab. Für einen kurzen Moment wechselte das Bild auf der Leinwand und zeigte das Gesicht ihres Schulleiters in Großaufnahme, wie er gerade nervös den Knoten seiner schwarzen Krawatte zurechtzog. Luz wusste von ihrem Vater, dass geplant war, Teile der Rede live auf den wichtigsten Nachrichtenportalen des Landes auszustrahlen, noch bevor es zu offiziellen Trauerfeiern kam. Ein Grund mehr, nicht gerade in den ersten Stuhlreihen vor der Bühne zu sitzen.

Plötzlich spürte sie eine warme Hand auf ihrer. Zögernd tasteten Nialls Finger über ihren Handrücken und sie drehte ihr Handgelenk ein wenig, sodass seine Finger zwischen die ihren schlüpfen und sie umschlingen konnten, als hätten sie das schon immer getan. Ihr Mund wurde trocken. Verstohlen schielte sie zur Seite, konnte aber in dem Dunkel nur die Umrisse von Nialls Profil erkennen.

»… Tragödie … ein Musterbeispiel von Toleranz und Freundlichkeit«, drangen Fetzen von Whittakers heiserer

Stimme an ihr Ohr, als Niall sich abrupt zu Luz umdrehte und sich zu ihr beugte. Sie hielt den Atem an.

»Das ertrage ich nicht länger. Lass uns gehen!«, raunte er.

Luz nickte zustimmend und ließ sich von ihm zum Ausgang ziehen. Doch dort versperrte ihnen ein älterer Schüler den Weg.

»Wohin des Wegs, ihr Turteltäubchen? Kein Bock auf Trauer?«, zischte er und baute sich breitbeinig und mit verschränkten Armen vor ihnen auf, während Rektor Whittaker im Hintergrund gerade über die sportlichen Leistungen und das Fairplay von Jim schwadronierte.

Niall drückte Luz' Hand fester. »Halt die Fresse, Keith, und lass uns vorbei. Ihr geht's total mies.« Ein drohender Unterton hatte sich in seine Stimme geschlichen und er straffte die Schultern.

»Ach?« Keith hob den linken Arm und berührte den Fingerabdruckscanner seines Smartstraps. Das Display des silberfarbenen Armbands leuchtete im Uhrzeitmodus auf und strahlte gerade genügend Licht ab, dass er Luz misstrauisch beäugen konnte. Zum ersten Mal in ihrem Leben war sie froh über ihre blasse Hautfarbe. Leidend verzog sie das Gesicht. »Eigentlich darf ich niemanden rauslassen. Wegen der Kamerateams. Kein Lichteinfall oder Türknallen hieß es.«

»Soll ich vielleicht auf deine Schuhe kotzen? Du weißt ganz genau, wie gut Vanessas Eltern und meine befreundet sind!«, erhob Luz die Stimme und starrte demonstrativ auf seine weiß leuchtenden Sneaker. Gemurmel setzte um sie herum ein.

»Schon gut«, flüsterte Keith, trat hastig einen Schritt zur Seite und öffnete die Tür einen winzigen Spalt, durch den Luz und Niall in den Gang schlüpfen konnten. »Aber kommt bis zum Ende der Show wieder, okay? Ich will keinen Ärger kriegen.«

Das grelle Licht stach Luz so unvermittelt in die Augen, dass sie immer noch blinzelte, als sie sich neben einem gelben Ginsterbusch auf eine der Bänke am Rande des Pausenhofs setzten.

»Alles in Ordnung?« Nialls rehbraune Augen verschwanden jetzt, da er sie zusammenkniff, fast unter den langen, geschwungenen Wimpern. Sie sahen eigentümlich mädchenhaft in dem sonst so schmalen und kantigen Gesicht aus. Luz hatte das Gefühl, dass es genau das war, was ihn so anziehend machte. Diese Gegensätze. Die blauvioletten Schatten um sein rechtes Auge verblassten, die Schwellung war schon vor Tagen zurückgegangen und auch die dunkle Kruste auf seinem Wangenknochen löste sich langsam. Seine Ohren liefen nur einen Hauch spitzer zu als bei normalen Menschen. Jemand, der nicht wusste, dass er ein Lichtelbenhalbblut war, hätte es nicht geahnt.

Luz nickte und schloss die Augen, lauschte dem Zwitschern der Vögel, die in den Magnolienbäumen ihnen gegenüber hockten. Als es plötzlich gongte, fuhr sie zusammen. Jetzt begann die Schweigeminute. Sie spürte, wie Niall seinen Arm um ihre Schultern legte, aber er sprach kein Wort, und Luz war ihm unendlich dankbar dafür.

Sie dachte daran, dass Vanessa die Patentochter ihres Vaters gewesen war, dass Luz selbst Vanessas Vater »Onkel Nick« und ihre Mutter »Tante Jean« nannte. Sie versuchte, sich die gemeinsamen Grillabende in Erinnerung zu rufen. Sie konzentrierte sich darauf, an alles Mögliche zu denken, bloß nicht an die Momente mit Vanessa allein. Denn dann würde sie wieder ihr hochnäsiges, hämisch grinsendes Gesicht vor sich sehen, wenn sie Tyrasil in Abwesenheit ihrer Eltern verspottete, würde sehen, wie sie ihr Lichtelben-Küchenmädchen anrempelte, sodass es sich beim Salatschnippeln in die Finger schnitt. Und sie würde ihr Lachen hören, als Jim mit voller Kraft Niall die Faust ins Gesicht geschlagen und ihm hinterher mit seinem Stiefel mehrmals in den Brustkorb getreten hatte.

Warnung

Luz

»Du bist sicher, dass du dich ausgerechnet heute mit Kelly treffen willst?«

Der Vorwurf in der Stimme ihres Vaters war nicht zu überhören. Und auch Tyrasil steuerte die gepanzerte Limousine ungewöhnlich langsam die Pacific Ave entlang, als wollte er Luz Zeit geben, ihre Entscheidung noch einmal gründlich zu überdenken. Wie ihr Großvater weigerte sich auch Luz' Vater, das *Intelligent Car System* zu nutzen, das die meisten Bewohner des Landes vollautomatisiert und sicher zu ihrem gewünschten Ziel brachte. Zum einen, weil es in den Kreisen, in denen ihre Familie verkehrte, nach wie vor als Statussymbol galt, einen Chauffeur zu beschäftigen. Selbst wenn dieser »nur« ein Dunkelelbe war. Zum anderen weil die Gefahr eines Hackerangriffs durch Terroristen auf das Auto ihres Vaters besonders groß war. Kellys Vater war Experte, was Cyberangriffe anging, und hatte eindringlich vor der Nutzung des ICS gewarnt.

»Glaubst du, Vanessa würde an meiner Stelle trauernd daheimsitzen? Kelly und ich haben die Übernachtung schon vor einer Woche geplant. Bitte, Dad!«

Sein Blick fixierte sie so durchdringend, dass Luz sich unwillkürlich fester in das Leder der Limousine drückte. Kein Wunder, dass die meisten Elben und Menschen ihn fürchteten. Selbst diejenigen, die nicht wussten, dass Jago Hernández

Ruiz als Oberbefehlshaber der **ELO** mehr Machtbefugnisse als die örtliche Polizei hatte. Die *Elb Liberation Organization*, ursprünglich als untergeordneter Nebenarm des **FBI** und ausführendes amerikanisches Organ der *International Union for Elfish Security* (**IUES**) gedacht, hatte ihre Mutterorganisation längst überflügelt. Zudem war Luz' Großvater militärischer Berater im Generalstab. Die Familie ihres Vaters hatte lateinamerikanische Wurzeln und wenn er diesen Blick aufsetzte, versprühte er den unerbittlichen Charme eines kolumbianischen Drogenkartellchefs.

Aber diesmal würde sie nicht nachgeben. Luz schob ihr Kinn vor und starrte entschlossen zurück. Jagos Mundwinkel zuckten, er seufzte und sein Gesicht wurde weich. Zärtlich strich er seiner Tochter eine Haarsträhne aus der Stirn.

»Ihr habt euch nie besonders gut verstanden, nicht wahr?« Luz hielt es für sicherer, ihm darauf nicht zu antworten. Wenn sie ihn verärgerte, würde er Tyrasil sofort wenden lassen. Dann konnte sie sich das Date mit Niall abschminken. »Hast du dir mal darüber Gedanken gemacht, warum sie dich so behandelt hat?«, fragte er, beugte sich vor und zog eine Mineralwasserflasche und einen Tablettenblister aus seiner Aktentasche. Er drückte sich zwei runde Tabletten in die Hand und schob sie in den Mund. Luz kannte das Präparat. Es war ein Mix aus Koffein und anderen natürlichen Wachmachern. Offenbar stand ihrem Vater eine Sitzung bis spät in die Nacht hinein bevor.

»Was meinst du?«, fragte sie.

Jago spülte die Tabletten mit dem Wasser hinunter, dann verstaute er die Flasche wieder. Seine dunklen Augen blitzten belustigt auf.

»Vanessa konnte ein ganz schönes Scheusal sein, wenn sie

sich bedrängt fühlte. Und dich hat sie von jeher als stärkste Gefahr empfunden.«

»Sie … was?« Luz wusste nicht, worüber sie mehr schockiert sein sollte. Die Vorstellung, sie wäre in den Augen der wunderschönen, allseits bewunderten Vanessa eine ernst zu nehmende Konkurrentin gewesen oder die Tatsache, dass ihr Vater von Vanessas kleinen Bösartigkeiten gewusst und immer nur so getan hatte, als ob sie seine liebste Patentochter wäre. Ihre Mom hatte sie doch stets davor gewarnt, in seiner Gegenwart schlecht über Vanessa zu sprechen. »Tu dies nicht, tu das nicht!« Mom ließ sie noch nicht einmal alleine zur Zahnprophylaxe gehen.

Jetzt schmunzelte ihr Vater und ihr wurde ganz schlecht bei dem Gedanken daran, wie sie ihn gerade hinterging.

»Du bist schön wie deine Mutter und gerissen wie dein Vater. Nein, noch klüger als wir beide zusammen. Als du mich mit fünf Jahren das erste Mal schachmatt gesetzt hast, kannte Vanessa noch nicht einmal den Unterschied zwischen einem Turm und einem Läufer.« Seine dunkle Stimme verlor ihre Rauheit, wenn er auf diese Weise mit ihr sprach. Luz erinnerte sich. Ihre Mutter hatte sie nach dem Spiel heimlich beiseitegezogen und ihr gesagt, dass sie Dad besser nicht zu oft verlieren lassen sollte. Er würde sie sonst nicht mehr so lieb haben. Natürlich hatte sie gehorcht und genau das war der Grund gewesen, warum sie bald darauf das Interesse an Schach verloren hatte.

Ihr Wagen blieb vor einem eleganten, viktorianischen Anwesen am Rande des Lafayette Parks stehen. Luz starrte gedankenverloren einem Pärchen in Trainingskleidung nach, das entlang der hohen, pastellfarben gestrichenen Mauer auf eines der bewachten Tore zulief. Den privaten Sicherheitsdienst hatten die Bewohner von Pacific Heights, dem Stadtviertel der Reichen und Schönen, wie es ihr Vater spöttisch nannte, gemeinschaftlich beauftragt, kurz nachdem die Regierung begonnen hatte, den Dunkelelben die Transponder zu verpassen. Damals war es zu Raubüberfällen, Vandalismus und sogar Morden gekommen. Luz konnte sich nur schwer vorstellen, wie plündernde Horden durch die Straßen gezogen waren. Der Lafayette Park war für sie als Kind immer ein abenteuerlicher Mix aus futuristischer Spielplatzarchitektur und botanischem Garten gewesen. Von hier hatte man einen fantastischen Ausblick auf die Bay, wenn sich nicht gerade die heißen Luftströme aus der Sierra Nevada ihren Kampf mit den vom Pazifik einfallenden kühlen Winden lieferten – was im Sommer leider häufig geschah. Dann trübten lange Streifen von Nebelbänken den Blick auf das hyazinthblaue Meer.

Tyrasils forschender Blick traf den ihren im Rückspiegel. Es war eigenartig, aber manchmal hatte sie das Gefühl, als zupfe etwas von ihm an ihrem Inneren, als würde er sensibler auf ihre Körpersprache reagieren, sie besser verstehen, als es ihre eigenen Eltern vermochten.

»Na, geh schon! Tyrasil holt dich morgen Abend ab«, hörte sie die Stimme ihres Vaters neben sich. Sie wandte ihm den Kopf zu. Er schmunzelte. »Viel Spaß euch beiden und grüße Steven und Sheron von uns.«

»Danke, Dad!«

Kellys Vater Steven Dearing war Softwareentwickler für Verschlüsselungssysteme bei Unternehmensnetzwerken. Die Hälfte seiner Angestellten bestand aus ehemals kriminellen Hackern, die eben diese Verschlüsselungen knackten. Dearing hatte für sie die Kaution bezahlt und sie für seine Firma angeworben. Als er bis zum Hals verschuldet gewesen war, hatte Luz' Großvater Alejandro ihm kurz vor der Pleite mit einer Investition von 50.000 Dollar aus der Patsche geholfen. Ein Jahr später galt Dearings Software als sicherste weltweit. Er wurde Milliardär und der Anteil von ihrem Großvater hatte sich vertausendfacht.

Tyrasil stieg aus und öffnete Luz die Wagentür. Sie sprang auf das sandfarbene Pflaster, bevor ihr Vater es sich noch einmal anders überlegen konnte. Das Gesicht von Jago Hernández verschwand hinter der dunkel getönten Scheibe, als der Chauffeur die Tür zuschlug und ihr den Rucksack abnahm. Himmel, den konnte sie doch wirklich selbst tragen! Vor der wuchtigen Eingangstür, neben einer der schlanken, weißen Säulen, stellte er ihn ab. Seine Lippen bewegten sich kaum, als er flüsterte: »Sei vorsichtig, Luz. Wenn dein Vater davon erfährt, wird Niall sich wünschen, dich nie kennengelernt zu haben. Besser, ihr bleibt bei Kelly und geht nicht aus.«

Toll. Als ob sie bei ihrem ersten Date mit einem Jungen nicht schon aufgeregt genug gewesen wäre.

Fortschritt

Auszug aus dem Gesetz zur Förderung eines friedlichen Bündnisses zwischen Elben und Menschen, kurz: Elbenbündnisfördergesetz (Erstfassung vom 10. Januar 2022), in Umsetzung der Artikel I bis X der Charta der International Union for Elfish Security (IUES)

Die im Folgenden erlassenen Vorschriften stellen eine Übergangslösung bis zur endgültigen Entscheidung über die Voraussetzungen eines friedlichen Zusammenlebens zwischen der Spezies der Elben und der Menschen in den USA dar.

§1 (1) [1] Alle auf dem Gebiet der Vereinigten Staaten lebenden Elben müssen sich als solche registrieren lassen. [2] Ihr Elbenstatus wird in einem Ausweis dokumentiert, den sie stets mit sich zu führen haben.

Änderung von Paragraf 1 Absatz 1 des Elbenbündnisfördergesetzes (Mit Wirkung vom 17. Mai 2023)

§1 (1) [1] Alle auf dem Gebiet der Vereinigten Staaten lebenden Einwohner werden unmittelbar nach ihrer Geburt dem Christopher-Mitchell-Test unterzogen, um ihre Spezies zu bestimmen. [2] Als Elben gelten alle Personen, bei denen das Testergebnis einen Wert von mindestens 50 % anzeigt. [3] Mischlinge, die zwischen 30 % und 50 % Elbenblut besitzen, gelten als Elben zweiten Grades. [4] Mischlinge mit einem Testergebnis unter 30 % gelten als Elben dritten Grades. [5] Einwohner, deren Testergebnis 0 % beträgt, als Menschen. 6 Alle Einwohner erhalten einen Ausweis, in dem das Testergebnis dokumentiert ist. 7 Diesen haben sie stets mit sich zu führen.

Änderung von Paragraf 1 Absatz 1 des Elbenbündnisfördergesetzes (Mit Wirkung vom 5. Juli 2024)

§1 (1) 1 … 5

6 Menschen und Mischlinge erhalten einen Ausweis, in dem das Testergebnis dokumentiert ist. 7 Elben ersten Grades werden auf ihrem rechten Handrücken tätowiert. 8 Dabei werden analog dem Ergebnis des Christopher-Mitchell-Tests Lichtelben mit einem LE und Dunkelelben mit einem DE gekennzeichnet.

Änderung von Paragraf 1 Absatz 1 des Elbenbündnisfördergesetzes (Mit Wirkung vom 17. Februar 2025)

§1 (1) 1 … 5

6 Menschen und Mischlinge erhalten einen Ausweis, in dem das Testergebnis dokumentiert ist. 7 Alle Elben ersten Grades werden auf ihrem rechten Handrücken tätowiert und mit einem RFID-Transponder versehen, der ihren Elbenstatus maschinell lesbar macht. 8 Dabei werden analog dem Ergebnis des Christopher-Mitchell-Tests Lichtelben mit einem LE und Dunkelelben mit einem DE gekennzeichnet.

Änderung von Paragraf 1 Absatz 1 des Elbenbündnisfördergesetzes (Mit Wirkung vom 5. September 2025)

§1 (1) 1 … 8

9 Allen Dunkelelben wird ein besonders ausgestatteter RFID-Transponder unter der kennzeichnenden Tätowierung implantiert, der ihre neurobiologischen Prozesse den Aggres-

sionspattern zuordnet. [10] Die LEDs des Transponders zeigen dem Dunkelelben Überschreitungen des Aggressionstoleranzgrades durch gelbe und rote Leuchtsignale an. [11] Bei Rot ist der Dunkelelbe verpflichtet, unverzüglich den ihm zugewiesenen Mentor der Elb Liberation Organization (ELO) zu kontaktieren, der ihn anleitet, wie er sich von seiner Aggression befreien kann. [12] Leistet er diesen Anweisungen nicht Folge oder unterlässt er den Kontakt zu seinem Mentor, wird dies mit einer Freiheitsstrafe von drei bis zehn Jahren bestraft.

Ein Test

Niall

Niall Evans umklammerte das Lenkrad seines Wagens fester und stieß einen Fluch aus, als der Verkehr ins Stocken geriet und auf dem Display seines Armaturenbretts »Polizeikontrolle« rot aufleuchtete. Es war bereits die zweite, die er auf seinem Heimweg von der Greenwood High passieren musste. Er drückte auf das Kamerasymbol und sah auf die Luftaufnahme der Straßenverkehrsinformation. Mit dem Zeigefinger strich er über das Display. Wie metallische Schuppen einer Schlange reihten sich die Solarfahrzeuge stadtauswärts auf dem Junipero Freeway aneinander, ihr in der Abendsonne kupfern glänzender Körper schien kein Ende zu nehmen und Niall rechnete sich aus, dass ihm nicht mehr viel Zeit blieb, bis er erneut von daheim zu seinem Date mit Luz aufbrechen würde. Bei dem Gedanken an sie begann sein dummes Herz sofort wieder schneller zu schlagen, so als würden sie tatsächlich eine winzige Chance haben – als würde nicht seit ihrer ersten Begegnung in signalroten Buchstaben *Lass die Finger von ihr!* vor seinem inneren Auge aufleuchten. Fast wünschte er sich, sie wäre ihm damals nicht zu Hilfe geeilt, hätte nicht Vanessa und Jim angebrüllt, sondern weggesehen, wie die anderen Schüler. Von Jims brutalen Schlägen war sein Blick verschwommen gewesen und er hatte Luz nur unscharf wahrgenommen. Ihr lichtblondes Haar floss wie eine schimmernde Aura um ihr Gesicht, geradezu ätherisch schön, und hätte Niall je an Engel geglaubt, so wäre sie ihm in diesem Augenblick wie einer erschienen. Nicht nur den Kampf gegen Jim hatte er an diesem Tag verloren. Heute Abend würde sich alles entscheiden.

Niall spürte, dass Luz dabei war, sich auch in ihn zu verlieben und es war nicht fair, sie unvorbereitet dieser Situation auszuliefern. Aber er musste sichergehen, dass er sich in ihr nicht täuschte. Der Ort, an den er sie führen würde, ermöglichte ihr einen Einblick in sein Inneres, in das, was ihn bewegte, was er fühlte, wofür er kämpfen wollte.

Dieser Abend war ein Test.

Und während sein Herz danach schrie, dass sie ihn bestand, wünschte sich sein Verstand, dass sie verlor. Er war nicht naiv. Niall wusste ganz genau, was auf ihre Liebe zukommen würde.

Er seufzte und dachte missmutig an den Schultag, der gerade hinter ihm lag, und daran, dass er besser seine Klappe gehalten hätte. Wenn er wenigstens auf automatischen Fahrbetrieb hätte umschalten können, um seine Strafarbeit zu beginnen. Doch er hatte sich sein Auto selbst erarbeiten müssen, es war älter als er und vor zwanzig Jahren galt das ICS noch als technischer Schnickschnack, viel zu teuer, um es in Kleinwagen zu verbauen. Die Jungs an seiner früheren High School fuhren ähnliche Kisten, doch zwischen den Luxusschlitten der Schüler von Greenwood High bewegte er sich damit so unauffällig wie ein verfilzter, schlammverspritzter Straßenköter inmitten frisch frisierter Pudel mit parfümiertem, rosafarbenem Fell.

Dr. Green würde kein Auge zudrücken, wenn er die Strafarbeit am Montag nicht ordnungsgemäß ablieferte. Nicht, nachdem Niall in seinen Unterricht hineingerufen hatte, dass die Arbeitsbedingungen der Sklaven des 17. Jahrhunderts in den Vereinigten Staaten mit den Lebensumständen von Lichtelben in den Forschungslaboren heute durchaus vergleichbar wären. In dem Tumult, der daraufhin unter seinen Klassenkameraden ausgebrochen war, hatte der freudige Glanz, der in die Augen seines Geschichtslehrers zog, Niall wesentlich stärker getroffen als die Strafarbeit.

»Wenn Ihre Arbeit am Montag um Punkt acht Uhr nicht auf meinem Tisch liegt, zwingen Sie mich dazu, Ihnen einen Verweis zu erteilen und Ihren Vater zu verständigen.«

Greens Worten waren hämische Blicke seiner Klassenkameraden gefolgt und Niall hatte sich unwillkürlich gefragt, wie lange sein Geschichtslehrer bereits auf diese Gelegenheit gewartet hatte. Es war wirklich nicht einfach, Matthew Evans' Sohn zu sein. Selbst wenn sein Vater nicht Vorsitzender der liberalen Partei *Alliance of Human Beings and Elbs* (AHE) gewesen wäre. Die Tatsache, dass er eine Lichtelbin geheiratet hatte und Niall ein Mischling war, machte sein Leben in der politisch aufgeladenen Stimmung so angenehm wie das Balancieren auf einem Stahlseil zwischen zwei Hochhäusern mit verschlossenen Fenstern am Seilende.

»Du solltest dir endlich darüber im Klaren sein, dass alles, was du an unbedachten Äußerungen von dir gibst, unserer Familie Schaden zufügen könnte. Ich – nein, wir – stehen viel zu sehr im Rampenlicht«, hatte sein Vater ihn ermahnt.

Das war so verdammt unfair!

»Aber *du* kannst vor dem Kongress Reden über die Verbesserung der Lebensbedingungen von Elben schwingen! Ich habe dich nicht gebeten, mich an die Greenwood High zu schicken. Warum kann ich nicht –«

Doch sein Vater hatte nur müde den Kopf geschüttelt und

ihm das Wort abgeschnitten: »Nicht schon wieder dieses Thema! Himmel, Niall, es geht um ein lausiges Jahr! Ein guter Abschluss an der Greenwood High öffnet dir die Tore zu den besten Unis des Landes. Ich erwarte von dir, dass du dich endlich wie ein Mann verhältst und an deine Zukunft denkst. Wenn nicht mir und deiner Mutter, dann Liora zuliebe.«

Bei der Erwähnung seiner zwölfjährigen Schwester war Niall verstummt. Er sah sie wieder vor sich, am Tag ihres Abschieds, klein und schmal, in ihrem zitronengelben Lieblingskleid, die Hand an der Wagentür, die ihr Vater mit versteinerter Miene aufhielt, während ihre Mutter auf dem Beifahrersitz ihr Gesicht in einem Taschentuch vergrub. Damals hatte er geschworen, sich für dieses Unrecht zu rächen. Er malte sich aus, wie er die Einsatzwagen der **ELO** demolierte, ihre Reifen zerstach, Anti-**ELO** Graffiti in der ganzen Stadt versprühte, doch bevor er sich noch Schlimmeres ausdenken konnte, hatte sich Liora umgedreht und war zu ihm zurückgelaufen. Die langen braunen Locken hatte sie zu einem Pferdeschwanz verknotet, aber einzelne Strähnen hatten sich aus dem Lederband gelöst und kringelten sich nun um ihre hübschen, zarten Elbenohren. Niall ging in die Hocke und hielt sie so fest, wie er nur konnte, ohne ihr wehzutun, während sie ihre dünnen Arme um seinen Hals schlang und flüsterte: »Ten an lysnimín. Eglevian, de ten mib uth tebak siderach.«

Seine Schwester und er waren beide Mischlinge. Aber sein Elbengrad lag unter 30 Prozent, der ihre betrug 63. Das verschaffte ihm eine Sonderstellung und führte bei ihr dazu, dass sie die nächsten sieben Jahre in einem Erziehungsinstitut für Elbenkinder verbringen musste und nach der Entlassung gechippt und tätowiert wurde. Wie viele Male hatte sich Niall gewünscht, dass die Verteilung ihrer Gene andersherum erfolgt wäre. Liora sprach so gut wie nie Elbisch mit ihm. Wenn sie es tat, hatte es Bedeutung. *»Du bist mein Licht, Niall. Ich gehe ins Exil, aber du musst mir den Weg zurück leuchten.«*

Endlich erreichte Niall die Ausfahrt. Seine Familie lebte in San Bruno, etwa zwölf Meilen von der Innenstadt San Franciscos entfernt. Die Stadt war in den letzten Jahrzehnten gewachsen, ihre Einwohnerzahl betrug mittlerweile an die 70.000 Menschen, Lichtelben und Mischlinge. Vor allem Letztere. Fragte ihn jemand nach seinem Wohnort, antwortete er stets: »Zwischen dem Internationalen Flughafen und dem Golden Gate National Cemetery. Geil, oder? Wer hat sonst schon die Möglichkeit, seine Zukunft so plastisch vor Augen zu sehen: Flucht oder Verscharren.«

Unnötig zu erwähnen, dass sein Vater diesen Spruch zutiefst verabscheute. Doch das änderte nichts daran, dass Niall zuletzt mit dreizehn an eine friedliche Lösung ihrer Lage geglaubt hatte. Vor seinem Elternhaus standen mehrere Fahrzeuge. Das war nicht ungewöhnlich. Zum einen hatte sein Vater mittlerweile einen politischen Bekanntheitsgrad erreicht, der Leibwächter und eine Bewachung des Hauses notwendig machte. Zum anderen hatte er sicher wieder einige seiner Parteifreunde zum Abendessen eingeladen, um bis spät nachts zu debattieren.

Und ändern würde sich rein gar nichts.

Niall stieg aus und schlug die Tür des Wagens heftiger zu als gewollt. Die Gardine vor dem Küchenfenster flog beiseite und seine Mutter schaute heraus. Ein Lächeln erhellte Arinards Miene, als sie ihren Sohn erkannte, und Niall lächelte mechanisch zurück, obwohl er am liebsten einen Baseballschläger gepackt und den Briefkasten an der Hauswand neben der Garage demoliert hätte. Monate nach Lioras Abfahrt erinnerte er sich noch viel zu gut daran, wie er die amtliche Aufforderung zur Institutseinweisung seiner Schwester aus seinem blechernen Inneren gefischt hatte.

Reiß dich zusammen!

»Ansatz und Notwendigkeit einer monoedukativen Erziehung von Elben und Menschen.«

Oh ja, Green wusste ganz genau, welches Aufsatzthema er wählen musste, um großzügig Salz in seine Wunden zu streuen. Wenn Niall sich weigerte, die Vorteile einer Trennung von Elben- und Menschenkindern an Schulen aufzuzählen, würde der Geschichtslehrer ihm einen Verweis erteilen und seinen Vater zu einem Gespräch in die Schule beordern, womöglich noch dafür sorgen, dass die Presse davon Wind bekam. Schlechte Publicity für Dad. Zudem flog man bei drei Verweisen von der Schule und einen hatte er sich bereits durch seine Auseinandersetzung mit Jim Kennedy eingehandelt. Niall dachte an Lioras Abschiedsworte. Er hatte sich geschworen, für sie da zu sein. Selbst wenn das bedeutete, mitzuspielen und Green einen widerlich verlogenen Aufsatz auf den Tisch zu knallen.

Freundinnen

Luz

Luz kam nicht dazu, Steven und Sheron Dearing von ihrem Vater Grüße auszurichten.

»Wir haben so unfassbares Glück!«, empfing ihre Freundin sie mit verschwörerischem Lächeln an der Eingangstür, bevor sie Luz an sich drückte, als müsste sie verhindern, dass sie wieder weglief. »Mom ist auf einer Vernissage und Dad musste mit seinem Team kurzfristig nach L.A. fliegen. Stell dir vor, Nick Reeds BFC ist gehackt worden!«

Sie sagte das, als hätte ihr jemand eine riesige Schokoladen-Geschenkbox von Ghirardelli in die Hand gedrückt und die düstere Stimmung, in der sich Luz seit Tyrasils Warnung befand, verschwand augenblicklich.

»Dein Mitgefühl scheint sich in Grenzen zu halten«, lachte sie.

Nick Reed war derzeit Kellys Schwarm. Die digitalen Posterwände in ihrem Zimmer zeigten stündlich wechselnde Bilder des zwanzigjährigen Schauspielers. Zugegeben, er sah interessant aus mit seinem dunklen Haar, den melancholischen, braunen Augen und einem Körper, der nicht gerade den Verdacht erweckte, sein Personal Trainer müsste täglich Überstunden schieben. Er spielte in seinen Rollen das verschrobene Mathematikgenie, den genialen Nerd oder den mittellosen Poeten, aber Kellys Herz hatte er mit seiner neuen Serie »Abandoned Tunes« im Sturm erobert. Als Sänger einer

Rockband und von dem Erzengel Michael mit besonderen Fähigkeiten ausgestattet, kämpfte er mit seinen Bandmitgliedern nachts zwischen den Gigs gegen Dämonen, Vampire, Untote und was man sich sonst so als Gesandte der Unterwelt vorstellte. Alles lief natürlich auf einen großen Showdown mit Satan persönlich hinaus und Luz tippte darauf, dass Shawn alias Nick Reed ihn mit einer seiner Gesangseinlagen problemlos dazu bringen würde, freiwillig zurück in die Hölle zu fahren.

»Ich habe Dad gesagt, dass mindestens ein persönliches Autogramm für uns beide bei dem Auftrag herausspringen muss. Besser noch ein Interview für die Schülerzeitung in seinem Wohnzimmer.«

»Oder Schlafzimmer«, kicherte Luz bei dem verzückten Blick ihrer Freundin und Kelly versetzte ihr einen Ellenbogenhieb in die Seite. »Hey!«, rief sie in gespielter Empörung und rieb sich über die Rippen. »Weißt du denn, welche BFC-Version er sich besorgt hat?«

Die *Body Field Communication Chips* waren die neueste Generation der Biohacks. Natürlich stammten sie aus Hweitasils Forschungslaboren und wurden seit zwei Monaten in den Medien und auf Plakatwänden landesweit beworben. Ein winziger Chip unter die Haut gesetzt, meist in die Handfläche, genügte, um mit einem lässigen Winken an der Kasse zu bezahlen, Daten zu empfangen, die man an seine Clouddatenbank weiterschicken konnte, Terminkalender zu führen oder zu telefonieren. In naher Zukunft würden sie die Smartstraps ablösen und höchste Sicherheitsstandards ermöglichen. Das hatte zumindest die Presse bei ihrer Einführung euphorisch verkündet. Derzeit gab es die BFC's in unterschiedlichsten Varianten. Die billigste ermöglichte den kartenlosen Zahlungsverkehr und das Öffnen der Haus- oder Autotür. Die mittlere Version war darüber hinaus mit einer Sprachsteuerung und einem Gesundheitschecksystem ausgestattet. Sie überwachte Blutwerte und Herzfrequenz, schlug Alarm, wenn etwas nicht im grünen Bereich war, und gab individualisierte Fitness- bzw. Ernährungstipps. Mit einem Erweiterungsmodul konnte man sie auch mittels Spracheingabe zur Navigation benutzen. Die Luxusvariante allerdings löste einen so unerwarteten Hype aus, dass sie innerhalb von Wochen nach ihrer Einführung ausverkauft war und die Lichtelbenlabore seitdem mit Hochdruck daran arbeiteten, ihre Produktion zu beschleunigen. Obwohl sie so viel wie ein Kleinwagen kosteten. Denn hier wurde zusätzlich zu dem in der Hand eingesetzten BFC ein etwa pillengroßes Modul ins Gehirn implantiert, eine Dockingstation an Tausenden Neuronen, die ihrem Besitzer sprachlos Zugang zum Internet und zur persönlichen Cloud verschaffte.

»Bei einem Überfall genügt allein Ihr Gedanke, um den Polizeinotruf zu aktivieren«, bewarb Hweitasils Distributor *Second Brain* die Chips. Luz ahnte, welches Modell sich Reed gesichert hatte, bevor Kelly es aussprach.

»BFC Allstar natürlich!« Ihre Freundin machte ein bekümmertes Gesicht. »Jetzt treibt der Hacker seinen Spaß mit Nicks Gesundheitsdaten. Sein Hausarzt hat ihn wegen eines angeblich steigenden Cholesterinspiegels und Herzrhythmusstörungen in seine Praxis zitiert. Sein Konto wurde mit Einkäufen in verschiedenen Teilen des Landes belastet und Nicks Freunde erhielten mehr als seltsame Sprachnachrichten, weil der Typ aus der Sprachdatencloud Nicks Stimme generieren konnte.«

»Heilige Scheiße! Kriegt dein Dad das wieder hin?«

»Hoffentlich.« Kelly zuckte die Schultern und machte sich auf den Weg zu ihrem Zimmer. Luz folgte ihr. »Bisher haben sich alle die Zähne daran ausgebissen. Wer auch immer sein BFC umprogrammiert hat, versteht was vom Hacken. Einer von Nicks IT-Profis hat ihm geraten, die Chips einfach wieder herausoperieren und sich neu programmierte einsetzen zu lassen, das wäre die sauberste Lösung. Aber Nick hat bereits beim letzten Mal die Narkose nicht gut vertragen.«

»Dein großer Held hat vermutlich nur Angst vor der Spritze.«

»Du bist genau wie Dad! Er hat sich auch darüber lustig gemacht. Weißt du, warum er trotzdem zu ihm gefahren ist?«

»Nick zahlt ihm ein halbes Vermögen?«

»Das auch. Aber vor allem ist er an dem Hacker interessiert. Er möchte ihn für sein Team anwerben, bevor die Polizei ihm auf die Schliche kommt und er im Knast landet.« Kelly hatte ihren Tonfall gesenkt, als sie am Wohnzimmer vorbeikamen, dessen doppelflügelige Glastüren weit offen standen. Ein dürres Mädchen in einem Bedienstetenkleid stand ihnen gegenüber auf einer Leiter und entstaubte die Regale im Wohnzimmer. Ihr helles Haar verdeckte ihre Ohren, aber Luz vermutete dennoch, dass sie eine Lichtelbin war.

»Virinya ist neu«, flüsterte Kelly. »Und sehr neugierig. Aber Mom lässt ihre Bücher nicht mehr von Carl entstauben, seit er ihre Erstausgabe von Dickens' *David Copperfield* zu Konfetti verarbeitet hat.«

Luz musste lachen. Carl war ein Hausroboter und während Kellys Vater in ihm liebevoll ein drittes Kind mit einer zugegebenermaßen verbesserungswürdigen KI sah, wollte ihn seine Frau am liebsten wie einen defekten Toaster entsorgen. Luz warf einen letzten Blick ins Dearing'sche Wohnzimmer mit seiner eigenwilligen Mixtur aus antiquarischen Möbeln, Büchern, wuchernden Pflanzen und neuester Technik, und ließ sich dann von Kelly weiterziehen. Kellys Liebe galt der Musik. Zum sechzehnten Geburtstag hatte sie sich von ihrem Vater ein eigenes Tonstudio auf dem Speicher gewünscht. An den Wänden und der Decke mit Akkustikschaumstoff verkleidet und bodenisoliert, besaß es neben einem Computer mit Spezialsoftware zahlreiche Lautsprecher, Mikrofone und unzählige Instrumente, neuerdings sogar eine Harfe.

»Wo ist eigentlich Julian?«, fragte Luz mit einem mulmigen Gefühl im Bauch. Kellys zwölfjähriger Bruder interessierte sich brennend für die Roboter des Hauses, die er umprogrammierte und für seine Streiche einspannte. Meistens verhieß es nichts Gutes, wenn es so ruhig im Haus war. In ihren Gedanken malte sie sich bereits aus, wie er Farben oder irgendetwas übel Riechendes zusammenmischte, um sie kurz vor ihrem Date damit zu bespritzen. Vielleicht lief er aber auch Niall in die Arme und erzählte ihm peinliche Details aus ihrer Kindheit. Kelly erriet ihre Gedanken und grinste breit.

»Keine Sorge, den hat Mom mitgenommen.«

»Zur Vernissage?«, fragte Luz ungläubig. Kellys Mutter hatte sich in den letzten zehn Jahren einen hervorragenden Ruf als Grafikdesignerin erarbeitet. Ihre Arbeiten wurden sogar im Museum of Modern Art ausgestellt.

»Bist du verrückt? Danach wäre Moms Karriere beendet! Julian hält unsere Großeltern gerade jung und fit.« Sie kicherte und warf einen Blick auf ihr Smartstrap. »Okay, wir haben noch knapp zwei Stunden Zeit, bis dein Traumprinz auf seinem altersschwachen Ross angeritten kommt.«

Sie musterte Luz und zog die Stirn in Falten. »Das müsste ausreichen, um Aschenputtel ein wenig herauszuputzen.«

Friedliches Miteinander

15. Dezember 2026

Gesetz zur schärferen Kontrolle der Dunkelelbenminderheit verabschiedet

Washington: Mit 76 zu 23 Stimmen stimmten die Senatoren für einen Gesetzesentwurf, der parteiübergreifend von dem Republikaner Jason Smith und der Demokratin Nathalie Henderson eingebracht wurde. Die Gesetzesänderung stärkt die Kompetenzen der *Elb Liberation Organization* (ELO) über die reine Überwachungsfunktion hinaus. So sollen in den nächsten Monaten die RFID-Transponder aller Dunkelelben mit einem verkapselten Mikrochip ausgestattet werden, der in den renommierten Forschungslaboren »Lichtwelten« von Professor Leif Hweitasil entwickelt wurde. Geheimen Informanten der *Washington Post* zufolge sollen bei der Entwicklung an die hundert Lichtelben ihr Leben verloren haben, denn jeder Chip enthalte die aus der kontaminierten Elbenwelt Álfheimr stammende und für alle Elben tödliche Metalllegierung Tyrium.

»Heldenhaft, unter Einsatz ihres Lebens, wurde sie von den betroffenen Mitarbeitern in die Menschenwelt Midgard gebracht. Wir konnten nicht länger zusehen, wie die Dunkelelben das Ansehen aller Elben beschmutzen«, erklärte Prof. Hweitasil vor drei Monaten, während der eilig einberufenen Sicherheitskonferenz über die Elbenfrage vor der *International Union for Elfish Security* (IUES). Hintergrund der

Konferenz und der Gesetzesvorlage waren zahlreiche durch Dunkelelben verübte terroristische Anschläge auf staatliche und private Einrichtungen in weiten Teilen des Landes, die in dem mehrwöchigen Geiseldrama in San Franciscos Mission District gipfelten und in Folge auch zu gewalttätigen Protesten von Dunkelelben in Europa führten. Der sich Dusk nennende Anführer der Dunkelelben forderte die Gleichberechtigung aller Elben mit den Menschen, das Recht, Parteien zu gründen, zu wählen und gewählt zu werden, die Abschaffung der Implantierungspflicht von Transpondern, freie Wohnort- und Berufswahl sowie freie Erziehung ihrer Kinder. Neben diesen Zusicherungen verlangte er als Zeichen des guten Willens die Entlassung von 273 Dunkelelbenkindern aus dem Thomas Jackson Institut, der größten pädagogischen Einrichtung für Dunkelelben in Kalifornien. Während des Austauschs der 124 menschlichen Geiseln mit den geforderten Elbenkindern kam es zu einem von Dunkelelbenterroristen initiierten Schusswechsel, dem 113 Elbenkinder, 18 Dunkelelbenterroristen und 45 Menschen zum Opfer fielen.
»Die haben ihre Aggressionen einfach nicht unter Kontrolle«, berichtete ein 43-jähriger Anwohner und Augenzeuge. »Wenn die nicht mal auf ihre eigenen Kinder Rücksicht nehmen, was wird dann aus uns Menschen? Während die Regierung ständig Toleranz und Frieden predigt, tickt mitten unter uns eine Zeitbombe.«
Das soll sich nun mit dem neuen Gesetz ändern. Sobald das Signal einer Aggressionstoleranzüberschreitung von dem mit Tyrium-Chip ausgestatteten RFID-Transponder bei dem zuständigen Mentor der ELO eingeht, kann dieser nach Ablauf einer Minute die tödliche Metalllegierung ferngesteuert freisetzen. Es ist Dunkelelben verboten, sich außer-

halb der Reichweite der Transponderwellen aufzuhalten. Ein akustisches Signal warnt den Elben. Ignoriert er dieses, wird mit Ablauf von 15 Minuten, innerhalb derer er sich in Sendereichweite zurückbegeben könnte, das Tyrium automatisiert in seinem Körper freigesetzt. Weiterhin wird die Antiaggressionserziehung der Dunkelelbenkinder in den Instituten der ELO verstärkt. Smith und Henderson sind sich sicher, dass mit dem Gesetz ein großer Schritt zu einer friedlichen Lösung der Elbenfrage unternommen wurde. Die *International Union for Elfish Security* (IUES) erwägt, die Vorschriften ihrer Charta entsprechend anzupassen und in den übrigen Mitgliedstaaten als geltendes Recht umzusetzen, um zu verhindern, dass Dunkelelben in andere Auffangländer für Elben fliehen, in denen bislang keine Tyrium-Transponderpflicht besteht. Eine Abstimmung ist Ende Januar 2027 vorgesehen.
Wie erwartet hat das Gesetz bei den Dunkelelben zu einem Aufschrei der Empörung geführt. Vielerorts kam es zu Unruhen mit dem im Vorfeld der Gesetzesankündigung bereitgestellten Militär. Die Inhaftierung Hunderter Dunkelelben erfolgte nach der Bekanntgabe. Allen Häftlingen wurde noch in derselben Nacht der Tyrium-Chip implantiert. Mittlerweile wurden sie nach einer Einweisung in die Handhabung des Chips wieder entlassen.
In der Gemeinde der Lichtelben hat Hweitasils Erfindung gespaltene Meinungen hervorgerufen. Viele befürchten, dass das Tyrium trotz Verkapselung negative Auswirkungen auf die Gesundheit, elfische Sinneswahrnehmung und die Lebensdauer der Dunkelelben haben könne. Mögliche körperliche und geistige Langfristschäden seien derzeit nicht abschätzbar. Hweitasil verteidigte seinen Chip vor der Presse

mit der Begründung, den Menschen bliebe ansonsten nur die Euthanasie der Dunkelelbenspezies übrig.
»Glauben Sie mir, wir Lichtelben haben jahrtausendalte Erfahrung mit den Dunkelelben. Wut, Hass und eine übersteigerte Kampfbereitschaft stecken ihnen ebenso im Blut wie strategische Genialität. Und Dusk gilt diesbezüglich selbst unter den Dunkelelben als Ausnahmeerscheinung. Wenn Sie den Terror beenden wollen, müssen Sie ihm seine Armee wegnehmen.«
Erste Umfragen in weiten Teilen des Landes lassen ein deutliches Aufatmen der menschlichen Bevölkerung erkennen. Ob die neue Transpondertechnologie tatsächlich ein friedliches Miteinander gewährleisten kann, wird die Zukunft zeigen.

Das Date

Luz

»Denkst du gerade darüber nach, wie du heute Nacht sterben wirst?«

Luz fuhr zusammen und riss den Kopf zu Niall herum. Vor einer knappen Viertelstunde hatte er sie bei Kelly abgeholt. Jetzt saßen sie in seinem Wagen auf dem Weg zu »Lass-dich-überraschen«. Sie hatte keine Ahnung, ob es üblich war, dass Jungs bei einem Date nicht verrieten, wohin sie einen brachten. Ihr Instinkt sagte Luz, dass sie ihm vertrauen konnte. Aber hatte er gerade eben wirklich »sterben« gesagt? Sie starrte ihn an. Niall warf einen Blick in den Seitenspiegel und bog dann rechts in die Utah Street ab. Das Licht der vorbeiziehenden Straßenlaternen flackerte unruhig auf seinen hohen Wangenknochen. Er hob die rechte Augenbraue und lächelte schief.

»Oder bist du immer so gesprächig wie ein Stein und machst ein Gesicht, als ob man dich zu deiner Hinrichtung fährt, wenn du mit einem Jungen weggehst?«

»Keine Ahnung. Du bist der Erste.«

Luz stockte der Atem. *Shit!* … Bestand eine klitzekleine Hoffnung zurückzunehmen, was ihr gerade herausgerutscht war? Niall kam von der Spur ab, als er sich verblüfft zu ihr umdrehte. Die Felge schliff am Bordsteinrand und er riss das Lenkrad nach links, während Luz an der Innenseite ihrer Wange zu knabbern begann. *Verdammt. Verdammt. Ver…*

»Sorry. Das … hab ich nicht gewusst.«

Seine Stimme klang irgendwie unsicher. Nicht so Niall-lässig wie sonst. Bemitleidete er sie etwa? Verzweifelte Wut schoss wie Säure in ihren Magen und ihre Hände begannen zu zittern. Seit Niall dieses Schuljahr zum ersten Mal das Klassenzimmer betreten hatte, hoffte Luz auf ein Date mit ihm. Und jetzt hatte sie alles vermasselt, weil sie ständig daran denken musste, was Tyr zu ihr gesagt hatte: *Sei vorsichtig. Besser, ihr bleibt bei Kelly …* Woher zur Hölle wusste er überhaupt von ihrem Plan Niall zu treffen? Konnten Dunkelelben neuerdings Gedanken lesen?

»Wenn du keine Lust mehr hast, fahr mich zurück. Ist schon okay«, sagte Luz betont lässig, zuckte mit den Schultern und sah stur geradeaus.

Ungefähr so okay wie unter den Blicken Dutzender Touris nackt die Lombard Street hinunterzulaufen.

Niall steuerte den alten Ford an den Straßenrand und schaltete den Motor aus. Sie schaute nach unten, auf ihre über dem Rock ineinanderverkrampften Hände und wartete auf das Unvermeidliche.

»Hey!«, raunte er und sofort beschleunigte sich ihr Herzschlag, als befände sie sich in einem Wettlauf, nur wenige Fuß vor der Ziellinie. Niall beugte sich so weit zu ihr herüber, dass sie seinen warmen Atem auf der Wange fühlte. Seine Haut duftete herb, aber nicht nach einem dieser aufdringlichen Deos, wie sie beispielsweise Jim immer getragen hatte, sondern natürlich, kräutrig.

»Ich dachte, ich tick aus, als mein Vater mir in den Ferien sagte, ich müsste das nächste Schuljahr aus Sicherheitsgründen und um einen vorzeigbaren Abschluss für eine Elite-Uni zu bekommen, an die Greenwood High. War ja klar, dass ich massig Probleme mit all den stinkreichen Nullern kriegen würde. Aber dann setzt mich Rossi neben dich und ich denk, wow, was bist du für ein Glückspilz.«

Jetzt hob Luz doch den Kopf und sah ihn an, erwartungsvoll – und gleichzeitig schnürte ihr die Angst vor dem, was er sagen würde, die Luft ab. Niall lächelte dieses unwiderstehlich schiefe Lächeln und legte seine Hand vorsichtig in ihren Nacken, um mit ihrem Haar zu spielen.

»Luuuz«, flüsterte er gedehnt und dieses Niall-eigene Timbre ihres Namens flog von seinem Mund in ihr Innerstes, zupfte an Saiten, die noch nie zuvor berührt worden waren, und fand seine Resonanz. »Wer auch immer dir diesen Namen gegeben hat, muss an eine Sternschnuppe gedacht haben. Zumindest war das mein erster Gedanke und ich habe mir gewünscht, dass du den ganzen anderen Kerlen den Stinkefinger zeigen und dich nur für mich interessieren wirst.«

Seine Augen waren so groß und kamen immer näher. *Wie lange kann man eigentlich die Luft anhalten, ohne ohnmächtig zu werden?* Er stoppte kurz vor ihrem Gesicht.

»Und dann erfahre ich, dass du die Tochter von diesem Fascho bist. Wumm! Wie immer hat das Schicksal mich verarscht und …«

Oh ja! *Wumm!* So fühlte Luz sich in diesem Moment ebenfalls. Der vibrierende Faden, der sich zwischen ihnen gesponnen hatte, zerriss abrupt und sie kam zur Besinnung. Luz verengte die Augen. »Vorsicht, Dreier«, zischte sie. »Zufällig liebt die stinkreiche Nullerin diesen Fascho!«

Sein Lächeln wurde breiter und er lehnte sich zurück. »Du bist richtig süß, wenn du dich aufregst. Okay, das war nicht fair. Aber du musst schon zugeben, dass unsere Beziehung geradezu unheimlich an Romeo und Julia erinnert.«

Die aufflammende Wut ließ ihre Beklommenheit einfach verpuffen. »Weil ich Elbengrad null und du Grad drei bist und unsere Väter sich alle paar Tage politisch zerfleischen? Ach, es gibt Schlimmeres …«

Niall lachte bitter auf. »Was denn?«

Was wohl! Luz atmete tief durch, während sie an sein Geständnis dachte, dass er an seinem ersten Schultag an der Greenwood High dasselbe empfunden hatte wie sie.

»Wenn Sternschnuppenwünsche in Erfüllung gehen und Julia trotzdem fast ein Dreivierteljahr von Romeo ignoriert wird, weil er zu feige ist, sich über gesellschaftliche Missstände hinwegzusetzen.«

Sekundenlang starrte er sie mit offenem Mund an. Dann schluckte er und schüttelte den Kopf.

»Boah, Luz. Sag das noch mal.«

»Du bist eine feige Leuchte dritten Grades!«, provozierte sie ihn in Anspielung auf seine Lichtelbenmutter. »Wenn das mit Jim nicht passiert wäre, würden wir vermutlich immer noch nicht zusammen hier sitzen!«

Einen Moment lang dachte sie, dass sie den Bogen überspannt hatte. Niall reagierte so schnell, dass sie ihm nicht mehr ausweichen konnte. Seine Hände umfassten ihr Gesicht und er drückte seine Stirn sanft gegen ihre.

»Du solltest es mal mit Boxen probieren«, raunte er heiser. »So schnell wie du teilt bestimmt keiner aus.«

Und bevor sie noch etwas erwidern konnte, verschloss er ihren Mund mit seinen Lippen. Nur kurz. Viel zu kurz, um überhaupt zu realisieren, was er da tat. Und viel zu schnell, um ihn zu erwidern. Ihr erster Kuss zog an Luz vorbei in der Geschwindigkeit eines Asteroiden und hinterließ einen Krater voller Sehnsucht in ihrem Inneren. Niall grinste, als er ihre

Miene sah, drehte sich zurück zum Steuer, startete den Motor und fuhr los.

Der Sturz ist immer tief, wenn man auf rosa Wolken schwebt, hatte Kelly mal zu Luz gesagt. Sie fiel in den Abgrund, als Niall eine Viertelstunde später in eine spärlich beleuchtete Straße mit düster besprayten Graffiti-Wänden einbog und mit den Worten »Wir sind da« anhielt. Dabei hatte Luz gehofft, nein, war sich sicher gewesen, dass er diese Gegend nur durchfahren würde.

Sei vorsichtig, Luz. Es hätte nicht Tyrs Warnung oder die Verbote ihres Vaters, den Mission District nachts zu betreten, gebraucht. Man musste sich nur umsehen, um zu wissen, dass kein Mensch, der an seinem Leben hing, hier nach Einbruch der Dunkelheit rumhängen sollte. Seit dem Entführungsdrama und dem anschließenden Massaker vor achtzehn Jahren war das Viertel zum verwahrlosesten und kriminellsten Elbenghetto der Stadt verkommen. Aber schon davor waren Armut und Hunger hier an der Tagesordnung gewesen. Luz wusste das von ihrer Mutter, die als Krankenschwester bei *Medical Help for All Beings* gearbeitet hatte. Sie war eine der MHAB-Mitarbeiter, die damals gekidnappt worden waren. Ein Gutes hatte das Drama gehabt: Bei der Befreiungsaktion hatte sie Luz' Vater kennengelernt. Er war als junger Lieutenant in der Sondereinheit der Soldaten gewesen, die gegen Dusk und seine Anhänger gekämpft hatten. Wenn irgendjemand hier sie als Tochter von Jago Hernández Ruiz erkannte, war sie geliefert.

Als hätten sie ihre Gedanken gelesen, bauten sich wie aus dem Nichts vier hochgewachsene junge Männer vor Nialls Wagen auf. Drei von ihnen waren Dunkelelben. Sie hatten Tyrs aschfarbene Haut und weiße Haare. Der Vierte hatte seine braunen Haare an den Seiten rasiert, wodurch man seine im spitzen Winkel zulaufenden Elbenohren besser sehen konnte. In ein Ohrläppchen hatte er sich schwarze Lederriemen geflochten. Die meisten Lichtelben versuchten ihre Haare über den Ohren zu tragen, damit sie von den Menschen nicht sofort als solche erkannt wurden. Als ob nicht ein Blick auf ihre rechte Hand genügen würde.

»Bleib ganz cool«, flüsterte Niall und stieg aus.

Na klar doch. Verstohlen linste sie zum Cockpitmenü und fragte sich, ob es hysterisch wirkte, wenn sie den Sprachbefehl »Türen verriegeln« geben würde. Verfügte Nialls alte Kiste überhaupt schon über Sprachsteuerung?

Niall umarmte den Lichtelben herzlich und begrüßte die anderen drei nach Dunkelelbenart, indem er seine offenen Handflächen kurz nach oben hielt und sie dann aneinanderlegte. Händereichen oder Umarmungen in der Öffentlichkeit waren Dunkelelben zuwider, hatte Mrs Kramer ihnen in Elbengeschichte erzählt. Wichtiger wäre es, seinem Gegenüber zu zeigen, dass man unbewaffnet sei.

Luz verstand nicht, was sie miteinander redeten, aber nach einigem Gelächter ging einer der Dunkelelben auf die Beifahrerseite und öffnete Luz spöttisch lächelnd die Tür. Sie atmete tief durch und stieg mit wackligen Knien aus. Ihre Nasenspitze reichte gerade mal bis zu seiner Schulter, also reckte sie ihr Kinn und schaute ihm direkt in die Augen. Er trat so nahe an sie heran, dass nicht einmal mehr ein Finger zwischen ihre Kleidung passte. Dominanzrituale wurden den Dunkelelbenkindern in den Instituten eigentlich aberzogen. Dieser hier schien in der Schule nicht aufgepasst zu haben. Würde Luz ihn anzeigen, käme er dafür drei Monate lang in den

Knast. Wie die meisten Elben hatte er eine hohe Stirn und ebenmäßige, aristokratische Gesichtszüge. Seine Augen waren hellblau mit einem zarten violetten Rand um die Pupille. Luz roch eine Mischung aus Zigarettenrauch und Alkohol. Der Genuss von Letzterem war Dunkelelben ebenfalls verboten. Es hieß, er könnte ihren Aggressionsgrad ungünstig beeinflussen.

Langsam füllten sich ihre Augen von dem Starren mit Tränen. Luz hörte ein leises Lachen hinter sich. Nicht nachgeben! Ihre Bindehaut brannte, als hätte sie Zitronensaft über sie geträufelt. Sie konzentrierte sich auf die Wimpern des Dunkelelben, zählte jedes einzelne Haar. Bei fünfzehn fühlte sie etwas Nasses auf ihrer Wange. In der nächsten Sekunde senkte der Elbe ihr gegenüber die Lider und Luz schloss erleichtert die brennenden Augen. Plötzlich spürte sie, wie jemand über ihre Wange strich. Die Berührung war federleicht, samtig und kühl wie die Blütenblätter einer Rose und dennoch auf unerklärliche Weise intensiv.

Niall.

Aber als Luz die Augen öffnete, führte der Dunkelelbe vor ihr seine Finger zum Mund und benetzte seine Lippen mit der Träne, die er ihr von der Wange gepflückt hatte. Im nächsten Augenblick wurde er zurückgerissen und heftig gegen die Graffitimauer geschleudert, sodass er sich die Stirn aufschlug. Niall baute sich wie ein Turm mit dem Rücken zu Luz auf, ging leicht in die Knie und ballte die Fäuste. Der Dunkelelbe fuhr herum, aber bevor er auf Niall zustürmen konnte, wurde er von einem der anderen Dunkelelben festgehalten. Er riss ihm den Arm hoch und hielt ihm seine Hand vor das Gesicht. Die Tätowierung leuchtete bereits gelb auf.

»Fahr runter, Adrasel! Dein Mentor stopft dich in das Resozialisierungsprogramm, wenn du schon wieder Mist baust.«

Oh nein! Luz schob sich hinter Nialls Rücken hervor und schrie ihn an: »Spinnst du? Was sollte denn der Scheiß? Er hat doch gar nichts getan!«

»Sei still, Luz!« Niall atmete schwer. Es kostete ihn sichtlich Mühe, sich zu beherrschen. »Du verstehst das hier nicht.«

»Dann erklär es mir!«

Aber bevor er antworten konnte, ließ der Dunkelelbe Adrasels Hand los und wandte sich herablassend an Luz.

»Du solltest besser deinem Freund vertrauen, wenn du dich mit unseren Bräuchen nicht auskennst. Was Adrasel gerade getan hat, ist genauso intim, als hätte ein wildfremder Menschenjunge dich vor Nialls Augen in seine Arme gerissen und dir einen heftigen Zungenkuss verpasst.«

WAS?

Luz' Wangen wurden heiß und sie schaute bestürzt zu Adrasel. Er wischte sich gerade das Blut von der Stirn, als wären es nur ein paar Schweißtropfen und erwiderte grinsend ihren Blick. Niall legte den Arm um ihre Taille und drückte Luz an seine Seite.

»Pass da drin besser auf«, erklärte Adrasel und deutete mit einer Kopfbewegung zu einem Loch in der Mauer, vor dem ein schwarzes, rostiges Gitter befestigt war. Dahinter führten Stufen abwärts und aus dem Untergrund drangen Stimmen und Musik herauf.

Darel

Luz

Es war einer dieser Momente, in denen man genau weiß, was richtig wäre und man es trotzdem nicht tut. Etwas in Luz ließ sie wie hypnotisiert an Nialls Hand weitergehen, auf den Eingang zu, an dem Türsteher vorbei, der ihnen das Gitter aufhielt, und die Treppe hinunter.

Der beißende Gestank von Urin, Erbrochenem und feuchtem Beton war kaum auszuhalten. Luz presste sich die Hand vor Mund und Nase. Doch als Niall und sie durch eine Stahltür in einen riesigen Raum gelangten, in dem billige Plastiktische und Klappstühle aufgestellt worden waren, roch es zum Glück nur noch muffig und nach Bier.

Bunt, war ihr erster Eindruck. Als hätte sie jemand in eine dreidimensionale Farbpalette geschmissen. Wände, Decke und Kellerfenster waren mit Graffiti besprüht. Gelbe, rote und grüne Neonröhren beleuchteten fremdartige Landschaften, die Luz an ihr Elbengeschichtsbuch erinnerten. Junge Elbenmänner und -frauen, die mit Pfeil und Bogen in riesigen Wäldern jagten. Schwertkämpfer, Höhlen, Zwerge in Rüstung und schließlich großstädtische Häuserschluchten mit totenkopfähnlichen Elbengesichtern. Ihre weißen Haare und die aschfarbene Haut gesprenkelt von Blut, ihre Münder zum Schrei aufgerissen. Auf einem Grabstein stand das Wort »Magie«. An einer Wandseite war eine riesige, klauenhaft verzerrte Hand mit einer Tätowierung abgebildet. Aber statt einem DE oder LE erkannte Luz eine blutrote Null. Ihre Kehle schnürte sich zu. Niall legte von hinten die Arme um sie und drückte sie an seine Brust. Aber die Wärme seines Körpers ließ ihr Herz nur noch schneller schlagen. Auf einer hell beleuchteten Bühne spielte eine Band einen Song mit einem absurden Mix aus Schlagzeug, E-Gitarre und klassischen Elbeninstrumenten.

Niall schob Luz vor sich her zu einer improvisierten Bar aus aufeinandergestapelten Holzkisten. Der blonde Lichtelbe, der den Barkeeper mimte, sah jünger aus als Kellys kleiner Bruder. Mehr als sieben Jahre Schulbildung waren durchschnittlich für einen Lichtelben nicht drin. Sie wurden mit 14 Jahren aus den Instituten entlassen, es sei denn, sie qualifizierten sich für das Forschungsprogramm. Ein Studium an einer regulären Universität war ihnen verwehrt. Seit der Flucht der Elben in die Menschenwelt hing die Angst vor der möglichen Rückkehr ihrer Magie wie ein Damoklesschwert über den Köpfen der Politiker. Niemand wollte Elben in einflussreichen Positionen haben. Ihr magieloses Leben hier musste die Hölle für sie sein.

»Mit oder ohne Schuss?«, fragte der Junge sie lächelnd.

»Besser ohne!«, antwortete Niall für Luz und nahm ihm die Cola ab.

Misstrauisch beäugte sie seinen Becher.

»Keine Angst, ich bleibe heute Abend auch lieber nüchtern.«

»Damit du mich vor der menschenfeindlichen Meute hier verteidigen kannst?«

»Ungewohnt, wenn man plötzlich zur Minderheit gehört, nicht wahr?«, spottete er. »Aber du bist nicht die einzige Nullerin.«

Luz ließ ihren Blick über die Tische gleiten. Er hatte recht. Etwa ein Drittel der Besucher war nicht tätowiert. Menschen oder Mischlinge zweiten und dritten Grades, wie er. War das der Grund, warum er sie ausgerechnet hierher geführt hatte? Damit sie spürte, wie er sich an der Greenwood High fühlte? Wenn Luz geahnt hätte, wohin Niall mit ihr ging, hätte sie sich niemals von Kelly überreden lassen, dieses Outfit zu tragen und lieber ihre Jeans und den Poncho anbehalten.

»Du brauchst etwas Luftiges, kurz und sexy. Bestimmt geht Niall mit dir in einen Club tanzen«, hatte Kelly gemutmaßt und in ihrem Schrank gekramt – ungeachtet ihres Einwands, dass sie ihren Poncho ausziehen konnte und darunter nur ein dünnes, weißes Shirt trug.

Nach Tanzen sah das hier wahrlich nicht aus.

Kelly hatte einen ultrakurzen, schwarzen Faltenrock hervorgezogen, der ihr wohl zuletzt im Alter von vierzehn gepasst hatte. An Luz saß er perfekt und harmonierte gut mit dem eng anliegenden Shirt. Doch ihren Poncho hatte Kelly in den Schrank verbannt und durch einen seidig glänzenden Satinblazer in Rosé ersetzt. Luz kam sich jetzt darin so overdressed vor, als würde sie auf eine der Partys im Yachtclub ihrer Eltern gehen, von denen Vanessa ihr erzählt und deren Besuch ihr Vater Luz bislang streng untersagt hatte. Zumindest hatte sie ihre Chucks anbehalten, weil Kellys Pumps ihr eineinhalb Nummern zu groß gewesen waren.

»Komm weiter nach vorne, dann siehst du es besser.« Niall bugsierte Luz zu einer Nische in Bühnennähe, zog seine Lederjacke aus und breitete sie auf dem Boden aus. Sie setzten sich darauf und lehnten sich an die kühle Wand. Die Musik dröhnte so laut aus den Boxen rechts von ihnen, dass er sich ganz nah an ihr Ohr beugte und schreien musste, damit Luz ihn verstand.

»Ich will, dass du ihn kennenlernst. Er ist nicht oft da.

Aber das mit Vanessa und Jim lässt er sich hundertpro nicht entgehen.«

»Wen meinst du?«

Niall schmunzelte geheimnisvoll, ohne zu antworten, und fuhr mit seiner Hand in ihren Nacken. Die Worte weckten Angst und Neugierde zugleich und die Berührung seiner Hand entfachte eine eigenartige Hitze in ihrem Bauch. Rasch wandte sie sich der Bühne zu.

Die Band hatte aufgehört zu spielen und räumte ihre Instrumente zur Seite. Eine schlanke, hochgewachsene junge Frau schnappte sich das Mikrofon. Ihre rotblonden Haare hingen ihr bis zu den Hüften. Auf ihrer rechten Hand schimmerte das Lichtelbenmal.

»Langweiliger Tag heute, hm?« Gelächter folgte ihren Worten. »Ich meine, hey, da hat so ein dämlicher Aschefresser mal wieder Probleme, seine Hormone unter Kontrolle zu bekommen und schon darf ich meiner hochverehrten Menschenfamilie nicht mehr das Mittagessen machen, weil sie Angst haben, ich könnte sie vergiften!«

Die Leute um sie herum johlten. Niall schenkte Luz ein beruhigendes Lächeln und drückte sie enger an sich. Aber Luz war nicht zum Lachen zumute. Sie fühlte sich wie eine Katze, die auf der schmalen Metalleinfassung einer glühenden Herdplatte entlangbalancierte.

»Die Wäsche konnte ich auch nicht bügeln, denn meine Menschenherrin hat von ihrer Nachbarin gehört, dass es auch Kontaktgift gibt. Also hab ich mir den Besen geschnappt, um wenigstens die Terrasse zu fegen. Zu mehr reicht meine Schulbildung schließlich nicht. Aber den könnte ich verhexen und davonfliegen, hat da die kleine Herrin behauptet. Sie weiß das, hat sie doch vorgestern erst ein Buch über

Elben und ihre magischen Fähigkeiten gelesen. Wir tragen in unserer Heimat rosa Kleidchen mit Glitzerblütenstaub und tanzen bei Mondschein über Blumenwiesen, während unsere Kerle in engen grünen Strumpfhosen auf Einhörnern durch die Wälder reiten.«

Niall legte seinen Kopf in den Nacken und lachte. Luz zögerte einen Moment, aber bei der Vorstellung, wie er in einer engen Leggins auf einem Einhorn aussehen würde, stimmte sie schließlich in sein Lachen ein.

Sag ihm bloß nicht, dass du mit Fünf ähnliche Vorstellungen von Elben gehabt hast!

»Aber nie und nimmer, denke ich, wo es mir doch so gut gefällt, dass du mir ganze Haarbüschel ausreißt, um neue Frisuren an deiner lebendigen Elbenpuppe auszuprobieren.«

Das Lächeln auf Luz' Mund begann jetzt zu schmerzen und sie drückte sich ein wenig enger an Niall, als könnte seine Wärme die plötzliche Kälte, die sich in ihr breitmachte, aufhalten.

»Versteht ihr jetzt, wie langweilig dieser Tag war? Ich könnte den Kerl glatt umbringen … aber Moment, nicht nötig, ihr Aschefresser habt ja einen Selbstzerstörungsmodus implantiert.«

Klatschen und Fußtrampeln folgte ihren Worten. Eine Gruppe am anderen Ende des Raumes grölte besonders laut. Als Luz in ihre Richtung schaute, entdeckte sie Adrasel inmitten anderer junger Dunkelelbenmänner. In der linken Hand hielt er eine Flasche mit einer bernsteinfarbenen Flüssigkeit. Zu ihrem Entsetzen schaute er nicht auf die Bühne, sondern zu ihr. Seine Lippen verzogen sich zu einem Grinsen und er prostete Luz zu. Sie wollte auf der Stelle gehen. Bloß raus hier! Warum hatte Niall sie nur hierhergeschleppt? Wenn sie ihm vor zwei Wochen nicht gegen Vanessa und Jim zu Hilfe geeilt wäre, als dieser seine Muskeln an einem »Lichtelbenbastard« ausprobieren wollte, und ihn heimlich mit Tyrasils Unterstützung nach Hause gebracht hätte, würde sie jetzt daheim in ihrem Bett liegen und lesen.

Und die Welt wäre für Klein-Luz in bester Ordnung.

Shit! Luz schloss die Augen.

»Da sage mal einer, wir Lichtelben tun nichts für euch …« Pfiffe schrillten in ihren Ohren. »Während unsereins vor den Metrogleisen oder auf dem Hochhaus steht und seinen ganzen Mumm zusammennehmen muss, um diesem paradiesischen Zustand menschlicher Befreiung ein für alle Mal zu entsagen, braucht ihr einfach nur das tun, was euch am meisten Spaß macht: Euren Kampfgeist entfesseln, um euren Herren das Genick zu brechen.«

Die Stimmung kochte über. Luz öffnete gerade rechtzeitig die Augen, um zu sehen, wie Adrasel die rechte Faust in die Höhe reckte, aber wenigstens starrte er sie nun nicht mehr an.

»Hoch lebe die Elite der Lichtelben! Hoch lebe Hweitasil!«

Als der Applaus und die falschen Hochrufe abebbten, hob die Lichtelbin die Hand und deutete in den Raum.

»Hebt euch das lieber für ihn auf, den Nuller, der mit Worten um sich schlägt wie ihr Dunkelelben mit euren Fäusten. Rauf mit dir, Darel!«

Ein Mensch? Verdutzt folgte Luz der Richtung, in die ihr ausgestreckter Arm wies.

»Das ist er«, flüsterte Niall mit vielsagender Stimme und Luz hielt den Atem an.

Aus dem schattigen Dunkel neben der Eingangstür löste sich eine Gestalt und schob sich geschmeidig zwischen eng zusammengestellten Tischen, Stühlen und applaudierenden Zuschauern hindurch. Darels Hände waren in den Hosentaschen seiner Jeans vergraben, der Kopf unter der Kapuze seines schwarzen Hoodies so weit gesenkt, dass Luz nur einen Blick auf den unteren Bereich seines Gesichtes erhaschen konnte. Seine Oberlippe war schmaler als die Unterlippe, die Haut so hell wie ihre, wenn nicht noch blasser, und das Kinn kantig mit einer kleinen, vertikalen Narbe. Anstatt die Trittleiter auf der rechten Seite der Bühne zu benutzen, wurden seine Schritte schneller, je näher er kam. Er zog die Hände aus den Hosentaschen, riss die Arme hoch und sprang mit einem Satz auf das Podium, wo er aus der Hocke abfederte und vor dem Elbenmädchen zum Stehen kam.

Wow!

Einen Augenblick verharrte er regungslos, dann nahm er der Elbin das Mikro ab, indem er seinen Arm um ihre Schultern schlang und ihr etwas ins Ohr flüsterte, was ihren Teint dazu brachte, die Farbe ihrer Haare anzunehmen.

»Wetten, die haben was miteinander«, sagte Niall grinsend, aber Luz achtete nicht auf ihn, denn in diesem Moment ging das Elbenmädchen ein Stück zur Seite und Darel drehte sich zum Publikum, warf mit einer lässigen Kopfbewegung seine Kapuze in den Nacken und ließ den Blick über die jubelnde Menge wandern. Er war einen Kopf größer als Niall und nur wenig älter.

Darel sah ohne Zweifel gut aus.

Nicht gut im Sinne von »Ich bin der Junge, dem du vertrauen kannst, der dich zum Lachen bringt und mit dir bis ans Ende der Welt geht«, sondern gut wie »Ich bin die Inkarnation all dessen, wovor dein Vater dich beschützen will, am Ende meines bittersüßen Weges wartet auf dich ein Abgrund

und wenn ich springe, werde ich dich umarmen und mit mir nach unten reißen.«

Über seiner alabasterweißen Haut stachen die mit schwarzem Kajal nachgefahrenen Augen deutlich hervor. Ihre Farbe konnte Luz auf die Entfernung nicht erkennen. Aber sie waren hell. Wahrscheinlich blau. Als sein Blick Luz streifte, ertappte sie sich unwillkürlich bei dem Wunsch, dass er an ihr hängen blieb. Aber das tat er nicht. Warum sollte er auch? *Hör auf zu starren, Luz!*

Was war eigentlich mit ihr los? Verärgert über ihre Reaktion lehnte Luz ihren Kopf an Nialls Schulter. Er hauchte ihr einen Kuss auf den Scheitel. Gerade da hob Darel die linke Hand und sofort wurde es leise im Raum. Eine gespannte Erwartung lag in der Luft, wie ein Pfeil, der auf einer Sehne lag, bereit zum Abschuss.

»Das hier ist für Dubhuir«, raunte Darel ins Mikrofon und strich sich eine schwarze Haarsträhne aus der Stirn. Seine Stimme war dunkel, aber nicht rau wie die von Luz' Vater, eher melodisch samtig. Dubhuir. Niall hatte recht gehabt. Das war der Name des Dunkelelben gewesen, der Vanessa und Jim ermordet hatte. Darel schloss die Augen und begann leise und monoton zu sprechen.

»Sechzig Sekunden.
Sechzig Sekunden lang denke ich jeden Tag
an meine Befreier.
Aggressionslos, motivationslos,
perfekt kontrolliert,
jahrelang einstudiert, konditioniert.
Ein folgsamer Welpe.

Sechzig Sekunden lang danke ich jedem Tag
für sein Ende.
Wimpernschlaglos, schlaflos
starrend in aschdunkle Nacht voller Ohnmacht.
Ein jaulender Welpe.

Sechzig Sekunden lang spreche ich jeden Morgen
mit meinem Mentor.
Belanglos, sinnlos, akzeptierend,
resignierend, schauspielernd.
Ein routinierter Kettenhund.

Sechzig Sekunden lang sehe ich jeden Morgen
in deine Augen.
Schamlos, wortlos,
ehrfürchtig hoffend, wartend und bittend.
Ein winselnder Hund.«

Die Worte taten ihr weh. Darels Stimme war wie die Klinge eines scharfen Messers, die über Luz' Herz strich und nach der passenden Stelle suchte, um zuzustechen. Einen winzigen Moment lang war es so still, als hätte jemand das Kabel des Mikrofons abrupt durchtrennt. Dann riss Darel die Augen auf und schlagartig kam Bewegung in seinen Körper, als er schneller, atemlos, immer lauter werdend, rief:

»Ich verschwinde, vergehe, versinke und stehe
auf schwankenden Planken
im Ozean sturmtosender Gedanken,
berauscht, habe ich deinen Worten gelauscht,
Befehle erhalten, genickt und mein Maul gehalten.

Sekunden lebensverrinnender Hoffnungslosigkeit.
Drei, zwei, eins, null.
Sechzig Sekunden sind eine Ewigkeit.

Und dann –«

Heiser raunend hob Darel die Hände und ein so verzückter Ausdruck glitt über sein Gesicht, dass Luz sich am liebsten die Ohren zugehalten hätte. Sie wusste, was jetzt kam. Sie hatte Vanessa schließlich gut genug gekannt.

»Sechzig Sekunden lang umspielt eines morgens
ein Lächeln deine Lippen.
Furchtlos, sorglos,
schneidet dein bewundernder Blick in mein Herz,
süßer, reanimierender Schmerz.
Ein stolzer Wolf.

Sechzig Sekunden lang berührst du
an diesem Abend meinen Mund.
Haut auf Haut.
Elektrisiert, schockiert,
rastlos, schwerelos
hämmert der Puls in meinem Ohr.
Du dämlicher Elbentor!«

Die letzten Worte spie Darel voller Verachtung in den Raum, bevor er sich in einen brüllenden Sturm verwandelte, der auf dem Podium auf und ab lief, die Fäuste ballte und gegen die Wand schlug.

»Sechzig Sekunden lang lachst du
zwei Wochen später mir ins Gesicht.
Gefühllos, erbarmungslos.
Verachtet, verletzt,
am Boden zerquetscht
wie ein Parasit.

Will widersprechen,
will schreien,
mich an dir rächen,
mich endlich befreien.
Ich brülle laut –
das Implantat leuchtet rot unter meiner Haut.
Aggressionstoleranzgrad überwunden,
nur noch
SCHEISS VERDAMMTE SECHZIG SEKUNDEN
verbleibende Zeit,
meinen Mentor zu informieren,
zu deeskalieren, kapitulieren,
meine inhaltslose Lebenshülse zu reaktivieren,
bevor das Gift meine Blutbahn erreicht.
Ich drücke zitternd das Display,
der Mentor spricht,
ich atme,
warte.

Und dann –
Klatschst du und sagst zu dem Kerl neben dir:
›Wette gewonnen!‹
Lächelnd, besitzergreifend, Aufmerksamkeit heischend
legt er seine braun gebrannten Arme um dich.

Und als seine Lippen deinen Mund verschlingen,
die offenen Augen spöttisch die meinen durchdringen,
ignoriere ich
Anweisungen, Training, lebensrettende Schritte,
des Mentors Stimme, meiner Eltern Bitte
durchzuhalten.

Denn da bist nur du.
Dein Gesicht zerstäubt im Diamantstaub meines Hasses,
meiner Wut,
mit unbetäubter, ungeknebelter, entfesselter Glut
atme ich ihn ein und stürze auf dich zu.

Sechzig Sekunden lang dauert es,
bis das Implantat das Tyrium freisetzt.
Die Metalllegierung mich innerlich verbluten lässt,
Rettungslos, hoffnungslos,
schmerzerfüllt am Boden windend,
Hervorquellende Augen,
vom Mühsam-nach-Luft-Saugen.
Ein verreckender Köter.

Verschwommen ist mein letzter Blick
auf euer beider gebrochenes Genick.

Denn ich brauchte nur sieben Sekunden,
um euer erbärmliches Menschenleben zu beenden.
Triumph und Blut kleben an meinen Händen,
als stolzer Dunkelelbe zu sterben bereit,
Drei, zwei, eins, null –
endlich befreit.«

Die Stille währte nur wenige Sekunden.

Sekunden, in denen Luz unaufhaltsam die Tränen über die Wangen liefen, von denen alle Welt erwartet hatte, dass sie sie für Vanessa vergießen würde.

Sekunden, in denen sie begriff, dass nach dieser Nacht nichts mehr so sein würde wie zuvor. Dann hörte sie aus mehreren Richtungen das gleiche Geräusch. Ein metallisches Ploppen, als würden Coladosen auf den Boden fallen. Und plötzlich war alles voll weißem Rauch. Ihre Augen brannten, noch mehr Tränen liefen ihr über die Wangen und sie konnte überhaupt nicht mehr atmen. Schreie schlugen ihr von allen Seiten entgegen. Niall packte sie am Arm und brüllte: »Wir müssen abhauen, Luz! Komm, wir –«

Das Geräusch umstürzender Tische und Stühle verschluckte den Rest seiner Worte, und gerade als sie sich aufrichten wollte, stieß jemand gegen sie. Luz stürzte und Nialls Hand verschwand in dem verschwommenen Dunkel. Blind krabbelte sie über den Boden, wurde umgestoßen, mitgeschleift und presste sich die Hände schützend auf den Kopf, als Leute begannen, über sie zu trampeln. Ihre Rippen und Knie schmerzten, sie atmete flüssiges Feuer und ihre Lunge verkrampfte sich immer mehr. Sie würde ersticken, analysierte ihr Verstand erstaunlich klar, während die Angst ihr in alle Glieder kroch. Nialls dämlicher Witz, dass sie heute Nacht sterben würde, pulsierte plötzlich wie ein grausiges Echo in ihren Ohren.

Gerade in diesem Moment spürte sie einen Arm um ihre Mitte. Jemand riss sie hoch und zog sie mit sich. Und dann hörte Luz durch ein Megafon die verzerrte Stimme ihres Vaters über den ganzen Lärm schallen: »Treibt das Pack zusammen und schafft es ins Institut.«

Blind

Luz

»Niall?«, rief Luz, so laut sie konnte.

Aber wer auch immer sie durch das Inferno aus Gebrüll, beißendem Rauch und dicht gedrängten Körpern zerrte, konnte nicht Niall sein. Er war größer. Sein Arm hielt sie so fest an sich gepresst, dass sich sein Hüftknochen in ihre Taille drückte, während ihre Füße immer wieder den Halt verloren und der Mann sie mehr mit sich schleifte, als dass sie selbst lief. War das einer von der Sondereinheit ihres Vaters? *Dafür kriegst du wahrscheinlich bis zu deiner Volljährigkeit Hausarrest!*

Jemand klammerte sich an ihren Arm und sie spürte Nägel über ihre Haut schaben, als sie ihn abschüttelte. Luz' Augen brannten und tränten noch immer wie verrückt. So blind kam sie sich vollkommen ausgeliefert vor, selbst wenn da nicht dieser Unbekannte gewesen wäre. Er blieb abrupt stehen, sie stolperte hart gegen seine Seite, aber er fing sie ab. Seine Hand war ziemlich kühl für die Hitze, die hier im Raum herrschte. Kühl wie die Hand, die vor einer Stunde ihre Wange berührt hatte.

»Adrasel?«, keuchte Luz erschrocken und stemmte sich gegen ihn, aber er antwortete nicht, zog sie nur unaufhaltsam weiter, dann wurde sie mit einem Ruck hochgehoben. Luz versuchte, sich durch Strampeln und Schlagen aus seinem Griff zu befreien, aber seine Muskeln waren hart und ihre Befreiungsversuche schienen ihn nicht im Geringsten zu beeindrucken, während er sie noch ein Stück höher stemmte und sie irgendwo hineinwuchtete. Sie wollte sich aufrichten, stieß sich dabei aber den Hinterkopf. Verflucht, wenn sie doch irgendwas erkennen könnte!

Hastig tastete Luz den Boden und die Seitenwände ab. Sie war in einer Art Schacht. Eng und niedrig. Als sie hektisch von der Öffnung wegkrabbelte, hörte sie ein scharrendes Geräusch hinter sich. Ihr Verfolger packte sie am Fuß. Luz hielt einen Moment inne, gerade so lange, bis sie ihn dicht hinter sich spürte, dann verlagerte sie ihr Gewicht und trat mit voller Kraft nach hinten. Ein dumpfes Aufprallgeräusch ertönte. Weiter! Schneller! Ihre Knie schmerzten und ihre Handballen rieben an der rauen Oberfläche des Bodens. Plötzlich stieß sie mit dem Kopf gegen etwas Hartes. Ihre Stirn pochte. Verdammt. Das würde eine dicke Beule geben! Vor sich ertastete sie die rissige Struktur einer Mauer. Gefangen! Auf einmal blendete sie grelles Licht. Ihre Sicht war immer noch verschwommen, aber zumindest erkannte sie dunkle Kleidung. Und eine schwarze, monströse Fratze mit riesigen Augenlöchern, die einem Insekt ähnelten. Luz schrie auf. Das war nicht Adrasel! Ihre Stimme hallte unangenehm schrill durch den Schacht, gleichzeitig trat sie mit den Füßen in seine Richtung, aber der Unbekannte hielt genügend Sicherheitsabstand, um ihr auszuweichen. Angst schnürte sich wie eine Fessel um ihre Brust. Wer zur Hölle war das? Nach kurzer Zeit war Luz heiser und musste husten. Der Fremde hob die Hand. Die Taschenlampe schwenkte herum und richtete sich in dem Moment auf sein Gesicht, als er die schwarze Maske herunterzog.

»Bei dem Lärm da unten hört dich hier keiner. Deine Atemwege sind von dem Tränengas gereizt. Wenn du weiterhin so brüllst, geben deine Stimmbänder für ein paar Tage den Geist auf.«

Sie sah ihn nur unscharf, aber sie erkannte seine Stimme sofort. Melodisch und dunkel. Wie Seide, die kühl über die Haut streicht.

»Darel?«, flüsterte sie völlig entgeistert.

Er nickte. »Kannst du irgendwas sehen?«

»Ja, aber nur unscharf.«

»Gut. Dann ist die Granate nicht unmittelbar neben dir aufgeschlagen.« Während sie zu begreifen versuchte, warum er sie hierhergeschleppt hatte, beugte sich Darel über sie und griff an die Decke. »Hier gibt's eine Luke, die in einen Lagerraum führt. Von dort können wir verschwinden. Draußen gibst du keinen Laut von dir, ist das klar, Luz?«

Seine Anweisungen waren unmissverständlich und ruhig. Das erinnerte Luz an ihren Vater. Aber der sprach ihren Namen nicht wie ein Schimpfwort aus. Und dann kam ihr ein neuer Gedanke. »Woher weißt du überhaupt, wer ich bin?«

Darel gab einen unwilligen Ton von sich. »Dafür ist jetzt keine Zeit. Du musst dich entscheiden. Entweder du haust mit mir ab und betest, dass dein Vater nie rausbekommt, dass du im Mission District mit Aschefressern abhängst, oder du wartest, bis ich mich in Sicherheit gebracht habe und kriechst dann zu Daddy und bittest ihn reumütig um Verzeihung.« Die Verachtung in seiner schönen Stimme machte Luz so wütend, dass ihre Finger zu zittern begannen. So wütend, dass sie einfach nicht darüber nachdachte, warum er ihr helfen sollte, obwohl er ihren Vater und sie offensichtlich nicht ausstehen konnte. Sie dachte nur noch daran, dass er in ihr gefälligst nicht das kleine ängstliche Mädchen sehen sollte.

»Ich komme mit!«

Sehend

Luz

Der Raum, in den Darel sie durch die schmale Luke zog, war eisig, sodass Luz sofort eine Gänsehaut bekam. Ihr von dem Tumult verschwitztes Oberteil klebte unter dem dünnen Blazer kalt an ihrer Haut. Im flackernden Schein von Darels Taschenlampe nahm sie Kartons, Getränkekästen und Regale mit Lebensmitteln wahr. Sie mussten in einem Kühllager sein. Darel ließ seinen Rucksack vom Rücken gleiten, zog seinen Hoodie aus und streckte ihn Luz wortlos entgegen. Sie streifte ihn dankbar über und zog sich die Kapuze tief ins Gesicht. Ihre Haare würden ansonsten im Mondlicht leuchten wie gesponnenes Silber. Unter der Kapuze roch es herb nach Männershampoo. Luz beobachtete, wie Darel die schwarze Gasmaske in den Rucksack stopfte. Hatte er etwa gewusst, dass die ELO einen Angriff plante? Oder lief er immer mit einem ELO-Survival-Set rum? Wer weiß, was sonst noch in dem Rucksack steckte? Er ignorierte ihren fragenden Blick und zog sie am Arm weiter. Vorsichtig schob er die Tür einen Spaltbreit auf und lugte hinaus. Als er seinen Zeigefinger an den Mund legte, nickte Luz und folgte ihm ins Freie. Ihre Augen hatten endlich aufgehört zu tränen und sie konnte fast wieder normal sehen. Der rebellische Poetry Slammer und sie befanden sich in einer Sackgasse auf der Rückseite des Blocks. Am einzigen Ausgang, mit dem Rücken zu ihnen, standen zwei ELO-Soldaten mit Maschinengewehren und beobachteten das Treiben auf der Hauptstraße. Luz blieb wie angewurzelt stehen. Sie konnte sehen, wie Mitarbeiter der Sondereinheit ihres Vaters den Lichtelben, den Niall bei ihrer Ankunft umarmt hatte, zu Boden schlugen, als er sich weigerte, in einen Gefängniswagen einzusteigen. Dann packten sie ihn an Händen und Füßen und warfen ihn grob ins Innere des Fahrzeugs.

Niall! Verdammt! Wieso hatte sie nicht früher an ihn gedacht? Er würde ihre Hilfe brauchen!

Aber als Luz auf die ELO-Soldaten zugehen wollte, riss Darel sie grob herum, schubste sie zu einem Kellerabgang im Wohnblock gegenüber und presste ihr eine Hand auf den Mund.

»Mach jetzt keinen Scheiß!«

Zornig schlug sie seine Hand beiseite. »Mein Freund ist da draußen!« Sie deutete zum Straßenende. »Ich muss –«

»Wer?«

»Niall Evans.«

Ein amüsiertes Zucken glitt über seine Lippen und seine Augen blitzten spöttisch auf. »Dein *Freund*. Ernsthaft? Das wird Daddy aber gar nicht gefallen.«

Luz ging nicht auf seine Bemerkung ein. »Du kannst dich von mir aus hier verstecken. Aber lass mich gehen.« Sie stockte einen Moment, als sie Darels abweisenden Blick bemerkte, und fügte dann hinzu: »Oder ich schreie auf der Stelle um Hilfe.«

»Nein. So funktioniert das nicht. Wenn du hier rausmarschierst, werden sie die ganze Sackgasse nach weiteren Flüchtigen absuchen.«

»Aber ich –«

Darel hielt sie mit beiden Händen an den Schultern fest

und beugte sich so nahe zu Luz hinunter, dass er fast ihre Stirn berührte. Sein Blick war ernst.

»Ich verspreche dir, Evans wird nichts geschehen. Sein Vater ist verdammt einflussreich. Er wird ihn da raushauen.« Luz schüttelte trotzig den Kopf. Darel ließ sie abrupt los und verschränkte die Arme vor der Brust. »Von mir aus, geh! Aber damit machst du es für ihn nur noch schlimmer. Oder weiß dein Vater von ihm und dir?«

Einen Augenblick lang starrten sie sich stumm an. Er hatte recht. Niall würde nichts von ihrem Date verraten und sein Dad würde ihm sicher helfen. Aber wenn Luz jetzt die Soldaten auf sich aufmerksam machte, würde ihr Vater von der Verabredung erfahren. Noch bestand Hoffnung, dass sie unbemerkt zu Kelly zurückgelangen konnte. Tyrasils Worte fielen ihr wieder ein. *Wenn dein Vater davon erfährt, wird Niall sich wünschen, dich nie kennengelernt zu haben.*

Sie gab sich einen Ruck. »Lass uns abhauen!«

»Du bist ja doch nicht so dumm, wie ich dachte.«

Bevor Luz noch etwas auf diese unverschämte Bemerkung erwidern konnte, holte Darel ein gebogenes Metallstück aus der Hosentasche und machte sich an dem Schloss der Kellertür zu schaffen. Währenddessen linste Luz vorsichtig über den Rand der Kellertreppe zum Straßenende. Ihr Vater hatte ihr nie von seinen Einsätzen erzählt. Im Fernsehen zeigten sie ihnen Bilder, in denen Dunkelelben Brandsätze schmissen und nach einem kurzen Kampf mit den Händen über dem Kopf im Gleichschritt abgeführt wurden, oder man sah ihre Leichen mit rot blinkenden Handrücken, nachdem das Tyrium freigesetzt worden war. Aber hier waren nur wenige Dunkelelben und die hatten sich friedfertig verhalten. Warum wollte er diese Leute ins Institut schaffen? Die Schreie der sich wehrenden Menge am Ende der Straße wurden von den harschen Befehlen der ELO-Soldaten unterbrochen. Türen schlugen zu, ein Motor startete. Und dann hörte Luz plötzlich drei Schüsse. Sie waren unmittelbar hintereinander abgegeben worden. Angstschreie und das Geräusch auf dem Asphalt klopfender, schwerer Stiefel folgten ihnen. Vor Schreck biss sie sich auf die Unterlippe und klammerte sich mit beiden Händen an das Treppengeländer, während sie atemlos den Tumult verfolgte. Eine schmale Gestalt löste sich aus der aufgewühlten Menge und flog auf sie zu. Ihre Füße berührten kaum den Boden und ihre Haare waren züngelnde Feuerschweife um ein bleiches, angstverzerrtes Gesicht. Ihre Hand umklammerte einen dunklen Gegenstand. Nur noch zehn Schritte, dann musste sie Darel und Luz erreicht haben und sie erkannte entsetzt die junge Lichtelbin wieder, die auf der Bühne Darel angekündigt hatte. Sturmgewehrsalven trommelten plötzlich dumpf in ihren Ohren und Luz' Magen krampfte sich schmerzhaft zusammen, als der Körper der Frau nach vorne geschleudert wurde, leblos, als hätte jemand die Fäden einer Marionette durchtrennt. Einen Augenblick lang verharrte er in der Luft, dann klatschte die junge Elbin mit einem hässlichen Laut nur wenige Fuß von ihr entfernt mit dem Gesicht nach unten auf den Asphalt. Gleichzeitig schlitterte etwas zu ihr hinüber. Hinter sich konnte Luz hören, wie Darel sich fluchend gegen die Kellertür warf. *Wumm.* Er stöhnte. *Wumm.* Luz presste die rechte Hand fest auf den Mund, um nicht zu schreien. Sie sollte sich zu Darel umdrehen, ihm Bescheid geben, aber sie schaffte es nicht, sich auch nur einen Zoll zu bewegen. Scheinwerfer flammten auf. Unbarmherzig hell offenbarte ihr kaltes Licht jedes Detail der reglosen Elbin: das helle T-Shirt, an den Seiten gesprenkelt von Straßendreck, während sich am Rücken der Stoff langsam rot färbte. Ihre Haare waren nach vorne gefallen und umflossen ihren Kopf wie eine leuchtend rote Krone. Ein bitterer Geschmack machte sich in Luz' Mund breit. Sie senkte den Blick und dabei fiel ihr die Waffe ins Auge, die nur wenige Zoll entfernt von ihr lag. Hinter ihr hämmerte Darel immer noch auf die Tür ein, aber jetzt mischte sich das Trampeln von Stiefeln in das Geräusch, wurde lauter, kam immer näher, und ohne nachzudenken, beugte sich Luz blitzschnell hinunter und griff zu. Im selben Moment gab die Kellertür krachend nach, Darel packte Luz an den Schultern und riss sie rückwärts mit sich, in das Innere des Hauses. Während er die Tür hinter ihnen schloss, schob sie die Pistole hastig in die Tasche des Hoodies.

»Schnell!«, befahl Darel und eilte die ersten Treppenstufen hoch. »Gleich sind sie hier.«

Schmerz. In ihrer rechten Seite, ihrer Lunge, den Knien. Fünfzehn Stockwerke konnten verdammt hoch sein, wenn man keine Kondition hatte und versuchte, mit einem durchtrainierten Mann über endlos lange Treppenstufen Schritt zu halten. Als sie endlich das Dach erreichten, glaubte Luz, sich gleich übergeben zu müssen. Mit zitternden Beinen lehnte sie sich an die Wand neben der Tür. Schweiß lief ihr an den Schläfen hinab und tropfte in ihren Ausschnitt. Darel marschierte zielstrebig zur Dachkante und starrte hinunter. Er ging ein paar Schritte weiter. Sah sich erneut um.

Du bist so ein Idiot, Luz. Was hast du gedacht, warum er aufs Dach will!

Ein aufmunterndes Lächeln lag jetzt auf seinem Gesicht, als er wieder zu ihr zurückkam.

»Vergiss es!«, keuchte sie, immer noch außer Atem.

»Ach komm schon, so weit ist es gar nicht.«

Luz fragte sich, ob eigentlich alle ersten Dates so katastrophal verliefen oder ob nur wieder sie so ein Glückspilz war.
»Das sind mindestens 16 Fuß!«

»Knapp dreizehn. Du siehst doch gar nicht so unsportlich aus.«

Beim letzten Sportfest hatte Luz gerade mal zwölfeinhalb Fuß im Weitsprung geschafft. Und darauf war sie schon stolz gewesen. Ihr Rekord würde jetzt ihren Tod bedeuten.

»Sie werden die aufgebrochene Kellertür entdecken und dann das Haus durchsuchen. Aber wenn du dich natürlich lieber bei Daddy ausweinen willst …« Darel zuckte die Schultern und wandte sich ab.

Mistkerl! Während er auf die Dachkante zuschlenderte, bekämpfte Luz mühsam den Drang, auf ihn zuzurennen und ihn zu schubsen. Trotzdem verstand sie, warum er diese Dachseite gewählt hatte. Ein Baugerüst war an der gegenüberliegenden Fassade befestigt worden. Als sie die Geräusche hallender Schritte hinter sich im Treppenhaus hörte, dachte sie an Niall, das schiefe Lächeln um seinen Mund, die warmen, rehbraunen Augen. Und daran, wie ihr Vater ihn im Institut verhören würde, wenn er erfuhr, dass er sie hierhergebracht hatte. Sie setzte sich in Bewegung. Es war ganz einfach, nur eine Sache der Überwindung. Luz sprintete, wurde immer schneller, sah den völlig verdutzten Ausdruck auf Darels schönem, bleichen Gesicht am Rande des Dachs und Triumph durchzuckte sie so unvermittelt und intensiv wie ein Drogenflash. Dann sprang sie mit voller Kraft von der Dachkante ab. Sekundenlang schien sie in der Luft zu schweben. Die schillernde Seifenblase ihrer Euphorie zerstob in tausend Angstpartikel, als sie feststellte, dass ihre Füße ihr Ziel nicht erreichen, sie abdriften und in die Tiefe stürzen würde. Das Gefühl des

Fallens war schrecklicher als alles, was sie bisher erlebt hatte. Die Luft zischte in ihren Ohren, ihre Augen brannten und sie strampelte mit Armen und Beinen auf der Suche nach irgendetwas, was ihren Fall stoppen könnte. Sekunden kamen ihr wie Stunden vor. Etwas ragte unter ihr auf, sie streckte die Hände danach aus, griff zu und schlug mit dem Oberkörper durch die Wucht des Abbremsens hart dagegen. Sterne blitzten vor ihren Augen. *Lass nicht los!* Aber ihre Finger verloren den Halt und sie rutschte ein gutes Stück nach unten, bevor sie sich mit Armen und Beinen fester an das rohrförmige Gebilde klammern konnte. In ihrem Mund schmeckte sie Blut, ihre Nase schmerzte wie verrückt und sie schloss die Augen.

Nicht sterben. Nicht, bevor du Niall noch ein einziges Mal gesehen hast. Nicht, bevor du weißt, dass es ihm gut geht. Luz' Muskeln waren zum Zerreißen gespannt, aber sie wartete und dabei wusste sie gar nicht worauf. In Gedanken wiederholte sie immer nur dieselben Worte: *Nicht sterben!*

»Gib mir deine Hand!«

Seine Stimme klang unendlich weit entfernt.

Nein. Sie würde nicht loslassen. Sie würde sich keinen Zoll bewegen. Ihr Atem ging flach und sie wagte nicht einmal, die Augen zu öffnen.

»Ich halte dich fest, ich schwöre es dir, Luz! Ich schwöre es … bei meinem wahren Namen!«

Die Worte hüllten sie ein wie ein schützender Kokon und etwas berührte ihr Innerstes. Es war ein eigenartiges Gefühl, so als könnte er mühelos in ihre Gedanken gleiten, als würde sie seine Stimme tief in sich wahrnehmen, ein Lichtstrahl im schwarzen Meer ihrer Angst. Langsam, unendlich langsam öffnete Luz die Augen und blinzelte die Tränen beiseite. Darel stand auf dem Baugerüst, hielt sich mit einer Hand an einer Gerüststange fest und streckte ihr die andere entgegen. Dennoch erreichten seine Fingerspitzen sie nicht. Seine Brust hob und senkte sich rasch. Er musste sich ziemlich beeilt haben, zu ihr zu kommen. Und natürlich war ihm der Sprung über die Häuserkluft problemlos geglückt.

»Luz!«

Seine Stimme vibrierte dunkel wie die Saite eines Instruments in ihr, vollkommen anders, als er nur wenige Minuten zuvor zu ihr gesprochen hatte. Sie klang zärtlich, so, als wäre sie das einzige Mädchen auf der Welt, als würde für ihn nichts anderes als dieser Name existieren. Und endlich erwachte sie aus ihrer Starre. Denn obwohl sie ihn überhaupt nicht kannte, spürte sie einfach, dass sie ihm in diesem Moment vertrauen konnte, dass er die Wahrheit sprach und sie um jeden Preis retten wollte. Vorsichtig löste sie einen Arm vom Rohr. Die Muskeln ihrer Arme und Beine brannten wie Feuer, aber sie beugte ihren Körper nach rechts, stemmte ihre Füße gegen das Metall und streckte ihm mit zitternder Hand ihr Leben entgegen.

Sein Griff war so fest, dass sie glaubte, er würde ihr das Handgelenk brechen. Mit einem unbarmherzigen Ruck zog er an ihr. Kurz baumelten ihre Füße in der Luft, dann lag sie an seiner Brust und Luz spürte seine Arme an ihrem Rücken. Ihre Herzen schlugen beide in einem wilden, rasenden Rhythmus. Noch nie hatte sie sich so sicher gefühlt. Nach einer Weile räusperte Darel sich und flüsterte heiser: »Ich hab mich verschätzt. Das waren über 16 Fuß. Du hattest verdammtes Glück, dass die Schuttrutsche im zehnten Stock lag.«

Das Lachen brach so hysterisch aus ihr heraus, dass Luz sich von ihm lösen und sich die Hand vor den Mund schlagen musste. Ein Scheinwerfer flammte plötzlich gegenüber von ihnen auf, und Darel schlang den Arm erneut um sie und zog sie über das Baugerüst zu einer Feuerleiter und von dort weiter ins Innere des Hauses. Sie kauerten sich auf einen muffigen, verfleckten Teppichboden und warteten. Der Lichtkegel strahlte durch das kaputte Fenster und tanzte durch ein Zimmer, das schon lange nicht mehr bewohnt war. Ihnen gegenüber stand ein rostiges Metallbettgestell mit einer schmutzigen Matratze, aus der das Futter quoll. Die Tapete hing stellenweise in Streifen von der Wand.

»WER IST DA OBEN?«

Die megafonverstärkte Stimme ihres Vaters ließ Luz erschrocken zusammenzucken. Darel legte eine Hand auf ihre. Sie atmete tief ein.

»Niemand, Boss. Alles sauber. Die Leuchte scheint keine Komplizen gehabt zu haben«, rief jemand zurück.

»Dann kommt wieder runter. Ich muss noch in die Klinik und wir haben heute Nacht eine Menge Arbeit vor uns. Das Areal könnt ihr morgen bei Tagesanbruch nach Spuren durchkämmen. Miles, lassen Sie Straßensperren errichten und kontrollieren Sie jeden, der den Distrikt betreten oder verlassen möchte.«

»Jawohl, Sir!«, rief eine dünne Männerstimme eifrig.

Nach ein paar Minuten hörten sie das Schlagen von Autotüren und Motorengeräusche, dann war es so still, dass Luz nur noch Darels ruhigen Atem wahrnahm.

Die Leuchte.

Sie dachte an ihre Rede, ihre Begeisterung, mit der sie Darel angekündigt hatte, und an Nialls Worte: *»Wetten, die haben was miteinander.«*

»Das tut mir alles so leid, Darel«, flüsterte sie und berührte seinen Arm.

Seine Muskeln spannten sich an, dann löste er sich abrupt von ihrer Seite, richtete sich auf und ging vor ihr in die Hocke. Seine Augen musterten sie ein paar Sekunden lang eigentümlich.

»Mir auch, Luz.«

Er war viel zu schnell. Sie nahm seine Faust aus dem Augenwinkel erst wahr, als sie den stechenden Schmerz an ihrer Schläfe spürte. Der Boden wölbte sich ihr verschwommen entgegen.

Dann fühlte sie nichts mehr.

So weiß wie Schnee

Darel

Das Mädchen lag reglos vor ihm wie einer dieser weißen Schmetterlinge, die in Schwärmen durch das Tal streiften, in dem Darel einen Teil seiner Kindheit verbracht hatte. Seine Freunde hatten sich einen Spaß daraus gemacht, sie mit feinen Netzen, die sie eigentlich zum Fischen benutzten, einzufangen und mit Nadeln an Baumstämme zu pinnen. Ihre Version der »Schnitzeljagd«. Die Tochter von Jago Hernández Ruiz, des Mannes, den er von allen Menschen dieser Welt am meisten hasste, war ihm ebenso leicht in die Falle gegangen. Ihr hellblondes, nahezu weißes Haar lag wie ein Fächer auf dem schmutzigen Boden ausgebreitet und Darel konnte der Versuchung nicht widerstehen, es zu berühren, wie er die Flügel der toten Falter berührt hatte. Sie hier im Mission District anzutreffen, war so unerwartet wie ein Hauptgewinn in der staatlichen Lotterie. Ein spöttisches Lächeln glitt über seine Züge, erlosch jedoch, als die Erinnerung an ihren warmen Körper in ihm aufblitzte, daran, wie sie sich auf dem Baugerüst Schutz suchend an ihn geschmiegt hatte. Zornig verscheuchte er das eigenartige Gefühl von – ja, von was eigentlich –, jedenfalls von nichts Gutem, das in ihm aufwallen wollte, und fragte sich stattdessen, was Hernández' Tochter wohl dazu bewogen hatte, sich ausgerechnet mit Niall Evans zu treffen und einen illegalen Club zu besuchen. Sie konnten nicht ernsthaft glauben, dass ihre Beziehung eine Chance hatte! Lange konnte das noch nicht gehen. Zumindest hatte Niall sie bislang nie mit einem Wort erwähnt.

Darel hatte die beiden gleich bei ihrem Eintreten erkannt. Es gehörte zu seinen Sicherheitsvorkehrungen, sich *unsichtbar* zu machen und die Gäste vor seinen Slams ungesehen zu beobachten. Niall war er schon öfter im Club begegnet. Sie hatten sich hinterher manchmal auf ein Bier zusammengesetzt und unterhalten. Wo der Sohn des schärfsten politischen Gegners der ELO sich herumtrieb und welche Ziele er verfolgte, war schließlich nicht ganz unwichtig. Luz hingegen sah er zum ersten Mal. Und er hätte schwören können, dass sie noch niemals einen Club wie diesen betreten hatte: unruhig durch den Raum huschender Blick, Körperkontakt zu ihrem Freund, ineinander verkrampfte Hände. Erstaunlich genug, wie sie der strengen Bewachung ihres Vaters hatte entwischen können. Grimmig schob er seine Hand, die immer noch auf Luz' seidigem Haar ruhte, unter ihren Nacken und zog ihren Oberkörper hoch, bis ihr Kopf gegen seine Brust fiel. Dann hob er sie mit beiden Armen vom Boden auf und trug sie zu dem rostigen Bett. Es konnte ihm auch gleichgültig sein, welches Spiel Hernández' Tochter mit Niall Evans trieb, ob sie einfach nur gegen ihren Vater rebellieren wollte oder es schlicht amüsant fand zu sehen, wie der Elbenabschaum in den Slums hauste. Während er sie an das Bett fesselte und ein Stück Klebeband über ihrem Mund platzierte, überlegte er, ob er die anderen über den wertvollen Fang verständigen sollte. Aber die Zeit drängte. Hernández würde spätestens bei Anbruch des Tages feststellen, dass seine Prinzessin nicht friedlich in ihrem rosa Himmelbettchen lag und Sternschnuppen zählte. Darel konnte sich ausmalen, mit welchem Aufgebot an Soldaten er dann nach ihr suchen würde.

Die Gefahr, ihnen mit seiner Geisel in die Hände zu fallen, war einfach zu groß. Am besten wäre es natürlich, sie hier und jetzt zu töten und sich dann in Sicherheit zu bringen. Die anderen würden das in seiner Situation tun.

Langsam wanderten seine Augen über die gefesselten Hände zum Hals des Mädchens. Es würde nur Sekunden dauern, ihr Leben zu beenden. Aber der Genuss von Rache war flüchtig, verpuffte so schnell wie die Wirkung einer Droge und hinterließ den bitteren Nachgeschmack einer immer stärker werdenden Sucht nach mehr. Während er Hernández' Tochter betrachtete, sträubte sich etwas in seinem Inneren. Als würde seine kühle Logik sich gegen den in ihm treibenden Fluss seiner Gefühle stemmen. Und etwas sagte ihm, dass er weit mehr aus diesem Glücksfall herausholen konnte. Dass sich ihm endlich die Gelegenheit bieten würde, seinen Schwur einzulösen und den Fehler, den er vor Jahren begangen hatte, wiedergutzumachen.

Die Stille auf der Straße war nach dem Tumult, der hier zuvor geherrscht hatte, geradezu gespenstisch. Darels Blick blieb an dem dunklen Fleck auf dem Asphalt hängen – Erilias Blut – und ein kurzer, dumpfer Stich durchzuckte sein Herz. Unter normalen Umständen hätte er heute die Nacht mit ihr verbracht, aber es gab genügend andere Regimefeinde, bei denen er in den nächsten Tagen Unterschlupf finden konnte, wenn seine Geisel ihren Zweck erfüllt hatte. Er lief im Schatten der Hauswände bis zum Straßenende, dorthin, wo die Besucher des Clubs abgeführt worden waren. Vereinzelt lagen persönliche Gegenstände auf dem Boden verstreut. Er hob eine Brieftasche auf und entnahm ihr das Bargeld. Zwischen den Scheinen lag das Foto eines hübschen Mädchens. Darel betrachtete es flüchtig und warf es dann weg. Seit Jahren überlegte er, wie er Hernández am besten treffen konnte. Ihm sein Kind zu nehmen, war naheliegend. Doch allein an ein Foto von Luz heranzukommen, war schwer genug gewesen. Der Zufall wollte es, dass ausgerechnet Dubhuir ihm nur wenige Wochen vor seinem Tod eine dreidimensionale Bildprojektion von Luz besorgt hatte. Vanessas Smartstrap von ihrem Schreibtisch zu stehlen, während sie im Bad duschte, war für den technikbegeisterten Dunkelelben ebenso leicht gewesen wie ihren Sicherheitscode zu knacken. Dubhuir hätte Darel noch gute Dienste leisten können, wenn er sich nicht wegen dieser Schlampe freiwillig in den Tod gestürzt hätte.

Jede Einzelheit von Luz' Gesicht hatte Darel sich eingeprägt. Die Projektion stellte ein typisches Freundinnen-Selfie mit künstlichem Lachen und verschwommenem Hintergrund dar, aber sie hatte ihren Zweck erfüllt.

Er verzog angewidert das Gesicht, als er sich an einem dunklen Fleck von Erbrochenem vorbeizwang, um ein fremdes Smartstrap aufzuheben. Auf dem gesprungenen Display blinkten Warnsymbole und Nachrichten. Jemand musste es seinem Eigentümer mit Gewalt vom Handgelenk gerissen haben. Darel griff in seinen Rucksack, zog ein schmales Etui hervor und nahm ein Werkzeug heraus, mit dem er vorsichtig das Display anhob, um den Solarfolienakku zu entfernen. Die Anzeige erlosch. Vorerst konnte es nicht geortet werden und nach seiner Umprogrammierung würde es für ihn nützlich sein. Darel steckte seinen Fund und das Werkzeug zurück in den Rucksack und wandte sich dem Eingang des Clubs zu. Das Gitter davor war von den Einheiten der **ELO** zur Seite getreten worden und hing nun verbogen und lose in den Angeln. Darüber waren rot-weiße Signalabsperrbänder gespannt, an denen ein »Zutritt verboten«-Schild befestigt war. Die Aufforderung ignorierend bückte sich Darel und kroch unter der Absperrung hindurch. Er musste sich mit Lebensmitteln eindecken. Mit Jagos Prinzessin im Schlepptau konnte er unterwegs keinen Supermarkt betreten, ohne Aufsehen zu erregen. Doch wie sollte er Luz am besten von hier fortschaffen?

Das Schicksal meinte es ein weiteres Mal in dieser Nacht gut mit ihm. In dem Chaos aus Scherben, Blut und umgestürzten Möbeln fand Darel in einer Lederjacke einen Autoschlüssel. Und das in Zeiten, in denen nahezu jeder sein Auto mittels Sprachsteuerung, Smartstrap oder BFC öffnete! Seiner Freude über den Fund folgte wenig später ein ungläubiges Lachen, als er den dazugehörigen Wagen und die Fahrzeugmagnetkarte im Handschuhfach fand, die ausgerechnet Niall Evans als Inhaber auswies. Kopfschüttelnd ließ er den Motor an und setzte den Wagen in Bewegung. Er rollte nur ein paar Fuß näher an den Lagerraum des Clubs heran, um den Kofferraum mit Vorräten für mehr als eine Woche zu füllen. Und mit Luz an seiner Seite waren nun auch die Straßensperren der **ELO** kein Problem mehr. Hernández' Tochter konnte sie sicher überzeugen, dass ihr *Freund* sie dringend zu Daddy nach Hause bringen musste. Es würde ein Kinderspiel werden, Luz Hernández aus dem Mission District zu schmuggeln.

Verloren

Niall

Eben noch hatte Niall Luz' Arm zwischen seinen Fingern gespürt. Dann war sie ihm entglitten. Er verlor sie in einem finsteren Strudel aus tränenblinder Atemnot und Lärm, der ein sirrendes Pfeifen in seinen Ohren zurückließ.

Nialls Bemühungen, Luz' Namen in dem Inferno laut genug zu brüllen, sodass sie zu ihm zurückfand, scheiterten ebenso wie seine Versuche, sie in dem Gewühl aus fremden Armen, Rümpfen und Köpfen um ihn herum zu ertasten. Ein Hustenkrampf erstickte seine Stimme und sein Körper schmerzte durch die Stöße und das Schubsen von allen Seiten. Schließlich gab er auf, ließ sich von der Masse weiterschieben, bis der Strom ihn endlich auf die Straße spuckte, wo er dem Befehl der ELO-Soldaten nachkommend seine Arme hob und die Hände am Hinterkopf verschränkte. Verdammt, was hatte er sich nur dabei gedacht!

Wenn Hernández von Luz und ihm erfuhr, würde dieser behaupten, dass er Luz für seinen Dad hatte ausspionieren wollen – was im Übrigen gar keine schlechte Idee gewesen wäre, wenn sein Vater nicht so mustergültig ehrlich und Niall nicht so miserabel hormongesteuert gewesen wäre. Er reckte den Kopf, versuchte, sie in der Menge zu erspähen. Vergebens. Nach dieser Nacht würde sie nie wieder ein Wort mit ihm reden.

»Stehen bleiben!«, brüllte plötzlich ein ELO-Offizier. In

dem Handgemenge zwischen den Graublau-Uniformierten entdeckte Niall ein bekanntes Gesicht: Rhydian. Der Kopf des Lichtelben hing vornüber, Blut tropfte aus seiner Nase, er schien bewusstlos. Das allzu vertraute Gefühl ohnmächtiger Wut schoss Niall in den Bauch, als er mit ansehen musste, wie zwei Soldaten seinen Freund grob in das Innere eines Gefängniswagens stießen, wo er auf dem Boden des Fahrzeugs aufschlug. Sie fesselten ihn mit Handschellen an die Innenwände und schlossen mit einem lauten Knall die Türen. Dann gab einer von ihnen dem Fahrer ein Zeichen. Während der Motor startete und die Rücklichter ihre bleichen Gesichter rötete, wurde Niall in seiner Gruppe schon weiter zu einem zweiten Wagen geschoben.

Im nächsten Moment durchschnitten Schüsse das allgemeine Murren, dann brach Chaos aus. Blitzschnell warf Niall sich zu Boden, um nicht von einer Kugel getroffen zu werden. Er hielt die Hände schützend über dem Kopf, Panikschreie stachen wie spitze Nadeln in seine Ohren und die schweren Stiefel der Soldaten donnerten so nah an ihm vorbei, dass der Dreck des Asphalts ihm ins Gesicht spritzte.

Niemand achtete auf ihn. Während die Uniformierten die in Panik Flüchtenden wieder zusammentrieben, robbte Niall unbemerkt zum gegenüberliegenden Haus und zwängte sich in eine schmale Lücke zwischen Mauer und Müllcontainer. Der Gestank nach Urin und verwesenden Lebensmittelresten ließ sein Abendessen fast hochkommen, dennoch verharrte er in seinem Versteck und spähte zum Straßenende. Nur wenige Schritte entfernt parkte sein Wagen. Aber es war unmöglich, unauffällig einzusteigen und davonzufahren. Das Straßenende wurde von drei Soldaten bewacht, die gerade ihren Posten verließen und ihm entgegenliefen. Sein Atem beschleunigte sich mit jedem Schritt, den die Uniformierten näher kamen. Ein Rascheln hinter ihm ließ ihn herumfahren und er brauchte seine ganze Selbstbeherrschung, um nicht aus seiner Deckung aufzuspringen, als etwas Dunkles an ihm vorbeitrippelte. Ratten! Jetzt waren die Graublau-Uniformierten bereits so nah, dass sich die Einsatzwagen auf ihren dunklen Helmvisieren spiegelten. Niall hielt die Luft an, als sie auf Höhe der Müllcontainer waren, er konnte ihre Stimmen und das Piepsen eines Smartstraps hören und wagte nicht, sich zu bewegen.

Was dann geschah, konnte Niall nur erahnen. Einer oder mehrere Flüchtende mussten versucht haben, an den Soldaten vorbeizulaufen, denn die Soldaten brüllten Befehle und Schüsse wurden in unmittelbarer Nähe von ihm abgegeben. Rasch stemmte sich Niall hoch, sah, dass die Soldaten ihm den Rücken zuwandten, und rannte wie noch nie in seinem Leben. Jeder Schritt konnte sein letzter sein, er fühlte bereits ihre Kugeln in seinen Rücken schlagen und ihn auf den Asphalt niederstrecken. Schweiß tropfte ihm von der Stirn in die Augen und lief sein Rückgrat entlang, während er im Schatten des Häuserblocks die Straße hinunterflog. Wie durch ein Wunder tauchte das Ende der Straße vor ihm auf und er bog in die nächste Querstraße ab.

Helle Straßen meidend, sprintete er durch unbeleuchtete, finstere Seitengassen, in denen es nach Urin, Müll und Elend stank. Er würde zu Kelly gehen, ihr alles erzählen, und hoffen, dass Luz ihrem Vater nichts von ihm verriet, bevor sie mit ihrer Freundin gesprochen hatte. Ein Schlag gegen seine Schulter riss ihn aus seinen Gedanken. Ein Betrunkener war gegen ihn getorkelt und lallte etwas Unverständliches. Der Wind zog jetzt wieder stärker durch die Hochhausschluchten und ließ Niall frösteln. Seine ziellose Flucht hatte ihn in den Castro-Bezirk gebracht. Von hier würde er eine knappe Stunde bis zu Kellys Elternhaus brauchen. Öffentliche Verkehrsmittel wagte er nicht zu benutzen, da sie sein Smartstrap und damit seine Identität erfassen würden.

Obdachlose lagen auf Kartons an Häuserfronten gepresst. Licht- und Dunkelelben stellten weniger als zehn Prozent der Einwohner San Franciscos dar und mehr als die Hälfte von ihnen war obdachlos. Und die Regierung feierte es als Sieg, dass sie ihnen die Kinder wegnahm und auf Staatskosten in Instituten aufzog. Er ballte die Fäuste und verdrängte gewaltsam den Gedanken an seine kleine Schwester.

Es war kurz vor halb drei Uhr morgens, als er die privaten Securityleute vor dem eleganten Lafayette Park in der Ferne erspähte. Niall überquerte gerade eine Seitenstraße, da flammten plötzlich Scheinwerfer neben ihm auf. Erschrocken fuhr er herum. Das Licht einer bulligen Limousine blendete ihn und er beeilte sich, den Weg freizumachen. Doch bevor er ausweichen konnte, öffnete sich mit einem Ruck die Fahrertür. Eine hochgewachsene Gestalt sprang heraus und herrschte ihn aufgebracht an: »WO IST LUZ?«

Erwachend

Luz

Angst. Und Wut. Luz spürte sie noch vor dem ziehenden Kopfschmerz und der Übelkeit.

So viele Hinweise und sie hatte jeden einzelnen ignoriert. *Weil du ihm gefallen wolltest, du eitles Huhn. Das hast du jetzt davon.*

Als sie ihre Augen öffnete, fand sie sich auf dem Metallbett mit der verschlissenen Matratze wieder. Ihre Arme und Beine waren mit einem breiten Klebeband an das Gestänge gefesselt. Über ihrem Mund klebte ebenfalls ein Band. Es war dunkel und von Darel fehlte jede Spur.

Gut. Das gab ihr Zeit. Ihre linke Schläfe pochte, als würde jemand stetig mit einem Gummihammer dagegenklopfen. *Darel ist ein Mensch wie du. Aber er läuft mit einem Rucksack herum, in dem er eine Gasmaske, Taschenlampe und ein Klebeband aufbewahrt. Schon vor dem Abwurf der Gasgranaten durch die ELO muss er dich erkannt und im Auge behalten haben. Sonst hätte er dich in dem Tumult niemals gefunden. Er verfasst einen beeindruckenden Nachruf auf einen Dunkelelben, aber der Tod der jungen Lichtelbin, mit der er kurz zuvor geflirtet und die auf die ELO-Soldaten geschossen hat, scheint ihn nicht besonders mitgenommen zu haben. Stopp. Die Pistole!*

Erleichtert stellte Luz fest, dass Darel sich nicht die Mühe gemacht hatte, ihr seinen Hoodie vor dem Fesseln auszuziehen. Aufgrund der Übergröße befand sich die Tasche unterhalb ihrer Hüfte. Und gerade dadurch konnte Luz sie trotz der Klebebandfessel erreichen. Sie tastete danach. Auch Darel machte Fehler.

Noch bevor die ersten Sonnenstrahlen über die schmutzige Wandtapete leckten, erwachte die Stadt. In der Ferne verhallte das Rattern eines Zuges wie ein letztes rasselndes Schnarchen, Hupen und aufheulende Motoren folgten dem Scheppern der Müllabfuhr. Aber bis hierher drang niemand vor. Im Mission District standen in einigen Straßenzügen ganze Wohnblocks leer. *Du hättest gestern Nacht nur einen Blick nach oben, auf die dunklen Fenster, werfen müssen, bevor du blauäugig in den Untergrund marschiert bist!* Keiner würde ihr hier zu Hilfe kommen. Darel hätte sich das Klebeband sparen können.

Als die Dämmerung die Decke über Luz rosa färbte, hörte sie endlich das Schlagen einer Autotür. Sie spannte sich an und versuchte durch gleichmäßiges Atmen ihr jagendes Herz zu beruhigen. Seine Schritte auf der Treppe waren kaum wahrzunehmen. Sie sah ihn in Gedanken vor sich, wie er geschmeidig und federnd Richtung Dach gelaufen war, und ballte ihre Fäuste.

»Siehst ganz schön mitgenommen aus, Upperclass-Girl.«

Darels Gesicht schob sich über sie. Sein schwarzer Kajal war verschmiert und dadurch schienen seine Augen so unglaublich hell türkis zu leuchten wie das Meer in Carmel-by-the-Sea, wo Luz mit ihrer Familie immer die Sommerferien verbrachte. Um seine Pupille schmiegte sich ein stahlgrauer Ring, dessen sternförmige Spitzen in diesem Blau versanken wie schroffe Felsen in der Brandung. Ein breiter, nachtblauer Rand grenzte die Iris scharf von dem Weiß seines Augapfels ab. Eisige Verachtung lag in seinem Blick. Der Lattenrost knarzte, als Darel sich neben sie setzte. Er zog etwas aus der

Hosentasche. Luz hörte ein Schnappen und plötzlich spürte sie eine Klinge an der Kehle, die sich mit leichtem Druck in ihre Haut bohrte

»Das Einzige, was mich davon abhält, Jago Hernández' geliebte kleine Prinzessin auf der Stelle zu töten und wie ein Verdurstender den Schmerz in seinen Augen zu trinken, ist dein Wert als Tauschobjekt.« Seine Stimme klang ruhig, ein wenig belehrend, als müsste er einem kleinen Kind etwas erklären, was doch offensichtlich war. »Leben gegen Leben. Verstehst du das? So weit der Plan. Die Details kannst du dir aussuchen. Ich kann dich betäuben und wie ein Paket verschnürt im Kofferraum mitnehmen. Dann wirst du bei der Übergabe allerdings nach Urin stinken. Oder ich schneide dich jetzt los und du kommst freiwillig mit, sitzt mucksmäuschenstill neben mir und machst, was ich dir sage. Wenn du das willst, musst du nur nicken.«

Alles klar. Wenn Luz etwas aus der gestrigen Nacht gelernt hatte, dann, dass jedes seiner Worte dazu diente, sie zu manipulieren und sie kleinzuhalten, um seine Ziele zu erreichen.

Denk nach, Luz! Es musste doch bequemer für ihn sein, wenn sie im Kofferraum lag. Aber falls er in eine Straßenkontrolle der ELO kam, war er geliefert. Und dann hatte er auch nicht mehr die Chance, sie abzuknallen. Diese Option blieb ihm nur, wenn sie auf dem Beifahrersitz hockte. Das bedeutete aber auch, dass ihr Vater noch gar nicht wusste, dass Luz entführt worden war, sonst würde Darel niemals das Risiko eingehen, dass jemand sie neben ihm erkannte und das Fahrzeug aufhielt. Niall saß wahrscheinlich noch auf dem ELO-Revier fest und dachte, sie wäre bei Kelly oder bei ihrem Vater, und Kelly würde glauben, sie wäre mit Niall nach Hause gefahren.

Luz schüttelte heftig den Kopf. Das Messer ritzte über die Haut an ihrer Kehle und Darel zog es weg. Blut rann warm an ihren Schlüsselbeinen hinunter. Ihr Entführer hob eine Augenbraue und starrte sie an. Blitzschnell beugte er sich vor und riss ihr mit einem Ruck das Klebeband vom Mund. Luz schrie vor Schmerz auf.

»Du willst also lieber in deiner Pisse liegen?«

»Ja«, keuchte sie. »Darauf stehen wir Upperclass-Girls, wenn wir nicht gerade Dunkelelben in den Tod treiben.«

Er atmete scharf ein und Luz genoss das kurze Aufflackern von Hass in seinen Augen. *Du hast seinen wunden Punkt gefunden.* Doch dann entspannten sich seine Züge. »Mach mir nichts vor. Wenn du wie Vanessa Adams wärst, hättest du keine Zehenspitze in den Club gesetzt und Niall nicht mal mit Gummihandschuhen angefasst. Außerdem hast du geheult wie ein Baby bei meinem Slam.«

»Alles Tarnung. Ich arbeite als Spionin für meinen Dad.«

»Na sicher.« Er beugte sich vor und strich ihr über das Haar. Gänsehaut bildete sich auf ihren Armen. »Deshalb taucht dein Bild in keinem einzigen Pressefoto auf, verlässt du nur in abgedunkelten Limousinen das Haus und erscheinst nie in der Öffentlichkeit. Lass mich raten: Gestern war dein erster Ausflug seit Langem in die reale Welt?«

Luz biss sich in die Innenseite der Wange. Wie lange hatte er eigentlich ihre Entführung geplant, wenn er das alles wusste? Ihr Vater hatte viele Feinde. Von frühester Kindheit an war sie selten in der Öffentlichkeit gewesen. Es war jedes Mal eine Katastrophe. Ihre Mutter und sie mussten sich verkleiden und mindestens drei Leibwächter folgten ihnen auf dem Fuß. Ihr Vater war so gut wie nie dabei. Schnell hatte Luz die Lust auf Weihnachtsmärkte oder Rummelplätze verloren. Shoppen? Alles online. Kino? Pool? Hatten sie daheim. Meer? Ihr Ferienhaus in Carmel-by-the-Sea hatte einen riesigen Privatstrand.

»Hey!« Darel strich ihr mit dem Finger über die Wange und gab seiner Stimme einen dunklen, samtigen Klang.

Neue Taktik, Darel?

»Das hier ist nicht gegen dich gerichtet, Kleines. Mach einfach mit und wir bekommen beide, was wir wollen.«

Er log. Wenn es unterwegs Ärger gab, würde er sie töten. Luz konnte es in seinen Augen lesen, die seine falsche Freundlichkeit nicht widerspiegelten. Aber er wusste nichts von der Pistole.

»Du wirst mir wirklich nichts tun?«, fragte sie in dem schüchternsten Tonfall, den sie in ihrer grenzenlosen Wut aufbringen konnte.

Er lächelte triumphierend. »Wenn du machst, was ich sage, bringe ich dich zu deinem Dad, versprochen.«

»Okay«, piepste Luz.

Darel schob sein Messer unter das Klebeband und sie hielt die Luft an, aus Angst, er könnte die Waffe entdecken. Aber sie war klein, kaum größer als ihre Hand.

»Keine Sorge, ich verletze dich nicht.«

Oh, wie edelmütig! Als Luz sich wieder bewegen konnte, stand sie langsam auf. Ihr Herz raste und ihr Mund fühlte sich auf einmal ganz trocken an.

Nur ein Versuch, Luz. Er ist ein Killer und du ein Bambi. Wenn du nicht triffst, war's das.

Darel ließ das Messer zuschnappen und steckte es in seine Hose, während er sie nicht aus den Augen ließ. Sie zwang sich zu einem dankbaren Lächeln, schob beide Hände in die Taschen ihres Hoodies und wippte auf den Fußballen auf und ab.

»Nervös?«, fragte er verächtlich.

Ja. Ich hab schließlich noch nie auf jemanden geschossen.

Er warf sich den Rucksack über die Schulter. *Hoffentlich ist überhaupt noch eine Kugel in dem Magazin.* Ihre Hand legte sich fest um den Griff.

»Ladies first«, erklärte Darel und deutete mit einer Kopfbewegung zur Tür. Luz nickte und drehte sich um. Sie spürte seinen lauernden Blick im Rücken. Ihre Beine fühlten sich an, als würde sie gerade über ein ausgeleiertes Trampolinnetz waten. Magensäure schoss ihr in den Mund und sie schluckte sie angeekelt wieder hinunter. Jetzt!

In einer fließenden Bewegung schnellte Luz herum, riss ihre Hand mit der Pistole aus dem Hoodie und drückte ab.

Flucht

Luz

Luz schlug erst mit dem Rücken, dann mit dem Hinterkopf gegen die Tür. Sie hatte keine Ahnung, ob das von dem Rückstoß der Waffe kam oder weil sie durch den Schwung ihrer Drehung gestolpert war.

Sie schmeckte Blut auf ihrer Zunge und das knallende Geräusch des Schusses ertrank in einem dunklen, zornigen Aufschrei. Verschwommen sah sie, wie Darels Oberkörper sich krümmte und seine Knie zur Seite sackten. Aber Luz wartete nicht ab, bis er den Boden berührte. Mit beiden Händen schlug sie die Türklinke hinunter, ohne die Finger von der Waffe zu lösen, und stürzte ins Treppenhaus, als wäre Dusks Armee hinter ihr her. Ihre Knie bebten. Trotzdem sprang sie bei jedem Treppenabsatz über die letzten drei Stufen, federte wacklig ab und rannte weiter. *Schneller, Luz!* Über ihr polterte es. Etwas Schweres fiel zu Boden. Ihr Herz stockte und verlor kurz seinen Rhythmus, nur um danach umso schneller weiterzujagen. Verdammt!

Besser wäre es gewesen, noch einmal zu schießen.

Besser zu zielen.

Besser zu treffen.

Als ob du mit dieser Scheißangst im Bauch überhaupt die Hände ruhig halten könntest.

»DU BIST TOT, LUZ!« Darels Stimme bröckelte wie der Putz von den Wänden und hallte in ihrem Inneren nach.

»ICH FINDE DICH! Egal wo dein Vater dich versteckt, du hast –«

Ein dumpfer Schlag, gefolgt von lauten Flüchen, unterbrach seine Drohungen. Luz stolperte und hielt verdutzt inne. Darel fluchte auf Dunkelelbisch? Harte, kehlige Laute hallten durch das Treppenhaus, genau wie die aus Tyrasils Mund, als sie Niall heimgefahren hatten, nachdem Vanessas Freund Jim ihn krankenhausreif geschlagen hatte. Stehen zu bleiben war jedoch ein Fehler.

Ein Schuss knallte und ein Projektil schlug dem klingenden Ton nach irgendwo ganz in ihrer Nähe gegen das Metallgeländer. Luz lief weiter, erreichte die Eingangstür im Erdgeschoss und blinzelte gegen die Sonne. Vor ihr stand Nialls alter Ford und vor Freude machte ihr Herz einen Satz. Aber der Fahrersitz war leer. Als sie durch das Beifahrerfenster spähte, sah sie, dass der Schlüssel im Anlasser steckte. Wo zur Hölle war Niall und wie kam Darel an dessen Autoschlüssel?

Aus dem Treppenhaus hinter sich hörte Luz zornige Laute. Sie wartete keine Sekunde länger, riss die Fahrertür auf und sprang hinein. Vor ihr lag das Ende der Sackgasse. Gerade als sie den Rückwärtsgang einlegte, knallte die Haustür scheppernd gegen die Mauer. Instinktiv duckte sie sich hinter das Lenkrad und gab Gas. Glas explodierte über ihrem Kopf und prasselte wie scharfe Hagelkörner auf ihre Haare und Schultern. Über den Resten der Windschutzscheibe hing das schwarze Skelett des Rückspiegels. Sie linste im Fahren nach oben, sah in einer Spiegelscherbe die auf sie zurasende Querstraße und riss das Lenkrad im letzten Moment herum. Die Reifen quietschten, als sie abbremste und den Vorwärtsgang einlegte. Es roch nach verbranntem Gummi. Luz drückte das Gaspedal erneut voll durch. Das Überqueren der

Straße, aus der sie eben gekommen war, dauerte nur Sekunden. Aber Darel musste bereits dort auf Position gegangen sein, denn die Schüsse und sein Brüllen klangen lauter und näher als gedacht, und es gelang ihm, eine der hinteren Seitenscheiben zu treffen. Als sie zersprang, fühlte Luz einen brennenden Schmerz in ihrem Nacken. Ihr Herz hämmerte gegen ihre Brust und Schweiß lief ihr in die Augen, aber sie fuhr in vollem Tempo weiter, als hätte Darel Superkräfte und könnte sie zu Fuß einholen.

»Aussteigen! Hände hoch!«

Luz' Flucht aus dem Mission District endete nur wenige Minuten später mit dem Aufheulen einer Polizeisirene hinter und einer Straßenblockade durch quergestellte Militärwagen vor ihr. Noch nie zuvor hatte sie sich so sehr über den Anblick der graublauen Uniformen gefreut. Daran änderte auch der bellende Tonfall des jungen ELO-Soldaten nichts. Winzige Glaspartikel rieselten wie Sand an ihr herunter, als sie sich aus dem Auto zwängte, die Hände folgsam hinter dem Kopf verschränkt. Zwei kräftige Arme rissen sie herum und pressten sie unsanft gegen Nialls Ford.

»Hey! Ich bin Luz Hernández, Jago Hernández' Tochter. Man hat mich überfallen. Bitte verständigen Sie sofort meinen Vater!« Sie klang wie eine heisere Krähe. Verfluchtes Tränengas!

»Ja, sicher«, lachte ein Soldat, der links von ihr das Fahrzeuginnere durchsuchte. Er beugte sich in den Fußraum des Beifahrersitzes und tauchte mit der Pistole wieder auf. Triumph und Wut verzerrten sein Gesicht. Unter seinen Augen lagen die dunklen Schatten einer langen Nacht.

»Die Tochter vom Boss treibt sich früh morgens mit einer

angeschossenen Schrottkarre im Mission District herum und besitzt rein zufällig eine Waffe mit dem gleichen Kaliber wie die, mit der er angeschossen wurde.«

Luz fuhr so heftig zusammen, dass sie der Soldat noch fester gegen das Auto presste. Angeschossen? Die Stimme ihres Vaters hatte gestern Abend so beherrscht geklungen.

Ich muss noch in die Klinik …

»Sehe ich etwa aus wie eine Elbin? Ich bin ein Mensch! Mein Vater –«

»Sie haben das Recht zu schweigen.« Der Mann hinter ihr zerrte ihre Hände zusammen und Luz spürte, wie sich Metall um ihre Handgelenke schloss. »Sie haben das Recht auf einen Anwalt. Wenn Sie sich keinen Anwalt leisten können, kann Ihnen einer gestellt werden.« Er unterbrach seine leiernde Rede, während er sie umdrehte und zu einem der Einsatzwagen stieß. Ein hagerer Uniformierter lehnte mit einer Zigarette in der Hand an der geöffneten Fahrertür.

»Die werden sich alle darum reißen, dich zu verteidigen, Kleine«, spottete er und schnippte ihr die Kippe vor die Füße. Luz fiel auf das dunkle Leder des Rücksitzes. Das musste ein Albtraum sein! Aber der junge Soldat, der sich neben sie quetschte und seine Waffe aus dem Schulterhalfter zog, war erschreckend real.

»Alles, was Sie ab jetzt sagen, kann gegen Sie verwendet werden«, beendete er seine Ansprache und richtete die Waffe auf sie. Luz brachte keinen Ton mehr heraus.

Reden ist Silber.

So rot wie Blut

Luz

Dunkelrot.

Eine Nadel steckte in ihrer Vene. Luz hielt den Atem an und starrte auf ihr Blut, das geradezu in das durchsichtige Röhrchen schoss. Noch nie zuvor hatten sie ihr Blut abgenommen. Deshalb wurde ihr bei dem Anblick ein wenig schwindlig.

Unsinn!, schalt sie sich im nächsten Moment selbst. Jedem Säugling wurde nach der Geburt Blut abgenommen, um seinen Elbenstatus festzulegen. Aber daran konnte sie sich natürlich nicht mehr erinnern.

Den ganzen Weg über zum **ELO**-Revier hatte sie gehofft, hier auf Menschen zu treffen, die ihr zuhörten. Allerdings kam sie gar nicht erst zu Wort. Gleich nach ihrer Ankunft wurden ihre Fingerabdrücke abgenommen und Fotos von ihr erstellt, während der Soldat und der **ELO**-Offizier, die sie hineingeführt hatten, von den Umständen ihrer Verhaftung berichteten. Natürlich ergaben ihre digitalisierten Fingerabdrücke keinerlei Übereinstimmung in der Verbrecher-Datenbank der **ELO**. *Welche Überraschung!*

Die Enttäuschung im Gesicht des hageren Offiziers war Luz' erster Lichtschimmer nach dieser finsteren Nacht. Sie lächelte ihn böse an und malte sich aus, wie ihr Vater ihn zerlegen würde, weil er seine Tochter wie eine Verbrecherin behandelte. Der Arzt legte ein zweites Röhrchen an. Er sah aus, als käme er gerade frisch von der Uni, aber seine Handgriffe waren routiniert, der Tonfall neutral. Er zog die Nadel, klebte ein Pflaster auf die Einstichstelle und drückte Luz' Unterarm nach oben. Dann nickte er ihr aufmunternd zu. »Dauert nicht lange.«

Nicht lange.

Was hieß das schon? Fünf Minuten, eine halbe Stunde? Zeit war ein eigenartiges Gewand. Manchmal rutschte sie einem durch die Finger wie Seide. Oder wärmte einen wie Wolle. Gerade schnürte sie sich um ihren Körper wie eine Zwangsjacke. Die Zelle, in die sie Luz gebracht hatten, war vielleicht acht mal zehn Fuß groß, mit Wänden aus grauem Beton. Darin befanden sich ein Bett und eine Toilette. Sonst nichts. Kein Fenster in der Wand oder in der stählernen Tür, das die Sicht nach draußen ermöglicht hätte. Dafür grelle Tageslichtröhren, die hinter dickem Glas in der Decke neben länglichen Lüftungsschlitzen eingelassen worden waren. Zwei Überwachungskameras in den Ecken.

Erst stand Luz einfach nur da. Dann lief sie vor und zurück. Wie in einem Hamsterrad. Sie wünschte sich, sie hätte in der vergangenen Nacht ihr Smartstrap nicht verloren. Damit hätte sie sich ausweisen können. So konnte sie nicht einmal auf die Uhr schauen. Ihre Kehle wurde eng und auf ihren Handflächen brach Schweiß aus. Sie setzte sich auf das Bett und klopfte mit dem Fuß nervös auf den Boden. Als das Durstgefühl kaum mehr zu ertragen war, wurde ihr klar, dass etwas nicht stimmte. Stunden mussten vergangen sein. Luz hämmerte an die Tür und verlangte nach einem Glas Wasser. Aber nichts geschah. Auch nicht, als sie in die Überwachungskameras schrie, bis sie heiser wurde. Um sich von ihrer immer stärker werdenden Panik abzulenken, setzte sie sich zurück aufs Bett, schloss die Augen und überlegte, wie ihr Vater wohl auf ihre Gefangennahme reagieren würde. Unglauben. Lachen. Aber sie würden ihm ein Foto aus der Zelle schicken, das sie mit der Überwachungskamera aufgenommen hatten. Luz stellte sich vor, wie er an seinem Schreibtisch saß und auf das holografische Display starrte. Er würde bei Kellys Eltern anrufen. Nein. So was erledigte er lieber persönlich. Ihr Magen krampfte sich schmerzhaft zusammen bei der Vorstellung, wie er vor ihrer besten Freundin auftauchte und sie zur Rede stellte.

Und Niall wird sich wünschen, dich nie kennengelernt zu haben.

Nein, ihr Vater würde sich nicht die Zeit nehmen, bei Kelly vorbeizuschauen, sondern vollkommen ausflippen und zuallererst hierherfahren, um sie in die Mangel zu nehmen. Es konnte eigentlich nur einen einzigen Grund geben, warum sie immer noch eingesperrt war.

Das hier war Teil von Dads Strafe.

Als sich die Tür endlich öffnete, wappnete sie sich deshalb für die Standpauke ihres Vaters. Aber der Mann, der sie aus ihrer Zelle befreite, war älter und trug auf seiner Schulterklappe das Rangabzeichen eines Majors. Ein goldenes Eichenblatt über den gekreuzten Gewehren und dem Schriftzug **ELO**. Luz erinnerte sich nicht an seinen Namen, aber sie war sicher, ihn schon einmal mit ihrem Vater in seinem Arbeitszimmer daheim und bei einer Pressekonferenz im Fernsehen gesehen zu haben.

»Wie geht es meinem Dad?«, fragte sie vorsichtig. Während der Major einen Schritt machte, benötigte sie zwei. Er warf ihr einen eigenartigen Blick zu. »Frag ihn selbst.«

Vor dem Untersuchungszimmer blieb er endlich stehen.

Luz war vom schnellen Gehen ein wenig außer Atem und ihr Herz klopfte ihr bis zum Hals. Sie betrat zögerlich den Raum. Keine Spur von ihrem Vater. Dafür war der junge Arzt, der sie zuvor untersucht hatte, so blass, als wäre ihm selbst Blut abgenommen worden. Er deutete auf den Stuhl. Seine Stirn glänzte. »Wir müssen leider einen der Tests wiederholen, Miss Hernández.« Während er mit ihr sprach, öffnete er hektisch die Verpackung einer Injektionsnadel und wich ihrem Blick aus. Luz fiel auf, dass seine Hände unnatürlich stark zitterten.

»Nein!« Sie blieb stehen. »Wo ist mein Vater? Holen sie ihn! Sofort! Ohne seine Einwilligung werde ich keinen einzigen Test mehr –«

Luz vernahm ein Geräusch hinter sich und drehte sich um. Die Tür fiel laut hinter einem Mann ins Schloss, der mit schnellen Schritten auf sie zukam. Noch nie hatte sie sein vertrautes Gesicht mehr geliebt und sie wollte sich so gerne in seine Arme fallen lassen und spüren, wie er ihr über den Kopf strich und sagte »Alles wird gut, Luz. Wir fahren jetzt nach Hause.« Aber ihr Vater ging mit aschfahlem Gesicht einfach an Luz vorbei, als wäre sie gar nicht im Raum, als würde er seine Tochter gar nicht erkennen. Jago Hernández Ruiz lehnte sich mit dem Rücken an die Wand und herrschte den Arzt an: »Jetzt nehmen Sie ihr endlich das verdammte Blut ab!«

Glenda

Niall

»Wenn du wüsstest, was du angerichtet hast, Junge!«

Tyrasils Gesicht spiegelte die Wut in seiner Stimme wider und Nialls anfängliche Erleichterung darüber, dass sich der dunkle Schatten hinter den Scheinwerfern als Luz' Chauffeur herausgestellt hatte, schwand zunehmend. Er hatte gedacht, er könnte dem Dunkelelben vertrauen, seit dieser ihn nach Jims brutalem Angriff nach Hause gebracht hatte, doch jetzt überlegte er ernsthaft, ob ein Sprung aus der Limousine für ihn ungefährlicher wäre. Seit er eingestiegen war und von dem misslungenen Date erzählt hatte, verfinsterte sich Tyrasils Miene zusehends. Nun rasten sie die Market Street in einer solchen Geschwindigkeit hinunter, dass Niall befürchtete, sie würden gleich in einer Kurve gegen die Betonmauer prallen, die ihre von der Gegenfahrbahn trennte. Diverse Alarmhologramme poppten im Innenraum auf, aber Tyrasil ignorierte sie, als wären es lästige Fliegen. Andere Fahrzeuge wären bereits von den Radarkameras oder Drohnen erfasst und durch Verkehrspolizisten verhaftet worden, aber die meisten fuhren ohnehin mit dem automatisierten Verkehrsleitsystem, das die optimale Route für sie berechnete und sie vorschriftsgemäß ans Ziel brachte. Hernández musste eine Sondergenehmigung für seine Limousine haben, anders konnte Niall sich nicht erklären, weshalb sie bei diesem Tempo nicht schon lange gestoppt worden waren. Er räusperte sich.

»Wohin fahren wir?«

Nachdem Tyrasil erklärt hatte, es wäre um diese Uhrzeit unmöglich, bei den Dearings zu klingeln oder gar in das Anwesen einzudringen, weil das automatische Sicherheitssystem augenblicklich eine Nachricht an Kellys, womöglich sogar an Luz' Eltern, schicken würde, war er viel zu leichtgläubig eingestiegen und davon ausgegangen, Tyrasil brächte ihn nach Hause. Nun war er sich nicht mehr sicher, ob der Dunkelelbe ihn nicht bei der nächsten ELO-Dienststelle oder bei Hernández persönlich absetzen würde, so sehr sprühten seine Augen vor Wut.

Tyrasil blieb ihm die Antwort schuldig und starrte verbissen auf die Straße. Als sie den Portola Drive erreichten, wusste Niall, dass sie sich auf dem Weg zu Luz' Elternhaus befanden. Verdammt! Ihr Vater würde ihn in der Luft zerreißen und seine Überreste hübsch verpackt seinen Eltern liefern lassen. Statt einer Antwort fragte der Dunkelelbe zum wiederholten Mal: »Du bist dir ganz sicher, dass du sie nicht unter den Gefangenen gesehen hast?«

»Das hab ich doch schon zigmal erklärt!«, brauste Niall ungeduldig auf. Es war nicht besonders klug, so mit dem Dunkelelben zu sprechen, aber die Erlebnisse der Nacht und seine eigene Angst, Luz würde sich von ihm im Stich gelassen fühlen und nie wieder etwas mit ihm zu tun haben wollen, ließen ihn alle Vorsicht in den Wind schlagen. »Luz war nicht in der Menge! Aber vielleicht hat ihr Vater sie schon von seinen Soldaten nach Hause bringen lassen.«

»Das werden wir gleich feststellen«, zischte Tyrasil bedrohlich. »Und falls nicht …« Er unterbrach sich, als ein orangefarbenes Licht das Fahrzeuginnere erhellte.

Schockiert starrte Niall auf Tyrasils Hand am Steuer. Hatte

das Implantat des Dunkelelben bislang nur blassgelb geschimmert, so war es nun kurz davor, in den roten Bereich überzugehen. Der Chauffeur atmete mehrmals hintereinander tief durch. Sein Gesicht nahm einen eigentümlich konzentrierten Ausdruck an und Niall begriff, wie schwer es ihm gerade fallen musste, sich zu beruhigen. Nialls Nackenhaare stellten sich auf, als ihm klar wurde, dass Tyrasil kurz davor stand, ihm den Hals umzudrehen. Unbehaglich rutschte er ein Stück näher an die Beifahrertür.

»Ich konnte doch nicht wissen, dass Hernández ausgerechnet heute eine Razzia im Club plant!«, verteidigte er sich kleinlaut. Selbst in seinen Ohren klang das jämmerlich und Tyrasil hob die mittlerweile wieder hellgelb schimmernde Hand, um ihn zum Schweigen zu bringen.

»Sagt dir der Begriff Cuilathang etwas?«

Niall nickte zögernd. Es gab einige wenige Worte, die in der Licht- und Dunkelelbensprache gleich lauteten, vor allem diejenigen, die erst nach der Flucht der Elben nach Midgard, der Menschenwelt, entstanden waren. Die Cuilathang, die Lebensschuld, war eines davon.

»Als wir noch in unserer Welt lebten, besaßen wir mehr als ein Leben«, hatte seine Mutter Arinard ihm erklärt. »Und wenn wir verletzt wurden, heilten wir wesentlich schneller, als es Menschen möglich ist. Waren die Verletzungen zu schwer, verloren wir im schlimmsten Fall unsere Körper. Aber unsere Seelen lebten in einer Zwischenwelt fort, die unsere Vorfahren das *Labyrinth der Unbeirrbaren* nannten. Niemand weiß, ob das Tyrium auch dort gewütet hat und was mit den Seelen nach dem großen Krieg geschehen ist. Aber in den alten Zeiten war es den Elbenseelen möglich gewesen, unter bestimmten Voraussetzungen einen neuen Körper zu wählen und dadurch unsterblich zu sein. Heute besitzen zwar einige Dunkelelben noch die Gabe, ungewöhnlich schnell zu heilen, auch wenn sie wie wir Lichtelben durch die Verseuchung der Anderswelt mit Tyrium ihre Magie eingebüßt haben. Aber wir alle verfügen nur noch über ein einziges Leben, wie jeder andere in Midgard. Deshalb geht kein Elbe leichtfertig die Cuilathang ein, die ihn zwingt, dieses eine Leben, das ihm geblieben ist, für einen anderen zu opfern.«

Niall hielt nichts von der Unsterblichkeitstheorie seiner Mutter. Für ihn war sie nichts anderes als der Glaube seines menschlichen Vaters an eine Auferstehung nach dem Tod. Er war auf Beerdigungen von Menschen und Feuerbestattungen von Elben gewesen, und auch wenn einige Letztere vor ihrem Tod behauptet hatten, mehrere Jahrhunderte oder gar Jahrtausende alt geworden zu sein oder bereits mehrere Körper bewohnt zu haben, so waren das für ihn nur Märchen. Ruhmreiche, blumige Geschichten erzählt aus Angst, man könnte sie vergessen – und wer sollte ihren Wahrheitsgehalt auch nachprüfen? Eines allerdings hatte er begriffen: Während die jungen Elben oder Elbenmischlinge wie er durch die Kultur der Menschen geprägt waren, so hielten sich doch die meisten Elben der Eltern- und Großelterngeneration weiterhin an einen strengen Ehrenkodex, zu dem viele auch ihre Kinder und Enkel zwangen. Eben dieser war dafür verantwortlich, dass das Misstrauen und der Hass zwischen Licht- und Dunkelelben fortbestand. Seine Mutter sah das glücklicherweise anders.

Die Cuilathang war jedenfalls kein leichtfertig dahin gesprochenes »Für dich würde ich mein Leben geben«. Sie war ein heiliger Schwur. Wer sich nicht daran hielt, wurde aus der strengen Elbengemeinschaft ausgeschlossen, verachtet und mit einem lebenslangen Bann belegt.

»Ich habe Glenda die Cuilathang für Luz geschworen. Wenn dem Mädchen etwas geschieht, muss sich dein Vater nicht mehr länger mit seinem Nichtsnutz von Sohn abmühen.« Tyrasils ernste Stimme schnitt seine Gedankengänge wie mit einem Rasiermesser ab und Niall hatte das Gefühl, den Druck der dünnen, scharfen Klinge bereits an seinem Hals zu spüren.

»Okay, beruhigen Sie sich mal!« Niall gestikulierte abwehrend mit den Händen. »Niemand im Club hat Luz erkannt oder ist ihr gegenüber feindselig gesinnt gewesen. Bestimmt steht sie längst wieder unter dem Schutz ihres allmächtigen Daddys.« Doch seine zynischen Worte erzielten nicht die gewünschte Wirkung. Tyrasils Unterkiefer mahlten womöglich noch fester aufeinander und, als hätte er beschlossen, seine Drohung als letzte Worte im Raum stehen zu lassen, schwieg er den Rest des Weges.

Sie hatten das Anwesen von Hernández noch nicht erreicht, da hielt Tyrasil am Straßenrand an und befahl Niall, sich auf den Rücksitz zu setzen, wo die verdunkelten Scheiben verhinderten, dass er von den Überwachungskameras erfasst oder den ELO-Soldaten erkannt wurde. Der Dunkelelbe hatte unterwegs Glenda angerufen. Sie klang verschlafen, war aber sofort hellwach, als sie Tyrasils Stimme erkannte. Das Gespräch kam Niall äußerst merkwürdig vor. Tyrasil erklärte, der Wagen müsse demnächst in die Werkstatt. Als ob die beiden in dieser Situation mitten in der Nacht keine anderen Sorgen hätten. Warum erzählte er ihr nicht einfach, was heute Nacht geschehen war? Aber dann dämmerte es Niall, dass sie in einer Art Geheimcode miteinander sprachen.

Das Grundstück der Hernández war von einer Mauer und einer daran anschließenden, knapp neun Fuß hohen immergrünen Hecke gesäumt. Stacheldraht und Überwachungskameras vervollständigten den Gefängnischarakter des Anwesens und die mit Maschinenpistolen bewaffneten **ELO**-Soldaten am Eingangstor könnten nicht grimmiger schauen. Niall schluckte. Wenn man ihn nicht freiwillig wieder gehen ließ, hatte er denkbar schlechte Karten, von hier abzuhauen. Sie passierten das Tor und fuhren eine mit Pfingstrosensträuchern gesäumte Auffahrt entlang zu einem weißen Herrenhaus, dessen Fassade ringsum von einer breiten Veranda eingefasst und mit Stucksäulen verziert war. Glücklicherweise steuerte Tyrasil den Wagen direkt in eine Garage, denn auch im Garten konnte Niall durch die nach außen blickdichten Scheiben der Limousine Wachsoldaten ausmachen. Nachdem das Tor sich hinter ihnen geschlossen hatte, stiegen Niall und Tyrasil aus. Die Garage war riesig und bot Platz für mindestens fünf Wagen. Zu der Limousine, mit der sie gekommen waren, gesellten sich ein cremefarbener Rolls-Royce-Oldtimer, ein roter Sportwagen und dahinter ein schwarzer Van, der Platz für mindestens zehn Personen bot. Niall pfiff leise durch die Zähne, aber Tyrasil ließ ihm keine Zeit, Hernández' Automobil-Schätze in Augenschein zu nehmen, sondern trieb ihn zu einer Stahltür an der gegenüberliegenden Wand. Über einen breiten Gang gelangten sie in einen Raum, der in etwa so groß wie das Wohnzimmer in Nialls Elternhaus war. Gartengeräte hingen hier ordentlich an eigens dafür vorgesehenen Haken neben Werkzeugschränken.

Ihnen gegenüber flog eine Tür auf und eine blonde Frau mittleren Alters stürzte in den Raum, als gelte es, einen Zug rechtzeitig zu erwischen. Ihre Ähnlichkeit mit Luz war unübersehbar. Aufgrund ihrer öffentlichen Auftritte, bei denen Glenda Hernández Nolan ihren Mann begleitete, hatte Niall eine Frau im Business-Kostüm erwartet, perfekt geschminkt und frisiert – oder zumindest in einem spießigen Hausanzug mit dem gestickten Emblem eines Luxusdesigners. Aber Glenda trug eine schlichte dunkle Leggins, ein T-Shirt mit Marinestreifen, darüber eine dunkelblaue Strickjacke und Socken. Ihr Haar war zerzaust und die Augenringe wurden von keinem Make-up überdeckt.

»Was ist mit Luz?«, flüsterte sie angespannt und ihr Blick wanderte zwischen ihm und Tyrasil unruhig hin und her. Die Frage bestätigte Nialls Vermutung, dass Tyrasil in einer Art Geheimcode zu ihr gesprochen hatte. Bevor er etwas entgegnen konnte, legte der Chauffeur eine Hand schwer auf seine Schulter.

»Glenda, das ist Niall, Matthew Evans' Sohn. Luz und er haben sich heute Nacht heimlich getroffen.«

Luz' Mutter stieß einen erstickten Laut aus und ihre Augen weiteten sich. »Dein Vater wird ihr doch nichts antun?«

»WAS?« Jetzt reichte es Niall. »Dad hat damit überhaupt nichts zu tun, Mrs Hernández. Er wäre von unserem Date genauso wenig begeistert wie Sie.« Er versuchte, die Hand des Dunkelelben abzuschütteln, aber der hielt ihn wie in einem Schraubstock umklammert.

»Die beiden waren zusammen in einem illegalen Club im Mission District. Erzähl Mrs Hernández, was geschehen ist!«, forderte Tyrasil ihn auf.

Wenige Minuten später suchte Luz' Mutter Halt an einer der Arbeitstheken. Sie war so weiß wie die Wandschränke in ihrem Rücken und ihre schmalen Lippen bebten.

»Wenn ELO-Soldaten sie festgenommen haben, dann –«

»Deshalb bin ich hier«, schnitt ihr Tyrasil das Wort ab. »Sieh nach, Glenda. Vielleicht ist es noch nicht zu spät.«

Niall konnte nicht fassen, was er hörte. Weshalb sollte die **ELO** für Luz eine Bedrohung darstellen? Und wie sprach Tyrasil überhaupt mit seiner Chefin? Hatte Glenda bislang wie paralysiert gewirkt, so geriet jetzt Bewegung in sie. Entschlossen hob sie ihren Arm, berührte das Display ihres Smartstraps, räusperte sich und sagte: »Überwachungssystem Haus deaktivieren!«

»Erbitte Autorisierungscode«, ertönte eine melodische Frauenstimme aus dem Armband. Mrs Hernández sprach eine zehnstellige Nummer. Ein Harfenakkord erklang.

»Folgt mir!«, befahl sie, öffnete die Tür und verließ mit schnellen Schritten den Raum.

Glenda Hernández Nolan führte sie durch eine Eingangshalle mit Empore, in die an Weihnachten gut eine fünfzehn Fuß hohe Tanne passte – Niall glaubte sich dunkel an derartige Propagandabilder zu erinnern –, vorbei an Wohnzimmer und Speisesaal in ein Zimmer, das sich aufgrund diverser Jagdtrophäen als das Büro ihres Mannes entpuppte.

»Wir haben nicht viel Zeit«, erklärte Glenda, während sie sich an den Schreibtisch setzte. »Wenn das Überwachungssystem mehr als eine Viertelstunde deaktiviert ist, wird eine automatisierte Nachricht an Jago geschickt.«

Sie berührte mit ihrer Hand eine quadratische, schwarze Glasfläche, die in das helle Holz des Schreibtisches eingelassen war. Ein grüner Lichtstrahl erschien unter ihrer Handfläche, scannte sie und ein holografisches Display leuchtete vor ihr auf.

»Was tun Sie?«, fragte Niall.

»Ich logge mich in das System der **ELO** ein. Wenn Luz verhaftet worden ist, werde ich das in den Haftprotokollen sehen.«

»Warum sollte die ELO Luz verhaften?«, fragte Niall und machte einen Schritt auf sie zu, aber Tyrasil hielt ihn auf.

»Das geht dich nichts an.«

Wut war schon immer ein schlechter Freund, besonders jetzt, da sie von seiner Angst um Luz unterfüttert wurde.

»Dann kann ich ja gehen!«, blaffte Niall. »Sie haben kein Recht, mich hier festzuhalten.«

»Dem Himmel sei Dank, sie ist nicht unter den Gefangenen«, unterbrach ihn Luz' Mutter ohne seinen Worten die geringste Bedeutung beizumessen. Als sie aufsah, blieb ihm der Rest seiner jämmerlichen Drohung im Hals stecken. In ihren Augen schwammen Tränen. Niemals hätte er damit gerechnet, dass die berühmte Glenda Hernández Nolan sich so eine Blöße vor ihm geben würde. Doch es kam noch schlimmer.

»Niall Evans, ich hege für den Mut und die Entschlossenheit deines Vaters in seinem Kampf tiefe Bewunderung. Ich hoffe, du bist aus demselben Holz geschnitzt. Wenn dir Luz auch nur ein klein wenig bedeutet, dann bitte ich dich: Zeig Tyrasil, wo du sie zuletzt gesehen hast. Hilf ihm, sie heil nach Hause zu bringen.«

Niall kniff die Augen zusammen, legte die Hände auf den Tisch und beugte sich zu ihr vor. »Sie verheimlichen mir doch etwas.«

Sie wischte sich die Tränen aus dem Gesicht. Dann warf sie einen Blick auf das Display, straffte ihre Schultern und antwortete: »Ihr müsst gehen. Sofort. Jago befindet sich bereits auf dem Heimweg.« Ihre schmalen Finger verkrampften sich ineinander, sie sah irgendwie verloren hinter dem riesigen Schreibtisch aus. Niall hatte keinerlei Bedürfnis, ihrem Mann zu begegnen und wandte sich wortlos um. Der Dunkelelbe warf ihm von der Seite einen sengenden Blick zu, als sie die Eingangshalle erreichten.

»Schon gut!«, stöhnte Niall und verdrehte die Augen. »Retten wir lieber Luz vor der Strafpredigt ihres psychopathischen Dads und ersparen Sie mir weitere Belehrungen zur Cuilathang und Ihrer Elbenehre.« Er deutete auf die Tätowierung mit dem Tyrium-Chip auf Tyrasils Handrücken und ergänzte bitter: »Solange ihr Alten noch gedanklich in der Anderswelt gefangen seid, wird sich daran nämlich nichts ändern.«

Tyrasils Miene verhärtete sich, während sie den Gang zur Garage entlangliefen. Als sie die Tür erreicht hatten, blieb der Dunkelelbe stehen und erwiderte auf Lichtelbisch: »Gewitter und Sturm können einem starken Baum nichts anhaben. Er biegt sich unter ihrer Last, verliert Äste, kann selbst einen Blitzeinschlag überleben. Aber beschneidest du seine Wurzeln, wird er unweigerlich zugrunde gehen. Doch das haben deine Ahnen bereits lange vor ihrer Ankunft in Midgard verlernt, *Lichtelbe.*«

Falle

Darel

Schweißtropfen brannten wie Salz in Darels Augen, während er Luz wegfahren sah. Er ließ die zitternde Hand mit der Waffe sinken. Sein Atem ging stoßweise, ihm war schwindlig und ein bitterer Geschmack hatte sich in seinem Mund ausgebreitet. Angewidert spuckte er aus und widmete sich dann der pulsierenden Wunde in seinem Oberschenkel knapp unterhalb der Hüfte. Sein Blick wanderte über die zerfetzte Hose, das Blut, das unablässig daraus hervorquoll und einen dunklen, nassen Streifen bis zu seinem Fußknöchel hinterließ. Mit Schmerzen konnte er umgehen und es war nicht das erste Mal, dass er knapp am Tod vorbeigeschrammt war. Aber – bei Elatha – wenn er seine Reaktionen nicht über Jahre hinweg trainiert hätte, wäre Luz ein glatter Bauchschuss geglückt. Es war purer Instinkt und nicht logische Berechnung oder gar Voraussicht gewesen, der ihn zur Seite springen ließ, als Hernández' Tochter blitzschnell zu ihm herumfuhr. Wie hatte er dieses Miststück nur so unterschätzen können?!

Darel wich den Glassplittern der zerplatzten Autoscheibe aus, humpelte zur Eingangstür des Hauses zurück und ließ sich stöhnend neben seinem Rucksack auf dem Gehweg nieder. Vorsichtig zog er den blutdurchtränkten Jeansstoff auseinander. Das Projektil aus Luz' Waffe hatte seine Oberschenkelmuskulatur zum Glück nur gestreift, ein winziges Stück weiter links wäre es vermutlich stecken geblieben. Dennoch blutete die Wunde so stark, dass er sie dringend abbinden musste. Wie war Luz nur an die Waffe gelangt? Ganz sicher hatte sie weder eine Handtasche noch eine Pistole am Körper getragen, als er sie aus dem Club geschafft hatte, das wäre seinem geübten Blick nicht entgangen.

Und dann wusste er es und lachte bitter auf. Was Erilia wohl dazu gesagt hätte, dass er um ein Haar mit ihrer Pistole erschossen worden wäre? Er nahm einen Lederbeutel aus dem Rucksack und durchsuchte ihn nach Verbandzeug, als er das Knirschen von Glas vernahm. Hastig ließ er den Beutel zurück in den Rucksack fallen, griff nach seiner Pistole und sprang auf. Die ruckartige Bewegung fühlte sich in seinem verletzten Bein an, als würde ein Messer einzelne Muskelfasern durchtrennen.

Eine luxuriöse Limousine mit abgedunkelten Scheiben näherte sich ihm, durch den Elektroantrieb und die langsame Fahrweise hatte er sie viel zu spät gehört und er verfluchte sich dafür, seine Wunde nicht im Inneren des Hauses versorgt zu haben. Jetzt rollte sie über Scherben und Splitter – die Überreste von Luz' Flucht – direkt auf ihn zu wie eine Katze, die sich auf Samtpfoten an ihre Beute heranschlich. Darel hätte diesen Wagen unter Tausend anderen auf der Stelle erkannt. Zahlreiche Fotos von ihm hatten seine Pinnwände geziert zusammen mit Berechnungen von Widerstandsfähigkeit und Beschussklasse, Fensterdicke und der Einschlagswirkung von Kurzwaffen und Gewehren mit verschiedenen Kalibern. »The Beast« oder »Cadillac Two«, wie der gepanzerte Sonderschutzwagen auch genannt wurde, gehörte dem zweitwichtigsten Mann nach dem Präsidenten: Jago Hernández Ruiz.

Sein Puls raste und alles in ihm spannte sich an, während er mit dem Rucksack rückwärts zur Tür wich. Luz musste von ihrem Vater schon nach wenigen Meilen aufgegriffen worden sein, wenn sie so rasch hier auftauchten. Gleich würde er die Sirenen der ELO-Soldaten hören, die dem Wagen ihres Chefs folgten. Seine Chancen zu fliehen standen denkbar schlecht.

Die Limousine stoppte und Darel wartete gar nicht erst ab, bis Hernández' Leibwächter herausspringen und ihre Waffen auf ihn richten würden. Sekundenschnell drückte er die Klinke und sprang ins Innere des Flurs. Der Schmerz wühlte wie ein glühender Metallstab in seinem Bein und ließ ihn gegen die Wand taumeln. Im selben Augenblick rief eine Stimme gedämpft durch die Tür von draußen: »Darel, warte! Mann, bin ich froh, dass du ihnen entkommen bist.«

Eine Falle. Für wie blöd hielten sie ihn? Sich am Geländer abstützend, humpelte er hastig die Treppe hinauf. Die Tatsache, dass der Sprecher seinen Namen wusste, konnte nur bedeuten, dass Luz ihn verraten hatte, und sie würde sich ganz sicher nicht auf ein Wiedersehen mit ihm freuen. Wenn er sich in einer der Wohnungen verschanzte, konnte er zumindest ein paar von den Mistkerlen mit in den Tod reißen, bestenfalls Hernández persönlich, wobei die Aussicht gering war, dass der ELO-Chef sich hinter der Deckung seiner Soldaten hervorwagte. Ein Knarren ließ Darel erneut herumfahren. Er stützte den Arm auf dem Geländer ab und schoss. Das Holz des halb geöffneten Türblatts splitterte über den rissigen Steinboden bis zu den ersten Treppenstufen hinauf.

»Ich lege jeden Einzelnen von euch um!«, brüllte er.

Das müsste ihm vorerst Zeit verschaffen. Aufgeregtes Stimmengemurmel folgte seinen Worten. Mittlerweile hatte er den ersten Treppenabsatz erreicht und begann, an den Zimmertüren zu rütteln. Bei der zweiten hatte er Glück. Als sie nachgab, stolperte er in das Innere einer Wohnung, die er am liebsten gleich wieder verlassen hätte. Der penetrante Gestank von Fäulnis und Exkrementen schlug ihm entgegen. Kakerlaken und Mäuse huschten über einen fleckigen Teppichboden, der an zahllosen Stellen angefressen war. Angewidert sah er sich nach einem Möbelstück um, das er vor die Tür schieben konnte, aber die Wohnung war leer, nicht einmal ein Stuhl in Sichtweite.

»Nicht schießen! Ich kann dir helfen!«, hallte es von der Straße nach oben.

Ja, sicher. Routiniert humpelte Darel zum Fenster, um die Lage auszukundschaften, drückte sich an die fleckige Wand und spähte vorsichtig nach draußen. Da Staub und Vogelkot an den Scheiben ihm die Sicht erschwerten, konnte er nur verschwommen erkennen, dass die vorderen Türen der Limousine offen standen, aber auf der Straße war kein Mensch zu sehen. Das Glas war an einigen Stellen beschädigt, groß genug, dass Darel den Lauf seiner Waffe hindurchschieben konnte.

»Mensch, Darel! Ich bin's, Niall! Du weißt, ich hab für die **ELO** genauso wenig übrig wie du!«

Es konnte unmöglich Niall sein! Doch dann schob sich etwas in Darels Blickfeld, er verengte die Augen, konzentrierte sich auf den richtigen Moment, den Finger auf dem Abzug – und schnappte nach Luft. Der junge Mann, der eben wieder auf die Straße getreten war, hatte zerzaustes Haar, Schrammen an den Armen und sah aus, als hätte er sich eben noch im Schlamm gewälzt. Er hob seine Handflächen, um zu zeigen, dass er unbewaffnet war, und starrte an der Hausfassade nach oben.

Es *war* Niall Evans! Was noch nicht bedeutete, dass er ihm tatsächlich wohlgesonnen war. Falls Luz ihrem Freund erzählt hatte, was vorgefallen war, musste sich sein Wohlgefallen ihm gegenüber auf der Stelle in Luft aufgelöst haben. Dennoch kam der Anblick so überraschend, dass Darel das Geräusch an der Tür hinter sich eine Sekunde zu spät wahrnahm. Mit einem lauten Knall flog sie gegen die Wand, Putz bröckelte zu Boden und Mäuse quiekten, als eine tiefe Stimme rief: »Waffe fallen lassen!«

Langsam, die Pistole immer noch in der Hand, drehte Darel sich um. Vor ihm stand ein Mann mittleren Alters mit silbernem Haar und aschfarbener Haut. Er war mindestens so groß wie Darel selbst, wenn nicht noch ein Stück größer. Die Maschinenpistole in seinen Händen war ziemlich beeindruckend und direkt auf Darels Brust gerichtet. Trotz seines harten Gesichtsausdrucks lag in den grauen Augen des Mannes etwas Flehendes. Als sie Darels Blick trafen, flammte Überraschung in ihnen auf. Der rechte Handrücken des Dunkelelben flackerte orangerot. Dieser Mann war niemand anderes als Tyrasil, Hernández' langjähriger Chauffeur.

Warum sollte der Dunkelelbe riskieren, das tödliche Tyrium in seinem Körper freizusetzen, indem er ihn bedrohte? Er hätte auf Verstärkung durch ELO-Soldaten warten können. Weshalb tauchte er überhaupt allein mit dem Sohn von Hernández' ärgstem Gegner hier im Mission District auf? Darels Gedanken überschlugen sich. Das merkwürdige Verhalten der beiden ließ nur einen logischen Schluss zu: Tyrasils Boss hatte keine Ahnung, was sein Chauffeur hier trieb, sonst wäre längst Verstärkung eingetroffen. Die beiden befanden sich mit großer Wahrscheinlichkeit auf der Suche nach Luz und wollten es ihren Vater nicht wissen lassen.

Der dumpfe Aufprall von Darels Pistole auf dem Teppichboden mischte sich mit dem Trampeln von Schuhen auf der

Treppe, dann erschien Niall atemlos hinter dem Dunkelelben im Türrahmen.

»Heilige Scheiße, ich dachte schon, Sie erschießen ihn!«, keuchte er.

Eine Viertelstunde später hatte Tyrasil ihm mit seinem Verbandszeug einen Druckverband am Oberschenkel angelegt und Niall erklärt, dass sie tatsächlich Luz im Auftrag ihrer Mutter suchten, damit sie keinen Ärger mit ihrem Vater bekäme. Wie rührend. Ein paar Tage Hausarrest konnten der verzogenen Göre wirklich nicht schaden.

»Keine Ahnung, wo Luz ist«, erklärte Darel wahrheitsgemäß und ergänzte gespielt wehleidig: »Ich war auf meinen Slam konzentriert. Und nachdem die Rauchbomben und das Tränengas in der Menge losgingen, herrschte doch völliges Chaos! Wir wurden nach draußen gedrängt, ich wurde in dem Tumult angeschossen und hab es nur mit viel Glück geschafft, mich hier in einer verlassenen Wohnung zu verstecken.«

»Das mit deiner Freundin tut mir ehrlich leid«, murmelte Niall und Darel setzte das von ihm erwartete betroffene Gesicht auf und starrte zu Boden. Er hatte keine Zeit, sich mit Erilias Tod auseinanderzusetzen. Weder jetzt noch in der Zukunft. Was er und sie geteilt hatten, war bestenfalls die Verzweiflung, einen aussichtslosen Kampf zu führen und der Versuch, in körperlicher Lust für ein paar Stunden das Leben, zu dem sie verdammt waren, zu vergessen.

»Du hast eine Menge Blut verloren«, murmelte Niall mit einem schaudernden Blick auf Darels Bein. »Vielleicht sollten wir dich besser in eine Klinik schaffen.«

Das fehlte noch.

Darel winkte hektisch ab. »Auf die Fragen der Quacksalber

kann ich gut und gerne verzichten. Sind euch auf dem Weg hierher eigentlich Straßensperren aufgefallen?«, fragte er beiläufig und stand auf.

Tyrasil erhob sich ebenfalls. »Das gesamte Viertel ist abgeriegelt und wird zusätzlich von Drohnen überwacht. Du hast keine Chance, hier unbemerkt rauszukommen.« Er warf Darel einen abschätzigen Blick zu. Gut. Offenbar hielt er ihn für einen vorlauten Wichtigtuer, der seine Klappe für mehr Elbenrechte aufriss, weil ihn sein wohlbehütetes, bürgerliches Zuhause zu Tode langweilte und er ein Ventil zum Rebellieren suchte. Es war hilfreich, wenn der Gegner einen unterschätzte. »Aber du kannst mit uns fahren. Niemand hält Hernández' Limousine auf.«

Das kam überraschend. Darel lachte spöttisch.

»Sie sind sein Chauffeur. Warum sollten Sie einem Regimegegner helfen?«

»Du bist ein Mensch. Warum solltest du dich für Dunkelelben einsetzen?«, konterte Tyrasil. Etwas Lauerndes lag in seiner Frage, als wäre er sich immer noch nicht im Klaren darüber, was er von Darel halten sollte.

Einen Augenblick lang überlegte er, welche seiner zurechtgelegten Versionen er ihm erzählen sollte. Die von dem besten Freund aus Kindheitstagen, dem Diener in ihrem Haushalt oder der dunkelelbischen Geliebten. Er konnte es sich nicht leisten, beim Lügen ertappt zu werden. Ein vibrierendes Geräusch rettete ihn. Tyrasil aktivierte die Sprachfunktion seines Smartstraps.

»Sie haben Luz!«, flüsterte eine weibliche Stimme gepresst.

»Wo ist sie?«

»Fünftes ELO-Hauptquartier. Tyr, ich habe solche Angst, was Jago mit ihr anstellen wird, wenn er es herausfindet!«

Darel glaubte, sich verhört zu haben. Er sah hinüber zu Niall, dem der Mund offen stand.

»Weiß er von ihrer Verhaftung?«, entgegnete Tyrasil.

»Nein, ich habe die Nachricht des leitenden Offiziers an ihn abgefangen. Aber falls sie ihn dennoch erreichen –«

»Hau sofort ab!«, unterbrach Tyrasil sie.

»Unmöglich! Ich kann sie ihm doch nicht einfach überlassen! Wenn er Luz nach Hause bringt –«

»Seid ihr beide verloren!«, erwiderte der Dunkelelbe scharf. Bislang hatte seine Stimme kühl und beherrscht geklungen. Jetzt begann sein Implantat zu leuchten und er fluchte auf Dunkelelbisch. »Glen, *du* kannst ihr nicht helfen. Tu, was ich dir sage! Ich werde alles unternehmen, um sie zu retten. Vertrau mir!«

Glen? Darels Blick wanderte von den Schweißtropfen, die sich auf Tyrasils Stirn gebildet hatten, zu Nialls angsterfülltem Blick und die Bruchstücke der rätselhaften Unterhaltung fügten sich zu einem Bild zusammen.

Dem Bild einer schönen Frau, die medienwirksam in der Öffentlichkeit karitative Einrichtungen besuchte, lächelnd mit Dunkelelbenkindern auf dem Arm für die Institute warb und auf diese friedliche Weise ebenso großen Schaden anrichtete wie ihr kämpferischer Mann.

Glenda Hernández Nolan.

So schwarz wie Ebenholz

Luz

Die Stille im Raum umschloss Luz wie ein Eisblock.

Sie erwachte erst aus ihrer Starre, als der Arzt die Nadel zog und das Röhrchen, gefüllt mit ihrem Blut, zum Labortisch trug. Diesmal machte er sich nicht mehr die Mühe, ein Pflaster auf die blutende Einstichstelle zu kleben. Die ganze Zeit über hatte Luz ihren Vater wie betäubt angeschaut und versucht, in seiner Miene zu lesen, zu begreifen, was hier vor sich ging. Aber er hatte ihren Blick stoisch, mit der Beredsamkeit einer antiken Statue, erwidert. Fast kam es ihr so vor, als blicke er vollkommen durch sie hindurch, als wäre sie unsichtbar.

Wut schoss plötzlich in ihr hoch, sprengte die innere Kälte, die ihr immer mehr die Luft abschnürte. Wieso tat er ihr das an? Nur, weil sie ihn belogen hatte? Weil sie es gewagt hatte, mit einem Jungen auszugehen, dessen Vater sein politischer Feind war? »Darf ich jetzt wieder nach Hause oder sperrst du mich zurück in die Zelle, Dad?«

Schon als die Worte aus ihrem Mund flogen, wusste sie, dass es ein Fehler war, ihn vor seinen Untergebenen derart anzuherrschen. Atemlos sah sie ihn an, ihr Herz krampfte sich angstvoll zusammen, doch zu ihrer Überraschung schien er eher amüsiert. Zumindest lächelte er und schüttelte gleichzeitig den Kopf. Erneut kroch Kälte über ihre Arme. Aus der Einstichstelle rann jetzt ein feines Rinnsal Blut und Luz winkelte ihren Arm an und drückte mit dem Finger der anderen Hand dagegen. Sie wurde aus seinem Verhalten einfach nicht schlau. Auch nicht aus den Worten, die er an seinen Major richtete.

»Hätten Sie es geahnt, Jacob? Blind. All die Jahre …«

»Niemand kann Ihnen Vorwürfe machen, Sir«, antwortete der Mann und strich über die Knöpfe seiner Uniform, als müsste er sie gerade jetzt polieren.

Im selben Augenblick räusperte sich der Arzt und deutete auf einen Ständer, in dem sich drei Reagenzgläser befanden, auf die er Luz' Blut aufgeteilt hatte. Die dunkelrote Farbe erinnerte sie an die Rosen, die für Vanessa auf der Eingangstreppe zur Schule gelegen hatten.

Jago Hernández stieß sich von der Wand ab und trat näher. Ihr Vater hatte einen dunklen Teint, aber im kaltweißen Licht der Deckenlampe nahm Luz die Schatten unter seinen Augen und die unrasierten Wangen wahr. Ihr Blick wanderte tiefer, zu dem Verband um seinen linken Oberarm, der mit einer Schlinge an seiner Schulter befestigt worden war. Doch der unbeugsame Soldat in ihm zwang ihn offenbar dazu, sich so kraftvoll zu bewegen, als wäre er nach einem erholsamen Schlaf gerade erst zur Arbeit erschienen. Ein Bild aus der vorangegangenen entsetzlichen Nacht flackerte in ihr auf, fuchsienrotes Haar, das sich mit Blut auf dem Asphalt verwob, und sie wünschte sich plötzlich sehnlichst, dass die Schusswunde ihren Vater höllisch schmerzte.

»Das ist das Testserum für die Blutgruppe A.«

Die Stimme des Arztes klang eingeschüchtert, man konnte sie kaum verstehen, obwohl sich erneut eine angespannte Stille über den Raum gelegt hatte. Luz beobachtete, wie die kleine, braune Glasflasche in seiner Hand zitterte und ein Tropfen neben dem Reagenzglas auf die Arbeitsplatte fiel, wo er eine winzige, gelbe Pfütze hinterließ. Auf der Stirn des jungen Mannes lag ein glänzender Schweißfilm. Hastig nahm er ein zweites Fläschchen, schraubte den Deckel ab und hielt es über das zweite Reagenzglas.

»Blutgruppe B«, flüsterte er.

Was er noch sagte, konnte Luz nicht mehr verstehen, denn ihr Herz begann zu rasen und das Blut rauschte auf einmal viel zu laut in ihren Ohren. Unmöglich! Doch die rote Flüssigkeit in dem ersten Glas begann sich zu verfärben, wurde immer dunkler und verklumpte, bis sie fast gänzlich schwarz war.

Wie Ebenholz.

»... das gleiche Ergebnis bei Blutgruppe Null.«

Nein, nein, nein! Ein Fehler. Das Testserum war falsch. Eine Intrige. Jemand wollte ihr schaden, wollte ihrer Familie schaden, wollte ...

»Ich gebe jetzt das Kodifizierungsserum dazu.«

Aus dem Augenwinkel bemerkte Luz, wie ihr Vater sich zu ihr umdrehte. Sein Blick wurde stechend und ihre Beine gaben einfach nach. Sie sackte kraftlos auf dem Stuhl zusammen. Ein winziger Funken Mitgefühl glomm kurz in Jagos Augen auf, aber auch der konnte die Kälte nicht aufhalten, die sich in Luz ausbreitete und jeden Widerstand lähmte.

»Glenda hat dir tatsächlich nichts davon erzählt«, stellte ihr Vater nüchtern fest.

Sein Gesicht verschwamm in einem Ansturm von Tränen, dem Luz nichts entgegensetzen konnte. Sie schämte sich für das erbärmliche Wimmern, das ihrem Mund entschlüpfte, versuchte verzweifelt, sich zusammenzureißen, während der Arzt sich die Haare aus dem Gesicht strich und erklärte: »Der Elbengrad beträgt wie in der vorhergehenden Probe 53 Prozent. Das ... tut mir leid, Mr Hernández. Warum man es ihrer … Tochter nicht ansieht, ist mir ein Rätsel. Eine Anomalie. Ich verstehe das einfach nicht.«

»Ich schon, Doktor.«

Jago sprang in einer so katzenhaft flinken Bewegung auf ihn zu, dass Luz das Messer erst bemerkte, als es bereits seine Hand verließ und auf den jungen Mann zuschnellte. Die Augen des Arztes weiteten sich, er riss den Mund zu einem Schrei auf, der seine Kehle nie verließ, stieß rückwärts gegen den Labortisch und riss mit seinem nach Halt suchenden Arm einige Reagenzgläser mit sich, bevor er leblos in ihren Scherben auf dem Boden zusammensackte. Luz schrie an seiner statt, bis der Major ihr den Mund zuhielt. *Dreiundfünfzig Prozent*, hallte das grausige Echo des Toten in ihren Ohren.

Luz wusste nur zu gut, was das bedeutete. Den Christopher-Mitchell-Test hatten sie bereits in der sechsten Klasse im Biologieunterricht durchgenommen. Und in der achten mit echten Blutproben wiederholt. Die Blutgruppensysteme der Elben waren gegenüber den menschlichen dominant. Daher galten Mischlinge ab einem Kodifizierungsgrad von über 50 % als Elben ersten Grades. Sie erinnerte sich noch deutlich an den Gruseleffekt, als das Blut sich je nach Dunkelelbengrad grau oder schwarz färbte. Die hellroten Blutspritzer des erstochenen Arztes blühten jetzt wie Stockflecken auf der Uniformjacke ihres Vaters.

Von wegen *Vater*!

Luz stemmte sich verzweifelt gegen den Strudel von Gedanken, der in diesem Moment über ihr zusammenstürzte, aber sie konnte das Mühlrad, das er in ihrem Inneren in Gang setzte, nicht mehr aufhalten. Unerklärliches ergab plötzlich einen Sinn, Erinnerungsstücke fügten sich zu einem Puzzle aneinander, enthüllten ein bislang unbekanntes Bild ihrer Kindheit und mit jeder weiteren Umdrehung zerrieb es erbarmungslos die Gefühle, die sie Jago Hernández Ruiz, dem Mann, der sie großgezogen hatte, entgegenbrachte.

Dein leiblicher Vater ist ein Dunkelelbe, ein Aschefresser, den Jago am liebsten ausrotten würde.

»Nein!«, flüsterte sie gegen die Hand des Majors und die Tränen brannten wie Säure in ihren Augen.

Und du bist eine von ihnen.

Mit einer letzten Erinnerung blieb das Rad abrupt stehen und eine fremdartige Ruhe ergriff von ihr Besitz.

Genau so hatte es sich angefühlt, als sie vor vielen Jahren gegen ihren Vater Schach gespielt hatte. Sie war in der weichen Wolle des Teppichs versunken wie in einer weißen Wolke, ihr kleines, helles Gesicht hatte sich in dem nachtdunklen Glas des Couchtisches gespiegelt und ihr Zutritt in eine fremde Welt gewährt, die alles um sie herum in Unschärfe versinken ließ. Kühl und samtig hatten sich die Marmorfiguren in ihre Hand geschmiegt, gerade so, als flehten sie Luz an, sie zum Leben zu erwecken! In diesen wundersamen Momenten hatte es für Luz nur drei Dinge gegeben: Ihren Vater, das Spiel und sie selbst.

Du musst gewinnen.

Luz atmete tief durch, hob ihren Blick von der Leiche des Arztes und heftete ihn auf den Mann, der sie großgezogen hatte. Was würde sein nächster Zug sein? Während sie wie eine Marionette zuließ, dass der Major seine Hand von ihrem Mund zog, den kräftigen Arm um ihre Taille legte und sie auf die Beine hob, verlor sie Jago nicht aus den Augen. Er fegte mit dem Arm die Reagenzgläser in das Spülbecken und ließ Wasser darüber laufen, dann riss er eine Schublade auf, entnahm ihr ein Skalpell, das er aus der Packung schälte, ohne es zu berühren, beugte sich zu dem toten Arzt und drückte es ihm in die Hand. Gerade stopfte er die Verpackung in seine Uniformtasche, als die Tür aufflog und an die Wand schlug. Soldaten mit angelegten Waffen, Sicherheitswesten und Helmen mit heruntergeklapptem Visier stürmten, alarmiert durch ihren Schrei, herein. Selbstverständlich beschwichtigte Jago sie, erklärte ihnen, dass Dr. Parker ein Maulwurf gewesen wäre, ein Terrorist, der die **ELO** ausspioniert hätte. In buchstäblich letzter Sekunde hätte er verhindern können, dass der Arzt seine geliebte Tochter mit einem Skalpell erstach. Luz würgte. Ein Zittern lief durch ihren Körper. *Mörder!*, wollte sie ihm entgegenbrüllen, aber niemand hier im Raum würde ihr Glauben schenken. Jago warf ihr dennoch einen warnenden Blick zu.

»Komm, Kleines. Du bist ja kreidebleich! Wir fahren am besten nach Hause«, erklärte er. Sein väterliches Lächeln geriet zur Grimasse. Es fiel ihm sichtlich schwer, sich zu beherrschen. »*Mom* wird schon ganz verrückt vor Sorge sein.«

Luz fuhr zusammen.

Mom! Fuck! Wusste sie schon, dass ihr Schwindel aufgeflogen war? Dass sie ihm jahrelang ein Dunkelelben-Kuckuckskind als sein eigenes untergejubelt hatte, musste ihren Dunkelelben hassenden Stiefvater zerreißen vor Wut.

Aber warum zur Hölle sah sie überhaupt nicht aus wie eine Dunkelelbin?

Dafür begriff Luz endlich, warum ihre Mutter sie immer zu Ärzten begleitet hatte, warum ihr nie Blut abgenommen worden war, ihre Wunden viel schneller als bei anderen Menschen heilten und Glenda sie trotzdem zwang, ewig Pflaster zu tragen. Sie hatte sie nur für extrem fürsorglich gehalten und es gehasst, dass sie ihr so wenig Freiheiten gewährt hatte. Wie oft hatte ihre Mutter sie mit all diesen Vorsichtsmaßnahmen, die ihr dunkles Geheimnis hüten sollten, in den Wahnsinn getrieben? Selbst ihre Sorge wegen der gemeinsamen Schachspiele mit ihrem Vater rückten plötzlich in ein vollkommen anderes Licht und Luz konnte nur mit Mühe ein hysterisches Lachen unterdrücken.

Dunkelelben wurden eine hohe strategische Begabung und ein ausgezeichnetes logisches Denkvermögen nachgesagt. Vermutlich war ihre Mutter über ihre hervorragenden Mathenoten niemals glücklich gewesen.

Wie hatte sie nur so blind sein können?

Schaudernd beobachtete Luz, wie Jago auf sie zukam. Der Major trat zur Seite und überließ sie ihm wie ein Jagdhund die Beute seinem Herrn. Der Mann, den sie all die Jahre für ihren Vater gehalten hatte, legte den Arm um ihre Schulter und sie gingen gemeinsam zur Tür. Jeder einzelne Schritt fühlte sich falsch an.

Für die Umstehenden sah Jago nach einem fürsorglichen Vater aus. Doch statt der früheren Geborgenheit spürte Luz nur eines: nackte, blanke Angst.

Tyrasil

Darel

Den Mission District ausgerechnet in Hernández' Luxuslimousine ungesehen zu verlassen, barg für Darel nicht nur zynischen Charme. Sich Niall und dem Chauffeur zur *Rettung* von Luz – wovor auch immer – anzuschließen, ermöglichte ihm darüber hinaus, ein Ziel zu verwirklichen, das er in absehbarer Zeit bereits aufgegeben hatte: Luz erneut zu kidnappen, um ihren Vater zu erpressen.

Alles in Hernández' Limousine atmete Luxus und zugleich Angst vor einem tödlichen Angriff. Früher hatte man die Fahrzeuge von Staats- und Regierungschefs mit Stahlplatten gepanzert. Aus der Presse wusste Darel, dass hier eine moderne, etwa zwei Zoll dicke Panzerung mit Carbon und Titan die Limousine wendig und schnell machte. Im Innenraum waren an den Seiten mehrere Fächer mit Maschinenpistolen und Handgranaten eingelassen, Fahrerkabine und Fond waren durch Sicherheitsglas getrennt und im Cockpit entdeckte er Schalter mit den Aufschriften »Tränengas« und »Rauch«. Darel musterte den Chauffeur verstohlen. Wie bei den meisten Elben war sein Alter schwer zu schätzen. Zum einen weil diejenigen, die der Tyriumverseuchung in der Anderswelt entkommen und in der Menschenwelt gestrandet waren, bereits viele Jahrhunderte alt sein oder mehr als einmal gelebt haben konnten. Zum anderen weil das Tyrium nicht nur ihre Magie schwinden, sondern sie auch schneller altern ließ. Aber in

Tyrasils Fall wusste er zuverlässig, wen er vor sich hatte, und dass sein etwa vierzigjähriges Äußeres in Wahrheit über dreihundert Jahre vornehmlich kriegerischen Lebens verbarg. Darel musste auf der Hut sein, dass Tyrasil nicht seine Identität und damit seine wahren Absichten durchschaute. Auch wenn der Dunkelelbe gechippt und bei starken Aggressionsausbrüchen somit dem Tode geweiht war, sprach seine offenkundige Loyalität Luz' Mutter gegenüber dafür, dass er Darel vorher töten würde. Sein Blick wanderte interessiert von den feinen Narben in dem verschlossenen Gesicht und am Hals zu dessen schwieligen Händen, die in früheren Zeiten kein ledergepolstertes Lenkrad, sondern Schwerter, Messer, Bogen und andere archaische Waffen gehalten hatten. Viele Dunkelelben besaßen bemerkenswerte Heilfähigkeiten. Tyrasil musste in den Kriegen ziemlich schwere Verletzungen davongetragen haben, wenn sie auf seiner Haut dauerhafte Spuren hinterlassen hatten. Wann, fragte sich Darel, war der ehemals stolze Krieger wohl zum Schoßhündchen von Hernández mutiert? Hatte hier eine heimliche Leidenschaft für die attraktive Glenda ihre Hand im Spiel? Liebe war ein gefährlicher Luxus, den Darel sich in seinem Kampf nicht leisten konnte. Seine Verachtung für den Chauffeur lag ihm wie eine bittere Mandel auf der Zunge.

Tyrasils aufgebrachte Stimme riss ihn aus seinen Gedanken: »Ohne Luz hätte Jim Kennedy dich zu Tode geprügelt, Junge! Sie wird nicht ewig im Versteck deines Vaters ausharren müssen. Glenda wird sich eine dauerhafte Lösung überlegen, aber das braucht Zeit und die wirst du ihr verschaffen!«

»Offiziell darf ich von dem Versteck überhaupt nichts wissen!«, entgegnete Niall hitzig. »Wenn Dad einem Verfolgten dort Unterschlupf gewähren möchte und ausgerechnet die Tochter seines politischen Gegners entdeckt, rastet er aus. Ich kapier das einfach nicht! Warum erzählen Sie uns nicht endlich, weshalb sie in Gefahr ist?«

Die Miene des Dunkelelben versteinerte und Darel fand, es war an der Zeit, ihm zu Hilfe zu eilen. Jim Kennedy war eines von Dubhuirs Opfern gewesen. Jetzt verstand er, weshalb Luz bei seinem Slam so emotional reagiert hatte.

»Vielleicht möchte deine Freundin lieber mit mir kommen«, erklärte er und lächelte hinterhältig. »Wenn tatsächlich ihr Leben auf dem Spiel steht, wäre sie bei einem kampferprobten *Mann* doch besser aufgehoben, zumal mir im Gegensatz zu dir klar ist, weshalb sie nicht bei Tyrasil bleiben kann.«

Er betonte das Wort »Mann« und warf einen demonstrativen Blick auf die Tätowierung des Dunkelelben. Niall, der bei seinen Worten zunächst rote Flecken im Gesicht bekommen hatte, setzte zu einer Erwiderung an, brach dann aber ab und seine Augen weiteten sich, während er nun ebenfalls Tyrasils Tätowierung anstarrte.

»Sie … Sie werden … diese Flucht nicht überleben«, flüsterte er schockiert. »Hernández wird das Tyrium in Ihrem Chip sofort aktivieren, nachdem Sie seine Tochter entführt haben.«

Der Dunkelelbe nickte grimmig. »Deshalb brauche ich deine Unterstützung.« Seine Augen verengten sich, als er Darel einen misstrauischen Seitenblick zuwarf. »Oder seine.«

Feuer

Luz

Am schlimmsten ist es, wenn das, was wir lieben, sich gegen uns wendet, Feind wird, wo es uns doch so vertraut ist.

Luz glaubte zu ersticken, während sie mechanisch neben Jago den Flur entlangschritt und sein vertrauter Duft Kindheitserinnerungen voller Geborgenheit und Glück weckte. Der Major und ein weiterer Soldat folgten ihnen. Jagos muskulöser Arm lag über ihren Schultern, der Druck seiner Finger auf ihrem rechten Arm war nicht zu fest, aber bestimmt. Selbst wenn es ihr gelänge, zu fliehen – wohin sollte sie sich wenden? Wer würde ihr schon helfen?

Einer Dunkelelbin!

Der Druck in ihrer Kehle wurde stärker, Uniformierte grüßten ihren Vater und warfen ihr neugierige Blicke zu. Ihre Gesichter verschwammen in bunten Klecksen, die Schatten verzerrt und bläulich, wie in den impressionistischen Gemälden, die sie im Legion of Honor Museum mit ihrer Mom, Kelly und deren Mutter gesehen hatte. Als sie endlich im Eingangsbereich angelangten, dessen dunkle Spiegelverglasung das Innere des Quartiers vor Licht und neugierigen Blicken Außenstehender schützte, herrschte dort aufgeregte Betriebsamkeit. Luz blinzelte die Tränen weg, straffte die Schultern und sah stur geradeaus. Jemand hielt ihnen die Tür auf und sie trat durch sie hindurch in ihr neues, Unheil verheißendes Leben.

Die Sonne stand schon hoch am Himmel und spiegelte sich gleißend in einem fröhlich plätschernden Springbrunnen auf dem quadratischen Platz wider. San Francisco besaß mit den *ELO Headquarters Number 5* das größte Revier der *Elb Liberation Organization* der USA. Das Gebäude war ein Symbol für die zunehmende Stärke der Organisation. Ein imposanter Stahlbau auf fünf Ebenen, der sich über zwei enorme Seitenflügel erstreckte.

Eine breite Treppe führte sie zum Parkplatz hinunter. Jagos Augen suchten nervös die Reihen der Autos ab und tatsächlich verließ in diesem Augenblick seine Limousine eine Parklücke und rollte langsam vor. Tyrasil stieg mit teilnahmsloser Miene aus, schlug die Fahrertür zu und umrundete das Fahrzeug, um ihnen die hintere Seitentür zu öffnen. Nichts verriet, ob er wusste, was geschehen war. Er schenkte ihr nicht mehr Beachtung, als würde er sie bei Kelly abholen, statt vom ELO-Hauptquartier.

Was würde sie zu Hause erwarten? Auf jeden Fall ein heftiger Streit zwischen Jago und Mom. Und dann? Sie versuchte, das Gefühl des Ausgeliefertseins wegzuatmen und sich zu beruhigen. Jago schob sie vorwärts und Luz trat einen Schritt um die geöffnete Wagentür. Etwas Dunkles flog plötzlich an ihr vorbei. Es roch nach Schwefel. Verblüfft drehte sie den Kopf danach, doch im nächsten Moment stieß Tyrasil sie so brutal in den Rücken, dass sie vornüber ins Fahrzeuginnere stürzte. Luz schrie auf und suchte Halt, Hände griffen nach ihr und rissen sie gewaltsam nach vorne. Nahezu zeitgleich setzte sich die Limousine mit quietschenden Reifen so ruckartig in Bewegung, dass sie unsanft mit dem Kopf gegen die innere Türverkleidung stieß. Ein mehrstimmiges Brüllen ging in einem ohrenbetäubenden Knallen unter, aus dem Augenwinkel sah sie durch die Seitenscheibe Flammen auflodern und der Schwefelgestank wurde stärker. Luz begann zu husten, ihr Kopf schmerzte von dem Aufprall, Rauch brannte in ihrer von der vergangenen Nacht immer noch gereizten Kehle und ihren Augen. Die Autotür schlug durch den Fahrtwind zu, ihr Puls raste. Jemand hielt sie fest, während sie verzweifelt mit Armen und Beinen um sich schlug. Sie hörte einen Schmerzensschrei und Flüche, bis endlich der Klang einer Stimme zu ihr durchdrang.

»Hör auf, Luz! Du brichst mir noch die Nase!«

Alles in ihr erstarrte.

»Niall?«, keuchte sie fassungslos und versuchte, sich aufzusetzen. Jemand schlang einen Arm um ihre Taille und zog sie hoch. Tyrasil. Das Innere der Limousine bot großzügig Platz für je zwei sich gegenübersitzende Personen und der Dunkelelbe hievte sie auf den Platz neben sich, mit dem Rücken entgegen der Fahrtrichtung. Während er sich über sie beugte, um ihr den Sicherheitsgurt anzulegen, zog der schlanke Mann in der verschmutzten Kleidung auf dem Sitz vor ihr seine schwarze Sturmhaube vom Kopf. Zerzaustes Haar und rehbraune Augen kamen darunter zum Vorschein. Niall schenkte ihr ein schiefes Lächeln, das sofort einem gequälten Gesichtsausdruck wich. Blut quoll aus seiner Nase und er presste seufzend den Stoff der Haube dagegen. Ungläubig glitt ihr Blick an ihm vorbei zur Heckscheibe. Tiefschwarzer Rauch versperrte ihr die Sicht, er schien aus Öffnungen im Kotflügel der Limousine zu strömen und Luz registrierte plötzlich die enorme Geschwindigkeit, mit der sie fuhren. Da endlich begriff sie und Zorn loderte heiß in ihr auf und schmolz das Eis der Angst, das ihr Herz bislang gefangen hatte. »Du wusstest es!«, stieß sie atemlos hervor, riss den Kopf herum und warf Tyrasil einen brennenden Blick zu. »Du hast es die ganze Zeit über gewusst und mir nichts gesagt!«

Ihre Finger krallten sich so fest in den Stoff ihres Rocks, dass ihre Nägel schmerzten und zu brechen drohten. Tränen fluteten ihre Augen, während die Last des Verrats ihr die Kehle zuschnürte. Mom und Tyrasil hatten sie all die Jahre belogen.

Der Wagen raste in diesem Augenblick so scharf um die Kurve, dass Luz gegen das Fenster geschleudert wurde und sich die rechte Schläfe anstieß. Aber der äußere Schmerz war nichts im Vergleich zu dem Schmerz in ihrem Inneren.

»Glenda wird dir alles erklären. Es war die einzige Möglichkeit, dich dauerhaft vor ihm zu schützen«, seufzte er und bevor Luz widersprechen konnte, ergänzte er: »Falls wir sie rechtzeitig finden. Deine Mutter meldet sich nicht mehr. Ich hoffe nur, sie konnte Jagos Soldaten entkommen.«

Erschrocken riss Luz die Augen auf.

»Mom ist abgehauen? Aber wir könnten doch über alles in Ruhe reden und einen Ausweg finden. Wenn Mom sich von Jago scheiden lässt und wir beide ausziehen, damit er mich nicht länger ertragen muss, wir ihm aber versprechen, dass niemand von uns erfährt –«

Luz brach ab, als Tyrasil sie heftig an den Schultern packte und eindringlich ansah. »NEIN, Luz! Wenn du zu Jago zurückkehrst, wirst du keinen weiteren Geburtstag mehr erleben. Er wird euch beide töten. Erst dich, um Glenda die größtmögliche Qual zu bereiten. Dann sie. Ihr könnt froh sein, wenn er euch vorab nicht foltert.«

Da war es wieder, das Eis, das Luz zuvor umschlossen hatte. Sie wollte es aufbrechen, schüttelte den Kopf, erst langsam, dann immer heftiger. Alles in ihr weigerte sich, zu glauben, was der Dunkelelbe sagte. So grausam konnte selbst Jago nicht sein! All die Jahre hatte er ihre Mutter und sie doch abgöttisch geliebt. Aber erste Zweifel schlichen sich in diese Hoffnung.

Niall räusperte sich im Hintergrund. »Nicht dass ich besonders neugierig bin, aber vielleicht verrät mir jetzt endlich mal einer von euch beiden, worum es hier geht. Habt ihr streng gehütete Familiengeheimnisse an die Boulevardpresse verraten? Seine Waffensammlung in Chinatown verscherbelt? Kratzer in seinen neuen Ferrari gemacht?«

Keiner lachte. Tyrasil löste seine Hände von Luz' Schultern. Ein Schauer überlief sie. Ihre Mutter hatte ihn kennengelernt, als er ihr in Dusks Inferno im Mission District beigestanden hatte. Oh mein Gott! Ein ungeheuerlicher Gedanke schoss Luz durch den Kopf, die Erinnerung an vertraute Blicke zwischen dem Chauffeur und ihrer Mutter, wenn sie sich unbeobachtet fühlten, an die Trauer in ihrem Gesicht, wenn Jago Tyrasil herablassend behandelte.

»Bist *du* mein Vater, Tyr?«, platzte es aus ihr heraus.

»WAS?«, rief Niall und im selben Augenblick geriet der Wagen ins Schlingern, sodass Luz nach links, gegen die Schulter des Dunkelelben prallte. Sie hob den Kopf, das Herz schlug ihr bis zum Hals und sie nahm das winzige Lächeln wahr, das sich auf Tyrasils sonst so strengem, undurchdringlichen Gesicht ausbreitete. In seine dunklen Augen war ein eigenartiger Glanz getreten. Er hob die Hand und strich ihr sanft über die Wange. Luz hielt den Atem an. Doch dann schüttelte Tyrasil den Kopf und erklärte: »Bedauerlicherweise nicht, Míha.«

Míha. So hatte er sie früher genannt, als Luz noch klein war. Ihre Mutter hatte ihr erklärt, dass es eine Koseform für »Kind« auf Dunkelelbisch war.

»Luz ist ein Dunkelelbenmischling?«, rief Niall entgeistert. »Das glaub ich jetzt nicht!« Er fuhr sich mit den blutverschmierten Fingern durch die Haare und sah Luz schockiert an. »Zum Teufel, sie sieht doch überhaupt nicht wie eine Dunkelelbin aus!«

Unter seinem kritischen Blick schrumpfte Luz in sich zusammen. Sie kam sich auf einmal gebrandmarkt vor, als würde … würde das DE bereits auf ihrem Handrücken rot aufleuchten. Nervös biss sie sich auf die Unterlippe. Ihr Elbengrad betrug 53 Prozent! Das Gesetz verpflichtete jeden ELO-Soldaten, ihr augenblicklich den Tyrium-Chip zu implantieren, wenn Luz gefasst wurde. Ihr wurde schlecht.

Warme Hände griffen nach den ihren und als Luz den Kopf hob, sah sie Mitleid in Nialls Augen schimmern.

Und das machte alles noch viel schlimmer.

Im nächsten Moment schepperte es metallisch und ein Ruck ging durch den Wagen, dann begann er zu rumpeln, als würden sie über unebenen Boden fahren. Luz sah, wie das Metallgerüst einer Straßensperre zu Boden flog. Dann wurde sie nach vorne geschleudert und der Sicherheitsgurt schnitt ihr fast die Luft ab. Der nächste Widerstand, gegen den sie gefahren waren, gab nach und ihr Kopf schlug unsanft wieder zurück an die Lehne.

Erst jetzt schoss ihr die Frage durch den Kopf, die sie sich schon zu Beginn ihrer abenteuerlichen Flucht hätte stellen müssen. Wenn Niall und der Chauffeur ihres Vaters neben ihr in der Limousine saßen, wer steuerte dann den Wagen? Luz drehte den Oberkörper, so weit es der Gurt erlaubte, und starrte zum Fahrersitz hinter ihr. Die nur teilweise verglaste Trennwand zwischen Fahrerbereich und Fond ließ sie lediglich einen Blick auf dunkles Haar und eine weiße Hand am Steuer erhaschen. Vor ihnen gähnte wie ein offenes, schwarzes Maul der Eingang eines Tunnels. Ihr Blick zuckte zum Rückspiegel. Sie blinzelte, ihre Sinne mussten ihr einen Streich spielen, das war einfach unmöglich! Die Erinnerung an Darels Worte dröhnte plötzlich wie ein verzerrtes Echo in ihrem Kopf: *»Das Einzige, was mich davon abhält, Jago Hernández' geliebte kleine Prinzessin auf der Stelle zu töten und wie ein Verdurstender den Schmerz in seinen Augen zu trinken, ist dein Wert als Tauschobjekt.«*

Dann verschluckte Finsternis das Tageslicht.

Asche

Luz

Der Wagen hielt mit einem Ruck, die Scheinwerfer erloschen und Tyrasil beugte sich vor, um Luz' Sicherheitsgurt zu öffnen. Spärliches Licht fiel durch den Tunneleingang, den sie eben passiert hatten, und beleuchtete rätselhafte Graffiti-Botschaften. Wo zur Hölle waren sie? Tyrasil strich ihr übers Haar.

»Niall wird dich in ein Versteck bringen«, erklärte er ihr, als würde er nur noch einmal kurz die Eckdaten für ihre bevorstehende Urlaubsreise durchgehen. »Und in ein paar Tagen oder Wochen stößt deine Mom zu dir. Alles wird gut.«

Als ob irgendetwas in ihrem Leben noch einmal gut werden würde! In seinen Augen lag ein ungewohnter Glanz, bevor er sich umwandte, um die Autotür zu öffnen. Luz erwachte aus ihrer Schockstarre und krallte ihre Finger fest in die Uniformjacke des Dunkelelben.

»Der Kerl, der den Wagen fährt«, flüsterte sie gehetzt. »Er wird mich umbringen, sobald ich aussteige!«

Tyrasil kniff überrascht die Augen zusammen.

»Wie kommst du darauf?«

»Er gehört einer Terrorgruppe an, denn er hat –«

»Quatsch! Hat dir das Hernández aufgetischt?«, unterbrach sie Niall. »Du weißt, dass Darel sich für Elben einsetzt, du hast ihn selbst slammen gehört! Aber er ist ein Wortrebell, kein Terrorist!«

Als wäre das ein geheimes Stichwort gewesen, schallte im selben Moment die Stimme ihres Stiefvaters durch das Innere des Wagens: »Ich gebe dir genau fünf Minuten Zeit, mir euren Standort zu verraten und dich auf den Weg zu mir zu machen, Aschefresser!«

Luz starrte auf die Lautsprecher in der Türverkleidung, aus denen die Stimme hervorstieß wie eine Giftschlange. Dann wurde ihr bewusst, was er eben zugegeben hatte: Jago konnte sie nicht lokalisieren! Natürlich, das musste Tyrasil bedacht haben, sonst wäre die ganze Flucht vollkommen sinnlos! Aber wie war es ihm nur gelungen, die Ortungsfunktion gleichzeitig in seinem Smartstrap, dem todbringenden Chip in seiner Hand und dem Wagen zu deaktivieren? Soweit Luz wusste, wurde bei Dunkelelben augenblicklich im Kontrollzentrum des ihnen zugeteilten Mentors Alarm ausgelöst, wenn sie etwas an den Einstellungen ihres Armbands änderten. Bei einem Dunkelelben, der es gar versuchte, sich den Chip aus dem Arm zu schneiden, wurde automatisch das Tyrium aktiviert. Es hatte bereits einige tödliche Unfälle gegeben, weil Dunkelelben versehentlich ihren Arm verletzten.

»Dir und meiner *Tochter*«, Jago spuckte das Wort wie eine Beleidigung in den Fahrzeugraum, »wird nichts geschehen, wenn ihr auf der Stelle nach Hause fahrt. Solltest du meinem Befehl nicht Folge leisten, setze ich das Tyrium in dir frei. Du kannst dich nicht den Rest deines erbärmlichen Lebens im *Jammer*-Bereich meiner Limousine verstecken. Die Fahndung läuft bereits auf Hochtouren.«

Ein *Jammer*! Der Störsender gehörte vermutlich zu der Sicherheitsausstattung der Limousine, damit Jago in seinem Auto bei Bedarf nicht geortet werden konnte. Solange Tyrasil sich darin aufhielt, wurde offenbar auch die Verbindung zu seinem Smartstrap und dem Chip unterbrochen.

»Wieso kann Hernández zu uns sprechen, wenn er uns angeblich nicht lokalisieren kann?«, fragte Niall und betrachtete die Lautsprecher so misstrauisch, als würde jeden Moment Giftgas aus ihnen strömen.

»Das ist keine bidirektionale Verbindung«, erklärte Tyrasil. Jagos Drohung schien ihn nicht sonderlich zu beeindrucken. »Er nutzt Satellitenkommunikation. Das Signal seiner Sprachnachricht wird verschlüsselt über der Erde ausgestrahlt und kann nur von den in seinen Fahrzeugen verbauten Decodern entschlüsselt werden. Umgekehrt kann der Absender der Nachricht nicht feststellen, ob und wo die Nachricht empfangen wurde. Kommt! Wir müssen uns beeilen.«

Tyrasil drehte sich um und stieg aus. Luz stolperte hastig hinter dem Dunkelelben her, nur um im nächsten Augenblick ihrem Albtraum der vergangenen Nacht gegenüberzustehen. Die Innenraumbeleuchtung des Wagens fiel auf Darels Gesicht. Bevor Luz auch nur einen Schritt zurückweichen konnte, hob er die Arme, als wollte er ihr zeigen, dass er unbewaffnet war, und schloss die kleine Lücke zwischen ihnen.

»Hi, ich bin Darel!«, erklärte er unnötigerweise. Seine Stimme hatte wieder diesen eigenartigen, dunkel vibrierenden Klang angenommen, dem sie schon einmal auf den Leim gegangen war, und im nächsten Moment umarmte er Luz. Ihr Herzschlag setzte aus. Vollkommen überrumpelt von dieser Reaktion stand Luz stocksteif da, während Darels herb-kräutiger Duft, der ihr durch seinen Hoodie so vertraut geworden war, sekundenlang die Erinnerung in ihr weckte, wie er sie von der Bauschuttrutsche gerettet und hinterher in seinen Armen gehalten hatte. Dann fühlte sie warme Lippen an ihrem

Ohr, die wisperten: »Wer hätte gedacht, dass in Hernández' Prinzessin Dunkelelbenblut fließt? Das ändert alles, Luz. Keine Angst, ich habe ihnen nicht verraten, dass du mich um ein Haar ermordet hast. Sie glauben, den Streifschuss hätte mir einer der ELO-Soldaten verpasst.«

Darel ließ sie im selben Moment los, in dem Luz ihn mit beiden Händen zurückstoßen wollte und ihre Panik in Wut zerbarst. Hitze schoss in ihre Wangen. Hielt er sie für bescheuert? Warum in aller Welt sollte sie nicht zugeben, dass sie auf ihn geschossen hatte? Immerhin hatte er gedroht, sie als Geisel zu benutzen und umzubringen! Luz öffnete den Mund zu einer Erwiderung, doch Darel drehte ihr bereits den Rücken zu, straffte die Schultern und wandte sich an Tyrasil, der sie nicht aus den Augen gelassen hatte.

»Ich werde alles tun, um Niall und Luz sicher in ihr Versteck zu bringen«, erklärte er feierlich und verneigte sich.

Luz wusste nicht, ob sie lachen oder weinen sollte. Aber eine innere Stimme sagte ihr, dass es einen Grund geben musste, warum Darel sich plötzlich wie in einem Virtual-Reality-Spiel auf Fantasy-Quest verhielt. Seine folgenden Worte hallten messerscharf in dem Betongewölbe wider und zerschnitten die wenigen Wahrheiten, die Luz von ihrer Vergangenheit geblieben waren.

»Es war mir eine große Ehre, Sie, Fürst Tarnach, Herr über fünfhundert Klingen, ehemaligen Waffenbruder von Dusk, kennengelernt zu haben.«

Luz taumelte rückwärts, Niall keuchte auf und etwas jagte an ihnen vorbei. Viel schneller, als ihre Augen folgen konnten, schlug Tyrasil den jungen Mann zu Boden. Einen Wimpernschlag später flammte Licht aus Nialls Smartstrap auf und beleuchtete die Szenerie vor ihnen.

Darel lag eingekeilt zwischen zwei länglichen Metallstücken, die einmal Teil der Trasse verwaister Bahnschienen gewesen waren, während Tyrasil über ihm kauerte, ein Messer bedrohlich gegen seine Kehle gepresst. Luz schrie. Der tödliche Chip in Tyrasils Handrücken leuchtete und tauchte Darels Gesicht in ein gespenstisches Blutrot. Er musste den tolerierten Aggressionsgrad weit überschritten haben. Während Niall schützend seinen Arm um ihre Taille schlang, spürte Luz, wie sein Atem warm gegen ihren Nacken schlug.

»Keine Sorge, der Chip leuchtet nur. Er wird erst ausgelöst, wenn Tyrasil wieder aus dem Einflussbereich des *Jammers* und in Reichweite seines Mentors ist. Ein *Jammer* hat einen Radius von mindestens hundertfünfzig Fuß und Hernández hat sicher einen Sender mit besonders starker Reichweite gewählt.«

»Aber das stimmt nicht!«, rief Luz, noch immer besorgt. »Wenn ein Dunkelelbe sich außerhalb der Reichweite seines Mentors bewegt, wird der Chip automatisch ausgelöst.«

»Er wird diese Funktion im Transponder seines Chauffeurs deaktiviert haben, sonst könnte er ihn doch niemals fahren, wenn der *Jammer* im Wagen aktiviert ist.«

Das klang logisch. Luz sah von dem Handrücken des Dunkelelben zu seinem angespannten Gesicht.

Fürst Tarnach? Ehemaliger Waffenbruder von Dusk!

Jeden Zweifel an dem Wahrheitsgehalt von Darels Worten hatte Tyrasils heftige Reaktion gerade im Keim erstickt. Nur ein geübter Kämpfer konnte sich auf diese Weise bewegen. Was hatte ihr Chauffeur mit dem meistgesuchten Terroristen des Landes zu schaffen? Und woher zum Teufel wusste Darel davon?

»*Wer* bist du?«, zischte der Dunkelelbe in diesem Moment.

Unter der Schneide seines Messers quoll ein Tropfen Blut hervor und rann über Darels Hals.

»Ein Kämpfer für Ihre Sache«, stieß der junge Mann heiser hervor. »Ein Freund von *Firbolgs Erben*.«

Der Name zupfte an Luz' Erinnerungen. Irgendwo hatte sie ihn schon einmal gehört. Vielleicht in Elbengeschichte? Sie war froh, dass Niall bei ihr war. Mittlerweile jagte ihr nicht nur Darel, sondern auch ihr ehemaliger Chauffeur Angst ein. Hatte er wirklich gemeinsam mit Dusk gekämpft? DEM Dusk? Bis heute hatte Mom ihr nicht alles erzählt, was vor ihrer Geburt im Mission District passiert war. Aber Tyrasil hätte Hunderte Male in ihrer Kindheit Gelegenheit gehabt, sie Dusk auszuliefern, wenn das seine Absicht gewesen wäre. Nichts davon ergab Sinn.

Ich habe wie in einer Schneekugel gelebt, dachte Luz bitter. *Mit ein paar winzigen Flöckchen Wirklichkeit, die mich ab und an streiften, bis das Date mit Niall meine kleine, schöne Welt ins Rollen gebracht hat und sie an der Wahrheit zerschellt ist.*

»*Firbolgs Erben*? Was weißt du von unseren Auseinandersetzungen, MENSCH?«, rief Tyrasil.

»Meine Geheimnisse sind so dunkel wie die Ihren. Mehr kann und werde ich Ihnen nicht verraten. Wenn Sie mich töten, wird das die Flucht für Luz nicht erleichtern. Sie brauchen mich.« Darel schielte zu dem rot leuchtenden Chip und verzog den Mund. Für jemanden, der gerade ein Messer an der Kehle hatte, reagierte er erstaunlich gelassen. »Ihnen läuft die Zeit davon, Fürst Tarnach. Die beschädigte Tunnelabsperrung wird von den Drohnen nicht ewig unentdeckt bleiben. Wollen Sie das, was von Ihrem langen, kämpferischen Leben übrig blieb, nicht nutzen, um dem Mädchen einen kleinen Vorsprung zu verschaffen?«

Tyrasil knurrte etwas auf Dunkelelbisch, zog sein Messer weg und riss Darel an seinem T-Shirt mit nach oben, während er aufsprang. Luz fragte sich, wie ihr diese Geschmeidigkeit in seinen Bewegungen all die Jahre lang entgangen sein konnte. Aber dann wurde ihr schmerzlich bewusst, wie wenig sie von Tyrasil überhaupt wusste und sie schämte sich plötzlich. So sollte es nicht sein. So wollte sie eigentlich niemals sein, wie Jago, für den Angestellte austauschbares Inventar darstellten.

»Balors Auge soll dich treffen, wenn du mich belügst, Mensch!«, fauchte der Dunkelelbe.

An Balor erinnerte sich Luz tatsächlich aus Elbengeschichte. Er war in der elbischen Mythologie ein König der *Fomoire*, der Widersacher der Elben, und konnte seine Feinde nur mit seinem tödlichen Blick niederstrecken. Täuschte sie sich oder wurde Darel tatsächlich eine Spur blasser? Er hob die rechte Hand und legte sie auf sein Herz.

»Ich schwöre, ich werde Ihren Schützling sicher in sein Versteck geleiten«, erklärte er erneut und diesmal konnte Luz nicht mehr an sich halten und brach in hysterisches Lachen aus.

»Oh, besten Dank, *edler* Ritter!«, rief sie. »Der *Schützling* pfeift auf dein *Geleit*! Vielleicht kannst du ehemalige Elbenfürsten«, sie warf Tyrasil einen finsteren Seitenblick zu, »mit diesem mittelalterlichen Geschwafel beeindrucken, aber ich weiß zufällig genau, was du in Wahrheit planst. Keinen Schritt gehe ich mit dir irgendwohin! Und ich lasse auch nicht zu, dass Jago dich mit Tyrium verseucht«, fuhr sie an den Dunkelelben gewandt fort. »Was auch immer du mit Dusk zu schaffen hattest! Wir werden jetzt gemeinsam zu Jago fahren und mit ihm sprechen. Es muss einen Ausweg –«

Ihr ehemaliger Chauffeur ließ Darels T-Shirt los und

sprang katzenhaft flink auf sie zu. Trauer lag in seinen Augen und seine Lippen bewegten sich, aber was er sagte, konnte sie nicht mehr verstehen. Ein rotes Leuchten füllte plötzlich ihr Gesichtsfeld aus und dann explodierte zum zweiten Mal in weniger als fünfzehn Stunden der Schmerz in ihrer Schläfe.

Kalt. Nass. Als Luz die Augen aufschlug, dachte sie einen Augenblick lang, sie wäre in ihrer Hängematte im Garten eingeschlafen und es hätte zu regnen begonnen. Sie erinnerte sich sogar dumpf an das Schaukeln, als ihr Bewusstsein noch weit entfernt vom Erwachen war. Aber der Untergrund, auf dem sie jetzt lag, war hart und es war auch kein Regen, der in ihr Gesicht klatschte und den Hals entlang in den Ausschnitt ihres Shirts floss. Eine Hand mit einer Wasserflasche schob sich aus ihrem Blickfeld. Etwa fünfzehn Fuß über ihr wölbte sich eine Decke aus Beton, die Sekunden später von dem Gesicht eines jungen Mannes verdeckt wurde. Luz schrie auf, stemmte sich hoch und versuchte, rückwärts auszuweichen. Aber vor ihren Augen verschwamm die Umgebung, ihr Körper gehorchte ihr nicht, sondern zog sie zurück in die Schwärze und gleichzeitig wurde ihr so schlecht, dass sie sich zur Seite beugte und sich übergab. Bittere Galle ätzte ihre Speiseröhre und Sterne pulsierten in der Finsternis, bis sich diese langsam wieder lichtete und sie eine Hand erkennen konnte, die ihr ein Taschentuch entgegenhielt.

»Reg dich ab, Prinzessin«, sagte Darel. »Ich hab deinem Chauffeur geschworen, dass ich dich heil in Nialls Versteck bringe. Daran halte ich mich.«

Niall! Luz riss Darel das Tuch aus der Hand, wischte sich über den Mund und lehnte sich an die Wand in ihrem Rücken. Ihr Atem ging schnell, der Puls rauschte in ihren Ohren und auf ihrer Haut brach Schweiß aus. Aber zumindest fiel sie nicht mehr in Ohnmacht, was in Hinblick auf Darels Anwesenheit schon mal das Wichtigste war. Sie sah sich um.

Zu ihren Füßen verliefen Metallschienen und links von ihr gähnte etwa dreißig Fuß entfernt die Öffnung eines Tunnels. Aber etwas war anders. Sie versuchte sich zu erinnern, doch ihr Kopf schien aus zwei Teilen zu bestehen, von denen der linke pulsierende Wellen von Schmerz aussandte. Dann wusste sie es plötzlich. Weit und breit war kein Graffiti zu sehen. Von dem Wagen ihres Vaters und Tyrasil fehlte ebenfalls jede Spur.

»Wo ist Niall?«, krächzte sie. Wie hatte er sie nur mit diesem Monster allein lassen können?

Darel stopfte die leere Wasserflasche in seinen Rucksack und antwortete, ohne aufzusehen: »Kümmert sich um ein Fluchtfahrzeug und hat mir den Knochenjob überlassen, dich ans andere Tunnelende zu schleppen. Wirklich. Glänzende Idee von Tyrasil, dich mitten auf der Flucht k.o. zu schlagen!«

Er verzog schmerzhaft den Mund und betastete seinen rechten Oberschenkel. Der ehemals weiße Verband hatte sich hellrot verfärbt. Luz beschloss, die Verletzung zu ignorieren. Sie hatte in Notwehr gehandelt. Wenn Darel glaubte, ihr Schuldgefühle einreden zu können, täuschte er sich gewaltig. Dann schnürte sich ihr die Kehle zu.

»Tyrasil ist allein zu Jago gefahren?«, flüsterte sie.

Darel sah von seinem Bein auf und warf ihr einen kühlen Blick zu. »Mit dem Chip in seinem Körper war er ohnehin dem Tode geweiht, sobald er dir zur Flucht verholfen hatte. Auf diese Weise kann er dir kostbare Zeit verschaffen, die du brauchst, um abzuhauen. Mittlerweile dürfte er schon in Hernández' Gewalt sein. Schätze, er wird ihn eine Weile foltern, bevor er ihn tötet, um herauszufinden, wo du steckst und wer dir hilft. Aber keine Sorge, eher wird er Wasser aus einem Stein quetschen, als dass er aus dem Fürsten etwas herausbekommt.«

Bei der Vorstellung, was ihr Stiefvater Tyrasil antat, glaubte Luz sich erneut übergeben zu müssen. Sie schloss rasch die Augen, um zu verhindern, dass sie ausgerechnet vor Darel in Tränen ausbrach, und lehnte ihren Kopf an die Wand. *Keine Schwäche zeigen. Nicht vor ihm!*

Aber sie konnte nicht verhindern, dass sie sein boshaftes Lachen hörte und seine spöttische Stimme sie wie ein vergifteter Pfeil mitten ins Herz traf: »Also, *Luz*«, sagte Darel und betonte ihren Namen. »Was willst du jetzt tun, wo dein schimmerndes *Licht* mit grauer Asche bestäubt wurde?«

Er hasste sie.

Und sie hasste ihn.

Was auch sonst?

San Francisco, 13 Jahre zuvor

Darel

Darel roch den süßen Duft der meilenlangen Mandelbaumfelder immer schon von Weitem. Es war einfach, sich unter die anderen Kinder zu mischen, die auf offenen Lieferwagen zu den Plantagen, nur wenige Stunden von San Francisco entfernt, gebracht wurden. Man teilte sie in Arbeitsgruppen ein. Dann kletterten sie flink auf die Bäume.

An manchen Tagen jagte der kühle Pazifikwind durch die schnurgeraden Baumreihen, riss die Blütenblätter in wirbelnden Fäden von den Ästen und spann sie auf dem Frühlingsboden zu einem weiß-rosa Schneeteppich. Einmal hatte Darel die Augen geschlossen, sich vom Baum gleiten lassen und mit nackten Füßen das seidige Kunstwerk erkundet. Er hatte sich vorgestellt, ein Fürst zu sein, dem Blüten über seinen Weg gestreut wurden. Im Brausen des Windes hörte er die Jubelrufe seiner Untertanen, bis ihn nach wenigen Schritten der brennende Schmerz eines Schlags auf die Wange in die Realität zurückbrachte. Von da an behielt ihn der Vorarbeiter ganz besonders im Auge, während Darel mit den anderen sechs- bis vierzehnjährigen Jungen und Mädchen in den Ästen herumkletterte und mit Pinseln Mandelblüten bestäubte. Früher, so hatte ihnen der Farmer erklärt, hätten Bienen diese Arbeit übernommen. Mittlerweile waren Bienen so gut wie ausgestorben und man konnte wesentlich billiger kleine, flinke Kinder als Blütenbestäuber einsetzen, als von einer der wenigen noch existierenden Imkereien Bienenschwarmkörbe zu mieten. Zumindest war der Farmer ehrlich gewesen. Sie bekamen den vereinbarten Lohn, mussten weder hungern noch dursten und auch seine Vorarbeiter waren nicht so grausam wie andere, in deren Dienste sein Vater Darel zur Vorbereitung seiner eigentlichen Ausbildung geschickt hatte. Aber der zarte, süße Duft der Mandeln klebte noch lange an seiner Kleidung, in seinem Haar, kroch unter seine geflickte Wolldecke und tränkte seinen Schlaf mit Träumen von glänzenden Schwertern und einem heldenhaften Leben, wie sie nur ein Sechsjähriger träumen konnte.

Tunnel

Luz

Darel hatte die Limousine von Luz' Vater in den seit Jahrzehnten stillgelegten Fort Mason Tunnel gefahren, einem ehemaligen Transporttunnel für Militärgüter und Soldaten aus der Zeit vor den zwei Weltkriegen des zwanzigsten Jahrhunderts. Er verband die Van Ness Avenue, eine der großen Durchgangsstraßen San Franciscos, unterirdisch mit dem beliebten Hafenviertel des Marina Boulevards. Von dort hatte man einen malerischen Blick auf die Golden Gate Bridge und die Bay.

Was willst du jetzt tun?

Darels harte Worte waren wie scharfkantige Plastiksplitter, die auf den Wogen ihrer Verzweiflung schwammen. Sie musste achtgeben, sie nicht zu verschlucken, wie es die tot angeschwemmten Fische und Meeressäuger in der Bay getan hatten. Deshalb musterte Luz die Bruchstellen in der Betonwölbung über ihrem Kopf, als wäre sie eine Architekturstudentin und es gäbe nichts Spannenderes als die Bauweise eines Eisenbahntunnels. Dann lauschte sie den Geräuschen, die von draußen in das Gewölbe drangen. Das Rauschen des Meeres wurde durch vereinzeltes Hupen oder Reifenquietschen vom viel befahrenen Marina Boulevard unterbrochen. Aus der Ferne hallte in abgerissenen Sprachfetzen das Geschrei von Kindern zu ihnen herüber. Plötzlich erinnerte sie sich daran, dass ihre Geschichtslehrerin zutiefst bedauerte, dass die historische Bahnstrecke nicht – wie geplant – wieder instand gesetzt worden war.

Über all das dachte Luz nach.

Um nicht nachzudenken.

Erleichtert atmete sie auf, als Niall endlich auftauchte. Es waren nicht einmal zwanzig Minuten gewesen, die sie allein mit Darel schweigend verbracht hatte – zumindest wenn man die Zeit, in der sie bewusstlos war, nicht mitrechnete –, aber Luz waren sie wie Stunden vorgekommen. Dann sah sie, wer ihn begleitete. In ihren dunkelgrauen, für sie nahezu hautfarbenen Arbeitsoveralls sprangen zwei junge Dunkelelbenmänner zusammen mit ihm über das Absperrgitter, das den Tunneleingang von der Außenwelt abschirmte. Geschmeidig jagten sie in geduckter Haltung über das gewundene, mit kniehohem Unkraut überwucherte Schienenende in den Schutz des Tunnels, bevor Überwachungsdrohnen ihr unbefugtes Eindringen erfassen konnten. Ein Lächeln erhellte Nialls angespanntes Gesicht, als er Luz entdeckte, die sich noch ein wenig wacklig auf den Beinen an der Tunnelwand hochstemmte. Mit eiligen Schritten kam er auf sie zu und zog sie fest in seine Arme.

»Geht's dir gut?«, flüsterte er.

Ihr Schädel schmerzte immer noch von dem Schlag. Tyrasil wurde vermutlich gerade wegen ihr gefoltert oder war bereits tot, während ihre Mutter sich ebenfalls auf der Flucht vor Jago befand – selbst das war ungewiss – und Darels Augenrollen aufgrund Nialls tröstlicher Umarmung konnte sie so deutlich fühlen, als würde sein Gesicht vor ihr als neonfarbenes Hologramm aufleuchten. Deshalb sparte sie sich eine Antwort.

Einer der Dunkelelben trat näher, legte den Kopf schief und grinste. »Ehrlich, Mann. Mal abgesehen von der Ungeheuerlichkeit, dass sie auch noch Hernández' Tochter sein soll – bist du blind?! Die ist nie und nimmer eine halbe Dunkelelbin! Willst du uns verarschen?«

»Halb? Vermutlich unter fünf Prozent, aber das genügt einem Hernández schon, um sie zu verstoßen«, warf Darel schulterzuckend ein. »Falls das Ganze kein schlechter Scherz des blutuntersuchenden Quacksalbers gewesen ist und er sich gerade über Hernández' panische Reaktion schieflacht.« Er warf sich seinen Rucksack über die Schulter und bewegte sich hinkend auf den Ausgang zu. »Kommt ihr? Ich hab heute noch Besseres vor, als angeblich dunkel gesprenkelte Prinzessinnen vor bösartigen Menschendrachen zu retten.«

Die Dunkelelben lachten über seinen Scherz und Luz wünschte sich, sie hätte Darel mit ihrem Schuss den Oberschenkel zerschmettert. »Dreiundfünfzig Prozent«, rief sie ihm eisig nach und fügte zynisch hinzu: »Ich bin eben etwas Besonderes. Ein dunkelelbischer Albino. Dusk wäre begeistert über einen so gut getarnten Spion. Und was den Humor des Quacksalbers anbelangt, der dürfte sich in Grenzen halten. Er hat das Ergebnis meines Bluttests mit ins Grab genommen.«

»Nein!«, rief Niall schockiert.

»Du solltest dir besser nicht wünschen, Dusk zu begegnen«, murmelte einer der Dunkelelben unbehaglich. »Wenn ich du wäre, würde ich seinen Namen nicht einmal in den Mund nehmen. Es heißt, der Wind trägt ihm schneller Neuigkeiten zu, als sie sich auf Social Media verbreiten, und ich versichere dir, es ist keine gute Idee, dich ihm anzuschließen, nur weil du dich an Hernández rächen willst.«

Darel, der bei Luz' Worten wie angewurzelt im Tunneleingang stehen geblieben war, drehte sich langsam um und nickte zustimmend.

»Hochfliegende Pläne, Prinzessin. Aber so viel Elbenblut kann gar nicht in deinen Adern fließen, dass du zum Kämpfer in seiner Armee taugst!«, erklärte er.

»Ach ja? Mehr als in deinen auf jeden Fall!«, kam ihr Niall grimmig zu Hilfe und legte seinen Arm schützend um Luz' Taille. »Wenn du es satthast, das große Wort für unsere Rechte zu schwingen, kannst du jederzeit zurück in dein altes, langweiliges Menschenleben kriechen. Luz nicht. Spar dir also deine dummen Bemerkungen und hilf uns lieber. Hernández wird Straßensperren errichten und die Wasserwege abriegeln. Dann können wir nicht mehr über die Bay entkommen.«

Wie er das meinte, wurde Luz bewusst, als sie an der Straße vor dem Tunneleingang kein Fluchtauto erwartete, sondern die Dunkelelben ihre kleine Gruppe rechts am Park vorbei, zum East Harbour, führten. Dort arbeiteten sie als Bootsmechaniker. Ihr Job war es unter anderem, den Rumpf von Motoryachten mit einer neu entwickelten, nahezu unzerstörbaren Schicht Anti-Fouling zu überziehen, das den Bewuchs von Algen, Schnecken und anderen Organismen verhindern sollte. Luz verstand zwar nichts vom Schiffsbau, aber der beißend chemische Geruch, der aus den großen Werkshallen zu ihnen herüberwehte, verhieß keine gesundheitsfördernden Arbeitsplatzbedingungen. Jeder Schritt vibrierte wie ein Hammerschlag in ihrem Kopf. Sie brauchte dringend etwas zu trinken und ein Kopfschmerzmittel!

»Die hier«, sagte der Dunkelelbe und klopfte an das Heck einer 40 Fuß langen, weißen Yacht, vor der sie stehen blieben, »holt der Besitzer erst in zwei Stunden ab. Zeit genug, dich vor Hernández in Sicherheit zu bringen.« Während er die Taue vom Poller löste, rief er dem anderen Dunkelelben zu, der bereits an Bord gesprungen war: »Lass den Motor an, Ruithanil!«

Ahnung

Darel

Ein Dunkelelben-*Albino*? Luz Hernández Nolan hätte Darel nicht mehr aus der Fassung bringen können, wenn sie behauptet hätte, eine unbekannte Spezies aus dem Weltraum zu sein. Gab es so etwas überhaupt? Von den Dunkelelben-Mischlingen, die Darel kannte, hatten ausnahmslos alle aschfarbene Haut, was nicht weiter verwunderlich war, hieß es doch, das Elbengen wäre gegenüber den menschlichen Genen dominant.

Spätestens jetzt musste Darel sich schmerzlich eingestehen, dass er gewaltigen Ärger bekommen würde, wenn er diese ungeheuerliche Entdeckung für sich behielt und nicht dem *Mór Ceannard* mitteilte. Auch wenn sich alles in ihm dagegen sträubte. Viel zu sehr hatte sich der Plan, Luz als Geisel zu benutzen, um seine vergangenen Fehler auszumerzen, in ihm festgesetzt, viel zu groß war sein Verlangen, Erfolge vorzuweisen, sich gegenüber den anderen *Iarla* zu profilieren.

Während sie auf das Schiff eilten, kämpfte Darel gegen seine inneren Dämonen an und verfluchte das Ergebnis des Bluttests, das es ihm nun erschwerte, Luz wie geplant dem Feind auszuliefern. Ein weiteres Rätsel beschäftigte ihn: Tyrasil war nicht ihr Vater. Das hätte er ihr sicher im Angesicht des Todes gestanden.

Wer aber war es dann?

Wer war so bedeutend, dass ein Dunkelelbenfürst Dusks Zorn auf sich lud, ihn verließ, um eine Menschenfrau und deren Mischlingskind zu beschützen, über fast zwei Jahrzehnte hinweg den devoten Chauffeur spielte, nur um in ihrer Nähe zu sein, und gleichzeitig Demütigungen durch ihren Mann ertrug, die Darel sich nicht einmal im Traum ausmalen wollte. Eine Ahnung keimte in ihm auf und er klammerte sich an die Reling, als seine Knie weich wurden.

»Zum ersten Mal auf See?«, fragte Thyriq am Steuerrad spöttisch. »Kotz mir bloß nicht das Boot voll.«

Darel schüttelte den Kopf. »War eine anstrengende Nacht. Ich muss nur einen Schluck trinken, dann geht es wieder.«

Das war noch nicht einmal gelogen. Während er die drei Stufen zur Kajüte hinuntersprang, hoffte er, die Bar des Yachtbesitzers war mit mehr als nur Wasser und Softdrinks bestückt.

Auf See

Luz

Eine cremefarbene Sitzgarnitur umfasste in einem Halbrund einen ovalen Tisch aus Wurzelholz. Im rückwärtigen Teil ging es zu den Schlafkabinen, dazwischen vervollständigten eine Theke mit Bar und Kühlschrank und die kleine Küche das luxuriöse Ambiente.

Niall gähnte herzhaft, schlüpfte aus seinen Sneakers und legte sich so auf die Couch, dass sein Kopf auf Luz' Schoß ruhte. Verdutzt von dieser vertrauten Geste wagte Luz einen Augenblick lang nicht, sich zu rühren, dann strich sie ihm ein wenig unbeholfen durch die Haare. Wie schaffte er es nur, so unbekümmert zu sein? Luz kam sich völlig verkrampft im Vergleich zu ihm vor.

Einmal hatte Niall ihr erzählt, dass es bei ihm daheim zuging wie in einem Taubenschlag. Ständig hätten sie Besuch von Parteiangehörigen seines Vaters und deren Familien, Reportern oder Hilfesuchenden. Menschen, Licht- und Dunkelelben oder Mischlingen wie ihm. Luz' Eltern dagegen empfingen vielleicht einmal im Monat Gäste. Früher hatte Luz das immer auf die viele Arbeit ihres Vaters geschoben, aber inzwischen ahnte sie, dass Jago Hernández niemand war, mit dem man leicht befreundet sein konnte.

»Woher kennst du die beiden?«, flüsterte sie, um den ersten Augenblick zu nutzen, den sie und Niall alleine waren. »Kann man ihnen trauen?«

»Von Adrasel und Kirrin. Sie arbeiten zusammen hier in der Werft. Mit Adrasel bin ich schon länger befreundet. Er baut wirklich ständig Mist und hat es nicht so mit der Einhaltung der Dunkelelbengesetze. Na, du hast ihn gestern Abend ja kennengelernt!« Niall schmunzelte und tippte ihr auf den Bauch, in dem völlig unpassend sofort ein ganzer Schwarm Schmetterlinge aufflog. »Der Kerl, der voll auf dich abgefahren ist.« Luz fühlte, wie sie errötete und Niall begann mit dem Finger undefinierbare Muster auf ihren Bauch zu zeichnen. »Was ich ihm nicht übel nehmen kann«, murmelte er heiser, dann wurde sein Gesicht ernst und er schob seine Hand höher. Sie streifte ihre Brust, den Hals, hinterließ eine brennende Spur von Sehnsucht auf ihrem Weg und blieb schließlich sanft auf ihrer Wange ruhen. »Tut mir leid, dass unser Date so mies gelaufen ist«, sagte Niall. »Ich wünschte, ich hätte –«

In diesem Augenblick wurde die Kabinentür aufgerissen und Darel unterbrach einen der romantischsten Momente in Luz' bisherigem Leben. Sein Blick streifte sie nur kurz, dann wandte er ihnen den Rücken zu und machte sich an der Bar zu schaffen. Während er sich etwas scharf nach Alkohol Riechendes zu trinken einschenkte, fragte er: »Also, wohin bringen wir Hernández' Aschenputtel?«

Niall schoss so schnell von der Couch auf ihn zu, dass Luz' Hand, die eben noch in seinem Haar gelegen hatte, unschlüssig in der Luft schwebte, als er sich vor Darel aufbaute.

»Verrätst du mir bitte, was du, ausgerechnet *du*, der du sonst so hübsche kleine Reden über das tragische Leben und Sterben von Dunkelelben schwingst, mit deinen zahlreichen abfälligen Sprüchen im Sinn hast? Was hat Luz dir eigentlich getan?«

Darel stellte das Glas ab und hob abwehrend die Hände. Doch er wirkte nicht besonders beeindruckt von Nialls Gefühlsausbruch. Er sah … gefährlich aus. Als könnte er es kaum erwarten, seinerseits Niall anzugreifen.

»Nichts«, sagte Darel gedehnt, ohne Luz aus den Augen zu lassen.

Darel hatte vollkommen anders mit ihr gesprochen, als Tyrasil noch bei ihnen gewesen war. Doch seit er weg war, versuchte er, sie zu provozieren. Damit sie Niall verriet, dass sie ihn angeschossen hatte? Aber wozu? Was auch immer er plante, Luz musste auf der Hut sein. Sie beschloss, ihm einen Strich durch die Rechnung zu machen.

»Lass ihn in Ruhe, Niall! Jagos Soldaten haben ihn angeschossen und seine Freundin umgebracht. Ich bin für ihn eben immer noch Jagos Tochter. Er braucht einfach ein bisschen Zeit, das alles zu verdauen.« Darels Augen schienen sie zu erdolchen. Luz stand auf und trat neben die beiden. Sie legte sanft ihre Hand auf Darels Arm und erklärte: »Deswegen finde ich es unglaublich bewundernswert von dir, dass du mir helfen willst. Aber Niall schafft das auch alleine.«

»Natürlich!«, beeilte sich Niall zu sagen, aber in seine Augen war ein unruhiges Flackern getreten und er fuhr sich durch die Haare, wie er es immer tat, wenn etwas Unangenehmes bevorstand. »Es ist nur …«, er atmete tief durch. »Ich verstecke dich vorerst in einer Wanderhütte auf dem Mount Tamalpais hinter dem Mill Valley. Sie liegt fernab von den bekannten Wanderwegen, also ideal, um für ein paar Wochen unterzutauchen. Aber die einsame Lage hat ihren Preis. Seit den Wiederansiedlungsprogrammen kann man hier schon mal wilden Tieren wie Schwarzbären oder Wölfen begegnen, selbst ein Puma wurde schon gesichtet. Außerdem kann ich weder Wanderer abseits der Wege noch flüchtige Verbrecher, ja nicht einmal einen Suchtrupp der ELO ausschließen. Jemand sollte bei dir bleiben. Ich kann dich nur an den Wochenenden besuchen, falls man mich nicht überwacht.« Er verzog das Gesicht. »Wenn ich die Schule schwänze, weiß Hernández doch sofort Bescheid.« Das Boot schwankte plötzlich, vielleicht waren sie in die Heckwelle eines anderen Schiffs geraten. »Als ich daheim angerufen habe, ist mein Vater richtig ausgetickt«, fuhr Niall fort. »Man würde mich suchen, weil mein Wagen vor einem *zwielichtigen* Club im Mission District gesehen wurde und ich solle deshalb meinen Hintern sofort nach Hause bewegen.« Niall verdrehte die Augen. »Ich hab Dad gesagt, dass ich bei Freunden bin und man mir den Wagen gestohlen hätte. Schließlich ist er tatsächlich wie vom Erdboden verschluckt, oder hast du ihn gesehen, Darel?«

»Ich wurde angeschossen. Das hat meine volle Aufmerksamkeit in Anspruch genommen«, erwiderte Darel ausweichend und diesmal war Luz erleichtert, dass er nicht die Wahrheit sagte. Sie biss sich auf die Lippe. Jetzt war sicher nicht der beste Zeitpunkt, Niall zu eröffnen, dass sein Wagen von Kugeln durchlöchert, verbeult und schrottreif war.

»Dann habe ich versucht, Kelly zu erreichen, aber sie geht immer noch nicht ran«, fuhr Niall fort. »Wenn ich nur wüsste, was sie Hernández erzählt hat. Ich kann unmöglich –«

»Schon gut!«, unterbrach ihn Luz und ein unangenehmes Ziehen machte sich in ihrem Bauch breit bei dem Gedanken daran, wie Jago ihre beste Freundin ins Verhör nahm. Andererseits hatte er vor Kellys Vater zu großen Respekt, um sie ernsthaft zu bedrohen. »Was ist mit deinen Freunden?« Luz deutete auf die Kabinentür. »Können die nicht ab und an bei mir vorbeischauen?«

»Ruithanil und Thyriq können ihren Job in der Werft nicht aufgeben. Wir haben Frühjahr, Hochsaison für Bootsreparaturen. Weißt du überhaupt, wie schwer es für Dunkelelben ist, einen Arbeitgeber zu finden? Gerade in Zeiten wie diesen!«

Luz schluckte. Nialls Argumente leuchteten ihr ein. Und doch sträubte sich alles in ihr gegen die Vorstellung, auf Darels Hilfe angewiesen zu sein. Dabei war sie noch nie in der Wildnis gewesen, von einem Ausflug zu den Mammutbäumen in den Muir Woods einmal abgesehen. Aber als Wildnis konnte man die breit ausgeschilderten Wege auch nicht gerade bezeichnen. Darel hatte schon recht. Sie *war* eine verwöhnte Prinzessin. Gab es überhaupt Vorräte in dem Unterschlupf? Bestimmt steckten in Darels Rucksack neben der Gasmaske und diversen Waffen auch Angelhaken, Fallen und andere nützliche Dinge für ein Überleben in unberührter Natur.

»Ich schaff das schon allein«, erklärte sie und reckte selbstbewusst ihr Kinn nach oben. »Mach dir keine Sorgen. Ich bin viel stärker, als du denkst.«

Darel schnaubte verächtlich und Niall verzog das Gesicht. Es war unschwer zu erkennen, wie wenig sie ihr zutrauten. Mit einem Ruck drehte Darel sich zur Theke um, nahm sein Glas und kippte den Inhalt in einem Zug hinunter.

»Lässt du Luz und mich bitte mal fünf Minuten unter vier Augen reden, Niall?«, fragte er mit dem Rücken zu ihnen gewandt.

Nein!, dachte Luz und ihr Mund wurde trocken.

Aber Niall nickte erleichtert, und ehe Luz sichs versah, fiel die Kabinentür auch schon hinter ihm ins Schloss.

Herausforderung

Luz

Einen Augenblick lang starrten sie sich nur an.

Darel hatte eine Seite in ihr zum Vorschein gebracht, von der sie nie gedacht hatte, dass sie überhaupt existierte. Luz wusste nicht, wie sie damit umgehen sollte. Wenn ihr jemand vor drei Tagen erzählt hätte, dass sie über Hausdächer springen, sich vor ihrem Vater verstecken und auf einen Mann in der klaren Absicht, ihn zu töten, schießen würde, hätte sie ihn für verrückt erklärt.

Aber noch nie war sie einem Menschen begegnet, dessen Absichten undurchschaubarer gewesen wären und der sie wütender gemacht hatte. Es würde sie nicht wundern, wenn Darel jetzt ein Messer herauszog, um sie damit zu bedrohen. Genauso gut konnte er sie aber auch umarmen und ihr seine Hilfe in der Wildnis anbieten, so wie er es im Tunnel bereits getan hatte. Und wenn sie ehrlich war, konnte sie im Augenblick nicht sagen, welche der beiden Alternativen die gruseligere war.

»Was willst du hören? Dass es mir leidtut, dich angeschossen zu haben?«, fragte sie, um das drückende Schweigen zu beenden. »Das tut es nicht. Du wolltest, dass ich in Nialls Wagen neben dir sitze, damit ich dir helfe, an den Straßensperren im Mission District vorbeizukommen und wenn es brenzlig geworden wäre, hättest du mich erschossen.«

Ein amüsiertes Zucken glitt über Darels schönen Mund und er nickte, während seine Augen sie unverwandt ansahen.

»Ich hatte dich unterschätzt. Das wird mir nicht noch einmal passieren, Cinderella.«

Gott, wie sie ihn hasste! Luz' Magen schien sich zu einem einzigen festen Knoten zusammenzuziehen.

»Du willst mich weiterhin als Geisel benutzen, ja? Mein Stiefvater sucht mich schließlich immer noch, natürlich inzwischen aus ganz anderen Gründen. Deshalb begleitest du uns und behauptest, mein Babysitter in der Wildnis sein zu wollen!« Sie verschränkte die Arme über der Brust und dann wurde ihr alles klar. »Du hast gehofft, ich verrate Niall, was zwischen uns vorgefallen ist. Damit du es leugnen und mich als vollkommen paranoid abstempeln kannst. Die arme kleine Luz muss ja bei allem, was passiert ist, ihren Verstand verloren haben und sieht jetzt überall Feinde! Du wolltest einen Keil zwischen uns treiben, damit du leichtes Spiel mit mir hast!«

Darel lachte laut auf. »Oh nein, niemals würde ich eure zarten Bande durchtrennen wollen!« Er musterte sie anzüglich von oben bis unten und schüttelte ungläubig den Kopf. In Luz brodelte es. Darel war der geborene Schauspieler. Aber diesmal schien er tatsächlich ehrlich belustigt über ihre Behauptung. Er hob die Hand und deutete auf die Bar. »Vielleicht solltest du auch einen Schluck trinken, um mal ein bisschen lockerer zu werden und nicht immer nur dich selbst im Mittelpunkt des Weltschmerzes zu sehen.«

»Nein danke! Ein Kopfschmerzmittel wäre mir wesentlich lieber, um dich zu ertragen!«

»Ach, das Köpfchen tut also noch weh vom Schlag des bösen, bösen Dunkelelben? Keine Sorge, er hat es sicherlich von Daddy mit weitaus größeren Schmerzen heimgezahlt bekommen.«

Man sagt, dass man rot sieht, wenn man vor Wut explodiert. Aber das stimmt nicht. Vor Luz begann Darels Gesicht zu flimmern, die Ränder ihres Blickfelds verdunkelten sich, als wollten sie ihren Hass ausschließlich auf ihn eingrenzen, damit sie ihn nur ja nicht verfehlte, und im nächsten Moment hörte sie einen Schrei und spürte seine Brust unter ihren Fäusten. Leider kam der Schrei nicht von ihm, sondern von ihr selbst, und wenige Sekunden später umklammerten seine Finger ihre Handgelenke so fest, dass sie aufstöhnte. Die Kabinentür wurde aufgerissen und Niall erschien in der Öffnung. Darels Griff lockerte sich und vermutlich sah es für Niall jetzt einfach so aus, als stünden sie sich gegenüber und hielten sich an den Händen. Na großartig!

»Bitte, Niall! Lass uns kurz in Ruhe reden!«, herrschte Luz ihn in ihrem Zorn stärker an als beabsichtigt. Er zog verwundert die Augenbrauen hoch, schloss dann aber die Tür wieder hinter sich und nahezu zeitgleich ließ Darel sie los.

»Wie lange kennst du Niall schon?«, fragte er unvermittelt.

»Was geht dich das an?«, entgegnete Luz atemlos und rieb sich die Handgelenke. Sie dachte daran, wie ehrerbietig er mit Tyrasil gesprochen hatte. War er so wütend auf sie, weil er ihr die Schuld für den Tod des Dunkelelbenfürsten gab? Darel drehte sich zur Bar um und begann, die Schubladen zu durchwühlen. Er holte Servietten, Streichholzschachteln, ein Taschenmesser, einen Kompass und diverse Medikamentenpackungen heraus und warf sie achtlos auf die Theke, bis er schließlich fündig wurde. Aus dem Blister einer Medikamentenpackung drückte er zwei Tabletten heraus, schob sie sich in den Mund und warf die Packung Luz zu. Dann schenkte er zwei Gläser mit Wasser ein. Misstrauisch las Luz die Aufschrift. Aber es war tatsächlich ein gängiges Schmerzmittel.

Sie drückte ebenfalls eine Tablette heraus, trat neben Darel an die Bar und spülte sie mit Wasser hinunter.

»Niall riskiert eine ganze Menge für dich«, sagte Darel leise neben ihr. »Dir scheint gar nicht bewusst zu sein, wie viele Leute du in deinen Schlamassel hineinziehst und in Lebensgefahr bringst. Angefangen mit –«

»Tyrasil. Ich weiß!«, zischte Luz und drehte sich zu ihm um. »Du glaubst, dass mir das nicht nahegeht? Oh, du bist natürlich so feinfühlend und sitzt seit Stunden weinend in der Ecke, weil deine Geliebte vor deinen Augen mit Kugeln durchsiebt wurde!« Wenn ihn das verletzte, ließ er es sich zumindest nicht anmerken. Sie knallte das Glas zurück auf die Theke, hob den Zeigefinger und drückte ihn gegen seine Brust. Er zuckte zurück. »*Du* hast keine Ahnung, wie ich mich gerade fühle. *Du* hast kein Recht, über mich zu urteilen! Im Augenblick konzentriere ich mich nur noch darauf, zu funktionieren. Damit diese Flucht gelingt und Niall zu seiner Familie zurückkehren kann. Wem wäre dadurch geholfen, wenn ich hier und jetzt heulend zusammenbreche, weil ich daran denke, wie Tyrasil mir als Kind die Schnürsenkel gebunden, wie er mir die Schultasche zur Haustür getragen oder mich auf das Klettergerüst im Park gehoben hat. Dad … ich meine, Jago, hat ihn so viele Male wie ein Stück Dreck … ach, scheiße!« Ihre Stimme brach und sie wandte sich ab. *Verdammt, verdammt, verdammt!* Wenn jetzt die Tränen kamen, würde Luz sie nicht mehr aufhalten können, sie würde darin ertrinken und ihren ganzen Schmerz hinausschreien, bis sie keine Stimme mehr hatte und ihre Augen vollkommen ausgetrocknet waren. Eine Hand legte sich von hinten auf ihre Schulter.

»Hör auf!«, sagte Darel unerwartet sanft. »Ich kann mir denken, was du meinst.«

»Nein«, murmelte sie bitter. »Wenn ich wenigstens nur Jago für alles verantwortlich machen könnte. Aber weißt du was? Ich verstehe seine Wut immerhin besser als das Versteckspiel meiner Mom. Ich hasse sie dafür, dass sie mich dazu gebracht hat, jahrelang einen Mann als Vater zu lieben, der meinen leiblichen Vater und seinesgleichen vernichten möchte. Wie konnte sie das nur tun? Wie konnte Mom ausgerechnet den ELO-Chef Hernández heiraten und mich ihm als Tochter unterjubeln, wenn sie zuvor mit einem Dunkelelben zusammen war?« Sie hob die Hände und massierte ihre pochende Stirn. Es war eigenartig, dass sie das ausgerechnet Darel verriet, während sie Niall gegenüber niemals zugegeben hätte, wie wütend sie auf ihre Mutter war. »Wer sind überhaupt *Firbolgs Erben*?«, fragte sie, um von sich abzulenken, und drehte sich wieder zu Darel um. »Und was soll Jago dir im Austausch für mich geben?«

Darel stieß sich von der Theke ab, schlenderte zu der Sitzgruppe und ließ sich auf das Leder fallen. Er schaffte es, trotz seiner Verletzung so lässig zu wirken, als befänden sie sich nicht auf der Flucht, sondern auf einem Freizeittrip. Eine dunkle Haarsträhne verdeckte sein linkes Auge und Luz musste sich beherrschen, sie nicht aus seinem Gesicht zu streichen. Wie konnte so ein Ekel wie Darel nur so betörend schöne Augen haben!

»Antwort eins: eine Geheimorganisation, die für die Rechte der Dunkelelben kämpft, aber Dusks militante Vorgehensweise missbilligt. Antwort zwei: einen dreizehnjährigen Jungen.«

Luz schnappte nach Luft. Das war weitaus mehr, als sie von ihm erwartet hatte und gleichzeitig viel zu wenig, um mit diesen Informationen etwas anfangen zu können. »Geht's noch ein bisschen genauer? Welchen Jungen? Seit wann gibt es diese Organisation?« Sie war sich sicher, dass Jago sie nie erwähnt hatte. »Und welche Rolle spielst du darin?«

Da war es wieder, das herablassende Lächeln, das Luz aus seinem Gesicht kratzen wollte. Er beugte sich vor. »Glaubst du ernsthaft, dein angeblicher Bluttest und die Tatsache, dass Hernández dich verfolgt, genügen als Beweis dafür, dass du tatsächlich auf unserer Seite stehst?«

»Ich bin immerhin eine halbe Dunkelelbin und du nur ein Mensch!«, entrüstete sich Luz.

»*Nur* ein Mensch? Oh, wie rassistisch von dir!«, spottete er und Luz biss sich auf die Lippe. »Was spielt das auch für eine Rolle?«, fragte er. »Es gibt mehr Dunkelelben, die ihresgleichen verraten haben, als du dir vorstellen kannst! Diese ganzen Bluttheorien«, er winkte verächtlich ab und deutete dann mit einem Finger auf ihre Brust, »das, wofür dein Herz schlägt, ist entscheidend.«

»Ach, und was schwebt dir als Herzensbeweis vor? Dass ich freiwillig mit dir mitmarschiere und mich Jago ausliefere?«

Er grinste. »Keine schlechte Idee.«

»Vergiss es! Ich bin kein Lamm, das sich von dir zur Schlachtbank führen lässt!«

»Nein«, sein Gesicht wurde ernst und es schlich sich wieder dieses gefährliche Timbre in seine Stimme, das Luz eine Gänsehaut bereitete. »Das hast du mir hinlänglich bewiesen.«

Darel kniff die Augen zusammen und betrachtete sie so eingehend, dass Luz das unangenehme Gefühl hatte, er könnte direkt in ihr Innerstes sehen, ihre geheimsten Gedanken und Wünsche lesen wie in einem aufgeschlagenen Tagebuch. Dabei hatte sein Blick nichts Verführerisches, er war vielmehr grüblerisch, berechnend, abwägend, so als wäre sie eine verdammte Schachfigur und er überlegte gerade, wie er sie am geschicktesten in seinem nächsten Zug einsetzen könnte.

Luz tat das einzig Logische. Sie nahm seine Herausforderung an.

Angestrengt fixierte sie Darel, ihr Blick glitt von den mit Kajal umrandeten Augen zu der kleinen Narbe am Kinn, dem schwarzen Haar, das es weich umspielte und auf seine breiten Schultern fiel, den muskulösen Armen. Sie dachte daran, wie er vor dem Slam auf die Bühne gesprungen war. Darel war ihr an körperlicher Kraft, Geschmeidigkeit und Schnelligkeit haushoch überlegen. Gut, solange er auf ihrer Seite stand, wie letzte Nacht, als er sie von der Bauschuttrutsche gerettet hatte. Natürlich nur, um seine wertvolle Geisel zu retten, wie sie mittlerweile wusste. Schlecht, wenn er sich gegen sie wandte, sobald sie erst einmal mit ihm alleine war.

Wenn Darel einen dreizehnjährigen Jungen von ihrem Stiefvater, dem Chef der ELO, ausgeliefert bekommen wollte, konnte das nur heißen, dass das Kind ein Dunkelelbe war, untergebracht in einem seiner Institute, um – wie es ihrer Mom einmal zornig gegenüber Jago herausgerutscht war – auf Gehorsam gegenüber Menschen wie ein Hund *konditioniert* zu werden. Dunkelelbenkinder unterlagen der Mentorenaufsicht, um sie frühestmöglich in der Kontrolle ihrer Aggressionen zu schulen. Aber bislang sah das Gesetz vor, ihnen den Chip mit dem tödlichen Tyrium erst bei Verlassen des Instituts, im Alter von vierzehn Jahren, zu verpassen.

Luz beugte sich nun ebenfalls vor. Darel und sie waren sich über dem schmalen, ovalen Tisch so nahe, dass nur eine Handbreit sie voneinander trennte.

»Mein Stiefvater wird sicher auf deine Forderung eingehen und den Dunkelelbenjungen aus dem Institut herbeischaffen, um zu verhindern, dass sein aschgraues Familiengeheimnis an die Öffentlichkeit dringt.« Einen winzigen Moment lang weiteten sich Darels Pupillen, schob sich Schwärze über das Türkis seiner Iris. Seine Überraschung ärgerte Luz. Er hatte wirklich gedacht, sie käme nicht auf die Idee, dass er nur ein Dunkelelbenkind in einem der Institute meinen konnte! »Aber er hat von sich immer wieder stolz behauptet, dass er mit Terroristen nicht verhandle«, fuhr sie fort. »Der Junge wird diesen Austausch ebenso wenig überleben wie ich.«

»Das lass meine Sorge sein«, erklärte Darel herablassend. Oh, Luz war überzeugt davon, dass er geschickt genug war, einen Übergabeort zu wählen, der es ihm ermöglichte, mit dem Jungen schnellstmöglich zu fliehen.

Sie lächelte süß. »Nicht dass du hinterher enttäuscht bist.« Ihre Gedanken rasten, wetzten Buchstaben, suchten und verwarfen und schliffen die Schneide ihrer nächsten Worte im Stil von Darels Slam.

»Und dann –
lachst du und denkst, ihr seid in Sicherheit.
Mission erfüllt, er ist endlich befreit,
bereit,
neue Wege zu gehen,
Abenteuer zu bestehen.
Doch du wirst nur eines sehen:
sein Vergehen!
Mit einem traurigen, letzten Blick
schlingt er seine dünnen Arme um dein Genick.
Nicht Stunden,
nur scheiß verdammte sechzig Sekunden
Zeit!

Aber für dich,
im Arm den sterbenden Jungen –
eine Ewigkeit.«

Darels Arme schossen vor und seine Hände legten sich so rasch um ihren Hals, dass Luz nur ein ersticktes Keuchen entfuhr. Seine Daumen lagen auf ihrem Kehlkopf und Luz wusste, dass ihr Leben an einem verflucht seidenen Faden hing. Aber er drückte nicht zu, tat ihr nicht einmal weh. Seine Hände waren nur eine stumme Drohung, während wie im Zeitraffer Wut, Hass und Angst über sein Gesicht huschten, bis er es schaffte, wieder seine hochmütige Maske aufzusetzen.

Er liebt dieses Kind, dachte Luz verwundert. Eine Erkenntnis, die Darels Vergangenheit noch rätselhafter machte. Ihr Schuss ins Blaue hatte sein Ziel erreicht. Doch Triumph fühlte sich anders an.

»Vorsicht, Luz«, flüsterte Darel in einem Tonfall, unter dem sich ihr die Haare sträubten. »Du wünschst dir besser nicht, dass du *nutzlos* für mich bist.«

Das Klicken der sich öffnenden Kabinentür veranlasste ihn, seine Hände von ihrem Hals zu ziehen, aber seine Augen fixierten sie weiterhin und brannten sich als Warnung in Luz' Gedächtnis.

»Alles geklärt?«, fragte Niall hoffnungsvoll.

»Ich denke schon«, erwiderte Darel und riss endlich den Blick von Luz los. Er stand auf, ging an Niall vorbei zur Kabinentür und stieg die Treppe hinauf an Deck. Niall sah Luz fragend an.

Niall riskiert eine ganze Menge für dich, hallten Darels Worte durch ihre Gedanken. Sie zwang sich zu einem Lächeln. »Mach dir keine Sorgen. Wir werden schon miteinander klarkommen.«

Während sie ihm auf wackligen Beinen entgegenging, fiel ihr die Unordnung auf der Theke ins Auge. Sie zog die Schubladen auf und begann mechanisch, die Sachen ordentlich zurückzuräumen. Niall schlang seufzend die Arme um ihre Taille und legte seine Stirn in ihren Nacken.

»Ich komme so schnell wie möglich nach«, murmelte er gegen ihre Haut.

Aber sein Versprechen konnte nicht verhindern, dass noch lange nachdem sie im Mill Valley an Land gegangen waren, Darels Worte in ihrem Kopf herumspukten.

Denn dummerweise fiel Luz nicht das Geringste ein, womit sie Darel nutzen konnte, außer als Köder für Jago zu dienen. Und solange sie keine bessere Idee hatte, gab es nur eine lausige Sache, die sie vor ihm schützen konnte, falls er sein Versprechen Tyrasil gegenüber doch nicht so ernst nahm, wie er behauptete: ein Taschenmesser, das seinen Weg nicht zurück in die Schublade gefunden hatte.

Into the Wild

Luz

Ruithanil und Thyriq hatten nicht den kleinen Marinehafen der *Richardson Bay* angesteuert, da die Kennzeichen der Schiffe beim An- und Ablegen von den Sensoren der Docks erfasst und im Hafenregister vermerkt wurden. Stattdessen legten sie etwas weiter nördlich bei dem kleinen Touristikunternehmen *Mill Valley Flying Tours* an, das Flüge mit Helikoptern und Wasserflugzeugen über der Bay anbot.

Niall hatte ein weiteres Mal mit seinem Vater telefoniert. Die Neuigkeiten waren denkbar schlecht. Wenn er nicht binnen zwei Stunden im **ELO**-Hauptquartier erschien, den Diebstahl seines Wagens anzeigte und erklärte, wo er sich vergangene Nacht aufgehalten hatte, würde die **ELO** nach ihm als Terrorverdächtigen fahnden.

»Auf Hernández wurde vergangene Nacht ein Attentat verübt und seine Tochter, die mit dir zur Schule geht, ist in die Hände von Rebellen gefallen. Die Medien berichten seit einer halben Stunde von nichts anderem. Kannst du mir bitte erklären, warum ausgerechnet DEIN WAGEN in unmittelbarer Nähe des Anschlagsortes stand?!«

Matthew Evans war dermaßen aufgebracht gewesen, dass sie alle jedes Wort verstanden hatten, obwohl die Lautsprecherfunktion nicht aktiviert war, sondern Niall das abnehmbare Headset seines Smartstraps benutzt hatte. Kelly hatte er immer noch nicht erreichen können.

»Kelly ist meine beste Freundin«, ereiferte sich Luz. »Sie wird dich bestimmt nicht verpfeifen. Wir hatten vereinbart, dass niemand je erfahren darf, dass ich dich treffe!« Darel lachte im Hintergrund auf und Nialls Stirnfalten vertieften sich. Herrje! Luz griff rasch nach seinen Händen, ignorierte Darels Blick und drückte sie. »Ich weiß, wie bescheuert das jetzt für dich klingt, Niall. Aber darum musste ich sie bitten, weil …«, sie schluckte und dann brach es einfach aus ihr heraus. Mochte er doch von ihr denken, was er wollte, »… weil ich dich eben nicht nur einmal, sondern zukünftig öfter treffen wollte, also … ich meine, wenn du es hinterher auch noch gewollt hättest, und mein Vater hätte das doch niemals erlaubt.« Sie pustete sich eine Haarsträhne von ihren erhitzten Wangen. Ein warmer Schimmer legte sich über Nialls rehbraune Augen. Vermutlich war es nur die Sonne, die sich im Wasser neben dem Bootssteg spiegelte und ihr Licht auf ihn zurückwarf, aber Luz hätte schwören können, dass sie gerade eben golden aufgeleucht hatten.

»Oh bitte, wo sind die Geigen, um diese romantische Abschiedsszene gebührend zu begleiten?«, seufzte Darel ergriffen, drückte die Hand ans Herz und brachte damit die beiden Dunkelelben zum Lachen, die gerade das Boot vertäuten. Luz spürte, wie die Wut auf ihn bis in ihre Fingerspitzen kroch.

»Geh die Möwen füttern, Darel!«, rief Niall kopfschüttelnd. Ohne sich nach ihm umzudrehen, legte er den Arm um Luz' Taille und zog sie von dem feixenden Trio weg zum Ende des Stegs.

Verdeckt von zwei großen Werbetafeln mit Luftaufnahmen der Bay lehnte Luz Sekunden später mit dem Rücken an der himmelblau getünchten Holzwand von *Mill Valley Flying Tours*. Niall hatte beide Hände rechts und links von ihrem

Kopf abgestützt und sah sie sekundenlang unverwandt an. Ihr Puls schwoll von einem hektischen Trommeln zu einem Rauschen in ihren Ohren an und ein Flattern zog durch ihren Bauch, während sein Gesicht immer näher kam. Als sein Mund schließlich auf den ihren traf, schloss sie die Augen, vergaß die Trauer um alles, was sie in der vergangenen Nacht verloren hatte, und ihre Angst vor dem Kommenden. Sie gab sich nur noch dem Hier und Jetzt hin. Dabei hatte sie selbst noch vor ein paar Monaten zu Kelly gesagt, wie kitschig sie es fände, dass Mädchen im Film immer die Augen schlossen.

»Wenn ich einen Freund habe, werde ich mir seinen Gesichtsaudruck bei meinem ersten richtigen Kuss jedenfalls nicht entgehen lassen!«

»Na klar, weil du immer alles ganz genau wissen willst, und vermutlich Angst hast, dein Prinz könnte sich während des Kusses in einen Frosch verwandeln. Du bist hoffnungslos unromantisch, Luz!«, hatte Kelly sie geneckt.

Nialls Lippen waren kalt, ein wenig spröde und schmeckten salzig von der See, aber auch nach Wind, Freiheit und Abenteuer. Luz tastete nach seiner Hüfte, schob ihre Finger in den Gürtel seiner Hose und zog ihn an sich, bis ihre innere Hitze auf ihn übersprang. Niall gab einen knurrenden Laut von sich und der Boden unter ihren Füßen schwankte – oder war sie es selbst? Jedenfalls war es gut, die Hauswand als Stütze in ihrem Rücken zu fühlen. Seine Zunge öffnete ihren Mund. Luz ließ zu, dass sie die ihre zärtlich umspielte, erwiderte und spürte seinen raschen Herzschlag an ihrer Brust, als er sich noch näher an sie schmiegte, sein Mund immer fordernder wurde und er seine Hände unter die übergroße Kapuze ihres – Darels – Hoodies schob und in ihrem Haar vergrub. Dann zersprang der Augenblick. Niall erstarrte plötzlich, zog sich zurück und lehnte seine Stirn sanft an ihre. »Luz, wir haben nicht viel Zeit und ich … ich muss dir noch etwas sagen.« Seine Stimme war so ernst wie sein Blick und Luz hätte am liebsten nicht gefragt. Aber sie musste es wissen.

»Tyrasil ist tot?«, flüsterte sie in dunkler Vorahnung.

»Ja.« Er strich tröstend in sanften Kreisen über ihren Rücken und raunte: »Sie haben behauptet, er wäre an deiner Entführung beteiligt gewesen und um zu verhindern, dass er dir etwas antat, musste der Tyrium-Chip aktiviert werden, als sein Aggressionstoleranzgrad überschritten wurde. Er hat noch einige ELO-Soldaten erledigt, bevor sie ihn überwältigten.«

Tyrasil hätte mir nie weh getan, dachte Luz.

Bilder von toten Dunkelelbenverbrechern, die innerlich verbluteten, füllten immer wieder die Schlagzeilen der Nachrichtensender. Sie geisterten jetzt mit Tyrasils Gesicht durch Luz' Gedanken und sie fragte sich, welche der anderen Behauptungen, die von der ELO veröffentlicht wurden, ebenfalls gelogen waren. Ein Zittern lief durch ihren Körper und sie kämpfte gegen die Tränen und den Druck in ihrem Hals an. Sie allein war für Tyrasils Tod verantwortlich. Hätte er sie nicht vor Jago beschützen und ihr bei ihrer Flucht helfen wollen, würde er noch leben.

»Ich weiß, du und Darel habt eure Probleme«, fuhr Niall im Flüsterton fort. »Er ist zynisch, arrogant und kann einem manchmal ganz schön auf die Nerven gehen. Aber ich habe trotzdem ein gutes Gefühl, dich ihm anzuvertrauen.«

Sie verzog den Mund und schwieg. Niall zuliebe. Um ihn zu schützen. Was auch immer er von Darel wusste, sicher würde er anders über ihn denken, wenn er dasselbe erlebt hätte wie sie. Aber Niall sah sie so flehend an, seine Fingerspitzen berührten ihre Wange und wanderten zärtlich bis zu ihrem

Kinn, dass sie ihm einfach nicht die Wahrheit sagen konnte. Niall musste zurück in die Stadt, um die Vorwürfe gegen sich und seine Familie zu entkräften und nicht festgenommen zu werden. Sie musste sich ohne ihn in Sicherheit bringen. Ihre Auseinandersetzungen mit Darel waren vorerst zweitrangig, zumindest solange sie auf seine Hilfe angewiesen war.

»Bitte versprich mir, dass du dich irgendwie mit ihm arrangierst. Ich vertraue Darel, ich bin mir hundertpro sicher, dass er sein Versprechen Tyrasil gegenüber halten und dich in Sicherheit bringen wird. So wie die Dinge stehen, werde ich nicht so schnell bei dir sein können.«

Etwas in Nialls Tonfall ließ Luz aufhorchen. Sie schob ihn ein Stück von sich. Niall wich ihrem forschenden Blick aus, lächelte gequält und versuchte erneut, sie zu küssen, aber diesmal ließ sie es nicht zu.

»Du verheimlichst mir doch was! Na los, spuck's aus! Schlimmer als das, was ich, seit ich zu dir ins Auto gestiegen bin, erlebt habe, kann es nicht mehr werden.«

Es klang vorwurfsvoller, als Luz beabsichtigt hatte.

Aus dem Inneren des Hauses klangen auf einmal Schritte und dann hörten sie das Quietschen und Zuschlagen einer Tür. Niall zupfte an ihrer Kapuze und schob sie so tief wie möglich in ihr Gesicht, während er hastig über die Schulter sah und erwiderte: »Dad meinte, deine Mutter wäre bei der Pressekonferenz in Hernández' Haus totenbleich gewesen.«

Nein! Luz klammerte sich an Nialls Shirt und legte ihren Kopf fest an seine Brust, um nicht aufzuschreien. *Warum ist Mom immer noch bei Jago?* Tyrasil hatte ihr doch gesagt, ihre Mutter befände sich ebenfalls auf der Flucht!

»Kann ich euch helfen?«

Ein untersetzter, breitschultriger Mann in Jeans und Holzfällerhemd kam auf sie zu. Er war Mitte vierzig, vermutlich der Eigentümer der Flugzeuge, und seine Augen funkelten denkbar misstrauisch, bis sein Blick auf die luxuriöse Yacht neben seinem Wasserflugzeug fiel. Er schnappte hörbar nach Luft und blieb stehen, als wäre er gegen eine Glastür gelaufen. Luz wandte den Kopf von ihm ab, um zu verhindern, dass er sie trotz Kapuze erkannte. Die Planken des Stegs waren von der Sonne verwittert. Einige mussten so morsch gewesen sein, dass der Eigentümer sie durch frisches Holz ersetzt hatte, das nun zwischen seinen grau gebleichten, rissigen Vorgängern in kräftigem Braungelb hervorstach. Darel lehnte neben der Yacht an einem Holzpfahl und winkte lässig zu dem Mann hinüber. Er schaffte es tatsächlich, dabei so auszusehen, als wäre er ein Prominenter auf einem Freizeittrip! Vor ihrer Ankunft hatte er sich umgezogen, den Verband um seinen Oberschenkel erneuert und die blutdurchtränkte Hose in seinem Rucksack verschwinden lassen. Nun strahlte er eine selbstbewusste natürliche Eleganz aus, um die ihn jeder Filmstar beneiden musste. Die beiden Dunkelelben waren zurück an Bord gesprungen und wirkten in ihren Arbeiteroveralls wie seine ergebene Crew.

»Mein Bruder und ich überlegen gerade, ob wir nicht eine kleine Helirunde über der Bay drehen«, erklärte Niall. »Zum Testen. Unsere Mom wird nämlich dieses Jahr fünfzig und wir wollten ihr einen Flug zum Geburtstag spendieren.«

Nicht nur Darel konnte schauspielern, stellte Luz verdutzt fest. Ein Blinder hätte den beiden vielleicht abgenommen, Geschwister zu sein, aber das Lächeln auf dem wettergegerbten Gesicht des Mannes war so breit wie falsch.

»Eine hervorragende Idee, junger Mann! Wir haben ein günstiges Kombiangebot. Es wird auf jeden Fall ein Erlebnis, das Sie und Ihre liebe Mutter niemals bereuen werden!« Er wandte sich zum Gehen und ergänzte eifrig: »Kommen Sie, ich kann Ihnen in meinem Büro verschiedene Routen zeigen.« Mit einem Marschschritt, der einem von Jagos ELO-Offizieren bei der jährlichen *Befreiungsparade* alle Ehre gemacht hätte, eilte er voraus. Niall verdrehte die Augen in Luz' Richtung, folgte dem Mann aber ums Eck in sein Büro, um kein Misstrauen zu wecken.

Während sie auf Nialls Rückkehr wartete, ließ sich eine Möwe ihr gegenüber auf einem mit dickem Tau zusammengebundenen Pfosten nieder, legte den Kopf schief und musterte sie neugierig. Luz rutschte die Wand entlang nach unten, bis sie auf dem Steg kauerte, ihre Beine umschlang und die Stirn auf ihre Knie legte. Der dröhnende Bariton des Mannes und Nialls Murmeln verschwammen mit dem Geschrei vorbeifliegender Möwen zu einem monotonen Rauschen und trugen Luz zu ihrer Mutter. Wie es ihr wohl ging? War Luz eben noch zornig auf sie gewesen, nahm ein neues Gefühl sie in Beschlag: Angst.

»Fang jetzt bloß nicht an zu heulen!« Sie riss den Kopf hoch und blinzelte. Mit dem Sonnenlicht im Rücken stand Darel vor ihr wie ein düsterer Schatten. »Wenn der Typ dich so sieht, zieht er noch alle möglichen Schlüsse und verständigt womöglich die Polizei.«

Luz sprang auf. »Ich habe nicht geweint!«, entgegnete sie trotzig und ballte die Fäuste.

»Sah aber ganz danach aus.« Er senkte seine Stimme. »Ruithanil hat mir von der versteckten Drohung und dem Appell deines *liebenden Vaters* an die Entführer erzählt. Was willst du jetzt tun?«

Welchem Appell? In diesem Moment wurde Luz bewusst,

dass Niall ihr nicht alles gesagt, sondern unangenehme Details verschwiegen hatte. Warum? Sie musste versuchen, die Information Darel zu entlocken. »Was würdest du denn an meiner Stelle tun?«, fragte sie und zuckte die Schultern.

Darel zog die Augenbrauen hoch und trat näher. Ihre Gelassenheit schien ihn zu verwirren. Himmel, was hatte Niall ihr bloß verheimlicht? »Schon klar, du bist sauer auf sie, weil sie dir nichts von deinem Dunkelelben-Dad erzählt hat. Aber hasst du sie so sehr, dass dir das völlig gleichgültig ist?«

Luz hatte das Gefühl, als würde sie über einen Teppich aus glühenden Kohlen laufen. Warum sagte er nicht endlich, worum es ging? »Das ist keine Antwort. Was würdest *du* tun?«

Darel seufzte und lehnte sich mit der Schulter neben Luz an die Wand, sodass er sie noch immer betrachten konnte. Ein nachdenklicher Zug legte sich auf seine Miene und er murmelte: »Ich habe meine Mutter nicht lange genug gekannt.«

»Aber wenn du sie gekannt hättest, sie geliebt hättest, du ihr helfen wolltest …«

Er schüttelte unwillig den Kopf. »Wenn dein Stiefvater sie wirklich foltern und verhungern lassen möchte, wirst du nicht das Geringste dagegen unternehmen können.«

»NEIN!«, entfuhr es Luz. Es war, als hätte sie sich in dem klebrigen Netz einer Spinne verfangen. Je mehr sie sich anstrengte, diesem Albtraum zu entkommen, umso schlimmer wurde er.

Darel schüttelte ungläubig den Kopf. »Dein Ernst, Luz? Bist du wirklich so naiv, dass du nicht kapiert hast, was er mit seiner Botschaft gemeint hat?« Er imitierte höhnisch Jagos lateinamerikanischen Akzent und jedes Wort des zitierten öffentlichen Appells an die vermeintlichen Entführer traf Luz wie ein Hieb in den Magen. *»Ich bin auch bereit,*

Lösegeld für meine Tochter zu zahlen. Haben Sie doch Mitleid mit meiner Frau! Sie schläft nicht, sie isst nicht, sie leidet tausend Tode, seit Luz in Ihrer Gewalt ist!«

Luz stieß sich blitzschnell von der Wand ab und rannte los. Ihre Chucks trommelten auf dem Holz, während Tränen über ihre Wangen rannen. Sie glaubte, innerlich zu explodieren. Wäre sie nicht gerannt, hätte sie Darel vermutlich ins Wasser gestoßen und gehofft, er könne nicht schwimmen. In der Geschichte wimmelte es nur so von toten Überbringern schlechter Nachrichten und Luz konnte das gerade sehr gut nachvollziehen. Sie hörte dumpfe Schritte hinter sich und beschleunigte ihren Lauf. Vor ihr, am Ende eines Parkplatzes, erstreckte sich eine mehrspurige Straße. Aber zum Glück herrschte um diese Tageszeit nicht viel Verkehr, sodass sie, ohne stehen zu bleiben, über den Asphalt in ein kleines Wäldchen auf der anderen Straßenseite stürmen konnte. Die Kapuze fiel ihr in den Nacken, irgendwo hinter ihr ertönte ein Hupen, vermutlich galt es Darel. Laub raschelte unter ihren Füßen und kleine Zweige knackten. Ihre linke Seite schmerzte, Laufen war noch nie ihre Stärke gewesen, und ihr Atem ging viel zu unregelmäßig und schnell. Kurz bevor Luz die ersten Häuser am Ende des Wäldchens erreichte, riss jemand an ihrer Kapuze und schnürte ihr dadurch die Luft ab. Luz wäre vornübergestürzt, hätte Darel sie nicht aufgefangen. Sie versuchte, sich loszureißen, aber er hielt sie so fest umklammert, dass sie ihre Arme nicht bewegen konnte. Einen Moment lang dachte sie daran, nach ihm zu treten, aber dann lichtete sich plötzlich der Schleier ihrer Wut und sie erkannte, wie lächerlich sie sich gerade machte.

»Niall hat mir überhaupt nichts erzählt«, schluchzte sie atemlos. »Ich habe nur so getan, damit *du* es mir verrätst.«

Darel ließ sie los und Luz taumelte, fing sich aber sogleich wieder und drehte sich zu ihm um. Zwei Dinge versetzten sie in Erstaunen.

Er war kein bisschen außer Atem.

Und er lächelte.

»Du bist wirklich gerissen. Aber um deine Frage zu beantworten, Prinzessin: Ich würde mich erst einmal in Sicherheit bringen und dann in Ruhe darüber nachdenken, ob und was ich für meine Mutter tun kann.«

Klang nach keinem schlechten Plan.

Heimfahrt

Niall

»Wo ist Luz?«, fragte Niall beunruhigt, als er wieder auf den Steg trat und dort nur Darel vorfand. Es hatte ewig gedauert, den Flugtourenanbieter loszuwerden und ihm eine Wanderkarte abzuluchsen.

»Ihr geht's gut«, winkte Darel ab und deutete auf ein Wäldchen, das sich auf einem kleinen Hügel erhob. »Aber sie ist stinkwütend auf dich, weil du ihr nicht alles erzählt hast.«

»Du hast es ihr gesagt?«, rief Niall erschrocken.

»Schrei noch lauter und wir können Luz gleich beim nächsten **ELO**-Revier abliefern!«, zischte Darel im Flüsterton. »Sie hat so getan, als wäre sie bereits vollkommen im Bilde. Woher sollte ich wissen, dass du sie belügst?«

»Ich habe sie nicht belogen! Ich habe lediglich …« Niall holte tief Luft und versuchte, sich zu beruhigen. »Ach, vergiss es! Wir haben Wichtigeres zu besprechen.«

»Das will ich meinen«, stimmte ihm Darel zu und deutete auf die Karte, die Niall immer noch in Händen hielt. »Wo liegt denn jetzt dein Unterschlupf?«

Die Hütte befand sich abseits der Wanderwege in der Nähe des Sees Lagunitas und diente früher Rangern als Unterkunft. Nialls Vater hatte sie bei einer seiner Wanderungen mit einem befreundeten Ranger entdeckt. Er ließ seine Beziehungen spielen und sorgte dafür, dass sein Freund sie erwarb, damit der Name Matthew Evans nicht im Grundbuch auftauchte und den Verdacht der ELO auf sich lenken könnte. *Bewohner* der Hütte waren in der Regel Regimekritiker auf der Flucht ins Ausland. Niall war ziemlich sicher, dass sie gerade leer stand. So sicher wie sein Vater ihm den Kopf abreißen würde, wenn er wüsste, dass er sein streng gehütetes Geheimnis ausgerechnet Hernández' Tochter anvertraute.

»Schätzungsweise zehn Meilen von hier«, murmelte Darel, während er die Karte studierte. Wird vier bis fünf Stunden dauern, wenn wir wandern.« Er faltete den Plan geschickt zusammen und steckte ihn in seinen Rucksack.

Niall reichte ihm ein Bündel Geldscheine. »Ist alles, was ich hab«, erklärte er verlegen. »Aber ich bringe mehr. Vorerst dürftet ihr gar nicht so viel brauchen. Die Hütte ist ganz gut mit dem Notwendigsten ausgestattet und ... Mensch, Darel, ich kann dir gar nicht sagen, wie froh ich bin, dass wir dich getroffen haben und du das jetzt für mich tust.«

»Schon gut!« Darel verzog den Mund zu einem schiefen Lächeln und wandte sich zum Gehen. »Ich kann nur hoffen, dass deine Prinzessin nicht bereits nach einer Stunde Blasen an den Füßen hat und getragen werden will.«

Niall sah ihn nicht an, als er erwiderte: »Sag ihr –«

»Dass du sie liebst, dir alles leidtut und du so schnell wie möglich nachkommen wirst. Schon klar.«

»Lasst euch nicht von der ELO erwischen!«, seufzte Niall und sprang an Deck der Yacht. Er sah Darel nach, wie er den Steg hinunter und vom Parkplatz zur Straße ging. Etwas irritierte ihn, aber er konnte nicht sagen, was es war. Erst als er sich von Ruithanil und Thyriq verabschiedet hatte und im East Harbour an Land ging, traf ihn die Erkenntnis, was ihm so eigenartig vorgekommen war, wie ein Blitzschlag.

Darel hatte beim Weggehen nicht gehumpelt.

Auszug aus der Rede des Parteivorsitzenden Matthew Evans bei seinem Amtsantritt

»… Und darum sage ich klar und deutlich: Wacht auf! Ihr lebt nicht mehr in Álfheimr! Jahrtausendealte Konflikte zwischen Licht- und Dunkelelben haben zur Zerstörung eurer Welt geführt – eine furchtbare Tragödie, die euch eure Magie, eure Gesundheit und eure Heimat gekostet hat. Doch ihr habt auch etwas gewonnen: die Möglichkeit eines Neuanfangs zusammen mit den Dunkelelben und uns Menschen. Denn spielt es hier und jetzt für euer neues sterbliches Leben eine Rolle, wer für die vergangenen Katastrophen verantwortlich war? Solange der Hass in euren Herzen wohnt, solange ihr über die Schuldfrage streitet und zulasst, dass Hweitasil eure dunklen Brüder und Schwestern mit dem tödlichen Tyrium wie Raubtiere chippt, wird es auch in der Menschenwelt keinen Frieden für euch geben. Und solange ihr eure Kinder von den Lichtelbenältesten erziehen lasst, wird der Konflikt niemals enden.

Früher wurden die Kinder den Ältesten übergeben, damit sie herausfanden, wer über außergewöhnliche Intelligenz, Magie oder mächtige Begabungen verfügte. Diese Kinder erhielten jede erdenkliche Förderung, während den anderen nur die Ausbildung zum einfachen Krieger oder Diener der Elite gewährt wurde. Die Führungsgremien der Lichtelben halten auch heute noch an diesem Auswahlverfahren fest, obwohl es nicht mehr zeitgemäß ist und Magie – sofern überhaupt noch vorhanden – keine gravierende Rolle mehr für euch spielt. Ihr sagt, dafür werden jetzt die intelligentesten Schüler in den Forschungsinstituten Hweitasils gefördert, landen als Genies an Musik- oder Kunstakademien und versetzen die Menschenwelt mit ihren musischen oder künstlerischen Begabungen in Erstaunen.

Doch was ist mit den anderen – und ich spreche hier von der Masse der Kinder. Sie profitieren nicht von den Tarifgesetzen, für die wir Menschen in unserer Geschichte so hart gekämpft haben, sie werden billig entlohnt, zu langen Arbeitszeiten gezwungen. Sie unterliegen der willkürlichen Gerichtsbarkeit von Lichtelbenältesten, die fast immer den menschlichen Arbeitgebern Recht zusprechen, nur um Konflikte zu vermeiden und ihre Machtposition zu erhalten. Ihr Lichtelben erkauft euch diese anachronistische Form selbstständiger Lichtelbenverwaltung mit vollkommener Unterordnung und lasst zu, dass eure Kinder in Lichtelbeninstituten systematisch zu Sklaven erzogen werden. Wozu? Ich sage es euch: um die Oligarchie der Lichtelbenältesten zu unterstützen, die – allen voran Hweitasil – euch in ihrer Machtgier einreden, dass alles beim Alten bleiben muss.

NEIN! Das muss es eben nicht. Ich träume von einem gleichberechtigten Miteinander von Menschen, Licht- und Dunkelelben. Ich träume davon, dass jedes Elbenkind, jeder Mischling dieselben Schulen wie wir Menschen besucht, dieselbe Ausbildung, denselben Beruf anstreben kann. Und ich verspreche euch, ich werde alles in meiner Macht Stehende tun, um diesen Traum eines Tages wahr werden zu lassen.«

Vorbereitungen

Luz

»Warte hier!«, hatte Darel zu Luz gesagt. »Nicht dass der Flugzeugvermieter doch noch auf die Idee kommt, dich näher in Augenschein zu nehmen.«

Da sie kein Smartstrap mehr hatte, konnte sie nicht feststellen, wie viel Zeit verging. Aber es dauerte eine gefühlte Ewigkeit. Mit ihrer Fußspitze bohrte sie Löcher in den weichen Waldboden. Wenn sie doch nur mit Kelly über alles reden könnte! Noch nie hatte sie ihre Freundin, die ihre meisten Entscheidungen spontan aus dem Bauch heraus traf, so sehr vermisst wie jetzt.

»Das ist mein kreatives Karma«, hatte Kelly schmunzelnd zu ihr gesagt. »Du grübelst viel zu viel, Luz. Bei dir muss immer alles einem perfekten Plan folgen. Lass einfach mal locker!«

Damit hatte sie nicht ganz unrecht. Während andere Schüler bereits aufgaben, brütete Luz manchmal ewig über der Lösung einer Matheaufgabe. Sie fasste es geradezu als Beleidigung auf, als wäre die Aufgabe ein imaginärer Gegner, der sich über sie lustig machte, weil sie ihm nicht gewachsen schien. War das auch ein Teil ihrer Dunkelelbengene? Für alles eine Strategie, eine Lösungsmöglichkeit entwickeln zu wollen? Unfug! Zornig stieß Luz in einen kleinen Erdhaufen. Sicher gab es prozentual ebenso viele planlose, chaotische Dunkelelben wie Menschen! Sie musste diesen Bluttest endlich aus dem

Kopf bekommen! Was bewies er schon? Vor ein paar Tagen hätte sie jeden ihrer Charakterzüge für durchweg menschlich gehalten und jetzt schrieb sie alles ihren neu entdeckten Dunkelelbengenen zu. Was für ein Mist!

Gerade als Luz überlegte, ob sie zumindest bis zum Waldrand zurückgehen sollte, um über die Straße zu spähen, schälte Darel sich endlich nur wenige Schritte von ihr entfernt aus dem Dickicht. Wer auch immer ihm beigebracht hatte, sich derart lautlos zu bewegen, verdiente eine Medaille. Darel trug neben seinem eigenen noch einen zweiten Rucksack, den er ihr vor die Füße warf. Bevor Luz ihn danach fragen konnte, verkündete er: »Niall war ziemlich sauer, weil du einfach abgehauen bist.«

Seine Worte fühlten sich an wie ein Fausthieb. Sie schluckte ihren Schmerz hinunter und konterte: »Bist du so begriffsstutzig, dass er dir stundenlang den Weg zur Hütte erklären musste?«

Zu ihrer Überraschung zog Darel eine zusammengefaltete Karte aus seiner Jeans. Zuletzt hatte sie dergleichen bei ihrem Großvater Alejandro gesehen. Ihr Herz wurde schwer, als sie daran dachte, wie sie als Kind auf seinem Schoß gesessen und er ihr die Routen gezeigt hatte, die er als junger Mann auf seinem Motorrad mit Rucksack und Zwei-Mann-Zelt zusammen mit seinem Freund in Kolumbien bereist hatte. In der Sierra Nevada de Santa Marta waren sie in die Gefangenschaft eines Drogenbarons geraten. Er hatte die jungen Männer vor die Wahl gestellt, für ihn zu kämpfen oder zu sterben. Was er damals durchgemacht hatte, konnte Luz nur erahnen. Alejandros Freund wurde bei seinem Fluchtversuch erschossen. Ihm selbst gelang es erst Monate später zu entkommen. Sie fragte sich, ob er sich ohne diese leidvolle Erfahrung zu demselben unnachgiebigen ELO-Kämpfer entwickelt hätte, der er heute war. Und wie er über sie dachte, seit er von ihrem Blutergebnis erfahren hatte.

Luz beugte sich über die Karte, die zahlreiche Wanderwege zum Mount Tamalpais, Camping- und Picknickplätze und sogar einen Gasthof aufwies. So einsam sah die Gegend auf dem Plan gar nicht aus. Das schien Darel ebenfalls zu denken.

»Niall nennt das *Wildnis*. Vermutlich trampeln täglich Horden von Wandervögeln an seinem sogenannten *Unterschlupf* vorbei. Wir müssen vorsichtig sein.« Er deutete auf eine Stelle nicht weit entfernt vom Lake Lagunitas. »Das ist unser Ziel. Wenn wir keine großen Pausen machen, sind wir bis zum Abend dort.«

»Du willst den ganzen Weg zu Fuß gehen?« Luz wurde schon bei dem Gedanken daran zum Umfallen müde. Sie hatte gehofft, es gäbe einen Bus, der sie ein Stück mitnehmen konnte. Aber dann wurde ihr klar, dass das unmöglich war. Unabhängig von der Gefahr, dass sie jemand erkannte, sah das *Gesetz zur Vermeidung von terroristischen Anschlägen* vor, dass man in öffentlichen Verkehrsmitteln oder Taxis entweder ein Smartstrap zur Registrierung trug oder sich durch einen amtlichen Identitätsnachweis wie der Geburtsurkunde, der Sozialversicherungskarte oder dem Führerschein auswies. Ihr Blick schweifte zu Darels Bein. »Schaffst du das überhaupt mit deiner Schusswunde?«

Seine Miene verfinsterte sich. »Dein Mitgefühl kommt reichlich spät. Mein Druckverband leistet gute Dienste und du hast letzte Nacht immerhin ein paar Stunden Schlaf gehabt. Einen Limousinenservice kann ich dir nicht bieten, Prinzessin. Du musst dich schon entscheiden. Wenn du natürlich lieber aufgeben willst, bringe ich dich gerne zu Hernández und …«

»… genießt meinen baldigen Tod. Schon klar. Gehen wir!«

Das Gute an der Wut war, dass sie ihre Reserven mobilisierte. Gerade glaubte Luz, den Mount Tamalpais nach oben sprinten zu können. Aber Darel deutete auf den Rucksack zu ihren Füßen. »Das Knastfoto, das sie von dir heute Morgen gemacht haben, ist durch sämtliche Nachrichtenkanäle gegeistert. Ich hab dir was zum Umziehen besorgt.« Er lächelte anzüglich: »Falls du dich von meinem Hoodie trennen kannst.«

Luz packte den Saum des Kleidungsstücks und wollte es sich schon vom Leib reißen, aber Darel winkte ab. »Warte damit, bis du deine Haare gefärbt hast«, ergänzte er.

»Ich soll bitte *was* tun?«

»Mit dem Weißblond fällst du doch viel zu sehr auf. Im Rucksack ist eine Schaumtönung und gleich die Straße rechts runter liegt ein Einkaufszentrum, gegenüber vom Yachthafen. Dort gibt es auch Duschen.« Er griff in seine Hosentasche und zog ein paar Dollar hervor. »Hier, falls du noch … ähm … frauenspezifischen Kram besorgen möchtest.«

Luz starrte wie vom Donner gerührt auf die Scheine in seiner Hand und wusste nicht, worüber sie schockierter sein sollte. Die Tatsache, dass er sie aufforderte, ihre Haare zu färben, oder dass Darel ihr Geld für *frauenspezifischen Kram* anbot. Doch dann wurde ihr bewusst, dass sie mit ihrem Smartstrap auch ihre finanzielle Freiheit verloren hatte. Ihr Vater hatte monatlich tausend Dollar auf ihr Konto gebucht. Selbst wenn sie den Armreif noch hätte, könnte sie ihn nicht einsetzen, ohne augenblicklich der ELO ihren Aufenthaltsort zu verraten.

Darel deutete ihr Schweigen falsch.

»Du kannst es ruhig nehmen, ist von Niall, nicht von mir.«

Luz zog ihm das Geld aus der Hand, wobei sie darauf

achtete, seine Finger nicht zu berühren, und steckte es in ihre Tasche. Mit einem Augenrollen wies Darel in die Richtung, aus der er gekommen war. »Na, mach schon. Wir sollten noch vor Einbruch der Dunkelheit ankommen.«

Aber Luz zögerte.

»Moment, verstehe ich das gerade richtig? Niall hat dir Geld gegeben, damit *ich* mir was zum Umziehen besorge, und *du* hast es mir gekauft, obwohl du mich jetzt in dasselbe Einkaufszentrum zum Haarefärben und Umziehen schickst?« Hatte er komplett den Verstand verloren? Er kannte doch nicht einmal ihre Größe! Vermutlich passten die Klamotten ihr überhaupt nicht oder … Eine schlimme Ahnung beschlich Luz und das fiese Lächeln, das sich jetzt auf Darels Gesicht breitmachte, bestätigte ihren Verdacht.

»Wie gesagt. Wir haben keine Zeit für weibliche Unentschlossenheit und Shopping-Eskalationen. Färb dir die Haare, zieh dich um und komm so schnell wie möglich zurück. Ich warte schon sehnsüchtig darauf, dich in den neuen Sachen zu sehen.«

Luz hob den Rucksack hoch und unterdrückte den Impuls, ihn Darel um die Ohren zu schlagen. Seiner erwartungsvollen Miene nach hoffte er, sie würde ihn öffnen und den sicherlich grauenvollen Inhalt auf der Stelle inspizieren. Doch diesen Triumph gönnte sie ihm nicht. Entschlossen zog sie die Kapuze über ihr Haar und marschierte los, Darels Lachen in ihrem Rücken so gut wie möglich ignorierend.

Richardson Bay Marina Shopping Center lag nicht einmal eine halbe Meile entfernt und war durch die großformatigen Anzeigetafeln, die in farbenfrohen Lettern das größte Shopping-Erlebnis der Bay anpriesen, wirklich nicht zu übersehen. Luz hielt den Kopf gesenkt, als sie die Sicherheitskameras am Eingang der Mall entdeckte. Wurden die Aufnahmen auf Clouds gesichert, zu denen die ELO Zugriff hatte? Sie wollte gar nicht daran denken. Der Duft von frischen Donuts und Kaffee ließ ihren Magen knurren und brachte ihr schmerzlich in Erinnerung, wie ausgehungert sie war. Bis auf das Wasser und die Kopfschmerztablette hatte sie seit gestern Abend nichts mehr zu sich genommen. Stirnrunzelnd zog sie die Geldscheine aus der Tasche. Sie konnte froh sein, wenn die paar Kröten überhaupt für ein Frühstück reichten. Mistkerl! Er wollte wohl unbedingt sicherstellen, dass sie sich keine anderen Klamotten kaufen konnte. Schweren Herzens ignorierte Luz die Cafés und folgte der Beschilderung zu den Duschen. Sie öffnete eine Kabinentür, schloss rasch hinter sich ab und atmete erst einmal durch. Der winzige, weiß gekachelte Raum besaß auf der linken Seite eine kleine Sitzbank, über der ein Kleiderhaken hing. Mit einem zittrigen Seufzer stellte Luz den Rucksack darauf ab und begann, den Inhalt auszuräumen.

Ganz obenauf lagen schwarze, lederne Schnürstiefel mit hohem Schaft. Sie waren an der Seite mit Druckknöpfen verziert und verfügten über einen stabilen Blockabsatz. Luz drehte sie um. Die Schuhe waren eine halbe Nummer zu groß, aber das würde schon gehen. Als Nächstes förderte sie eine schwarze Kunstlederjacke im Bikerstil mit Zippern, Druckknöpfen und Rippstruktur an den Ärmeln zu Tage. Na wunderbar. Kein Mädchen an der Greenwood High trug so etwas! Zarte Pastelltöne, luftige Plisseeröcke, helle Jeanshosen und Jacken mit bunten, floralen Stickereien waren *en vogue,* wie Vanessa und ihre Freundinnen so schön sagten. Spätestens als sie die enge schwarze Röhrenjeans mit ausgefransten Hosenbeinen und Rissen aus dem Rucksack fischte, wusste sie, warum Darel so gegrinst hatte. Da spielte es auch schon keine Rolle mehr, dass der Totenkopf auf einem schwarzen T-Shirt mit Blumen verziert war und auf einem weiteren weißen T-Shirt auf Brusthöhe in Pink *You may call me princess!* stand. Außer sich vor Wut riss sie die Preisschilder von den Klamotten und warf sie auf einen Haufen übereinander. Konnte es noch schlimmer kommen? Kellys Kommentare über gewagte Dessous-Geschenke, die Amber vor ein paar Wochen von einem Jungen erhalten hatte, geisterten plötzlich durch ihren Kopf, als sie mit angehaltenem Atem etwas aus dünnem Stoff ertastete. Doch Darel war nach den vorangegangenen Highlights wohl die Lust auf Rache vergangen oder die Zeit war ihm schlicht davongelaufen, denn das, was Luz zutage förderte, war eher der Rubrik sportlich-bequem als aufreizend sexy oder Großmutter-spießig zuzuordnen. Sie bekam trotzdem heiße Wangen. Einfach und praktisch waren auch die dunklen und hellen Socken, die schwarze Leggins und die hellgraue Kapuzenjacke. Sollte sie einfach das anziehen? Am Boden des Rucksacks ertastete Luz ein Handtuch und einen kleinen Kosmetikbeutel. Zu ihrer Verblüffung musste sie feststellen, dass Darel tatsächlich an die wichtigsten Dinge gedacht hatte. Neben einer Zahnbürste, Zahnpasta und Sonnencreme mit hohem Lichtschutzfaktor – Darel ahnte wohl, dass Luz lichtempfindlich war – fand sie ein Deo, Shampoo, Duschgel, Haargummis, eine Bürste und … das Haarfärbemittel.

Luz schrie auf und schleuderte die Packung mit ihrer ganzen aufgestauten Wut an die gegenüberliegende Wand.

Petrol!

Was für eine charmante Umschreibung für Karneval-grünblaues-Meerjungfrauenhaar! In ihren hellen Strähnen musste die Farbe schrecklich aussehen, vermutlich neongrün oder babyblau. *Nein, nein, nein!* Das würde sie nicht tun! Niemals! Luz stampfte mit den Füßen auf und zog erneut das Geld hervor. Dann verzichtete sie eben auf Essen und kaufte sich stattdessen eine andere Haarfarbe! Plötzlich klopfte jemand gegen die Kabinentür und Luz fuhr zusammen.

»Alles okay?« Die Stimme klang jung und ehrlich besorgt.

Luz atmete tief durch, um sich zu beruhigen, und räusperte sich. »Ja, ich … ich hab nur ein wenig Schiss vor dem Haarefärben«, platzte es aus ihr heraus. Im nächsten Moment hätte sie sich ohrfeigen können. Was, wenn das Mädchen nun erst recht neugierig wurde und sie hinterher erkannte.

Ein Lachen drang durch die Tür. »Wie alt bist du denn?«

Luz schloss die Augen. »Spielt das eine Rolle?«

»Schon gut. Weißt du was? Ich warte einfach draußen. Wenn die Farbe nicht gut rüberkommt, bring ich dir vom Drogeriemarkt eine neue und du kannst wieder umfärben, bevor du dich unter die Leute wagst.«

Luz blieb das Herz stehen. »Nein, nicht nötig. Ich komme schon klar.«

Aber das Mädchen ließ sich nicht abwimmeln und Luz lief die Zeit davon. Sie kannte Darel mittlerweile gut genug, um ihm zuzutrauen, dass er in der Damentoilette aufkreuzte und lauthals nach ihr rief, wenn sie sich nicht beeilte. Zähneknirschend zog sie ihre Kleidung aus und stopfte sie in den Rucksack. Dann schnappte sie sich Shampoo, Duschgel und Haarfarbe und machte sich an die Arbeit.

Das Handtuch wie einen Turban um den Kopf gewickelt, in Jeans und Totenkopf-Shirt verließ sie etwa eine halbe Stunde später die Dusche. Im vorderen Bereich mit den Waschbecken stand eine junge Frau, vielleicht ein oder zwei Jahre älter als sie selbst, und war gerade dabei, sich zu schminken.

»Hi, ich bin Sandra«, verkündete sie mit einem schelmischen Lächeln und schraubte den Deckel auf ihre Mascara, bevor sie sich zu ihr umdrehte. Sie war einen Kopf größer als Luz, gertenschlank und trug eine weiße Spitzenbluse über einem geblümten, knöchellangen Rock. Ihr Haar war schulterlang und kringelte sich in ungezähmten, roten Naturlocken um ihr makellos schönes Gesicht. Vanessa wäre sicher vor Neid erblasst, wenn sie Sandra begegnet wäre. Das Mädchen musterte sie ungeniert von oben bis unten. »Wow, dich hatte ich mir aber ganz anders vorgestellt«, murmelte sie. »Das Outfit ...«

»... hat mir ... mein Freund besorgt«, erklärte Luz rasch. »Ich bin Ash.« Sie hatte das ganz spontan gesagt, ohne groß darüber nachzudenken. Vermutlich geisterten immer noch Darels Worte, ihr Licht sei mit Asche bestäubt, in ihrem Kopf herum. Aber der Name konnte als Kurzform von Ashley herhalten und passte schließlich perfekt, dachte Luz bitter, bevor sie ihren Blick von Sandra losriss und dann verdutzt ihr Spiegelbild anstarrte.

Über ihrem blassen Gesicht mit den dunklen Augenringen türmte sich das weiße Handtuch, das sie am liebsten gar nicht herunterziehen wollte. Shirt und Jeans lagen eng am Körper und machten überraschenderweise eine gute Figur. Sie sah schlanker aus. Verwegen spannte sich der tiefe V-Ausschnitt des Shirts über ihren Brüsten. Luz schielte verunsichert zu Sandra, die nun noch breiter grinste.

»Ohne den Bambi-Blick kommst du wie jemand rüber, mit dem man sich besser nicht anlegt. Lass mal die Haare sehen.«

Bevor Luz etwas dagegen unternehmen konnte, trat Sandra auf sie zu, griff nach dem Handtuch und zog es ihr entschlossen vom Kopf. Ihr glattes, langes Haar fiel ihr bis zur Taille. Zuvor war es so hellblond gewesen, dass einige von der Sonne gebleichte Strähnen weiß ausgesehen hatten. Noch nie zuvor hatte sich Luz die Haare gefärbt. Jetzt bereute sie, nicht bereits früher mit Farbe experimentiert zu haben. Ihr Haar war weder babyblau noch neongrün. Der Haaransatz schimmerte in dunklem Aquamarin und Petrol, durchsetzt von smaragdenen und türkisen Strähnen, die zu den Spitzen heller wurden und alle möglichen Farbschattierungen annahmen, je nachdem wie stark die einzelnen Haarsträhnen von der Sonne gebleicht waren. Von Veilchenblau über Seegrün, Turmalin und Smaragd fand Luz eine erstaunliche Farbpalette in ihrem Haar wieder.

»Wow!«, murmelte Sandra ehrfürchtig. »Dein Freund hat einen klasse Geschmack! Fehlt nur noch das passende Make-up.« Sie griff nach ihrer Lidschattenpallette.

Luz hob abwehrend die Hände. »Oh nein, nein, ich hab's wirklich eilig und –«

Aber Sandra schob sie entschlossen näher an den Waschbeckenrand. »Ich habe zwei jüngere Schwestern. Keine Sorge, ich kenn mich damit aus. Dein Freund wird aus den Latschen kippen, wenn er dich sieht.«

Als sie weitere vierzig Minuten später an einem Coffee-to-Go nippend zum Ausgang eilte, wusste sie, dass Darel ausflippen würde, weil sie so lange gebraucht hatte. Dennoch blieb sie wie angewurzelt stehen, als sie an einem Elektronikfachmarkt vorbeilief und auf den im Fenster ausgestellten Displays und Hologrammen erst Niall, dann sich selbst in einer Nachrichtensendung erkannte. Ihr Blick fiel auf die Uhr rechts oben im Bild. Bereits halb fünf! Shit! Noch ein

Grund mehr für Darel, sie umzubringen. Aber sie hatte keine andere Wahl. Sie musste wissen, was über sie gesagt wurde. Luz kippte den Kaffee in einem Zug hinunter, schmiss den Becher in einen nahe gelegenen Mülleimer und strich ihre Haare ein wenig tiefer ins Gesicht. Dann senkte sie den Kopf und betrat das Geschäft.

Vor den neuesten BFCs, Smartstraps und Gamepads wimmelte es von Teenagern. Luz mischte sich möglichst unauffällig unter sie, zog ein Pad vom Ausstellungspult und aktivierte die Nachrichtenfunktion.

»Immer noch gibt es keine Hinweise auf den aktuellen Aufenthaltsort von Luz Hernández Nolan. Die siebzehnjährige Tochter von Jago Hernández Ruiz, dem Oberbefehlshaber der Elb Liberation Organization, *wird nach ihrer dramatischen Entführung seit heute Mittag vermisst. Einer der Täter, der Dunkelelbe und ehemalige Chauffeur der Familie, Tyrasil, wurde bereits gefasst. Aufgrund der Aktivierung des Tyrium-Chips in seinem Körper war es den Einsatzkräften nicht möglich gewesen, weitere Informationen über Mittäter und Aufenthaltsort des Entführungsopfers zu erlangen.*

Vor einer Stunde wurde Matthew Evans, Vorsitzender der Partei Alliance of Human Beings and Elbs (AHE) *verhaftet. Er steht unter dem dringenden Tatverdacht, zusammen mit seinem Sohn Niall die Entführung von Luz geplant und durchgeführt zu haben, um politischen Druck auf Hernández auszuüben. Gegen den flüchtigen Niall und seine Mutter Arinard wurde ebenfalls ein Haftbefehl erlassen. Sachdienliche Hinweise über den Aufenthaltsort von Luz können an jeder Polizeidienststelle und in jedem ELO-Quartier entgegengenommen werden. Jago Hernández hat eine Belohnung in Höhe von 250.000 Dollar für Hinweise ausgesetzt, die zum Auffinden seiner Tochter führen. Für die Ergreifung von Niall wurden 50.000 Dollar …*

Eine Hand legte sich von hinten auf Luz' Schulter und tauchte sie in einen schwarzen See aus Angst. Sie befahl sich, nicht zu atmen, dabei schrie ihr Körper danach, zu hyperventilieren. Ein warmer Hauch streifte ihren Nacken.

Und eine Stimme.

»Raus hier!«

Warten

Darel

Darel hatte gelernt, Geduld zu bewahren.

Aber als Luz nicht zurückkam, verfluchte er sich dafür, ihr seine Schussverletzung auf eben diese Weise heimgezahlt zu haben. »*Wähle den Zeitpunkt deiner Rache weise!*«, war ein Lieblingsspruch seines Mentors gewesen.

Er musste sich eingestehen, dass eine Flucht der denkbar schlechteste Zeitpunkt für Rachespielchen war, und machte sich auf den Weg zum Shopping Center. Dort angekommen rannte er ziellos durch die Gänge auf der Suche nach ihr, als er plötzlich ein blauhaariges Mädchen in einem Elektronikfachgeschäft verschwinden sah. Darel folgte ihr auf der Stelle. Aber vielleicht war es gar nicht Luz. In den verarmten Vorortwohnsilos hatte er schon einige Mädchen mit knallbunten Haaren gesehen. Ein Grund mehr, warum er gerade diese Haarfarbe für sie ausgesucht hatte.

Bleib ruhig, befahl er sich, als er erkannte, dass es tatsächlich Luz war. Sie schien derart gefangen von dem Stück Technik in ihren Händen, dass sie überhaupt nicht bemerkte, wie Darel sich ihr näherte. Er öffnete den Mund, um sie wütend anzuherrschen, doch dann hielt er inne, als sein Blick über ihre Schulter auf das Smartpad fiel, das in ihren Händen zitterte. Sein Zorn erlosch, als er die schlechten Neuigkeiten hörte. Nialls Vater war für ihren Kampf nicht unwichtig. Wenn es Hernández tatsächlich gelang, ihm die Entführung anzuhängen, hätte das verheerende Auswirkungen für Licht- und Dunkelelben.

Plötzlich spürte er eine Veränderung. Jahrelang war seine Wahrnehmung darauf geschult worden, jede Kleinigkeit in seiner Umgebung auf mögliche Bedrohungen zu scannen. Wenn er einen Raum betrat, filterte er Personen instinktiv nach ihrem Gefahrenpotenzial, ihrem aktuellen Standort und der Zeit, die sie benötigen würden, sich ihm zu nähern. Darels Sinne waren so fein geschärft, dass er einfach wusste, wann er beobachtet wurde. Sein Jagdinstinkt erwachte, er hob den Blick und sah sich unauffällig um. Zwei Verkäufer standen ein paar Regale entfernt und sahen misstrauisch zu ihnen hinüber. Einer von ihnen sprach in sein Smartstrap.

… eine Belohnung in Höhe von 250.000 Dollar für Hinweise ausgesetzt, die zum Auffinden seiner Tochter führen. Für die Ergreifung von Niall Evans wurden 50.000 Dollar …, informierte der Nachrichtensprecher. Das hatte gerade noch gefehlt! Darel griff nach Luz' Schulter und spürte, wie sie sich unter seiner Hand verkrampfte. Er beugte sich vor und flüsterte gepresst: »Raus hier!«

Sie fuhr zu ihm herum, die Augen angstgeweitet. Darel blinzelte überrascht. Sie war es und doch hätte er sie unter anderen Umständen kaum wiedererkannt. Zum ersten Mal glaubte er wirklich, eine Elbin in ihr zu sehen.

»Sie … sie haben Nialls Vater …«, stotterte sie benommen.

»Ich weiß. Wir müssen abhauen!« Er nahm ihr sanft das Pad aus der Hand und steckte es zurück in die Verankerung. Dann legte er den Arm um ihre Schultern, als wären sie ein Paar und zog sie mit sich zum Ausgang. Ihr Körper spannte sich an seiner Seite an und Darel befürchtete bereits, sie würde sich wehren und dadurch noch mehr Aufmerksamkeit auf sich ziehen. Doch endlich schien sie zu begreifen.

»Wo?«, hauchte sie und legte den Kopf auf seine Schulter, sodass ihr das Haar ins Gesicht fiel.

»Hinter uns.« Er spürte, wie sie erschauerte, dann schlang sie ihren Arm um seine Taille und hakte ihre Finger in den Gürtel seiner Jeans ein. Die ungewohnte Wärme ihres Körpers und die scheinbare Selbstverständlichkeit, mit der sie ihn berührte, erinnerte ihn an Erilia und versetzte ihm einen schmerzhaften Stich. *Konzentrier dich!* Neben einem Regal mit Werbebroschüren, direkt beim Ausgang, stand ein bewaffneter Sicherheitsmann und sprach in sein Headset. Als sie auf seiner Höhe angelangt waren und das Geschäft gerade verlassen wollten, trat er ihnen in den Weg.

»Einen Augenblick, Sir!«

»Ja, bitte?«, fragte Darel in unverfänglichem Tonfall, nicht zu devot freundlich – das würde auffallen –, aber auch nicht gereizt. Er blieb stehen und drückte Luz ein wenig fester. *Verlier jetzt nicht die Nerven!* In Gedanken ging er ihre Fluchtmöglichkeiten durch, falls es brenzlig werden würde. Das Regal mit den Broschüren war nicht im Boden verankert, er könnte es dem Wachmann ins Gesicht rammen und der Ausgang war glücklicherweise nicht weit entfernt. Seine Pistole steckte im Gürtel unter seinem Shirt und im Stiefelschaft verbarg sich ein Klappmesser. Zur Not konnten sie sich damit den Weg freikämpfen, bevor weitere Securityleute verständigt wurden.

»Reine Routinekontrolle«, erklärte der Uniformierte, zog einen Handscanner aus der Tasche, umrundete sie und fuhr damit über ihre Rucksäcke. »Ist ziemlich viel geklaut worden in letzter Zeit«, brummte er. »Und irgendwie haben sie es geschafft, die Sicherheitsschleusen zu deaktivieren.« Der Check war schnell vorbei. »Alles okay.« Er schmunzelte und deutete auf Luz. »Starke Farbe. Würde meiner Tochter auch gefallen. Sie ist in deinem Alter.« Luz grinste unsicher.

Kaum hatten sie das Einkaufszentrum verlassen und den Parkplatz betreten, zog Luz ihren Arm zurück und wich ein Stück von ihm ab. Darel steckte verlegen die Hände in die Hosentaschen. »Das war verdammt knapp«, murmelte er.

Sie marschierte zügig neben ihm den Gehweg hinauf und sagte kein Wort, den Blick stur geradeaus gerichtet. Darel kam nicht umhin, ihr immer wieder verstohlene Blicke zuzuwerfen. Hatten ihre Augen schon immer diese Farbe gehabt oder hatte sie sich farbige Kontaktlinsen besorgt? Ein Bild aus seiner Kindheit schoss ihm in den Kopf. Das satte Grün einer Waldlichtung und taubedeckter Farn zu seinen Füßen, der in der hereinbrechenden Dämmerung einen bläulichen Schimmer bekam. Ihre Augen glänzten ebenso grün-blau und wie ein Tautropfen löste sich gerade eine einzelne Perle aus dem Tränentau über der Iris, blieb an den langen, schwarz getuschten Wimpern hängen und fiel durch ihr Blinzeln auf die Wange. Luz strich sie hastig mit dem Handrücken fort, wobei sie das Augen-Make-up ein wenig verwischte. Das musste es sein! Dunkler Kajal, viel Wimperntusche, Smokey Eyes – so hatte Luz sich zuvor nicht geschminkt. Oder lag es vielleicht doch an den Haaren? Wie konnte es überhaupt sein, dass diese blöde Kunstfarbe so natürlich ihr Gesicht umschmeichelte, Dutzende Schattierungen von grün bis blau aufwies, perfekt mit ihren Augen harmonierte und gleichzeitig einen starken Kontrast zu ihrer hellen Haut bildete? Darels Blick glitt langsam tiefer, über das enge Shirt und die Hose, die ihre im schnellen Takt der

Schritte wiegenden Hüften betonte. Luz drehte den Kopf und sah ihn stirnrunzelnd an.

»Was?«, fragte sie genervt.

Niall hat einen verdammt guten Geschmack.

Laut sagte Darel: »Schätze, nicht einmal Hernández selbst würde dich so wiedererkennen.«

Ihre Augen wurden schmal und sie ging nicht auf seine Bemerkung ein. »Wir müssen Niall warnen.« Sie deutete auf sein Smartstrap. »Bitte! Du könntest doch –«

»Nein«, schnitt Darel ihr das Wort ab. Sie hatten den Wald erreicht und der würzige Duft der Fichten umarmte ihn wie einen heimkehrenden Sohn. Mit Luz in die Wälder des Mount Tamalpais zu fliehen war das Beste, was ihm seit Langem passiert war. Darel wurde erst jetzt bewusst, wie sehr er die Natur vermisst hatte. »Ich bin sicher, er weiß es längst und ist untergetaucht«, beruhigte er sie. »In ein paar Tagen wird er zu uns stoßen. Die ELO könnte seine Daten anzapfen, gerade jetzt dürfen wir nicht riskieren, sie auf uns aufmerksam zu machen.« Er erwartete ihren Protest, aber sie presste nur die Lippen aufeinander und marschierte mit schnellen Schritten weiter, als wären ihre Verfolger ihnen schon dicht auf den Fersen. »Luz, ich bin sicher, er wird –«

Sie blieb abrupt stehen. »*Ash*«, unterbrach sie ihn mit zornbebender Stimme. »Nenn mich ab jetzt Ash!«

Ihr Weg führte sie von der Landstraße auf den Miwok Trail, einen staubigen, schmalen Wanderweg, der zwischen trockenem Präriegras und stachligem Buschwerk bergauf zum *Mount Tam* führte, wie ihn die Ranger nannten. Ab und an kamen ihnen Jogger oder eine geführte Wandergruppe entgegen, aber niemand schenkte ihnen groß Beachtung. Darels Schwur, sie sicher in Nialls Versteck zu bringen, war für ihn bindend, doch was danach mit ihr geschah, konnte er frei entscheiden. Sollte er sie wirklich Hernández ausliefern, um Phelan zu befreien?

Ash blieb plötzlich stehen. Sie hatten das bewaldete Gebiet der Muir Woods erreicht. Knorrige Blaueichen, Kiefern und Zedern säumten den Pfad, in der Ferne sah man die hohen Wipfel der Sequoias, der Küstenmammutbäume. Sie hatte ihm den Rücken zugewandt und warf einen Blick hinunter über die Bay. Ihr Atem ging schwer. Sie waren zwar bereits knapp zwei Stunden unterwegs, aber die Strecke zog sich länger als gedacht. Es lagen noch fast zwei Drittel des Weges vor ihnen. Seine Hoffnung, ihr Ziel vor Einbruch der Dunkelheit zu erreichen, löste sich in Luft auf. Wenn sie in dem Tempo weiterliefen, würden sie Nialls Unterschlupf nachts um elf oder gar noch später erreichen. Darel sah nur eine Möglichkeit, ihr Tempo zu beschleunigen. »Schon außer Atem, Prinzessin? Wie schade, dass Niall keine Sänftenträger angeheuert hat.«

Sie fuhr herum und warf ihm einen tödlichen Blick zu. Dann stapfte sie schnellen Schrittes an ihm vorbei. Darel schmunzelte.

Es funktionierte. Jedes Mal.

Mount Tam

Ash

Ash spürte jeden einzelnen Muskel in ihrem Körper, sogar Muskeln, von deren Existenz sie noch gar nicht gewusst hatte. Ihre Oberschenkel zitterten, die Knie schmerzten und jede einzelne Schweißdrüse ihrer Haut machte gerade Überstunden. Sie war unendlich froh, dass Darel die Stiefel eine halbe Nummer zu groß gekauft hatte, denn ihre Füße fühlten sich wie zwei schmerzende, aufgepumpte Ballone an. Und der Mistkerl lief mit seiner Schussverletzung so leichtfüßig vorneweg, als würde er tagaus, tagein nichts anderes tun, als auf Berge zu sprinten. Eines der ersten Dinge, die sie in ihrem neuen Leben ganz sicher angehen würde, war ihre körperliche Fitness.

Die Sonne senkte sich über der Bay und tauchte das trockene Buschgras zu ihren Füßen in rotgoldenes Licht. Darel blieb stehen und zog eine Wasserflasche aus seinem Rucksack. Ash hatte den letzten Schluck aus ihrer Flasche schon vor mehr als einer Stunde getrunken, aber sie würde sich lieber die Zunge abbeißen, als ihn darum zu bitten, sein Wasser mit ihr zu teilen. Demonstrativ kehrte sie ihm den Rücken zu und sah hinunter zum Meer.

Ihr Atem stockte.

Über die Bucht waren dichte Nebelbänke gezogen, weiße, auf ihren Kuppen rotgolden bis lilablau irisierende Hügelformationen, aus denen die Wipfel der Mammutbäume durchbrachen wie der schwarze, gezackte Rücken eines schlafenden Drachen. Einzelne Schlieren lösten sich aus dem Nebel, zerfaserten in ihrem aufwärtsstrebenden Tanz, bis nur noch ein zarter Hauch von ihnen unter die Wolkendecke schlüpfte.

Darels Stimme holte sie wieder zurück in die Wirklichkeit. »Hier. Trink! Wir haben noch etwa zwei Stunden Marsch vor uns.«

Seine Worte waren ein Befehl, trotzdem klang seine Stimme ungewöhnlich sanft und als sie den Kopf zu ihm drehte, war sein Gesicht ebenfalls dem Naturschauspiel zugewandt, während die Hand mit seiner Wasserflasche in ihre Richtung wies. Sie zögerte. Zuletzt siegte jedoch ihr Überlebensinstinkt und sie vergaß ihren Stolz. In gierigen Zügen trank sie seine Flasche leer, nur um sich hinterher noch durstiger zu fühlen.

Die Nacht brach an. Kühler Wind strich mit einem sanften Rauschen durch die Bäume und Ash befahl sich, durchzuhalten. Sie trottete dicht hinter Darel her, der mit einer Taschenlampe den Weg beleuchtete. Bei jedem Rascheln, jedem Knacken von Zweigen fuhr ihr die Angst in alle Glieder. Der Ruf eines Kauzes ließ sie zusammenzucken und einen gekrümmten Ast am Boden hielt sie für eine Schlange. Für einen Stadtmenschen wie sie war diese Nachtwanderung der reinste Albtraum, ungewiss, voller Gefahren und nur Darels belustigtes Schnauben, wenn sie zum wiederholten Male gegen ihn sprang, half ihr, sich zusammenzureißen. Sie konzentrierte sich auf ihn, seinen federnden Gang, die muskulösen Arme, die sich an Felsen stützten oder Zweige für sie zur Seite bogen, damit sie leichter daran vorbeischlüpfen konnte. Seit Stunden hatte er keine gehässige Bemerkung mehr über ihre Unsicherheit gemacht, obwohl sie ihm zahlreiche Gelegenheiten dazu geboten hatte.

Ashs Hoffnung, bergab würde es angenehmer werden, zerschlug sich, als ihre Knie zu zittern und ihre Waden zu brennen begannen. Jetzt stolperte sie in einem dumpfen Meer aus Erschöpfung und Schmerzen hinter Darel her, versuchte, sich auf den Weg zu konzentrieren, während ihre Gedanken nur darum kreisten, was Darel mit ihr vorhatte, wie sie ihre Mutter retten oder Niall warnen konnte. Plötzlich kam ihr eine Idee.

Ihre Mutter hatte mit Jago öfter Erziehungseinrichtungen für Elbenkinder besucht. Aus Angst vor Angriffen durch Terroristen wie Dusk waren die Gebäude ähnlich gut getarnt wie strategisch wichtige Militärbasen. Dunkelelbenkinder sollten zu ihrem eigenen Schutz und dem der menschlichen Bevölkerung ein Anti-Aggressionsprogramm durchlaufen, um sich reibungslos in die menschliche Welt zu integrieren. Ash erinnerte sich, wie bedrückt ihre Mutter jedes Mal hinterher gewesen war. Einmal hatte sie sich ins Schlafzimmer eingeschlossen und geweint. Inzwischen war klar, warum ihr diese Besuche so nahegegangen waren. Wegen ihrer Mischlingstochter!

Der Weg wurde auf einmal breiter und Ash beeilte sich, aufzuholen, um neben Darel zu laufen. Silbernes Mondlicht brach immer wieder zwischen den Bäumen hindurch und ließ Darels Gesicht gespenstisch leuchten, bevor Schatten es wieder verschluckten.

»Angst, Lu… Ash?«, korrigierte er sich und das vertraute spöttische Lächeln huschte kurz über seine Mundwinkel.

Natürlich hatte sie Angst. Davor, hier von wilden Tieren angefallen oder von ihm an Jago ausgeliefert zu werden. Angst, ihre Mutter und ihre beste Freundin Kelly zu verlieren, Angst um Niall, vor ihrer Zukunft, zur Hölle, ihr ganzes Leben bestand praktisch nur noch aus Angst! Ash atmete tief durch. Er würde es eh nicht glauben, wenn sie ihre Angst leugnete.

»Natürlich hab ich Angst, eine Scheißangst sogar, dass du mich meinem Stiefvater auslieferst.« Sie machte eine Pause, in der Hoffnung, er würde ihr widersprechen. Aber Darel schwieg. *Bastard!,* dachte sie. »Und genau deshalb denke ich fieberhaft darüber nach, wie ich dir auf andere Weise helfen könnte, den Dunkelelbenjungen zu befreien, und bin endlich zu einer Lösung gekommen, die uns beiden nur Vorteile bringt.« Falls sie Darels Neugier geweckt hatte, ließ er es sich nicht anmerken. Himmel, war der Kerl stur! »Mom kennt die Standorte der meisten kalifornischen Dunkelelbeninstitute und die Begebenheiten vor Ort«, fuhr sie fort. »Sie könnte dir und deinen Freunden von *Firbolgs Erben* genügend Informationen liefern, um das Institut zu stürmen und nicht nur ein Kind, sondern *alle* zu befreien. Denk nur, was das für ein Schlag gegen die ELO wäre!«

Er lachte auf und bedachte Ash kopfschüttelnd mit dem amüsierten Blick eines Erwachsenen für ein drolliges Kleinkind. »Dein *Plan* hat nur einen Haken.« Er sah sich um, als würde er etwas auf dem Weg oder im Wald suchen. »Ich kann nirgendwo Glenda Hernández Nolan entdecken.«

»Ach komm schon, Darel! Ich kann nicht alleine bei Jago aufkreuzen und sie befreien. Für euch würden wertvolle Informationen herausspringen. Sie weiß eine ganze Menge von dem, was mein Stiefvater plant, immerhin ist sie seine Frau!«

Darel musterte sie kalt. »Und *du* warst bisher seine Tochter. Hat er dir nie was erzählt?« Er beugte sich vor, als erwartete er, sie würde ihm gleich ein Geheimnis ins Ohr flüstern. »Aber nein«, wisperte er. Seine Stimme bekam einen heiseren Klang, bei dem sich Ashs Nackenhaare aufstellten. »Wir waren bestimmt viel zu beschäftigt mit unserem Prinzessinnen-Dasein, als uns um die Probleme außerhalb unseres goldenen Käfigs zu kümmern, nicht wahr?«

Als Darel wieder von ihr abrückte, wünschte sich Ash, sein Gesicht stünde im Schatten. Dann müsste sie die Verachtung in seinem Blick nicht sehen. Sie hob den Arm und deutete auf den Weg, der vor ihnen lag.

»Wenigstens habe *ich* kapiert, dass man im Leben Wege nur vorwärts gehen kann und es deshalb keinen Sinn macht, ständig zurückzuschauen. Ich war eine Prinzessin, ja verdammt! Und *du* hast das mit dem Kind vermasselt, nicht wahr? Wegen dir ist er im Institut gelandet.« Darels Augen wurden schmal, sie hatte ins Schwarze getroffen. »Dann müsste dir jetzt jedes Mittel recht sein, um ihn zu befreien, selbst wenn es einer Prinzessin bedarf, der du lieber die Kehle aufschlitzen willst!«

Zornig stapfte Ash an ihm vorbei, aber Darel folgte ihr und hielt sie am Arm fest. »Du hast eine ganz besondere Art, jemanden um Hilfe zu bitten, Mädchen!«

»Keine Bitte. Ich schlage dir einen Deal vor.«

Er ließ ihren Arm los und strich sich die Haare aus der Stirn. »Als ob du eine andere Wahl hättest.«

»Und du? Wie alt, sagtest du, ist der Junge? Dreizehn? Mit vierzehn wird er entlassen und mit dem Tyrium gechippt. Wenn du ihn davor bewahren willst, musst du ihn vorher aus dem Institut befreien.«

»*Firbolgs Erben* sind nicht das, was du dir vorstellst, Ash. Keine militante Streitmacht, die mal eben in Hernández' Sicherheitsbunker einbrechen kann.«

»Aber du läufst bewaffnet mit Pistole, Messer, Gasmaske –«

»Ich bin anders.«

»Das habe ich gemerkt!«

Ash sah, wie seine Mundwinkel zuckten.

»Du bist auch anders, als ich mir Hernández' Tochter vorgestellt habe.«

»Oh, wow, du machst mir jetzt aber kein Kompliment, oder?«

»Nein. Das überlasse ich Niall.« Er wurde wieder ernst. »Er kennt übrigens wesentlich mehr Typen, die man zu einer solchen Aktion überreden könnte.«

»Niall?«, fragte Ash ungläubig.

»Was weißt du eigentlich über deinen Freund?«, erwiderte Darel belustigt. »Weißt du, dass er eine kleine Schwester hat, die bei der Verteilung ihrer Gene nicht so viel Glück hatte und deshalb in einem Institut gelandet ist?«

Seine Worte trafen Ash wie eine Ohrfeige. Sie dachte an die Strafarbeit, die Niall am Montag abliefern sollte, an seine Fingerknöchel, die im Unterricht unter seinen geballten Fäusten weiß angelaufen waren. Warum hatte er ihr das nie erzählt?

Pläne

Ash

Kurz nach zehn erreichten sie die von Niall beschriebene Felsformation, von der aus sie sich ein kurzes Stück bergauf ins Unterholz schlagen mussten. Prüfend sah Darel sich um und deutete mit der Taschenlampe in Richtung eines ausladenden Strauches, dessen wollig behaarte Blüten im Lichtschein wie kleine, gelbe Igel aussahen, die sich auf den Ästen zu Stachelkugeln eingerollt hatten.

»Dort muss es sein.«

Die Hütte lag abseits der Wanderwege. Der Lichtkegel von Darels Taschenlampe enthüllte ein von mächtigen Kiefern und Büschen gut getarntes Blockhaus mit Spitzdach und moosbewachsenen Holzschindeln. Winzige Fenster mit dunklen Vorhängen gruppierten sich um die Tür, zu der eine vierstufige, ziemlich morsch aussehende Holztreppe führte. An der Seite türmte sich ein riesiger Stapel Brennholz. Ash stieg die wackligen Stufen hinauf und hielt sich sicherheitshalber an dem taufeuchten Handlauf fest, falls das Holz zu ihren Füßen nachgeben sollte. Skeptisch starrte sie auf das altmodische Türschloss. »Hat Niall dir einen Schlüssel gegeben?«, rief sie Darel zu, der eigenartigerweise neben der Treppe stehen geblieben war und die Holzschindeln abtastete.

Anstelle einer Antwort zog er mit beiden Händen kräftig an einem Holzstück und klappte es zur Seite. Er schob die rechte Hand in die entstandene Vertiefung und im selben Moment ertönte ein elektrisches Summen neben Ash. Die Tür sprang einen Spalt auf. Ash schob sie zur Seite und trat zögernd ins Innere. Wärmer war es hier auch nicht, dafür roch es muffig nach Staub und feuchtem Holz.

Der Boden aus Kieferndielen war mit bunten Teppichen mit indianischen Motiven ausgelegt. Eine rustikale Eckbank mit Tisch und zwei Stühlen stand gegenüber einer kleinen Kochnische, die im Gegensatz zum Rest der Einrichtung modern wirkte. *Woher kommt der Strom für die Küchengeräte, wenn die Hütte versteckt mitten im Wald steht?*, fragte sich Ash. Linker Hand entdeckte sie sogar einen Bildschirm an der Wand und einen Laptop auf einem schmalen Sideboard.

Darel pfiff durch die Zähne. »Eins muss man Evans lassen. Die Technik hat er wirklich gut versteckt.«

»Solarzellen?«, mutmaßte Ash.

Darel nickte. »Zwischen den Dachschindeln vermutlich. Wasser bekommen wir über eine Zisterne, die hinter dem Holz versteckt ist. Irgendwo kann man die Heizung aktivieren.«

Er sah sich um und ging zum Esstisch, auf dem ein schmales, in dunkelbraunes Leder gebundenes Notizbuch lag. Als er es aufschlug, glitt ein Lächeln über sein Gesicht.

»Kannst du Lichtelbisch?« Er blätterte sichtlich amüsiert weiter. »Oder Dunkelelbisch?«

Woher denn? Ash schüttelte den Kopf, als er seinen Blick von dem Buch hob und sie fragend ansah. Darel zuckte die Schultern und warf es auf den Tisch zurück. »Dann wird uns die Bedienungsanleitung nicht viel nutzen.«

Na, wunderbar! Fröstelnd schlang Ash die Arme um sich und unterdrückte ein Gähnen, während sie beobachtete, wie er die Schränke der Küchenzeile öffnete und inspizierte. Sie konnte sich kaum mehr auf den Beinen halten. Neben dem

Kühlschrank führte eine Leiter nach oben in den Dachstuhl. Dort mussten die Schlafzimmer sein. Die Aussicht, sich endlich in ein Bett werfen zu können, kam ihr unwiderstehlich vor. Als sie die ersten Leiterstufen hochkletterte, nahm sie aus dem Augenwinkel wahr, dass Darel hinter der Tür eines Hochschranks einen elektronischen Schaltkasten entdeckt hatte und konzentriert das Gewirr aus Schaltern, Kabeln und Steckplätzen inspizierte. Ash stockte. Wie er so dastand, eine Hand an die Wand gelehnt, die andere in die leicht vorgeschobene Hüfte gestemmt, den Kopf zur Seite geneigt, sah er erschreckend anziehend aus. Doch selbst in dieser lässigen Haltung wirkte er auf der Hut und Ash wusste aus Erfahrung, wie unglaublich schnell er reagieren konnte. Wenn sie je einen Menschen getroffen hatte, dem die tödliche Eleganz einer Raubkatze innewohnte, dann Darel. Er musste ihren Blick bemerkt haben, denn er wandte sich ruckartig um, schaute zu ihr hoch und hob fragend eine Augenbraue. Unter seinen Augen lagen dunkle Schatten, die nicht nur von dem verwischten Kajal herrührten. Dennoch war sein Blick wachsam und so intensiv, dass sie spürte, wie sie bis in die Haarspitzen errötete. Shit, er musste glauben, dass sie ihn gerade eben vollkommen ungeniert angeschmachtet hatte!

»Ich … ich muss jetzt ins Bett«, stotterte sie.

»Träum schön, Ash!« Er lächelte amüsiert, bevor er sich wieder dem Schrank zuwandte.

Ash hastete die restlichen Stufen hoch, sodass die Leiter bedenklich knarzte. Gänsehaut jagte über ihren Körper und sie hatte plötzlich das Gefühl, Hitze- und Kälteschauer würden sich einen Wettkampf in ihrem Körper liefern. *Ich muss jetzt ins Bett!* Warum hatte sie nicht irgendwas sagen können wie »Siehst nicht aus, als ob du dich damit auskennst« oder »Bis du das in Gang kriegst, hab ich schon lange ausgeschlafen«. Dann hätte er zumindest nicht den Eindruck bekommen, sie würde ihn anhimmeln. Verärgert zwang sich Ash, daran zu denken, wie sie sich in seiner Gefangenschaft gefühlt hatte, die Angst, die sie ausgestanden hatte. Die Erinnerung wirkte wie eine eisige Dusche.

Am Ende des schmalen Gangs vor ihr lag ein Fenster, rechts und links davon befanden sich Türen. Die Zimmer dahinter waren durch die Dachschrägen winzig, ihre Einrichtung spartanisch: zwei Einzelbetten, ein Schrank und zwei Stühle, die sich um einen kleinen Tisch gruppierten. Ash zog gerade ihre Stiefel aus, als von unten ein unterdrückter Laut zu hören war. Es klang wie ein Fluch. Der Stiefel glitt ihr aus der Hand und schlug dumpf auf dem Boden auf, als die Erinnerung sie wie ein Blitz traf: Darel hatte auf Dunkelelbisch geflucht, als er sie mit angeschossenem Bein im Treppenhaus verfolgt hatte! Sie sprang auf und schlich in Socken zur Tür. Langsam drückte sie die Klinke hinunter und bewegte sich auf Zehenspitzen weiter über den Gang. Als sie durch die Öffnung an der Leiter vorbei nach unten spähte, ertappte sie ihn dabei, wie er vor der Haustechnik kauerte und sich daran zu schaffen machte. Was genau er tat, konnte Ash nicht erkennen. Aber unmittelbar neben ihm lag das aufgeschlagene Lederbüchlein, von dem Darel behauptet hatte, er könne es nicht lesen.

Danach glaubte Ash, kein Auge zumachen zu können. Aber die Erschöpfung übermannte sie schließlich doch gegen Mitternacht. Es wurde ein unruhiger Schlaf. Sie hatte den Tisch vor ihre Tür und das Taschenmesser, das sie von der Yacht geklaut hatte, unter ihr Kopfkissen geschoben. In ihren Träumen wurde sie von Jago verfolgt. Rastlos lief sie auf endlosen Gängen durch ihr Elternhaus, ihre Schritte hallten dumpf auf dem Marmorfußboden, während sie nach ihrer Mom rief. Dann packte sie jemand an den Schultern. Sie schrie.

»Hey! Alles okay?«

Ash riss die Augen auf, japste nach Luft wie eine Ertrinkende und blinzelte verblüfft gegen die Helligkeit an. Ein aschgraues Gesicht schwebte über dem ihren. Ihr Keuchen ging in einen krächzenden Laut über. Sie erkannte seine Augen, auch wenn der besorgte Ausdruck darin neu war: Sommerhimmelblau mit einem violetten Rand um die geweiteten Pupillen.

»Adrasel?«, flüsterte sie.

Er nickte und zog die Hände von ihr. Erst jetzt wurde ihr bewusst, wo sie war und dass der Dunkelelbenjunge neben ihr auf dem Bett saß. Es war stickig und viel zu warm im Zimmer, das »You may call me princess«-Shirt klebte auf ihrer Haut. Die Tür war geöffnet, der Tisch, den sie davorgeschoben hatte, stand jetzt mitten im Raum und vom Gang her schallte in eben diesem Moment lautstark Nialls aufgebrachte Stimme herein: »Willst du mir immer noch erzählen, dass das *normal* ist? Ich kenne keinen Menschen, bei dem Wunden so schnell verheilen! Wer zur Hölle bist du?«

Mit einem Schlag war Ash hellwach.

»Niall!«, rief sie und wollte an Adrasel vorbei aus dem Bett springen, aber der hielt sie am Arm fest.

»Warte, er und Cearbh verhören gerade Darel«, erklärte er und fügte mit schiefem Lächeln hinzu: »Könnte ein unschöner Anblick werden.«

»Wie spät ist es?«, murmelte Ash, während sie sich den Schweiß von der Stirn strich und langsam ihre Hand unter das Kopfkissen gleiten ließ.

»Kurz nach drei.« Er gähnte und neigte den Kopf ein wenig zur Seite, um Ash eingehend zu betrachten. Sein weißblondes, schulterlanges Haar war im Nacken mit einem Lederriemen zusammengebunden und offenbarte eine frische Wunde, die sich von der linken Schläfe bis zu seinem spitzen Elbenohr zog. »Neues Blut, neuer Style?«, spottete er, ihr Haar musternd.

Ash ertastete den Griff des Taschenmessers unter dem Kissen und erklärte ruhig, aber bestimmt: »Ich will dabei sein, wenn Niall Darel verhört. Lass mich los!«

»Sorry. Niall hat gesagt, ich soll dich besser hier –« Er brach ab, als die Klinge des Messers hervorschnellte und nur wenige Zoll von seinem Gesicht entfernt in der Luft verharrte.

»Sofort!«, zischte sie.

Bedächtig zog er seine Hand von ihrem Arm zurück. Ash schoss hoch, stürzte auf den Gang und blieb wie angewurzelt in der Tür zu Darels Raum stehen.

Das Zimmer sah aus, als hätte ein Sturm darin gewütet. Ein Stuhl und Teile der Bettwäsche lagen auf dem Boden verstreut. Sie musste wie tot geschlafen haben, dass sie das nicht gehört hatte! Darel kauerte, nur mit T-Shirt und Boxershorts bekleidet, neben seinem Bett. Blut tropfte ihm vom Mund, während über ihm Niall aufragte und eine Waffe auf ihn richtete. Neben ihnen stand der Dunkelelbe, der vor dem Club verhindert hatte, dass Adrasel Ärger mit seinem Mentor bekam. Fassungslos starrte Ash auf Darels rechten Oberschenkel. Knapp unter dem Saum seiner Boxershorts wies seine Haut einen kreisrunden Bluterguss auf, etwa in der Größe einer Halbdollarmünze. Die Wunde sah aus wie im Endstadium des Heilungsprozesses. Unmöglich! Wie konnte sich die Schussverletzung, die sie ihm zugefügt hatte, nur so schnell schließen? Sie hob den Kopf. Unruhe flackerte in Darels Augen und Ash dachte an die Worte von Mrs Kramer in Elbengeschichte: *»Neben ihrer strategischen Begabung verfügen einige Dunkelelben über die Fähigkeit, schneller zu heilen als Menschen. Das macht sie bei Kampfhandlungen neben ihrer angeborenen Aggressionsneigung besonders gefährlich.«*

»Du bist ein Dunkelelbe!«, rief sie entgeistert. »Ich hab dich doch gestern erst angeschossen und jetzt ist deine Wunde fast verheilt.«

»*Du* hast ihn angeschossen?«

Ashs Blick flog zu Niall, der sie anstarrte, als stünde ein Gespenst vor ihm. Er sah so müde aus, wie Ash sich selbst vor wenigen Stunden gefühlt hatte, und er trug immer noch dieselbe Kleidung wie bei ihrem Date, war also wohl gar nicht erst daheim angekommen. Seine Augen wurden schmal und die Falten auf seiner Stirn vertieften sich.

»Was wird hier gespielt, Luz?«, fragte er scharf.

»Sie heißt jetzt *Ash*«, klärte Darel ihn unnötigerweise auf. Er rappelte sich hoch und hievte sich aufs Bett. Mit dem Handrücken wischte Darel sich das Blut von den Lippen.

»*Ash*?«, wiederholte Niall und jetzt vibrierte seine Stimme vor unterdrückter Wut. »Was verheimlicht ihr zwei mir? Seit wann kennt ihr euch überhaupt?« Er streifte Darel mit einem warnenden Blick, die Waffe unvermindert auf ihn gerichtet. Der hob abwehrend die Hände, aber Ash konnte in seinen Augen lesen, dass er Nialls Drohung so ernst nahm, als stünde ein Dreijähriger mit einer Wasserspritzpistole vor ihm. »Wenn die Wunderheilung nicht wäre, würde ich dir nie und nimmer abnehmen, dass du ein Dunkelelbe bist! Gibt's noch mehr von eurer hellhäutigen Sorte? Arbeitet ihr zwei zusammen und habt mit Hernández geplant, meinen Vater auf diese Weise hinter Gitter zu bringen?« Die letzten Worte spie er Ash geradezu entgegen und ihr Magen verkrampfte sich.

»*Das* würdest du mir zutrauen?«, flüsterte sie heiser. Nialls Miene zeigte keinerlei Regung. Ihr Herz raste. Wie konnte er ihr nur so etwas Hinterhältiges unterstellen? Sie dachte an ihren Kuss auf dem Bootssteg und einen Moment lang fühlte sie sich wie betäubt, dann schrie sie: »Erstens habe nicht ich, sondern du das Date im Club vorgeschlagen. Zweitens kannte ich Darel überhaupt nicht und hätte ihn liebend gerne niemals kennengelernt, denn er hat mich nach dem **ELO**-Einsatz niedergeschlagen, gefesselt und geplant, mich als Geisel zu benutzen, um Jago zu zwingen, einen Dunkelelbenjungen zu befreien. Falls der Austausch schiefgelaufen wäre, hätte er mich umgebracht.«

Cearbh pfiff leise durch die Zähne, aber Niall schüttelte unwillig den Kopf. »Na sicher. Und hinterher bist du dann bereitwillig mit ihm den Mount Tam hochgeklettert, statt mir bereits an Bord der Yacht davon zu erzählen? Ich glaub dir kein Wort!«

Ash meinte, der Griff des Messers müsste unter dem Druck ihrer Faust zersplittern.

»Vorsicht, Niall. Sie ist bewaffnet«, warf im selben Moment Darel ein, der ihre Anspannung bemerkt hatte. Um seinen Mund spielte ein feines Lächeln. »Du solltest sie lieber nicht reizen, glaub mir.« Er deutete auf sein Bein.

»Sie weiß, wie man damit umgeht«, ergänzte Adrasel.

Ash hatte tatsächlich gelernt, Taschenmesser ganz passabel zu handhaben. Das war allerdings schon eine Weile her. Damals war sie zwölf gewesen und Jago hatte eines Abends bei einer Grillparty vor seinen Freunden damit angegeben, dass er eine Dartzielscheibe aus dreißig Fuß Entfernung treffen könnte. Angetrunken wie er war, schaffte er schließlich nur einundzwanzig Fuß, was immer noch eine beeindruckende Leistung war. Ash hatte ihn tags darauf gebeten, es ihr beizubringen und monatelang geübt. So einfach, wie sie ursprünglich gedacht hatte, war es gar nicht. Zum einen gab es verschiedene Grifftechniken. Zum anderen dauerte es eine Weile, bis ihr Messer in gerader Flugbahn flog und sich nicht mehrmals um sich selbst drehte und viel zu weit vom Ziel abkam. Kelly fand das damals ebenso cool wie sie und wollte sich an einen Baum stellen, damit Ash Messer wie bei einer Zirkusnummer um sie herum warf. Glücklicherweise bekam ihre Mutter davon Wind, nahm ihr die Messer ab und ließ sie zur Strafe tagelang Unkraut jäten.

Im Stillen zählte Ash nach Nialls Worten bis drei und bemühte sich, ihre Stimme ruhig klingen zu lassen, um ihn zu überzeugen. »Ich hatte doch überhaupt keine andere Wahl! Außerdem dachte ich, wenn er so für die Rechte der Dunkelelben eintritt, müssten wir nach meinem Bluttest auf derselben Seite stehen.«

»Verdammt, ihr seht beide nicht wie Dunkelelben aus! Was, wenn Hernández …«, begann Niall und fuhr sich nachdenklich durch die Haare, aber Adrasel trat vor und legte ihm die Hand auf die Schulter.

»Denk logisch, Mann! Cearbh und ich waren diejenigen, die dir von dem Club und Darel erzählt haben. Damals warst du noch gar nicht mit Ash zusammen, sondern hast dich laufend beschwert, dass ausgerechnet Hernández' Tochter mit dir in eine Klasse geht.«

Seine Worte waren feine Nadelstiche auf Ashs Haut. So war das also gewesen. »Dir ist schon klar, dass ich ebenfalls behaupten könnte, *du* hättest mich in den Club verschleppt und mit Darel meine Entführung geplant, bevor Jago euch mit seiner Razzia in die Quere kam? Besorg dir doch ein Bluttest-Kit aus der Apotheke, wenn du mir nicht glaubst!«

Niall schluckte und steckte seine Waffe weg. Sein Blick wanderte über Ash, als schien er ihr verändertes Äußeres gerade erst zu bemerken und blieb an ihrem T-Shirt hängen.

»Darels Idee?«, fragte er und endlich erhellte ein Schmunzeln sein verschlossenes Gesicht.

Ash schnaubte. »Wessen sonst?«

»Dann hast du wirklich auf ihn geschossen?« Sein Lächeln wurde noch breiter, während er auf sie zuging.

»Verleih ihr doch gleich einen Orden dafür!«, entrüstete sich Darel in seinem Rücken.

Niall hatte Ash erreicht und strich ihr eine Haarsträhne aus der Stirn, aber sein Blick widersprach der zärtlichen Geste, war irgendwie stumpf, ohne den warmen Glanz, den sie so sehr liebte. »Wir teilen uns mit der Bewachung auf. Adrasel, übernimmst du die erste Schicht?«, fragte er.

Während sie neben Niall in ihr Zimmer zurückging, dachte sie immer noch an den seltsamen Ausdruck in seinen Augen. Doch dann wurden ihre Gedanken von der Tatsache abgelenkt, dass er sich wie selbstverständlich zu ihr aufs Bett setzte und seine Schuhe auszog. Niall ließ sich zurückfallen und streckte den Arm nach ihr aus. Ash zögerte.

»Lass uns bitte morgen über alles reden«, seufzte er.

Aber sie konnte nicht. Seine Worte fühlten sich wie spitze Holzsplitter in einer Wunde an. Er hatte sie damit mitten ins Herz getroffen. Wenn es heilen sollte, musste sie die Splitter herausreißen und sich mit ihm aussöhnen.

»Du hast ernsthaft geglaubt, ich hätte mit Jago geplant, deinen Dad ins Gefängnis zu bringen?« Ihre Stimme zitterte und sie blinzelte gegen die Tränen an, die sich in ihren Augen sammeln wollten.

Niall seufzte und verzog den Mund. »Nicht wirklich, aber …« Er schüttelte den Kopf und sah sie erneut so eigenartig an. »Ich hab das Gefühl, dich überhaupt nicht mehr zu kennen, Luz! Im Club hast du wie ein Häschen verängstigt gewirkt und jetzt bedrohst du eiskalt Adrasel mit einem Messer! Und auf Darel hast du geschossen! Wo hattest du die Waffe überhaupt her? Ihr seht beide wie Menschen aus, aber seid angeblich Dunkelelben-Albinos. Und dann nutzt dein Vater die Gelegenheit, während ich dir zur Flucht verhelfe, und bringt meinen in den Knast. Ich weiß nicht, wohin meine Mutter geflüchtet ist. Meine einzige Hoffnung war, dass sie sich hierher in Sicherheit gebracht hat.« Er wirkte verzweifelt. »Das alles ist nur geschehen, weil ich mit dir ausgegangen bin!«

Ash fühlte sich, als hätte er sie geohrfeigt.

Niall streckte den Arm aus und griff nach ihrer Hand. Aber seine Berührung hatte ihren Zauber verloren. »Du musst doch verstehen, dass mir all diese Zufälle eigenartig vorkommen!«

»Warum hast du mich dann überhaupt in den Club geschleppt? Tolles Date, ehrlich! Wir hätten irgendwo essen oder tanzen gehen können! Stattdessen sollte ich den ach-so-genialen Darel in einem schäbigen Kellerloch kennenlernen. Oh ja, glaub mir, ich kenne inzwischen Seiten von ihm, die willst *du* bestimmt nicht kennen!«

Niall zog die Augenbrauen zusammen und setzte sich ruckartig auf. »Wenn du ein Standard-Date mit schickem Restaurant, tanzen, Alkohol und hinterher Vögeln im Auto hättest haben wollen, hättest du dich besser an deine High-Society-Freunde gehalten. Ich habe dich schließlich nicht gezwungen, deinen goldenen Käfig zu verlassen und endlich mal die Realität kennenzulernen. Ich wollte dir keine verlogene Scheiße vorspielen, sondern einfach nur ehrlich sein.«

Ash schnappte nach Luft und ihre Stimme schrillte unangenehm laut in ihren Ohren. »*Ehrlich*? Du hast mir noch nicht einmal erzählt, dass du eine kleine Schwester hast, die in einem der Institute festsitzt, weil ihr Elbengrad höher ist als deiner!« Seine Augen weiteten sich überrascht, aber er leugnete es nicht. Ash atmete tief durch und stand mit zittrigen Knien auf. »Danke für dein One-way-Ticket in die *Realität*, Niall. Glaub mir, das mit deinen Eltern tut mir leid. Aber ich habe damit wirklich nichts zu tun. *Du* allein hast das alles hier ins Rollen gebracht.«

Obwohl es warm im Zimmer war, fröstelte sie, während sie zu dem zweiten Bett ging, hineinschlüpfte und die Decke über sich zog. Kurz darauf verriet Nialls gleichmäßiger Atem, dass er trotz ihres Streits bereits eingeschlafen war. Er hatte nur an sich gedacht, daran, wie seine eigene Welt nach der vergangenen Nacht aus den Fugen geraten und seine Familie in alle Winde verstreut worden war. Aber immerhin hatte er noch eine. Tränen liefen ihr über die Wangen, tropften auf ihren Hals und versickerten im Stoff des Kissens. Zornig wischte sie sich über das Gesicht. Sie musste ihr Leben Stück für Stück wiederaufbauen und damit beginnen, ihre Mutter zu befreien. Aber sie brauchte Hilfe. Wenn Niall Probleme damit hatte, dass sie nicht mehr das *verängstigte Häschen* war und damit seinem Beschützerinstinkt schmeichelte, musste sie eben Darel überzeugen.

Nur ein Teil

Darel

Niemand darf dein Geheimnis kennen. Du weißt, was es dich gekostet hat, was dein Vater von dir erwartet und was du zu tun hast, wenn doch jemand dahinterkommt.

Die mahnenden Worte seines Mentors waren ihm am Tag seines Abschieds so unnötig vorgekommen, als hätte er verkündet, Darel solle sein Jagdmesser am Schaft und nicht an der Klinge führen. Jetzt verstand er sie besser. Geheimnisse werden in aller Regel nicht von Fremden aufgedeckt, sondern von denen, die uns, auf welche Weise auch immer, nahestehen. Ein Grund mehr, keine tiefen Freund- oder gar Liebschaften einzugehen. Er konnte von Glück reden, dass Erilia so naiv gewesen war, seine Narben nicht zu hinterfragen. Ash, Niall und seine Dunkelelbenfreunde hatten zwar vor wenigen Minuten einen wichtigen Teil seiner Vergangenheit enthüllt.

Aber eben nur einen Teil.

War es wirklich notwendig, sie zu töten? Um die Ausführung machte Darel sich trotz ihrer Überzahl wenig Sorgen. Ihre Tyrium-Implantate machten die Dunkelelben so kampffähig wie Welpen mit Milchzahngebiss, Niall würde ihn hoffnungslos unterschätzen, nachdem er sich absichtlich von ihm hatte überwältigen lassen, und Ash – nun, sie konnte er am Leben lassen und Hernández ausliefern, was ebenfalls einem Todesurteil gleichkam. Notfalls konnte er die drei jungen

Männer auch in Sicherheit wiegen und ihnen in den nächsten Tagen Botulinumtoxin ins Essen mischen. Das hochdosierte Giftpulver hatte er in eine harmlos aussehende Dose Vitamin C gefüllt, die in seinem Rucksack steckte.

Aber was, wenn Ash recht behielt und ihr Stiefvater ihm Phelan als Todgeweihten mit Tyrium-Implantat ausliefern würde? Dann blieben ihm letztlich nur zwei Möglichkeiten: Niall und die Dunkelelben zu töten und Ash vor den *Mór Ceannard* zu bringen, der über ihr weiteres Schicksal entscheiden würde. Oder ihren Plan, Glenda Nolan zu befreien, aufzugreifen, um mehr über die Institute zu erfahren, in die Phelan und andere Dunkelelbenkinder verschleppt worden waren. Und vielleicht spielte Niall in seinem Zorn nach der Verhaftung seines Vaters künftig auch eine größere Rolle im Elbenwiderstand?

Und dann die Sache mit ihrer hellen Haut. Er malte sich aus, was geschah, wenn er Albino-Ash vor den *Mór Ceannard* brachte. Alle *Iarla*, die ihn für das, was er erlitten und die Opfer, die er erbracht hatte, um wie ein Mensch auszusehen, bewundert hatten, würden ihn jetzt auslachen.

Die Stimmen von Ash und Niall im Nebenzimmer wurden lauter. Cearbh, der sich in das zweite Bett gelegt hatte, rollte sich stöhnend zur Seite und zog die Bettdecke über den Kopf. Adrasel runzelte die Stirn. Er saß Darel gegenüber auf einem Stuhl und hatte ihn bislang mit einer Mischung aus Verachtung und Neid gemustert. Kein Wunder, es war ihm sicherlich nicht entgangen, dass Darel im Gegensatz zu ihm kein Tyrium-Implantat trug.

»… oder tanzen gehen können! Stattdessen sollte ich den ach-so-genialen Darel in einem schäbigen Kellerloch kennenlernen …« Darel unterdrückte ein Lachen bei Ashs Worten und entschied sich im selben Augenblick für ihren Plan. Er würde ihnen von *Firbolgs Erben* erzählen und sie so von seiner wahren Vergangenheit ablenken.

Firbolgs Erben

Ash

Das Erste, was Ash an diesem Morgen wahrnahm, war der köstliche Duft von Kaffee. Er umarmte sie wie ein alter Freund und einen Moment lang ertrank sie in dem trügerischen Gefühl von Geborgenheit, Wärme und Normalität. Im Hause Hernández wurde überdurchschnittlich viel Kaffee konsumiert. Sie liebte den aromatisch herben Duft, lange bevor es ihr erlaubt war, seinen Geschmack zu kosten. Aber etwas war heute anders. Gedämpft klangen dunkle Männerstimmen in einer fremden Sprache an ihr Ohr.

Nein! Ash riss die Augen auf und setzte sich mit einem Ruck auf, wobei ihr schwindelig wurde, als ihr die Ereignisse des letzten Tages wieder in den Sinn kamen. Durch einen Spalt des dunkelgrauen Vorhangs drang Licht. Hastig schlüpfte sie aus dem Bett, lief zum Fenster und zog den schweren Baumwollstoff beiseite. Die Sonne pflügte bereits breite Schneisen in das Dickicht des Waldes. An der linken oberen Ecke des Glases hatte eine Spinne ihr Netz gesponnen. Tautropfen reihten sich wie gläserne Perlen an den klebrigen Fäden, in denen sich ein paar winzige Fliegen verfangen hatten.

Nur Minuten später kletterte Ash die Leiter hinab in den Wohnbereich der Hütte, wo Niall, Cearbh, Adrasel und Darel um den Esstisch saßen und frühstückten. Ash hatte sich in Windeseile angezogen und sich nicht einmal die Zeit genommen, um zu duschen. Das Bad befand sich ohnehin unten, sie hatte also gar nicht die Möglichkeit, sich ungesehen an dem Tisch vorbeizumogeln. Erst einmal war es wichtig, in Erfahrung zu bringen, was Niall und Darel jetzt vorhatten. Sie strich sich verlegen ein paar widerspenstige Strähnen hinter die Ohren und steuerte den freien gedeckten Platz neben Niall an. »Sagt nichts, bevor ich nicht eine Tasse Kaffee getrunken habe!«

Unter dem Lachen der anderen atmete Niall neben ihr hörbar aus und schenkte ihr so schwungvoll Kaffee aus einer Glaskanne ein, dass er über den Rand schwappte und einen dunklen Fleck neben ihrem Kaffeebecher hinterließ. Wortlos schob er ihr eine Dose mit Kondensmilch und eine Packung Würfelzucker entgegen und strich dabei wie zufällig über ihren Handrücken. Ash umklammerte den Becher wie einen Rettungsring, ohne aufzusehen. Der Kaffee war nur lauwarm, weshalb sie ihn gierig in einem Zug austrank. Ash mied Nialls Blick. Seine Worte von vergangener Nacht schmerzten immer noch. Über den Tisch hinweg linste sie zu Darel. Seine Miene war so unergründlich wie immer, unmöglich, darin zu lesen. Wie ein Gefangener sah er jedenfalls nicht mehr aus.

»Ich versuche gerade, die feige Leuchte von deinem Freund hier davon zu überzeugen, deine Mutter zu retten«, erklärte er plötzlich und Ash klappte der Mund auf. Ihr Herz machte einen Satz und pochte dann so schnell, dass sie nicht sagen konnte, ob es vom Koffein-Schub oder seinen Worten herrührte.

»Das hat mit Feigheit nichts zu tun, sondern mit reinem Überlebensinstinkt!«, brauste Niall auf. »Ich war in Luz' Elternhaus. Unmöglich, ihre Mutter dort herauszubekommen! Wir würden alle draufgehen. Und seit wann kümmert dich Glenda Nolan?«

»Sie kann *Firbolgs Erben* wichtige Informationen über die ELO liefern. Das müsste doch auch für dich interessant sein. Oder willst du die Hände in den Schoß legen und abwarten, ob dein Vater auf legalem Weg wieder freikommt? Bist du wirklich so naiv zu glauben, Hernández lässt seinen ärgsten Gegner noch einmal laufen?«

Niall schwieg, aber seine Kiefermuskeln zuckten und endlich schüttelte er den Kopf. Er griff gedankenverloren nach dem Brotkorb, der mit goldbraun gerösteten Scheiben Toast gefüllt war, und schob ihn vor Ashs Teller.

»Iss erst einmal was!«, forderte er sie auf, während er Sirup, Marmelade, Milch und eine Packung Cornflakes vor ihr aufbaute, als wollte er einen Schutzwall um sie errichten. Ash ignorierte das Frühstücksangebot und räusperte sich.

»Darel, du hast gesagt, *Firbolgs Erben* seien eine Organisation, die Dusks militante Vorgehensweise nicht gutheißt. Was genau planen sie?«

»Nichts, was uns weiterhilft«, kam Niall Darel zuvor. »Nach dem, was wir gerade von Darel erfahren haben, sind sie so was wie ein subversiver Club pazifistischer Dunkelelbenspinner. Ängstliche Träumer wie mein Vater, die sich im Streit von Dusks Terrorzelle abgespalten haben und eine Konfliktlösung durch Verhandlungen erhoffen. Also komm nicht ausgerechnet *du* als ihr Sympathisant mir mit dem Vorwurf, feige zu sein.« Bei seinen letzten Worten deutete er mit dem Sirupspender auf Darel, bevor er sich eine Scheibe Toast schnappte und einen dicken Klecks goldgelber Flüssigkeit darauf ausdrückte.

Adrasel schnaubte und verzog verächtlich den Mund. Aber Niall hatte sich zu Ash gedreht und in seinen Augen lag die stumme Bitte, ihn doch zu verstehen, als er fortfuhr. »Wozu Verhandlungen führen, hast du bei meinem Vater gesehen und bei deinem Chauffeur! Apropos: Dass Tyrasil ein hochrangiger Dunkelelbenkrieger in der Anderswelt war, wissen wir jetzt und auch, dass er sich von Dusk abgewandt und, um dich zu schützen, als Fahrer in eurem Haus verdingt hat. Warum?«, fragte Niall.

»Das wüsste ich auch gerne! Keine Ahnung, was an mir so besonders sein soll!«, rief Ash, deren Magen sich bei dem Gedanken an Tyrasils Opfer schmerzhaft zusammenzog. »Allein die Tatsache, dass ich eine halbe Dunkelelbin bin, kann ihn wohl kaum dazu gebracht haben!« Cearbh und Adrasel zeigten betroffene Mienen, während Niall und Darel ein stummes Blickduell über dem Tisch ausfochten. »Niall?«, hakte sie nach.

Er seufzte. »Darel will uns nicht verraten, wer dein wahrer Vater ist.«

Ash hatte plötzlich das Gefühl, den Boden unter den Füßen zu verlieren und klammerte sich mit beiden Händen an die Tischkante. »*Du* weißt, wer mein Dunkelelbenvater ist?«, keuchte sie. »Ausgerechnet du?«

Darel lehnte sich auf seinem Stuhl zurück und verschränkte die Arme über der Brust. Seine Miene wurde so abweisend wie seine Haltung. »Ich habe Niall lediglich gesagt, dass ich jemanden verdächtige. Solange ich keine Bestätigung dafür habe, werde ich hier keine Gerüchte in die Welt hinausschreien wie eine Banshee.«

»Eine *Banshee*?« Ash sprang so rasch auf, dass ihr Stuhl hinter ihr polternd umfiel, und umrundete den Tisch. Banshees waren in der elbischen Mythologie weibliche Geister aus der Anderswelt, die einen bevorstehenden Tod ankündigten. »Was zur Hölle hat denn eine *Banshee* damit zu tun? Du willst dich mit diesem Mythologie-Geschwafel doch nur wichtigmachen! Seit ich dich kennengelernt habe, bereitet dir nichts mehr Vergnügen, als mich zu quälen. Du hast kein Recht, mir das zu verheimlichen!«

Bevor sie auf ihn losgehen konnte, erhob sich Cearbh so rasch von seinem Stuhl und stellte sich zwischen sie und Darel, dass sie gegen seine Brust prallte. Seine dunkelbraunen Augen musterten sie mitleidig.

»Sachte, Mädchen. Darel will dir damit sagen, dass es dein Todesurteil bedeuten könnte, wenn herauskommt, wer dein wahrer Vater ist. Er möchte dich keiner unnötigen Gefahr aussetzen, solange er keine Gewissheit hat.«

Ash stand wie erstarrt. Kälte breitete sich in ihr aus, wanderte bis zu ihren Fingerspitzen und Zehen. Sie hatte gedacht, ihr einziger Feind wäre ihr Stiefvater. Sie hatte keine Ahnung gehabt, dass sich die widerstandsbereiten Dunkelelben in verschiedene Gruppen aufgespalten hatten. In den Medien war immer nur von Dusk und seinen Terroristen die Rede gewesen.

»Es gibt Dunkelelben, die wegen meines wahren Vaters hinter mir her sein könnten?«, krächzte sie.

Darel war aufgestanden und schob Cearbh einfach beiseite. Seine Augen nahmen Ash gefangen, hielten sie, wie er sie einst über dem Abgrund an der Bauschuttrutsche festgehalten hatte.

Gib mir deine Hand, Ash!, vibrierte seine Stimme jetzt wie aus weiter Ferne. Bestürzt stellte sie fest, dass er diesmal seine Lippen gar nicht bewegte. Vielleicht hatte er sie auch in jener Nacht nicht bewegt und es war ihr nur nicht aufgefallen! Darel streckte seine Hand aus und erklärte laut: »Ich helfe dir, deine Mutter aus Hernández' Gewalt zu befreien, wenn du mir umgekehrt schwörst, alles zu tun, um den Dunkelelbenjungen zu retten, bevor ihm das Tyrium implantiert wird.«

Alles in ihr sträubte sich gegen diesen Schwur. Sogar die feinen Haare auf ihren Unterarmen stellten sich warnend auf.

Ash!, flüsterte Darel erneut in ihr. So weit entfernt seine Stimme auch klang, sie war wie der Sog der Pazifikbrandung, der sie zu verschlingen drohte. Ash konzentrierte sich darauf, es ihm gleichzutun, ihm ihre Gedanken mitzuteilen. Wenn sie ihn verstand, funktionierte diese Verbindung vielleicht auch umgekehrt. Ein Blick auf Niall und die anderen zeigte ihr, dass sie diesen stummen Austausch gar nicht mitbekamen.

»Sag mir erst, wer mein Vater ist!« Sie wiederholte den Satz in Gedanken immer wieder und konzentrierte sich auf Darels Augen.

»Tyrasils Bruder Dealann, der oberste Heerführer von Dusk.«

Ihre Hand bewegte sich wie von selbst, zu schockiert war sie von dieser Enthüllung, und erst als seine kühlen Finger die ihren fest umschlangen, wurde ihr bewusst, welchen Pakt sie soeben eingegangen war.

Adrasel

Niall

Niall hatte Adrasel vor mehr als zwei Jahren bei einem seiner nächtlichen Streifzüge im Mission District kennengelernt. Damals war Niall fünfzehn und weniger mit Politik als damit beschäftigt gewesen, erste Erfahrungen mit der Wirkungsweise von Elbenwein und *Saieadh*, einer neuen synthetischen Droge aus den Forschungslaboren Hweitasils zu machen. Sie war ein Abfallprodukt bei der Herstellung einer Arznei gegen Herzrhythmusstörungen und verließ auf verschlungenen Wegen die Einrichtungen, um auf dem Schwarzmarkt über die Jahre mehr Geld einzubringen, als es die lebensrettende Medizin in den nächsten Jahrzehnten jemals konnte. Es war purer Zufall gewesen, dass Adrasel Niall über den Weg lief, bevor der noch den Club erreichen und sich diverse illegale Substanzen reinziehen konnte. Ohne diese Begegnung wären sie beide jetzt tot. Der Freund, mit dem Niall sich hatte treffen wollen, wurde tags darauf von seiner Mutter leblos im Bett aufgefunden. Herzstillstand nach dem Konsum einer mit verschiedenen anderen bewusstseinserweiternden Substanzen aufgepeppten Tablette *Saieadh*. Das Drogenpäckchen, das für Niall bestimmt gewesen war, steckte noch in seiner Jacke.

Adrasel sollte erst gar nicht zu Hause ankommen. Er hatte sich Niall breitbeinig mit über der Brust verschränkten Armen in den Weg gestellt. Der Geruch von Elbenwein eilte seiner Wut voraus.

»Wen haben wir denn da? Einen Nullerliebling? Macht Spaß, uns wie Vieh zu tätowieren und mit den Tyrium-Chips abzuschlachten, nicht wahr, Lichtbruder?«

Nach wüsten beiderseitigen Beleidigungen und einem hitzigen Handgemenge flammte Adrasels Implantat rot auf. Niall ließ erschrocken von dem Dunkelelben ab, doch zu seinem Entsetzen lächelte der nur grimmig und ging erneut auf ihn los, die warnende Stimme seines Mentors, die aus dem Lautsprecher seines Smartstraps schallte, vollkommen ignorierend. Es sollte die längste Minute in Nialls bisherigem Leben werden. Nachdem er Adrasels selbstmörderische Absichten erkannt hatte, sah Niall nur einen Ausweg. Er schlug den Dunkelelben mit letzter Kraft, wenige Sekunden vor der Aktivierung des Tyriums mit einem faustgroßen Steinbrocken von einer nahe gelegenen Abbruchruine nieder. Dann riss er dessen Handgelenk hoch und brüllte ins Mikrofon: »Stopp! Bitte nicht das Tyrium aktivieren! Der Dunkelelbe hat mir gerade das Leben gerettet, als ich überfallen worden bin.«

Die darauf einsetzende Stille brüllte »Mörder« in Nialls Ohren, er starrte in das Gesicht des bewusstlosen Dunkelelben, der nicht älter sein konnte als er selbst, und wartete auf die ersten Anzeichen der tödlichen Vergiftung: Blut, das aus den Hautporen, den Augen, den Nasenlöchern trat. Aber nichts geschah. Nur von der Stirn floss ein dünnes Rinnsal Blut aus der Platzwunde, die Niall ihm zugefügt hatte, zu seinem Haaransatz und färbte immer mehr Strähnen seines silberblonden Haares rot.

Dann endlich gab der Mentor Entwarnung.

Die nachfolgende Untersuchung der Ereignisse an jenem Abend hätte Adrasel nicht ohne die Hilfe eines Anwalts, gestellt von Nialls Vater, heil überstanden. Gedankt hatte er es ihm nie.

Zwei Wochen lang wurde er zu einer Antiaggressionsschulung in eine ELO-Anstalt für aufsässige Dunkelelbenjugendliche gesteckt. Am Tag seiner Entlassung holte Nialls Vater Adrasel ab und brachte ihn zu sich nach Hause. Warum, hatte Niall nie erfahren. Vielleicht hatte Adrasels Vater ihn darum gebeten. Oder sie dachten, es würde ihnen beiden guttun sich auszusprechen. Aber Niall war die Vorstellung lediglich wie ein Albtraum vorgekommen. Worüber sollte er mit dem Dunkelelbenjungen reden?

Es war an diesem Tag unerträglich schwül und Nialls Mutter war offenbar der Ansicht, Adrasel käme aus einer antiken Strafkolonie, wo er tagaus, tagein Steine hatte schleppen müssen und nur ein paar harte Brotrinden zu knabbern bekommen hatte. Jedenfalls bog sich der Tisch unter Massen elbischer Speisen, die es normalerweise nur an besonderen Feiertagen gab und die Adrasel offensichtlich in seinem ganzen bisherigen Leben weder gesehen noch gekostet hatte. Damit nicht genug, begann Arinard ihn auch noch derart übertrieben mit mütterlicher Fürsorge zu überschütten, dass Niall dachte, Adrasel müsste entweder sofort unter die Dusche, um den klebrigen Zuckerguss wieder loszuwerden oder er würde austicken und auf der Stelle erneut Amok laufen.

Niall war abrupt vom Tisch aufgestanden. »Lass uns auf mein Zimmer gehen und überlegen, wie wir das mit dem Selbstmord nächstes Mal effizienter hinbekommen!«

Arinard war die Gabel aus der Hand gefallen und mit einem schmatzenden Geräusch in einer Paté aus Löwenzahn und Süßkartoffeln gelandet. Aber Adrasel hatte nur breit gelächelt und war aufgesprungen, um ihm zu folgen.

Drei Tage blieb er damals bei ihnen.

Drei Tage, in deren Verlauf Niall drei Geheimnisse hinter Adrasels rauer, aufsässiger Fassade aufdeckte.

Erstens: Musik bedeutete ihm alles.

Zweitens: Adrasel konnte Melodien, die er einmal gehört hatte, auf Anhieb nachspielen und auf eine so melancholisch schöne Weise singen, dass sogar Nialls Mutter die Tränen kamen.

Drittens: Jedes Mal, nachdem ihn die ELO-Soldaten im Erziehungsinstitut misshandelt und halb tot geschlagen hatten, hatte ein Freund für ihn auf einer heimlich eingeschmuggelten Elben-Silberflöte gespielt.

So lange, bis Adrasel wieder bei Bewusstsein war.

So lange, bis sie den Freund beim Musizieren erwischten und keine Flöte ihn nach seiner Bestrafung für das unerlaubte Spiel mehr wecken konnte.

Neue Möglichkeiten

Niall

Es gefiel Niall nicht, wie Darel Luz ansah. Es gefiel ihm noch viel weniger, wie sie seinen Blick erwiderte. Am wenigsten gefiel ihm, dass Darel ernsthaft vorhatte, Luz zu helfen, während sie ihn für feige halten musste. Sie wusste nichts von dem Versprechen, das er seiner kleinen Schwester Liora gegeben hatte, dass er immer für sie da sein würde! Jetzt war sein Vater verhaftet und seine Mutter verschwunden. Umso wichtiger, dass ihm nicht auch noch etwas zustieß.

»Ich kann nicht warten! Du hast Jagos Nachricht gehört! Auch wenn du mir den Teil mit dem Verhungern am liebsten verschwiegen hättest. Aber was interessiert dich auch meine Mutter!«, warf Luz ihm vor.

»Ebenso viel wie dich meine!«, giftete Niall zurück. Vielleicht wäre das Gespräch anders verlaufen, wären sie alleine gewesen, hätte Niall sich nicht den herablassenden Blicken Darels ausgesetzt gefühlt.

»Arinard ist geflohen, Glenda dagegen befindet sich in akuter Gefahr«, warf Darel zu Luz' Unterstützung ein. »Der Logik nach –«

»Oh bitte, erspar mir deine Lektionen in Dunkelelbenlogik! Was ist das überhaupt für ein dämlicher Name: *Darel*? Ist ihnen bei deinem hellhäutigen Anblick kein traditioneller Dunkelelbenname eingefallen?«

Es war immer noch eigenartig, in Darel einen Dunkelelben zu sehen. All die Zeit war er für ihn ein politisch engagierter Mensch gewesen, der *weiße Ritter der Gerechtigkeit*, der vergangenes Unrecht wiedergutmachen wollte. Er hätte es besser wissen müssen. Niall fühlte sich wie ein kleines Kind, das unter dem Kostüm des Weihnachtsmanns den zehn Jahre älteren Nachbarsjungen entdeckt hatte, der mit seinem rotplüschigen Auftritt nur sein Taschengeld für die nächste Party aufbessern wollte. Darel schien von seinem Ausbruch wenig beeindruckt. »Mein wahrer Name geht dich nichts an, Evans! Darel setzt sich zusammen aus Dark Elb!«

Niall stieß ein humorloses Lachen aus. »Wie einfallsreich!«

»Du bist doch nur eifersüchtig, weil wir seit vielen Jahrhunderten die besseren Strategen sind!«, fiel ausgerechnet Adrasel ihm in den Rücken und zwinkerte Luz zu, als planten sie gerade ein verdammtes Barbecue und nicht den Einbruch in eines der bestgesicherten Anwesen des Landes. Aber Adrasel hatte noch nie eine Gelegenheit versäumt, seinen menschlichen Unterdrückern die Torturen seiner Kindheit heimzuzahlen, und waren sie auch noch so gefährlich. Aus diesem Grund sahen viele in ihm nur den uneinsichtigen, sturköpfigen Dunkelelbenjungen. Niall wusste es besser.

»Bist du auch mit dabei?«, fragte Adrasel Cearbh.

Luz schenkte ihnen ein zaghaftes Lächeln, Salz in der offenen Wunde seiner Schuldgefühle, seiner inneren Wut, gerade der richtige Cocktail, um Niall endgültig die Fassung verlieren zu lassen. »Natürlich, greifen Sie zu, sagen Sie noch heute *Ja* zu unserem einmaligen Life Action Role Play *Ab ins Tyrium-Martyrium*«, entfuhr es Niall im marktschreierischen Tonfall des Werbesprechers auf Blue Bay Media.

Er hätte sich für die Worte ohrfeigen können, denn Luz'

Gesicht verlor jegliche Farbe. Langsam stand sie auf und hob die Hand. Niall dachte schon, sie wolle ihn schlagen, aber sie tippte nur kurz auf seine Schulter.

»Danke für die einfühlsame Erinnerung, Niall.« Ihre Stimme zitterte, als sie fortfuhr: »Er hat recht. Die Sicherheitstechnik in meinem Elternhaus ist mit den zentralen Datenbanken der **ELO** verknüpft. Sensoren sind überall auf dem Grundstück und im Haus verteilt und können jede Form von Identitätsnachweisen, also die Sicherheitschips von Ausweisen, Smartstraps, BFCs und Elbenimplantaten erfassen. Wenn wir mit euch da reingehen, können wir genauso gut einen Bühnenscheinwerfer auf uns richten und laut die Nationalhymne singen. Innerhalb weniger Minuten wären eure Identitäten entschlüsselt und euer Mentor benachrichtigt.« Sie hob die Hände und massierte ihre Schläfen, während ein bitterer Zug über ihren Mund glitt. »Vermutlich würde der euch nicht einmal mehr Zeit geben, das Grundstück zu verlassen, sondern das Tyrium auf der Stelle aktivieren.«

Betroffene Stille breitete sich unter ihnen aus. Das letzte Mal hatte Niall sich so mies gefühlt, als sie ihm seine Schwester weggenommen hatten. Er hatte doch nur seine Dunkelelbenfreunde beschützen wollen!

»Nicht unbedingt«, sagte Darel. Er machte eine bedeutungsschwere Pause und legte die Fingerspitzen aneinander. »*Firbolgs Erben* haben eine Möglichkeit entdeckt, die Identitäts- und Ortungsmechanismen der Implantate auszutricksen.«

Die Nachricht schlug ein wie eine Bombe.

»Sag das noch mal!«, rief Cearbh und starrte ihn mit weit aufgerissenen Augen an.

»Das löst nicht euer Problem mit dem Tyrium!«, warnte

Darel. »Wenn euer Aggressionslevel zu hoch steigt und ihr es nicht schafft, euch zu beruhigen – was im Kampf wirklich eine meditative Herausforderung werden wird –, können sie euch immer noch das Gift durch den Körper jagen. Egal, wo sie euch vermuten.«

»Aber du kannst unsere Chips so umprogrammieren, dass wir gerade fleißig in der Werft schuften, obwohl wir in Hernández' Luxusbunker abhängen?«, rief Adrasel und in seinen Augen begann es gefährlich zu funkeln.

Darel nickte. »Wir arbeiten auch schon seit Längerem daran, das Tyrium zu neutralisieren. Aber bislang halten sich die Erfolge leider in Grenzen.« Sein grimmig verzogener Mund ließ keinen Zweifel daran, dass viele Probanden diese Experimente an ihren Implantaten mit dem Leben bezahlt hatten. Wie auch immer es Hweitasils Forschern gelungen war, bislang führte jeder Versuch, das Tyrium oder den gesamten Chip zu entfernen, zu seiner sofortigen Aktivierung und damit dem Tod seines Trägers.

»Wahnsinn!«, murmelte Niall und fuhr sich aufgeregt mit beiden Händen durch die Haare. Wie hatte er Darel nur so unterschätzen können? Das warf ein völlig neues Licht auf *Firbolgs Erben*. Sein Vater hatte Niall immer erzählt, dass die wenigen Dunkelelben, denen eine Flucht vor der ELO und der Implantierung des tödlichen Tyriums gelungen war, sich ausnahmslos Dusk angeschlossen hatten. Sie wären extrem gefährlich, unberechenbar, hätten kein Interesse an Bündnissen und würden Lichtelben noch mehr hassen als Menschen. Einen Vorwurf konnte er ihnen nicht machen. Schließlich verdankten sie es dem »Lichtelbenverräter« Hweitasil, dass die Tyrium-Implantate entwickelt worden waren. Dusks Untergrundarmee hatte bereits mehrere Sprengstoffattentate auf

Forschungseinrichtungen von Lichtelben ausgeführt, weswegen die neu erbauten Institute wie geheime Militärbasen gesichert und teilweise in unterirdischen Bunkern errichtet wurden.

Wenn sich aber tatsächlich eine Dunkelelbengruppe von Dusks Terroristen abgespalten hatte, die verhandlungsbereit und so mächtig war, dass ihr erste Erfolge in der Manipulation der Implantate gelang, war das eine Sensation. Niall kannte genügend Lichtelben, die sich lieber mit den Dunkelelben verbünden, als weiterhin unter dem Joch der Menschen als ihre Diener ihr Dasein fristen wollten. Er musste unbedingt Kontakt zu dieser mysteriösen Gruppe aufnehmen. »Ich bin dabei«, sagte er entschlossen und straffte die Schultern. »Wie fangen wir es an?«

Luz warf ihm aus schmalen Augen einen überraschten Blick zu. »Erst einmal müssen wir Kelly einweihen.«

Licht im Dunkel

Ash

Nialls Vater hatte in seinem politischen Kampf um mehr Elbenrechte immer wieder seine friedlichen Absichten betont. »Der verlogene Koyote würde mir mit seinen Zähnen sofort die Kehle zerfetzen, wenn er nicht so ein Feigling wäre!«, hatte Jago einmal zu ihrer Mom gesagt.

Dass Matthew Evans tatsächlich nicht der Pazifist war, der er vorgab zu sein, wurde Ash klar, als sein Sohn unter einer Bodendiele der Hütte wie selbstverständlich Gewehre, Pistolen, Revolver und Jagdmesser neben einer beträchtlichen Anzahl von Patronen und Magazinen hervorzog. Da wunderte es sie auch nicht mehr, dass Niall auf den Zielscheiben, die sie vor der Hütte aufbauten, um Schießen zu üben, ebenso gut traf wie Darel. Ganz im Gegensatz zu ihr. Sie benutzten Schalldämpfer, um Wanderer oder Ranger im Wald nicht auf sich aufmerksam zu machen.

»Dafür, dass ihr beide angeblich friedfertigen Organisationen angehört, versteht ihr erschreckend viel vom Töten!«, sagte Ash.

Darel lachte. »Im Mission District warst du auch nicht gerade zimperlich, als du auf mich geschossen hast.«

»Das hatte ich nicht geplant!«

»Umso besser«, meinte Niall und lud seine Pistole nach. »Scheinst in Ausnahmesituationen auf einen gesunden Überlebensmodus zu schalten. Das ist viel wert.«

Niall war nicht begeistert von ihrer Idee, Kelly um Hilfe zu bitten. Aber schließlich ließ er sich davon überzeugen, dass Jago Hernández nicht so blöd sein konnte, die Sicherheitscodes seines Anwesens nach Ashs Verschwinden einfach unverändert beizubehalten.

»Steven Dearing ist einer der besten Freunde meines Stiefvaters. Seine Firma überwacht die Sicherheitstechnik unseres Hauses seit fast zwei Jahrzehnten. Er hat die neuen Codes hundertpro in seinen Kundendaten. Ohne sie kommen wir weder rein noch können wir die Überwachungskameras ausschalten.«

»Und du glaubst ernsthaft, Kelly hat einfach so Zugriff auf derart sensible Kundendaten ihres Dads?«, hatte Niall eingeworfen. »Schönes Sicherheitssystem!«

»Sie ist seine Tochter!«

»Richtig. Was, wenn sie ihm keinen Ärger machen möchte oder einfach Schiss vor Hernández hat? Die Befragung nach deinem Verschwinden war sicher das reinste Vergnügen!«

»Dann hast du also einen besseren Plan?«

Den hatte er natürlich nicht. Zumindest nicht in der kurzen Zeit, die ihnen zur Vorbereitung der Befreiungsaktion blieb. Wenn Jago ihre Mutter tatsächlich mit Nahrungs- und Schlafentzug folterte, mussten sie rasch handeln. Darel schlug vor, Kelly vor der Schule abzupassen und ihr eine Nachricht zuzustecken. Er war der Einzige von ihnen, der nicht gesucht wurde. Adrasel und Cearbh würden als Dunkelelben viel zu viel Aufsehen erregen.

»Wenn Jago tatsächlich Kelly überwachen lässt, wird er dich schneller entdecken als dir lieb ist«, wandte Ash ein. »Ehe du dichs versiehst, bist du in Untersuchungshaft.«

»Du machst dir Sorgen um mich?«

Ash errötete.

»Ich mach mir Sorgen, dass ich meine Mutter nicht mehr lebend sehen werde, wenn du meinem Stiefvater im Verhör unsere Pläne verrätst!«, erwiderte sie rasch.

»Hernández wird mich höchstens fragen, ob ich nicht als Freiwilliger in die ELO eintreten möchte«, erklärte Darel.

»Wie bitte?« Ash glaubte, sich verhört zu haben.

»Bis er dein Blut testet!«, warf Adrasel trocken ein.

»So weit wird es nicht kommen«, sagte Darel und eröffnete ihnen seinen Plan. »Wenn du einen Löwen vernichten willst, musst du direkt in seine Höhle marschieren und ihm einen verführerischen Köder hinwerfen, damit er das Holz, das du vor dem Höhleneingang aufstapelst, erst bemerkt, wenn es bereits brennt«, verkündete Darel.

Ihr Köder sollte aus einem Stapel kopierter Flugblätter mit dem Titel »Licht für Luz« bestehen, mit denen Darel vor der Schule für die Teilnahme an einer spontanen, friedlichen Demonstration zur Verschärfung der Überwachung von Dunkelelben werben wollte. Die Kundgebung sollte im Lafayette Park, gegenüber von Kellys Elternhaus, stattfinden.

»Wir werden ein paar ELO-freundliche Sprüche klopfen, ein Gebet für deine Befreiung aus den Fängen der grausamen Elbenbestien sprechen und symbolisch ein Licht anzünden«, fuhr Darel zynisch fort.

Ash drehte sich der Magen um. »Ist das nicht ein bisschen dick aufgetragen?«

»Hernández wird begeistert sein!«, spottete Niall. »Aber du musst Demonstrationen genehmigen lassen.«

»Richtig. Genau deshalb werde ich ihm in seinem Hauptquartier vorab einen Besuch abstatten.«

»Bist du wahnsinnig?«, entfuhr es Ash. »Was, wenn sie dort dein Blut testen?«

Darel stieß sich von der Tischkante ab und trat näher an Ash heran. Seine Augen funkelten. »Ich mache so was nicht zum ersten Mal, Ash. Unterschätz mich besser nicht!« Er drehte sich um. »Niall, ich brauche Kerzen.«

Sie suchten gemeinsam die Hütte ab, um schließlich mit zwei kleinen weißen Votivkerzen im Glas, wie man sie in jedem Supermarkt kaufen konnte, an den Esstisch zurückzukehren. Wofür die gut sein sollten, verstand Ash, als Darel aus seiner Brieftasche eine winzige Speicherkarte hervorzog, die in einer Plastikhülle steckte. Er hielt sie Ash hin.

»Darauf wirst du deiner Freundin eine Nachricht zukommen lassen. Am besten eine Sprachnachricht, damit sie nicht am Absender zweifelt. Verrate ihr nicht zu viel. Es reicht, wenn sie weiß, dass du nicht Jagos Tochter bist. Wir schmelzen die Kerze und gießen sie neu mit der Speicherkarte in ihrem Inneren.« Ash hatte ein mulmiges Gefühl bei der Sache. Aber ein besserer Plan fiel ihr nicht ein.

Mit aufeinandergepressten Lippen kauerte Ash zwischen Werkzeugkasten, Kabeltrommeln, Antriebsbatterien für Bootsmotore, diversen Tuben mit Chrompolierpaste und anderen Chemikalien zur Reinigung und Aufbereitung von Yachten in dem fensterlosen Laderaum eines Lieferwagens. Cearbh und Adrasel fuhren ihn für gewöhnlich bei ihren mobilen Yachtservice-Einsätzen. Auf ihrer Fahrt vom Unterschlupf nach San Francisco waren sie mehrmals im Stau stecken geblieben. Jetzt trommelte Ash mit den Fingerspitzen auf ihre Knie, während Niall neben ihr gedankenverloren einen Schraubenschlüssel zwischen seinen Fingern balancierte, nur um irgendetwas anderes zu tun, als sich anzuschweigen. Unterwegs hatten sie an einem Copyshop und einem Bekleidungsgeschäft haltgemacht. Als Darel Letzteres verließ, erkannte Ash ihn kaum wieder. Er trug eine beigefarbene Chino und ein kariertes Holzfällerhemd. Die schulterlangen Haare hatte er im Nacken zu einem Zopf zusammengefasst und eine Kunststoffbrille mit eckigen Gläsern aufgesetzt. Er musste sie zusammen mit dem schwarzen Vollbart in seinem Rucksack mit sich geführt haben und ohne Kajal sah er in den spießigen Klamotten und dem Bart nicht nur Jahre älter, sondern auch ziemlich Hipster-mäßig aus. Die größte Veränderung waren seine Augen. Die dunkelbraun gefärbten Kontaktlinsen unter dem dicken Glas der Brille nahmen seinem Blick alles Geheimnisvolle und ließen ihn wie einen übernächtigten Computernerd aussehen.

Dann waren sie zum Hauptquartier der **ELO** gefahren. Bislang verlief alles nach Plan. Wie Darel vermutet hatte, bekam er ohne Weiteres eine Genehmigung für seine Demonstration »Licht für Luz«. Ash war krank vor Sorge gewesen, man könnte ihn auf dem Revier festsetzen. Aber ihre Sorge war unbegründet gewesen. Jetzt standen sie schon eine geraume Zeit in der Nähe der Greenwood High und sie fragte sich, was draußen vor sich ging. Darel hatte weit genug vom Schuleingang entfernt Stellung bezogen, um dem Wachpersonal der Schule nicht unangenehm aufzufallen, aber nahe genug, um Kelly abzupassen, wenn sie zum Parkplatz lief, wo ihr Chauffeur sie jeden Nachmittag abholte. War etwas schiefgegangen? Endlich setzte der Wagen sich wieder in Bewegung und Ash atmete hörbar aus. Sie konnte Darel vom Laderaum aus nicht sehen, aber hoffte, dass es ihm gelungen war, Kelly ihre Nachricht zukommen zu lassen. Niall warf den Schraubenschlüssel auf ein paar ordentlich zusammengelegte Lumpen und rückte ein Stück näher an Ash heran. Dann legte er den Arm um ihre Schultern.

Alles in ihr erstarrte. Auf einmal kam sie sich unglaublich kindisch und naiv vor, wie sie während des Schuljahres für Niall geschwärmt und sich keine großen Gedanken über ihre gemeinsame Zukunft gemacht hatte. Kelly hatte unrecht gehabt. Sie war romantisch gewesen, viel zu sehr sogar. Sie hatte ernsthaft geglaubt, wahre Liebe würde schon ihren Weg finden und sei es nur ein ziemlich schmaler Pfad inmitten der politischen Sumpfgräben ihrer beider Väter. Sie schluckte den bitteren Geschmack in ihrem Mund hinunter und legte ihren Kopf an Nialls Schulter.

»Tut mir leid«, murmelte sie erstickt. »War schon eine ziemlich bescheuerte Idee, das mit uns beiden, nicht wahr?«

Niall fuhr zusammen und drehte sie an den Schultern zu sich um, sodass er ihr in die Augen sehen konnte.

»Soll das jetzt heißen, du machst Schluss mit mir, bevor es überhaupt richtig begonnen hat?«, fragte er tonlos.

»Wäre dir das lieber?« Die Worte waren ihrem Mund entschlüpft wie Sand, der zwischen ihren Fingern zerrann, obwohl sie sich doch gerade darum bemühte, nicht ein einziges Körnchen davon zu verlieren. »Ich wollte doch nur …«, begann sie, aber Nialls Miene hatte sich schlagartig verdüstert.

»Okay.«

»Okay?«, echote Ash fassungslos. Aber dann dachte sie: *Er redet sich ein, dass du dich von ihm trennen willst, weil er es sich tief in seinem Inneren wünscht. Er wäre besser dran, wenn er sich nicht auch noch um dich sorgen müsste.*

Und: *Wenn dir wirklich etwas an Niall liegt, lässt du ihn in diesem Glauben.*

Die Viertelstunde, die sie bis zum Yachthafen brauchten, verlief in einem Schweigen, so dick und undurchdringlich wie die feucht-schwülen Nebelbänke der Bay. Ash glaubte zu ersticken, als endlich die rückwärtige Tür des Lieferwagens aufgerissen wurde.

Sie befanden sich in einer gut zweitausendvierhundert Fuß langen und hundertfünfzig Fuß schmalen Halle, in der geschäftiger Betrieb herrschte. Mindestens zwanzig Yachten unterschiedlicher Größe standen rechts und links von ihnen auf Trailern. In der Mitte ermöglichte ein breiter Korridor den An- und Abtransport der Boote. Werkzeugwagen und Gabelstapler fuhren zwischen den Reihen auf und ab. Die Arbeiter waren allesamt Dunkelelben. Sie trugen dieselbe Arbeitskleidung wie Adrasel und Cearbh und warfen ihnen neugierige Blicke zu.

»Sicher, dass wir denen trauen können?«, flüsterte Darel Adrasel zu.

Die Frage war nicht verwunderlich, immerhin erwarteten denjenigen, der Ash oder Niall zu einer der ELO-Dienststellen brachte, eine satte Belohnung. Niall hatte sich zwar die Kapuze seines Hoodies tief ins Gesicht gezogen und Ash ihr Aussehen durch die neue Haarfarbe gründlich verändert, dennoch konnte jemand sie bei näherem Betrachten erkennen. Wie zur Bestätigung eilte in diesem Moment ein Dunkelelbe in Tyrasils Alter auf sie zu und wischte sich die maschinenölverschmierten Hände an seinem Arbeitsoverall ab. Auf einem kleinen, länglichen Schild auf der Brust stand »Maschinist Sleagh«. Seine Augen waren wie die Adrasels, sommerhimmelblau mit einem violetten Rand, wenn auch das linke verletzt, die Pupille eigentümlich trüb und der Augapfel rot geädert war. Das Hautgewebe darum war vernarbt, Wimpern und Augenbrauen fehlten gänzlich.

»Versteckt euch in den Katakomben! Kochinsky kommt jeden Moment. Und du, Sohn«, er wandte sich an Adrasel und Cearbh, »zeigst ihm besser, woran du mit Cearbh gestern gearbeitet hast.« Er deutete linker Hand auf eine Yacht im hinteren Teil der Halle, vor der zwei Männer mit Mundschutz und Schleifgeräten standen. Ein helles Netz verheilter Narben überzog auch Sleaghs Hand und mündete in einem Stumpf, der einst sein Daumen gewesen war. Ash überlief es trotz der Hitze in der Halle kalt. Er musste ihr Starren bemerkt haben und wandte sich ihr zu. Ash sah rasch nach oben zu der gewaltigen, trapezförmigen Decke, einer Konstruktion aus Stahl und Glas, der einzigen natürlichen Lichtquelle, da die Seitenwände der Halle aus Betonplatten gefertigt und fensterlos waren. Von einem Schweißbrenner stoben hinter einer der Yachten orangegelb glühende Funken auf, wirbelten wie Glühwürmchen empor und mischten sich mit den Staubpartikeln, die im Oberlicht der Fenster flirrten.

»Wer ist Kochinsky?«, hörte sie Darel fragen.

»Unser Boss«, antwortete Adrasel für seinen Vater.

Über den Lärm der Maschinen hinweg raunte Sleagh Ash plötzlich in holprigem Spanisch zu: »Du Licht im Dunkel, wir lange gewartet.« Ihr Blick flog in seine Richtung. Seine Miene war ernst, als er mit einer Kopfbewegung in Adrasels Richtung ergänzte: »Du rettest Sohn.«

Carl

Ash

»Was hat mein Vater zu dir gesagt?«, fuhr Adrasel Ash an. Seine Wangen hatten den Ton dunklen Anthrazits angenommen und in seinen Augen tobte ein Sturm, der Ash überraschte. »Es war wieder einmal über mich, nicht wahr? Er erzählt immer irgendwelche Lügengeschichten!«

Ash schielte besorgt zu Adrasels gelb aufleuchtendem Implantat. Nach seinen mysteriösen Andeutungen hatte sich Sleagh umgedreht und sie einfach stehen gelassen, war in die Werkshalle marschiert und hatte einigen Arbeitern etwas auf Dunkelelbisch zugerufen.

»Er war damals bei Dusks Aufstand im Mission District dabei, wurde gefangen genommen und unter anderem mit Elektroschocks gefoltert, weil sie dachten, er würde Dusks Unterschlupf kennen. Zumindest haben sie mir das später erzählt. Wenn du mich fragst«, er machte eine bezeichnende Geste zu seinem Kopf, »tickt mein Vater seitdem nicht mehr ganz richtig.«

»Er hat …« Ash traf eine Entscheidung und zuckte mit den Schultern. »… es war gar kein richtiges Spanisch. Seine Worte ergaben keinen Sinn.«

Vollkommen gelogen war das nicht. Ihr Instinkt riet ihr, Sleaghs eigenartige Worte vorerst für sich zu behalten.

»Gut, dass wir das geklärt haben«, schnaubte Darel und deutete auf Cearbh, der bereits vorausgegangen war und ihnen vom Hallenende zuwinkte. »Dann können wir jetzt vielleicht Ashs und Nialls Haut retten, bevor dein Chef hier aufkreuzt?«

Nur Darel nannte sie bisher Ash. Ihr in Zorn und Verzweiflung selbst gewählter Name klang eigenartig aus seinem Mund. *Luz* hatte er immer kurz, hart und abfällig ausgesprochen. *Ash* dagegen betonte er auf eine andere, ziemlich ungewöhnliche Weise. Das A dehnte er zu einem »Eia« und der ausklingende Zischlaut rollte zärtlich-weich unter seiner Zunge, als ob er beruhigend zu einem Kind, das sich verletzt hatte, *Hush* sagte.

Der Zugang zu den Katakomben verbarg sich in einem Segelschiff. Der Dreimaster war als Schiffswrack in die Werft gekommen. Digitale Posterwände zeigten in wechselnden Bildern die aufwendigen Restaurationsarbeiten an der Karavelle. Hier wollte der Eigentümer der Werft seine Kundschaft mit seinem Können beeindrucken, um ihnen leichter das Geld für ihr exklusives Hobby aus der Tasche zu ziehen. Von dem ursprünglich desolaten Zustand des Schiffs war nichts mehr zu erkennen. Die Karavelle war so gut instand gesetzt worden, dass sie dem Nachbau von Christoph Kolumbus' *Santa Maria*, den Ash bei der Neueröffnung des Marinemuseums auf Treasure Island besucht hatte, Konkurrenz machen konnte. Es roch nach frischer Möbelpolitur und Lack, als sie die Rampe nach oben stiegen und an Deck gingen. Die Planken knarrten unter ihren Füßen, Adrasel eilte vorneweg zu einer Luke, die in den Schiffsbauch führte.

»Ich warte hier und lenke ihn ab«, erklärte Cearbh.

»Wenn sie das Schiff durchsuchen, sitzen wir wie Ratten in der Falle«, stellte Darel fest, während er den Kopf einzog, um sich nicht an den niedrigen Balken unter Deck zu stoßen, und sich an aufeinandergestapelten Fässern vorbeizwängte. Selbst hier unten war bei der Schiffseinrichtung Wert auf historische Genauigkeit gelegt worden.

»Ungewohnte Erfahrung, *Elbino*?«, verspottete ihn Adrasel, ohne sich umzudrehen.

Darel packte ihn von hinten an den Schultern, wirbelte ihn zur Seite und drückte ihn mit der Brust voran über eines der eisernen Pulvergeschütze, die auf zweirädrigen Wagen aus Holz zu ihrer Rechten standen.

»Nenn mich noch einmal so und ich zeig dir den unschätzbaren Vorteil meiner Tarnung«, fauchte er, während er Adrasels Rücken nach unten drückte und seinen Kopf an den Haaren zurückriss. Sein Angriff war so unerwartet und heftig erfolgt, dass Ash kaum Zeit zum Luftholen gehabt hatte.

»Dass du mich umlegen kannst, ohne selbst ins Tyrium-Nirvana zu gelangen?«, ächzte Adrasel unter seinem Klammergriff.

»Exakt.«

Von draußen drangen die Geräusche lauter Stimmen und Schritte ins Innere, während der Maschinenlärm so abrupt stoppte, als hätte jemand den Hauptsicherungsschalter umgelegt.

»Könnt ihr das bitte auf später verschieben?«, flüsterte Niall und spähte durch eines der Geschützlöcher in die Halle. Aber Darel rührte sich nicht von der Stelle.

»Verstanden?« Seine Stimme kratzte an Ashs Nerven wie ein Nagel über rostiges Metall.

»Verdammt, Darel, für Dunkelelben-Machtspielchen haben wir jetzt keine Zeit!«, zischte Niall. »Der Werftbesitzer ist nicht allein. Er hat ein paar ELO-Soldaten im Schlepptau!«

Ash hatte plötzlich das Gefühl, das Boot befände sich auf

See und käme ins Schwanken. Sie tauschte einen besorgten Blick mit Niall.

»Verstanden«, lenkte Adrasel ein und Darel sprang mit einem Satz nach hinten und riss den Dunkelelben mit sich hoch. Als er ihn grob von sich stieß, warf Adrasel ihm einen zornigen Blick zu, bevor er sich abwandte und an den Geschützen vorbeischlängelte. In dieser Sekunde hörten sie deutlich die laute, herrische Stimme eines Mannes.

»Erzähl mir nichts von Zufällen, Sleagh. Dein Sohn steckt doch immer genau dort, wo es Ärger gibt! Ich will ihn auf der Stelle sehen oder er kann sich einen neuen Job suchen. Und dass das klar ist!« Die Stimme wurde so laut, dass sie durch die gesamte Halle zu hören sein musste. »Heute Abend wird es eine Demo wegen der hinterhältigen Entführung von Mr Hernández' Tochter durch Dunkelelbenpack wie euch geben. Ich habe es gerade eben von diesen Herren hier erfahren.«

Bei dem Wort *Herren* gab Adrasel ein leises Knurren von sich, während er leichtfüßig weiterging und auf einen Brennholzstapel im Bug des Schiffes zusteuerte. Jedes Wort von Kochinsky traf Ash mitten ins Herz.

Dunkelelbenpack wie euch.

Am liebsten wäre sie nach draußen gestürmt und hätte klargestellt, wer sie in Wahrheit bedrohte.

»Wenn auch nur einer von euch es wagt, heute Abend im Lafayette Park aufzutauchen, werde ich ihn im Gefängnis schmoren lassen, bis er verreckt!«

Niall stupste Ash sanft in den Rücken und drängte sie zum Weitergehen. Vor ihnen hatte Adrasel einen Mechanismus in Gang gesetzt, der einen Teil des aufgeschichteten Holzes zur Seite klappen ließ und eine Falltür darunter offenbarte.

Darel stieß sie auf, ging in die Hocke und schwang sich auf die ersten Stufen einer schmalen Holztreppe, die tiefer in den Schiffsbauch führte. Nachdem sein Kopf verschwunden war, setzte Ash einen Fuß auf die erste Stiege. In diesem Moment rief Sleagh lautstark nach seinem Sohn. Niall rempelte plötzlich von hinten gegen sie, vielleicht hatte Adrasel ihn gestoßen, und Ash stolperte. Sie stürzte, ein schmerzerfüllter Laut entfuhr ihr, als sie mit dem Steißbein auf dem harten Holz der Stufen aufprallte und abrutschte. Die Treppe hatte kein Geländer, also griff sie mit den Armen in die Luft und wäre vermutlich noch weiter abwärts geschlittert, hätte Darel sich nicht blitzschnell umgedreht und sie aufgefangen. Die Falltür schwang zeitgleich über ihnen ins Schloss und sekundenlang war es stockdunkel. Darels künstlicher Bart kitzelte ihren Hals. Er hatte seine Arme um ihre Taille geschlungen und drückte sie gegen seine Mitte. Seine Brust hob und senkte sich so rasch wie ihre und sie spürte die Anspannung seines Körpers durch das weiche Flanellhemd. Ihr schwindelte, als sie tief einatmete. Ein Duft stieg ihr in die Nase, als hätte sie die Tür zu einem geheimen Garten aufgestoßen. Irgendwie würzig nach frisch gemähtem Gras – nein, eher nach zerriebenen Eukalyptusblättern. Ash schrak zusammen, als ihr plötzlich bewusst wurde, dass sie ihre Arme fest um Darels Hals und ihre Beine um seine Taille geschlungen hatte, sodass ihr Herz im Takt mit seinem raste. Ihr Körper schien diese intensive Berührung mit seinem zu *genießen*.

Hastig strampelte sie sich frei, gerade noch rechtzeitig, denn in diesem Moment flammte Nialls Smartstrap auf und leuchtete zu ihnen hinunter.

Du bist nur total ausgelaugt und verwirrt, sagte sie sich, folgte Darel tiefer in den Schiffsbauch und achtete auf ihren Tritt, um auf keinen Fall erneut den Halt auf der steilen Treppe zu verlieren. Mit einem Satz sprang Ash von der letzten Stufe in einen langen Schacht, an dessen unverputzten Betonwänden zahllose Holzkisten gestapelt waren. Und da begriff sie: Der Schiffskiel und Teile des Rumpfs ruhten in der Werfthalle eingebettet in einem Podest, um den Zugang zu einem unterirdischen Tunnel zu verbergen!

Darel lachte leise. »Deshalb besteht seine Belegschaft nur aus Dunkelelben!«

»Was meinst du?«, fragte Ash verwirrt.

»Adrasels Boss ist ein Hehler.« Er leuchtete mit dem Armband über die Kisten, die mit großen schwarzen Nummern versehen waren. »Was ist da drin? Drogen? Geheime Lichtelbentechnik aus den Forschungslaboren? Kunstgegenstände?«

»Was geht's uns an«, brummte Niall und trat neben Ash.

»Er beschäftigt Dunkelelben, weil er weiß, dass ihnen niemand Glauben schenken wird, wenn sie ihn verpfeifen?«, fragte Ash angewidert.

»Vielleicht würden sie ihnen sogar glauben und das hier durchsuchen«, meinte Darel und ging ein paar Schritte weiter. »Aber erstens haben Dunkelelben wenig Interesse daran, mit der Polizei oder gar der ELO zusammenzuarbeiten, zweitens vermute ich, wird er sich ihre Loyalität zusätzlich gesichert haben. Es gibt immer jemanden, der einem nahesteht, den man beschützen möchte.«

Seine Stimme war bitter geworden und Ash fragte sich, was Darel in der Vergangenheit wohl schon erlebt hatte.

»Vor allem streicht er staatliche Subventionen ein, weil er sich darum bemüht, Dunkelelben in die Gesellschaft zu integrieren«, fügte Niall verächtlich hinzu. »Skrupellose *Geschäftsmänner* wie ihn gibt es zuhauf. Aber wenigstens behandelt er seine Leute halbwegs ordentlich, um sich ihr Schweigen zu erkaufen.«

»Die Probefahrten mit den reparierten Yachten …«, murmelte Ash, der gerade ein Licht aufging.

»… ermöglichen den Transport der Ware und die Übergabe auf See, fernab von den neugierigen Blicken der Polizei oder der Geheimdienste.«

»Aber es muss doch irre aufwendig gewesen sein, so einen Tunnel anzulegen«, vermutete Ash, während sie sich umsah.

Niall lachte. »Klar. Aber das war auch nicht Kochinsky. Schätze, es sind Verbindungstunnel zu Zisternen, die sie nach der Erdbebenkatastrophe von 1906 gebaut haben, aus Angst, die Wasserversorgung würde in der Stadt zusammenbrechen. Du findest sie überall unter San Fran.«

»Ich hoffe, Kochinsky hält seine Ansprache kurz«, seufzte Darel. »Ich muss spätestens um fünf hier raus, um bei der Demo Kelly zu treffen. Falls sie schlau genug war, den Hinweis zu verstehen.«

»Welchen Hinweis?«, fragte Niall und machte es sich auf einer der Kisten bequem.

»Carl. Den Namen ihres Hausroboters«, antwortete Ash. »Darel sollte ihn erwähnen, damit sie weiß, dass ich ihn zu ihr geschickt habe und sie nach einer versteckten Botschaft in der Kerze sucht. Woher sonst sollte er diesen Namen kennen?«

Freundschaft

Darel

Darels Kindheit war wie das Balancieren auf einem schmalen Gebirgsgrat mitten im Sturm gewesen und mit der Gewissheit, dass nur ein einziger Fehltritt das Ende bedeutete. Natürlich war die Ausbildung für sie alle hart, aber keinem der anderen adligen *Iarla* hatte der *Mor Ceánnard* Lektionen vorgesetzt, an denen erwachsene Männer zerbrochen wären.

Einer der *Vorzüge*, wenn man sein Sohn war.

Darel hatte gelernt, Schmerz zu ertragen und anderen zuzufügen, zu lügen, zu betrügen und zu morden. Den Glauben an *Freundschaft* nach und nach in ihm auszumerzen, war seinem Vater ein besonderes Anliegen gewesen. Zum einen, weil Darel sich lange hartnäckig weigerte, hinter den Worten seiner Kindheitsfreunde feindliche Hintergedanken zu vermuten. Zum anderen, weil sein Vater ein in der Pubertät bevorstehendes Gefühl bereits vorneweg im Keim ersticken wollte. Denn wie sollte ohne Freundschaft Liebe existieren?

Fast wünschte sich Darel, alle seine Weggefährten wären durch die Hand ihrer menschlichen Unterdrücker gestorben, so blieben sie ihm wenigstens als *Freunde* in Erinnerung. Wie Kiell, dessen Kehle von einem der Hunde des Aufsehers in den Weingärten, in denen sie arbeiteten, vor Darels Augen zerfetzt worden war. Bei der Untersuchung durch ELO-Soldaten tags darauf behauptete er unter den warnenden Blicken des Aufsehers, der Hund habe sich versehentlich von der Kette losgerissen. Aber natürlich wusste Darel, dass Kiell lediglich dabei erwischt worden war, wie er seine Arbeit unterbrach, um seinem Bruder zu helfen, der in den Weingärten kollabiert war. Die Hitze staute sich in diesen Tagen im Talkessel des Central Valley, das vor kühlen Winden geschützt zwischen der Sierra Nevada im Osten und der Coastal Range im Westen lag, was auch der Grund dafür war, dass der Großteil der geernteten Trauben aufgrund des hohen Zuckergehalts nicht in die Wein-, sondern Rosinenproduktion wanderte. Das Verlesen der winzigen braunen Perlen verlangte kleine, flinke Hände – wie die von Dunkelelbenkindern. Sie wurden streng bewacht auf Lastwagen aus den Instituten zur Erntezeit in die Gärten gekarrt und der *Mór Ceannard* hatte Darel unter sie geschmuggelt. Er fiel keinem der Aufseher auf. Für sie sahen Dunkelelbenkinder ohnehin alle gleich aus.

Die »Daheimgebliebenen«, die sich nicht freiwillig für die Landarbeit gemeldet hatten oder zur Bestrafung nicht daran teilnehmen durften, erwarteten im Institut Sonderarbeiten. Die waren so entsetzlich, dass die Plackerei an der freien Luft unter der glühenden Sonne allemal vorzuziehen war. Obwohl die Helligkeit und Hitze für jeden Dunkelelben eine Tortur war.

»Keine Arbeit, keinen Lohn«, hatte der Weingärtner ihnen bereits am ersten Tag eingebläut. »Ich füttere kein arbeitsscheues Gesindel durch.«

Ein Spruch, den er vermutlich seit Jahrzehnten auch an seine früheren mexikanischen Gastarbeiter verschwendet hatte, ungeachtet der Tatsache, dass die Elbenkinder gar nicht bezahlt wurden, sondern ihr Lohn an die Institutsleiter der ELO floss und ihnen nur die oft bessere Verpflegung auf den Farmen blieb. In Michael Hanson hatte der Weingärtner einen

Aufseher gefunden, der seine Anordnungen nicht nur penibel ausführte, sondern in vorauseilendem Gehorsam auf seine eigene, dunkelelbenfeindliche Weise auslegte.

Damals war Darel acht Jahre alt gewesen.

Die Geräusche des mahlenden Hundekiefers im Fleisch seines Freundes und der süß-metallische Geruch aus dem Maul des Viehs hatten Darels Mageninhalt umgestülpt und in der Speiseröhre nach oben gedrückt. Aber im nächsten Augenblick war der Hund auf ihn zugeschossen und Darel stand stocksteif da, würgte den Mageninhalt hinunter und hielt den Atem an, bis er glaubte, zu ersticken. Der Hund war so groß gewesen, dass er seine Schnauze bequem auf Darels Schulter hätte ablegen können. Er war sich sicher, dass auch nur die geringste Regung dazu geführt hätte, das Schicksal seines Freundes zu teilen. Die Sekunden bis Hanson mit einem verächtlichen Grinsen an der Kette zog und den Hund zurück in den Zwinger schleifte, waren die längsten seines Lebens gewesen. Kaum war er außer Sichtweite, erbrach sich Darel zwischen den dicht bepflanzten Reihen von Weinstöcken.

Am nächsten Tag zog Hanson ihn beiseite und befahl ihm, den ELO-Soldaten sein Lügenmärchen aufzutischen. Er gehorchte, aber Darel war nicht dumm. Zeugen beseitigte man besser schnell. Er war in Gefahr. So war es letztlich Kiells Leichtsinn zu verdanken, dass Darel den ersten Mord beging.

Er hätte natürlich von der Farm abhauen und nach Hause laufen können. Niemand schaffte es, sich so leise wie ein Luchs zu bewegen – niemand außer er selbst. Ihm waren Sicherheitsvorkehrungen, Kameras, Elektrozäune und die Schichtwechsel der Wachmannschaften vertraut. Es war sein Auftrag gewesen, sie zu studieren. Aber seine Zeit war noch nicht um und wäre er verfrüht zu den seinen zurückgekehrt, hätte er die Prüfung des *Mór Ceannard* nicht bestanden. Darel musste dafür sorgen, dass Hanson einen *Unfall* hatte. Damals war es ein offenes Geheimnis, dass der Aufseher abhängig von *Saieadh* war. Die Elbendroge bewahrte er in einem wasserdichten Militärbeutel unter seiner Matratze auf, ein lächerliches Versteck vor Diebstahl, aber perfekt, um seinen Plan in die Tat umzusetzen. Es war einfach gewesen, einzubrechen, als Hanson die Weingärten inspizierte und den Hund zur Einschüchterung mitnahm. Darel zerriss das Drogenpäckchen so weit, dass er es mit Hühnerleber, die er aus dem Küchenabfall gestohlen hatte, füllen konnte. Dann schob er es zurück unter den äußersten Rand der Matratze. Der Farmer hatte Hanson nach dem Vorfall mit Kiell befohlen, den Hund in seinem Zimmer einzusperren, wenn er abends für ein paar Bier mit Freunden in die Stadt fuhr.

Während Darels Finger sich in dieser Nacht fest in die grobe, nach Pferdestall und Mist stinkende Decke gruben, genoss er jeden einzelnen der markerschütternden Schreie, als Hanson von dem drogenberauschten Hund angefallen und zerfetzt wurde. Drei Wachsoldaten waren mit schweren Verletzungen ins Krankenhaus gebracht und der für tollwütig gehaltene Hund erschossen worden. Eine *Tragödie*, deren Ursache die Polizei durch die am Boden verteilten Überreste der Droge und die Obduktion des Hundes schnell aufklärte.

Darel freute sich über diesen Triumph.

Und beging einen schweren Fehler.

Statt die Rettung seines eigenen Lebens zu betonen, erklärte er dem *Mór Ceannard*, dass er seinen Freund gerächt hätte.

»Es gibt keine Freundschaft, Darel!«, hatte dieser zornig erwidert, ihn an den Schultern gepackt und geschüttelt. »Versteh es endlich! *Jeder* wird dich verraten. Es ist nur eine Frage der Zeit und des Preises.«

Und dann begann er damit, es ihm zu beweisen.

Licht für Luz

Darel

Darel hatte Jago Hernández in seinem Leben schon unzählige Male innerlich verflucht. Während er mit der Magnetschwebebahn vom Marina Boulevard Richtung Lafayette Park fuhr, tat er es ein weiteres Mal. Mit dem Unterschied, dass er ihm diesmal die blutdurstige Baobhan Sidhe an den Hals wünschte, weil er seine Soldaten nicht gründlicher ausbildete. Sie hätten seine vermeintliche Tochter bei der Razzia natürlich ohne Bluttest erkennen und sofort zu Daddy nach Hause schicken müssen!

Warum hatte Niall überhaupt seine Freundin in den Club geschleppt? Was hatte er sich nur dabei gedacht? Dass sie hinterher ihre Familie verlassen und in die Partei seines Vaters eintreten würde? Balors Auge sollte ihn in Asche verwandeln!

Doch als die Bahn knapp vierzig Minuten später in der Fillmore, Ecke Sacramento Street ankam, ihm langsam sein Arsenal an elbischen Flüchen ausging und er auf menschliche Verdammungen umschwenken musste, wurde ihm klar, dass alles Abwälzen von Schuld nichts half.

Er konnte nun mal nicht rückgängig machen, dass Ash in sein Leben getreten war und seitdem all seine Pläne auf den Kopf gestellt hatte. Während sie auf der Treppe ihre Arme und Beine fest um ihn geschlungen hatte, klopfte ihr Herzschlag zart wie Schmetterlingsflügel gegen seine Brust und schlug dennoch wie mit einem Vorschlaghammer Risse in den Panzer darunter. Wie konnte es nur so weit kommen?

Einerlei, ob Hernández' Tochter oder halbe Dunkelelbin, Ash war vor allem eines: Tabu.

Tabu, aus so vielen Gründen, dass Darel eine tragische Ballade darüber hätte schreiben und die anderen *Iarla* und Gaisgeach damit bei ihren nächtlichen Wortgefechten bis zum Tagesanbruch hätte quälen können. Bei Elatha, er hatte seine Hautfarbe und sein Gewissen für den Rang des Ersten unter den jungen Gaisgeach-Elbenkriegern nicht verloren, um jetzt alles für eine Halbelbin aufs Spiel zu setzen, die von ihrer eigenen Vergangenheit, der Geschichte der Elbenvölker und den Hintergründen der aktuellen politischen Lage so viel verstand wie er vom Töpfern!

Darel verließ die Bahn und folgte dem Strom von Menschen in die Sacramento Street. Der *Mór Ceannard* durfte niemals von seinen widerstreitenden Gefühlen für Ash erfahren. Seit er seinen Schwur geleistet hatte, konnte ihn nichts und niemand von seiner Mission abbringen.

Darel zog die Stirn in Falten und versuchte, seine Gefühle zu analysieren, dahinterzukommen, worin sich Ash von Erilia oder anderen Frauen unterschied. Zugegeben, ihr Mut und ihre Entschlossenheit waren beeindruckend. Dafür, dass sie ihr bisheriges Leben in einem goldenen Käfig verbracht hatte, schlug sie sich erstaunlich gut. Dass sie ihn angeschossen und um ein Haar getötet hatte, erfüllte ihn jetzt, da er sie besser kannte, nicht mehr mit Rachegedanken, sondern mit Respekt. Dennoch war sie untrainiert, zu weich, zu schwach, zu gutgläubig. Aber mit der richtigen Ausbildung konnte tatsächlich eine zähe Kämpferin aus ihr werden.

Darel mochte den Namen, den sie in ihrem beharrlichen

Widerstand gegen ihn gewählt hatte. Es faszinierte ihn, wie ihr neu gefärbtes Haar in langen blaugrünen Strähnen über ihren schmalen Rücken floss. Beides waren Veränderungen, die er angestoßen hatte, und sein ursprüngliches Ziel, sie mit dem Namen und der Haarfarbe zu demütigen, hatte sie geschickt in eine Waffe gegen ihn verwandelt.

Nahezu alle Mädchen, mit denen Darel bislang zu tun gehabt hatte, waren seinem guten Aussehen nach kurzer Zeit erlegen. Ash dagegen spielte mit ihm wie die Katze mit der Maus, mal schien sie ihn anziehend zu finden, dann stieß sie ihn weg und letztlich schien sie nur Augen für Niall zu haben.

Es machte ihn wahnsinnig.

Dabei war sie keineswegs eine herausragende elbische Schönheit wie Erilia, nach der so viele Männer die Hälse gereckt hatten. Ash war zu klein, ihr Teint zu blass, ihre Nase eine Spur zu spitz und wenn sie sich aufregte, bekam sie rote Flecken auf den hohen Wangenknochen. Aber all diese kleinen Unperfektheiten fügten sich zu einem ausdrucksstarken Ganzen zusammen, so unverschämt anziehend wie ihre weichen Rundungen. Müsste er die beiden als Blumen porträtieren, wäre Erilia eine Lilie und Ash ein Feldstrauß wild gewachsener Frühlingsblumen, zwischen die sich einige stachelige Disteln mit blauen Blüten gemogelt hatten. Er musste sie endlich aus dem Kopf bekommen!

Langsam zerrte das Gewicht der zwei Einkaufstaschen vom Supermarkt, randvoll gefüllt mit Kerzen, an seinen Unterarmen. Ein Einsatzwagen der **ELO** glitt an ihm vorbei und Darel unterdrückte den Impuls, sich zu ducken und in Sicherheit zu bringen. Immer mehr Menschen eilten Richtung Park und ein unangenehmes Gefühl machte sich in seinem Bauch breit. Er hatte gehofft, dass sich die Demonstration nicht herumsprach, aber Hernández musste für die Publicity gesorgt haben, die er unterlassen hatte. Natürlich hatte Darel nicht vorgehabt, eine flammende Rede gegen Dunkelelben zu halten und damit womöglich Racheaktionen gegen die seinen auszulösen. Aber er musste überzeugend genug schauspielern, um nicht verdächtig zu erscheinen, während er darauf wartete, dass Kelly Kontakt zu ihm aufnahm.

Darel bahnte sich seinen Weg durch die Menschenmenge zum Eingangstor des Lafayette Parks und ihm wurde immer mulmiger. Von der apricotfarbenen Mauer war kaum mehr etwas zu sehen, so viele Menschen waren gekommen, um ein Licht für Luz zu entzünden. Sogar einige Lichtelben reihten sich unter die Wartenden. Es war zum Kotzen!

Das Eingangstor flankierte ein beeindruckendes Spalier von privatem Wachpersonal, Polizisten und ELO-Soldaten, die Rucksäcke und Taschen durchsuchten, und Darel fiel ein Stein vom Herzen, dass er unbewaffnet war und seinen Rucksack nach kurzem Zögern bei Ash und Niall gelassen hatte. Um schneller in dem Gedränge vorwärtszukommen und endlich das Gewicht loszuwerden, begann Darel laut »Ein Licht für Luz« zu rufen und die Kerzen aus seinen Tüten zu verteilen. Die Menge teilte sich und ließ ihn ungehindert passieren.

Eine Frau um die sechzig drückte mit Tränen in den Augen seine Hand und sagte: »Gott segne Sie!« Andere hielten ihm stolz Plakate mit Sprüchen wie »Wir wollen Sicherheit!«, »Schützt unsere Kinder« oder »Sperrt die Aschefresser weg!« und »Tod allen Dunkelelben!« entgegen. Darels Lächeln klebte wie Säure in seinem Gesicht. Aus dem Augenwinkel sah er, dass die Polizei mittlerweile Straßensperren errichtet hatte und neben den eigenen Dienstwagen nur Fahrzeuge der ELO und Presseleute durchließ. Eine bekannte Nachrichtensprecherin drängte, gefolgt von Kameraleuten, zum Tor. Darel fühlte sich plötzlich wie der legendäre Tamwyn-Sidh, der Lehrling des großen Drachenbändigers Jirkash, der den Drachen, den er in seinem Übermut aus dem hundertjährigen Schlaf geweckt hatte, nicht mehr aufhalten konnte und ohnmächtig dabei zusehen musste, wie das mächtige Tier alles in Schutt und Asche legte. Was hatte er hier nur in Gang gesetzt?

Mechanisch schob er sich durch die Menge, schüttelte Hände, sprach immer wieder denselben Satz »Wir müssen ein Zeichen setzen!«, bis er plötzlich einen starken Händedruck spürte. Seine Augen schossen von den gebräunten, kräftigen Unterarmen eines Mannes hoch zu dessen Gesicht und sein Herzschlag setzte aus.

Vor ihm stand Jago Hernández Ruiz.

Ungewissheit

Niall

Wenn er doch nur mit Luz ein paar Minuten alleine sprechen könnte! Niall hatte über ihre Worte im Lieferwagen nachgedacht und bedauerte seine spontane Reaktion. Er konnte ihr nicht vorwerfen, dass sie sich wünschte, sie hätten nie ein Date gehabt, nach allem, was geschehen war. Sie waren zurück in den Schiffsbauch geklettert, wo es gemütlicher als in dem Geheimtunnel war. Im Heck des Schiffes waren Hängematten gespannt, in denen sie es sich bequem machten. Adrasel wurde zu seinem Vater gerufen und Niall sagte rasch: »Luz, was du im Lieferwagen –«

»Ash! Nicht Luz!«, unterbrach sie ihn heftig, dann atmete sie tief durch und schüttelte den Kopf. »Weißt du, Jago muss den Namen *Luz* bei meiner Geburt für mich ausgesucht haben. Erstens ist er spanischen Ursprungs und zweitens wusste Mom doch ganz genau, dass ich eine halbe Dunkelelbin bin. Wäre schon ziemlich zynisch, mich hinterher *Licht* zu nennen, oder?« Sie richtete sich in der Hängematte auf und sah ihn so finster an, als hätte er und nicht ihr Stiefvater den Namen ausgewählt. »Verstehst du? Es … es fühlt sich einfach vollkommen falsch an, diesen Namen zu tragen, seit ich weiß, dass ich eine halbe Dunkelelbin bin!«

»Na, wenn du meinst.« Niall setzte sich nun ebenfalls auf und begann, seine Hängematte in Schwung zu bringen, bis er ihre Füße neckisch mit seinen berührte. »Aber ausgerechnet Ash?« Ein weiteres Antippen. »Besser wäre doch Isegrim, wenn du mich weiterhin so liebevoll anschaust. Hm, oder wie wäre es mit Maleficent? Morrigan?«

Sie blinzelte. Dann verwandelte ihr aufrichtiges Lachen sie wieder in das Mädchen, das ihn nachts wach gehalten und tagsüber in der Schule zum Träumen gebracht hatte. Mit dem nächsten Schwung stieß er sich aus seiner Hängematte ab, ließ sich in ihre fallen und nahm zärtlich ihre Hand in seine. Genau in diesem Moment kam Adrasel zurück.

»Habt ihr Hunger?«, fragte der Dunkelelbe und warf Niall grinsend zwei Sandwiches zu, der sie auffing.

»Wie lieb von dir!«, rief Luz, schnappte sich ein Sandwich aus Nialls Händen und sprang auf, um sich in die gegenüberliegende Hängematte zu setzen. Es fühlte sich an, als hätte sie Niall geohrfeigt. Verdammt! Hätte Adrasel nicht ein paar Minuten später hereinplatzen können?

»*Lieb* ist ein Ausdruck, der vermutlich noch nie in Zusammenhang mit mir genannt wurde«, gluckste Adrasel, sah von einem zum anderen und setzte sich dann, mit einem Augenzwinkern in seine Richtung, demonstrativ neben Luz. Wut stieg in Niall auf.

»Wisst ihr, was lustig ist?«, fragte Adrasel, während Niall in sein Thunfisch-Sandwich biss, als wollte er es ermorden. »Ich dachte, dass ich heute Abend heimlich abhauen muss, weil ich meinen Vater niemals dazu überreden könnte, euch zu helfen. Besonders nachdem die ELO-Soldaten hier waren. Normalerweise macht er einen Aufstand, wenn er ahnt, dass ich mich in Gefahr begebe. Und eben drückt er mir die Sandwiches in die Hand und erklärt: *Ihr müsst essen, damit ihr heute Nacht bei Kräften seid!*« Luz verschluckte sich fast, aber Adrasel sprach bereits weiter. »Das ist ein gutes Zeichen.«

Niall ließ sein Sandwich sinken und dachte nach.

»Weil deine Tante dir erzählt hat, dass er früher, also in der Anderswelt, Zukunftsvisionen hatte?« Er erinnerte sich plötzlich an ein Gespräch, das sie vor ein paar Monaten geführt hatten.

»Ich dachte, derartige magische Fähigkeiten haben die Elben im Krieg durch die Tyriumverseuchung verloren«, warf Luz überrascht ein.

Adrasel nickte. »Das haben wir alle geglaubt. Aber in letzter Zeit wird viel gemunkelt. Vielleicht braucht es nur seine Zeit, bis das Tyrium aus ihren Körpern ausgeschieden ist. Oder der Aufenthalt hier in der Menschenwelt wirkt auf die Begabten unter uns wie ein heilungsfördernder Kurort.«

»Du spinnst!« Niall lachte. »Wenn du mich fragst, sind die Geschichten von diesen Fähigkeiten nichts als Märchen, wie sie auch bei den Menschen erzählt werden. Oder wie erklärst du dir, dass wir beide keinen Hokuspokus können?«

»Wir haben bei der Verteilung der Gaben eben nicht laut genug hier geschrien«, erklärte Adrasel schulterzuckend. »Auch in den alten Heldenliedern ist nie die Rede davon, dass die Kinder unbedingt die Fähigkeiten der Eltern erben. Ehrlich gesagt weiß ich nicht, ob ich auf Zukunftsvisionen besonders scharf wäre.« Er verzog den Mund.

»Darels Wunde ist irrsinnig schnell geheilt«, murmelte Luz. »Und meine Wunden heilen auch gut, also nicht so phänomenal wie bei Darel, aber rascher als bei den meisten Menschen, die ich kenne. Ist mir früher nur nie seltsam erschienen.«

Niall lächelte: »Mach jetzt nicht den Fehler, verzweifelt Dunkelelbeneigenschaften an dir zu suchen.«

»Was ist denn so verkehrt daran?«, fragte Luz.

»Nichts. Ich meine nur, nicht alles hat damit zu tun.

Wichtiger ist: Kann seine rasche Heilung noch als normale Dunkelelbenfähigkeit durchgehen oder grenzt sie bereits an Magie? Und wenn, was sagt das über unsere und eure Zukunft hier in der Menschenwelt aus?«

Adrasel wurde wieder ernst und streckte Niall seinen Handrücken mit dem tätowierten DE entgegen. »*Unsere* Zukunft ist Asche, solange *deine* Brüder und Schwestern in den Laboren dafür sorgen, dass wir weiterhin mit Tyrium-Transpondern gechippt werden.«

Niall schwieg. Was sollte er auch darauf sagen?

Hernández kam Ash zufolge selten vor zehn Uhr abends nach Hause. Die Sonne ging um diese Jahreszeit zwischen acht und halb neun Uhr unter, sie hatten also ein Zeitfenster von etwa eineinhalb Stunden nach Einbruch der Dunkelheit, um Glenda zu befreien. Darel musste genügend Zeit haben, die Demonstration unauffällig zu verlassen und zu ihrem Treffpunkt am Fuße des Mt. Davidson Parks zu kommen, der nur eine Viertelstunde von Luz' Elternhaus entfernt lag. Er war einer der ursprünglichen sieben Hügel San Franciscos und mit fast 930 Fuß die höchste Erhebung des Stadtgebiets. Bevor sie losfuhren, sahen sich Ash, Adrasel und er auf dem Tablet in Kochinskys Büro die Sieben-Uhr-Nachrichten an.

»Dein Stiefvater hat aus Darels Ablenkungsmanöver ein Massenspektakel gemacht«, murmelte Niall betroffen, als er die demonstrierende Menschenmenge sah. Adrasel fluchte.

»Wo zur Hölle steckt Darel?«, fragte Ash angespannt.

Tatsächlich war von dem Dunkelelben nichts zu sehen. Es war Hernández, der sich mit glasigen Augen bei den vielen Menschen bedankte, die Anteil an seiner *familiären Tragödie* nahmen. Er hielt seinen verletzten Arm in die Kamera.

»Attentate auf meine Person bin ich inzwischen leider gewohnt. Aber ich bitte Sie, mein einziges Kind zu verschonen! Wenn Sie auch nur einen Funken Anstand …«

Ash schoss vor und schaltete den Ton ab. Ihr Atem ging schwer und ihre Lippen bebten. »Es ist etwas schief gegangen«, flüsterte sie. »Warum hat Jago wohl seine Soldaten in die Werft geschickt?«

»Um die Arbeiter einzuschüchtern?«, mutmaßte Niall. Er wünschte, sie hätte den Ton nicht abgedreht. Die Nachrichtensprecherin sagte vielleicht etwas, das für sie wichtig sein konnte. Doch dann wurden alte Aufnahmen früherer Dunkelelbenattentate, angefangen mit der Ermordung von Vanessa und Jim, eingeblendet. Niall sah auf.

»Nein. Es wäre ihm doch nur recht, wenn die Veranstaltung gestört würde und er möglichst viele von ihnen inhaftieren oder bei etwaigen Kampfhandlungen erschießen könnte.«

»Na, vielleicht war genau das sein Plan«, warf Adrasel ein. »Uns auf die Veranstaltung aufmerksam zu machen.«

Ash schien nicht sonderlich überzeugt. »Möglich. Aber Jago ist gerissen. Ich glaube eher, er dachte, ich tauche bei Dunkelelben unter. Vielleicht war Kochinsky nicht der einzige Arbeitgeber von Dunkelelben, dem er einen Besuch abgestattet hat. Er will mich aus der Reserve locken. Bestenfalls glaubt er an einen Zufall und hofft, dass ich die Gelegenheit nutzen werde, Kelly vor ihrem Haus in dem Kundgebungstumult zu treffen. Schlimmstenfalls ahnt er, dass Darel mich unterstützt und die Demo gerade deswegen im Lafayette Park angezettelt hat, um Kontakt zu Kelly aufzunehmen. Dann ist Darel ernsthaft in Gefahr.«

Verpasst

Darel

Die Zeit stand still.

Vollkommen unwirklich, wie in einem von Darels rastlosen Träumen. Endlich war er an dem Ziel angelangt, auf das er sein halbes Leben lang hingearbeitet hatte: Jago Hernández Ruiz so nahe zu kommen, dass er ihn zerquetschen konnte wie das Ungeziefer, das er war. Darels Gedanken feuerten Blitze, das Gefühl von Glück, ja Freudentaumel, überwältigte ihn so ungestüm, dass ihm schwindelig wurde. Wie würde es sich anfühlen, den Mann auszuschalten, der so viele seiner Brüder und Schwestern auf dem Gewissen hatte? Etwas Steingewordenes in seinem Inneren zerbarst, die Welt geriet wieder in Bewegung und Darel starrte in das Gesicht des Mannes, der ihm durch Hunderte Fotos und Videos so vertraut geworden war wie sein Hass. Er registrierte die Ader, die an seinem muskulösen Hals pochte, die Hände, die keine Waffe trugen, sondern die seine immer noch schüttelten, und er unterdrückte das brennende Verlangen, ihm seine Finger zu entreißen bei der Vorstellung, wie viel Blut an Jagos Händen klebte. Zwei Soldaten flankierten Hernández, aber sie würden nicht verhindern können, dass er ihm blitzschnell den Kopf mit einem kräftigen Ruck nach links drehen und ihm das Genick brechen würde. Dass er selbst dieses Attentat nicht überleben und mit einer Kugel im Rücken oder im Hinterkopf sterben würde, erfüllte ihn nicht mit Angst, sondern mit grimmigem

Stolz. Darel musterte die tiefen Furchen unter Hernández' geschwollenen Augen, Schatten so aschgrau wie die Haut derer, die er vernichten wollte.

»Ich möchte Ihnen für Ihr Engagement für meine Tochter danken.« Hernández' Stimme schien von weit her zu kommen.

So nah, so leicht. Ein Kinderspiel. In Darels Fingern begann es zu kribbeln.

»Kennen Sie Luz?«

Ash, korrigierten Darels Gedanken mechanisch und plötzlich klang ihre vorwurfsvolle Stimme in seinem Kopf: *Was wird aus mir, wenn du ihn tötest und dabei selbst umkommst? Was wird aus den Versprechen, die du mir und dem Dunkelelbenjungen gegeben hast?*

Er hielt inne. Aus der Mimik seines Gegenübers las er, dass seine Antwort bereits zu lange dauerte. Misstrauen schreibt sich schneller in die Gesichter derer, auf denen seine Tinte kaum trocknet. Verdammt sollte Ash sein, dass sie sich so in seine Gedanken mogeln konnte! Was, wenn sich diese Gelegenheit nie wieder bot? Darels Hände zuckten. Hernández ließ sie los, doch als Darel sie zu seinem Hals hochreißen wollte, sprang plötzlich jemand mit Schwung gegen seine rechte Seite, Arme schlangen sich um seinen Hals und jemand presste die Stirn gegen seine Schulter.

»Danke, dass du das für Luz tust!«, schluchzte eine Stimme.

Kelly! Darel atmete den blumigen Duft ihres Parfums über dem brünetten Haarschopf, spürte ihren weichen, rundlichen Körper dicht an seiner Hüfte und im nächsten Moment etwas Kühles, das von ihrer Hand unter den Kragen seines Hemdes glitt und von dort seinen Rücken hinabrutschte. Der Speicherchip! Das Mädchen löste sich von ihm und sah auf. Kellys Wangen waren so gerötet und tränenüberströmt wie ihre Augen. Aber er las in ihrem Blick vor allem eines: Angst.

»Kelly, reiß dich zusammen!«

Hinter Kelly stand ein Mann, bleich und angespannt, den ein Blinder als ihren Vater erkannt hätte. »Entschuldigen Sie bitte, junger Mann. Meine Tochter ist eine der engsten Freundinnen von Miss Hernández.« Er legte seine Hand auf Kellys Schulter und zog sie sanft von Darel weg in seine Arme, während er Hernández zur Begrüßung ernst zunickte.

»Wie geht es Glenda, Jago?«

Zwei Dinge wurden Darel in diesem Moment bewusst: Ashs Freundin Kelly hatte ihm durch ihren plötzlichen Überfall gerade eben das Leben gerettet.

Und: Kellys Vater wusste Bescheid und deckte ihn ebenso wie seine Tochter es tat. Er hatte es deutlich in Dearings Blick gesehen.

»Frag nicht, Steven! Jeder einzelne Tag ist ein Kampf.«

Darel sah aus dem Augenwinkel, wie sich hinter ihn zwei weitere ELO-Soldaten schoben. Rasch stotterte er: »Es … tut mir so leid um Ih…Ihre Frau, Mr Hernández. Was für eine schlimme Tra…Tragödie! Ich kenne ihre To…Tochter nicht. Aber ich … ich musste das hier einfach tun.«

Besser, er hielt ihn für einen vor Ehrfurcht stammelnden Idioten, als dass er sich weiter verdächtig machte. Die Miene des ELO-Chefs entspannte sich. »Ihr Mitgefühl ehrt Sie. Was werden Sie heute Abend den Leuten hier sagen?«

Darel überschlug blitzschnell seine Möglichkeiten. Sollte er bleiben und versuchen, Hernández zu töten? Die Aussicht erschien ihm auf einmal gar nicht mehr so verlockend. Was, wenn Jagos Vater seinen Platz einnahm? Es hieß, der alte Alejandro würde Dunkelelben ebenso hassen wie sein Sohn.

Womöglich würde sich ihre Situation sogar verschärfen und sein Opfer genau das Gegenteil bewirken. Aber genau vor diesen Zweifeln hatte sein Mentor ihn gewarnt! Warum überfielen Sie ihn gerade jetzt? Und warum war Hernández überhaupt in den Lafayette Park gekommen? Dachte er, Luz würde hier auftauchen? Oder wollte er sich selbst ins Rampenlicht stellen? Darel erkannte seine Chance, diesem Wahnsinn hier früher als gedacht zu entkommen.

»Ich … also ich dachte, ich improvisiere etwas.« Er lächelte schüchtern. »Von den Zeichen. Ich meine, wir müssen hier doch was ändern. Und dass sie Ihre Tochter freilassen müssen. Die Aschefresser, meine ich.«

Er hoffte, er hatte mit seinem wirren Gestammel nicht zu dick aufgetragen, aber Hernández legte ihm die Hand auf die Schulter und erklärte jovial: »Richtig. Hier muss sich eine ganze Menge ändern. Möchten Sie das den Leuten sagen und dann das Wort an mich weitergeben?«

»Natürlich, Sir!«

Und dann breche ich in dein Haus ein und befreie deine Frau, du Bastard, während du hier Reden schwingst.

Letztes Mal

Ash

Vom Marina Boulevard bis zum Mt. Davidson Park dauerte es mit dem Auto eine gute halbe Stunde. Ash und Niall saßen vor Blicken von Passanten geschützt im Fond des Lieferwagens. Kaum hatte Adrasel die Hecktür zugeschlagen und sich nach vorne zu Cearbh gesetzt, legte Niall den Arm um sie. »Hey! Sorgen machen nur Falten und verwischen dir die Sicht auf die eigentlich wichtigen Dinge des Lebens. Beispielsweise mich.«

Sie lächelte, aber in ihrer Kehle bildete sich ein Kloß. Sie wünschte sich, sie könnte wieder das siebzehnjährige Mädchen sein, das mit Schmetterlingen im Bauch neben dem Jungen ihrer Träume saß und die ganze Welt um sich herum vergaß. Nur ein letztes Mal.

Aber zu viel war in den letzten Tagen geschehen. Sie wollte ihre Mom befreien und ihren leiblichen Vater suchen. Wenn Darels Vermutung sich bewahrheitete und ihr Vater Dealann, Tyrasils Bruder und oberster Heerführer des Terroristen Dusk, war, konnte Niall sie nicht begleiten. Dusk hatte genügend Anschläge auf Lichtelbeneinrichtungen ausgeführt, um klarzustellen, dass er nach Hweitasils Verrat Rache an allen Lichtelben nehmen würde. Außerdem hatte Niall selbst genug um die Ohren. Er musste seine Mutter finden und seine Unschuld an Ashs angeblicher Entführung beweisen, um seinen Vater aus dem Gefängnis herauszuholen.

Jetzt war einfach nicht der richtige Zeitpunkt für eine Beziehung. Daher drehte sie rasch den Kopf, als Niall sie küssen wollte, und ignorierte seine enttäuschte Miene.

Der Wagen hatte kaum an dem vereinbarten Treffpunkt angehalten, als die Hecktür schon aufgerissen wurde, Darel zu ihnen hereinsprang und die Tür zuschlug. Er sah angespannt aus und etwas hatte sich in seine grüblerische Miene geschlichen, das Ash nicht an ihm kannte. Als sein Blick sie streifte, glomm für Sekunden ein so wilder, wütender Ausdruck in seinen Augen auf, dass Ash zusammenzuckte. Im nächsten Moment setzte er wieder seine unnahbar zynische Maske auf.

»Alles klar?«, fragte Niall. »Wir haben in den Nachrichten gesehen, dass Hernández –«

»Ich weiß«, schnitt ihm Darel das Wort ab, lehnte den Kopf an die Fahrzeugwand und schloss die Augen. Ash und Niall wechselten einen besorgten Blick. »Hoffen wir, dass die Informationen deiner Freundin die Unruhen wert sind, die nach *Daddys* emotionaler Rede einsetzen werden.«

Eine eisige Hand umklammerte Ashs Herz.

»Du glaubst, der Mob geht hinterher auf Dunkelelben los?«, flüsterte sie.

»Ja«, entgegnete Darel eisig.

Jetzt begriff sie, warum er sie so angesehen hatte. Aber es war schließlich Darels Idee gewesen, eine Demonstration anzumelden, um unauffällig an Kelly heranzukommen.

»Du weißt genau, dass ich das nicht wollte«, erklärte sie bestimmt. »Also mach jetzt nicht *mir* Vorwürfe, dass *dein* Plan schief gelaufen ist!«

Darel fuhr zu ihr herum und diesmal schien auch Niall

den Ausdruck in seinen Augen zu bemerken, denn er hob beschwichtigend eine Hand.

»Hier geht's nicht darum, was du oder ich *wollen*!«, zischte Darel bedrohlich. »Wir haben uns beide die Rollen, die wir spielen, nicht ausgesucht. Alles, was wir tun – unter anderem deine Mom befreien –, hat Konsequenzen für andere. Zumindest, solange sich das System nicht ändert. Und du«, er hob den Finger und tippte gegen Ashs Brust, »ausgerechnet *du* könntest der Stein sein, der es zum Einsturz bringt. Wenn du die Machenschaften deines Stiefvaters und deine wahre Abstammung zum richtigen Zeitpunkt aufdeckst, kannst du nicht nur ihn vernichten, sondern die gesamte verfluchte *Elb Liberation Organization* infrage stellen. Du könntest eine Revolution auslösen. Denk besser daran, wenn du glaubst, nur für dich allein Verantwortung zu tragen.«

Minuten später quetschten sich Adrasel und Cearbh zu ihnen ins Heck des Lieferwagens und starrten erwartungsvoll auf das Display eines Tablets, das Darel aus einem Seitenfach seines Rucksacks gezogen und in das er Kellys Mikrospeicherchip geschoben hatte. Es befanden sich eine Sprachnachricht und eine Software zur Steuerung diverser Sicherheitssysteme darauf.

Ash schluckte, als Darel die Nachricht abspielte. Nicht Tage, sondern Monate schienen vergangen zu sein, seit sie Kellys Stimme zuletzt gehört hatte.

»Hi, Luz!« Ein Schluchzen ertönte. »Ich … okay, ich weiß echt nicht, womit ich anfangen soll, das ist alles so unfassbar! Ich wünschte, du wärst jetzt bei mir und ich könnte dich einfach in die Arme nehmen und … und ich wünschte, ich hätte dich niemals gehen lassen! Falls Niall gerade bei dir ist, sag dem Vollidioten, dass er mir besser nicht über den Weg läuft, sonst stech ich ihm mit meinen Schlagzeugstöcken die Augen aus! Mission District! Ehrlich, netter Ort für ein erstes Date!«

Adrasel lachte amüsiert und Niall verzog den Mund.

Kelly erzählte ihnen, dass Jago sie mit einem Polygrafen zwei Stunden lang verhört hatte, bevor ihr Vater endlich außer sich vor Sorge aus Los Angeles zurückgeflogen war, weil er weder Kelly noch Ashs Eltern am Morgen hatte erreichen können und das Dienstpersonal ihm mitgeteilt hatte, dass seine Tochter von ELO-Soldaten aus dem Haus geschleppt worden war.

»Was bei Elatha ist ein Polygraf?«, unterbrach Adrasel die Aufzeichnung.

»Ein Lügendetektor«, erwiderte Niall stirnrunzelnd. »Das heißt, Jago weiß, dass ich mich mit dir treffen wollte. Deswegen hat er meinen Dad verhaften lassen.«

Aber Ash schüttelte den Kopf und Kellys folgende Worte bestätigten ihre Vermutung: »Du kannst dir gar nicht vorstellen, wie Jago ausgetickt ist, weil ich ihm glaubhaft versichern konnte, dass ich nicht die geringste Ahnung hätte, mit wem und wohin du ausgegangen bist. Leider haben sie hinterher Nialls Wagen im Mission District entdeckt und da hat er eins und eins zusammengezählt.«

Ash hielt die Aufzeichnung an. »Kelly hat mit vierzehn in einem Agentenfilm gesehen, dass man Lügendetektoren überlisten kann. Diese Geräte messen die körperlichen Anzeichen von Nervosität, sind also nicht unfehlbar. Sie hat ihren Vater so lange bestürmt, bis er ihr einen Polygrafen zum Üben gekauft hat.«

»Wir sprechen schon noch von der Kelly an der Greenwood High?«, fragte Niall entgeistert.

Über Darels Gesicht glitt ein wissendes Lächeln. »Hast du mit ihr zusammen geübt?«

Ash nickte. »Heimlich. Ich wollte nicht, dass Dad – ich meine Jago – uns für verrückt hält. Aber Kelly ist viel besser darin als ich. Wir haben immer unsere Witze gemacht, dass wir, sobald wir 21 sind, nach Las Vegas fahren und beim Poker alle abzocken, weil niemand Kelly durchschauen kann. Keine Ahnung, wie sie das macht. Sie meinte, sie stellt sich das wie bei einem Vorsprechen als Schauspielerin für eine Rolle vor.«

Darel ließ die Sprachaufnahme weiterlaufen und Kelly erklärte, dass sie ihren Vater eingeweiht hatte, weil die Daten zu Hernández gesondert verschlüsselt waren und sie keinen Zugang dazu finden konnte. Niall fluchte leise. Aber als Steven Dearing plötzlich weitersprach, beruhigte er sich. Kellys Vater gab ihnen nicht nur präzise Anweisungen zum Ausschalten der Sicherheitssysteme im Garten und im Haus, er versprach Ash darüber hinaus, dass er Jago nach der Demonstration auf einen Drink zu sich nach Hause bitten wolle, gewissermaßen als Versöhnungsgeste für die Worte, die er ihm an den Kopf geworfen hatte, weil er Kelly wie eine Verbrecherin verhört hatte. Ash lächelte bei dem Gedanken daran, wie die beiden sich wohl angeherrscht hatten. Die Aufnahme endete mit guten Wünschen zum Erfolg ihrer Befreiungsaktion.

Darel öffnete seinen Rucksack, den sie für ihn mitgenommen hatten, und zog ein schmales Gerät, das wie eine Hybridfestplatte mit Display aussah, sowie zwei Smartstraps daraus hervor.

»Das ist meines! Ich dachte, ich hätte es im Club verloren!« Entgeistert starrte Luz auf das Smartstrap mit dem silbernen Reif und dem nachtblauen Display.

»Ich habe es dir abgenommen«, erklärte Darel ungerührt.

Er hielt ihr Armband an das Gerät, dessen Display nun aufleuchtete.

»Was tust du denn da? Gib es mir zurück!«

»Ash«, warf Niall beschwichtigend ein, »du kannst es doch eh nicht mehr benutzen.« Er musterte die Schrift, die nun auf dem Display ihres Armbands erschien. »Du programmierst es um.«

Darel nickte und wandte sich an Adrasel, dem er das leuchtende Programmiergerät entgegenstreckte: »Halt deine Hand dagegen!« Ash schluckte ihren Ärger hinunter, als sie verstand. Darel programmierte ihr Armband so, dass Adrasels Transponder nicht auf dem Grundstück ihres Elternhauses lokalisiert werden konnte.

»Kann es nicht auch die Meldung von Aggressionen unterbinden?«, fragte sie, aber im nächsten Moment wurde ihr bewusst, wie dumm diese Frage war.

»Natürlich. Aber das Tyrium wird unabhängig von der Nachrichtenübertragung freigesetzt, sobald der Transponder in den biochemischen Prozessen seines Körpers eine Überschreitung des Aggressionslevels registriert.«

»Aber der Mentor hat doch die Möglichkeit, das Freisetzen des Tyriums innerhalb der ersten sechzig Sekunden zu stoppen?!«, sagte Niall mit einem Seitenblick auf Adrasel.

»Richtig. Daran haben wir auch schon gedacht. Unsere Experimente mit Testpersonen haben ergeben, dass es in Wahrheit sogar eine Zeitspanne von fünf Minuten gibt, innerhalb derer der Mentor den Transponder zurückhalten kann, nachdem er in den ersten sechzig Sekunden die Sperre aktiviert hat.«

Cearbh und Adrasel warfen sich einen überraschten Blick zu.

»Was geschieht, wenn nach den fünf Minuten immer noch die Titerwerte der Aggressionsparameter im Blut zu hoch sind?«, fragte Ash vorsichtig.

»Dann setzt sich der Transponder über den Befehl des Mentors hinweg und tötet den Dunkelelben autonom«, erklärte Darel und Ashs Haare stellten sich an den Armen auf bei dem Gedanken an die »Testpersonen«, die sich für dieses Wissen zur Verfügung gestellt hatten.

»Shit!«, entfuhr es Niall und er fuhr sich mit der Hand durch die Haare. »Es gibt also kein Entkommen.«

»Nicht unbedingt eine Neuigkeit«, sagte Darel und nahm ihm die Liste mit den Passwörtern aus der Hand, die Niall während der Sprachnachricht von Kellys Vater erstellt hatte. Dann drückte er sie Ash in die Hand.

»Lern sie auswendig!«, befahl er und machte sich daran, auch Cearbh mit einem umprogrammierten Smartstrap auszustatten.

Dämmerung

Ash

Es fühlte sich eigenartig an, nach Hause zu gehen und eine Fremde zu sein.

Die Sonne bäumte sich mit letzter Kraft gegen die Schatten der Nacht auf, als sie in einer Seitenstraße, etwa sechshundert Fuß von ihrem Elternhaus entfernt, neben dem Lieferwagen standen und nicht wussten, ob sie das Licht des nächsten Tages sehen würden.

Darel war in die Rolle ihres Anführers geschlüpft wie in einen Mantel, der nur ihm passte. Mit der Skizze, die Ash vom Grundriss des Hauses gezeichnet hatte, und den Informationen von Steven Dearing hatte er in nur einer Viertelstunde eine Strategie mit mehreren Wenn-dann-Optionen entwickelt, abhängig davon, wo sich Glenda Nolan auf dem Anwesen befinden und wie das Wachpersonal reagieren würde. Seine größte Sorge war die Eingangshalle mit der offenen Galerie, deren Treppe der einzige Zugang zu den Schlafzimmern im Obergeschoss war.

»Was bringt es, die Kameras und Alarmanlagen zu deaktivieren und uns an dem Wachpersonal im Garten vorbeizuschleichen, wenn wir hinterher von der Empore aus perfekte Zielscheiben für jeden Anfänger sind, sobald wir die Eingangshalle betreten?«

»Jago hat noch nie Securityleute oben bei den Schlafzimmern geduldet«, warf Ash stirnrunzelnd ein. »Zwei seiner

Bodyguards hocken die meiste Zeit in der Küche und machen nur ab und an eine Runde durchs Haus.«

»Gibt es keinen Baum, über den wir direkt ins Obergeschoss klettern können?«, warf Cearbh ein.

Bevor Ash antworten konnte, schüttelte Darel den Kopf.

»Nein. Hernández hat nicht einmal Efeu an die Hauswand gepflanzt. Du müsstest schon Spiderman sein, um vom Garten aus hochzugelangen, und die Fenster sind immer verschlossen.«

Ash fühlte sich, als wäre sie eben in ein Kühlhaus gestoßen worden. Darel musste tatsächlich schon lange einen Überfall auf ihr Elternhaus in Erwägung gezogen haben.

»Die Aufteilung des Wachpersonals wird sich nach allem, was geschehen ist, ganz sicher geändert haben«, fuhr Darel fort. »Am wahrscheinlichsten ist es, dass er deine Mutter in deinem oder in einem der Gästezimmer gefangen hält. Wenn wir Glück haben, sitzt einer seiner Leute direkt vor ihrer Tür.«

»Glück?«, fragte Niall zweifelnd.

»Dann wissen wir, wo wir nach Ashs Mutter suchen müssen«, erklärte Adrasel.

»Und können ihn gezielt ausschalten«, ergänzte Darel.

Ash schluckte. Gesichter von Männern und Frauen tauchten vor ihr auf, die viele Jahre für ihren Schutz gesorgt hatten, manche von ihnen seit ihrer Kindheit. Sie wollte niemanden töten. Die Waffe mit Schalldämpfer, die sie in den Gürtel ihrer Jeans gesteckt und unter der Lederjacke verborgen hatte, fühlte sich mehr denn je wie ein Fremdkörper an. Als hätte Darel ihre Gedanken erraten, sagte er: »Wir müssen jeden Kontakt mit dem Wachpersonal so gut wie möglich umgehen. Die Gefahr, dass es einer von ihnen schafft, das ELO-Hauptquartier zu verständigen und ganze Trupps von ELO-Soldaten oder Polizisten hinterher in der Villa aufmarschieren, ist viel zu groß. Schießt nur, wenn es sich gar nicht vermeiden lässt, und wenn ihr es tut, seht zu, dass ihr auch trefft.« Er warf Niall und ihr einen ernsten Blick zu.

Ash räusperte sich unbehaglich.

»Du denkst also, wenn wir Pech haben, sind die Wachen nicht vor, sondern *im* Zimmer meiner Mutter?«

Darel knetete nachdenklich sein Kinn. Den falschen Bart und die Kontaktlinsen hatte er zurück in seinen Rucksack gesteckt und Ash ertappte sich dabei, wie sie seine türkisblauen Augen verstohlen musterte.

»Einer von uns muss den Köder spielen«, erklärte Darel.

»Wenn du glaubst, ich lasse zu, dass Ash –«, rief Niall aufgebracht.

»*Ich* werde das übernehmen«, unterbrach ihn Darel. »Ash verfügt noch nicht über die notwendige Selbstbeherrschung und Kampfausbildung.«

Sie glaubte, sich verhört zu haben, und fuhr ihn an, bevor sie über seine Worte nachdenken konnte. Bevor ihr das *noch nicht* bewusst wurde und die versteckte Anerkennung, dass er ihr grundsätzlich diese Rolle zutraute.

Im Gegensatz zu Niall.

»Ach nein? Zufällig wäre ich aber die perfekte Ablenkung, weil mein Stiefvater mich vorerst lebend in die Finger bekommen möchte und sei es nur, um Mom zu quälen! Was man von *dir* nicht behaupten kann.«

Er ignorierte ihren Einwurf einfach.

»Wir teilen uns in Gruppen auf und nähern uns von drei Seiten der Eingangshalle. Wer eine Waffe benutzen kann, ohne von einem Tyrium-Transponder ins Jenseits geschickt zu werden, geht mit einem der Dunkelelben hinein.«

»Wir brauchen keinen Babysitter!«, schimpfte Adrasel. »Wenn wir draufgehen, ist das allein unsere Entscheidung.«

»Na, wenn das so ist«, erwiderte Darel hart, zog in einer fließenden Bewegung seine Pistole aus dem Gürtel und richtete sie auf den Dunkelelben, »können wir das auch sofort hinter uns bringen. Denn die Entscheidungen treffe heute Nacht ich.«

Ash hatte das Gefühl, Darel habe ihr eben alle Luft aus der Lunge gequetscht. Es war totenstill und alle starrten auf die Waffe in seiner Hand. Im nächsten Moment flammte Adrasels Handrücken in einem dunklen Gelbton auf.

»Hey!« Ash schob sich blitzschnell zwischen die beiden und berührte sanft Adrasels Arm. »Ich … ich würde mich wirklich sicherer fühlen, wenn du mit mir kommst.«

Seine Augen weiteten sich und seine aschgrauen Wangen wurden noch dunkler. Aber der Transponder unter seiner Haut verblasste allmählich und Niall lächelte ihr über seinen Kopf hinweg dankbar zu.

Darel verzog keine Miene und steckte die Pistole weg.

Ihr Elternhaus verfügte über drei Zugänge. Neben der großen, doppelflügeligen Eingangstür war da noch die schmale Seitentür, die in das Garagentor eingelassen war, außerdem der über eine Außentreppe ins Untergeschoss führende Lieferanteneingang. Letzterer hatte eine Innentür, die wiederum über eine Treppe vom Weinkeller direkt in die Küche führte. Darels Plan sah vor, dass er diesen Eingang benutzte, um von dort zur Eingangshalle zu schleichen, während Ash und Adrasel die Eingangstür und Niall mit Cearbh den Zugang über die Garage nehmen sollten.

Die Nacht war mild und sternenklar. Sie hatten sich

schwarze Sturmhauben aufgesetzt und gewartet, bis die Überwachungsdrohne ihren halbstündlichen Rundflug beendet hatte, bevor sie losliefen. Nun standen sie zwei Häuser von ihrem Elternhaus entfernt vor dem Eckgrundstück einer alten Villa im viktorianischen Stil, die einer älteren Dame gehörte, von der Ash nur wusste, dass sie sich mit obskuren Dingen wie Kartenlegen und Séancen beschäftigte. Jago bezeichnete sie deshalb gerne als »alte Hexe«. Ihr Garten war von hohen, knorrigen Robinien gesäumt, deren weiße, wie reife Traubenreben herabhängende Blüten einen bergamottenähnlichen Duft verströmten, der Ash an Earl Grey Tee erinnerte. Madame Petrowa besaß neben ihrer angeblich »alles Böse abwehrenden positiven Aura« zur Bewachung zwei in die Jahre gekommene Rottweiler, deren morgendliches Gekläffe Ashs Stiefvater regelmäßig in den Wahnsinn trieb. Das waren die einzigen Überwachungsmaßnahmen, denn Madame Petrowa war ein großer Technologiefeind. Geradezu perfekt, um sich über ihr Eckgrundstück zu den unmittelbaren Nachbarn von Ashs Elternhaus vorzuarbeiten. Sie hoffte inständig, dass Madame Petrowa wieder einmal verreist war.

Adrasel und Cearbh verschränkten die Hände ineinander und bildeten so an der Hausmauer eine Räuberleiter für Niall und Darel, die sich geschickt in den fremden Garten schwangen. Ash hielt den Atem an. Während sie in die Stille der Nacht lauschte und auf das aufgebrachte Gebell der Hunde wartete, verstrichen Minuten, in denen nur der Wind in den Blättern der Bäume über ihnen flüsterte. Adrasels Miene konnte sie wegen der Sturmhaube nicht lesen, aber seine Augen flackerten so ungeduldig, wie Ash sich fühlte. Endlich erklang Nialls gedämpfte Stimme jenseits der Mauer.

»Keine Hunde weit und breit. Die Jalousien sind runtergelassen. Los, klettert rüber!«

Ash atmete innerlich auf und hielt sich an Adrasels Schultern fest, stieg in die Kuhle, die er mit seinen ineinanderverschränkten Fingern bildete, und ließ sich von ihm an der Mauer hochschieben. Ihre Finger erreichten nicht den Ast, über den sich Niall und Darel so elegant in den Garten geschwungen hatten. Ihr blieb nichts anderes übrig, als sich mit den Fingern in den brüchigen Mauersims zu krallen und darüberzukrabbeln. Zähneknirschend musste sie sich eingestehen, dass sie ein ziemlich lächerliches Bild einer Einbrecherin abgab.

Niall fing sie auf und hielt sie ein wenig länger als nötig. Unter seiner Sturmmaske blitzten seine Augen schelmisch auf und das Lächeln, das in ihnen lag, musste sich auf seinem Mund widerspiegeln. Das warme Gefühl in Ashs Bauch erlosch, als sie Darels kalten Blick wahrnahm, der sie von der Seite ungeniert beobachtete.

Cearbh schwang sich als Nächstes auf den Mauersims, beugte sich hinunter und zog Adrasel zu sich nach oben. Nachdem die beiden bei ihnen angelangt waren, liefen sie zusammen an der Mauer entlang durch das fast kniehohe Gras. Ash spähte zu dem Haus, in dem nirgends Licht brannte. Tagsüber sah es hübsch aus, mit seinen Giebeln und Erkern aus Holz, von denen teilweise schon die Farbe abblätterte. Doch jetzt glotzten die Rundbogenfenster ihnen wie schwarze Augen entgegen, die sie beobachteten. Sie hatten fast das andere Ende des Grundstücks erreicht, als plötzlich hinter ihr ein bedrohliches Schnauben ertönte. Ihr Herz machte einen Satz und ihr entfuhr ein ersticktes Keuchen. Dann ging alles ganz schnell. Bevor sie sich umdrehen konnte, schoss Darel wie ein Falke an ihr vorbei, schneller als sie es wahrnehmen, sogar schneller, als der Hund hinter ihr reagieren konnte, und auf einen gurgelnden Laut folgte ein angsteinflößendes Knurren von der anderen Seite. Ash fuhr gerade noch rechtzeitig auf dem Absatz herum, um den zweiten Hund zu sehen, der zum Sprung auf Darel ansetzte. Ihr blieb keine Zeit zum Schreien. Bevor sie auch nur daran denken konnte, nach ihrer Waffe zu greifen, flog der Hund schon auf Darel zu, wurde im nächsten Moment plötzlich zur Seite geschleudert, zuckte noch einmal kurz und blieb dann reglos auf dem Boden liegen. Ashs Knie wurden weich und die Nachtluft strich mit eisigen Fingern über ihre Haut. Sie hatte das mechanische Klicken von Nialls schallgedämpfter Waffe hinter sich gar nicht wahrgenommen.

Darel wischte sein blutiges Messer im Gras ab. »Wir müssen sie ins Gebüsch ziehen, damit man sie nicht sofort entdeckt«, sagte er so ruhig, als wäre eben eine Libelle und nicht ein Hund mit gefletschten Zähnen auf ihn zugeflogen. Ash spürte, wie ihre Wangen glühten. Es wäre ihre Aufgabe gewesen, auf den Hund zu schießen. Sie stand nicht nur am nächsten zu Darel, sondern Niall mitten in der Schusslinie, weswegen er zur Seite hatte springen müssen, um zu zielen. Aber Ash liebte Hunde und auch wenn diese sie angegriffen hatten, tat es ihr doch leid um sie.

Sie liefen weiter auf den Zaun zum Nachbargrundstück zu. Darel zog sein Tablet unter der Jacke hervor. Im gedämpften Licht des Displays erschien das Bild des Gartens vor ihnen. Das Anwesen der Lees war auf Empfehlung ihres Nachbarn Hernández ebenfalls mit einem Sicherheitssystem der Firma Dearing ausgestattet worden. Es war Kellys Vater nicht leicht gefallen, ihnen den Zugangscode zum Überwachungssystem der Lees zu verraten. In seiner Sprachnachricht bat er sie, die

Nachricht nach dem Abhören zu löschen und niemandem davon zu erzählen. Darel loggte sich in die Gartenkameras ein und deaktivierte die Lichtschranken, die ihr Eindringen verraten hätten. Auf dem Bildschirm sahen sie, dass im Haus der Lees Licht brannte, aber der Garten schien menschenleer. Darel schaltete die Kameras auf Standbild, damit niemand sehen konnte, wie sie den Garten durchquerten. Dann schob er das Tablet zurück unter seine Jacke, griff mit den Händen nach der Oberkante des Aluminiumzauns und stemmte sich nach oben. Wie ein Kunstturner schwang er sich, nur mit einer Hand auf die Zaunkante gestützt, auf das fremde Grundstück. Als Ash ihm mit Nialls Hilfe folgte und auf der anderen Seite im Gras landete, spritzte etwas Nasses bis zu ihren Knien.

»Was zum Teufel …«, entfuhr es ihr.

»Rasensprenger«, erklärte Darel knapp.

Zum Glück waren die Stiefel, die Darel ihr gekauft hatte, wasserdicht. Kaum waren die anderen bei ihnen, liefen sie los. Um ein Haar wäre Ash in einen Seerosenteich gestürzt, der sich plötzlich wie eine ovale schwarze Steinplatte auf ihrem Weg erstreckte. Hinter zwei blühenden Magnolienbüschen erreichten sie die schmale Mauer, die den Garten der Lees von Ashs Elternhaus trennte. Adrasel fluchte leise, als sie sahen, dass sie von einer riesigen Rosenhecke gesäumt wurde, hinter der sich stellenweise Stacheldraht und dazwischen ein Elektrozaun spannten.

»Still!«, zischte Darel. Er starrte konzentriert auf das Tablet. Das Display zeigte vier verschiedene Blickwinkel der Kameras in dem Garten ihres Elternhauses. Auf dem Bild rechts unten konnte man deutlich einen bewaffneten Mann sehen, der sich dem Grenzzaun der Lees näherte.

Ash hielt den Atem an. Schon nahm sie zwischen dem

schweren süßen Duft der Rosen den Rauch seiner Zigarette wahr. Der Mann verharrte eine ganze Weile auf einem Fleck und rauchte stumm. Sie kannte alle Wachleute des Anwesens, aber ihn hatte sie noch nie zuvor gesehen.

Darel übergab Niall das Tablet und zog seine Waffe aus dem Gürtel. Stirnrunzelnd hob Cearbh die Hand und wies auf die Hecke. Auch wenn sich Darel noch so leise bewegen konnte, war es unmöglich, das üppig wuchernde Gestrüpp geräuschlos zu überwinden. Aber Darel suchte mit dem Fuß bereits eine Lücke in der pflanzenüberwucherten Mauer. Ashs Herz raste, während sie nicht wusste, ob sie auf das Tablet in Nialls Händen oder zu Darel schauen sollte. Gerade als Darel seine Hände zwischen zwei Lücken in den Rosenranken schob, ließ das feine Rascheln den Wachmann auf dem Display zusammenzucken und den Kopf heben. Er war jung, nur wenig älter als Ash, und bewegte sich mit der Schreckhaftigkeit eines Mannes, für den diese Art von Einsätzen neu war. Es passte überhaupt nicht zu Jago, unerfahrene Männer zur Bewachung seines Hauses einzusetzen. Der Soldat sah aus, als hätte er gerade erst seine Ausbildung hinter sich. Dabei mussten alle ELO-Kadetten zunächst zwei Jahre an den Instituten und in Gefängnissen Dienst leisten, bevor sie auf Außeneinsätze mitgenommen wurden. Irgendwas stimmte hier nicht.

Der Mann schnippte die Zigarette auf den Boden und zog langsam seine Waffe aus dem Holster, während er auf die Hecke zuging. Ash gestikulierte mit den Armen, um Darel zu warnen. Der nickte, richtete seine Aufmerksamkeit wieder nach vorne und spannte sich an. Ihr Mund wurde trocken und das Herz hämmerte ihr bis zum Hals. In der nächsten Sekunde erklang ein Summen und kurz darauf die Stimme des Mannes jenseits der Mauer. Darel hielt inne.

»Um diese Uhrzeit? Nein, mir ist nichts bekannt. Nolan darf keinen Besuch empfangen, das weißt du doch.«

Nolan. Die respektlose Nennung des Mädchennamens ihrer Mutter verhieß nichts Gutes. Früher hatte das Personal sie *Mrs Hernández* genannt.

Es folgte eine kurze Pause, dann fügte er großspurig hinzu: »Natürlich habe ich alles unter Kontrolle. Komplett ruhig hier. Keine Ahnung, warum der Boss so einen Aufstand macht. Lass die Göre doch einfach draußen warten, spätestens in einer halben Stunde kommt er zurück. Soll er doch selbst entscheiden, ob er sie zu seiner Frau stecken möchte, um ihr Gesellschaft zu leisten.« Er lachte gehässig.

Als wäre das sein Stichwort gewesen, stemmte sich Darel blitzschnell nach oben und riss die Waffe hoch. Das Rosengestrüpp raschelte so laut, dass Ash nicht sagen konnte, ob Darel geschossen hatte. Dazu war das Klicken der schallgedämpften Waffe zu leise. Schon schob er sich über Mauer und Stacheldraht und kam mit einem dumpfen Aufprall auf der anderen Seite auf. Ash wartete auf einen Schrei oder Kampfgeräusche, aber jenseits des Zauns blieb es vollkommen still. Sie fröstelte. Cearbh und Niall kletterten in Windeseile hinterher. Ashs Puls rauschte wie ein Sturm in ihren Ohren. Hatte Darel wirklich soeben vor ihren Augen einen Menschen kaltblütig ermordet?

Adrasel griff nach ihrem Arm und flüsterte: »Er musste das tun. Uns läuft die Zeit davon! Du hast gehört, dass dein Stiefvater schon auf dem Weg hierher ist.«

Das riss sie aus ihrer Betäubung. Sie lief zur Mauer und legte den Kopf in den Nacken, um ihre Augen zu schützen. Dennoch bohrten sich die Dornen wie Krallen in ihre Hände, verhakten sich im Stoff ihrer Jeans und schnitten in ihre

Haut wie ein feines Skalpell. Stöhnend stieg sie über den Stacheldraht, bemühte sich, nicht mit dem Hosensaum daran hängen zu bleiben und sprang. Noch im Flug spürte sie, wie ihr Blut warm über die Hände lief. Niall fing sie auf.

»Sieh dir das nicht an«, flüsterte er rau und versuchte, sie wegzuziehen, aber Ash schob sich unter seinem Arm hindurch. Vor ihr, mit dem Rücken ihr zugewandt, kniete Darel auf dem Boden und beugte sich über den im Gras liegenden jungen Wachsoldaten. Ashs Augen wanderten von seinen Militärstiefeln über die Uniformjacke zu seiner ausgestreckten Hand, die immer noch die Pistole umklammert hielt. In diesem Moment erhob sich Darel mit einem Headset in seinen Händen und gab den Blick auf den Kopf des jungen Mannes frei. Seine Augen waren vor Entsetzen weit aufgerissen, der Mund stand offen und in der Stirn klaffte ein dunkles Loch, aus dem Blut über den Nasenrücken rann und zwischen seinen Lippen versickerte. Im nächsten Moment verlor Ash die Kontrolle über ihren Körper, ihr Magen verkrampfte sich und sie übergab sich auf den Rasen. Als sie sich wieder aufrappelte, stand Darel vor ihr und packte sie fest an den Schultern.

»Reiß dich zusammen! Der Kerl hätte dich mit Freuden ausbluten lassen, wenn er die Gelegenheit dazu gehabt hätte.«

»Woher willst du das wissen?«, bebte Ash, während sie sich mit dem Ärmel über den Mund wischte und versuchte, ihn von sich zu stoßen. »Nicht alle ELO-Soldaten sind wie mein Stiefvater! Du wolltest dich doch nur abreagieren, weil du sauer wegen der Demo bist!«

»Und wofür hältst du das hier?« Er hielt ihr eine selbst geknüpfte Lederhalskette entgegen, an der mit Ösen versehene, etwa zwei Drittel Zoll lange, schmale Kapseln hingen. Im

Schein seines Smartstraps funkelten sie silbrig. Adrasel sog scharf die Luft ein, als er sie sah.

»Hübsch, nicht wahr?«, sagte Darel gefährlich leise.

»Lass Ash in Ruhe!«, trat Niall dazwischen und hielt ihm das Tablet entgegen. »Es wird nicht lange dauern, dann fällt es den anderen Wachleuten auf, dass der Kerl wie ein Werwolf den Mond anschmachtet.«

Niall hatte den richtigen Moment abpassen müssen, um die Kamera, die auf die Mauer gerichtet war, rechtzeitig auf Standbild zu schalten. Das Bild auf dem Display zeigte jetzt den Moment, als der Wachsoldat den Kopf in den Nacken gelegt und nach oben geschaut hatte, kurz bevor Darel über ihm erschienen war.

»Entscheidest *du* darüber, was deine Freundin wissen darf?«

»Was ist das?«, flüsterte Ash, bevor Niall zu einer Antwort ansetzen konnte, und deutete auf die Kette, an der mindestens zehn der silbrigen Kapseln hingen.

»Tyrium-Transponder«, erklärte Cearbh voller Verachtung und schickte einen dunkelelbischen Fluch hinterher. »Ich habe schon Kerle gesehen, die zweireihige Ketten trugen. Aber für sein Alter hatte er schon eine Menge Dunkelelben auf dem Gewissen.«

Ash schoss erneut saure Galle die Speiseröhre hoch, aber sie würgte sie wieder hinunter. »ELO-Soldaten schneiden ihnen die Tyrium-Transponder nach ihrem Tod heraus, um sich mit diesen *Trophäen* zu schmücken?«

Darel nickte grimmig. Er hatte ihre Schultern losgelassen und das Headset des Soldaten aufgesetzt. Ein kaum merkliches Zucken huschte über sein rechtes Auge. »Deine Freundin Kelly steht am Tor und behauptet, deine Mutter besuchen zu wollen.«

»*Was?*« Ashs Gedanken überschlugen sich. Wenn Kelly von daheim abgehauen war, wo gerade Jago ihren Vater besuchte, musste etwas schief gelaufen sein. »Sie will uns vor etwas warnen!«

»Oder es ist ein Trick von Hernández«, überlegte Niall.

Sie fuhr zu ihm herum. »Wie kannst du nach allem, was sie und ihr Vater für uns riskiert haben, immer noch an ihr zweifeln! Kelly würde uns niemals verraten!«

»Auch nicht, wenn Hernández ihren Vater bedroht?«, fragte Darel kühl. Sie zögerte einen Moment zu lange und das war ihm Antwort genug. »Teilt euch auf, wie wir es besprochen haben«, befahl er. »Ich versuche, Hernández und die Wachmänner im Garten aufzuhalten und Kelly aus der Schusslinie zu bringen.« Ash warf Darel einen dankbaren Blick zu, weil er sich um ihre Freundin kümmern wollte. »Niall, du und Cearbh behaltet die Wachsoldaten in der Küche im Auge.« Er wandte sich an sie und Adrasel: »Ihr zwei seid im Obergeschoss auf euch allein gestellt. Wenn ihr Glück habt, hat dein Stiefvater deine Mutter lediglich eingesperrt.« Ein zynischer Ton schlich sich in seine Stimme. »Sollte dennoch ein Wachmann bei ihr sein, stell dir einfach vor, er wäre ich, und dann schieß auf ihn.«

»Schon klar!«, gab Ash zurück, aber ihr Herz verkrampfte sich allein bei der Vorstellung.

Schatten

Niall

Der Rasen in Hernández' Garten war so kurz wie Nialls kleiner Finger und ertrank im Ansturm der Bewässerungsanlage. Folglich liefen Cearbh und er nicht nur Gefahr auszurutschen, ihre Schritte gaben auch laute, schmatzende Geräusche von sich, so als würden sie durch einen Sumpf waten. Jetzt, da sie alle Kamerasysteme des Gartens auf Standbild geschaltet hatten, konnten sie die Wachsoldaten ebenso wenig beobachten wie umgekehrt. Sie mussten sich ganz auf ihre Augen und ihr Gehör verlassen, wenn sie nicht von ihnen erwischt werden wollten.

Niall umklammerte das Tablet fester. Darel hatte es ihm überlassen, um an seiner Stelle die hausinternen Sicherheitsanlagen zu manipulieren. Zunächst war er stolz gewesen, weil er nun das Kommando übernommen hatte. Doch je näher sie der Garagentür kamen, umso größer wurden seine Zweifel. Denn nun fiel ihm auch die Aufgabe zu, die Wachsoldaten im Erdgeschoss notfalls zu erschießen, falls sie trotz der Deaktivierung der Alarmanlage und der Kameras von ihnen Wind bekamen. Überhaupt lief bisher alles viel zu glatt. Wie war es möglich, dass eine Handvoll Leute so einfach in eines der bestgesicherten Anwesen der USA eindringen konnte? Auf einmal spürte er wieder dieses eigenartige Ziehen in seinem Inneren. Das Gefühl hatte ihn schon einige Male in seinem Leben übermannt. Beispielsweise wenige Tage bevor der Brief kam, der Lioras Einweisung ins Institut beinhaltete. Oder an dem Abend, als er Adrasel begegnete. Es war auch da gewesen, als er mit Ash den Club betreten hatte.

Seit geraumer Zeit fragte sich Niall, ob er in der Lage war, so etwas wie *drohendes Unheil* zu spüren. Das klang natürlich vollkommen verrückt. Anfangs hatte er das Ziehen ignoriert, schließlich hielt er sich für einen ebenso rational denkenden Menschen wie seinen Vater. Später, als er sich eingestehen musste, dass die *Zufälle* von »innerem Ziehen« und darauf folgender Katastrophe sich häuften, hatte er darüber nachgedacht, ob es etwas mit seinen Elbengenen zu tun hatte.

Irgendetwas stimmte hier nicht. Und dann kam Niall ein Gedanke: Warum bestand Darel darauf, sich Hernández in den Weg zu stellen und den Köder zu spielen, während er die Aufgabe, Ashs Mutter zu befreien, plötzlich ihnen anvertraute? Weshalb hatte er so großen Wert darauf gelegt, dass Ash und er sich trennten? Diente das wirklich nur dem Schutz der Dunkelelben? Ein Zweig knackte in der Nähe und Cearbh packte ihn am Arm und zog ihn nach unten, hinter einen Rhododendronstrauch. Niall war unaufmerksam gewesen und hatte die zwei Wachsoldaten, die gerade ums Eck der Garage bogen, um ein Haar übersehen. Die Männer waren nur wenig älter als der Soldat, den Darel erschossen hatte. Sie marschierten im Gleichschritt schweigend an ihnen vorüber. Nialls Nackenhaare stellten sich auf. Was, wenn Darel gelogen hatte, Kelly überhaupt nicht am Eingangstor stand, sondern er sich auf der Demo mit Hernández verbündet hatte, um dessen Tochter und ihn, den Sohn seines Erzfeindes, dem ELO-Chef auszuliefern? War der junge Soldat, den Darel erschossen hatte, nur ein Bauernopfer gewesen, um ihnen zu beweisen, dass er auf ihrer Seite stand?

»Hier ist was faul«, flüsterte Niall. »Wir sollten zu den anderen gehen.«

Cearbh legte den Kopf schief. »Verrat?«, raunte er.

»Warum wollte Darel auf keinen Fall, dass wir uns über die Smartstraps verständigen?«

»Abhörgefahr?«, brummte Cearbh.

»Wer sagt uns, dass die gehackten Armbänder von dir und Adrasel wirklich funktionieren? Nichts gegen Kelly, aber Steven Dearing ist einer der ältesten Freunde von Jago Hernández. Womöglich hat er seine Tochter belogen und uns falsche Informationen geliefert, um seine Familie nicht in Gefahr zu bringen. Oder Darel steckt mit den beiden Männern unter einer Decke. Was, wenn Kelly tatsächlich dahinterkam und uns warnen möchte, Darel sie aber am Tor abfängt?«

»Er ist doch selbst ein Dunkelelbe! Denk daran, wie schnell seine Verletzung heilte!«

»Und? Gibt es keine Verräter unter euch?«

Cearbh schwieg betroffen.

»Darel verfolgt seine eigenen Ziele«, fuhr Niall fort. »Vielleicht hat er sich mit ihm auf einen Handel eingelassen.«

Der Dunkelelbe sah nachdenklich zum Garagentor. »Eine Menge junges, unerfahrenes Wachpersonal für den meistgehassten Mann nach Hweitasil, wenn du mich fragst.«

»Richtig. Und wie praktisch, dass gerade jetzt Kelly auftaucht und Darel sich von uns abseilen kann.«

»Ifraitin Lugh!«, fluchte Cearbh und sprang aus seiner Deckung. »Ich habe Sleagh geschworen, auf Adrasel aufzupassen.«

Nacht

Ash

Ihr Elternhaus war Ash schon immer zu groß für ihre Familie erschienen. Ihr Vater war fast ständig außer Haus und die Stille wurde durch die luftdichten, stets geschlossenen Fensterscheiben und das zentrale Belüftungssystem mit sensorgesteuerten Ventilatoren und Abluftklappen so drückend, dass sie als Kind die meiste Zeit im Garten verbrachte, obwohl ihre Augen und ihre Haut lichtempfindlich waren. Dort rauschte der Wind in den Blättern und summten Insekten in ihren Ohren, Autos hupten auf der Straße und Menschen lachten. Leben. Um die Säulen der umlaufenden Veranda war Ash als Kind auf Rollerblades Slalom gefahren, hatte versucht, mit Anlauf über die kurze Hecke vor den Treppenstufen zu springen, und sich die Beine zerkratzt, als sie im Gestrüpp landete. »Mein wildes Mädchen!«, hatte ihr Vater damals schmunzelnd gesagt, als er spät abends davon erfuhr und ihr einen Kuss auf ihre verbundenen Knie drückte.

Aber in dieser Nacht war ihr Elternhaus ein gewaltiges Bollwerk, abweisend und uneinnehmbar wie die ehemalige Gefängnisinsel Alcatraz. Hinter den oktogonalen Erkern, die zum Garten ausgerichtet waren, befanden sich die Bibliothek und das Wohnzimmer. Ihre schmalen Fenster verfügten über ein ähnliches Sicherheitsglas wie Jagos gepanzerte Fahrzeuge. Selbst mit einem Brecheisen hätten sie dem Glas lediglich ein paar Kratzer hinzufügen können. Ohne die Hilfe von Kellys Vater könnten sie das Haus niemals betreten, nicht einmal eine Maus vermochte hineinzuflitzen.

Jetzt standen Adrasel und sie Rücken an Rücken an den zerfurchten Stamm des alten Kastanienbaumes gelehnt, dessen Früchte sie mit Kelly im Herbst so begeistert gesammelt hatte, um daraus Spinnen mit langen, gekrümmten Beinen und Gespenster mit gruseligen Fratzen für Halloween zu basteln.

Adrasel behielt den rückwärtigen Teil des Gartens im Auge, während Ash um den Stamm herumspähte und sich auf die Vorgänge an der Hausfront konzentrierte. Die Rasensprenger hatten Nachtfalter und Mücken aufgeschreckt, die aufdringlich um ihre Köpfe schwirrten, und die Luft roch feucht und erdig. Gerade hatte sie mit der Hand eine besonders hartnäckige Stechmücke aus ihrem Gesicht gewedelt, als sie die zwei Wachmänner wahrnahm, die von den Garagen auf die Eingangstür zusteuerten, als übten sie für eine Militärparade.

»Fünf Minuten noch«, raunte Adrasel ihr zu, der einen Blick auf das geliehene Smartstrap geworfen hatte.

Ash verkrampfte sich und spürte das Kribbeln in ihren Fingern. Sie mussten den Zeitplan genau einhalten und sich darauf verlassen, dass bei Niall alles glattgelaufen war und er die Sicherheitskameras über der Eingangstür und im Inneren des Hauses bereits deaktiviert hatte. Das klatschende Geräusch sich nähernder Schritte ließ sie zusammenzucken.

»Bei Elatha!«, zischte Adrasel, der an ihr vorbei zum Haus linste. »Was macht ihr denn hier?«

Ash fuhr herum. Von Nialls Gesicht konnte sie unter der Sturmhaube nur seine ungewöhnlich dunklen, rehbraunen Augen sehen. Ihr Herz zog sich vor Schreck zusammen.

»Was ist passiert?«, fragte sie, als Niall sie bereits in die Arme schloss und fest an sich drückte.

»Erkläre ich dir später. Vertrau mir. Wir müssen von hier abhauen. Sofort!«, raunte er in ihr Haar.

Sie machte sich von ihm los und wich einen Schritt zurück. »Spinnst du? Ich lasse meine Mutter doch nicht einfach im Stich! Was soll das?«

»Darel hat uns an Hernández verraten«, erklärte Cearbh ernst. »Zumindest deutet alles darauf hin.«

»Und deshalb hat er seinen Wachsoldaten erschossen?«, flüsterte Adrasel ungläubig.

»Das kann eine List gewesen sein«, sagte Niall rau, aber Ash hörte den feinen Missklang von Verunsicherung in seiner Stimme.

»Moment mal! Wie kommst du denn plötzlich darauf? Habt ihr ihn, seit wir uns getrennt haben, noch einmal gesehen? Hast du irgendwelche Beweise für seinen Verrat?« Niall öffnete den Mund, als wollte er etwas sagen, dann schloss er ihn wieder und schüttelte den Kopf. Ihre Kehle wurde eng. »Bitte, Niall!«, flehte sie. »Ich schaffe das nicht ohne deine Hilfe! Geht zurück und zieht es durch, so wie wir es mit Darel besprochen haben.«

»Nein«, sagte er. »Ich habe über all das hier nachgedacht, die komischen Zufälle und –«

Der Rest seiner Worte ging in dem Rauschen ihres Herzschlags unter. Ihr Magen verkrampfte sich. Niall ließ sie im Stich! Als sie sich endlich so weit beherrschen konnte, leise genug zu sprechen, um die Wachen nicht zu alarmieren, erschrak sie selbst über die Kälte in ihrer Stimme. »Du hast also *nachgedacht*? Du bist mit uns hier eingebrochen, um jetzt, ausgerechnet *jetzt*, kurz vor dem Ziel zu kneifen?!«

Nialls Augenbrauen zogen sich zusammen und er hob beschwichtigend die Hände. »Deiner Mutter ist doch nicht geholfen, wenn du – wir alle – heute Nacht bei ihrer Rettung draufgehen! Bestimmt ergibt sich eine neue Möglichkeit, sie zu befreien«, verteidigte er sich.

»*Nein!*«, fauchte sie. »Glaubst du, mein Stiefvater kapiert nicht, dass wir die Sicherheitsanlagen nur mit der Hilfe von Kellys Vater manipulieren konnten, wenn er den toten **ELO**-Soldaten und die Hundekadaver der Nachbarin findet? Hast du mal *darüber* nachgedacht? Es gibt keine zweite Chance!« Ihr Atem ging schwer und ihre Lippen bebten. Tränen schossen ihr in die Augen und dann rutschten ihr die nächsten Worte einfach heraus: »Ach, hau doch ab, du Feigling! Der Einzige, der hier jemanden verrät, bist du!«

Nialls Augen weiteten sich und Ash zog ihm Darels Tablet einfach aus den Händen, drehte sich um und rannte auf den Hauseingang zu. Ihre Finger zitterten, die weißen Säulen flimmerten vor ihren tränenden Augen und verschwammen mit der Hausmauer. *Konzentrier dich!* Sie schluckte den Kloß in ihrem Hals hinunter, blinzelte zornig die Tränen weg, versuchte, nicht an Niall zu denken. *Wenn du jetzt nicht in dieses Haus gehst, wirst du dich dein Leben lang fragen, ob du deine Mutter nicht hättest retten können!* Sie hatte die Stufen noch nicht erreicht, als sie hinter sich schnelle Schritte und Atmen hörte. Aber es war nicht Niall, der sie einholte.

»Ich lass dich da nicht alleine reingehen«, flüsterte Adrasel.

Hinter ihm tauchte Cearbh auf. Er zischte etwas auf Dunkelelbisch, das Ash nicht verstand, aber Adrasel schüttelte energisch den Kopf. Sie sah an den beiden vorbei zur Kastanie. Niall stand dort mit hängenden Armen, ein dunkler

Schatten unter der ausladenden Baumkrone. Einen Augenblick lang schien er zu zögern. Doch dann drehte er sich mit einem Ruck um, rannte los und die Schwärze des Gartens verschluckte ihn. Ash rang nach Luft, als der Schmerz sie wie ein glühendes Messer in der Brust traf. Es war vorbei.

Das wolltest du doch! Du hättest es heute Nacht ohnehin beendet und ihn freigegeben, um deinen Vater zu suchen.

»Gib den Code ein, Mädchen!«, flüsterte Cearbh und riss sie aus ihrer Starre.

Ash senkte den Kopf über das Display des Tablets. Niall hatte die Kamera über dem Eingang bereits auf Standbild gestellt, sonst hätten er und Cearbh nicht zu Adrasel und ihr laufen können, ohne entdeckt zu werden. Aber sie musste noch das hausinterne Sicherheitssystem manipulieren. Mit zittrigem Finger fuhr sie über die Steuerung der Kameras im Erdgeschoss. Mehrere Fenster ploppten auf dem Bildschirm auf. Die Eingangshalle war menschenleer, ebenso die breite Treppe ins Obergeschoss und die Gänge. Ihr Herz wurde noch schwerer, als sie wie durch ein Schlüsselloch ins Innere ihres Elternhauses sah. Alles kam ihr plötzlich fremd vor. Sie schluckte den Schmerz hinunter und öffnete das Kamerafenster in der Bedienstetenküche. An dem langen, eckigen Tisch saßen zwei Männer in ELO-Uniformen, die Gesichter und Körper durch das Fischaugenobjektiv eigentümlich verzerrt, und spielten Karten. Ash hatte sie, ebenso wie die anderen Wachmänner, die ihr an diesem Abend bereits begegnet waren, noch nie zuvor gesehen.

»Ich übernehme Nialls Job und kümmere mich um die Wachmänner im Erdgeschoss«, erklärte sie, während sie sich darum bemühte, ihrer Stimme einen festen Klang zu geben. Sie ging davon aus, dass ihre Mutter allein war. Auch wenn sie nicht wusste, in welchem Zustand sie sich befand, konnten Adrasel und Cearbh sie notfalls nach unten tragen. Doch wenn die Männer aus der Küche auf sie aufmerksam wurden, konnte nur Ash handeln. Sie durfte nicht zulassen, dass das Tyrium im Blut ihrer Freunde aktiviert wurde. Plötzlich begriff sie, warum Darel seine Waffe auf Adrasel gerichtet hatte. Es war gar nicht um ihn gegangen, sondern darum, dass Niall und sie verstanden, dass das Leben der Dunkelelben nur von ihnen beiden abhing, da Cearbh und Adrasel sich nicht wehren konnten.

Rasch schaltete sie die Kameras im Erdgeschoss und Obergeschoss auf Standbild, deaktivierte die Alarmanlage und stellte die Türsysteme auf Notbetrieb um, sodass sie sich nicht mehr auf Erkennen der jeweiligen Person öffneten, sondern nur durch Eingabe des zentralen Codes. Ihnen blieben exakt fünfzehn Minuten, bis eine automatisierte Warnung an ihren Stiefvater und die ELO-Zentrale gehen würde.

Ash holte tief Luft und gab die Zahlen und Buchstaben auf dem Touchscreen ein. Irgendetwas an der Zahlenkombination des neuen zwölfstelligen Codes kam ihr vertraut vor, sie kam nur nicht darauf, was es war. Das leise Klicken des Schlosses dröhnte wie ein Donnerschlag in ihr und während Adrasel vorsichtig das Türblatt aufschob, durchfuhr Ash ein Geistesblitz. Ihre Knie wurden weich und sie schwankte. Cearbh schob sie am Rücken ins Hausinnere und schloss leise die Tür hinter ihnen. Die schneeweißen Marmorfliesen der Eingangshalle leuchteten wie Grabsteine im Mondlicht, das durch die schmalen Fenster fiel.

035PIR425NHL

Las man den Zahlencode rückwärts, ergaben sich die Anfangsbuchstaben ihres Namens.

LHN524RIP530

Luz Hernández Nolan, gefolgt von ihrem Geburtsdatum Mai, 24. Bei dem RIP trat Luz kalter Schweiß auf die Stirn. Cearbh und Adrasel waren bereits zur Treppe geschlichen und pirschten sich lautlos nach oben. Mai, der 30., war das Datum des heutigen Abends. *Rest in Peace.* Sie öffnete den Mund, um Cearbh und Adrasel zu warnen, aber es war zu spät, sie konnte nicht laut nach ihnen rufen, weil sie sonst die Wachmänner in der Küche alarmiert hätte. Die beiden Dunkelelben hatten die Empore des Obergeschosses bereits erreicht. Sie eilten an den Zimmern entlang auf Ashs ehemaliges Kinderzimmer zu, so wie sie es ihnen beschrieben hatte. Ash verwarf ihren Plan, unten Wache zu halten und flog geradezu die Stufen hoch. Sie erreichte ihre Freunde, als Cearbh den verhängnisvollen Code in das Türschließsystem eingab. Das Klicken des Schlosses ging in einem ohrenbetäubenden, schrillen Klingeln unter, so laut wie ein Rauchmelder, und im nächsten Moment flammten sämtliche Lichter im Haus auf. Cearbh stolperte einen Schritt rückwärts. Zu spät. Ashs Kinderzimmertür flog auf und das Geräusch kurz aufeinander folgender Schüsse mischte sich wie ein Trommelwirbel in das unerträgliche Heulen einer Sirene. Cearbhs Oberkörper zuckte unter den Einschlägen, er wurde gegen die Brüstung geschleudert und kippte hintenüber. Ash sprang zum Geländer und streckte die Arme nach ihm aus. Zusammen mit Adrasel versuchte sie, seine Beine zu erreichen, aber sie waren nicht schnell genug. Ihre Finger streiften nur die Sohle seiner Turnschuhe, dann fühlte Ash eine entsetzliche Leere – zwischen ihren Fingern, in ihrem Kopf, in ihrem Herzen und sie schrie und schrie, während Cearbhs Körper auf dem Weiß des Marmors aufschlug und Adrasel sie an den Schultern zurückriss, damit sie nicht hinunterstürzte. Sie schrie selbst dann noch, als der von dem gewaltigen Kronleuchter hell erleuchtete Boden sich um die dunkle Gestalt mit den weit ausgebreiteten Armen langsam rot färbte.

Verrat

Darel

Es war so einfach gewesen, die anderen zu belügen, und ihm dennoch schwergefallen. Während Darel sich nach der Demonstration auf dem Weg zu ihnen befunden hatte, war er in Gedanken die Begegnung mit Hernández noch einmal durchgegangen. Er musste nicht wissen, was zwischen dem ELO-Chef und Kellys Vater nach der Clubnacht geschehen war. Er kannte den Ausdruck von Misstrauen und gekränktem Schmerz über einen Verrat nur allzu gut, hatte er ihn doch selbst unzählige Male im Spiegel gesehen. Und es bedurfte keiner besonderen kombinatorischen Fähigkeit, um daraus zu schließen, dass die Informationen, die er von Steven Dearing erhalten hatte, nicht nur ihren, sondern auch den Untergang von Kellys Familie bedeuteten.

Er musste seine Strategie ändern, verhindern, dass Niall, Ash und die Dunkelelben Verdacht schöpften und sie dorthin schicken, wo Hernández sie haben wollte: in seine Falle.

Nur so konnte er an die notwendigen Informationen zu Phelans Befreiung kommen, nur so konnte er verhindern, dass Panik die anderen lähmte oder zu unüberlegten Handlungen hinriss und den Erfolg dieses Abends vereitelte.

Schon die Tatsache, dass ELO-Soldaten in der Werft erschienen waren, um über die Demonstration zu informieren, hatte ihn misstrauisch gemacht. Als sie später gemeinsam die Sprachnachricht von Kellys Vater abhörten, kostete es ihn viel

Mühe, nicht in ein zynisches Lachen auszubrechen, weil weder Ash noch Niall den Seitenhieb von Hernández' neuem Sicherheitscode begriffen. Wie lange war es her, dass er so naiv gewesen war? Er wusste es nicht mehr.

Auf der Rückfahrt im Bus hatte Darel sich auf einen Sitz in die hinterste Reihe gesetzt und genau beobachtet, wer nach ihm einstieg und ob ein Wagen der ELO ihm folgte. Aber die Mühe machte Hernández sich nicht. Wozu auch? Schließlich musste er nur in seinem Haus auf sie warten.

Die Verkäuferin eines kleinen chinesischen Supermarktes lächelte ihn freundlich an, als er einen Blumenstrauß kaufte und ihr auf Mandarin erklärte, er müsse seine Freundin anrufen, weil er sich verspätete. Selbstverständlich durfte er ihr Smartstrap benutzen, da der Akku des seinen angeblich defekt war. Mit einem verschämten Blick ging Darel ans Ende der Regalreihe und betrachtete das Display des pinkfarbenen, mit Kirschblütenornamenten verzierten Armbands.

Steven Dearing hatte seinen alten Freund Jago nach der Demonstration auf einen Drink zu sich nach Hause eingeladen. Leise sprach er jetzt Dearings Telefonnummer, die Ash ihm für alle Fälle gegeben hatte, in das Gerät. Dearing war der unbestrittene Meister der Sicherheitstechnik landes-, wenn nicht weltweit. Darel zweifelte keine Sekunde daran, dass er Maßnahmen getroffen hatte, die ein Abhören oder Aufzeichnen seiner privaten Gespräche unmöglich machten. Das Gespräch dauerte nur wenige Minuten. Darel löschte sorgfältig die Telefonnummer aus dem Speicher und gab der Verkäuferin das Armband dankend zurück. Dann machte er sich auf den Weg zu Ash und den anderen.

Dialog

Niall

Es war, als würden zwei widerstreitende Stimmen einen Dialog in seinem Inneren führen. Die eine lobte seine kluge Entscheidung, weil kein Mädchen der Welt es wert war, sein Leben vollkommen sinnlos wegzuwerfen und er seiner Schwester Liora geschworen hatte, für sie da zu sein. Die andere schimpfte ihn einen erbärmlichen Feigling, dem es recht geschah, dass Ash nichts mehr von ihm wissen wollte.

Ashs Wutausbruch hatte ihn überrumpelt, vor seinen Freunden gedemütigt und schwerer verletzt, als er zugeben wollte. Verdammt, er hatte ihr doch zur Flucht verholfen, hatte ihr einen Unterschlupf verschafft und sie in ihren Plänen, ihre Mutter zu befreien, unterstützt! Er konnte ihr einfach nicht von seinen *Vorahnungen* erzählen, nicht vor Adrasel, der ihn vermutlich sein Leben lang als männliche, Unheil verkündende Banshee aufziehen würde.

Na, darüber musst du dir nun keine Gedanken mehr machen, weil er die Nacht nicht überleben wird!

Niall schluckte, ballte die Hände zu Fäusten und zwang sich, abseits des Hauptwegs zwischen Magnolienbäumen und Rhododendronsträuchern zu der Mauer zu laufen, die das Grundstück von Hernández von dem der Lees trennte. Jeder einzelne Schritt fühlte sich falsch an. Seine Gedanken wanderten zurück zu Ash. Die letzten Tage hatten sie so sehr verändert, es gab Momente, in denen er sich fragte, ob sie noch immer dasselbe Mädchen war, in das er sich verliebt hatte. Sie hatte einen scharfen Verstand, war einfühlsam, schlagfertig, aber eher zurückhaltend gewesen. Doch wenn es darauf ankam, stand sie zu ihren Überzeugungen, wie bei seiner Auseinandersetzung mit Jim. Luz war der helle Stern, der sich im morastigen Teich von Reichtum und Macht zwischen all den eitlen Seerosen im Wasser spiegelte.

Doch mit ihrem neuen Namen hatte Ash auch ein anderes Wesen angenommen, war härter, streitlustiger und impulsiver geworden, als habe die Tatsache allein, dass sie ihre Herkunft nun kannte, auf einmal sämtliche Eigenschaften, die man Dunkelelben zuschrieb, in ihr aufkeimen lassen.

Und wenn sie sich freiwillig von den Klippen in den Tod stürzt, wärst du ein Trottel, ihr zu folgen, sagte der vernünftige Teil in ihm, der ihn zur Hecke geführt hatte, die jetzt wie eine Wand vor ihm aufragte, eine letzte Hürde auf dem Weg zurück in sein altes Leben, in dem der Spagat zwischen erzwungener Anpassung und heimlicher Rebellion ihn innerlich zerriss.

Und wenn sie genauso feige wie du wäre, würde sie jetzt nicht ihre Mutter befreien wollen und hätte sich damals einen Scheiß um eine Leuchte dritten Grades gekümmert, die von Jim in den Schwitzkasten genommen wird.

Niall starrte mit brennenden Augen auf die Hecke, unfähig sich zu bewegen, und fragte sich, ob er durch seine beißenden Schuldgefühle womöglich den Verstand verlor.

Osito

Ash

Das unerträgliche Kreischen der Alarmanlage erlosch so abrupt, als hätte es jemand mit einer Schere abgeschnitten. Ashs Kehle entkam lediglich ein heiseres Krächzen, das in ein leises Schluchzen überging. Das war ihre Schuld. Sie hätte auf Niall hören müssen. Cearbh war gestorben, weil sie gedankenlos ihren Willen durchsetzen wollte. Jetzt erst nahm sie Adrasels flehende Stimme wahr: »Schieß doch endlich!«

Zu spät. Vor ihnen, im Türrahmen ihres ehemaligen Kinderzimmers, hatten sich zwei **ELO**-Soldaten mit Maschinenpistolen aufgebaut und ihre grimmigen Mienen ließen keinen Zweifel daran, dass sie die Waffen benutzen würden, sobald sie eine unbedachte Bewegung machten.

»Hände hoch, Aschefresser!«, befahl der Ältere der beiden.

Ash spürte eine Bewegung in ihrem Rücken, hörte schweres, zischendes Atmen. Aus dem Augenwinkel sah sie, dass Adrasels Handrücken orangerot glomm. Verdammt! Sie wollte sich nicht ausmalen, was Cearbhs Tod für ihn bedeutete und wie sehr er gerade gegen seine innere Wut und den Hass ankämpfte, um nicht selbst durch das Tyrium zu sterben.

»Tu ihnen nicht den Gefallen!«, flüsterte sie. »Cearbh hätte nicht gewollt, dass du dein Leben wegwirfst.«

»Wie rührend!«, spottete der jüngere der Männer mit spanischem Akzent und grinste hämisch. Sein Gesicht war kantig und die Haut am Hals vernarbt. Auch er trug ein

Lederhalsband mit Tyrium-Transpondern. Keiner der Wachmänner, die bisher ihr Haus bewacht hatten, war jemals mit einem so grausigen *Schmuck* zur Arbeit erschienen, das hätte Mom nie geduldet. Ash würde verhindern, dass sich Cearbhs Transponder dazugesellte.

»Sturmhauben runter!«, befahl der ältere Soldat, als sie nicht auf die Worte reagierte. Er war grobschlächtiger und etwa einen Kopf kleiner, aber seine Körperhaltung und Mimik strahlten eine brutale Überlegenheit aus. Ashs Blick glitt zu seinen Schultern. Die Anzahl der Streifen auf seiner Uniform wies ihn als Staff Sergeant und damit als Vorgesetzten des anderen Soldaten aus.

Sie hatten bisher nur Adrasel aufgefordert, die Hände zu heben. Was auch immer Jago ihnen von ihr erzählt hatte, musste sie davon überzeugt haben, dass sie harmlos und unbewaffnet war. Ash tippte leicht mit dem Ellenbogen gegen Adrasels Bauch und hoffte, dass er den Hinweis verstand. Wenn sie die Arme jetzt hob, um ihre Maske hinunterzuziehen, würde unter der kurzen Bikerjacke unweigerlich die Pistole zu sehen sein, die sie in den Gürtel ihrer Jeans gesteckt hatte. Adrasel zögerte einen Moment.

»Wird's bald!«, brüllte der jüngere Soldat.

Mit einem Ruck zog Adrasel erst sich, dann ihr die Sturmhaube herunter und ließ sie zu Boden fallen.

»Mierda!« Der Mann starrte sie mit großen Augen an. »Die erkennt ja nicht einmal ihre eigene Mutter wieder!«

»Das werden wir gleich sehen«, antwortete sein Vorgesetzter. »Aber zuerst müssen wir uns um den Aschefresser kümmern.« In seiner Stimme lag unverhohlene Vorfreude. Er deutete mit seiner Waffe nach rechts. »Geh da rüber!«, befahl er Adrasel.

»Nein!«, rief Ash, griff mit den Händen hinter sich und hielt ihn fest. Sie durfte nicht zulassen, dass sie ihn einfach vor ihren Augen niederschossen, nur weil er ein Dunkelelbe war. Ihr Stiefvater würde sie mit großer Wahrscheinlichkeit ohnehin töten, dann konnte sie ebenso gut jetzt kämpfend sterben und sich seinen triumphierenden Anblick ersparen. Vermutlich war Darel ebenso geflohen wie Niall. Selbst wenn es Adrasel und ihr gelänge, die beiden Soldaten vor ihnen zu überwältigen, blieben noch die zwei Männer in der Küche, von den Securityleuten im Garten ganz abgesehen. Ashs Gedankenkarussell, das sich immer schneller um ihren bevorstehenden Tod gedreht hatte, kam so abrupt zum Stillstand, dass sie glaubte, den Boden unter den Füßen zu verlieren.

Etwas stimmte hier nicht.

Warum waren die zwei Soldaten nach dem Alarm nicht längst aus der Küche in die Eingangshalle gestürmt? Ihr Herz klopfte schneller.

Der Staff Sergeant zeigte sich von ihrem Protest unbeeindruckt. »Nur, um das klarzustellen, Luz Nolan. Wir haben lediglich Anweisung, dich am Leben zu lassen, *Aschefresser-Bastard*. An einem Schuss ins Knie stirbt man nicht, man kann dann nur nicht mehr weglaufen, was Mr Hernández ganz recht sein wird.«

Der Soldat neben ihm lachte leise.

In dieser Sekunde drang ein entsetzlicher Laut aus Ashs ehemaligem Kinderzimmer und ließ nicht nur sie, sondern auch Adrasel in ihrem Rücken zusammenzucken. Das schreckliche Geräusch raste wie ein Geschoss in Bereiche von Ashs Bewusstsein, um die sie vor langer Zeit sorgfältig eine Mauer des Vergessens errichtet hatte, damals, als sie noch ein kleines Kind gewesen war und nicht wusste, dass das Gehirn nichts vergaß, nicht die geringste Kleinigkeit, sondern nur in wichtig und unwichtig sortierte und entsprechende Ablageorte in ihrem Gedächtnis wählte. Ashs Finger gruben sich fest in Adrasels Hüfte, als die innere Mauer zerbarst, um nur ja ihre Hände nicht zu den Ohren zu heben, das Geräusch auszusperren, weil sie dann den Soldaten unweigerlich die Waffe unter ihrer Jacke offenbaren würde. Und plötzlich war sie wieder Kind und Ositos Augen flehten sie an, zu bleiben und ihm beim Sterben zu helfen.

Osito war der Hund ihres Großvaters Alejandro gewesen, ein Riese von einem Landseer, der ihr bis zu den Schultern reichte. Sein dichtes, schwarz-weißes Fell war über die Jahre struppig geworden und an einigen Stellen ausgefallen wie auch die meisten seiner Zähne. Aber wenn sie ihre Großeltern besuchte, zog ein Glanz in seine Augen und er wich nicht von ihrer Seite, auch nicht, als er schon kaum mehr laufen konnte. Ash war damals gerade erst in die Schule gekommen und verbrachte ihre ersten Ferien bei den Großeltern. Es war ein milder Herbstabend, die letzten Sonnenstrahlen schlüpften gerade widerwillig unter den Saum des Meeres. Sie saß auf einer Schaukel in dem riesigen Garten, den Bauch voll Apfelkuchen mit süßer Sahne, und träumte bei jedem Hinaufschwingen in den Himmel, sie könnte mit ihren kleinen Fußspitzen die Sterne berühren, wenn sie sie nur weit genug nach oben reckte. Wäre er ein paar Jahre jünger gewesen, hätte Osito rechtzeitig Alarm geschlagen. Aber er war fast blind und taub. Deshalb sprang er erst auf, sobald ihm der Geruch des tollwütigen Kojoten in die Nase drang, der sich durch ein Loch im Zaun in den Garten geschlichen hatte. Der Kampf der zwei ungleichen Gegner währte nur kurz und Ashs Hilferufe waren laut genug gewesen, um den Großvater mit seinem Jagdgewehr nach draußen stürmen zu lassen. Doch nachdem er den Kojoten erschossen hatte, zeigte sich, dass Osito zu schwer verletzt war, als dass noch eine Chance auf Heilung bestand. Ash hatte weinend neben ihm im Gras gekauert und sein blutbesudeltes Fell gestreichelt, während er sie vollkommen stumm aus großen hellbraunen Augen ansah. Erst als ihre Großmutter sie wegzog, damit sie nicht mit ansehen musste, wie Alejandro ihn erschoss, begann er nach ihr zu weinen. Es war ein hohes, von dem Blut, das sich in seiner Kehle gesammelt hatte, ersticktes Geräusch, eine Mischung aus Wimmern und Gurgeln, in der so viel Angst und Verzweiflung lag, dass Ash noch Monate später Albträume davon hatte und sich elend fühlte, dass sie sich hatte wegziehen lassen und nicht bei ihm ausgeharrt war. Bis zum Ende.

Die Laute, die jetzt aus ihrem Zimmer kamen, klangen, als wäre Osito wieder zum Leben erwacht, nur um erneut zu sterben. Eine Woge von Panik stieg in Ash auf.

»Mom?«, flüsterte sie heiser, dann lauter, mit sich überschlagender Stimme: »MOM?«

»ZUR SEITE, ASCHEFRESSER!«, befahl der Staff Seargant laut und Ash spürte eine Bewegung in ihrem Rücken. Nein!

In diesem Moment hallte das Geräusch schwerer Stiefel auf dem Marmorboden von unten hoch, stockte und ein raues Lachen erklang. Dann rief eine, Ash nur allzu bekannte Stimme: »Soll der Aschefresser die Sauerei hier nicht lieber wegputzen, bevor der Boss kommt, Sir? Könnte Flecken im Marmor geben.«

Blumen für Glenda

Niall

Niall stand unschlüssig vor der Hecke, hörte nicht das geringste Geräusch und erschrak zu Tode, als sich eine Hand in seine Schulter krallte und ihn grob herumriss.

»Was zur Hölle machst du hier?«, zischte der ELO-Soldat bedrohlich.

Niall wollte im Drehen nach seiner Waffe greifen, stockte dann und blinzelte. Nein, das war niemand von der ELO. Vor ihm stand Darel in der Uniform eines Soldaten mit einer Maschinenpistole in der Hand, die er jedoch nicht auf ihn, sondern zu Boden richtete.

»Ich …«, begann Niall und brach ab, als Kelly hinter einem Strauch hervortrat, in der Hand einen Blumenstrauß, eingewickelt in Seidenpapier. Ihre Augen waren gerötet und die Haare klebten in Locken auf der schweißbedeckten Stirn. Okay, jetzt hatte er tatsächlich den Verstand verloren.

»Wo ist Luz?«, fragte sie in einem Tonfall, der keinen Zweifel daran ließ, dass sie ihm am liebsten die Blumen um die Ohren hauen würde.

»Mit den anderen im Haus«, gab Niall kleinlaut zu, straffte dann die Schultern und sah Darel fest an. »Ich dachte, du und Hernández –«

Aber Darel unterbrach ihn.

»Falsch gedacht!«, sagte er eisig. »Du hast Schiss bekommen und bist abgehauen.«

Es war eine Feststellung, keine Frage. Die Wahrheit, laut ausgesprochen, sorgte dafür, dass Niall sich umso erbärmlicher fühlte. Er hatte keine Zeit, ihm seine Entscheidung zu erklären. Also deutete er zum Haus und sagte nur: »Das ist eine Falle!«

Zu seiner Überraschung lächelte Darel spöttisch. »Ach, hast du das auch schon bemerkt?«

»Du wusstest es? Und du hast uns trotzdem blind hineinlaufen lassen?«

Das Mädchen trat einen Schritt vor und drückte ihm einen Finger gegen die Brust. »So wie du gerade Luz und deine Freunde?«

»Kelly ...«

»Du bist echt das Letzte, Niall! Ich werde –«

Aber Darel kam ihm in der nächsten Sekunde zu Hilfe. »Lass gut sein, Kelly. Wir müssen uns beeilen!« Mit einem letzten verächtlichen Blick auf Niall wandte er sich zum Gehen. Plötzlich waren alle Zweifel in Niall verschwunden, er ekelte sich vor sich selbst, hoffte, alles wiedergutmachen zu können, und sagte rasch: »Ich komme mit.«

Darel blieb nicht einmal stehen, sondern nickte nur, so als hätte er nichts anderes von ihm erwartet.

»Warum hast du uns nicht gewarnt?«, fragte er atemlos, während er versuchte, mit ihm Schritt zu halten.

»Weil du dann sofort abgehauen wärst, ich die Wachen am Tor nicht in Ruhe hätte ausschalten können und Luz niemals einverstanden gewesen wäre, dass ich ihre beste Freundin in Gefahr bringe.«

Niall überhörte den Vorwurf der Feigheit und fragte: »Das verstehe ich nicht. Warum ist Kelly überhaupt hier?«

Loyalitäten

Darel

Kelly Dearing hatte Darel überrascht.

Und das gelang nicht vielen Menschen.

Nur zwei Stunden zuvor hatte er sie von dem kleinen chinesischen Lebensmittelladen aus darüber aufgeklärt, dass Hernández ihnen mit großer Wahrscheinlichkeit eine Falle stellen würde, nicht nur um Ash in die Hände zu bekommen, sondern auch um die Loyalität seines Freundes Steven, Kellys Vater, zu prüfen.

Monatelang hatte Darel Informationen gesammelt, um sein Psychogramm zu Hernández zu vervollständigen. Es ließ nur einen Schluss zu: Paranoid wie der ELO-Chef nun einmal war, musste er aus den Vorfällen der letzten Tage zu der Überzeugung gelangt sein, dass er das Opfer einer groß angelegten Verschwörung war. Eingefädelt von Nialls und Kellys Vater, verfolgte sie den Zweck, ihm ausgerechnet jetzt, kurz vor der Verabschiedung eines neuen, schärferen Gesetzes gegen aufrührerische Dunkelelben, politisch das Genick zu brechen. Seine eigene Tochter ein Kuckuckskind eines Dunkelelben – was für ein Fressen für die Presse!

»Du kennst Luz. Sie wird ihre Mutter nicht ihrem gewaltbereiten Ehemann überlassen, ohne zumindest versucht zu haben, sie zu befreien.«

»Steht es wirklich so schlimm?«

»Schlimmer.«

Einen Moment lang war sie verstummt. Dann fragte sie: »Was kann ich tun?«

Und da begann Darel, Kelly zu mögen.

Während Hernández und Steven Dearing nach der Demonstration also im Wohnzimmer Whisky tranken, verfasste Kelly in ihrem Zimmer einen herzzerreißenden Abschiedsbrief. Darin bat sie ihren Vater um Verzeihung für ihren Datendiebstahl und schlich sich dann aus dem Haus. Indem sie die Weitergabe von Hernández' Sicherheitscodes ganz allein auf ihre Kappe nahm, war ihre Familie vor dessen Rache sicher. Darels Aufgabe war es nun, Kelly vor den **ELO**-Soldaten zu schützen. Wenn ihr Vater so einflussreich war, wie Kelly behauptete, konnte Darel sie bald seinem Schutz überlassen und wer weiß, vielleicht erwies sich diese Bekanntschaft für die Zukunft noch in anderer Hinsicht als nützlich.

Als er sich verkleidet in der Uniform eines **ELO**-Soldaten zum Tor schlich, musste er keine Minute warten, bevor Ashs Freundin wie vereinbart ihre Show abzog. Sie hatte nicht nur den Blumenstrauß aus seinem Versteck am Parkeingang geholt, sondern auch ihr spießigstes Kleid angezogen. Keiner der Soldaten zweifelte an ihrer Absicht, einen Krankenbesuch bei der Mutter ihrer besten Freundin zu machen. Man bat sie zu warten, bis Mr Hernández nach Hause kommen würde. Aber Kelly kam dieser Aufforderung nur kurz nach, dann begann sie lauthals mit einer voluminösen, tiefen Stimme einen Song aus Erilias Lieblingssoap »Abandoned Tunes« zu singen. Darel hatte zwar mit *Randalieren* an etwas gänzlich anderes gedacht, aber die Gesangseinlage erfüllte auch ihren Zweck und lenkte die Wachen von dem Geschehen in ihrem Rücken ab, sodass er sie erledigen konnte, bevor sie Hernández oder das **ELO**-

Hauptquartier verständigen konnten. Alles lief bislang glatt und ihrer Flucht nach der Befreiung von Ashs Mutter stand niemand mehr im Weg, sobald auch die Soldaten im Haus ausgeschaltet waren.

Die eigentliche Schwachstelle in seinem Plan waren aber nicht die Soldaten, sondern Kellys schwer kalkulierbare Reaktion auf sein brutales Vorgehen gewesen. Da er Ashs Freundin nicht kannte, rechnete er von *ohnmächtig werden* bis zu *hysterisch kreischend die Nachbarschaft wecken* mit allen möglichen Komplikationen. Sie war zurückgezuckt, hatte sich die Hand vor den Mund geschlagen und mit blassem Gesicht die toten Soldaten angestarrt. Aber als er das Tor öffnete, um sie hereinzulassen, schob sie ihr rundliches Kinn entschlossen vor, sah ihn aus schmalen Augen fest an und sagte: »Nur für den Fall, dass du mich belogen hast, Dad kennt durch seinen Job genügend Kriminelle, um dir die letzten Tage deines Lebens zur Hölle werden zu lassen.«

»Gut zu wissen«, erwiderte Darel.

Kelly war nicht nur erstaunlich hartgesotten, wenn es darum ging, ihre Familie und ihre Freundin zu schützen, sie hielt sich auch erfreulich exakt an Darels Anweisungen. Das konnte er von Ash nicht behaupten.

Katz und Maus

Ash

Nach allem, was sie mit ihm durchgestanden hatte, wäre Ash niemals auf die Idee gekommen, dass sie so erleichtert sein könnte, Darels Stimme zu hören, auch wenn diese entsetzlichen Worte gerade aus seinem Mund geschlüpft waren: *»Soll der Aschefresser die Sauerei hier nicht lieber wegputzen, bevor der Boss kommt, Sir?«*

»Keine schlechte Idee!«, rief der Staff Sergeant. »Mach dich an die Arbeit, Aschefresser!« Er gab Adrasel einen Wink. »Vielleicht überlege ich's mir und schick dich nur ins Resozialisierungsprogramm, statt zu deinen Ahnen.«

Diesmal ließ Ash zu, dass Adrasel sich von ihr löste. Wenn er erst unten bei Darel war, hatte er größere Chancen zu überleben als hier oben bei ihr. Sein Gesicht war wie in Stein gemeißelt, als er schwer atmend die Empore entlang zurück zur Treppe ging. Der Soldat mit der Tyrium-Transponderkette folgte ihm in einem sicheren Abstand von etwa sechs Fuß und hielt seine Pistole im Anschlag. Aber der Staff Sergeant trat nun ebenfalls an das Geländer und sah flüchtig nach unten.

»Wer sind die denn? Beerdigungsgäste?«

Ein kalter Schauer lief Ash über den Rücken, als Darel nach kurzem Zögern in das wiehernde Lachen des Soldaten einstimmte. Rasch drehte sie sich zur Empore um. Wen meinte er? Sie wagte nicht, den Sergeant vollständig aus den Augen zu verlieren und linste immer wieder zu ihm hinüber.

Es kam ihr vor, als würden sie Katz-und-Maus spielen und darauf lauern, wer schneller unaufmerksam wurde, um den anderen im richtigen Moment zu überwältigen.

Darel steckte in der Uniform eines ELO-Soldaten mit tief in die Stirn gezogener Kappe und richtete seine Waffe auf Niall und Kelly, die in Handschellen vor ihm standen. Hatte er die Uniform des Soldaten an, den er erschossen hatte? Dann wurde ihre Aufmerksamkeit auf ihre Freundin gelenkt.

Was zur Hölle … Kelly sah aus, als wäre sie auf dem Weg zu einem Casting für *Alice im Wunderland* oder zum Sonntagnachmittagskaffee bei ihrer spießigen Tante Claire. Sie trug ein hellblaues Sommerkleid im Vintage-Design mit weitem, glockenförmigen Rock und hielt einen Blumenstrauß in den gefesselten Händen, aus dem ein paar rote Blütenblätter auf den Marmor zu ihren Füßen gefallen waren. Wie blutige Tränen im Schnee. Der Gedanke brachte sie wieder in die Realität zurück. Nie wieder würde sie weißen Marmor ansehen können, ohne an Blut und Tod zu denken.

»Luz!«, rief Kelly, die ihren Blick hob und zur Empore sah. In ihrem Gesicht las Ash erst Angst, Erkennen, dann staunende Ungläubigkeit.

»Dearings Tochter«, erklärte Darel mit einer Geste zu Kelly. Er stand mit dem Rücken zur Treppe und den beiden Soldaten zugewandt, seine *Geiseln* im Visier. »Wollte einen kurzen Krankenbesuch bei Nolan machen. Der Boss meint, wir können sie gleich hierbehalten, dann ist ihr Vater sicher verhandlungswilliger. Und das da«, er deutete mit seiner Waffe auf Niall und seine Stimme bekam einen triumphierenden Klang, »ist Evans Sohn.«

»Mein Vater wird Sie hinter Gitter bringen für das, was Sie

hier getan haben!«, schrie Niall. Er starrte mit verzerrtem Gesicht auf Cearbhs zerschlagenen Leichnam.

Niall war *doch* zurückgekommen! Ashs Herz machte einen Satz. Trotz allem, was sie ihm an den Kopf geworfen hatte. Obwohl er die Falle vorausgesehen hatte.

»Schnauze, Leuchte!« Darel sprang blitzschnell auf Niall zu und schlug ihm mitten ins Gesicht. Als er seine Hand wieder fortzog, war sie blutverschmiert und Nialls Oberlippe aufgeplatzt. Ash schnappte empört nach Luft. Das war nicht nötig gewesen, um seiner Rolle als ELO-Soldat gerecht zu werden. Darel wandte ihr den Rücken zu, aber der aufgebrachte Blick, den Niall ihm zuwarf, ließ erahnen, dass er grimmig lächelte. In diesem Augenblick wurde ihr bewusst, dass es Darel gewesen sein musste, der Niall von seiner Flucht abgehalten und zurückgebracht hatte, und dass er ihm die Schuld an Cearbhs Tod gab.

Adrasel und der junge Soldat hatten mittlerweile das Ende der Treppe erreicht und Ash spannte sich instinktiv an. Wenn Niall Handschellen trug und Adrasel nur eingeschränkt kämpfen konnte, um nicht seinen Aggressionslevel zu überschreiten, musste sie sich selbst gegen den Staff Sergeant zur Wehr setzen, während Darel den Soldaten im Erdgeschoss überwältigte. Sie betrachtete die kräftige, gedrungene Gestalt des Mannes vor ihr und schluckte. Das war keiner dieser jungen Anfänger, die im Garten Marschieren übten. Würde sie schnell genug sein, ihre Waffe zu ziehen, bevor er abdrückte?

Rühr dich ja nicht von der Stelle!

Darels Stimme wisperte so unerwartet durch den dichter werdenden Nebel ihrer Angst, dass ihr ein Keuchen entfuhr, nicht besonders laut, aber laut genug, dass der Staff Sergeant seine Aufmerksamkeit wieder ihr zuwandte. Seine Augen verengten sich und einen irrwitzigen Moment wirkte er wie ein Raubtier, das ihre Panik witterte und ihr verräterisch rasendes Herz hörte.

»Wo steckt Michael? Noch in der Küche?«, rief er nach unten, während seine stechenden dunklen Augen weiterhin auf ihr lagen.

Ash hielt den Atem an. War das eine Fangfrage?

»Bei uns war er nicht. Hält Michael nicht vorne am Tor Wache?«, entgegnete Darel und das Gesicht des Staff Sergeants entspannte sich wieder.

Woher wusste er das? Dann erinnerte sie sich, dass er das Headset des getöteten Soldaten aufgesetzt und die Wachen am Tor belauscht hatte.

»Er ist zu schwer, das schaffe ich nicht alleine.« Adrasels Stimme war abgehackt und so heiser, dass man ihn auf der Empore kaum verstand.

»Die Leuchte ist dir sicher gern behilflich«, spottete Darel. »Oder ist sich Evans Sohn etwa zu schade dafür? Dein Vater behauptet doch immer, den *Zusammenhalt* in der Elbengemeinschaft fördern zu wollen.«

Ein Schmunzeln zuckte über das Gesicht des Staff Sergeants und Schritte hallten durch den hohen Raum, dann metallisches Klappern. Darel musste Niall die Handschellen abgenommen haben. Ashs Bewunderung dafür, wie rasch er sich auf neue Situationen einstellen und sie geschickt in seine Pläne integrieren konnte, stieg.

»Moment!«, feixte der Soldat im Erdgeschoss plötzlich. »Bevor ihr ihn rausschafft, muss ich noch meine Schmucksammlung erweitern.«

Es geht los.

Adrasel würde niemals zulassen, dass dieser Leichenschänder Cearbh die Haut aufschnitt, um den Tyrium-Transponder zu entfernen. Eher würde er den Körper seines Freundes mit seinem eigenen Leben verteidigen. Es fühlte sich falsch an, einfach hier herumzustehen und abzuwarten, nur weil Darel sie zur Untätigkeit verdammt hatte. Ash wollte – musste – einfach etwas tun, wenn sie innerlich vor Anspannung, Wut und Hass nicht explodieren wollte. Wenn er ihr schon nicht zutraute, dass sie auf den Staff Sergeant schoss, dann musste sie wenigstens versuchen, ihn von dem gleich einsetzenden Kampfgeschehen im Erdgeschoss abzulenken.

»Fass ihn bloß nicht an, du mieses Schwein!«, schrie Ash daher gellend und stemmte ihre Hände wie zum Protest so in die Hüften, dass sie den Griff ihrer Waffe im Rücken spüren konnte.

Sie hatte damit gerechnet, dass der Sergeant sich ihr zuwenden würde. Das tat er auch, aber er hatte das Katz-und-Maus-Spiel nun offensichtlich satt. Mit einem Satz sprang er auf sie zu und entging so um Haaresbreite der lautlosen Kugel, die von unten auf ihn abgefeuert wurde. Sie schlug mit solcher Wucht in den Türrahmen ihrer Kinderzimmertür ein, dass einzelne Späne des zersplitternden Holzes über den Flur bis zu ihren Füßen flogen. Unter ihr explodierte die Welt. Schreie und Schüsse tönten in ihren Ohren, verrieten ihr, dass der junge Soldat sich wehrte, denn Nialls und Darels Waffen waren mit Schalldämpfern ausgestattet, aber Ash hatte jetzt andere Sorgen. Sie wich in letzter Sekunde zurück und riss die Waffe aus dem Bund ihrer Jeans. Aber der Angriff war zu überraschend gekommen, sie hatte zu wenig Erfahrung im Umgang mit Pistolen und während ihre bebenden Finger gerade erst den Abzug ertasteten, trat der Sergeant ihr bereits mit dem Stiefel brutal gegen die Hände.

Ash schrie, teils vor Schmerz, teils vor Panik. Die Pistole fiel ihr aus der Hand, aber sie hatte keine Zeit, sie wieder aufzuheben. Mit einem Sprung zur Seite versuchte sie, sich in Sicherheit zu bringen, doch im nächsten Moment donnerte der Mann mit voller Wucht gegen ihren Körper und riss sie einfach mit sich zu Boden. Der Aufprall auf dem harten Stein presste ihr die Luft aus der Lunge und Todesangst schnürte ihr die Kehle zu, sie schlug um sich, trat gegen ihn, aber er hielt sie eisern fest, rollte sich zur Seite und zerrte sie an ihrem Haar mit sich. Tränen schossen ihr in die Augen, ihre Kopfhaut schien in Flammen zu stehen und Ash brüllte sich heiser, bis sein Arm ihr Gesicht streifte und Ash so fest zubiss, dass sie glaubte, ihre Schneidezähne würden abbrechen. Der widerlich metallische Geschmack von Blut schoss ihr in den Mund und ließ sie würgen, aber sie rückte nicht von ihm ab, auch dann nicht, als er fluchend mit seiner Pistole gegen ihren Kopf schlug, sodass Sterne vor ihren Augen tanzten. Dann drückte er stattdessen das kalte Metall gegen ihre Schläfe.

»Waffen weg!«, brüllte er. »Sonst knall ich sie ab!«

Unter dem verschwitzten Haar, das ihr ins Gesicht gefallen war, sah Ash blinzelnd auf, ohne von ihm abzulassen. Niall stand nur etwa neun Fuß entfernt vor ihnen, das Gesicht so weiß und die Augen so kalt wie der Marmor zu ihren Füßen. Nur wenige Schritte hinter ihm waren Adrasel und Kelly. Ihre Freundin hatte die Hände vor den Mund geschlagen und schluchzte leise. Adrasels Handrücken flackerte in einem bedenklich dunklen Orangeton. Wo war Darel?

»Lassen Sie uns gehen. Ich garantiere Ihnen, dass niemand von all dem hier erfahren wird. Mein Vater hält ohnehin nichts von meiner Beziehung zu Hernández' Tochter.«

Das konnte doch nicht sein Ernst sein!

»Hältst du mich für blöd, Junge? Du und deine Freunde werdet jetzt schön brav warten, bis Hernández eintrifft, sonst schieß ich deiner Liebsten ein Loch in den hübschen Kopf. Wo steckt euer verkleideter Klugschwätzer?«

Nialls Blick verfinsterte sich.

»Er und Ihr Soldat haben sich gegenseitig erschossen.«

Ashs Kiefer erschlaffte und der Sergeant nutzte die Gelegenheit, ihr seinen lädierten Arm zu entreißen und gegen ihren Brustkorb zu drücken. Aber sie fühlte weder den Schmerz in ihren Zähnen noch in den Rippen.

Darel war tot.

Die Welt vor ihr begann sich zu drehen und sie glaubte, in einen Abgrund zu fallen. Ihre Beziehung zu ihm hätte nicht zwiespältiger sein können. Aber er war ihre einzige Verbindung zu ihrem Dunkelelbenvater gewesen. Er hatte sie bedroht und verhöhnt und ihr doch das Leben gerettet und hinterher bei ihrer Flucht geholfen. *Ash.* Sie würde nie wieder den samtenen Klang seiner Stimme hören, wenn er ihren neuen Namen auf diese eigenwillige Art aussprach. Ihr Herz hämmerte in dem Crescendo ihrer Wut, schneller, immer schneller, bis sie glaubte, zu explodieren und ihren Hass und ihre Verzweiflung in die Welt schreien zu müssen. Aber das tat sie nicht. Denn Ash wollte Rache und deshalb musste sie jetzt ruhig bleiben und nachdenken.

Niall betrachtete die Waffe in seiner Hand unschlüssig.

»Sie wissen, dass Sie mir nichts antun dürfen, wenn Ihr Boss keinen Ärger bekommen soll? Mein Vater hat Kontakte in die höchsten Regierungskreise.«

Warum war ihr diese erbärmliche Seite vorher nie an Niall aufgefallen? Unter dem höhnischen Lachen des Sergeants schabten die Knöpfe seiner Uniformjacke gegen ihren Hinterkopf.

»Ich mach mir gleich vor Angst in die Hosen! Aber keine Sorge, dir und Dearings Tochter wird nichts geschehen, solange der Boss nicht mit euren Vätern verhandelt hat.«

»Okay«, sagte Niall und dann warf er einfach seine Pistole zu Boden, direkt neben den Staff Sergeant.

Ihr Herz hörte auf zu schlagen.

»LAUF!«, brüllte Ash, aber Adrasel hatte sich bereits geistesgegenwärtig umgedreht und rannte Richtung Treppe. Das kalte Metall verschwand von ihrem Kopf und Ash versuchte vergeblich, sich aus dem schraubstockartigen Griff des Mannes zu winden, der jetzt auf den fliehenden Dunkelelben zielte. Niall hatte Kelly gepackt und sie aus der Schusslinie in Ashs Kinderzimmer gezerrt. Von dort hallte ihre Stimme durch das gesamte Treppenhaus.

»Oh Gott! Oh mein Gott!«

Ash hob den Kopf und stieß ihn mit voller Kraft gegen die Brust des Sergeants. Die Kugel, die im selben Augenblick die Waffe verließ, verfehlte ihr Ziel. Adrasel drehte im Laufen den Kopf zu ihr, die sonst so hell leuchtenden Augen riesig und sich plötzlich verdunkelnd wie der Himmel an einem gewittrigen Sommertag. Er stolperte, stürzte und rappelte sich gerade wieder auf, als der Sergeant bedrohlich knurrend seinen Unterarm, den er bisher gegen Ashs Rippen gedrückt hatte, hochschob und gegen ihren Hals presste. Seine muskulösen Beine hielten weiterhin ihre Oberschenkel auf den Boden gepinnt und gaben keinen Zoll unter ihrem Strampeln nach. Sie röchelte und würgte, als der Druck auf ihren Kehlkopf immer stärker wurde, Tränen brannten in ihren Augen und sie fühlte bereits die Schatten der Ohnmacht nahen, aber Adrasel war noch nicht außer Schussweite, also kämpfte sie weiter, bis unter ihrem verschwommenen Blick plötzlich alles rot wurde. Wie bei dem Holi-Festival Ende März, als Kelly und sie auf dem Campus der Kunstakademie zu dem wummernden Bass der Live-Musik die bunten Tütchen in die Luft gehalten und das feine Farbpuder zerstäubt hatten, bis Himmel und Erde sich in einem Rausch aus Farben küssten. Aber das Pulver war trocken gewesen, fein wie Sand in einem Wüstensturm.

Dieses Rot war feucht.

Improvisieren

Darel

Alles war perfekt nach Darels Plan verlaufen – von Nialls halbherzigem Fluchtversuch einmal abgesehen. Nachdem Niall und er die übrigen Wachmänner in der Küche überwältigt hatten, traf sie der Anblick von Cearbhs zerschmettertem Leichnam in der Eingangshalle wie ein Schlag. Darel hatte fest damit gerechnet, dass die Soldaten sie gefangennehmen und ihrem Boss auf einem Silbertablett zum Verhör servieren würden.

Ein fataler Fehler.

Sein zweiter Fehler war, zu glauben, dieses widerspenstige Mädchen würde einmal, nur ein einziges Mal, auf ihn hören! Hätte Ash sich ruhig verhalten, hätte seine Kugel den Sergeant nicht verfehlt. Mit einem Hechtsprung nach links entging Darel nur um Haaresbreite den Kugeln, die der junge Soldat im Erdgeschoss kurz darauf auf ihn abfeuerte, bis Adrasel ihm unerwartet einen heftigen Schlag in den Rücken verpasste. Der Mann stolperte und fuhr mit einem Brüllen herum, gleichzeitig hallten Kellys und Ashs Schreie unangenehm schrill durch die riesige Halle. Darel, dessen Schulter vom Abrollen auf dem Boden wie Feuer brannte, riss seine Waffe hoch. Aber Niall kam ihm zuvor und schoss. Der Soldat sackte vor Adrasel tot zusammen und schlug mit dem Kopf gegen sein Schienbein. Der Dunkelelbe stand wie zu einer Eisskulptur erstarrt da und erst im nächsten Moment entdeckte Darel, dass Adrasels Handrücken wegen seiner Beteiligung am Kampf inzwischen rot flackerte. Blieb er dauerhaft rot, weil Adrasel es nicht schaffte, sich zu beruhigen, würde er nur noch eine Minute leben.

Doch darum konnte Darel sich jetzt nicht kümmern. Noch immer kämpfte Ash oben mit dem Sergeant. Er überließ Adrasel Niall und überlegte, ob es einen anderen Weg gab, ihr auf der Empore zu Hilfe zu kommen, ohne die Treppe zu benutzen, die der Sergeant im Visier hatte. Darels Blick glitt zu den Edelstahlpfosten des Geländers. Die Metallstreben waren nicht auf den Marmorfußboden aufgesetzt, sondern in den verputzten Estrich darunter geschraubt. Der rechte Winkel, den sie dabei bildeten, hatte die Form eines L's, an dessen kürzeren Ende er sich entlanghangeln konnte, ungesehen von neugierigen Blicken im Obergeschoss, solange sich niemand über die Brüstung beugte. Wenn die anderen nach oben liefen, um den Sergeant abzulenken, könnte es klappen. Rasch gab er ihnen Anweisungen, sah, dass Adrasels Transponder wieder erloschen war und griff nach den ersten Streben, die er gerade so mit ausgestreckten Händen erreichen konnte. Doch er hatte sich verschätzt. Die Pfosten standen viel weiter auseinander als gedacht. Darel musste seinem Körper Schwung verleihen, den ersten Pfosten loslassen und hoffen, dass sein Antrieb ausreichte, um den zweiten rechtzeitig zu fassen, bevor er abstürzte und Cearbh auf dem Boden Gesellschaft leistete.

Ashs Geschrei über ihm war verstummt. Darel hörte, wie Niall den Sergeant hinhielt und mit ihm verhandelte. Er spielte seine Rolle gut.

Jetzt kam der schwierigste Abschnitt, denn Darel war, den Stimmen nach, genau auf Höhe des Sergeants angelangt. Ein verräterisches Geräusch und der Mann würde, um der Ursache auf den Grund zu gehen, zu ihm nach unten schauen. Doch in diesem Moment brüllte Ash »Lauf!«.

Nein, nein, nein! Er würde nicht zulassen, dass diese Nacht noch einen Dunkelelben verschlang. Zwei hastige Schwünge und er zog sich mit der linken Hand an dem Metallpfosten hoch, riss mit der rechten die Pistole aus seinem Gürtel und schoss.

Tapferes Mädchen, dachte Darel, dem nicht entgangen war, dass Ash Adrasel durch ihren Widerstand gerettet hatte. Aber natürlich sagte er ihr das nicht, sondern etwas ganz anderes.

Mom

Ash

»Was war an *Rühr dich nicht von der Stelle* missverständlich?«

Der Arm des Sergeants sackte zur Seite, sein Oberkörper fiel nach hinten und Ash rang würgend und hustend nach Atem, während sie herumfuhr und geradewegs in Darels Augen sah. Helles Türkis wie das Meer in Carmel-by-the-Sea, Inselstreifen aus dunklem Grau, ein nachtblauer Rand, der Ausdruck darin hart und unnahbar. Aber das war ihr gerade vollkommen egal.

Darel lebte! Er hing über dem Abgrund der Empore, einen Arm um die Edelstahlstrebe des Geländers geschlungen, den anderen mit der Pistole in der Hand auf dem Boden abgestützt. Eine Woge von Erleichterung brach über ihr zusammen, fegte die Anspannung der letzten Minuten fort und entlud sich in einem hemmungslosen Schluchzen.

»Darel! Wie … wie hast du das nur geschafft …«, sie rang verzweifelt um Fassung und sah, dass der Ausdruck in seinen Augen sich änderte, weicher wurde, bis der bekannte spöttische Glanz einzog und seine Mundwinkel zuckten. Er ließ die Pistole auf dem Marmor liegen, griff nun auch mit der anderen Hand nach der Metallstrebe und zog sich daran geschickt nach oben, bis er sich über die Brüstung schwingen konnte und vor ihr stand. Jetzt erst nahm Ash den blutüberströmten Leichnam hinter sich wahr. Schaudernd wandte sie sich ab und rappelte sich auf. Das Blut des Mannes klebte auf ihrer Kleidung, in ihrem Nacken und in ihrem Haar. Sie würgte erneut, begann hektisch mit den Händen über all die verschmutzten Stellen zu reiben, als könnte sie sich auf diese Weise reinwaschen, aber da war Darel schon bei ihr.

»Ash«, raunte er leise und der Klang ihres Namens aus seinem Mund ließ sie in der Bewegung innehalten. »Wir müssen jetzt deine Mutter hier rausholen. Schnell.«

Im nächsten Moment trat Niall aus ihrem Kinderzimmer. Er war nicht mehr nur bleich, sondern grün im Gesicht.

»Deine Mom …«, er brach ab und machte eine hilflose Geste zur Tür.

Ash rannte los.

Augen

Darel

Wie Ash ihn ansah! Ihr Blick brannte Löcher in seine Rüstung und kam der gebrochenen Kreatur in seinem Inneren gefährlich nahe. Keiner Frau war das zuvor gelungen. Darel war erleichtert, als Niall nach ihnen rief und den Moment zwischen ihnen unterbrach.

Früher hatte er sich das Kinderzimmer von Luz Hernández Nolan als einen Albtraum in Rosatönen vorgestellt. Deshalb fiel sein überraschter Blick auch zuerst auf die massiven Dielen aus stark gemasertem Walnussholz und anschließend auf den tannengrünen Wollteppich, der wie ein Flecken Moos auf dunklem Waldboden wirkte.

»Mom!«

Ashs Schrei ließ ihn aufsehen, dorthin, wo Ashs Bett stand, ein schlichtes Holzgestell, an beiden Seiten des Kopfendes umrahmt von grünen Zimmerpflanzen. Glenda Hernández Nolan hatte nichts mehr mit der Schönheit gemein, die ihm aus zahlreichen Medien vertraut war. Sie kauerte am Boden mit dem Rücken zum Fußende des Bettes, die Arme weit gespreizt und an die gebogenen Holzstreben mit Handschellen gefesselt. Ihr langes Haar war abgeschnitten worden und lag um ihre schlanke Gestalt verteilt wie goldene Federn, die man einem Vogel ausgerissen hatte. Über ihrem Mund spannte sich ein breites Klebeband, das ihren Kopf in aufrechter Stellung an dem Bettgestell festhielt. Mit demselben Klebeband waren ihre Füße zusammengebunden worden. Ihr Gesicht war geschwollen, die Nase gebrochen. Tiefe Schatten klebten unter ihren Augen, aber der dumpfe Schmerz wurde durch einen warmen Glanz abgelöst, als Ash auf sie zueilte, neben ihr auf die Knie sank, wo bereits Kelly schluchzend kauerte, und die Arme um sie legte. Mit wenigen Schritten war Darel bei ihr.

»Halten Sie still«, erklärte er. »Ich muss die Handschellen durchschießen.«

Glenda Nolans Handgelenke waren blutig gescheuert und ihre Hände fielen kraftlos zu Boden, sobald die Handschellen durchtrennt waren. Sie musste sich gegen ihre Peiniger erbittert gewehrt haben. Ihre Kleidung war vollkommen durchnässt und neben dem Nachtschrank sah Darel einen Eimer Wasser. Vermutlich hatte man versucht, sie damit wach zu halten. Während Niall das Klebeband an ihren Füßen durchschnitt, beugte sich Darel zu ihrem Gesicht, aber Ashs Mutter riss die Augen auf und zuckte panisch vor ihm zurück.

»Ich mach das!«, rief Ash schnell, packte vorsichtig das eine Ende des Klebebands und zog es ihr dann in einem Ruck vom Mund. Ihre Mutter stöhnte leise, dann sah sie auf. Darel hatte erwartet, dass Glendas erste Worte ihrer Tochter gelten würden. Aber ihr Blick heftete sich auf ihn und obwohl ihre Stimme heiser und nuschelig und ihre Schneidezähne gebrochen waren, wusste er sofort, dass sie ihn nicht für einen ELO-Soldaten hielt, als sie ihn fragte: »Wer zur Hölle bist du?«

Glenda Hernández Nolan musste ihn an seinen Augen erkannt haben.

Gefangen

Ash

»Darel ist ein Dunkelelbe, Mom«, erklärte Ash und griff nach ihrer Hand. »So wie ich.«

Ihre Mutter sah nicht aus, als ob sie das beruhigte. Sie öffnete den Mund, aber bevor sie etwas sagen konnte, wurde es gleißend hell, als würde die Mittagssonne durchs Fenster scheinen. Geblendet blinzelte Ash und versuchte zu erkennen, was draußen vor sich ging. Adrasel war zu einem der Fenster gelaufen und spähte hinter dem Vorhang verborgen in den Garten. »Ein Helikopter! Bei Elatha! Da draußen haben sich mindestens zwei Dutzend Scharfschützen mit Gewehren vor dem Eingang positioniert.«

»Scheiße!«, fluchte Niall und sprang auf. »Was machen wir jetzt?«

Dumpf, durch das dicke Panzerglas und die Lautsprecher verzerrt, vernahm Ash die Stimme ihres Stiefvaters: »Ihr seid umstellt! Lasst meine Frau und Luz frei und kommt unbewaffnet, mit erhobenen Händen heraus, sonst werden wir das Haus stürmen!«

Darel sah aus, als habe er in eine Zitrone gebissen und das machte Ash mehr Angst, als die eben gehörten Worte. Er legte die Stirn in Falten.

»Er wird uns alle erschießen«, murmelte ihre Mutter. Sie hob die Hand und streichelte Ash zitternd über das Haar, so wie sie es früher immer getan hatte, wenn sie traurig gewesen war. »Jago hat neues, unerfahrenes Wachpersonal angeheuert, damit ihr leichtes Spiel habt und er euch ins Haus locken konnte. Jetzt erzählt er allen, dass Steven deinen Entführern die neuen Sicherheitscodes verraten hat und wir beide hier als Geiseln festgehalten werden. Und bei seinem heldenhaften Versuch uns zu befreien, kommen bedauerlicherweise alle um, damit die Wahrheit nie ans Licht kommt und er Steven, Nialls Vater und den Dunkelelben«, ihr stumpfer Blick glitt zu Adrasel, »für diesen Anschlag die Schuld in die Schuhe schieben kann. Ich hatte so sehr gehofft, du würdest niemals hierherkommen.« Tränen rollten ihr über das zerschundene Gesicht. »Es tut mir so leid, Luz. Es tut mir so wahnsinnig leid, dass ich dich belogen habe und nicht vor ihm schützen konnte. Aber ich –«

»Kein Requiem, Mrs Nolan!«, unterbrach Darel sie sanft, aber entschlossen. »Noch sind wir nicht tot. Ash, weißt du, ob Hernández noch weitere gepanzerte Fahrzeuge hat?«

Die Hand ihrer Mutter verharrte auf ihrem Kopf. »*Ash*?«, flüsterte sie.

Hitze stieg in Ashs Wangen. »Ich erklär es dir später, Mom«, und an Darel gerichtet sagte sie: »Ja. Wir könnten den Van nehmen.« Sie schob sich den Arm ihrer Mutter über die Schultern und sagte: »Komm! Ich helfe dir.«

Doch ihre Mutter schüttelte den Kopf. »Mein linkes Bein ist gebrochen«, erklärte sie.

Eine neue Welle der Wut überrollte Ash. Das würde Jago büßen! Im nächsten Moment kauerte Adrasel neben ihnen. Auf seiner Kleidung klebten Blutspritzer. »Ich kann Sie tragen«, sagte er und fügte mit einem Schulterzucken verlegen hinzu: »Wenigstens etwas, wobei ich mich nützlich machen kann, wenn das Tyrium mich schon am Kämpfen hindert.«

Vermutlich wusste Jago ganz genau, dass sie nur eine Handvoll Leute sein konnten, die seinem Scharfschützentrupp nichts entgegenzusetzen hatten. Aber er spielte die Rolle des ängstlichen Familienvaters, der seine Frau und seine Tochter nicht verlieren wollte, perfekt. Neue Anweisungen schallten durch die Nacht, von einer Erleichterung ihrer Strafe war die Rede – als ob Jago jemals von seinem Grundsatz abweichen würde, mit Terroristen zu verhandeln. Ash stellte ihre Ohren auf Durchzug, während sie die Treppe nach unten ins Erdgeschoss eilten, Darel und Niall voran, dann folgten Adrasel mit ihrer Mutter auf seinen Armen und sie, während Kelly, immer noch totenbleich, das Schlusslicht bildete. Ash hatte noch keine Gelegenheit gehabt, ihre Freundin zu fragen, warum sie überhaupt hier war. Sie ließ sich zwei Schritte zurückfallen und griff nach Kellys Hand.

»Danke!«, flüsterte sie.

Ihre Freundin erwiderte den Druck ihrer Finger, beugte sich näher und raunte: »Wenn wir hier rauskommen, wirst du mir alles erzählen, hörst du? Jedes noch so winzige Detail. Vor allem, wer der heiße Typ neben Niall ist und warum zum Geier er dich *Ash* nennt!«

Ein Schmunzeln glitt über Ashs Gesicht. »Das wird Stunden dauern.«

Kelly zuckte die Schultern. »Wir haben Zeit. Vorerst sind wir beide von der Schule befreit.«

Die Eingangshalle war durch das Scheinwerferlicht, das von draußen durch die Erkerfenster drang, so hell erleuchtet wie ein Baseballstadion. Aber das bereitete Ash keine Sorgen. Sie wusste, dass man durch die zarten Gardinen aus Brüsseler Spitze nicht ins Innere sehen konnte, und selbst wenn, hätten die Panzerglasfenster keinen Schusswechsel zugelassen. Außerdem hatte Darel, sobald er mit Kelly und Niall über den Lieferanteneingang ins Haus eingedrungen war, den zentralen Sicherheitscode umprogrammiert, mit dem sich die Eingangstür und die zwei Nebeneingänge öffnen ließen. Die Soldaten konnten daher die stahlverstärkten Türen nicht so einfach stürmen. Damit hatte Hernández wohl nicht gerechnet. Sein Sicherheitswahn wurde ihm jetzt zum Verhängnis.

Als sie unten angelangt waren, entfuhr ihrer Mutter ein erstickter Laut beim Anblick von Cearbhs Leiche. Adrasel presste die Zähne so fest aufeinander, dass sie knirschten, während er den Blick abwandte und weiterging. Aber Ash blieb stehen, fiel neben dem Dunkelelben auf die Knie und schloss seine Augenlider. Etwas zerbrach in ihr, während sie das tat. Vielleicht der letzte Rest von Kindheit oder der letzte Funken Zuneigung, der für den Mann, der sie großgezogen hatte, noch in ihr geglüht hatte.

»Ash!«, drängte Adrasel, der stehen geblieben war und sich nach ihr umdrehte. Darel und Niall warteten bereits am Ende der Halle. Doch alles in ihr sträubte sich dagegen, Cearbh einfach liegen zu lassen. Sie dachte an die Transponderkette und ein kalter Schauer lief über ihren Rücken. Sie sah auf.

»Wir nehmen ihn mit!«, rief sie mit einer Stimme, die keinen Widerspruch duldete.

Aber Cearbh war schwer. Als Kelly und sie mühsam seinen Oberkörper aufrichteten, berührte jemand sanft ihren Arm.

»Warte!«, sagte Niall. »Ich helfe euch!«

Cearbhs Arme um ihre Schultern geschlungen, schleppten sie ihn gemeinsam durch die Eingangshalle. Kelly ging hinter ihnen und hielt seine Füße, damit sie nicht am Boden schleiften. Als sie bei Adrasel angelangt waren, begegnete Ash dem nachdenklichen Blick ihrer Mutter. Cearbhs Gewicht lastete wie ein Stein auf ihr und trieb ihr den Schweiß auf die Stirn. Kurz darauf standen sie alle in der Garage vor dem schwarzen Van, den sie als Kind so geliebt hatte, weil er das Fahrzeug war, in das das meiste Gepäck passte und mit dem sie deshalb immer in den Urlaub gefahren waren. Jetzt würde er sie in den Tod bringen. Sie war nicht so naiv zu glauben, dass sie auch nur den Bruchteil einer Chance hatten, zu überleben. Selbst wenn es ihnen gelang, an den Scharfschützen vorbei zum Tor zu gelangen, würde Jago dafür sorgen, dass ihnen innerhalb von Minuten Dutzende von Einsatzwagen der ELO auf den Fersen waren oder ihnen den Weg versperrten. Vorsichtig setzten sie Cearbh ab und lehnten seinen Oberkörper an die Wand.

Darel räusperte sich und drehte sich zu ihnen um. Seine Augen suchten die ihren und in ihrem Kopf formten sich Worte. *»Du wirst deine Mutter zwingen, die Informationen über die Dunkelelbeninstitute zu Dusk zu schaffen.«* Das war keine Bitte. Ash nickte. Der unsichtbare Riemen um ihre Brust, der ihr schon seit Minuten das Atmen erschwerte, zog sich noch enger zusammen. Eine dunkle Ahnung keimte in ihr auf und dann sprach er es aus.

»Wir machen es so: Ihr geht zum Lieferanteneingang der Küche. Sobald ich mit dem Van herausfahre, wird Tumult ausbrechen. Sie werden denken, dass wir alle zusammen in dem Fahrzeug fliehen wollen, weil sie durch die verdunkelten Scheiben die Insassen nicht erkennen können. Während sie sich auf mich konzentrieren, müsst ihr die Überraschungsminuten nutzen, um über den Garten zu fliehen und zurück auf das Grundstück der Lees zu klettern. Erschießt jeden, der sich euch in den Weg stellt, bevor er Alarm schlagen kann. Ich glaube nicht, dass sie unseren Wagen entdeckt und beschlagnahmt haben, dazu parkt er zu weit abseits, aber sollte es doch der Fall sein, ist Adrasel nicht ganz ungeschickt darin, Autos zu knacken.«

Der Dunkelelbe machte ein ertapptes Gesicht. »Wer hat dir denn das erzählt?«

»Es gehört zu meinem Job, mich über die Leute zu informieren, mit denen ich Unternehmungen dieser Art plane.«

»Gehört es auch zu deinem Job, dich bei Fehlkalkulationen in deiner Planung für die anderen aufzuopfern?«, fragte Niall mit einem sardonischen Unterton und Ash war ihm dankbar dafür, dass er es offen aussprach und nicht so tat, als wüsste er nicht ganz genau, was Darel ihnen gerade vorschlug: seinen Kopf für sie hinzuhalten, damit sie sich in Sicherheit bringen konnten.

»Keineswegs. Ich habe schon aussichtslosere Situationen überlebt und möchte mir nur dein weinerliches Gejammere über meinen unorthodoxen Fahrstil auf dem Rücksitz ersparen. Aber wir können gerne die Rollen tauschen, wenn du das möchtest.« Sekundenlang lieferten sie sich ein Blickduell, dann presste Niall die Lippen aufeinander und wandte sich ab. »Sonst noch jemand, der glaubt, den Van besser steuern zu können als ich?«, spottete Darel.

Tränen sammelten sich in Ashs Augen, sie wollte schreien, aber ihre Kehle war so zugeschnürt, dass kein Laut herauskam und dann klang in die betretene Stille hinein die feste Stimme ihrer Mutter: »Ja. Ich werde das übernehmen.«

Schlange

Darel

Glenda Hernández Nolan war für Darel seit frühester Kindheit der weibliche Inbegriff von verhängnisvoller Schönheit, gepaart mit Heimtücke und Verrat gewesen. Sie hatte sich als MHAB-Mitarbeiterin in Gefahr begeben, geholfen, wo andere sich längst abgewandt hatten, und mit ihrem unermüdlichen Einsatz und ihrer Geduld die Herzen vieler Dunkelelben getäuscht. Dass ausgerechnet Dealann, der oberste Heerführer Dusks und dessen engster Freund, ebenfalls ihrer List zum Opfer gefallen war und nicht erkannte, dass sich unter der schönen Maske eiskalte Berechnung verbarg, war der Auftakt zu einer Katastrophe gewesen, die fast hundert Dunkelelben getötet und in Folge zu der Implantierung der Tyrium-Transponder geführt hatte. Darels Mentoren wurden nicht müde, zu betonen, dass es diese menschliche Schlange von Anfang an auf den militärischen Kader der Dunkelelben abgesehen und ihr Vertrauen gesucht hatte. Der erdrückende Beweis für das Bild, das sie von Glenda zeichneten, war ihre überstürzte Heirat mit Jago Hernández Ruiz nur wenige Wochen nach der gewaltsamen Niederschlagung des Aufstands gewesen. Jahrelang war diese Version der Geschichte seines Volkes als unumstößliche Wahrheit in Darel verankert gewesen. Sie hatte dazu geführt, dass er Luz hasste, bevor er sie überhaupt kennengelernt hatte.

Jetzt klaffte ein Loch in seiner Vergangenheit, groß wie

nach einem Kometeneinschlag, sein Weltbild, das es ihm so einfach gemacht hatte, zwischen Gut und Böse zu unterscheiden, hatte einen Riss bekommen und seinen Blickwinkel auf die vergangenen Ereignisse auf eine vollkommen andere Bahn katapultiert. Ähnlich musste es den ersten Menschen ergangen sein, als man ihnen erzählte, die Erde wäre keine Scheibe, sondern rund. Die Pfeiler seines bisherigen Glaubens waren weggefegt und durch neue Wahrheiten ersetzt worden.

Erstens: Glenda Nolans Tochter war nicht die Tochter von Hernández, sondern die eines Dunkelelben.

Zweitens: Wenn ihr Kind nicht aus Liebe gezeugt worden wäre, hätte sie Luz weggegeben oder zu Hass gegenüber Dunkelelben erzogen und wäre nicht so freundlich zu ihrem Chauffeur Tyrasil gewesen.

Drittens: Sie liebte Jago Hernández Ruiz nicht.

Letzteres schloss er daraus, dass sie die brutale Misshandlung ihres Mannes weder überrascht noch geistig gebrochen hatte. Sie war körperlich verletzt, aber ihre Sorge galt einzig und allein ihrer Tochter.

All das, zusammen mit der Erkenntnis, dass Glenda Nolan tatsächlich klug und gerissen war und ein festes Ziel gehabt haben musste, wenn sie über Jahre hinweg Hernández derart hatte täuschen können, nötigte ihm einen gehörigen Respekt vor Ashs Mutter ab. Jetzt warf ihr Vorschlag, den Van zu steuern, ihn erneut aus der Bahn.

»Nein!«, rief Ash und wurde aschfahl im Gesicht. Adrasel hatte Glenda auf einer schmalen Bank vorsichtig abgesetzt. Jetzt eilte sie zu ihrer Mutter und setzte sich neben sie.

»Ich wäre euch auf eurer Flucht nur eine Last«, sagte Glenda ruhig und hob ihre Hände in den Nacken. Sie zog eine Kette mit einem Medaillon unter dem Shirt hervor, öffnete den Verschluss und ließ das Schmuckstück in Ashs Hand gleiten. »Außerdem kann ich dir nicht dorthin folgen«, ihr Blick wanderte hoch zu Darel, »wohin du jetzt mit meiner Tochter gehen musst.«

Darel ertappte sich bei dem unheimlichen Gefühl, sie könnte jeden seiner Gedanken lesen, und dann sagte sie plötzlich auf Dunkelelbisch zu ihm: »Du wirst dafür sorgen, dass er sie verschont, weil ich auch seinen Sohn mit meinem Leben retten werde. Dein Leben für das meiner Tochter. Sag ihm das.«

Adrasel stieß einen keuchenden Laut aus.

»Was soll das, was hat sie zu dir gesagt, Darel?«, rief Ash. Ihr Blick huschte nervös zwischen ihnen hin und her.

»Er wird damit die Schuld nicht als beglichen sehen«, entgegnete Darel ernst.

Glenda lachte bitter und offenbarte unter ihrer geschwollenen Lippe ihre blutigen Zähne. »Schuld? Ein großes Wort aus dem Mund eines Mannes, der eure Moralvorstellungen neu erfunden und alle traditionsbewussten Widersacher beseitigt hat.«

Darauf wusste Darel nichts zu sagen. Woher hatte eine Menschenfrau diesen Einblick in ihre interne Politik? Ihre Stimme verlor an Schärfe und klang nur noch müde, als sie ergänzte: »Wenn es ihm um Leiden geht, sag ihm, nichts, was er sich an Qualen für mich hätte ausdenken können, wäre dem gleichgekommen, was ich in den letzten Jahren an Jagos Seite erduldet habe, um meine Tochter zu schützen. Schuld erlischt in der Vergebung oder bringt einen um. Heute ist ein guter Tag, um sie endgültig zu bereinigen.«

Ash hatte der Unterhaltung mit zunehmender Panik gelauscht, ohne auch nur ein Wort zu verstehen. Jetzt wandte sie sich aufgebracht an die einzige Person im Raum, die verstand, wovon sie sprachen.

»Adrasel, verdammt, sag mir, worum es hier geht!«

Darel wollte ihm einen strengen Blick zuwerfen, aber das war nicht nötig. Adrasels Miene war wie versteinert und er schüttelte nur den Kopf.

»MOM! Ich lasse nicht zu, dass du in den Van steigst!«

Aber ihre Mutter beugte sich über sie, legte ihr die Kette um den Hals und sagte: »*Ash.* Das wird ihm gefallen.« Sie verstummte und Tränen schwammen in ihren Augen, als sie erkannte, dass ihre Mutter sich nicht mehr umstimmen lassen würde. »Ich bitte dich nur um eines: Mach ihn stolz, mein rebellisches Mädchen!«

Als ihre Mutter sich vorbeugte und Ash einen letzten Kuss auf die Stirn drückte, wandte sich Darel ab und ging ein paar Schritte, um dem Ziehen in seinem Inneren gar nicht erst Nahrung zu geben. Sentimentalitäten. Nichts, was ihnen bei dem, was sie in den nächsten Stunden erwartete, zum Überleben hilfreich war. Er lud die Waffen nach, die sie den toten Soldaten abgenommen hatten, holte Rauchbomben aus seinem Rucksack und blendete das Schluchzen der Mädchen ebenso aus wie die Geräusche der Soldaten außerhalb der Garage. Erst als jemand neben ihn trat, sah er auf.

»Bereit?«, fragte Darel.

Ein unheimliches Funkeln lag in Nialls Augen. »Du bringst sie zu Dusk, nicht wahr?«, entgegnete er auf Lichtelbisch und als Darel nicht antwortete, fuhr er fort: »Sobald ich mich um meine Familie gekümmert und einen sicheren Unterschlupf gefunden habe, wo ich Ash dauerhaft verstecken kann, werde ich sie zurückholen. Selbst wenn ich dazu persönlich in Dusks Lager marschieren muss.«

»So mutig? Nachdem du sie eben erst im Stich gelassen hast?« Er wusste, dass es ein Fehler war, ihn zu provozieren. Vermutlich wäre Niall von selbst wieder zu Ash zurückgegangen, wenn er nicht ihm und Kelly über den Weg gelaufen wäre. Dass er als Einziger ihrer Gruppe weder blindlings in Hernández Haus gegangen war noch sich durch seine persönlichen Gefühle für Ash zu vorschnellen Handlungen hatte hinreißen lassen, nötigte ihm eine gewisse Achtung ab. Auch wenn er sich eher die Zunge abbeißen würde, bevor er das zugab.

Niall trat noch einen Schritt näher und zischte: »Pass besser gut auf sie auf. Wenn du Ash anrührst oder ihr irgendwas zustößt, sorge ich persönlich dafür, dass sie dir einen Transponder verpassen.«

»Richtig, ich vergaß, wie gut ihr Lichtelben darin seid, andere aufzuwiegeln, um uns auszurotten, damit ihr euch nicht selbst die Hände schmutzig machen müsst!«

Niall hielt seinem Blick ungerührt stand und Darel schluckte noch ein paar weitere Bemerkungen herunter, die ihm auf der Zunge lagen, beispielsweise wie lächerlich er seinen Besitzanspruch auf Ash empfand. Er drehte sich wortlos um und marschierte zum Van.

Kelly hatte ihren Arm um Ash gelegt, die kreidebleich mit verweinten Augen ihre Mutter ansah. Sie war von Adrasel auf den Fahrersitz gesetzt und Cearbhs Leichnam neben ihr festgeschnallt worden. Für Außenstehende, die nur einen flüchtigen Blick auf die Windschutzscheibe erhaschten, musste es so aussehen, als hätte Cearbh Glenda als Geisel genommen, und würde sie bedrohen. Darel nickte Adrasel für diese Idee anerkennend zu. Sie konnten seinen toten Freund nicht mitnehmen, aber auf diese Weise verhalf er ihnen posthum zu einem beträchtlichen Vorsprung. Denn die Soldaten mussten davon ausgehen, dass sie Glenda nicht in Gefahr bringen durften, und Hernández wagte sicher nicht, den Befehl zu geben, den Wagen ohne Rücksicht auf die Geiseln durch Beschuss zu stoppen. Man musste erst Straßensperren errichten, um Glenda aufzuhalten. Wenn sie Glück hatten, würde ihre Fahrt lange genug dauern, damit Ash und die anderen sich in Sicherheit bringen konnten.

Aber Glück hatte eine Vorliebe, sich genau dann rar zu machen, wenn man es am meisten brauchte. Deshalb prüfte Darel lieber persönlich, ob alle Fahrzeugeinstellungen auf Handbetrieb standen, damit Hernández sich nicht in seinen Van einloggen und auf automatisierten Fahrbetrieb umschalten konnte. Als er damit fertig war, legte er eine der Rauchgranaten in die Mittelkonsole. Für alle Fälle.

Glenda Nolan schenkte ihm ein blutiges Lächeln.

»Ich habe deine Mutter gekannt.«

Darel zuckte von der Tür zurück, als hätte sie ihn geschlagen.

»Frag Ranobal nach ihr.«

Dann startete sie den Motor.

Fehden

Niall

Ash wollte also mit Darel zu Dusk gehen.

Ein flaues Gefühl machte sich in Nialls Magen breit. Nach allem, was seine Mutter ihm von dem Anführer der Dunkelelbenrebellen erzählt hatte, war er schon in der Anderswelt ein erbitterter Gegner der Lichtelben gewesen.

Die Fehde zwischen Licht- und Dunkelelben bestand seit Jahrtausenden. Während die Dunkelelben behaupteten, sie wären von den Lichtelben an die kriegerischen Zwergenkönige verraten worden, warfen die Lichtelben den Dunkelelben hinterhältige Angriffe und Morde vor. Schließlich hatte ihre fortdauernde Uneinigkeit um ein Haar ihrer beider Untergang bewirkt, als Bagothur, der berühmteste Waffenmeister und Schmied eines jungen, ehrgeizigen Zwergenkönigs eine neue Metalllegierung entwickelte, die er *Tyrium* nannte. Ursprünglich wollte er damit leichte Schwerter für den Nahkampf schmieden, deren Tyrium-Klinge an die Schärfe und Härte von Diamanten heranreichte, aber für Elben giftig war, sodass geringfügige Verletzungen der Haut zum sofortigen Tode führten. Aber den Zwergenkönigen ging das Töten im Kampf nicht schnell genug. Um sich endlich aller Elben auf einen Schlag zu entledigen, verarbeiteten sie das Tyrium zu tödlichem Feinstaub, der ganze Elbenheere bei entsprechendem Wind vernichten konnte. Welche Auswirkungen die Freisetzung des hochgiftigen Metalls auf ihre Umwelt haben, dass Pflanzen und Tiere daran zugrunde gehen könnten, hatten sie allerdings nicht bedacht und so schließlich ihr eigenes Grab durch die Verseuchung der Anderswelt geschaufelt.

»Hier, in der Menschenwelt, hatten wir die einmalige Chance, neu anzufangen und alten Hass zu begraben«, hatte seine Mutter Niall erklärt. »Aber Hweitasil hat die Dunkelelben erneut gegen uns aufgebracht, indem er das Tyrium herschaffte und die Transponder entwickelte.« Aus Rache hatte Dusk kurz darauf in einer öffentlichen Erklärung jedem Lichtelben den Tod geschworen.

Nialls Blick wanderte zu Ash, die mit bebenden Schultern neben Adrasel stand, während er ihre Mutter auf den Fahrersitz des Vans hievte. Alles in ihm sträubte sich gegen den Gedanken, dass sie mit Darel zu den Rebellen ging. Er wollte sich nicht von ihr trennen, wollte sie nicht aufgeben. Aber Ash würde sich nicht aufhalten lassen, solange ihr so viele Fragen auf den Lippen brannten, und alles, was er ihr sagen konnte, um sie umzustimmen, würde sie ihm nur erneut als Feigheit auslegen.

Hass

Ash

Ash fühlte die Kälte nicht, die ihr im gemauerten Weinkeller ihres Stiefvaters gegen die tränenfeuchten Wangen schlug. Sie hatte ihr ganzes Dasein auf die in diesem Augenblick unmittelbar lebensnotwendigen Prozesse reduziert.

Atmen. Schlucken. Laufen.

Während sie an Fässern und Regalwänden mit ordentlich übereinanderliegenden Flaschen vorüberkam, die Fach für Fach sanft illuminiert und mit der schnörkeligen Handschrift ihrer Haushälterin etikettiert waren, mied sie jeden Gedanken daran, dass ihre Mutter in dem Van exakt drei Minuten in der Garage warten würde, bevor sie das Tor öffnete und ihre Fahrt in den Tod begann. Die mitfühlenden Blicke, die Kelly ihr von der Seite verstohlen zuwarf, prallten an ihr ab wie glühende Funken an Stein. Sie hatte ihre Mom nicht retten können. Alles war vergebens gewesen und sie konnte nur dafür sorgen, dass sie selbst überlebte und so das Opfer ihrer Mutter nicht umsonst sein würde. Die Pistole schmiegte sich auf einmal in ihre Hand, als wäre sie mit ihr und ihrer inneren Wut verwachsen.

Atmen. Schlucken. Laufen.

Hinter der Bartheke tropfte Wasser im Rhythmus ihres Herzschlags aus dem Hahn und zersprang auf blank poliertem Edelstahl. Klatsch. Klatsch. Leben rann in den dunklen Abfluss menschlicher Grausamkeit.

Aber Ash musste sich zwingen, weiterzugehen.

Als Darel den Code auf dem schmalen Display neben dem Türblatt eingab, spuckte das Klicken des Schließmechanismus sie aus dem schummrigen Vakuum toter Stille in Helikopterbrummen, gleißende Lichtkegel, Brüllen und Schüsse. Alle drängten sich in den Kellerabgang, starrten in den Nachthimmel und warteten ein paar Herzschläge lang. Hätte man sie in diesem Moment hier unten entdeckt, wären sie wie Ratten in der Falle gesessen. Aber das dumpfe Knirschen von Stiefeln im Kies verhallte über ihren Köpfen und dann jagten Darel und Niall nebeneinander die Treppe hinauf, als wollten sie ein Wettrennen gewinnen. Das Donnern der Rotorblätter des Hubschraubers über der Garage musste die zwei Soldaten, die zu dem Tumult des vorderen Gartens blickten, von den Geräuschen unter sich abgelenkt haben. Zudem hatten Darel und Niall die Pistolen mit Schalldämpfer benutzt. Kein Funken Mitleid glomm in Ash auf, als sie oben angelangt die Männer auf dem weißen Kies liegen sah. Es war nicht einmal zwei Stunden her, da hatte der Anblick des von Darel erschossenen jungen Soldaten sie so schockiert, dass sie sich hatte übergeben müssen. Jetzt schaute sie wie betäubt zu, wie Niall und Darel die leblosen Körper die Treppe hinunterstürzten, als wären es antike Statuen, die von ihrem Sockel fielen. Niemand würde so schnell hier unten nach ihnen suchen. Das Zentrum ihrer Gefühle war zu einem Stillstand gekommen, stumm wie der Mittelpunkt eines brüllenden Wirbelsturms.

Niall und Adrasel hoben Kelly und sie in das Dickicht der Hecke, die an das Grundstück der Lees grenzte. Kelly stöhnte neben ihr auf, als sie sich durch das Rosengestrüpp quetschten und auf der anderen Seite der Mauer wieder hinuntersprangen. Kein Wunder, im Gegensatz zu Ash trug sie keine Hose, sondern dieses lächerliche Kleid, und die Dornen malten blutige Muster auf die Haut ihrer Schenkel. Gerade als Niall und Adrasel sich hinter ihnen von der Mauer gleiten ließen, hörte Ash ein Geräusch, das sie bislang nur aus Filmen kannte: das Laden einer Schrotflinte. »Stehen bleiben und Waffen runter!«, rief ein Mann mit der kratzigen, heiseren Stimme eines langjährigen Kettenrauchers und sie erkannte ihn sofort, ohne sich nach ihm umzudrehen.

»Darel, nein!«, rief sie und sprang vor, mitten in die Schusslinie, als er ungeachtet von Mr Lees Drohung gerade seine Pistole hochriss. Ihre Augen versanken in der eisigen Kälte seines Blickes und in diesem Moment begriff Ash, dass er sie gar nicht wahrnahm, dass ein Teil in ihm die Kontrolle über seinen Körper übernommen hatte, der nur ein einziges Ziel verfolgte: Überleben. Darel würde alles und jeden töten, der sich diesem Ziel in den Weg stellte. Schnell, präzise und ohne Reue.

»Bist du das, Luz?«, fragte der alte Mann in ihrem Rücken ungläubig. Kelly zog ihre Sturmhaube vom Kopf, was ihm ein weiteres überraschtes Aufkeuchen entlockte.

Winston Lee war nie ein Freund ihres Stiefvaters gewesen. Ihre Mutter hatte Ash erzählt, dass Jago anfangs glaubte, er könne seinen Nachbarn mühelos für sich gewinnen, als sie das Grundstück erwarben, denn Lees Sohn war bei den Aufständen im Mission District in seiner Funktion als Polizeihauptkommissar schwer verletzt worden und nur wenige Tage nach Niederschlagung der Aufstände gestorben. Er hinterließ eine Ehefrau und vier Kinder, die nach der Tragödie Kalifornien den Rücken kehrten und nach Kanada zogen, wo sie erneut heiratete. Es verbitterte Lee, dass er dadurch zu seinen Enkelkindern so wenig Kontakt hatte, aber – entgegen Jagos Annahme – gab er weniger den Dunkelelben, als dem unbesonnenen, überstürzten Vorgehen der ELO und dem Militärstab, allen voran Ashs Großvater Alejandro, die Schuld für den Tod seines Sohnes. Deswegen wollte er so wenig wie möglich mit seinen neuen Nachbarn zu schaffen haben.

»Geh mir aus dem Weg!«, herrschte Darel Ash an.

Aber sie breitete nur schützend die Arme aus und drehte sich langsam zu Mr Lee um.

»Wenn Sie die Männer meines … Vaters rufen, wird man uns alle töten, Mr Lee«, sagte sie, gerade so laut, dass er es durch den Lärm verstehen musste. Der grauhaarige Mann hätte in seinem gestreiften Pyjama, den Hausschlappen und mit der Flinte in der Hand so angsteinflößend wie ein Kürbis an Halloween ausgesehen, wäre da nicht der verbitterte Zug um seinen Mund gewesen.

»Dich auch?« Sein spöttisches Lächeln verschwand, als sie nickte. Er legte den Kopf schief und kniff die grauen, faltenumwobenen Augen misstrauisch zusammen. In der nächsten Sekunde schwenkten die Scheinwerfer eines Helikopters über das Grundstück der Lees.

»In Deckung!«, brüllte Darel, packte Kelly, die ihm am nächsten stand am Arm und zog sie in den Schutz der Rosenhecke. Niall, Adrasel und Ash folgten seinem Beispiel. Es fühlte sich an, als wären sie in ein mittelalterliches Folterinstrument mit hundert spitzen Nadeln gesprungen. Der schwere Duft der Rosen ließ sie schwindeln. Darel hob die Pistole, um durch das Gewirr aus Blüten und Blättern erneut auf Mr Lee zu zielen. »Was sollte das?«, zischte er aufgebracht.

»Er ist nicht unser Feind!«, antwortete Ash.

»Er wird aber unsere Feinde auf uns aufmerksam machen

und dann hat deine Mutter völlig umsonst ihr Leben für dich weggeworfen!«

Ein harter Knoten bildete sich in ihrem Magen. Sie drehte den Kopf so weit, dass sie zu Mr Lee sehen konnte. Der alte Mann stand einen Augenblick unschlüssig da, während das Scheinwerferlicht des Helikopters flink wie eine Schlange über den Rasen auf ihn zukroch. Als der Lichtkegel ihn eingefangen hatte, hielt Ash den Atem an und griff nach Darels Hand.

»Warte!«, flehte sie.

Winston Lee starrte nach oben. Dann ließ er seine Schrotflinte sinken, setzte ein Lächeln auf und winkte den ELO-Soldaten im Helikopter mit der anderen Hand zu, als begrüßte er alte Freunde. Das Licht verharrte noch einen Augenblick über ihm und der Luftzug der Rotoren zerzauste sein schütteres Haar und zerrte an seiner Kleidung. Dann schwenkte es kurz zu seinem Haus, bevor der Helikopter wieder abdrehte. Darel atmete hörbar aus. Als das Dröhnen der Rotoren immer leiser wurde, trat der Mann näher an die Hecke heran. »Wenn ihr da raus geht«, sagte er und hob den Lauf seiner Flinte Richtung Straße, »schnappen die euch schneller als ihr bis drei zählen könnt.«

»Das müssen wir dann wohl riskieren«, antwortete Darel und schälte sich vorsichtig ins Freie. Die Scheinwerfer des Helikopters waren jetzt weit genug entfernt, dass man seine Silhouette in der Dunkelheit nicht mehr ausmachen konnte und das Licht, das von Ashs Elternhaus diffus zu ihnen herüberschien, war nicht heller als das einer hundert Fuß entfernten Straßenlaterne.

»Wenn ich mit den eingebildeten ELO-Lackaffen kooperieren wollte, hätte ich dir schon eine Ladung Schrot in deine hübsche Visage verpasst, als du auf mein Grundstück gesprungen bist.« Lees Blick schweifte nach rechts. »Er ist doch dein Freund, Kelly Dearing? Sonst hättest du ihm wohl kaum verraten, wie man meine Kameras außer Betrieb setzt.«

Kelly räusperte sich und lief puterrot an. »Mein Vater hat keine Ahnung davon. Aber wir … wir mussten Luz helfen.«

»Die Sache mit der Entführung ist also nur ein fauler Trick von Hernández? Was hast du denn ausgefressen, dass er dich töten will? Dich mit dem Aschefresser da drüben eingelassen?« Er deutete mit der Flinte auf Adrasel.

Ash hielt den Atem an, als Darels rechte Hand zuckte. Aber er beherrschte sich. »Geben Sie mir Ihre Waffe!«, sagte er gefährlich leise.

Lee hob den Lauf und Ash registrierte aus dem Augenwinkel, wie Darel sich anspannte. Die Hand mit seiner Pistole deutete zwar noch zu Boden, aber sie hatte gesehen, wie rasch er sie heben und zielsicher treffen konnte. Doch der Alte tätschelte nur das Gewehr, als wäre es ein Haustier, und sagte mit einer befremdlichen Wehmut in der Stimme: »Ich trenne mich nie von der alten Zelda und außerdem habe ich einen besseren Vorschlag für euch: Ihr kommt heute Nacht erst mal zu mir ins Haus und sobald morgen früh die Luft rein ist, fahr ich euch in meinem guten alten Caddy aus der Stadt.« Sein Blick verfinsterte sich. »Ich meine alle, bis auf den da! Der kann im Gartenhaus schlafen.« Erneut deutete er auf Adrasel, der die Beleidigung stoisch über sich ergehen ließ. Nicht einmal sein Implantat leuchtete auf. War er von Cearbhs Ermordung noch mitgenommen oder einfach gewohnt, so behandelt zu werden? Für Ash waren Lees Worte Salz in einer frisch aufgerissenen Wunde. Sie öffnete gerade den Mund, um etwas zu erwidern, doch Kelly kam ihr zuvor.

»Dann werde ich auch im Gartenhaus übernachten.«

Adrasel riss den Kopf herum und sah sie an, als wäre sie gerade eben erst aus einer Spalte im Boden aufgetaucht.

»Das Gleiche gilt für mich«, erklärte Niall schulterzuckend.

»Niemand schläft hier irgendwo!«, fauchte Darel kopfschüttelnd und hob nun doch seine Pistole. »Habt ihr alle den Verstand verloren! Das ist keine verdammte Übernachtungsparty! Warum sollten wir dem Kerl trauen?«

Winston Lees Miene wurde ernst. »Von mir aus, lauft in euer Verderben! Aber lasst zumindest die Mädchen hier in Sicherheit.«

Von der Straße schallten die Sirenen von Krankenwagen, Reifenquietschen und laute Befehle. Hatte Jago Polizeiverstärkung angefordert, um das Gelände zu durchsuchen? Instinktiv griff Ash nach der Kette an ihrem Hals, die ihre Mutter ihr gegeben hatte. Das Medaillon schmiegte sich warm in ihre Hand.

»Schwören Sie mir bei Ihrer verstorbenen Frau, dass Sie uns nicht an meinen Vater verraten werden!«

Darel stieß ein verächtliches Schnauben aus. Aber Lee streckte Ash seine Hand entgegen.

»Ich werde dir und deinen Freunden Unterschlupf gewähren und Hernández nicht verständigen.« Ash versteifte sich innerlich, bevor sie ihm die Hand reichte. »Das schwöre ich dir, bei meiner Zelda, Gott sei ihrer lieben Seele gnädig.« Er wandte sich zum Gehen. »Folgt mir!« Dann zögerte er einen Moment und fügte brummend hinzu. »Und wenn ihr mir schwört, auf den Aschefresser aufzupassen, kann er von mir aus auch im Haus schlafen.«

Darel packte Ash am Arm, als sie dem Alten folgen wollte und hielt sie grob zurück. Er wartete, bis Lee außer Hörweite war, und fuhr sie dann an: »Du willst dich direkt vor

Hernández' Nase in dem Haus eines senilen Spinners, der seine Knarre nach seiner verstorbenen Frau benennt, schlafen legen?«

»Egal, wo wir heute die Nacht verbringen, ich mache ohnehin kein Auge zu. Senil oder nicht. Er hat recht: Da draußen wimmelt es von Soldaten. Wenn Jago unsere Leichen nicht in dem Van findet, wird er weiter nach uns suchen.«

»Sehr richtig, und was hindert ihn daran, bei den Nachbarn mit seiner Suche zu beginnen?«

»Nichts. Aber Lee hat geschworen –«

»Er kann schwören, was er will. Sobald die ELO sein Haus durchsucht, sind wir fällig, dazu muss er ihnen nicht einmal einen Tipp geben!«

Niall trat zu ihnen und deutete Richtung Straße. »Wenn ihr zwei noch länger diskutiert, können wir sie genauso gut gleich zum Frühstück einladen.«

Darel sah aus, als wollte er ihn auf der Stelle erwürgen.

»Ash hält diese Kommunikation vermutlich für normal, aber deinem feinen Gehör dürfte doch nicht entgangen sein, dass der Alte deinen Freund lieber heute als morgen in eine Tyrium-Leiche verwandeln würde?«

»Mein Problem, nicht deins!«, fiel Adrasel ihm eisig ins Wort. »Nicht jeder hat das fragwürdige Glück, als Missgeburt auf die Welt –«

Er kam nicht mehr dazu, seinen Satz zu vollenden, denn Darel war geschmeidig wie ein Panther auf ihn zugesprungen und drückte ihm seine Pistole an die Kehle.

»Ich. Hatte. Dich. Gewarnt.« Seine Stimme war so eisig wie an dem Morgen, als sie noch Luz war und er, durch ihre Kugel verletzt, gerufen hatte, er würde sie umbringen. Darels Brust hob und senkte sich ungewöhnlich schnell.

»Darel, nicht!«, bat Niall leise und stellte sich an Adrasels Seite, ohne jedoch seine Waffe zu heben. In diesem Moment bekam Ash eine Vorstellung davon, wie stark die Konflikte zwischen Licht- und Dunkelelben waren und wie es für Darel gewesen sein musste, mit heller Haut unter seinesgleichen aufgewachsen und Spott und Verachtung ausgesetzt gewesen zu sein. Das Gefühl, nirgendwo richtig hinzugehören, das sie in den letzten Tagen empfunden hatte, musste er sein ganzes bisheriges Leben erduldet haben. Vorsichtig trat sie einen Schritt näher und legte ihre Hand auf seine.

»Fass mich nicht an!«, zischte Darel, aber Ash zog ihre Hand nicht zurück.

»Adrasels Vater hat in der Werft keinen Unfug auf Spanisch geredet. Er hat vorhergesehen, dass ich seinen Sohn retten werde. Also entweder du ziehst jetzt die Pistole zurück und ihr vertragt euch oder ich schwöre hier und jetzt die Cuilathang auf Adrasel und dann muss ich dich leider auf der Stelle umbringen, sobald du ihn erledigt hast.«

Atemlose Stille folgte ihren Worten.

Das Eis in Darels Augen schmolz und Sekunden später zuckten seine Mundwinkel. »Das ist dir schon beim letzten Mal nicht geglückt.«

»Inzwischen habe ich mehr Übung.«

Mit einem Ruck zog er die Waffe zurück und Adrasel tastete keuchend nach dem Abdruck, den sie an seinem Hals hinterlassen hatte.

Ash sah zu Niall, der seinen Freund am Arm genommen hatte. »Könnt ihr schon mal vorgehen?«

Niall nickte und zog Adrasel mit sich.

»Du bist mir jede Menge Erklärungen schuldig«, sagte Kelly kopfschüttelnd, bevor sie sich den beiden anschloss.

Ashs Blick glitt zu Mr Lee, der wie ein dunkler Schemen vor seiner Haustür stand und die Szene beobachtet hatte. Vermutlich dachte er, sie hätten den »Aschefresser« in seine Schranken gewiesen.

»Misch dich nicht noch mal ein«, flüsterte Darel plötzlich ganz nah an ihrem Ohr. Gänsehaut kroch über ihren Nacken den Rücken hinunter. Sie hatte nicht bemerkt, wie er näher getreten war. »Ich hatte Adrasel bereits in der Werft gewarnt.«

»Damals hat er dich *Elbino* genannt.«

»Richtig. Und ein drittes Mal wird er nicht überleben, gleichgültig, ob du dich mir in den Weg stellst oder nicht, Prinzessin.«

Prinzessin. So hatte er sie schon eine ganze Weile nicht mehr genannt. Er musste wirklich wütend auf sie sein. Ash lauschte in die Nacht. Die Stimme ihres Stiefvaters hatte sie schon eine ganze Weile nicht mehr gehört. Sicher war er zusammen mit dem Trupp Soldaten dem Van hinterhergefahren, um ihre Mutter zu verfolgen.

»Glaubst du, sie lebt noch?«, flüsterte sie.

Die Frage war ihr einfach entschlüpft, ein flüchtiger Hauch Hoffnung, wie ein in den Sand gemaltes Wort in der Brandung. Darel war der Letzte, von dem sie eine einfühlsame Antwort erwartete, schon gar nicht, wenn er in dieser Stimmung war. Deswegen überrumpelten sie seine Worte vollkommen.

»Ich kann mich an meine Mutter kaum mehr erinnern. Als sie starb, war ich ein kleines Kind. Aber ich glaube, sie stirbt erst endgültig, wenn das letzte durch den Lauf der Zeit zerfaserte Erinnerungsband zwischen uns gerissen ist.« Er stand immer noch so nah, dass sie seinen warmen Atem an ihrem Hals spüren konnte. Sie schloss die Augen, um die Tränen auszusperren, die nicht hervorbrechen durften, nicht jetzt, solange sie nicht in Sicherheit waren.

»Sleagh hat noch etwas anderes gesagt«, flüsterte sie. »Er sprach davon, dass ich ein Licht sei, auf das er lange gewartet habe. Was bedeutet das?«

»Dass du wie ein Blitz einschlägst, um seinen Sohn zu retten?«, murmelte er belustigt.

Du lügst.

Darel stand viel zu nahe, als dass ihr sein Zusammenzucken entgangen wäre.

»Ich möchte, dass du mich zu Dusk und Dealann bringst«, erklärte sie mit fester Stimme. Jetzt war es endlich raus.

»Ich weiß.« Darel trat einen Schritt zurück. »Gehen wir lieber ins Haus, bevor Mr Lee sich auf *seine Weise* um deinen selbst ernannten *Schützling* kümmert.«

Die Rosen atmeten in der Feuchte des nächtlichen Gartens so intensiv, als wären sie mit Parfum bestäubt. Ash schwindelte von ihrer aufdringlichen Süße, während sie dicht an der Hecke Richtung Haus gingen.

»Du täuschst dich, wenn du denkst, ich würde es für *normal* halten, wie Mr Lee über Dunkelelben redet. Aber ich kenne den Unterschied zwischen Hunden, die bellen, und denen, die beißen. Die Hassreden in meinem Elternhaus waren noch viel schlimmer, manchmal kaum zu ertragen, obwohl ich Jago für meinen Vater und mich für eine Nullerin hielt.«

Sie huschten zu der Eingangstür und Darel legte eine Hand auf den Griff. Bevor er sie öffnete, beugte er sich zu ihr und raunte: »Gut. Dann hast du zumindest eine geringe Chance, das durchzustehen, was Dusk als *Hass* definiert.«

Welcome

Ash

Winston Lees Haus konnte nicht gegensätzlicher als die kühle Moderne ihres Elternhauses sein und dennoch mehr Kälte ausstrahlen. Dabei wäre der Landhausstil mit Eichenholzdielen, karierten Ohrensesseln, Welcome-Fußmatte und Barnstar an der Wand neben der Garderobe vermutlich einladend gewesen, hätte es nicht die Filzüberschuhe in der Diele gegeben, die sie auf Lees harsche Anweisung sofort überziehen sollten. Oder die rechtwinklig übereinandergestapelten Plaids auf den Sitzmöbeln neben den vermutlich mit dem Zollstab im exakt gleichen Abstand und Winkel angeordneten Dekokissen. Die auf antik getrimmte Kaminkonsole aus Holz mit elektrisch flackernder Feuerillusion vervollständigte das Bild eines Heims, das kein Hauch von Asche in seiner sterilen Ordnung aufschrecken durfte. An den Wänden des Wohnzimmers hingen gerahmte Orden und Verdienstauszeichnungen aus der Polizeikarriere von Mr Lees Sohn.

»Mir gefällt das hier nicht«, flüsterte Darel unbehaglich, während er in den Filzüberschuhen neben Ash über die Holzdielen rutschte, als würde er skaten. Als sie im Wohnzimmer ankamen, machte Adrasel gerade einen Schritt auf die Couch zu, aber unter dem strengen Blick von Mr Lee hielt er inne und blieb unschlüssig stehen.

»Ich habe weder was für Elben noch für deren Sympathisanten übrig«, erklärte er, als wäre das eine Selbstverständlichkeit. »Kommt also bloß nicht auf die Idee, mich künftig um Spenden oder anderweitige Hilfe anzubetteln. Ihr seid hier keine Gäste, sondern nur geduldet. Verhaltet euch entsprechend! Ihr dürft euch in der Küche etwas zu essen machen, aber wenn ich hinterher einen Fettfleck sehe, lass ich euch den Boden schrubben, bis ihr euch darin spiegeln könnt.« Er leierte die Rede herunter, als hätte er sie einstudiert. Oder schon sehr oft gehalten. Mit erhobenem Zeigefinger donnerte er: »Ich dulde keine Techtelmechtel unter meinem Dach! Das ist ein Haus von Anstand und Ehre! Die Mädchen werden im Gästezimmer im Obergeschoss schlafen und die Jungen auf dem Speicher! Diesen Augen hier«, er deutete mit der Hand auf sein Gesicht, »entgeht nichts! Ich war über zwei Jahrzehnte Scoutmaster bei den *Boy Scouts of Humans in America.*«

»Wirklich?«, rief Darel in verzücktem Tonfall.

»Nicht, Darel!«, flüsterte Ash panisch und spürte, wie sich ihre Haare sträubten. Die *BSHA* war die größte elbenfreie Pfadfinderorganisation der USA und berüchtigt dafür, dass sie mit der **ELO** nicht nur sympathisierte, sondern viele Soldaten aus ihren Reihen rekrutiert wurden. Winston Lee mochte ihren Stiefvater persönlich hassen, aber ideologisch hätten sie Blutsbrüderschaft schließen können.

»Wie schade, dass ich Ihnen nie begegnet bin! Ich war mit vierzehn beim *High Adventure Team* auf dem Weg vom San Antonio Trail zu den Wasserfällen«, berichtete Darel. Adrasel starrte ihn an, als habe er gerade erzählt, er wäre am Wochenende mit Hernández beim Fliegenfischen und hinterher in einem Pub gewesen. »Leider haben wir die San Antonio Falls nie erreicht. Die roten Teufelswinde sind damals mit mehr als fünfzig Meilen pro Stunde über uns hinweggerast und haben am Mount Baldy eine Feuersbrunst entfacht.

Unser Trupp wurde in letzter Sekunde von Helikoptern der Feuerwehr evakuiert, aber für viele meiner Kameraden und den Gruppenleiter kam jede Hilfe zu spät.« Er schaffte es tatsächlich, ein trauriges Gesicht aufzusetzen, während er seine Hand auf die Brust legte und feierlich erklärte: »Aber in unseren Herzen werden die Gefallenen immer bei uns sein.« Warum erzählte er so eine Lügengeschichte? Darel fuhr unter der sichtlich betroffenen Miene von Mr Lee fort: »Ich habe mich ein Leben lang für ihren Tod verantwortlich gefühlt und auch wenn ich nur durch einen unglücklichen Umstand in diese«, er verzog seinen Mund, während er Adrasel ansah wie ein Insekt, das er am liebsten zerquetschen wollte, »Gemeinschaft geraten bin, habe ich mir doch geschworen, sie heil hier herauszuführen. Sie müssen nämlich wissen«, seine Stimme wurde verschwörerisch leise, »meine Freundin Luz ist hinter ein Geheimnis ihres Vaters gekommen, das …«, er stockte und brach ab. Lee kam einen Schritt auf sie zu, die trüben Augen begierig geweitet, aber Darel straffte seine Brust und sagte: »Sir, ein wahrer Scout muss einfach jederzeit bereit sein, seine Pflicht zu tun, um die Welt ein Stück besser zu machen und glauben Sie mir, ohne Hernández ist sie besser!«

Ash sah, wie Niall sich abwandte, um das verräterische Lachen, das sich auf seine Miene stahl, zu verbergen.

»Wahre Worte, mein Sohn!«, sagte Lee beeindruckt.

»Im Vertrauen auf unser gemeinsames Ziel, Jago Hernández Ruiz zu bekämpfen, erbitte ich von Ihnen für mich und meine Kameraden einen Unterschlupf, wo wir uns gemeinsam verstecken können und der sicher von keinem ELO-Soldaten, der dieses Haus betritt, je gefunden wird.«

Lee zuckte ertappt zusammen wie ein Schuljunge, der seine Hausaufgaben nicht gemacht hat. Jetzt begriff Ash, was Darel mit dem ganzen Pfadfindertheater bezweckte. Sekundenlang wagte keiner von ihnen, etwas zu sagen und Ash befürchtete schon, der Alte würde Darels Bitte abschlagen. Doch dann fuhr er sich unbehaglich durch das schüttere Haar: »Folgt mir!«

Sie saßen Arm in Arm auf einer geblümten, nach Mottenspray muffelnden Couch. Ash hatte ihren Kopf auf Kellys Schulter gelegt und starrte auf die tanzenden Schatten an den Wänden aus grünspanigem Ziegel. In dem schmalen Geheimtunnel unterhalb von Mister Lees Garage baumelte an einem über der Decke verlaufenden Kabel eine Glühbirne wie ein Pendel hin und her, seit Niall mit dem Kopf dagegengestoßen war. Sie spendete ein warmgelbes Licht, dessen Kegel nicht annähernd ausreichte, den Gang zu erhellen.

»Ich kann das einfach nicht glauben!«, murmelte Kelly über Ashs Kopf.

»Der Bluttest wurde zweimal wiederholt.«

»Nein, ich meine, ich kann nicht glauben, wie du das alles durchgestanden hast, ohne den Verstand zu verlieren.«

»Wer sagt, dass ich das nicht schon längst habe?«

»Luz!« Sie korrigierte sich. »Ash! Sag so was nicht!« Kelly drückte sie noch ein wenig fester an sich und Ash kämpfte mit den Tränen. Sie war immer noch ihre Freundin, obwohl sie eine halbe Dunkelelbin war. *Ash* war ihr ebenso leicht über die Lippen gekommen wie *Luz*. »Was hast du jetzt vor? Außer, diese Flucht zu überleben.«

»Ich muss meinen Vater finden.«

»Hatte ich mir schon gedacht. Ich komm mit.«

»Kommt nicht infrage!«

»Nein? Wo soll ich denn deiner Meinung nach hingehen?«

»Ich verstehe nicht …«

Eine plötzliche Ahnung legte sich wie ein dunkler Schatten über sie. Kelly kniff die Augen zusammen.

»Du hattest das mit Darel gar nicht besprochen, oder?«

»Was besprochen?«

Ihre Freundin holte tief Luft. »Ich bin hier, damit Jago glaubt, dass mein Dad und der Rest meiner Familie nichts mit dem Datenverrat zu tun haben.«

Ash hätte sich ohrfeigen können! Seit die Jungen weg waren, um den Gang zu erkunden, hatte sie Kelly berichtet, was alles geschehen war. Warum hatte sie nicht gleich gefragt, wieso ihre Freundin sich in Lebensgefahr gebracht und in dieser lächerlichen Aufmachung in ihrem Elternhaus erschienen war!

»Wann hat Darel dir das gesagt? Bei der Demo?«

Kelly schüttelte den Kopf. »Lieber Himmel nein! Er hat mich hinterher angerufen und mir erklärt, was mit meiner Familie passiert, sobald ihr in Jagos Falle getappt seid und dann –«

»Sekunde mal! Hat Darel wirklich von einer *Falle* gesprochen?«

Kelly nickte. »Er klang ziemlich überzeugend, ich dachte, wow, der hat wirklich alles unter Kontrolle und einen verdammt guten Plan, wie er uns alle aus dem Schlamassel rausholt.«

Ashs Atem ging schneller. »Oh ja, Darel kann sehr *überzeugend* sein. Was auch immer er geplant hat – es ist verdammt danebengegangen.« Sie presste die Lippen aufeinander und dachte wieder an Cearbhs Blut auf dem weißen Marmor, seine weit aufgerissenen Augen, als er in die Halle hinunterstürzte. Im nächsten Augenblick hörten sie sich nähernde Schritte.

»Gute Neuigkeiten!«, rief Niall und ließ sich neben Ash

aufs Sofa plumpsen. »Lee hat nicht gelogen. Der Tunnel mündet tatsächlich in einen alten Schuppen direkt an der Grundstücksgrenze. Wenn es brenzlig wird, müssen wir nur über den Zaun klettern und können –«

Ash sah an ihm vorbei zu Darel.

»Wir müssen reden!« Sie sprang auf und lief mit schnellen Schritten in den Tunnel.

»Du hast es gewusst! Du hast uns Jago ans Messer geliefert, ohne uns zu warnen und hast auch noch Kelly mit in diesen Schlamassel gezogen!« Ash holte mit der Faust aus und schlug gegen die Mauer, um dem Schmerz in ihrem Inneren etwas entgegenzusetzen. »Verdammt, Darel, es hätte uns alle erwischen können! Cearbh könnte noch leben!«

Tränen stürzten ihr in die Augen, sie konnte nicht sagen, ob aus Wut oder Trauer. Im grünen Schein seines Smartstraps warfen seine Wimpern lange Schatten auf sein zur Maske erstarrtes Gesicht. »Ich bin nicht dafür verantwortlich, dass du deinen Verstand nicht benutzt, Ash.«

Sie wollte ihm die bereits schmerzende Faust in die Brust rammen, dorthin, wo andere ein Herz haben, aber sie hielt sich zurück. Er würde ohnehin schneller sein und sie abwehren. Körperlich konnte sie ihm nichts entgegensetzen.

»Das ist alles, was du zu sagen hast, nachdem du den Tod eines Dunkelelben auf dem Gewissen hast?«

»*Ich* wollte nicht meine Mutter befreien.«

»Aber *du* hättest seinen Tod verhindern können!«

Darel lehnte sich an die Mauer und verschränkte die Arme. »Du hast doch nicht einmal auf deinen Freund gehört, als er dich von deinem Vorhaben abbringen wollte. Wie hättest du wohl reagiert, wenn *ich* dich gewarnt hätte?«

Ash biss sich auf die Lippe. Niemand hatte ihr je so erbarmungslos einen Spiegel vorgehalten. Er hatte recht, sie war egoistisch gewesen und hatte ihren Verstand nicht benutzt, wollte ihn nicht benutzen, um nur ja nicht zu dem Entschluss zu kommen, dass sie nichts tun konnte und ihre Mutter unrettbar verloren war. »Wenn du schon alles so scharfsinnig erkannt hast, warum bist du dann überhaupt geblieben und nicht einfach abgehauen, um dich in Sicherheit zu bringen?«

Er stieß sich von der Wand ab und trat so nahe an sie heran, dass Ash seinen warmen Atem auf ihrer Stirn fühlte. »Wir haben uns gegenseitig etwas geschworen, schon vergessen? Ich sollte dir bei der Befreiung deiner Mutter helfen und du mir bei der Rettung des Dunkelelbenjungen. Ich für meinen Teil habe mein Möglichstes getan. Wirst du dich ebenfalls an die Abmachung halten?«

Sie hatte das Gefühl, in eine noch viel schlimmere Falle als die ihres Stiefvaters getappt zu sein. »Du hast unser aller Leben aufs Spiel gesetzt, nur wegen deines Schwurs?«, flüsterte sie kraftlos.

»Vielleicht bist du als Mensch aufgewachsen, aber du solltest wissen, dass ein Schwur unter uns Dunkelelben heilig ist.«

Sekundenlang starrten sie sich an. »Woher soll ich wissen, was *unter uns Dunkelelben* gilt? Ich weiß ja noch nicht einmal, ob ich es mir nur einbilde, dass wir manchmal in unseren Köpfen miteinander sprechen oder du sogar meine Gedanken lesen kannst! Und ob du das nur mit mir machst oder auch mit Adrasel.«

Jetzt war es heraus. Erwartungsvoll sah sie ihn an.

»Es gibt nur wenige Dunkelelben, die wortlos miteinander kommunizieren können. Sieh es als eine besondere

Gabe.« Er lächelte. »Und keine Sorge. Ich kann glücklicherweise nur hören, was du mir mitteilen möchtest. Auch wenn man dir deine Gedanken leicht vom Gesicht ablesen kann.«

Trotz der abschließenden Bemerkung fiel ihr ein Stein vom Herzen. »Ich halte mich an meinen Schwur«, erklärte sie zögernd. »Aber nur unter einer Bedingung.«

Seine Miene verdunkelte sich. »Wir hatten keine Bedingungen vereinbart.«

»Wir hatten auch nicht geklärt, wie *heilig* ein Schwur unter *uns Dunkelelben* ist«, erwiderte sie sarkastisch.

Er seufzte. »Was willst du?«

»Keine Geheimnisse mehr.«

Darel lachte und schüttelte den Kopf. »Vergiss es!«

»Du weißt genau, was ich meine! Hör auf, mich wie ein Kind zu behandeln, für das du Entscheidungen triffst!«

Sein Blick wurde auf merkwürdige Weise eindringlich. »Ich sehe bestimmt kein *Kind* in dir, Ash.«

Sie fühlte, wie ihre Wangen sich erhitzten.

»Ich werde jedenfalls nicht mein Leben für einen Dunkelelbenjungen riskieren, von dem ich noch nicht einmal weiß, warum er dir so viel bedeutet.«

Die Sekunden verstrichen.

»Wenn ich es dir verrate, wirst du es dann tun?«

Ash schluckte und widerstand dem Drang wegzulaufen, den Kopf zu schütteln oder zumindest seinem brennenden Blick auszuweichen. »Ja.«

»Sein Name ist Phelan. Er ist mein kleiner Bruder.«

Blau

Ash

Ash war sicher, dass sie in dieser Nacht nicht würde schlafen können, aber dann ließ sie zu, dass Kelly auf dem Sofa die Arme um sie legte, und sie schloss erschöpft die Augen.

»Komm, wir gehen ans Meer«, hatte ihre Mom gesagt, als sie noch Luz war und eines Nachts aus einem Albtraum aufgeschreckt war. Und dann waren sie aus dem Ferienhaus ihres Großvaters geschlüpft. Luz' Fußabdrücke im Sand waren nicht einmal halb so groß wie die ihrer Mutter gewesen. Ausgelassen waren sie in Nachthemden durch die Gischt gelaufen, hatten Botschaften in den Sand gemalt und zugesehen, wie das Meer ihnen hinterherjagte, die Lippen bebend vor Kälte, während der Mond silberne Funken ins Wasser warf.

»Denk immer daran, wie schön unsere Welt ist. Sie steckt voller Geheimnisse und Überraschungen.«

»Aber ich darf doch nie raus«, hatte Luz geschmollt.

»Wir wollen dich nur beschützen. Fürchtest du dich denn gar nicht?«

»Opa hat gesagt, jeder hat Angst. Aber tapfer ist, wer seine Angst ignoriert.«

Ein Schatten war über das Gesicht ihrer Mutter gehuscht und sie hatte sie auf die Stirn geküsst. »Angst ist nur ein Gefühl wie Liebe, Freude, Sehnsucht oder Wut. Sie ist dein Freund, Luz. Sie warnt dich. Ohne Angst wärst du kleiner Wildfang bestimmt schon von den Klippen gesprungen, um zu sehen, ob du einfach davonfliegen kannst.« Sie hatte ihr einen Stups auf die Nase gegeben. »Angst bringt dich dazu, nachzudenken, bevor du etwas Gefährliches tust.«

»Ash! Wach auf!« Die Stimme klang weit weg und riss sie aus den Armen ihrer Mutter zurück in ihre neue Welt, die nur noch aus Angst und Gefahr zu bestehen schien.

Und diese Welt war blau.

Indigo an den Rändern, wo die Schatten der Nacht noch wie Schuppen am Horizont klebten, graublau im Zentrum, wo sich Tag und Nacht vereinten, bevor der Morgen mit seinen rosalichten Klingen sie voneinander trennte. Kühle Luft hinterließ einen feuchten Film auf ihren Wangen, als Ash den Tunnel verließ und über den Rasen lief. Sie verband sich mit dem Salz ihrer Tränen, bis sie halb blind war. Und taub.

Denn da war dieses Rauschen in ihren Ohren, dem sich ihre Schritte im Gras, die geflüsterten Worte der anderen, das erste Zwitschern der Vögel vollkommen unterordneten.

Wie das Rauschen von Engelsflügeln, dachte sie.

Ashs Mutter hatte es geschafft, ihre Verfolger so lange abzuhängen und jede Straßensperre zu durchbrechen, bis sie den Spielplatz oberhalb der Klippen von Northridge Drive erreicht hatten. Sie war mit knapp hundert Meilen pro Stunde über den kurz geschnittenen Rasen gejagt, vorbei an Rutsche und Schaukelgerüst auf den zehn Fuß hohen Metallzaun zu, der den Spielplatz vom Klippenrand trennte. Auf der Videoaufnahme, die Ash in den Breaking News kurz nach fünf Uhr auf Darels Laptop gesehen hatte, war der gepanzerte Van so mühelos durch die Absperrung gepflügt, als würde er durch ein lose gespanntes Sonnensegel fahren. Das weiß gestrichene Gitter flog über den Abgrund voran, ein heller Streifen im grellen Scheinwerferlicht ihrer Verfolger, dem der schwarze massige Van wie ein wütender Drache mit rot glühenden Augen folgte. Dann spie er Feuer.

Ash ließ zu, dass Kelly sie vom Laptop wegzog und in die Arme nahm.

Sie wollte nichts mehr sehen. Nichts mehr hören.

Und da begann das dumpfe Rauschen in ihren Ohren.

Wege

Darel

Atemlos starrte Darel auf den Bildschirm, der eine Helikopter-Luftaufnahme von der Verfolgungsjagd zeigte. Nachdem Glenda die Absperrung des Spielplatzes zu den Klippen durchbrochen hatte, war ihr Wagen in die Tiefe gestürzt, frontal auf einen Felsvorsprung geprallt und in einem Meer aus Flammen regelrecht explodiert. Die Nachrichtensprecherin erklärte, dass der Aufprall mindestens eine der Solarbatterien des Fahrzeugs beschädigt habe. Durch die brennenden Zellen wären immer weitere Zellen in Brand gesteckt worden, eine verhängnisvolle Kettenreaktion, die zu der Explosion geführt hätte. Autoteile wurden in einem Umkreis von mehr als dreihundert Fuß gefunden. Das Wrack hatte sich mehrmals überschlagen, war am Ende ins Meer gestürzt und von der starken Brandung mitgerissen worden. Dass keiner der Insassen überlebt haben konnte, war offensichtlich.

Darel sah hinüber zu Ash, die sich an Kellys Hände klammerte wie an einen Rettungsring. Jetzt war nicht der richtige Zeitpunkt, ihr zu sagen, welches Geschenk ihr ihre Mutter gemacht hatte: die Chance eines Neuanfangs. Die Suche nach ihren Leichen oder dem, was davon übrig sein mochte, konnte Wochen dauern. Am Ende würde man zu dem Schluss kommen, dass sie durch die raue Brandung und die starke Strömung unauffindbar im Pazifik ihr Grab gefunden hatten.

Hernández glaubte vermutlich, Mutter und Tochter hätten in der Ausweglosigkeit ihrer Situation den Freitod gewählt. Es war sicher kein Zufall, dass bislang keine Hausdurchsuchung bei Lee und den anderen Nachbarn stattgefunden hatte. Keiner der Soldaten, die Ashs verändertes Äußeres gesehen hatten, war noch am Leben. Ihr einziger Zeuge war Winston Lee. Um den musste sich Darel allerdings noch kümmern. Ihm fielen Glendas letzte Worte ein: *»Ich habe deine Mutter gekannt. Frag Ranobal nach ihr.«*

Ranobal war Dealanns und Tyrasils ältere Schwester, eine stolze, hochgewachsene Frau mit einem stechenden Blick, den sie selbst vor Darels Vater nicht senkte. Die einen nannten sie eine Erwählte, die von Visionen heimgesucht wurde, die anderen hielten sie schlicht für eine verrückte Spinnerin. Sein Vater gehörte zu Letzteren. Ranobal hatte nie einen Mann oder eine Frau als Partner gesucht. Sie war allein geblieben. Der Einzige, der ihr in ihrem Leben etwas bedeutet hatte, schien ihr Bruder Dealann gewesen zu sein, den sie Gerüchten zufolge mehr geliebt hatte als ihren älteren Bruder Tarnach. Darel vermutete, dass sie ihm eine Mitschuld an Dealanns Tod gab. Nach der Katastrophe im Mission District vor 18 Jahren, die sie offenbar nicht vorhergesehen hatte, wuchsen die Zweifel an ihrer Gabe. Spott und Hohn ausgesetzt, hatte sie sich an einen einsamen Ort als Einsiedlerin zurückgezogen. Darel fragte sich, warum er nicht früher auf die Idee gekommen war, dass Ranobal ihm mehr über seine Mutter erzählen könnte. Lebte sie überhaupt noch? Er hatte sich vor der spindeldürren, mehr tot als lebendig aussehenden Frau stets gefürchtet und erinnerte sich noch allzu gut, wie seine Mutter ihn zu Ranobal mitgenommen hatte, als sie ihr Lebensmittel brachte. Hinter dem Rücken seines Vaters.

Auf dem Monitor war jetzt die Ansicht von Lees Überwachungskamera auf der Straßenseite zu sehen. Einsatzwagen und ELO-Soldaten waren verschwunden. Darels Blick wanderte vom Bildschirm zu Adrasel. Sie waren in den letzten Tagen immer wieder aneinandergeraten. Dennoch vertraute Darel ihm mehr als Niall. Wie bitter musste es für Adrasel sein, dass Darel, obgleich Dunkelelbe wie er selbst, nicht den tödlichen Tyrium-Transponder unter der Haut trug, nur weil er hellhäutig war. Schließlich konnte er nicht wissen, welchen Preis ihn dieses verhasste Aussehen gekostet hatte. Aber es gab noch einen weiteren Grund, warum er Adrasel vertraute. Der Dunkelelbe hatte weder Niall noch Ash übersetzt, was er und Glenda miteinander besprochen hatten.

»Wir nehmen denselben Weg zurück, über den wir gekommen sind«, sagte Darel. »Ich gehe mit Adrasel voraus und sehe mich um. In fünfzehn Minuten treffen wir uns alle wieder am Gartenhaus.«

Minuten später schoben sich Adrasel und Darel vorsichtig ins Freie. Es war noch dunkel, aber das Zwitschern der Vögel und erste lavendelfarbene Streifen im Nachtblau des Horizonts kündigten das Anbrechen des Tages an.

»Ich möchte mitkommen«, sagte Adrasel leise.

»Klar. Ich hatte auch nicht den Eindruck, dass Lee dich länger als nötig hierbehalten möchte.«

»Du weißt genau, wovon ich spreche.«

Darel verdrehte die Augen. Das hatte ihm Glenda Nolan eingebrockt! Ohne ihre Andeutungen wären weder Niall noch Adrasel auf die Idee gekommen, er würde Dusks Versteck kennen. »So einfach ist das nicht.«

»Nein? Willst du mir etwa erzählen, dass ich dich wegen

meines Transponders nicht begleiten kann? Du hast mir selbst gezeigt, dass ihr die Ortungsfunktion überlisten könnt.«

Ein weiterer Fehler. Darel bekam das unwirkliche Gefühl, dass alles, was er seit seiner ersten Begegnung mit Ash unternommen hatte, eine tragische Aneinanderreihung falscher Entscheidungen war. »Das ist kein Reinschnuppern in einen Selbstverteidigungskurs. Wenn ich dich zu ihm bringe, bist du rekrutiert. Du wirst ihm die Treue schwören müssen oder dein Leben verlieren.«

Adrasel, der bisher den Sternenhimmel angesehen hatte, drehte sich ruckartig zu ihm um und hob die Hand, unter deren Haut der Transponder gelb aufschimmerte. »Nennst du das hier *Leben*?«

In seiner Stimme spiegelte sich Darels eigene Verbitterung. Adrasel war dem zornigen, verletzten Jungen in ihm, den der *Mór Ceannard* ausgebildet und mit seinem Hass gespeist hatte, so ähnlich. Etwas rührte sich in seiner Brust, aber dann hörte er wieder die warnende Stimme: *Jeder wird dich verraten. Es ist nur eine Frage der Zeit und des Preises. Freundschaft ist reine Illusion.* Er straffte die Schultern und fuhr Adrasel hart an: »Kannst du damit kämpfen?« Er nickte mit dem Kopf in Richtung seiner Hand. »Nein. Du bist für ihn so brauchbar wie ein Wassereimer mit Loch. Warum sollte er dich durchfüttern? Warum sollten die anderen tyriumfreien Dunkelelben dich achten? Muss ich dir wirklich sagen, was mit gechippten Elben wie dir geschieht, die Dusk in die Hände fallen?«

»Sie werden für die Versuche benutzt, die Tyrium-Transponder zu entfernen«, antwortete Adrasel erstaunlich gefasst. »Ich bin nicht blöd, Darel. Wenn ich dabei draufgehe, hat mein Leben wenigstens einen Sinn gehabt.«

»Wie heldenhaft von dir«, spottete Darel. »Falls du glaubst, sie werden dir hinterher ein Andenken setzen –«

»Halt einfach die Schnauze und bring mich zu ihm, ja?«, zischte Adrasel und sein Transponder flammte gelb auf. »Mehr verlange ich nicht.«

Vielleicht war es tatsächlich besser, ihn mitzunehmen. Darel konnte dem *Mór Ceannard* erklären, dass er Adrasel ansonsten als Zeugen hätte beseitigen müssen. Das brachte ihn zurück zu dem eigentlichen Grund ihres Zusammenseins. »Von mir aus komm mit. Dein Leben, nicht meines«, beendete er ihre Diskussion und deutete auf das Haus. »Ich muss Lee noch einen Besuch abstatten, während du einen Blick in die Nebenstraße wirfst, ob uns dort keine böse Überraschung erwartet.«

Adrasel nickte, als wäre ihm sein Besuch bei Lee sonnenklar gewesen. Womöglich hatte Darel ihn unterschätzt. »Wirst du ihn umlegen?«

»Nein. Dann wüsste Hernández doch sofort, dass Ash noch am Leben ist und gar nicht mit ihrer Mutter im Van saß. Aber ich werde ihm erklären, welche Konsequenzen es für ihn haben wird, wenn er uns an Hernández verpfeift.«

Darel wandte sich zum Gehen. Aber Adrasel hielt ihn auf. Das Lächeln auf seinem Gesicht war teuflisch. »Zwei von Lees Enkelkindern heißen übrigens Mary und Keith.«

»Woher weißt du das?«, fragte Darel überrascht.

Adrasel zuckte die Schultern. »Stand auf dem Foto von den beiden auf dem künstlichen Kaminsims, gleich unter *Für den besten Großvater*.«

Rain

Niall

Niall saß mit Ash und Kelly hinten im Lieferwagen und wusste nicht, was er sagen sollte. Er hatte Darel und Adrasel nach ihrer geglückten Flucht über das Nachbargrundstück von Madame Petrowa die Adresse eines Seniorenheims am Rande des Junipero Serra Parks in San Bruno genannt, wo sie ihn absetzen sollten. Da er polizeilich gesucht wurde, überwachte die **ELO** sicher sein Elternhaus. Dorthin konnte er nicht gehen, auch nicht mit dem falschen Bart, der Perücke und der Hornbrille, die Darel ihm zum Verkleiden überlassen hatte.

Aber auch nach Kelly würde bald gefahndet werden. Deshalb hatte Darel Niall das Versprechen abgerungen, sich um Ashs Freundin zu kümmern und schnellstmöglich ihren Vater zu verständigen, der genügend Kontakte haben musste, um für ein sicheres Versteck für seine Tochter zu sorgen. Niall wusste, dass Kelly nicht begeistert von der Vorstellung sein würde, ihre Freundin mit Darel ins Ungewisse ziehen zu lassen. Als ob es *ihm* leichtfiel! Darüber zu sprechen, dass sie zu Dusks Unterschlupf ging, war ungefähr so, als würde man vor einer Reise zu jemandem sagen: *Na, hoffentlich stürzt bei diesem Sturm dein Flugzeug nicht ab.* Die eigene Hilflosigkeit und Wut entflammten erneut, als Kelly verkündete, sie würde ihre beste Freundin auf jeden Fall begleiten. »Kommt nicht infrage!«, knurrte Niall. »Ich habe mit Darel vereinbart, dass –«

»Es interessiert mich einen Scheiß, was du mit Darel vereinbarst! Ich lasse Ash nicht mit ihm allein. Wenn DU schon keine Probleme damit hast –«

»Kelly!«, warf Ash erschöpft ein.

»Nein, verdammt! Er hat dich einfach in Jagos Garten stehen gelassen, obwohl du ihm angeblich was bedeutest!«

In diesem Augenblick vermisste Niall all das, was ihm früher so zuwider gewesen war. Die Predigten seines Vaters, er solle sich zusammenreißen, später Politologie und Soziologie studieren und Politiker werden, wenn er wirklich etwas in der Welt bewegen wolle. Die Bemühungen seiner Mutter, ihm die Kultur ihrer Vorfahren nahezubringen, die Niall ungefähr so interessierte wie die Lebensweise von Wissenschaftlern in der Antarktis. Sogar Mathe am Montagmorgen in der Schule war besser als das hier. Er gab sich einen Ruck. »Ich wollte dich nicht einfach so im Stich lassen! Ja, ich hatte Schiss. Aber dafür gab es einen Grund. Ich ... ich hatte eine Vorahnung, dass wir in eine Falle laufen würden.« Kelly schnaubte verächtlich, aber Niall ließ sich nicht beirren und sprach hastig, an Ash gewandt, weiter. »War nicht das erste Mal, dass mir so was passiert ist. Gerade als ich auf Darel und Kelly traf, wollte ich wieder umkehren. Ehrlich! Und jetzt möchte ich auch nichts lieber, als dich an meiner Seite zu wissen. Aber ich weiß nicht, wohin ich gehen soll und ob ich demnächst nicht selbst von der Polizei oder der ELO verhaftet werde. Vielleicht kann Darel dich im Augenblick wirklich besser beschützen.« Der letzte Satz kam ihm so schwer über die Lippen, dass er glaubte, er würde sich eher die Zunge abbeißen, als ihn zu beenden. Niall schluckte schwer und senkte den Blick. Eine warme Hand griff nach der seinen und er sah auf. Ashs Gesicht war bleich und dunkle Schatten lagen unter ihren rot geweinten Augen.

»Das hat nichts mit dir zu tun, Niall. Ich würde Darel auch begleiten, wenn du mir das sicherste Versteck auf der Welt bieten könntest. Weil ich meinen Vater finden muss.« Sie lächelte schief und kniff ihn zart in den Handrücken. »Aber eine feige Leuchte bist du trotzdem.«

Einen Augenblick lang sah er wieder das schlagfertige Mädchen vor sich, das ihn auf der Fahrt zu ihrem ersten Date so beeindruckt hatte. Er erwiderte ihr Lächeln. »Ich werde dir das Gegenteil beweisen, Aschenputtel. Wenn ich den ELO-Drachen erst von meinen Ländereien gejagt habe, reite ich ins Rebellenlager und rette dich vor dem Fürst der Finsternis.«

»Wer's glaubt!«, spottete Kelly im Hintergrund, aber Ash beugte sich schnell vor und pflückte die Erwiderung von seinen Lippen. Federleicht, wie ein Hauch, und ebenso kurz wie der erste Kuss, den er ihr im Auto gegeben hatte. Nur dass er dieses Mal befürchtete, dass es ihr letzter sein könnte. Während er sehnsüchtig dem tränensalzigen Geschmack ihrer Haut nachspürte, legte sie ihre Stirn an die seine und flüsterte: »Versprich mir lieber nichts. Versprechen sind wie Schulden und keiner von uns weiß im Moment, ob wir sie jemals zurückzahlen können. Schenk mir lieber einen Wunsch zum Abschied.«

Er atmete scharf ein und dachte nach. Der Lieferwagen fuhr in eine Kurve und Ashs Kopf rutschte gegen seine Schulter. Seine Arme schossen vor und hielten sie fest. Was sollte er ihr zum Abschied wünschen? Dass sie glücklich wurde? Unverletzt zu ihm zurückkehrte? Ihn nicht vergaß? Alles kam ihm entweder wie ein dummer Kalenderspruch oder maßlos egoistisch vor. Schließlich sagte er: »Dass du immer neugierig bleibst, wünsche ich dir. Auf die Welt und auf all das, was hinter den Dingen steckt.«

Er hatte schon zu viele abgestumpfte Dunkelelben gesehen. Was auch immer in ihrem Leben geschah, und er fürchtete, dass es in nächster Zeit nicht besonders viel Gutes sein würde – zu so jemandem sollte sie niemals werden.

Ash lehnte den Kopf in den Nacken und in ihre müden Augen trat ein Lächeln. »Ich war so unfassbar wütend auf dich, weil du all das hier ...« Sie hob in einer umfassenden Geste die Arme und ließ sie dann zurück in den Schoß fallen. »... ins Rollen gebracht hast. Aber seit Mom in den Van gestiegen ist, habe ich über all die Lügen nachgedacht. Weißt du, sie hat geradezu erleichtert gewirkt, dass es endlich vorbei ist! Ich glaube nicht, dass ich mein Leben lang in der bunt schillernden Seifenblase einer Lüge hätte leben wollen.« Sie machte eine Pause und strich sich nachdenklich eine Haarsträhne aus dem Gesicht. »In der Hütte habe ich es wütend zu dir gesagt, aber jetzt meine ich es ernst: Danke für dein One-Way-Ticket in die Realität! Und jetzt mein Wunsch für dich: Lass endlich los! Dein Dad spielt den coolen Rebellen der Familie und dir überlässt er lediglich die Rolle des angepassten Sohnes! Im Grunde bist du gar nicht feige, das habe ich gesehen, als du gegen Jim Kennedy gekämpft hast. Du bist so viel stärker! Du kannst deinen eigenen Weg gehen und noch vielen Elben und Menschen die Augen öffnen, wenn du nur willst.«

Niall starrte Ash an und bemerkte erst, dass der Wagen auf dem Parkplatz des Seniorenheims angehalten hatte, als Darel die Türen aufriss.

Du bist so viel stärker.

»Was ist los?«, fragte Darel, als Niall aus dem Wagen sprang.

Kelly schob sich hinter ihm ins Freie und baute sich mit vorgerecktem Kinn vor Darel auf. »Wenn du gedacht hast, du kannst mich einfach auf Niall abwälzen, um dein Versprechen zu halten, hast du dich getäuscht! Ich werde Ash begleiten.«

Niall überkam eine unglaubliche Genugtuung, als er Darels schockierten Gesichtsausdruck sah. Bevor er noch etwas einwenden konnte, schlüpfte Ash aus dem Lieferwagen und legte ihrer Freundin schützend den Arm um die Schulter.

»Habt ihr den Verstand verloren? Du weißt genau, wohin wir gehen, Ash! Er wird sie zum Frühstück verspeisen!«

»Dann musst du ihm eben sagen, dass du ihr dein heiliges Ehrenwort gegeben hast. Er wird doch sicherlich eure Rituale und Gepflogenheiten –«

Darels Gesicht hatte sich während ihrer Worte immer mehr verfinstert. Er trat bedrohlich nahe an sie heran und zischte: »Wir besprechen das im Wagen! Ihr zwei«, er nickte in Adrasels und Kellys Richtung, »setzt euch für das nächste Stück des Weges nach hinten.«

Niall fuhr zu seinem Freund herum. »Du willst Darel ebenfalls begleiten?«, fragte er überrascht.

»Aber natürlich will er das!«, äffte Darel an Adrasels statt. »Hast du nicht noch eine gebrechliche Großmutter hier im Seniorenheim, die du auf meine Schultern laden kannst und die ein bisschen Abenteuer abseits des alltäglichen Ärgers mit Pflegern und Rollator sucht?« Darel sah aus, als wollte er ihm am liebsten die geballte Faust in den Magen rammen. Aber dann holte er tief Luft und schenkte ihm einen eisigen Blick zum Abschied. »Lass dich nicht von der ELO erwischen! Und solltest du noch einmal vorhaben, ein Mädchen auf ein Date einzuladen, bring sie *niemals wieder* zu einem meiner Slams!« Damit marschierte er an ihnen vorbei, schwang sich auf den Fahrersitz und schlug die Tür zu. Sekunden später startete er den Motor.

Im Grunde genommen war Niall Darel dankbar dafür, dass er sie zu einem hastigen Abschied zwang. So war die Trennung für Ash und ihn einfacher. Adrasel nickte ihm, mit beiden Händen in den Hosentaschen, ganz nach Dunkelelbenart nur kurz zu, aber Niall kannte ihn gut genug, um die Verunsicherung in seinem Blick zu erkennen.

»Was soll ich deinem Vater sagen, wenn ich ihn sehe?«, fragte Niall ihn.

Adrasel zuckte die Schultern. »Nichts. Ich werde nicht wieder zurückkommen.«

Ein kalter Schauer lief Niall bei seinen Worten über den Rücken. »Hör mal, du kannst auch mit mir –«

Aber Adrasel drehte sich mit einem Ruck um und stieg in den Laderaum des Lieferwagens. Kelly folgte ihm zögernd. Ash schlug die Türen hinter den beiden zu, dann lief sie zurück und schlang noch einmal fest die Arme um Niall.

»Leb wohl!«, flüsterte sie und riss sich in der nächsten Sekunde wieder von ihm los. Seine Kehle schnürte sich zu.

»Enye te tuvían«, flüsterte Niall auf Lichtelbisch, während sie auf den Beifahrersitz kletterte und Darel losfuhr, bevor sie die Tür ganz geschlossen hatte. *Ich werde dich finden!*

Er sah ihnen nach, bis sie die Schranken passierten und rechts nach Chrystal Springs abbogen, und erinnerte sich daran, wie er Liora hatte ziehen lassen müssen. Während er an Oleanderbüschen und parkenden Autos vorbei bis zum Eingang des Seniorenheims lief, vergrub er seine Sorgen tief in seinem Inneren und versuchte, den Kopf für das frei zu bekommen, was nun vor ihm lag.

»Kann ich Ihnen helfen?«

Die junge Frau hinter der Empfangstheke musste er gerade

bei ihrem Frühstück, einem Donut und einem großen Becher Kaffee, unterbrochen haben. Niall hatte keine Ahnung, ob Rain noch immer hier arbeitete. Seine Mutter hatte zwar ständig von ihr gesprochen, um nicht zu sagen *geschwärmt*, aber vermutlich hatte Niall gerade deswegen seine Ohren auf Durchzug gestellt und konnte sich nun nicht mehr erinnern. Er räusperte sich: »Hi, ich bin John. Arbeitet Rain noch bei Ihnen? Sie hat lange Zeit liebevoll meine Mutter gepflegt und ich würde mich unheimlich gerne bei ihr dafür bedanken.«

Ihre Miene verfinsterte sich schlagartig und sie warf die langen Box Braids in den Nacken. »Ja, Rain arbeitet noch hier.« Dem Tonfall nach wünschte sie sich nichts sehnlicher als ihre baldige Entlassung. Das wunderte Niall. Seine Mutter hatte Rain immer als fleißig, anpassungsfähig und freundlich beschrieben. *Nullerschleimerin* hatte er sie insgeheim genannt. Niall schenkte der Empfangsdame ein gewinnendes Lächeln.

»Wo kann ich sie finden?«

»Sie ist gerade eben zu ihrer Schicht angekommen. Soll ich sie ausrufen?«

»Oh, das wäre wirklich unheimlich nett von Ihnen«, sagte Niall und hatte plötzlich das Gefühl, sein Lächeln würde festfrieren und in Stücken von seinem Mund bröckeln, weil er über ihre Schulter hinweg sein Fahndungsfoto auf einem Monitor erkannte. Hoffentlich hielt seine Verkleidung ihrem prüfenden Blick stand.

»Sie haben aber nur ein paar Minuten!«, sagte sie stirnrunzelnd.

»Selbstverständlich«, Niall beugte sich vertraulich vor und flüsterte: »Ich mache das auch nur wegen meiner Mom. Sie hat so viel von Rain gehalten und mich am Sterbebett gebeten, ihr zu danken.«

Sie nickte verständnisvoll und drückte ein paar Tasten auf der Sprechanlage: »Schwester Rain, sie werden am Haupteingang erwartet.«

Es war eine ganze Weile her, seit Niall Rain gesehen hatte. Er erinnerte sich an ein schmales, blasses Mädchen mit hüftlangen dunkelblonden Zöpfen, an denen er heimlich gezogen hatte, wenn sie sich bei dem Lichtelbenzirkel *Kinder von Dagdas Kessel* wieder einmal vorbildlich zu Wort gemeldet hatte, um die Gebete vorzusprechen oder die Fragen der Priesterin zu beantworten. Vielleicht hätte er es nicht getan, wenn seine Mutter ihm Rain nicht ständig als Vorbild vorgehalten hätte. Sie war so eine verfluchte Streberin gewesen, der Inbegriff lichtelbischer Perfektion!

Mit Grauen erinnerte Niall sich an die wöchentlichen Besuche bei den *Kindern von Dagdas Kessel*. Es hatte verschiedenartig duftende Räucherstäbchen in dem mit Samtvorhängen verdunkelten Raum gegeben, aber ihm war von jeder Duftsorte nach kurzer Zeit speiübel geworden. Auf weichen Teppichen hatten sie im Kreis um eine Sammlung tibetischer Klangschalen gesessen, die eine selbst ernannte, steinalte Priesterin zwischen ihm unendlich lange erscheinenden Gebeten zum Klingen brachte. Am Ende dieser zermürbenden Zeremonien trugen die einzelnen Mitglieder zur einschläfernden Harfenmusikuntermalung aus einer knisternden, vorsintflutlichen Stereoanlage ihre Probleme in der Menschenwelt vor und alle versuchten gemeinschaftlich eine Lösung zu finden. Die Sitzungen endeten jedes Mal mit der Bitte an den Kessel, er möge ihnen ein Gegenmittel für das tödliche Tyrium schenken, um ihnen den Weg zurück in ihre Heimat zu ermöglichen. Für Niall aber war gerade diese Welt hier seine Heimat, nicht die tyriumverseuchte Anderswelt, wie paradiesisch sie auch vor der Katastrophe gewesen sein mochte. Irgendwann hatte er rebelliert und sich geweigert, die Versammlungen auch nur ein einziges weiteres Mal zu besuchen.

Wenn es unter den *Kindern von Dagdas Kessel* jemanden gab, der wusste, ob seiner Mutter bei der Flucht geholfen worden war und wo sie sich jetzt versteckte, dann war es Rain. Sein Instinkt sagte ihm, dass sie zumindest nicht auf der Stelle die Polizei rufen würde, sobald sie ihn erkannte. Weniger ihm als seiner Mutter zuliebe.

Ein kurzer hoher Ton zu seiner Linken kündigte den Aufzug an. Niall wandte den Kopf und hielt die Luft an, als die Metalltür sich zur Seite schob. Die junge Frau, die erst stutzte, dann mit forschen Schritten in die Empfangshalle trat, hatte so viel mit der Rain aus seiner Erinnerung gemein, wie Adrasel mit Mickey Mouse. Sie trug eine enge weiße Jeans, die ihren schlanken, durchtrainierten Körper betonte, und ein hellblaues Tanktop. Ihr Haar war kinnlang, stufig geschnitten und verdeckte geschickt ihre Elbenohren. Sie trug kein Make-up und dennoch fielen ihm ihre langen, dichten Wimpern über den mandelförmigen dunkelbraunen Augen sofort auf, das Einzige, was mit seiner Erinnerung übereinstimmte. Allerdings hatte sie ihn früher verschreckt, mit einer Mischung aus Scheu und Tadel angesehen. Jetzt musterte sie ihn mit unverhohlener Verachtung.

»Hi, Rain. Erinnern Sie sich noch an mich? Ich bin Amandas Sohn, John.«

Sie verzog ihre Lippen zu einem spöttischen Lächeln. »Wie könnte ich Sie nur vergessen, *John*.« Sie deutete zu einer Tür neben dem Aufzug. »Wollen wir kurz in den Park gehen?«

»Ihre Schicht beginnt in fünf Minuten!«, mahnte die Empfangsdame bissig. Rain schenkte ihr keine Beachtung.

Immer noch verwundert über ihr Aussehen folgte Niall der Lichtelbin, die durch den Park marschierte, als würde sie in den Krieg ziehen. Wann zur Hölle war die erklärte Wunschschwiegertochter aller Lichtelbenmütter zur athletischen Lara Croft mutiert? Unter den duftenden Blüten eines Zitronenbaums blieb Rain stehen und fuhr zu ihm herum. »Wie kannst du es wagen, hier aufzutauchen und mich zu gefährden? Hast du den letzten Rest deines armseligen Verstandes verloren, du schwachsinniger Troll?«, fauchte sie auf Lichtelbisch.

Für einen Augenblick brachte dieser unerwartete Angriff ihn aus dem Konzept. Dann fing sich Niall und erklärte betont gelassen: »Du bist mich gleich los. Sag mir nur eins: Weißt du, wo Arinard ist?«

»Wenn ich es wüsste, würde ich mir eher die Zunge herausschneiden, als es ausgerechnet dir zu verraten.«

»Ich bin ihr Sohn!«

»Wie schön, dass du dich daran erinnerst!«

Langsam wurde es Niall zu bunt. »Was willst du damit sagen?«

Sie trat einen Schritt näher und Niall musste sich beherrschen, ihrem eisigen Blick standzuhalten. »Du und dein Vater habt euch doch jahrelang einen Dreck um ihre Gefühle geschert! Während er nur seine politische Karriere im Kopf hatte, hast du mit Dunkelelbengesindel in zwielichtigen Clubs abgehangen, dich mit Alkohol und Drogen zugedröhnt und nicht im Geringsten daran gedacht, dass deine Mutter jedes Mal halb gestorben ist vor Angst um dich.«

»Und ich hatte schon geglaubt, du hast dich verändert«, spottete Niall. »Du bist noch dieselbe besserwisserische Göre wie früher! Was weißt du schon von meinem Leben? Und vor allem: Was geht's dich an?«

Sie schnappte nach Luft, presste die Lippen aufeinander und starrte ihn feindselig an. Sein Besuch war zwecklos gewesen. Von Rain würde er nichts erfahren. Er wollte sich gerade zum Gehen wenden, als ihm ein Gedanke durch den Kopf schoss. Seine Mutter hatte ihm erzählt, dass sie eine Waise war. Konnte es sein, dass sie in Arinard die Mutter sah, die sie selbst gern gehabt hätte? War sie vielleicht einfach nur eifersüchtig auf ihn?

»Ich werde sie finden, Rain. Mit oder ohne deine Hilfe und dann werde ich ihr erzählen, dass *du* dich geweigert hast, ihren Sohn zu ihr zu führen.«

Ihr Blick wurde mörderisch. »Ich könnte jetzt einfach um Hilfe schreien und die Polizei oder die ELO verständigen, du Scheißkerl!«

»Tu's doch. Aber dieser Verrat wird für immer zwischen dir und meiner Mutter stehen.«

Sie verschränkte die Arme vor der Brust.

»Erzähl *du* mir nichts von Verrat! Wie konntest du dich nur so von deinen Dunkelelbenfreunden gehirnwaschen lassen, dass du Hernández' Tochter schöne Augen machst, nur um sie hinterher zu entführen und ihnen zum Abschlachten auszuliefern? Hast du kein einziges Mal an deine Eltern gedacht? An deine Schwester? Was ist nur aus dir geworden?! Ein Dunkelelbenterrorist? Wo sind denn deine Freunde, um dir beizustehen?«

Langsam begriff Niall, warum sie so zornig auf ihn war.

»Du hast nicht die geringste Vorstellung davon, was wirklich geschehen ist«, seufzte er.

»Ach, nein? Deine Mutter hat deinen Freund Cearbh im Van neben Glenda Hernández erkannt!«

Er stutzte. Seine Mutter war geflohen, bevor sie in Hernández' Haus eingebrochen waren. »Dann weißt du tatsächlich, wo Arinard sich aufhält.«

Rain schwieg und wandte sich zum Gehen. Aber Niall hielt sie am Arm fest. »Meine Mutter hat dir bestimmt gesagt, wie viel mir meine Schwester Liora bedeutet. Wenn ich dir bei ihrem Leben jetzt etwas schwöre, wirst du es mir glauben?«

Rain sah ihn unschlüssig an und nickte widerwillig.

Er hörte Schritte auf dem Kies, die sich näherten. »Ich schwöre dir bei Lioras Leben, dass Luz Hernández weder entführt wurde noch tot ist. Sie wird von ihrem eigenen Vater verfolgt und ich habe ihr in den letzten Tagen geholfen, sich vor ihm in Sicherheit zu bringen.«

Ihre Augen wurden groß. »Warum?«, flüsterte sie tonlos.

»Das werde ich dir nur vor meiner Mutter sagen.«

»Rain, Sie müssen jetzt zum Dienst!«

Die junge Frau vom Empfang stand mit herablassender Miene nur wenige Schritte von ihnen entfernt.

»Heute Nachmittag um fünf beim Mexikaner rechts die Straße hinunter«, flüsterte Rain hastig auf Lichtelbisch. Laut sagte sie: »Leben Sie wohl, John. Ich wünsche Ihnen alles Gute für Ihre Zukunft.«

Südwärts

Ash

»Kelly wird dir keine Last sein«, sagte Ash.

Darel bog auf den Junipero Serra Freeway.

»Darum geht es nicht.«

»Worum dann?«

Er lachte bitter. »Kelly ist ein Mensch! So unbedeutend wie eine Ameise für Dusk, kaum wert, sie zu zertreten.«

Ash zuckte zusammen, als hätte er sie geschlagen. »Du glaubst –«

»Ich kann für nichts garantieren. Bei Elatha, warum hast du deine Freundin nicht überredet, mit Niall abzuhauen? Hattest du Angst, sie spannt ihn dir aus?«

»Was? Nein! Niall hat selbst genug um die Ohren, seine Mutter wiederzufinden und seinen Vater zu entlasten. Da kann er sich nicht auch noch um Kelly kümmern!« Sie zögerte einen Moment. »Ich hab sie in diesen Schlamassel hineingezogen. Sie wollte mir beistehen, damit ich nicht ganz allein bin. Jago ist unberechenbar. Womöglich will er sie aus dem Weg schaffen.«

»Erstens: Du bist nicht *allein*!« Er wandte den Kopf und das Meer in seinen Augen schien dunkel vor Aufruhr. Verwundert erkannte Ash, dass ihn diese Aussage verletzt hatte. »Und zweitens: Niall hätte sich einfach nur an ihren Vater wenden müssen. Und genau das werde *ich* jetzt tun. Dearing ist ein gerissenes Schlitzohr mit besten Kontakten, um seiner Tochter eine neue Identität zu verschaffen. Drittens: Solange du keine Ahnung von unseren Traditionen hast, halt die Klappe und wirf nicht mit Begriffen um dich, die dir nichts sagen.«

»*Du* hast mir doch erklärt, was so ein Schwur für uns Dunkelelben bedeutet.«

»Und was schließt du daraus?«

Ash schluckte die wütende Bemerkung, die ihr auf der Zunge lag, hinunter und zwang sich zur Ruhe. »Du hast noch nicht oft in deinem Leben einen so besonderen Schwur geleistet?«

»Zweimal. Phelan und dir. Wobei Letzterer auch mit meinem Bruder zusammenhängt.«

Sie biss sich auf die Lippe, als ihr erneut bewusst wurde, wie wichtig es ihm war, seinen Bruder aus dem Institut zu befreien und dass ihr immer noch nichts Sinnvolles eingefallen war, was sie dazu beitragen konnte.

»Dusk würde mir niemals abnehmen, dass ich mich auf diese Weise an eine Nullerin binde, ohne einen persönlichen Nutzen daraus zu ziehen.«

»Was schlägst du vor?«

»Was ich dir bereits gesagt habe: Wir setzen Kelly ab. Sie kontaktiert ihren Vater und der kümmert sich um ein sicheres Versteck.«

Ash schüttelte heftig den Kopf. »Jago wird jeden einzelnen Schritt ihres Vaters überwachen. Kannst du sie nicht bei *Firbolgs Erben* unterbringen? Du musst sie eine Weile aus dem Verkehr ziehen!«

»Ich muss gar nichts, Ash!« Darels Stirn legte sich in Falten.

Sie beugte sich vor, schaltete das Radio ein und suchte einen Nachrichtensender. Die Hauptnachricht war, dass man den Leichnam ihrer Mutter gefunden hatte und weiterhin nach ihrem suchte. Sie schloss die Augen und versuchte, die Lügen, die von der Nachrichtensprecherin in geschäftsmäßigem Ton heruntergeleiert wurden, auszublenden.

»Kelly Dearing, die Tochter von Steven Dearing, dem Hauptanteilseigner von Dearing Inc. und langjährigem Freund der Familie Hernández, wird seit vergangener Nacht vermisst. Sie steht unter dem dringenden Tatverdacht, von der Entführung Luz Hernández' durch Niall Evans gewusst zu haben und wird der Beihilfe verdächtigt. Ihr Vater wurde vorerst in Untersuchungshaft genommen.«

Ashs Magen zog sich schmerzhaft zusammen. Kellys Vater konnte seiner Tochter aus der Haft heraus nicht helfen. Es folgte eine Personenbeschreibung von Kelly und die Aufforderung, sachdienliche Hinweise der Polizei oder der ELO zu melden.

»Siehst du!«

Darel beugte sich vor und drehte den Lautstärkeregler hinunter. »Das ändert nichts. Kelly kann sich ebenso gut an ihre Mutter wenden.«

Ash schäumte vor Wut. Kellys Mutter hatte sich vorrangig mit ihrer Kunst beschäftigt. Kannte sie überhaupt die Kontakte ihres Mannes? Sie verließen San José und bogen auf die Route 101 Richtung Süden. Kondensstreifen schnitten Muster ins wolkenlose Blau des Himmels. Auf der Gegenspur herrschte der typische morgendliche Stau.

»Wo willst du sie absetzen?«

»Auf einer Farm im Salinas Valley. Der Sohn des Farmers ist mir noch was schuldig.«

So bald schon! Salinas mit seinen riesigen Salatplantagen lag nicht weit entfernt von Carmel-by-the-Sea, wo sie immer ihren Sommerurlaub auf dem Ferienwohnsitz von Jagos Vater verbracht hatten. Bis dorthin war es höchstens noch eine Viertelstunde. Sie zermarterte sich das Hirn und dann fiel ihr plötzlich ein, wie sie Darel überzeugen und ihr Versprechen einhalten konnte. Ihr Herz schlug schneller.

»Du weißt, dass ich dir keine Informationen über die Institute liefern kann, weil Mom keine Gelegenheit mehr hatte, mir davon zu erzählen?«

Sein Blick verfinsterte sich. »Erklärst du mir gerade, dass du mit Kelly zusammen abhauen willst?«

»Nein! Nicht nachdem du mir gesagt hast, dass es um deinen Bruder geht!« Sie schmunzelte und gab ihm einen leichten Knuff in die Seite, der ihn mehr als nötig zusammenzucken ließ. Darel mochte aussehen wie ein Mensch, aber er reagierte auf Berührungen so empfindlich wie ein typischer Dunkelelbe. »Ich hab dir versprochen, dir zu helfen und ich will meinen Vater finden. Du würdest mich ohnehin nicht mit Kelly gehen lassen, sonst hättest du dir nicht den Aufwand gemacht, mich bis hierher mitzunehmen, nicht wahr? Ich möchte gar nicht wissen, welche finsteren Pläne du gerade für mich ausheckst, jetzt, da Mom als Informationsquelle weggefallen ist!«

Ein spöttisches Lächeln schlich sich in sein Gesicht.

»Du traust mir nicht.«

»Nicht im Geringsten.«

»Gut.« Er grinste noch breiter.

Sie sah ihn von der Seite an und musste sich eingestehen, dass sein Lächeln gerade unwiderstehlich war. Die Morgensonne zauberte ihm eine jungenhafte Unbekümmertheit ins Gesicht und brachte das Türkisblau seiner Augen zum Funkeln. *Sieh ihn nicht so an! Er spielt nur mit dir!* Das Verrückte war, dass sie begann, Gefallen an dem Spiel zu finden, ihn selbst in die Richtung lenken wollte, die *sie* für gut befand. Vielleicht stimmte es wirklich, was man Dunkelelben über ihre strategische Denkweise nachsagte.

»Falls du daran denken solltest, mich Jago als Geisel anzubieten, wird er deinen Bruder vorab mit dem Tyrium-Transponder ausstatten.«

»Das hast du mir bereits mehrfach unter die Nase gerieben. Aber ja, die Wahrscheinlichkeit besteht.«

»Sie beträgt hundert Prozent. Jago ist nicht an meinem Weiterleben interessiert, das dürfte dir doch inzwischen klar sein.« Es schmerzte immer noch, es auszusprechen. »Womöglich liefert er dir Phelan gleich als Leichnam in der Hoffnung, du rastest aus und bringst mich aus Rache um.«

Darel nickte nachdenklich. »Das würde zu seinem Charakter passen.«

Sie hatte ihn so weit. Jetzt oder nie. Ash beugte sich ein wenig näher und gab ihrer Stimme einen geheimnisvollen Klang. »Hast du mal überlegt, wie einfach es für einen Mann wie Dearing und seine ehemals illegalen Hacker sein dürfte, sich in das System der ELO einzuhacken und die Informationen zu besorgen, die du über deinen Bruder benötigst, wenn er die notwendige Motivation dazu hat?«

Der Wagen geriet ins Schlingern, als Darel den Kopf herumriss und sie mit offenem Mund anstarrte, bevor er sich wieder dem Straßenverkehr zuwandte.

»Du schlägst mir jetzt nicht gerade ernsthaft vor, Kelly als Geisel an Dusk auszuliefern, um Informationen über die ELO zu bekommen?«

Ash stutzte. »Warum denn Dusk? Der braucht davon doch gar nichts zu wissen!«

»Ich muss ihm eine Begründung liefern, warum ich Kelly mitbringe, schon vergessen? Du suchst deinen Vater bei ihm, aber sie?«

»Will ihre beste Freundin begleiten, ganz einfach! Und ich rücke mit den Informationen, die *ich* angeblich von meiner Mutter über die Institute bekommen habe, erst heraus, wenn du mich zu meinem Vater geführt hast und Kelly und mir bei den Dunkelelben Schutz gewährt wird.«

Darel wiegte nachdenklich den Kopf. »So beeindruckend ich deinen Einfall mit Dearing finde – dir ist scheinbar immer noch nicht bewusst, dass du auf dem Weg zu dem meistgesuchten Mann des Landes bist und nicht ins Piratenresort eines Hollywoodstudios. Sein Unterschlupf ist nur deswegen trotz größtem technischen Aufwand von Hernández bislang nicht gefunden worden, weil *keiner,* der ihn kennt, ihn lebendig verlässt, es sei denn Dusk ist sich sicher, dass derjenige sich lieber zu Tode foltern lässt, als ihn zu verraten.«

»Du gehst davon aus, er vertraut mir, weil mein Vater sein Waffenbruder ist?« Sie fröstelte. »Was ist mit Adrasel?«

»Ich habe ihn gewarnt. Er wird ihm die Treue schwören oder sterben.«

»Scheiße!«, murmelte sie. Und dann traf die Erkenntnis sie wie eine Ohrfeige und sie keuchte auf. »*Du* hast ihm auch die Treue geschworen! Du bist einer von ihnen! Dein Gerede von der friedfertigen Widerstandsgruppe namens *Firbolgs Erben* war eine Lüge!«

Plötzlich ergab alles einen Sinn. Warum Darel so viel über sie, ihre Familie und ihr Haus wusste, weshalb er sich bestens mit Waffen auskannte, in seinem Rucksack eine Gasmaske steckte und er so kaltblütig die ELO-Soldaten auf dem Grundstück ihres Stiefvaters ermorden konnte. Sie hatte es seit ihrer ersten Begegnung, als er sie als Geisel genommen hatte, geahnt und immer wieder verdrängt. Sie hatte sich zunächst eingeredet, dass er ein Mensch war und später, dass er all das nur für den kleinen Jungen, seinen Bruder, tat. Aber Darel war ein Dunkelelbenrebell.

Ein kaltblütiger Mörder.

Genau wie ihr Vater.

Sein Gesicht verschwamm vor ihren Augen.

»Ich dachte, du hättest es schon längst geahnt«, drang seine Stimme von weit her durch das Rauschen in ihren Ohren. Ash schloss die Augen, bevor Darel ihre Tränen bemerkte, und verfluchte sich für ihre Naivität. Es ging Darel nicht *nur* um seinen Bruder. Sie wäre auch ohne Phelan ein Anschlagsziel für ihn gewesen. Einfach, weil sie Hernández' Tochter war. Und endlich verstand sie, warum er unbedingt hatte verhindern wollen, dass Kelly sie begleitete.

»Gleichgültig, ob du Dusk erzählst, dass sie Dearings Tochter ist oder nicht, er wird sie auf jeden Fall gefangen halten oder umbringen, weil sie sein Versteck kennt und er einer Nullerin niemals über den Weg trauen wird?«, flüsterte sie mit bebenden Lippen.

»Ja.«

Ein einziges Wort zerschmetterte all ihre Hoffnung. Was sollte sie jetzt tun? Wie sollte sie ihrer Freundin helfen, nachdem sie gerade eben Darel, den *Rebellen* Darel, auf die Idee gebracht hatte, wie er mithilfe von Kellys Vater seinen Bruder retten und noch mehr Informationen für Dusk herausschinden konnte? Sie hatte ihm gerade ihre beste Freundin ans Messer geliefert! Ihr wurde schlagartig übel und auf ihrer Stirn bildeten sich Schweißtropfen. Darel sagte etwas, aber sie hörte es nicht, spürte nur noch, wie ihr Frühstück nach oben drängte. Sie würgte, drückte auf den Fensterheber und Darel fuhr langsamer und blieb auf dem Seitenstreifen stehen, während sich Ash aus dem Fenster beugte und sich übergab. Sie konnte die Tränen nicht mehr zurückhalten und begann am ganzen Körper zu zittern. Dumm! So unglaublich dumm!

Eine Hand legte sich auf ihren Rücken, jagte trotz ihrer Wärme einen kalten Schauer über sie und in ihr Blickfeld schob sich eine Packung Taschentücher. Sie riss fahrig ein paar heraus, wischte sich über den Mund und warf sie fort. In ihren Ohren lag ein hohes Summen, wie ein Wecker, den man mit einem Kissen zu ersticken versuchte. Das Geräusch mischte sich mit dem Zischen an ihnen vorbeiziehender Autos.

»Ash«, sagte Darel in diesem dunklen Tonfall, der sie bis ins Innerste erschütterte. »Ich werde Kelly Dusk nicht ausliefern.«

Langsam drehte sie sich zu ihm um, kämpfte diese lächerlichen Tränen hinunter, die ihm ihre Schwäche offenbarten, und sah in sein versteinertes Gesicht.

»Und warum solltest du das tun, wenn du ihm die Treue geschworen hast?«, schluchzte sie.

Er schwieg sekundenlang. Dann sagte er: »Weil ich nicht so bin wie er.«

Sie sah zu, wie er den Motor wieder startete und das Fahrzeug in Bewegung setzte. Seine Miene war verschlossen und nachdenklich und sie wagte nicht, ihn in seinen Grübeleien zu stören. Als sie bereits Salinas hinter sich gelassen hatten und der Highway sie mitten durch die frisch bepflanzten Salatfelder führte, erklärte Darel: »Es gibt noch eine weitere Möglichkeit. Wir könnten Kelly zu Ranobal bringen, deiner Tante. Sie lebt nicht in Dusks Unterschlupf.«

»Ich habe eine Tante? Warum ist sie nicht im Rebellenlager bei ihrem Bruder?«

»Eine alte Fehde zwischen ihr und Dusk. Ich war lange nicht mehr bei ihr, ehrlich gesagt weiß ich nicht, ob sie überhaupt noch lebt. Sie ist … verschroben.«

Ash zog die Augenbrauen hoch. »Verschroben?«

»Ranobal hält sich für eine Seherin. Sie bekommt immer wieder Anfälle, in denen sie nicht ansprechbar, vollkommen entrückt ist. Unsere Leute haben sie für verrückt erklärt und deshalb lebt sie jetzt als Einsiedlerin weit abseits des Lagers.«

Mitleid überkam Ash mit dieser unbekannten Frau. »Und mein Vater, ihr eigener Bruder, kümmert sich nicht um sie?«

Sie schloss aus seinem Schweigen, dass es ihm von Dusk verboten war, sie aufzusuchen. Zumindest hoffte sie das. Oder er war ein Idiot. Sie dachte an die Worte ihrer Mutter. *»Mach ihn stolz, mein rebellisches Mädchen!«*

Das klang zumindest nicht nach einem Vater, den sie verachten sollte. Sie klammerte sich an die Worte wie an ein Stück Treibholz im aufgewühlten Meer ihrer Angst vor der Begegnung mit diesem unbekannten Mann.

Die Weberin

Darel

Darel atmete innerlich auf, weil Ash nicht weiter nach ihrem Vater fragte.

Denn Dealann war schon lange tot.

Er war bei den Kämpfen im Mission District gefallen. Würde Ash ihm noch folgen, wenn er ihr die Wahrheit verriet? Wohl kaum. Glenda wusste das, warum sonst hatte sie auf Dunkelelbisch mit ihm gesprochen? Ihr einziges Kind einem rachsüchtigen Mann wie Dusk zu überlassen, musste sie enorme Kraft und Überwindung gekostet haben.

Warum war Tarnach bereit gewesen, sich jahrelang als Hernández' Chauffeur erniedrigen zu lassen? Wirklich nur, um seine Nichte zu beschützen? Familienbande hatten sich bei den Dunkelelben stets dem Gemeinwohl unterzuordnen. Die Worte von Adrasels Vater Sleagh kamen Darel plötzlich wieder in den Sinn. Darel war zu weit weg gestanden, um sie zu verstehen. Aber Ash hatte sie ihm in Lees Garten verraten. Sie sei das *Licht*, auf das er gewartet habe. Hatte er an ihren Namen gedacht oder tatsächlich auf die Prophezeiung der *Weberin* angespielt? Konnte es möglich sein, dass auch Glenda die Verse der Weberin kannte?

Es hatte in der Geschichte der Elbenvölker viele Dichter gegeben, denen man prophetische Gaben nachsagte. Aber nur eine von ihnen hatte den jahrhundertelangen, erbitterten Streit zwischen Licht- und Dunkelelben nicht nur vorhergesagt, sondern geradezu angestoßen und zugleich ihrer aller Untergang durch die Verseuchung mit Tyrium angekündigt. Vorausgesetzt man schenkte der Legende Glauben, denn in die ins Fantastische verzerrten Zeilen ihres Epos ließ sich schließlich alles Mögliche hineininterpretieren.

»Erzähl uns die Geschichte von der Weberin!«

Wie oft hatte Darel den hellen Kinderruf als kleiner Junge gehört, wie oft hatte er selbst den alten Targadir darum gebeten, während sie in dicke Decken gewickelt der feuchten, zugigen Kälte der unterirdischen Tunnel San Franciscos und anderer Städte trotzten, in der die Alten und Kinder Zuflucht fanden, bis ihre Späher einen neuen Unterschlupf entdeckt hatten, der ihnen für ein paar Tage, Wochen, im besten Fall Monate Schutz vor der Verfolgung durch die ELO-Soldaten bot. Sie waren freie Nomaden unter der Stadt, ihr Himmel grauer Beton, rostrote Stahlstifte ihre Sterne und brüchiges Mauerwerk, auf dem der Schimmel in seiner farbenfrohen Patina ganze Landschaften schuf, ihre Sonne. Spielzeug bauten sie aus bizarr geformten Steinen, altem Eisenbahnschrott, fleckigem Draht und Plastikmüll. Urbane Kunstwerke ihrer kindlichen Kreativität. Die Gesichter und Hände waren stets schmutzig und ihre Bäuche hungrig gewesen, aber für Darel war diese Zeit trotzdem ein großes Abenteuer gewesen, noch unbelastet von den Sorgen eines Erwachsenenlebens ohne Zukunft.

Während er mit Ash schweigend den Highway entlangfuhr, hörte er auf einmal wieder die raue Stimme des Alten, immer wieder unterbrochen von pfeifenden Hustenanfällen, Vorboten seiner schon bald tödlich endenden Krankheit, wenn er von der schönen Weberin und der Herkunft der Dunkelelben erzählte. Wie immer begann er die Geschichte mit den traditionellen Worten, sich am Lagerfeuer zusammenzufinden, was sie alle zum Kichern brachte, weil es kein Lagerfeuer mehr in ihrer Mitte gab. Sie hatten höchstens eine alte LED-Taschenlampe, die in ihrer Mitte lag und ihnen ein geisterhaft fahles Aussehen verlieh:

Kommt Kinder, versammelt euch um das Feuer, ich will euch die Geschichte unseres Volkes erzählen: Zu Anbeginn unserer Zeit gab es noch keine Dunkel- und Lichtelben, sondern nur ein Volk, die Tuatha Dé Danann. Sie waren die Kinder Dagdas, des guten Gottes, entsprungen dem lebensspendenden Kessel. Als Wesen des Lichts war es ihre Aufgabe, gegen Finsternis, Tod und Chaos vorzugehen. Der mächtige Dagda führte seine Kinder auf die fruchtbare Insel Irland, doch dort herrschte bereits das Menschenvolk der Fir Bolg. Zahlenmäßig waren die Elben ihnen unterlegen, aber wie die heutigen Menschen verfügten die Fir Bolg über keine Magie. Unsere Vorfahren aber beschworen den Fíth-Fáth, einen Zaubernebel, der die Fir Bolg mit Blindheit schlug und den drei Tage lang kein Sonnenstrahl teilte, sodass die Elbenkrieger ungesehen das grüne Land besetzen konnten. Am Morgen des vierten Tages stellten die Tuatha Dé Danann die Fir Bolg vor die Wahl, sich zu ergeben und sie als Herrscher anzuerkennen oder gegen sie zu kämpfen. So überrumpelt rechnete keiner mit ihrem Widerstand. Doch die Fir Bolg waren ebenfalls tapfer und stolz und entschieden sich für den Kampf. So kam es zur ersten großen Schlacht von Mag Tuired. Durch ihre Magie verloren eure Vorfahren nur wenige Männer und Frauen, aber aufseiten der Fir Bolg sah es anders aus. Tausende starben einen sinnlosen Tod, als der Rausch der Macht, den die Magie in vielen der Unseren auslöste, sie dazu trieb, selbst diejenigen zu töten, die sich bereits ergeben woll-

ten, darunter den letzten König der Fir Bolg. Nur der Überredungskunst und dem beherzten Eingreifen der tapferen Krieger Bres aufseiten der Elben und Sreng aufseiten der Fir Bolg ist es zu verdanken, dass der Elbenkönig ein paar Hundert der Fir Bolg verschonte und ihnen anbot, Connacht im Westen der Insel zu besiedeln.

Doch der Preis für diese Milde war hoch. Denn seit jenem Tag herrschte Uneinigkeit unter den Elben. Ihre Gemeinschaft zerbrach und spaltete sich in diejenigen, die das Abkommen mit den Fir Bolg guthießen, und diejenigen, die einen endgültigen Sieg erst in ihrer Vernichtung sahen. Sie wurden im Laufe der Jahre immer überheblicher, denn sie hielten sich für unbezwingbar und aufgrund ihrer Magie und Unsterblichkeit den Fir Bolg überlegen. Einige von ihnen begannen aus Langeweile, grausame Scherze mit den magielosen Bewohnern des Landes zu treiben.

Die ehrenhaften Elben unter ihnen, denen diese Freveltaten zuwider waren, zogen sich immer mehr zurück und nahmen nicht mehr teil an den ausschweifenden Festen, auf denen Fir Bolg gequält und verhöhnt wurden. Bald verspottete man diese Elben als »lichtscheu« oder »dunkel«.

Fern von den grausamen Ränkespielen am Hofe der lichten Elben zogen eure Vorfahren in Meeresnähe, wo sie in palastartigen, unterirdischen Höhlenanlagen lebten, die Sturm und Wasser in die schroffen Felsklippen gegraben hatten. Sie führten ein bescheidenes Leben und widmeten ihre freie Zeit dem Studium ihrer Magie und der Übung im Kampf. Die Fir Bolg gaben ihnen den Namen Fomoire, was so viel bedeutete wie »die Riesen unter dem Meer«, denn zur Abschreckung unwillkommener Besucher nahmen die Gestaltwandler unter ihnen das Aussehen furchterregender Riesen an. Doch die unterdrückten Fir Bolg baten Elatha, den Ersten unter den Fürsten der Dunklen, um Hilfe gegen das lichte Volk. Zunächst verweigerte er ihnen die Unterstützung gegen seinesgleichen. Doch als er von besonders verabscheuungswürdigen Grausamkeiten erfuhr, wurde er zornig und beschloss in einem Bündnis mit den Fir Bolg, die tapfersten Männer und Frauen auszuwählen, die sich an die Höfe der Lichten schleichen und im Geheimen Vergeltung für die Gräuel üben sollten. Er hoffte, sie dadurch von weiteren Taten abzuschrecken.

An dieser Stelle hatte der Alte meist eine Pause gemacht und das Gesagte auf sie wirken lassen. Dusk hatte den Geschichtenerzähler Targadir gewähren lassen, obwohl ihm so manches an seiner Erzählweise nicht schmeckte. Die Dunkelelben würden wie ein Haufen weichherziger Vollidioten rüberkommen, die jeder rührseligen Geschichte auf den Leim gingen und sich für die Zwecke der gerissenen Fir Bolg, Vorfahren der Menschen, einspannen ließen, hatte er einmal in Darels Anwesenheit gewettert. Aber letztlich wusste er ganz genau, dass der Alte wissentlich oder unbewusst den Samen der Rebellion in sie pflanzte, der sie im Jugendalter dazu brachte, diszipliniert mit zusammengebissenen Zähnen zu trainieren, bis sie vor Müdigkeit umfielen, nur um bei Dusks Elite-Kämpfern aufgenommen zu werden und in die Fußstapfen ihrer Vorfahren zu treten, die für Gerechtigkeit gekämpft hatten.

Bald wurde bekannt, wer hinter den Anschlägen steckte, und das lichte Volk schwor Rache. Und dann, eines Morgens, erschien mit den ersten Strahlen der aufgehenden Sonne die Weberin am Hof Elathas.

Darel schmunzelte bei der Erinnerung daran, wie ein Raunen durch ihre Reihen gegangen war und sie alle den Atem angehalten hatten, bevor der Alte weitersprach.

Man sagt, sie sei schöner gewesen als der hellste Stern am Firmament. Ihr Haar war wie gesponnenes Feuer, rot mit goldenen Fäden, ihre Haut strahlte wie der Mond in einer klaren Sommernacht und ihre Augen leuchteten in dem satten Grün der Wiesen. Sie verriet weder ihren Namen noch ihre Herkunft, sondern nannte sich schlicht die »Weberin«, als sie vor Elatha, dem Fürsten der Fomoire, niederkniete und behauptete, mit ihrer Magie könne sie die Zukunft seines Volkes spinnen. Zu jener Zeit gab es viele, die meinten, in die Zukunft sehen zu können, aber eine Zukunftsweberin war etwas Neues.

»Mein Tuch wird aus reiner Wahrheit gewebt sein und in seiner Farbenpracht alles in den Schatten stellen, was Ihr bisher gesehen habt. Nur Ihr und Euer Volk werdet seine Botschaft lesen können.«

Natürlich vermutete man sogleich eine List des lichten Volkes, um sich für die vorangegangenen Überfälle zu rächen und warf die schöne Weberin kurzerhand in den Kerker. Aber den Dunkelelbenfürsten hatte die Neugier ergriffen und er war von ihrer Schönheit so geblendet, dass er schließlich befahl, man solle ihr Webzeug verschaffen, auf dass sie im Kerker webe.

Und das tat sie. Sieben Tage und sechs Nächte lang arbeitete sie an dem Tuch. In dieser Zeit aß sie nicht und nippte nur ab und zu an einem Becher Wasser. Sie begann, sich zu verändern, je länger sie an dem Stück Stoff webte. Tag für Tag wurde sie blasser, kränker, die Haare fielen ihr aus und als die Wächter am Morgen des achten Tages schließlich ihre Zelle betraten, lag sie zusammengerollt auf dem Boden wie ein altes, welkes Blatt. In ihren dürren, todesstarren Händen hielt sie das gewebte Tuch und als einer der Wächter sie berührte, zerfiel sie zu Staub. Schreckensbleich brachten die Männer das Tuch vor den Fürsten und als sie es vor seinem gesamten Hofstaat ausbreiteten, schil-

lerte es auf dem dunklen Steinboden wie ein lebensfroher bunter Blumenteppich. All die Schönheit und Jugend der Weberin schien darin gefangen zu sein und es bedeckte den gesamten Boden des Saals bis zum Thron des Fürsten. Mit seinen verschlungenen Mustern, Ranken und Symbolen war es wunderschön anzusehen, aber entziffern konnten weder Elatha noch der Hofstaat auch nur ein einziges Wort. Alsbald lief ein Wispern durch die Reihen der Anwesenden und schwoll zu einem Murren an, bis man deutlich die Worte »Betrug« und »wahnsinnig« vernehmen konnte. Der Fürst wollte gerade den Befehl geben, das Tuch wieder zusammenzurollen, als plötzlich ein gleißend heller Fleck am linken oberen Rand des Stoffes erschien. Es war, als hätte einer der Fäden Feuer gefangen und würde sich gierig durch das Tuch fressen. Das Licht jagte über den Stoff und brannte seine Botschaft in das Gewebe. Am Ende angelangt, erhoben sich die feurigen Runen aus dem Stoff und senkten sich über jeden Mann, jede Frau und jedes Kind. Ihre Haare verloren ihre Farbe und ihre Haut wurde grau wie Asche, sodass die lichten Elben sie fortan an ihrem Aussehen als die Verräter erkannten, als die sie Elathas Volk bezeichneten. Der Stoff der Weberin aber offenbarte seine Prophezeiung, sobald man ihn ans Licht hielt und die Sonne ihre Strahlen durch das Lochwerk warf, das die feurigen Runen darin hinterlassen hatten.

An dieser Stelle der Erzählung hatten sie alle gemeinsam begonnen, die Verse der Prophezeiung mit dem alten Targadir aufzusagen. Das Grauen der ersten Zeilen der Prophezeiung, das Bündnis der Lichtelben mit den Zwergen gegen die Dunkelelben, die Verseuchung ihrer Welt mit Tyrium und ihre anschließende Flucht in die Menschenwelt waren längst eingetreten und konnten sie nicht mehr schrecken. So blieben für ihre Zukunft nur noch die letzten, tröstlichen Strophen offen, die von der Weberin kurz vor ihrem eigenen Tod in den Stoff gesponnen worden waren, als wollte sie ihnen mit ihrem schwindenden Lebenshauch noch einen Funken Hoffnung schenken als Ausgleich für ihren hinterhältigen Zauber:

Auch die Letzten ihrer Stämme
fliehen in das ferne Land,
doch der Dämon folgt der Spur.
Alsbald brechen sie den Schwur,
reichen ihm die Fehde-Hand.

Schon reißt er den Rachen auf,
droht, die Dunklen zu verschlingen,
nährt sich von der lichten Wut,
hellen Ehrgeizes wilde Glut,
dieses Land für sich zu gewinnen.

Des Kampfes leid und knöcheltief
im Blut verratener Verräter,
entsprießt indes ein neu Geschlecht.
Ist dunkle Hand der lichten recht
und Ohren taub dem Wort der Väter.

So hört, erst dann,
wenn Dunkelheit das Licht umkreist,
wird es Lichtes Tochter gelingen,
den blutrünstigen Dämon zu bezwingen,
damit Asche den Weg ins Land der Väter weist.

»Woran denkst du?«

Ashs Stimme riss Darel aus seinen Erinnerungen.

»An nichts Wichtiges«, sagte er eine Spur zu rasch.

Sie verzog den Mund. »Schon klar. Verrätst du mir wenigstens grob, in welche Richtung wir fahren?«

»Death Valley.«

Ihr Kopf fuhr herum. »Das ist ein Witz!«

»Passt doch zu deinem Bild über uns Dunkelelben.«

Er mochte dieses Lächeln.

Geständnisse

Ash

Bei San Lucas verließ Darel den Highway und folgte der Straße zum Salinas River, der sich träge zwischen dem satten Grün von Weideflächen und Feldern wie ein khakifarbenes, mattes Seil schlängelte, aus dessen Mitte hier und dort kleine Inselfäden herausgezupft waren. An einer Biegung standen ein alter Mann mit Cowboyhut und ein kleiner Junge mit Angeln.

»Wir brauchen einen neuen Wagen«, erklärte Darel.

Ash sah sich um. Rechts und links von ihnen erstreckten sich weitläufig Felder. Neben Salat wurden hier auch Weinreben angebaut. »Woher willst du denn hier einen neuen Wagen bekommen? Kaufen, mieten?« Sie stockte. »Klauen?«

Darel schmunzelte. »Weder noch. Ich habe einen Jeep bei meinem Bekannten untergestellt. Seinem Vater gehört ein kleiner Weinberg mit etwa zwanzig Hektar Land. Produziert einige gute Tropfen. Du solltest mal seinen Merlot probieren.«

»Weiß er, wer du bist?«

Sie bogen jetzt auf eine unbefestigte Landstraße ab und der feine Kalkstaub wirbelte weiß wie Nebel um den Lieferwagen, obwohl Darel nicht besonders schnell fuhr.

»Natürlich nicht. Aber er kennt die *Firbolgs Erben*-Version.«

Ash verzog den Mund, als sie daran dachte, wie sie ebenfalls darauf hereingefallen war. »Wieso eigentlich gerade *Fir Bolg*? Waren das nicht die menschlichen Siedler Irlands, die von den Elben vertrieben wurden?«

»Ja. Aber sie schlossen Bündnisse mit den Fomoire, den Dunkelelben.«

Ash dachte nach. In Elbengeschichte hatten sie etwas anderes erzählt. »Die Fomoire sind also gar keine Dämonengestalten?«

Darel lachte. »Was glaubst du, was wir in den Augen der Lichtelben sind? Das, was sie dir in der Schule über Elben beigebracht haben, ist allenfalls die Lichtelben-Version. Wir Dunkelelben hatten uns mit den Fir Bolg einst gegen sie verbündet, weil die Lichtelben mit ihrer Magie grausame Spielchen mit den magielosen Fir Bolg trieben. Aus Hass und Rache haben die Lichtelben bei unserer Ankunft in der Menschenwelt dann dafür gesorgt, dass wir als grausame, unberechenbare Monster in die offiziell an euren Schulen gelehrte Elbengeschichte eingingen.«

»Dann war es also genau andersherum«, murmelte Ash betroffen. »Und mit *Firbolgs Erben* sind jetzt die menschlichen Nachkommen der ursprünglichen Bündnispartner gemeint?«

»Ja. Wäre ein guter Zeitpunkt, dass sie ihren Teil zum alten Abkommen beitragen und uns jetzt gegen die Lichtelben beistehen, statt mit Hweitasils Mörderbande zusammenzuarbeiten, um uns zu unterdrücken und mit Tyrium zu vernichten.«

Seine Stimme war bitter geworden.

»Dein Freund unterstützt das?«

»Jason ist nicht mein *Freund*, aber er ist in Ordnung. Ein wenig zu idealistisch und naiv, aber er wird mich nicht an die ELO verpfeifen. Ich habe ihm und seinem Vater aus der Klemme geholfen, als einer der großen Weingutbesitzer ihn schlucken wollte. Nachdem der Kerl zunächst die Bank bestochen hatte, dass sie den Kredit seines Vaters kurz vor der

Erntezeit nicht mehr verlängern, ging er dazu über, ihm die guten Leute abzuwerben und diejenigen, die nicht freiwillig zu ihm überliefen, hatten mysteriöse Unfälle.«

»Was hast du dagegen unternommen?«

»Das willst du nicht wissen, Ash.«

Wunderbar. Jetzt fühlte sie sich gleich viel besser.

Darel hielt den Wagen neben der Einmündung eines schmalen Feldwegs an, der mitten durch die Weinreben führte.

»Es ist sicherer, wenn ihr drei hier wartet, bis ich mit dem Jeep zurückkomme.«

Sie sahen Darel nach, als er weiterfuhr und erst da wurde ihr bewusst, dass sie ihn nicht gefragt hatte, ob er sich *Firbolgs Erben* einfach nur zur Ablenkung ausgedacht hatte oder ob es diese Untergrundbewegung wirklich gab. In der flirrenden Hitze verschmolz der Lieferwagen mit der Staubwolke, die er aufwirbelte, zu verschwommener, weißer Unkenntlichkeit.

Kelly hatte rote Wangen gehabt, als sie mit Adrasel aus dem Heck des Fahrzeugs geklettert war, biss sich unter Ashs neugierigem Blick verlegen auf die Unterlippe und schmunzelte. Der Dunkelelbe gab sich so lässig wie immer, aber irgendwas war da zwischen ihnen. Während sie sich in den Schatten der Rebstöcke auf den staubigen Boden hockten, sagte Ash zögernd: »Darel denkt, dass es nicht lange dauern wird, bis die Kriminalpathologen Cearbhs Leichnam identifizieren und in der Werft nachforschen. Wenn eines der Fahrzeuge fehlt, könnten sie die Datenbanken der Straßenkameras nach dem Lieferwagen scannen und unseren Weg nach San Lucas nachverfolgen. Deswegen möchte er seinen Freund Jason bitten, den Wagen noch heute in die Werft zurückzubringen.«

Adrasel nickte grimmig. »Guter Plan.«

»Glaubst du, sie suchen bereits nach dir?«, fragte Ash vorsichtig.

»Mein Vater wird sie hinhalten. Für den Fall, dass ich nicht zurückkomme, behauptet der Vorarbeiter, er habe mich für eine umfangreiche Yachtrestauration in die Werftniederlassung nach San Diego geschickt. Die Leute dort werden mich ebenfalls decken. Deshalb hat Darel die Koordinaten des Smartstraps bereits auf San Diego geändert.«

Hinter Ashs Stirn pochte es. Sie begann, mit der Fußspitze Kreise in den Staub zu malen. Ihre Kehle war auf einmal wie ausgedörrt. »Darel ist nicht der, für den wir ihn gehalten haben«, murmelte sie.

Adrasel schnaubte. »Dann hat er dir endlich gestanden, dass er zu Dusks Truppe gehört?«

»Endlich? Seit wann weißt du es denn?«

»Cearbh und ich hatten so unsere Zweifel an seiner Geschichte. Gewissheit haben mir die Andeutungen deiner Mutter verschafft.«

Ihr Blick wanderte zu ihrer Freundin, aber Kelly wirkte ebenfalls nicht sonderlich überrascht. »Ich habe miterlebt, wie Darel die ELO-Soldaten am Tor ausgeschaltet hat. Machte nicht den Anschein, als ob er das erste Mal tötet.«

Kälte kroch trotz der flirrenden Hitze über Ashs Rücken. »Ich … ich hätte dich niemals in diesen Wahnsinn hineinziehen dürfen!«

»Du kannst doch nichts dafür, dass Jago so ein Scheißkerl ist! Denk daran, was er deiner Mutter angetan hat!«

»Aber dein Dad ist wegen mir von Jago verhaftet worden.«

Kelly riss die Augen auf. »WAS?«

»Kam vorhin im Radio«, fuhr Ash hastig fort und dann brach alles aus ihr heraus. »Ich dachte nicht, dass Darel zu den

Rebellen gehört und dann habe ich Mist gebaut, Kelly, richtigen Mist! Ich war so dumm!«

Adrasels Augen wurden schmal und er beugte sich vor. »Was hast du getan?«, fragte er.

»Er wollte Informationen von meiner Mutter, um seinen kleinen Bruder aus dem Institut zu befreien, bevor sie ihn mit Tyrium chippen. Ich hatte ihm geschworen, ihm zu helfen, wenn er mir umgekehrt hilft, meine Mutter zu befreien. Die ganze Zeit über dachte ich, es ginge ihm nur um seinen Bruder.« Sie schloss einen Moment lang die Augen und holte tief Luft. »Ich habe ihm gesagt, dass dein Dad sich mit seiner Firma in die Systeme der ELO hacken und ihm die notwendigen Informationen beschaffen könnte.«

Kelly starrte sie wie vom Blitz getroffen an.

»Ifraitin Lugh!« Adrasel sprang auf und stieß mit dem Fuß gegen einen Weinstock. Sein Transponder flackerte gelb. »Damit lieferst du Kelly den Rebellen als Geisel auf einem Silbertablett aus!« Er wanderte nervös vor ihnen auf und ab. »Er wird so lange ihren Vater erpressen, bis er nichts mehr aus ihm an Informationen herausholen kann. Was danach mit ihr geschieht, kannst du dir hoffentlich denken!«

Er hatte so recht, mit jedem einzelnen Wort und der Einzige, der jetzt noch zwischen Kelly und diesem Schicksal stand, war Darel. Und das machte alles noch viel schlimmer. Er hatte nicht nur Kelly, sondern auch Ash in der Hand. Darel wusste, dass sie alles tun würde, um ihre Freundin zu retten. Plötzlich blieb Adrasel in seinem hektischen Marsch vor Kelly stehen und streckte ihr seine Hand entgegen.

»Komm! Es ist noch nicht zu spät. Ich helfe dir abzuhauen.«

Kelly blinzelte, öffnete den Mund, schloss ihn wieder, öffnete ihn erneut. Ihr Blick huschte zwischen Ash und Adrasel hin und her und blieb schließlich an dem Dunkelelben hängen. »Warum?«, flüsterte sie leise.

Er zuckte die Schultern. »Gibt nicht viele Nullen, die so singen können wie du und sich bereit erklärt hätten, mit einem völlig unbekannten Aschefresser im Gartenschuppen zu übernachten.«

Ash durchzuckte die Erinnerung an Adrasels völlig perplexen Gesichtsausdruck, als Kelly zu Lee gesagt hatte, sie würde ihm Gesellschaft leisten, wenn Lee ihn nicht in seinem Haus haben wollte. Moment mal. *Singen*? Hatte ihre Freundin dem fremden Dunkelelbenjungen tatsächlich auf der Fahrt hierher etwas vorgesungen? Kelly war, was ihre Musik anbelangte, unheimlich schüchtern. Kaum einer kannte ihre kräftige Stimme, spröde, auf düster traurige Weise schön wie Nebel zwischen den kahlen Baumskeletten eines Herbstwaldes. Und dann, ganz unerwartet, wurde sie melodisch, weich und geschmeidig, als würde die Sonne ganz kurz durch das gespenstische Grau brechen und das welke Laub in frische Farbe tauchen. So wie Kellys Wangen, die sich gerade sonnenbrandrot färbten.

»Ihr müsst nicht abhauen«, sagte Ash zu Adrasel. »Darel hat mir versprochen, Kelly nicht an Dusk auszuliefern, sondern sie bei Ranobal, der Schwester meines Vaters, unterzubringen. Sie lebt nicht in Dusks Lager. Aber mir wäre trotzdem wohler bei der Sache, wenn du vorerst bei ihr bleiben könntest, zumindest bis ihr Vater wieder auf freiem Fuß ist.« Ash ignorierte den heimlichen Stoß, den Kelly ihr mit dem Ellenbogen versetzte.

Adrasel kratzte sich verlegen am Hinterkopf. »Okay. Also, ich werde mal mit Darel darüber reden.«

Ash nickte und atmete innerlich auf. Schaudernd dachte sie daran, was Darel ihnen von den Experimenten mit den Tyrium-Transpondern Freiwilliger erzählt hatte. Bei Kelly zu bleiben war auch für Adrasel sicherer. Das Geräusch eines sich nähernden Wagens erlöste sie von weiteren Diskussionen.

»Darel kommt zurück«, sagte Adrasel und lief auf die Straße zu.

»Verdammt, Ash! Was hast du dir nur dabei gedacht?«, zischte Kelly Sekunden später und versetzte ihr einen unsanften Stoß in die Rippen.

»Darel wollte dich ursprünglich hier auf der Farm absetzen, damit du deinen Vater verständigen kannst. Dann haben wir im Radio gehört, dass er verhaftet wurde. Ich hatte Angst, Jago könnte dich in die Finger bekommen. Dein Dad kann dir aus der Haft schließlich nicht zu Hilfe kommen und deine Mom …«

»… hat so viel Ahnung von den Kontakten meines Vaters wie er von ihrer Kunst«, ergänzte Kelly düster und seufzte.

»Das hatte ich geahnt«, sagte Ash unglücklich. »Trotzdem war es ein Fehler, dass ich ihm den Vorschlag mit dem Hacken der ELO-Daten gemacht habe. Ich weiß nicht, ob ich Darel nach allem, was vorgefallen ist, vertrauen kann. Er ist so unberechenbar, gefährlich und so …«

»… hingerissen von dir.«

»Wie bitte?« Ash starrte Kelly an, als wären ihr eben Hörner gewachsen.

»Als ob dir das noch nicht aufgefallen wäre!« Sie rollte die Augen. »Wie er Niall mit Blicken erdolcht hat, weil der dich alleine in dein Elternhaus hat gehen lassen! Und hinterher der demütigende Schlag ins Gesicht vor den Soldaten! Wäre nicht nötig gewesen, oder?«

Ash schüttelte unwillig den Kopf. »Das gehörte doch nur

zu seiner Rolle als ELO-Soldat, um den Sergeant zu überzeugen. Und er gab ihm die Schuld an Cearbhs Tod. Er wollte mich in der Nacht nach seinem Slam *töten*, Kelly!«

»Da warst du noch Luz«, erwiderte ihre Freundin unbeeindruckt und brachte Ash damit noch mehr zum Rasen.

»Ach, und die Tatsache, dass ich jetzt nur eine halbe Nullerin bin, macht es besser, dass Darel mich töten wollte? Er ist unberechenbar, ein Lügner, Betrüger und Dusks Soldat! Ich habe seine Kaltblütigkeit erlebt, als seine Lichtelbenfreundin erschossen wurde! Glaub mir, wenn er ein Herz hat, schlägt es nur für seinen kleinen Bruder und den Befreiungskampf der Dunkelelben.«

»Zu denen du jetzt auch gehörst.«

Ein Hupen auf der Straße ließ sie zusammenzucken.

»Wir müssen los«, stöhnte Ash, stand auf und klopfte sich den Staub von der Kleidung. »Ich werde jedenfalls alles tun, um dich heil wieder zu deinem Vater zu bringen und wenn du auf mich sauer bist, kann ich das gut verstehen.«

Kelly schüttelte den Kopf und sprang ebenfalls auf. »Bin ich nicht!« Sie boxte Ash in die Seite und zog sie mit sich auf den schmalen Weg zwischen den Weinreben zur Straße. »Was auch immer wir von ihm denken – Darel ist auf alle Fälle nicht blöd. Früher oder später wäre er auch ohne deine Hilfe auf den Gedanken gekommen, Dad zu erpressen. Er wusste ziemlich gut über meine Familie Bescheid.« Das Auto war nur noch wenige Schritte von ihnen entfernt. »Schon mal darüber nachgedacht, *wem* zuliebe er mich verschont und nicht seinem Rebellenführer ausliefert, wenn er doch so ein böser Junge ist?«, flüsterte Kelly.

»Lass es!«, knurrte Ash, aber ihr Herz machte einen Satz vor Freude, weil ihre Freundin ihr verzieh. Auch wenn ihre romantischen Theorien vollkommener Unfug waren, das Produkt zu vieler Serienmarathons. Außerdem wusste Darel, dass sie Nialls Freundin war. Sie ignorierte das eigenartige Ziehen in ihrem Bauch und legte Kelly den Arm um die Taille.

»Ich hab dich überhaupt nicht als Freundin verdient«, murmelte sie. Dann beugte sie sich blitzschnell zu Kellys Ohr und wisperte: »Übrigens, Adrasel wird bestimmt nicht *mir* zuliebe deinen Beschützer spielen.«

Ranobal

Ash

Der Jeep war ein olivgrünes Monster mit riesigen Reifen, mehrteiligem Kühlergrill und abgedunkelten Scheiben. Über und über schlammverspritzt, voller Dellen, Kratzer und Roststellen sah er aus wie ein zäher Straßenhund, der gerade von einem Kampf zurückkehrte.

Ash mochte ihn auf Anhieb.

Nachdem sich Adrasel nach vorne zu Darel gesetzt hatte, nahmen Kelly und sie auf der breiten Rückbank mit verschlissenen Ledersitzen Platz.

»Unauffällig nenne ich was anderes«, spottete Adrasel, als Darel losfuhr. Der zuckte die Schultern. »Dort, wo wir hinwollen, geht das in Ordnung.«

Das tat es tatsächlich. Denn entgegen Ashs Erwartung bog Darel nicht wieder nach Süden ab, sondern folgte der Straße, die in sanften Kurven durch hügeliges Weideland nach Osten führte. Rinderherden säumten ihren einsamen Weg. In der Ferne hingen Kumuluswolken so tief, dass man sie für schneebedeckte Berge halten konnte.

Knapp zwei Stunden später machten sie in Hanford vor einem riesigen Einkaufszentrum halt, um etwas zu essen und weniger auffällige Kleidung für Kelly zu besorgen.

Spätestens nachdem sie Three Rivers passiert hatten und die Gipfel des Moro Rock in der Ferne erspähten, konnte Darel ihnen das Ziel seiner Reise nicht mehr verheimlichen: Sie befanden sich auf dem direkten Weg in den Sequoia-Nationalpark. Der Jeep war wie geschaffen für den holprigen, rotstaubigen Feldweg, der sie Richtung Mineral King, einer alten Bergbausiedlung, in der früher nach Silber geschürft wurde, brachte. Darel hatte darauf bestanden, für Kelly Wanderschuhe zu besorgen und jetzt wurde Ash auch klar, warum. Das Tal entpuppte sich als Basiscamp für Bergsteiger mit schmucken Blockhütten zum Übernachten und einem kleinen Shop mit Campingzubehör. Viel war hier nicht los. Die wenigen Tagesausflügler befanden sich vermutlich schon auf dem Heimweg. Lediglich ein Pärchen saß vor einer der Blockhütten.

Darel und Adrasel schnallten sich riesige Wanderrucksäcke mit Zelt und Schlafsäcken auf den Rücken, die Darel im Kofferraum gelagert hatte. Die in Hanford eingekauften Wasserflaschen und Lebensmittel stopften Kelly und Ash in ihre Rucksäcke. Von Weitem winkte Darel einem bärtigen Mann zu, der an der Tür des kleinen Shops lehnte und sie beobachtete.

»Denkst du, er hat uns erkannt?«, fragte Ash stirnrunzelnd, nachdem sie einige Schritte gelaufen waren.

Darel schüttelte den Kopf. »Ich bin öfter hier unterwegs. Barry hält euch sicher für verwöhnte, zickige Großstadtpflänzchen, die mit ihrem Diener unterwegs sind und mich als Tourenführer angeheuert haben, weil sie mal die wahre Natur erleben wollen.«

»Diener!«, schnaubte Adrasel mit beleidigtem Unterton.

»Du führst manchmal Touristen hier im Park herum, damit es nicht auffällt, wie oft du hier bist?«, nahm Kelly Ashs Vermutung vorweg. Darel nickte.

»Nicht der schlechteste Job. Als Tourenführer erforsche ich ständig neue Routen und Verstecke, ich bin an der frischen

Luft, keiner schöpft Verdacht und nebenbei verdiene ich gut. Wer zufrieden ist, lässt schon mal Trinkgeld springen.«

»Muss ja richtig erholsam sein, wenn man sonst mit dem Entführen und Töten von reichen Nullerinnen in der Stadt beschäftigt ist!«, fauchte Ash, deren Magen sich bei seiner Schilderung unangenehm zusammenzog.

Darel warf ihr einen langen Blick zu. »Allerdings. Wobei auch das seinen Reiz haben kann.«

Sie schnappte nach Luft. »Du –«

»Hört endlich auf, euch gegenseitig zu provozieren!«, stöhnte Kelly. »Sag mir lieber, wie lange wir bis zu Ashs Tante wandern müssen.«

»Schon müde?«, fragte Adrasel belustigt.

»Nein. Aber ich wüsste gerne, wie lange wir uns das Gezanke der beiden noch anhören müssen.«

»Wir wandern bis Sonnenuntergang und morgen früh noch etwa vier Stunden«, erklärte Darel knapp, setzte sich dann an die Spitze ihres kleinen Zugs und beschleunigte das Tempo. Adrasel folgte ihm, während Kelly sich auf Ashs Höhe zurückfallen ließ.

»War das nötig?«

»Ja. Ich werde ihn in ihr Lager begleiten. Darel muss wissen, dass ich mich niemals Dusk anschließen werde, nur weil mein Vater einer seiner Leute ist.«

Ihre Freundin seufzte. »Du hast die Transponderketten bei den ELO-Soldaten gesehen und du weißt, was sie uns in den Medien über deine angebliche Entführung erzählt haben. Woher willst du wissen, was von dem, das sie uns täglich über Dusks Rebellentrupp auftischen, wahr ist? Deine Mutter war mit einem von ihnen zusammen. Hör dir ihre Version doch erst einmal an. Gerade du –«

»Nur weil ich eine halbe Dunkelelbin bin, heißt das nicht, dass ich Dusks brutale Anschläge gutheiße!«, unterbrach Ash sie ungewöhnlich hitzig. Kelly zog die Augenbrauen zusammen.

»Weißt du, was ich glaube? Dir geht es gar nicht darum, was du von Dusk bisher gehört hast. Du hast einfach nur Angst, du könntest deinen Vater mögen, wo es doch so viel einfacher ist, auf ihn wütend zu sein, weil er es vorgezogen hat, für Dusk zu kämpfen, statt dich gemeinsam mit deiner Mutter großzuziehen.« Sie beugte sich näher und flüsterte: »Und du willst nicht wahrhaben, dass du dich zu Darel hingezogen fühlst, sonst müsstest du zugeben, dass das, was auch immer du mit Niall hattest, vorbei ist, bevor es richtig angefangen hat.«

Ash schnappte nach Luft und wollte ihr widersprechen, aber Kelly beschleunigte ihren Schritt und holte Adrasel ein. Zornig kickte Ash einen Stein zur Seite. Sie hatten sich vor langer Zeit geschworen, niemals so eine falsche *Freundschaft* zu pflegen wie Vanessa und ihr bewundernder Hühnerstall.

Jetzt verfluchte sie ihren Pakt.

Sie schlugen ihr Lager in der Nähe eines Bergsees auf, als es so finster geworden war, dass sie kaum mehr die Hand vor Augen sahen. Ihre Wanderung war bisher ähnlich schwer verlaufen wie der Marsch auf den Mount Tamalpais. Aber das schwierigste Wegstück lag noch vor ihnen. Darel und Adrasel teilten sich ein Zwei-Personen-Zelt, das andere übernahmen Kelly und Ash. Sie kuschelten sich in ihren Schlafsäcken eng aneinander und Ash erinnerte sich wehmütig an klare Sternennächte, die sie so zusammen auf der riesigen Dachterrasse der Dearings verbracht hatten, bis die Kälte sie ins Haus trieb.

Unablässig spukten die Worte ihrer Freundin in ihrem Kopf herum. Sie dachte daran, wie Darel sie von der Schuttrutsche gezogen hatte, an das Gefühlswirrwarr, das seine Nähe in ihr hervorrief. Sehnsucht. Nervenkitzel, wie vor dem Einsteigen in eine Achterbahn, und gleichzeitig Vertrautheit, die doch gar nicht sein durfte. Ein leises Lachen erklang an ihrem linken Ohr. Sie drehte den Kopf.

»Neue Theorien zu meinem Gefühlsleben?«, murmelte sie immer noch ein wenig eingeschnappt.

»Nein. Ich musste gerade an Julian denken.«

Ash konnte sich nicht vorstellen, warum der Gedanke an ihren kleinen Bruder sie so belustigte. Müsste sie sich nicht eher Sorgen um ihn machen, wenn ihr Vater in Untersuchungshaft war?

»Wo ist Julian jetzt?«

»Bestimmt bei unseren Großeltern. Dad hat ihn und mich sicherheitshalber für ein paar Tage von der Schule beurlauben lassen, als wir deine Nachricht in der Kerze gefunden haben. Wir seien von deiner Entführung zu aufgewühlt. Julian war so begeistert, dass er dir dafür eine seiner heiligen Space-Knight-Figuren schenken wollte, wenn du wieder zurückkommst. Er hat keine Sekunde lang an eine Entführung geglaubt, sondern war der Meinung, du bist mit deinem Freund durchgebrannt und nach Las Vegas gefahren, um ihn heimlich zu heiraten.«

Die Vorstellung, wie sie und Niall vor einer der kitschigen Chapels in Las Vegas standen, brachte auch Ash zum Lachen.

»Welche Figur mag er denn am liebsten?«, kicherte sie.

»Na, welche wohl? Ari Silverknight!«

»Ich nehme ihn beim Wort.«

Sie sprachen noch lange über Julian, seine zahllosen Streiche und über die Schule. Ihr Flüstern trug sie über den dunklen Strudel ihrer Angst wie eine Nussschale voll Hoffnung auf einem Fluss ins Ungewisse, der sie endlich in den Schlaf wiegte.

Nebel hing über dem See, als sie frühmorgens nach einem kurzen Frühstück wieder aufbrachen. Darel hatte nicht gelogen. Ihr Weg wurde anstrengender und führte sie steil bergan, die Kühle des Morgens wich einer trockenen Hitze, dazu gesellte sich heißer Wind. Ash hatte das Gefühl, von einem riesigen Föhn angeblasen zu werden. Längst klebten ihnen die T-Shirts am Körper, während sie über vertrocknetes Gras und Steine stolperten und Gestrüpp an ihren Hosenbeinen zerrte. Vergeblich hatte sie sich den Weg einprägen, markante Felsformationen, Wegkehrungen und Baumgruppen als Kompass benutzen wollen. Sicherheitshalber. Falls sie aus dem Lager der Dunkelelben fliehen musste. Irgendwann gab sie es auf und konzentrierte sich nur noch auf die unmittelbaren Aufgaben: Kuhlen im Fels finden, an die sie sich klammern konnte, vorsichtig ertasten, ob der Untergrund sie trug oder loses Geröll war, auf dem sie auszurutschen drohte. Kellys Gesicht war so rot wie ihres, mit schwerem Atem ging sie stumm hinter ihr, die Lippen fest zusammengepresst. Adrasel bildete die Nachhut.

Gegen Mittag erreichten sie erneut einen See, etwa halb so groß wie der, an dem sie vergangene Nacht gezeltet hatten. Ash zog sich die Stiefel von den brennenden Füßen, biss die Zähne zusammen, als sie die rot gefärbten Socken herunterstreifte und die blutig aufgeplatzten Blasen sah. Sie humpelte zum Wasser und watete bis zu den Knien hinein. Eisige Kälte betäubte den Schmerz, ihr entwich ein erleichtertes Stöhnen und sie beugte sich hinunter zu den Mustern, die der Wind in die Wasseroberfläche pflügte, fasste mit beiden Händen in das Nass und goss es sich mehrmals über den Kopf. Erfrischende Rinnsale bahnten sich ihren Weg über Rücken und Brust. Als sie sich umdrehte, waren Darel und Adrasel verschwunden, als hätte der weiße Kalkfels sie verschluckt. Ungläubig blinzelnd ließ sie ihren Blick über die Umgebung gleiten.

Er müsste nicht einmal Hand an dich legen, wenn er dich umbringen wollte. Ließe er dich hier in der Wildnis, hättest du keine Chance, jemals zurückzufinden. Alle Informationen, die er braucht, würde er von Kellys Vater bekommen.

»Du wünscht dir besser nicht, dass du nutzlos für mich bist«, hatte Darel auf der Yacht zu ihr gesagt.

Ihre Kehle wurde eng, Ash schob die düsteren Gedanken so rasch beiseite, wie sie gekommen waren, und stapfte vorsichtig, um auf dem glitschigen Untergrund nicht auszurutschen, zurück ans Ufer. Kelly kauerte im Schatten eines Baumes und ließ ihre nackten Beine ins Wasser baumeln.

»Sind vorgegangen, um Ranobal auf unsere Ankunft vorzubereiten«, beantwortete sie Ashs unausgesprochene Frage. Ihr Gesicht und die Haare waren ebenfalls nass, dunkle Wasserflecken zierten ihr Shirt. Ash setzte sich neben Kelly und ließ ihren Blick träge über die Wasseroberfläche schweifen. Stille hatte sie schon immer bedrohlich empfunden. Bis auf das sanfte Flüstern des Windes im Gras war kaum etwas zu hören. Nur das Summen eines Insekts, ein Vogel, der in einer Fichte landete, ein Rascheln hinter ihr. Sie fuhr herum. Und schrie laut auf.

Nur zwei Fuß von ihnen entfernt stand wie aus dem Stein gewachsen eine Dunkelelbin. Sie war einen ganzen Kopf größer als Ash, dafür merklich dürrer, ihre olivfarbene Cargohose mit mehreren ausgebeulten Seitentaschen sicher zwei Nummern zu groß. Die Beine steckten in ledernen Schnürstiefeln und an dem breiten Ledergürtel der ausgebleichten, fleckigen Tunika war ein Halfter befestigt, in dem eine Pistole steckte. Das Haar war ihr entweder ausgefallen oder sie hatte es abrasiert. Ihr blanker, aschfarbener Schädel glänzte in der Sonne und offenbarte mehrere helle Narben, die sich von den Schläfen bis zum Hals der Frau zogen. Über den eingefallenen Wangen traten ihre dunkelbraunen Augen besonders stechend hervor. *Tyrasils Augen*, dachte Ash, deren Mund sich plötzlich staubtrocken anfühlte. Langsam stand sie auf, wobei ihr der lange, mit Ornamenten verzierte Schaft eines Messers auffiel, der aus dem rechten Stiefel der Dunkelelbin ragte. Für ihre vermutlich sechzig Jahre musste die Frau sich erstaunlich flink an sie herangeschlichen haben, wobei man das Alter bei Dunkelelben nie genau abschätzen konnte, vielleicht war sie in der Anderswelt bereits über hundert Jahre alt gewesen. Sekundenlang musterte die Unbekannte Ash mit einem Blick, der durch jede Schicht ihres Körpers zu dringen schien. Sie hob ihren rechten Arm, verharrte mit den langen, knochigen Fingern in der Luft vor Ashs Gesicht, als könne sie sich nicht entscheiden, ob sie das Mädchen vor ihr berühren sollte oder nicht. Schließlich ließ sie den Arm kraftlos zurückfallen. War das Ranobal? Ihre Tante?

»Seine Augen«, murmelte die Unbekannte, dann verzog sich ihr Mund zu einem Lächeln. Sie legte den Kopf schief, als lauschte sie und sagte dann lauter: »Sei gegrüßt, Sleaghs Sohn.«

Verblüfft sah Ash über Ranobals Schulter und entdeckte nur wenige Schritte entfernt Darel und Adrasel. Die Dunkelelbin hatte doch die ganze Zeit über nur Ash fixiert!

Woher wusste sie von Adrasel in ihrem Rücken? Erst jetzt wandte sie sich um.

»Total abgefahren!«, raunte Kelly.

Adrasel stand wie vom Donner gerührt da.

»Ranobal«, erwiderte Darel an seiner statt, machte einen Schritt auf sie zu, hielt aber inne, als die Frau abwehrend ihre Hand hob. Sekundenlang schien Darel unschlüssig, was er tun sollte, hob dann seine offenen Handflächen, um sie kurz darauf aneinanderzulegen. Aus seiner Erstarrung erwachend, begrüßte Adrasel sie ebenso nach Dunkelelbenart.

»Ich –«, setzte Darel an, aber Ranobal unterbrach ihn scharf: »Du bist nicht willkommen. Nimm Glendas Tochter«, sie nickte zu Ash hinüber, »und geh! Dusk hat die *Iarla* bereits ausschwärmen lassen, um nach dir zu suchen und ich dulde keinen seiner abgerichteten Gaisgeach-Köter in meinem Heim.«

Darels Augenbrauen wanderten nach oben und der Zug um seinen Mund verhärtete sich.

Ranobal drehte sich wieder zu Ash um und ihre Stimme verlor den harten, kehligen Befehlston, als sie mit düsterer Miene sagte: »Sei stark! Der Dämon hat viele Gesichter.«

Dann winkte sie Kelly zu. »Folge mir, Nachtigall! Ich gewähre dir Zuflucht, solange du sie benötigst, und freue mich schon auf deine Stimme und Sleagh-Sohns Flötenspiel.«

Kelly entfuhr ein erstickter Laut, während sich Ranobal umdrehte und mit raschen, kräftigen Schritten auf einen Spalt im Fels zuging, vorbei an Darel und Adrasel, ohne sie eines weiteren Blickes zu würdigen. Aufgewühlt sah Ash zu Darel. Der fuhr sich ungewohnt linkisch durch die Haare.

»Genug ausgeruht? Der Weg ist weit, besser wir brechen gleich auf, bevor unser Empfangskomitee hier eintrifft!« Er streifte Adrasel und Kelly mit einem belustigten Blick. »Elbenfolklore ist gar nicht so übel. Adrasel kann dir bestimmt ein paar nette Songs auf der Flöte beibringen.«

»Du willst uns ernsthaft dieser Irren überlassen?«, flüsterte der Dunkelelbe bestürzt.

Aber Darel machte sich bereits an den Rucksäcken zu schaffen. »Hat dich keiner gezwungen, mitzukommen.«

»Hast du ihr erzählt, dass ich singe?«, unterbrach Kelly.

Adrasel schüttelte grimmig den Kopf. »Wann denn? Ihre Behausung war leer, also sind wir wieder zu euch zurück.«

»Wahnsinn!«

»Ich bin ja schon einiges von meinem Alten gewohnt, aber das ...« Adrasel schüttelte den Kopf und sah unbehaglich zu Ranobal, die wie eine Statue mit dem Rücken zu ihnen stand.

»Ich find's cool! Du musst mir unbedingt mehr von deinem Dad erzählen!« Kelly strahlte ihn an und Ash registrierte belustigt, wie sich das Aschgrau von Adrasels Wangen dunkel färbte.

»Euch bleibt ohnehin keine andere Wahl«, brummte Darel und warf Adrasel zwei Rucksäcke zu. »Ich schaue so schnell wie möglich wieder bei euch vorbei. Bis dahin müsst ihr eben ... musizieren.«

Adrasel atmete tief durch und sah aus, als wollte er ihm den Rucksack an den Kopf werfen. Er sagte etwas auf Dunkelelbisch und zwischen den beiden entspann sich ein hitziges Wortgefecht. Ash drehte sich rasch zu Kelly um und nahm sie in die Arme.

»Kommst du ein paar Wochen mit den beiden klar?«

Zu ihrer Erleichterung lächelte ihre Freundin. »Die letzten Tage waren pure Inspiration für ein neues Album.«

»Im Ernst?«

»Ja. Ich meine, ach Scheiße, das klingt jetzt vermutlich total herzlos, wegen all dem, was dir passiert ist.« Ihr Lächeln verschwand und sie drückte Ash ebenfalls fest an sich. »Aber mein Leben war bislang vollkommen ereignislos, wie in Zuckerwatte gepackt. Mom hat mal gesagt, eine Künstlerin kann nicht arbeiten, wenn sie 24 Stunden am Tag in einem Candyshop lebt. Sie muss auch die bitteren Mandeln des Lebens kosten.«

Aus dem Augenwinkel sah Ash, wie Darel auf sie zukam. Verdammt, es gab noch so viel, was sie ihrer Freundin sagen wollte.

»May the flop be with you!«, flüsterte sie die Abschiedsworte, die sie seit ihrem ersten Pokerspiel mit dreizehn zueinander gesagt hatten, weil der Flop, das Aufdecken der ersten drei Gemeinschaftskarten, so entscheidend für die weitere Spielstrategie war.

»Royal Flush«, entgegnete Kelly den Namen der höchsten Hand, doch diesmal gelang es ihr nicht, ein Pokerface aufzusetzen. Sie riss sich von ihr los, warf Darel ein »Pass auf sie auf!« zu und rannte Adrasel hinterher, der bereits neben Ranobal auf sie wartete.

Iarla

Darel

Ranobals Worte hatten Darel mehr verletzt, als er sich eingestehen wollte. Bei Elatha! Seine Mutter hatte diese Frau unterstützt, sie mit dem Notwendigsten versorgt, als sie krank war und niemand mehr etwas mit ihr zu tun haben wollte, weil sie das katastrophale Desaster im Mission District nicht vorhergesagt hatte. Dennoch sah sie in ihm nur seinen Vater.

Wie alle anderen.

Er biss die Zähne aufeinander, bis seine Kiefergelenke knackten. Erst als er schweres Atmen hinter sich hörte, wurde ihm bewusst, dass er seinen Schritt beschleunigt hatte, den bewaldeten Bergrücken geradezu hochrannte, und Ash ihm deshalb nur mühsam folgen konnte. Er blieb abrupt stehen und drehte sich um.

»Muss ja ein gefürchtetes Killerkommando sein, das da hinter dir her ist!«, stieß sie atemlos hervor, blieb aber nicht stehen, sondern glitt mit grimmiger Miene an ihm vorüber und stieg weiter bergan. Ein Lächeln stahl sich auf seine Lippen, als er sie einholte.

»Frag ruhig. Du erfährst es ohnehin in Kürze.«

»Wirklich?«

Sie wandte ihm ihr Gesicht zu und riss in gespielter Verwunderung die Augen auf. Er ertappte sich dabei, wie das blauschimmernde Waldgrün ihn erneut in seinen Bann zog, und zwang sich mühsam, seinen Blick abzuwenden. Dass er jetzt an ihren Lippen hängen blieb, machte die Sache nicht unbedingt besser.

»Der Hüter der Geheimnisse deckt tatsächlich seine Karten auf? Also gut: Was darf ich wissen? Was wirst du tun? Was kann ich hoffen?«, formulierte sie spöttisch drei der berühmten Fragen Kants um und schmolz das Eis, das sich seit Ranobals Worten schützend um sein Herz gelegt hatte.

»Geht's ein bisschen präziser und weniger philosophisch?«, lachte er.

»Wer sind diese *Iarla* und warum sind sie hinter dir her?«

»Genau genommen bist du eine von ihnen, eine *Ban-Iarla*«, erklärte er. »Die Tochter eines *Flaith*, eines freien Dunkelelbenfürsten. Falls Dealann tatsächlich dein Vater ist. In der adligen Menschenwelt entspricht das in etwa dem Titel einer Gräfin.«

»Okay«, sagte sie gedehnt und zog die Stirn in Falten. »Ich dachte immer, Dusks Rebellen sind ein Haufen paramilitärischer Guerilleros und keine *Royal Family* mit Klatsch und Tratsch.«

Das brachte ihn erneut zum Lachen. »Wie man's nimmt. Klatsch gibt's in jeder Organisation und militärisch durchorganisiert sind wir unabhängig davon, ob wir uns mit Adelstiteln oder Offiziersrängen schmücken. Aber nicht jeder *Iarla* und jede *Ban-Iarla* gehört den Kriegern an. Die Männer und Frauen, die sich dem Kampf gegen die Unterdrückung durch Lichtelben und Menschen verschrieben haben, nennen sich stolz *Gaisgeach* beziehungsweise *Bana-Gaisgeach*, das heißt so was wie »heldenhafter Krieger«. Sie durchlaufen eine Lehrzeit und legen dann vor dem *Mór Ceannard*, dem Großmeister, ihr Gelübde ab, bis zum Tod für ihn zu kämpfen.«

»Klingt mir sehr nach Rittertum.«

»So ähnlich ist es auch.«

Er verschwieg bewusst, wie brutal diese Lehrzeit war, dass sie zu gegenseitigem Misstrauen, Neid auf die Erfolge der anderen und brennenden Hass auf Menschen sowie Lichtelben erzogen wurden. Einige der *Preantas*, der Lehrlinge, wurden abhängig von der Elbendroge Saieadh oder starben und nur die Rücksichtslosesten und Brutalsten erlangten den Rang des Gaisgeach. Wer versagte, wurde wie ein Aussätziger behandelt. Viele nahmen sich nach dem Abbruch ihrer Lehre lieber das Leben oder lieferten sich freiwillig der **ELO** zum Implantieren von Tyrium und damit einem Sklavendasein aus, als mit dem Stigma des Schwächlings unter den freien Dunkelelben weiterzuleben.

»Der *Mór Ceannard* ist vermutlich Dusk und dieses *Ban* oder *Bana* vor den Titeln die weibliche Form?«

Er nickte.

»Und was machen all die anderen? Ihr habt doch nicht nur Krieger bei euch im Lager?«

»Jeder erfüllt eine Aufgabe in der Gemeinschaft. Wir haben IT-Profis, Handwerker, Bauern, Priesterinnen, Heiler und Lehrer, genau wie die Menschen. Aber am angesehensten ist nun mal die Kriegerkaste.«

»Schon klar!«, schnaubte sie.

Der Weg wurde schmal, mit stachligem Gestrüpp und Disteln zu beiden Seiten, sodass sie nicht länger nebeneinander gehen konnten. Darel übernahm wieder die Führung, bemühte sich aber, ein langsameres Tempo anzuschlagen. Ash schien über seine Worte nachzugrübeln und er dachte mit Unbehagen an ihre bevorstehende Begegnung mit den anderen *Iarla*. Es lag auf der Hand, warum Dusk sie ihm entgegengeschickt hatte. Sein Auftritt bei der Demonstration für

Hernández' Tochter musste für Verwirrung unter den Dunkelelben gesorgt haben. Sicher fragten sie sich bereits, was er mit ihrem vermeintlichen Tod zu tun hatte.

Etwa drei Stunden später erreichten sie den Kamm und blickten in den Talkessel, der im Südwesten von fast senkrecht abfallenden Granitwänden begrenzt wurde, die sich strahlend weiß von dem blauen Horizont abhoben. Irgendwo in der Nähe hörte er den lang gezogenen Schrei eines Falken. Darel fuhr herum. Etwa eine halbe Meile entfernt traten zwei aschgraue Gestalten hinter einem Felsen hervor und Darel hätte am liebsten aufgeschrien.

Ciorean und Faol!

Keiner der anderen jungen *Iarla* hasste ihn so sehr wie die beiden Brüder. Er hätte sich denken können, dass sein Vater ausgerechnet sie losschicken würde, um ihn zu suchen.

Rebellen

Ash

Ein Blick auf Darels zusammengepresste Lippen und seine abweisende Haltung genügten, um zu erkennen, dass er die zwei Dunkelelben nicht ausstehen konnte. Ash hob das Kinn und versuchte, möglichst viel Selbstbewusstsein auszustrahlen angesichts der Tatsache, dass die zwei Männer sie mit jedem Schritt, den sie auf sie zukamen, anstarrten, als würden sie lieber jetzt als später ihr Grab schaufeln.

Beide waren dem Aussehen nach in ihrem und Darels Alter. Nichts ließ erkennen, dass sie einer Rebellenarmee angehörten. Sie trugen weder eine Uniform noch einen Kampfanzug, sondern schwarze Jeans und Hoodies. Ash konnte nicht sagen warum, aber aus irgendeinem Grund überraschte sie das. *Hast du ernsthaft eine Art Mönchsrobe, Elbentracht oder einen Guerilla-Kampfanzug erwartet?*

Ranobal hatte immerhin Waffen getragen.

»Sind das die *Iarla*, die dich suchen?«, fragte sie Darel.

»Ja. Sei still und lass mich reden«, antwortete er knapp.

Wie bitte? Wenn Darel recht behielt, war sie Dealanns Tochter, die Nichte Tyrasils, den er als Fürst bezeichnet hatte. Sie war eine – wie nannte er das doch gleich – *Ban-Iarla.* Sie konnte für sich selbst sprechen. Bevor Ash ihm das an den Kopf werfen konnte, waren die Männer bereits wenige Schritte vor ihnen angelangt. Wie Darel bewegten sie sich geschmeidig und lautlos, trotz des Gerölls.

»Dein Vater wird nicht erfreut sein, wenn du jetzt auch noch deine Menschenschlampen ins Lager schleppst.«

Bleib ruhig!, hallte Darels Stimme warnend in ihrem Kopf. *Sie wollen dich nur provozieren, um einen Grund zu haben, auf dich loszugehen.*

Im selben Moment wurde ihr bewusst, dass der Jüngere der beiden sich auch auf Dunkelelbisch an Darel hätte richten können. Sie hielt seinem Blick stand, während sie ihn näher betrachtete. *Augen wie flüssiges Gold*, fuhr es ihr durch den Kopf. So etwas hatte sie bislang nur im Tierreich, bei Katzen, gesehen. Hellgelbe Strahlen zogen sich von der Pupille bis zum kupferfarbenen Rand, der die Iris vom weißen Augapfel trennte. Von Natur aus besaßen alle Dunkelelben lichtblondes oder nahezu silbrig-weißes Haar. Seines musste gefärbt sein, denn es war kastanienbraun, halblang und stufig geschnitten. Sein Teint war dagegen nicht so dunkel wie der Tyrasils, eher wie sonnengebleichter Asphalt, weshalb ihr die Schatten unter den Augen auffielen. In letzter Zeit hatten wohl nicht nur sie und Darel wenig Schlaf gehabt. Suchten die beiden schon länger nach ihnen?

»Das sehe ich anders. Willst du dein Tantō darauf wetten, Ciorean?« Darels Stimme war ein heiseres Flüstern, das bedrohlicher wirkte, als wenn er den jungen Mann vor ihnen laut angeherrscht hätte.

Ash atmete innerlich auf. Bislang hatte der Goldäugige sie unverhohlen angestarrt wie eine Spinne, der gerade eine besonders leckere Fliege ins Netz gegangen war. Jetzt sah er mit gerunzelter Stirn zu Darel.

Tantōmesser? Sie dachte an die reich verzierten japanischen Kampfmesser, die Jago in seinem Waffenschrank besaß, teure Sammlerstücke mit panzerbrechender Spitze und einer rasiermesserscharfen Klinge, die er nur mit speziellen Wassersteinen aus Japan schliff. Als Schnitzwerkzeug für Outdoor-Aktivitäten ungeeignet, waren sie reine Stoßwaffen, robust und in den Händen eines geübten Kämpfers schon mit einem Hieb tödlich. Ash überspielte die Gänsehaut, die sich auf ihren Armen bildete, mit dem raschen Einwurf: »Mein Foto geistert zurzeit durch jede Nachrichtensendung.«

Ash! Sie spürte Darels Wut vielmehr, als dass sie sie bei ihrem Gedankenaustausch wirklich hören konnte. Die Hand des zweiten Mannes schnellte plötzlich nach oben und richtete sich auf sie. Die Tätowierung DE auf seinem Handrücken unterschied sich nicht von der Tyrasils oder Adrasels. Aber wenn er ein freier Dunkelelbe war, schlummerte unter seiner Haut sicher kein tödliches Tyrium-Implantat. Auch der junge Mann vor ihr trug das Mal.

»Wer ist das?«, fragte der Ältere der beiden misstrauisch, ohne den Blick von Ash abzuwenden. Sie fragte sich unwillkürlich, ob die beiden verwandt waren, denn auch seine Augen waren golden. Allerdings trug er sein natürlich silberweißes Haar militärisch kurz.

»Sie steht unter meinem Schutz –«, begann Darel, aber Ash unterbrach ihn. Warum kam er nicht endlich zum Punkt?

»Ich bin Glenda Nolans Tochter.«

Sie bewegten sich schnell. Viel zu schnell, um im ersten Moment zu begreifen, warum Darel ihr einen Stoß versetzte, der sie rückwärts zu Boden stolpern ließ, während er an die Stelle sprang, wo sie zuvor gestanden hatte und den Schlag abfing, der ihr galt. Erst als ein dunkler Schemen auf sie zuglitt, reagierte sie, wälzte sich instinktiv zur Seite, entging den nach ihr greifenden Händen des jüngeren Elben und stieß mit voller Kraft die Füße nach oben. Sie spürte Widerstand, hörte einen zornigen Schmerzensschrei und wurde im nächsten Moment hochgerissen. Arme umschlangen sie von hinten, aber sie wehrte sich nicht. Das Gefühl von Geborgenheit überschwemmte sie noch heftiger als in den Katakomben, jagte warme Schauer durch ihren Körper und raubte ihr den Atem.

Sie sollte so nicht fühlen.

Sie durfte so nicht fühlen.

»Ein Schritt und ihr könnt persönlich herausfinden, ob das *Labyrinth der Unbeirrbaren* noch existiert und eure Seelen einen neuen Körper finden werden.« Darels eisige Stimme riss Ash aus ihrem tranceartigen Zustand. Sie spürte, wie seine muskulöse Brust sich in ihrem Rücken hob und senkte, sah die Pistole, die er auf die Männer richtete. Heilige Scheiße! Das waren seine Waffenbrüder! Lief das immer so ab? Hatte er deswegen nicht sofort sagen wollen, wer sie war? Hätten die beiden sie getötet?

»Das wagst du nicht!«, höhnte Ciorean, blieb aber dort, wo er war. Seine Unterlippe war aufgeplatzt, rotes Blut lief über sein Kinn, die Folgen von Ashs Tritt.

»Doch«, kam überraschenderweise der Ältere der beiden Darel zu Hilfe. Er legte den Kopf schief und musterte Ash eingehend. »Keine Fesseln? Du marschierst freiwillig an seiner Seite ins Lager der Feinde. Warum?«

»Wenigstens einer in der Familie hat Hirn«, spottete Darel und erntete einen hasserfüllten Blick von Ciorean. Sie waren also tatsächlich verwandt.

»Möchtest du Faol und Ciorean nicht *erleuchten*, da du ohnehin nicht die Klappe halten kannst, *Luz*?«

Darel war wütend auf sie. Doch nach dem unerwartet heftigen Ausbruch von eben war ihr die Lust auf weitere Kommentare eigentlich vergangen. Aber ein Rückzieher hätte sie wie einen Feigling dastehen lassen. Sie räusperte sich. »Die kurze oder die lange Version?«

Ein kaltes Lächeln zuckte über das Gesicht von Faol.

»Wir haben Zeit. Schließlich sollen wir ausgiebig überprüfen, ob die Befürchtung des Mór Ceannards stimmt, Darel habe die seinen an deinen Vater verraten.«

Der Griff um ihren Körper wurde stählern. »Ich nehme zurück, was ich über deinen Verstand gesagt habe, Faol.«

»Ach, hört schon auf!«, griff Ash ein, bevor der Streit erneut eskalierte. Sie entwand sich entschlossen Darels Armen, setzte sich im Schneidersitz auf den Boden und hoffte inständig, dass niemand das Zittern ihrer Beine bemerkte. Für das, was sie den beiden zu sagen hatte, brauchte sie einen klaren Kopf und Darels Nähe brachte sie nur durcheinander. Kurz ordnete sie ihre Gedanken. Sie musste ihnen die Version präsentieren, die sie im Jeep mit Darel besprochen hatte, Kelly und Adrasel erst einmal außen vor lassen und darauf bestehen, dass sie ihre geheimen Informationen über die Elbeninstitute nur Dealann, ihrem Dunkelelbenvater, preisgeben würde.

Entgegen ihren Befürchtungen waren Faol und Ciorean gute Zuhörer. Das hochmütige Lächeln war ihnen bereits nach den ersten Minuten vergangen und machte Platz für Unglauben. Sie war gerade bei ihrer Flucht vor Jago aus dem ELO-Hauptquartier angelangt, als Ciorean die Bemerkung entfuhr: »Dagegen hören sich Targadirs blumige Legenden wie ein Polizeiprotokoll an! Hat deine Mutter dir denn nie verraten, wer dein Vater ist?«

»Ahnst du es nicht bereits?«, griff Darel, der sich bislang aus ihrer Schilderung herausgehalten hatte, in das Gespräch ein. »Tyrasil war Fürst Tarnach, daran besteht kein Zweifel.

Welchen Grund sollte er haben, den Chauffeur von Hernández zu spielen?«

»Oh, da gibt es einige Spekulationen«, entgegnete Faol, »aber wenn du auf Dealann anspielst, der –«

»Ich bin überzeugt davon, dass er ihr Vater ist«, unterbrach ihn Darel rasch. »Ash besitzt wichtige Informationen über die Standorte der Dunkelelbeninstitute und Pläne der ELO. Sie ist bereit, sie Dealann persönlich preiszugeben, wenn er ihr Schutz vor Hernández gewährt.«

Das Zucken von Faols rechtem Augenlid war die einzige Reaktion, bevor sich widerwillig ein anerkennendes Lächeln einen Platz in seiner Miene erkämpfte. Aus irgendeinem Grund löste es in Ash Unbehagen aus.

»Dealann wird sicher erfreut sein, dich nach so langer Zeit in die Arme schließen zu können«, verkündete Ciorean.

Seine Miene hätte offener und freundlicher nicht sein können und gerade deshalb wusste Ash sofort, dass er sie belog. Nach allem, was sie über Dunkelelben erfahren hatte, ihre Scheu vor der Berührung Fremder – und das war sie für ihren Vater –, musste sie froh sein, wenn er ihr überhaupt die Hand reichte. Sie hatte auf einmal das Gefühl, dass ihr ein wichtiges Detail in ihrem Gespräch entgangen war.

Faol

Ash

Kurz nachdem sie geendet hatte, brachen sie auf. Faol schickte Ciorean vorweg, um den Rebellenführer und ihren Vater von ihrer baldigen Ankunft zu unterrichten.

Ihre Wanderung verlief schweigend. Entweder Faol und Darel hatten sich überhaupt nichts zu sagen oder es galt unter Dunkelelben als kolossal geschwätzig, unterwegs mehr als »Warte kurz!« und »Trinkpause!« zu sagen. Vermutlich traf beides zu. Auch recht.

Mittlerweile hatten sie einen dichten Fichtenwald erreicht. Der würzige Duft der Nadeln mischte sich mit dem erdigen Geruch von feuchtem Moos. Ashs Kleider klebten schon seit Stunden an ihr und ihre Füße fühlten sich an wie ein paar Holzklötze, die nicht zu ihrem Körper gehörten. Aber erst als Sterne durch die hohen Baumwipfel am Firmament zu erkennen waren, erklärte Darel: »Für heute ist es genug, Faol. Lass uns hier das Lager aufschlagen.«

Die ersten Worte seit einer Ewigkeit und als wäre das ihr Stichwort gewesen, gaben Ashs Beine einfach nach, sie ließ sich ins Moos fallen, lehnte den Rücken an einen Baum und schloss die Augen. *Nur einen Moment ausruhen,* dachte sie. *Sobald Faol schläft, kannst du Darel nach deinem Vater fragen.*

Als sie die Augen wieder aufschlug, saß sie nicht mehr am Baum gelehnt, sondern lag in völliger Dunkelheit. Es war warm und ihr Körper fühlte sich an, als wäre sie von einem

Truck überrollt worden. Jeder Muskel schmerzte höllisch und ihr Mund war ausgetrocknet. Vorsichtig tasteten ihre Finger den Untergrund ab. Sie war in etwas Weiches, Wattiges gehüllt. Ein Schlafsack! Ruhige Atemzüge neben ihr verrieten, dass sie nicht alleine war. Die Luft war stickig, kein Sternenhimmel über ihr. Sie musste sich in einem Zelt befinden. Vorsichtig richtete sie sich auf. Das raschelnde Geräusch, das sie dabei verursachte, war kaum hörbar, dennoch stockten die Atemzüge neben ihr.

»Darel?«, flüsterte sie hoffnungsvoll.

»Der hält draußen Wache.«

Faols raue Stimme fühlte sich wie ein Schlag ins Gesicht an. Er richtete sich auf. In der Dunkelheit konnte sie kaum mehr als seine Umrisse wahrnehmen, spürte jedoch seinen warmen Atem ganz nah an ihrer rechten Wange. Die Haare stellten sich ihr im Nacken auf.

»Sehnsucht?«, spottete er. »Da musst du dich hinten anstellen. Viele Frauen erliegen seinem *Charme.*«

»Sicher doch. Ich steh auf Männer, die mich niederschlagen, entführen und umlegen wollen«, antwortete sie und gab ihrer Stimme einen verächtlichen Tonfall.

Er lachte leise. »Inzwischen spielt er sich aber als dein Beschützer auf. Interessanter Gesinnungswandel. Ich frage mich, wie es dazu kam.«

Ash wurde immer mulmiger. Sie traute Faol nicht über den Weg. »Doch nur, weil ich Dusk wertvolle Informationen liefern kann! Vielleicht steigt er dann in eurer Hierarchie auf?«

»Noch höher kann er schwerlich steigen, ohne seinen Vater umzubringen, nicht wahr?«, entgegnete er höhnisch, aber der lauernde Unterton entging ihr nicht.

Sie hielt den Atem an. So eine hohe Position hatte Darel

bei den Rebellen inne? Dazu war er doch viel zu jung! Stand sein Vater direkt unter Dusk? Hatte er nicht gesagt, Deal-ann, ihr Vater, wäre sein oberster Heerführer? Aber das würde ja bedeuten …

»Hat er dir auch vorgeheult, wie schwer es ist, Dusks hohe Erwartungen zu erfüllen? Das war zumindest früher seine Masche bei den Mädchen gewesen. Der ach-so-leidende Sohn! All die schmerzhaften Operationen, um wie ein Mensch auszusehen, das Bleichen seiner Haut … was tut man nicht alles, um besser zu sein als die anderen Gaisgeach, sich als wahrer, einziger Erbe zu erweisen?« Seine Stimme troff vor Hohn und Hass, sie überschwemmte Ash wie klebrige Tinte, aber es war die Bedeutung seiner Worte, die sie zu ersticken drohte: Darel war nicht *irgendein* Rebell in Dusks Armee, sondern sein Sohn! Sein Aussehen war auch nicht die Folge einer genetischen Mutation wie bei ihr, sondern der bewusste medizinische Eingriff mit dem Ziel einer perfekten Tarnung als Dunkelelbenspion, um sich mühelos unter Menschen zu mischen. Ihre Kehle schnürte sich zu, als ihr einfiel, wie sie im Tunnel Darel an den Kopf geworfen hatte, dass sie aufgrund ihres Aussehens ein Spion für Dusk sein könnte.

»Nein«, krächzte sie. Ihre Gedanken sprangen wie Irrlichter in ihrem Kopf herum, als wären sie völlig außer Kontrolle geraten. Sie musste sie einfangen, etwas erwidern, das Faol nicht verriet, wie wenig sie von all dem geahnt hatte.

»Aber er hat mir versichert, dass … dass es seinem Vater gefallen wird, wie sehr ich Jago Hernández Ruiz hasse.«

Faol lachte. »Darauf kannst du wetten!«

Mit einem Ruck ging auf einmal der Reißverschluss des Zeltes auf, Mondlicht und frische Luft fluteten das Innere. Ash stemmte sich hoch und stürzte nach draußen, an Darel vorbei.

Laub raschelte unter ihren Füßen und feuchtes Moos durchnässte innerhalb von Sekunden ihre Socken, während sie durch den Wald rannte. Die Stiefel mussten sie ihr ausgezogen haben, als sie am Vorabend eingeschlafen war. Wie ein Schleier, den die Dämmerung erst lüften musste, lag die Dunkelheit über dem Wald, Wolken zogen vor den Mond und die dichten Baumkronen verschluckten das spärliche Sternenlicht. Schwer atmend blieb Ash stehen, bevor sie sich noch verlaufen würde, kauerte sich auf den Boden und schlang die Arme um die zitternden Knie. Angestrengt durchforstete sie ihre Erinnerungen, aber tatsächlich hatte Darel sie nie angelogen, sondern ihr nur verschwiegen, wer sein Vater war, und sie hatte ihn nie nach ihm gefragt.

»Dann hast du zumindest eine geringe Chance, das durchzustehen, was Dusk als Hass definiert«, hatte er zu ihr gesagt und später, im Auto, dass er nicht so sei wie der Rebellenanführer.

War das die Wahrheit?

Von der Veränderung seines Äußeren bis hin zu gefährlichen Aufträgen musste Darel in seinem Ehrgeiz wohl eine ganze Menge getan haben, um seinem Vater zu gefallen, wenn Faol so eifersüchtig auf ihn reagierte. Dennoch hatte er Ash davor gewarnt, Kelly ins Lager mitzunehmen und später dafür gesorgt, dass sie und Adrasel bei Ranobal sicher unterkamen. Plötzlich fiel es Ash wie Schuppen von den Augen: Der Dunkelelbenjunge, den Darel befreien wollte, sein Bruder, war Dusks jüngerer Sohn! Der Dunkelelbenanführer hätte Kelly sicher zu Tode gefoltert, um Informationen zur Befreiung seines Kindes zu erhalten.

Ihr wurde warm ums Herz, als sie erkannte wie schwer Darel dieser Verrat seinem Vater gegenüber gefallen sein musste, und was für ein Zugeständnis es an sie war, dass er Kelly vor ihm versteckte.

Die Fichten ragten immer noch wie schwarze Obelisken aus der Erde empor, aber zwischen ihnen öffneten sich langsam die nachtblauen Blüten des herannahenden Tages. Ein Schatten bewegte sich plötzlich zwischen ihnen.

»Was hat er gesagt?«

Darels Stimme klang bemüht neutral. Ash hörte die Besorgnis dennoch heraus. Sie grinste.

»Dass du ein Womanizer bist.«

Er trat näher und ging vor ihr in die Hocke.

»*Das* hat dich so aus der Fassung gebracht? Ich fühle mich geschmeichelt.«

Sie griff nach einer Handvoll Laub und warf es ihm entgegen, aber er wehrte ihren Angriff geschickt mit dem Arm ab. Mittlerweile konnte sie die einzelnen Konturen seines Gesichts erkennen, aschgrau im immer schnelleren Herannahen des Tages.

»Steht dir.« Sie hob die Hand und deutete auf ihn.

»Was?«

»Deine ursprüngliche Hautfarbe.«

Er sog hörbar die Luft ein. »Dann hat Faol dir sicher auch verraten, warum ich es getan habe.«

»Du bist Daddys loyaler Spion unter all den nichts ahnenden Nullen. Scheint Faol ziemlich fertigzumachen, dass er mit dir nicht mithalten kann.«

»Nicht nur ihn«, seufzte er.

Eine Weile schwiegen sie. Schließlich stand Darel auf und streckte ihr die Hand entgegen. Helles Sonnenlicht brach sich jetzt seinen Weg durch das Dickicht und vertrieb den Zauber der Nacht. »Wir müssen weiter.« Sein Gesicht war wieder verschlossen, aber als sie seine Hand ergriff und sich von ihm hochziehen ließ, fühlte sie sich warm an.

»Danke«, sagte sie.

Verwirrung zeichnete sich auf seinen Zügen ab, also beugte sie sich vor, so weit, dass sie mit ihren Lippen zart an sein Ohrläppchen stieß. Falls Faol ihnen heimlich gefolgt sein sollte, konnte er ihre Worte unmöglich verstehen. Darel fuhr bei ihrer Berührung zusammen, als sie flüsterte: »Dafür, dass du Kelly da raushältst und mir hilfst.« Sie wollte sich gerade wieder von ihm lösen, als er sie an der Hand, die er immer noch hielt, an sich riss, den anderen Arm um sie schlang und sie fest an seine Brust drückte. Ash war von dieser Reaktion so überrumpelt, dass sie ihn wie gelähmt anstarrte. Langsam legte er seine Stirn an ihre. Seine Augen waren aufgewühlt wie das tosende Meer.

In der nächsten Sekunde zerbarsten ihre Sinne von den unterschiedlichsten Wahrnehmungen seines Körpers. Sein unverwechselbarer Duft, die kräftigen Muskeln seiner Arme, die Konturen seiner Brust, der Herzschlag, den sie unter seinem Hemd spürte, sein warmer Atem auf ihrer Haut. Ihr Blut rauschte so laut in ihren Ohren, dass sie kaum verstand, was er ihr zuflüsterte, wie hypnotisiert sah sie auf seine Lippen, die nicht einmal einen Zoll von den ihren entfernt waren, verfolgte ihren Schwung, ihr kaum merkliches Zittern.

»Ash«, raunte er heiser.

Sie war verloren. Die lang gezogene, zärtliche Art, wie er ihren selbst gewählten Namen aussprach, so … so als wollte er ihn möglichst lange kosten wie eine süße, verbotene Frucht, brachte sie um den Verstand. Im nächsten Moment lagen seine Lippen auf den ihren, warm und weich und zugleich fordernd teilten sie ihren Mund und Ash musste sich an ihm festklammern, weil sie glaubte, zu fallen. Nichts, was sie je mit Niall erlebt hatte, kam dem gleich, was sie fühlte, als sein Geschmack in ihrem Mund explodierte. *Darel! Darel! Darel!* Wie ein Mantra kreiste sein Name in ihrem Kopf, ihre Zunge glitt in seinen Mund und ihre Hüften schmiegten sich an ihn. Es war, als hätte ihr Körper einfach die Führung übernommen und jeden sinnvollen Gedanken ausgeschaltet. Ein bislang unbekanntes Verlangen ließ sie aufstöhnen und als wäre dieser Sehnsuchtslaut ein Signal gewesen, hielt Darel abrupt inne und schob sie von sich. Verwirrt blinzelte sie ihn an.

Darels Miene und sein Tonfall hatten sich verändert. »*Mein* Spiel, nicht deines. *Meine* Regeln. Alles hat seinen Preis, Ash. Du wirst ihn noch früh genug erfahren.« Er ließ sie los, als hätte er sich an ihr verbrannt, drehte sich ruckartig um und ging. Ash taumelte.

Mein Spiel? Sie fühlte sich, als hätte er einen Kübel Eiswasser über ihr entleert, und brauchte ein paar Sekunden, bevor sie ihren Atem wieder unter Kontrolle hatte und ihr rasendes Herz sich beruhigte. Was zur Hölle war mit dem Kerl los? Dass er Kelly verschonte, war ein *Spiel* für ihn? *Das* sollte sie ihm abnehmen? Nein! Dann hätte er schon im Jeep von ihr eine Gegenleistung dafür gefordert. Und plötzlich glaubte sie, zu verstehen: Darel war seit frühester Kindheit von Dusk zu Hass und Misstrauen erzogen worden. Dass sie ihm so nahe trat, ausgerechnet kurz nachdem sie erfahren hatte, wessen Sohn er war, konnte er sich nur auf eine Weise erklären: Sie wollte sich an ihn ranmachen, damit er sie vor seinem Vater beschützte oder – schlimmer noch –, damit sie durch die Verbindung mit einem ihrer Ranghöchsten in der Dunkelelben-Hierarchie aufstieg.

Eine Welle von Zorn überspülte sie. Dieser eingebildete Schwachkopf! Mit grimmiger Miene stapfte sie zum Rastplatz zurück und versuchte, jeden Gedanken an diesen Mistkerl zu verscheuchen. Natürlich gelang es ihr nicht.

In Wahrheit bist du überhaupt nicht sauer, weil er dich falsch verstanden hat, sondern weil du zu blöd warst, das vorherzusehen!

Ash wünschte sich, sie könnte diese nervige Stimme, die hinterher alles besser wusste, einfach ausblenden. Zwecklos. Sie schaffte es ja nicht mal, sich beim Einschlafen auf das Schafezählen zu konzentrieren, ohne dass Wölfe sich dazugesellten, mit dem Hirtenhund einen Kampf auf Leben und Tod ausfochten und die Herde dabei gefährlich nahe an den Rand einer Klippe trieb. »*Zu viel Fantasie!*«, hatte Kelly losgeprustet, als sie ihr davon erzählt hatte.

Faol und Darel hatten bereits das Zelt zusammengefaltet und packten gerade die Rucksäcke zusammen, als sie auf die Lichtung trat.

Du bist wütend, weil du gerade dabei bist, Niall zu vergessen und dein Herz endgültig an Darel zu verlieren.

Strategie

Darel

Während er auf die Lichtung trat, wünschte sich Darel nichts sehnlicher, als dass Faol eine spöttische Bemerkung entschlüpfte. Aber der sah nur kurz auf, senkte dann rasch wieder den Blick und packte das Zelt mit einer Sorgfalt zusammen, als wäre es ein Fallschirm und sein Leben hinge davon ab, dass jede Falte ordentlich saß. Bei Balor, er war schon immer ein elender Feigling gewesen, der seine Klappe aufriss, wo er nicht sollte, alle gegeneinander aufhetzte und hinterher den Unschuldigen spielte!

Dabei wäre ein Kampf genau das, was Darel jetzt brauchte, um sein aufgewühltes Inneres wieder zu beruhigen. Wie hatte er nur so die Kontrolle über sich verlieren können, als Ashs Lippen sein Ohr berührten? Es war wie ein elektrischer Schlag gewesen. Statt des erwarteten Wutausbruchs über seine wahre Identität hatte sie Verständnis gezeigt. Und Dankbarkeit!

Ifraitin Lugh! Er konnte nur hoffen, dass er den widerwärtigen Chauvinisten gut genug gespielt hatte, damit sie ihn fortan mied. Wenn sein Vater herausfand, was er für sie empfand, war das ihr Todesurteil! Sie wäre *das* Druckmittel überhaupt, um seinen *ungehorsamen* Sohn, der ihm bei den Versammlungen in letzter Zeit so oft widersprach und die anderen Fürsten zu Gegenstimmen trieb, gefügig zu machen! Dusk davon zu überzeugen, dass er Ash bei sich als eine der ihren aufnahm, würde ein hartes Stück Arbeit werden. Das war einer der Gründe, warum er Ciorean vorausgeschickt hatte. Neben der Befürchtung, der schwatzhafte Idiot könnte sich verplappern und Ash vorneweg erzählen, dass ihr Vater nicht mehr lebte. Welches Interesse hätte sie dann noch, ihm ins Rebellenlager zu folgen?

Darel packte seinen Schlafsack und begann, ihn zusammenzurollen.

Sein Vater war berüchtigt für seine spontanen Gefühlsausbrüche. Besser, er hatte durch Cioreans Bericht genügend Zeit, die Neuigkeiten zu verdauen und die Vorteile von Ashs Aufnahme in ihre Gemeinschaft zu überdenken. Sein Trumpf waren natürlich Glendas letzte Worte: Dass sie unter Jago gebüßt und sich am Ende geopfert hatte, um Darels Leben zu retten, damit er Dealanns Tochter zu Dusk führte und sie ihm als Mündel überließ.

Nun ja, ganz so hatte sie es natürlich nicht ausgedrückt.

Aber es würde seinem Vater hoffentlich genug schmeicheln, um Ash zu verschonen, und Darel malte sich aus, dass trotz allem noch so viel von den einstigen Gefühlen seines Vaters für den ehemals besten Freund übrig waren, dass er sie nicht hinrichten ließ, nur weil Dealann sich in der Stunde des Kampfes seinen Befehlen verweigert, Glenda verschont und sich gegen ihn gewandt hatte. Achtzehn Jahre war das nun schon her, aber niemand war so nachtragend wie sein Vater.

Allein

Ash

Ash besaß nur vage Vorstellungen von dem Rebellenunterschlupf. Eine Ansammlung Blockhütten im Wald, geschützt von Baumkronen. Militärische Bunker, die in die Erde führten, gut getarnt mit Pflanzen oder farblich der Umgebung angepassten Netzen. Es musste auf alle Fälle schwer sein, durch Luftaufnahmen das Versteck ausfindig zu machen, denn obwohl Jago eine ganze Abteilung der **ELO** nur mit der Suche nach Dusks Aufenthaltsort beschäftigt hatte, konnten sie bislang keine Hinweise auf ihn finden. Zu ihrer Überraschung verließen sie jedoch den bewaldeten Gebirgszug und erreichten felsige, kahle Regionen. Bergkessel wurden hier durch gezackte, von Gletschern skurril geformte Gipfel umschlossen und Wanderwege waren weit und breit nicht zu sehen. Das Gelände war viel zu offen, um eine große Gruppe dauerhaft vor Satellitenkameras oder Langstreckendrohnen zu verbergen.

Die Sonne stand gerade in ihrem Zenit, als sie den Rand einer Schlucht erreichten. Tief unter ihnen toste Wasser. Wie breit das Tal am Grund war, konnte sie nicht erkennen, denn die Felswände der Kämme, die den Gebirgsfluss umschlossen, hingen über und waren an der schmalen Stelle, an der sie jetzt standen, höchstens fünfzehn Fuß breit. Die Erinnerung daran, wie sie in der Nacht ihres Dates vom Hochhausdach gesprungen war, kam so plötzlich über sie, dass ihre Knie weich wurden. Er hatte doch nicht etwa vor …

»Keine Sorge.« Darels Mundwinkel zuckten, als er ihren Gesichtsausdruck wahrnahm, »es geht nur ein Stück bergab.«

Er kramte in seinem Rucksack und zog Seil und Karabiner hervor.

»Haha, na dann bin ich ja beruhigt!« Ashs Magen fühlte sich an wie am höchsten Punkt einer Achterbahn, als Faol sich einfach über den Rand des Grats in die Tiefe schwang, mit beiden Händen in den Fels griff und flink wie eine Eidechse hinabkletterte, sodass Sekunden später nichts mehr von ihm zu sehen war.

Sie blinzelte, konnte nicht glauben, was sie gerade gesehen hatte, als Darel ihr bereits ein Geschirr mit mehreren Schlaufen hinhielt.

»Steig in den Klettergurt«, forderte er sie auf. »Ich seile dich zu Faol ab. Kann nichts schiefgehen.«

»Das hast du auf dem Dach auch behauptet«, stichelte sie.

Aber seine stoische Miene ließ keinen Zweifel daran, dass es keinen Plan B gab. Ihre Wangen glühten, als Darel die Verschlüsse an ihren Beinen und der Hüfte festzog und den Karabiner mit dem Seil einhängte, das er sich um den eigenen Körper schlang.

»Schau nicht nach unten! Schau nicht nach unten!«, flüsterte sie, während sie sich langsam mit dem Rücken zum Abgrund drehte und sich auf das Gestein unmittelbar vor ihren Augen konzentrierte. Vorsichtig hangelte sie sich abwärts, stemmte die Füße in kleine Felsvorsprünge oder -spalten und löste immer erst dann eine Hand vom Stein, wenn sie spürte, dass der Fels ihren nächsten Schritt auch trug. Faol hing wie eine Spinne im Netz an der Felswand, etwa dreißig Fuß von ihr entfernt.

Nur dass es kein Netz gab.

Ihr Puls raste, während sie sich in seine Richtung schob. Steinchen rieselten unter ihren Füßen in die Tiefe und sie musste ein wenig suchen, wo sie am besten mit den Fingern Halt fand. Aber dann begann sie, Gefallen an der Bewegung zu finden. Klettern war gar nicht so übel, wenn man nicht runter sah und gesichert war. Sie bewegte sich schneller, rutschte einmal kurz ab und spürte, wie das Seil sich spannte und der Gurt an ihren Hüften ruckte, bevor ihre Hände in einen Spalt griffen und den Fall auffingen. Mit der Zunge fuhr sie sich über die schweißbedeckten Lippen. Darel hätte sie gar nicht so schnell hochziehen müssen. Es tat dennoch gut zu wissen, wie schnell er reagierte.

Faol war jetzt nur noch etwa drei Fuß von ihr entfernt und da erkannte sie es: Er stand auf Metallstreben, gerade mal so lang wie sein Fuß, die in den Fels getrieben worden waren. In regelmäßigen Abständen verliefen sie hinab in die Tiefe und erleichterten das Klettern an der Felswand, die hier makellos glatt, wie mit einem Tranchiermesser durchtrennt aussah. Von oben konnte man sie aufgrund der überhängenden Felswände jetzt nicht mehr sehen.

»Alles klar?«, fragte Faol und sie nickte.

Nur wenige Sekunden später war auch Darel wieder bei ihnen.

»Nächstes Mal schaffe ich es auch ohne Sicherung«, erklärte sie mutig.

»Ein nächstes Mal wird es so schnell nicht geben«, erwiderte er düster und Faol lachte kehlig auf.

Was meinte er? Würde Dusk sie etwa gefangen halten? Ihr wurde flau im Magen. Sie kletterten an den Metallstreben entlang weiter nach unten, so tief, dass Ash bereits der feine Wassernebel der Gischt ins Gesicht stob. Dann endeten die

Streben plötzlich im Nichts und Faol zwängte sich durch einen Spalt mitten in den Fels und verschwand.

»Dusks Versteck ist diese Höhle?«, fragte sie entgeistert.

»Klar«, entgegnete Darel. »Steinzeitlich und mit archaischen Malereien.«

»Ihr lauft da drin aber nicht alle in Fellen herum und tanzt ums Feuer?«

»Würde dir das gefallen, Ash?«

Sie streckte ihm die Zunge raus und folgte Faol.

In ihrem Inneren roch die Höhle modrig, ihre zerfurchten Wände waren von der Feuchtigkeit, die der Fluss nach oben spie, mit Grünspan, Moos und Flechten überzogen und der Boden glitschig. Ash musste aufpassen, dass sie nicht ausrutschte. Faol hatte sich eine Stirnlampe aufgesetzt, die den schmalen Gang vor ihnen jetzt spärlich beleuchtete. Nach nur wenigen Fuß wurde der Abstand zur Decke so gering, dass es selbst Ash nicht mehr genügte, den Kopf einzuziehen. Sie mussten sich auf Händen und Knien weiter vorwärtsbewegen. Schließlich schwenkte Faol nach rechts ab und als Ash ihm folgen wollte, hielt Darel sie am Fuß fest.

»Langsam! Geradeaus geht's steil bergab.«

Ein Abgrund? Von irgendwoher flammte auf einmal helles Scheinwerferlicht auf und was sie im nächsten Moment sah, ließ sie stocken und raubte ihr den Atem.

Sie befanden sich auf einem schmalen Felsstieg über dem Abgrund einer riesigen Tropfsteinhöhle. Bizarr geformte Stalaktiten hingen von der Decke, spiegelten sich im türkisblauen Wasser eines Sees, aus dem die weißen Zapfen der Stalagmiten wie der gezackte Rücken eines Meeresungeheuers herausragten. Der Raum vor ihr war mindestens so groß wie die neue Mehrzweckturnhalle in ihrer Schule und märchenhaft schön. Ihr Blick glitt nach rechts, wo Faol aus einer Nische, über der ein Scheinwerfer nach unten strahlte, Seile mit Tragegurten, ähnlich dem, den sie immer noch um die Hüften trug, hervorzog.

»Bleib ganz nah an der Felswand«, erklärte Darel hinter ihr unnötigerweise, als wäre sie so doof und würde sich kopfüber in den See stürzen. »Wir müssen uns beeilen. Der Scheinwerfer ist mit einem Zeitschalter versehen und schaltet sich nach wenigen Minuten ab.«

»Das ist atemberaubend«, flüsterte Ash andächtig. Einige Kalksteine waren cremefarben, andere wiederum alabasterweiß. Auf manchen schienen Eiskristalle zu funkeln. Doch dazu war es nicht kalt genug. Sie vermutete, dass es Mineralsalzablagerungen waren, die aus dem Wasser geschwemmt wurden. Während sie über den Rand hinweg zusah, wie Faol im hellweißen Licht des Strahlers rasant auf die blaue Tiefe zusteuerte, erklärte Darel: »Vor allem hat der See praktischen Nutzen. Der Kalkstein filtert das Regenwasser und bildet hier unten ein Wasserreservoire mit Trinkwasserqualität. Besonders in Dürrezeiten, wenn das Flussbett austrocknet, ist er lebensnotwendig für uns. Unsere Taucher haben längst noch nicht alle Gänge erkundet, aber einige von ihnen vermuten, dass sie aufgrund ihrer Länge bis zum Grundwasser reichen könnten.« Staunend hatte sie zugehört. »Traust du dir ein Abseilen zu?«, fragte er.

Es hatte bei Faol gar nicht so schwer ausgesehen.

»Zeigst du mir, wie es geht?«

Er griff an ihr vorbei nach dem Seil, das Faol benutzt hatte und das nun lose an zwei Karabinern in die Höhle herabhing. Mit einer Schlaufe befestigte er es an einem Metallgebilde mit zwei Ringen.

»Halt mal still!«, sagte er, beugte sich vor, löste das Seil, mit dem sie bislang miteinander verbunden waren, öffnete den Karabiner an ihrem Hüftgurt und machte den Metallring daran fest.

»Was ist das?«

»Ein Abseilachter. Er bremst dich, damit du nicht zu schnell wirst. Wichtig ist, dass du das Bremsseil immer unter dem Achter führst.« Mit ein paar geschickten Griffen knotete er ein weiteres Seil um das Bremsseil und befestigte das Ende an der Beinschlaufe ihres Klettergurtes. Ash zog die Augenbrauen zusammen.

»Und wozu ist das gut?«

»Man nennt den Knoten Prusik, gewissermaßen eine kleine Lebensversicherung, falls du gedenkst, ohnmächtig zu werden und das Seil einfach loslässt. Dann würdest du mit ziemlichem Tempo unten aufschlagen. Der Prusik verhindert das.«

Sie griff nach dem lockeren Knoten und ließ ihn skeptisch am Seil entlanggleiten.

»Du musst ihn beim Abseilen mitführen. Lässt du das Seil los, zieht er sich automatisch zusammen und blockiert deinen Fall.«

»Okay«, sagte sie gedehnt und trat an den Felsrand. Am Anfang würde sie sich noch mit den Füßen an der Wand abstützen können. Hinterher seilte sie sich im freien Höhlenraum in die Tiefe. Ihre Hände fühlten sich schwitzig an, doch jetzt wollte sie keinen Rückzieher machen. Sie ließ sich von Darel die Seile in die Hände drücken, holte tief Luft und sprang mit dem Rücken zur Tropfsteinhöhle ab.

»Schön langsam, du machst das gut«, rief Darel von oben.

Nach ein paar Sekunden schwebte sie direkt über dem Wasser, das wie ein geschliffener blauer Topas unter ihr funkelte. Die Stalaktiten schimmerten im Licht des Scheinwerfers wie mit Glitzer bestäubt. Ash ließ das Seil ein wenig schneller durch die Finger gleiten und genoss den Anblick des Naturwunders in vollen Zügen, bis plötzlich etwas Dunkles auf sie zuschoss und in einer Kurve haarscharf an ihrem Kopf vorüberglitt. Sie schrie auf, zappelte mit den Beinen und hätte um ein Haar das Seil losgelassen, während sie um sich schlug.

»Festhalten!«, rief Darel, der sich über den Rand des Vorsprungs gebeugt hatte. »Das war nur eine Fledermaus!«

Ashs Herz machte einen Satz. *Nur* eine Fledermaus? Sofort entstand vor ihrem inneren Auge das Bild eines blutrünstigen Monsters mit Vampirzähnen.

»Die sind harmlos!«, versicherte nun auch Faol von unten.

Ja. Ganz bestimmt. Sie ließ das Seil so schnell durch ihre Finger gleiten, dass die Kunstfasern schmerzhaft an ihren Handinnenflächen scheuerten. Faols Kopf kam rasch näher und sie stellte sich vor, sie würde ihm das hämische Grinsen einfach mit der Fußspitze aus dem Gesicht schlagen. Konnte doch ein Versehen sein, wegen ihrer Panik? Aber dann beherrschte sie sich, ließ sich von ihm abfangen und aus der Seilvorrichtung helfen. Er löste auch den Klettergurt und stopfte ihn in seinen Rucksack. Demnach schien das Klettern vorerst beendet.

Während Darel sich ebenfalls ans Abseilen machte, führte Faol sie ein paar Schritte weiter, wo zu ihrer Überraschung mehrere Kanus verborgen hinter einem riesigen Felsen lagen. Gemeinsam trugen sie eines der Boote zum Wasser und warfen die Rucksäcke hinein, als Darel auch schon bei ihnen war und Ash anwies, sich in die Mitte des Boots zu setzen.

Kaum dass die beiden Männer losgerudert waren, erlosch das Licht. In der Finsternis war nichts zu hören, außer ihrem

Atem und das Geräusch der Paddel, ein leises Wasserschmatzen, das an Ashs Nerven zerrte. Ihr Herzschlag flatterte wie die Flügel der Fledermäuse, die sie sicher schon gierig umkreisten.

»Entspann dich, Ash!«, sagte Darel. »Oder willst du ein Bad nehmen? Das Wasser ist ziemlich kalt.«

Seine Stimme hallte verzerrt von den Höhlenwänden wider und jetzt vernahm sie auch noch ein Flattern ganz nah an ihrem Ohr. Sie duckte sich und spähte über den Bordrand. Da sah sie es! Ein winziger grüner Schimmer. Sie verrenkte den Kopf. Weiter vorne war noch einer. Ein bisschen wie die Markierungen der Start- und Landebahnen von Flugzeugen. Oder wie kleine leuchtende Wegweiser in einem Labyrinth. Sie hatte so etwas Ähnliches schon einmal gesehen. Im Garten der Dearings hatte Kellys Mutter mit fluoreszierenden Leuchtsteinen ein Kunstwerk geschaffen, das dem Sternenhimmel auf den Gemälden von Vincent Van Gogh glich. Auf den Fotos, die Ash und Kelly voneinander gemacht hatten, schienen ihre dunklen Silhouetten über die Milchstraße zu wandern. Leuchtsteine unter Wasser als Wegweiser zu benutzen, war ziemlich schlau.

»Wenn wirklich jemand die Höhle entdecken sollte, wird er Scheinwerfer verwenden und dadurch den Weg der Leuchtsteine nicht finden, nicht wahr?«, überlegte Ash laut.

»Zumindest den Verstand hat sie von Dealann«, brummte Faol.

»Selbst im Dunkeln hat er keine Chance«, ergänzte Darel. »Wir haben hier überall Nachtsichtkameras versteckt. Und es gibt Irrwege. Nur wer das System kennt, weiß wo es langgeht. Und dass er jetzt gleich den Kopf einziehen muss.«

Rasch duckte sich Ash.

»Wie groß ist die Höhle denn, um Himmels willen?«

»Wenn man alles abrudern würde, sicher ein paar Meilen.«

»Meilen!«, echote Ash fassungslos.

Dusk muss dich gar nicht einsperren. Du würdest aus diesem Labyrinth ohnehin nicht entkommen.

Gleißendes Licht stoppte ihre düsteren Gedanken. Ash brauchte einen Augenblick, bis ihre Augen sich an die Helligkeit gewöhnten und sie etwas erkennen konnte. Faol hatte das Kanu ans Ufer des Tropfsteinsees gesteuert und warf zwei Dunkelelben, die sie zu erwarten schienen, eine Bootsleine zu. Die junge Frau war sicher nicht älter als Ash, sah aber im Gegensatz zu ihr so aus, als könnte sie problemlos einen Marathon bewältigen. Ihre dunkle Jeans spannte sich um wohldefinierte Oberschenkel, die Haare hatte sie zu einem strengen Pferdeschwanz zurückgebunden und das Kanu zog sie einhändig zu sich, als wäre es federleicht. In ihrem Gürtel steckten Messer und über ihrem Hoodie verlief ein breiter Patronengurt mit einer Pistole im Halfter. Der etwa dreißigjährige Dunkelelbe hinter ihr hielt eine Maschinenpistole in der Hand und hatte seinen durchdringenden Blick direkt auf Ash geheftet. Ihr Mund wurde trotz der Feuchtigkeit in der Höhle staubtrocken. Sie hatte wahrlich keine Begeisterungsstürme bei ihrer Ankunft erwartet, aber doch gehofft, dass Ciorean die schlimmsten Stolpersteine bei ihrer ersten Begegnung mit den Dunkelelbenrebellen aus dem Weg räumen würde. Verunsichert huschte ihr Blick zu der jungen Frau zurück, die Darel etwas zurief. Besonders freundlich klang es nicht. Er blieb gelassen und wollte Ash aus dem schwankenden Kanu helfen, aber sie ignorierte seine Hand und sprang beherzt an Land, wo sie auf Augenhöhe mit der Dunkelelbin zum Stehen kam. Einen Moment lang überlegte sie, ob sie eine Begrüßung nach Dunkelelbenart wagen sollte, aber ihr

Blick konnte kälter nicht sein, und so drückte Ash die Schultern durch und hielt ihm einfach nur stand. Ein verächtliches Zucken glitt über ihre schön geschwungenen Lippen, sie warf den Kopf zurück, drehte sich mit einem Ruck um und verschwand mit dem Bewaffneten im Eingang eines Tunnels, den sie mit ihren Körpern verdeckt hatten. Auf ein Nicken von Darel folgten sie ihr. Ash spähte noch einmal zurück und sah überrascht, wie der Dunkelelbe den Eingang durch eine Hebelvorrichtung mit einem Naturstein verschloss und sich dann auf einem Stuhl davor niederließ, ein Tablet herauszog und es konzentriert betrachtete. Darels Worte über Nachtsichtkameras kamen ihr wieder in den Sinn.

»Wer ist das?«, flüsterte sie und deutete auf die Dunkelelbin vor ihnen, die neben Faol vorauseilte, als wollte sie sich ein Wettrennen mit ihm liefern.

»Shae. Eine *Ban-Iarla*.« Er schmunzelte. »Wie du.«

Der Gang, den sie entlangkamen, unterschied sich vollkommen von ihrem bisherigen Weg. Hoch, sodass selbst jemand, der größer war als Darel, mühelos aufrecht darin gehen konnte und mit ebenmäßig behauenen Natursteinwänden, die teils mit Mustern verziert waren. Der Boden war geebnet worden und glänzte wie polierter Marmor. Quergänge führten rechts und links tiefer ins Gestein. Manche dieser Schächte wurden mit Holzpfeilern gestützt, wie bei alten Bergbauminen. Violettrotes Licht schien bei den nächsten Quergängen auf ihren Weg. Neugierig warf Ash einen kurzen Blick hinein und verharrte staunend. Die Abzweigung weitete sich hier zu einer Höhlenkammer, in der deckenhohe regalartige Gebilde mit Platten standen, in denen Pflanzen wuchsen. Ohne Sonne und nährende Erde! Ein paar Dunkelelben hantierten mit Handschuhen zwischen den Pflanzen herum. Sie sahen neugierig von ihrer Arbeit auf und einer hob die Hand, als er Darel erkannte. Aus dem Augenwinkel sah sie, dass er den Gruß erwiderte.

»Wäre vermutlich ein wenig auffällig für die ELO-Drohnen, wenn wir unser Gemüse oberirdisch anbauen würden«, kommentierte er das High-Tech-Pflanzenlabor.

Ash war sprachlos. Sie betrachtete Tomatenpflanzen, die sich unter der Last ihrer Früchte beugten und lediglich aus etwas Wollartigem entlang Spalieren wuchsen. Rechts von ihnen klebten an einer Holzwand in regelmäßigen Abständen Salatköpfe. Ihre Wurzeln steckten in durchsichtigen Behältern. Weitere Gemüsesorten stapelten sich auf Regalen. Ein Zischen ertönte und feiner Wassersprühnebel trat aus dünnen Röhrchen.

»Ihr könnt euch hier selbst versorgen?«

Sie ließ sich von Darel weiterziehen, während sie über die Tragweite dieser Entdeckung nachdachte. Kein Wunder, dass es Jago nicht geglückt war, Dunkelelben zu erwischen, die mehr als haushaltsübliche Vorräte in Supermärkten kauften.

»Mittlerweile sind wir vollkommen autark. Die Technik, Pflanzen ohne Erde in einer Wasser-Nährstofflösung und mit künstlichem Licht anzubauen, hat man schon vor zwanzig Jahren entdeckt«, sagte Darel, während sie sich beeilten, um Faol und Shae einzuholen, die bereits ungeduldig warteten. »*Vertical Farming* war damals als Lösung gedacht, falls die Umweltverschmutzung weiter zunimmt. Man überlegte sogar, Obst und Gemüse im Weltraum zu züchten.«

Ash erinnerte sich dunkel an etwas, das ihnen ihr Biologielehrer einmal erzählt hatte. »Die Projekte wurden damals verworfen, weil sie zu viel Energie benötigten«, sagte sie nachdenklich.

»Man hatte damals noch nicht die heutigen Möglichkeiten zur Speicherung von Solarenergie und die Pflanzen reagierten empfindlicher auf Umwelteinflüsse und Schädlinge als unsere gentechnisch perfektionierten Arten. Für die Massenproduktion ist es nach wie vor ökonomischer, im Freiland oder in Gewächshäusern anzubauen. Was du gerade gesehen hast, hat mehr gekostet als unser gesamtes Waffenarsenal. Die Anlage misst ständig Temperatur, Luftfeuchtigkeit und Helligkeit, und passt die Gegebenheiten für jede einzelne Pflanze optimal an.«

Darel schien dieses Projekt wirklich am Herzen zu liegen, ihm entging völlig, dass Shae die Stirn runzelte und ihn bei jedem Schritt, den er näher kam, mit ihren Blicken geradezu erdolchte. »Die LED-Lampen arbeiten dabei mit einer Mischung aus rotem und blauem Licht, damit die Pflanzen optimal Photosynthese betreiben können und –«

Ash stupste ihn im Gehen vorsichtig mit dem Ellenbogen an. »Schuldest du ihr Geld oder ist das eine von den Frauen, die du mit deinem unwiderstehlichen Charme geködert und hinterher abserviert hast?«, raunte sie, während sie Shae ein Lächeln schenkte, das diese gar nicht wahrnahm.

Sie wollte nur witzig klingen, aber Darel zuckte zusammen und sah sekundenlang wie ein Schuljunge aus, den man beim Abschreiben erwischt hatte. *Ach du Scheiße …*

»Letzteres«, raunte er zurück und straffte die Schultern, während er Shaes Blick kühl erwiderte.

Shae presste die Lippen zu schmalen Schlitzen zusammen und marschierte wieder los, als gelte es, die Welt zu erobern. Ash beschlich das unangenehme Gefühl, sich gerade jemanden zum Feind gemacht zu haben. Der Weg machte eine Kurve und hinter der Biegung stieß Ash einen Überraschungslaut aus. Von beiden Seiten der Wand sahen ihr in Kalkstein gehauene Gesichter entgegen. Die Beleuchtung hatte sich verändert, war dunkler geworden. Sanftes Licht ergoss sich aus Lampen über die bleichen Antlitze, die in der nachtblau bemalten Steindecke über ihnen befestigt worden waren und die perfekte Illusion eines Sternenhimmels boten. Der Gang wirkte gruselig und schön zugleich. Eine angespannte Stille lag plötzlich über der Gruppe. Vielleicht waren das bekannte Helden in der Geschichte der Dunkelelben. Aber als sie an einer Reihe von Kindergesichtern vorbeikamen, konnte sie ihre Neugier nicht mehr zügeln.

»Wer sind die?«, flüsterte sie Darel zu.

»Erkläre ich dir später«, versuchte er, sie mit gepresster Stimme abzuwiegeln, aber im nächsten Moment drehte Shae sich um, blieb stehen und richtete zum ersten Mal das Wort an sie.

»Warum denn *später*?« Die Schärfe in ihrem Ton warnte Ash und sie wappnete sich. War sie eifersüchtig? Dachte sie, Darel und sie wären …

»Das hier …« Shae hob die Hand und ließ sie großzügig von einem zum anderen, noch ziemlich weit entfernten Ende des Gangs gleiten. »… sind alles –«

»Shae!«, unterbrach Darel sie, aber die Dunkelelbin ließ sich nicht beirren und spie den Satz geradezu aus.

»… die Opfer des Verrats *deines* Vaters, als er es vorzog, sich mit einer Menschenschlampe einzulassen und sein Volk zu hintergehen. Wir sind alle unglaublich glücklich, dass nun endlich beide verreckt sind.«

Ash prallte zurück, als wäre sie in die Druckwelle einer Explosion geraten. Etwas in ihr war gerade zerfetzt worden. Zuerst begriff sie es nicht, sah nur unscharf Darels Rücken, der sich zwischen sie und die junge Dunkelelbin schob, ganz langsam, als würde ihr Leben ab jetzt im Zeitlupentempo ablaufen. Sie tastete in ihrem Inneren nach den Bruchstücken, wusste, dass sie sich irgendwie wieder zusammensetzen, wieder funktionieren musste. Der Boden bebte unter ihren Füßen und die Dunkelelben um sie herum zerfielen in Bildpixel, stellten sich scharf, stoben wieder auseinander.

Was geschieht mit mir? Sie fühlte die Schwärze, die auf sie zutrieb wie ein Schwarm Krähen, ihre Flügel rauschten, es hörte sich an wie eine Melodie, verlockend, lieblich. Wie schön wäre es, jetzt mit ihnen zu fliegen! Schon streiften die Flügel ihr Gesicht, die Arme, ihre Brust und sie setzte sich sehnsüchtig in Bewegung, ihre Füße verloren den Boden, die Krähen waren jetzt überall, nichts als blau gefiederte Schwärze und Gesang. Doch dann sah sie ihre scharfen Krallen und das Blut, das frisch von ihren Schnäbeln tropfte, und begriff, dass es ihr Fleisch war, das aus ihren Schnäbeln hing, spürte die Wunden, die in ihrer Haut klafften. Sie begann, sich gegen die Finsternis zu wehren. Ihr Verstand warf ihr einzelne Trümmer entgegen und sie zwang sich, nicht den Krähen zu folgen, sondern den Einschlägen standzuhalten.

Dealann ist tot.

Ash schwankte unter der Erkenntnis, die sich in Wellen in ihrem Inneren fortsetzte und neue Wahrheiten wie einen Steinschlag auf sie niederprasseln ließ:

Darel hat dich belogen.

Mom hat dich belogen.

»Mach ihn stolz, mein rebellisches Mädchen!« Warum hat sie das zu dir gesagt? Sie musste doch gewusst haben, dass er nicht mehr lebt!

Die Krähen stoben fort. Schwarze Federn fielen wie Tränen zu Boden.

Traue niemandem!

Du bist allein.

Allein!

Sie stemmte sich gegen den Ansturm von Gefühlen, den diese Gewissheit in ihr auslöste, rang nach Atem und wappnete sich für einen neuen Angriff.

Dein Vater war ein Verräter.

Und Mom? »Was damals im Mission District geschehen ist, war kein Kampf, Luz. Es war ein Massaker.«

Nur dieser eine Satz. Und dann Schweigen. Warum hast du mir nie erzählt, was wirklich geschehen ist, Mom?

Ein Wort drängte nach oben, wie ein Ertrinkender, der mit letzter Kraft versuchte, sich über Wasser zu halten.

NEIN! Alle halten ihn nur *für einen Verräter.*

Ihre Welt drehte sich, die steinernen Gesichter drehten sich, sie sahen so zornig aus, rissen in grausig verzerrten Fratzen die Münder auf und schrien.

Ohrenbetäubend. Anklagend.

So. Viele. Opfer.

Mom hätte das nie gewollt. Mom hätte dich nie zu den Dunkelelben geschickt, wenn das wahr wäre.

DAS IST NICHT WAHR!

Sie schmeckte den Satz plötzlich wie Honig auf ihrer Zunge. Er vertrieb die Bitterkeit, die sich bereits in ihrem Mund eingenistet hatte.

»Das ist nicht wahr!«

Er verließ ihren Mund, schwoll zu einem Brüllen an, der in ein Gurgeln von Wut überging. Ihre Stimme klang verzerrt, irgendwie lang gezogen, als würde man die Tonspur künstlich verlangsamen.

Die junge Dunkelelbin rechnete nicht mit ihrem Angriff.

Sie reagierte viel zu langsam, ihre Bewegungen waren stockend, wie die eines unsicheren Kindes. Ash schlug zu, wieder und wieder, und stürzte mit ihr zu Boden.

Wut war so viel besser als Verzweiflung.

Und sie besaß viel davon.

Vater

Darel

An seinem sechsten Geburtstag hatte Dusk ihm einen Stein mitgebracht. Das poröse Ding passte gerade so in seine kleine Hand, war dunkler als seine damals noch aschgraue Haut und erstaunlich leicht.

»Weißt du, wie flüssige Lava aussieht?«, hatte Dusk ihn gefragt.

»Sie sieht aus, wie wenn ein großer, wütender Drache Feuer speit«, hatte er geantwortet und den Stein neugierig in seiner Hand gedreht.

»Richtig. Und ein Drache weiß, was er tut, nicht wahr?«

Darel überlegte einen Moment und fragte dann zögernd: »Der Vulkan nicht?«

»Nein. Er spuckt die Lava unkontrolliert aus. Dein Herz ist auch wie ein Vulkan. Du bist vielleicht stark, aber du kannst deine Kraft nicht kontrollieren, du lässt dich viel zu sehr von deinen Gefühlen leiten, verstehst du?«

Natürlich verstand er und nickte eifrig.

»Ich möchte aber, dass du ein Drache wirst, mein Sohn.« Er deutete auf den Stein in Darels Hand. »Das hier ist feste Lava. Das ist das, was du mit deinen Gefühlen machen musst. Du speicherst sie, wie der Stein die glühende Hitze gespeichert hat, und lässt sie erst wieder frei, wenn wir unseren Kampf gewonnen haben.«

Sein Vater hatte gelogen.

Lavasteine ließen sich nicht so einfach wieder verflüssigen, wenn sie erst einmal erstarrt waren.

Ebenso wenig wie Gefühle.

Jahrelang hatte sein Vater ihn zu seiner Waffe geschmiedet und es gab eine Zeit, da war er stolz darauf gewesen. Bis Dusk ihm beibrachte, andere ebenfalls als Instrument zu sehen, notwendig, um seine Ziele zu erreichen, aber austauschbar, und nach und nach reifte in ihm die dunkle Ahnung, dass auch er für seinen Vater ersetzbar war.

Ein guter Schüler war er dennoch gewesen.

Der Anblick von Erilias Körper, Stunden zuvor noch warm in seinen Armen und dann wie eine vom Feld abgerissene, zerfetzte Mohnblüte auf dem Asphalt ausgebreitet, war an ihm abgeprallt wie einer dieser kleinen, dummen Spatzen an den riesigen Glasflächen des Millennium Towers. Sie hinterließen nicht einmal einen Kratzer an der Fassade.

Aber jetzt fraß sich der Blick, den Ash ihm zuwarf wie Säure durch das Metall seiner gnadenlosen Klinge und machte sie stumpf und brüchig.

Sie so zu sehen, war unerträglich.

Schlimmer, als ihre Tritte und die Nägel, mit denen sie nach ihm kratzte, während er und Faol unter Aufbietung all ihrer Kräfte versuchten, die kämpfenden Mädchen voneinander zu trennen.

Schlimmer als die Worte, die sie ihm röchelnd entgegenspuckte: »Fass mich nicht an, du verlogener Bastard!«

In der kurzen Zeit, in der er dieses Mädchen kannte, hatte sie mehr eingesteckt, als er aufgrund ihrer Herkunft je für möglich gehalten hatte, sich immer wieder aufgerichtet und neu zusammengesetzt. Er ertrug es nicht, Ash so zu sehen, weil es ihn daran erinnerte, wie es sich angefühlt hatte, zu zerbrechen.

Ash trat ihm gegen das Schienbein, als es ihm endlich glückte, sie von Shae wegzuziehen, deren Unterlippe aufgeplatzt war und blutete. In den Augen der Dunkelelbin lieferten sich Wut und verletzter Stolz einen Wettstreit. Faol hatte nicht weniger Mühe, sie von Ash fernzuhalten. Es war ihm ein Rätsel, wie Ash es überhaupt geschafft hatte, eine der besten Kriegerinnen ihres Alters derart zuzurichten. Darel wusste, wie geschickt Shae war, er hatte oft genug mit ihr trainiert. Aber Ash war ihren Schlägen ausgewichen, als wüsste sie jedes Mal ganz genau, wohin Shae zielte. Dabei waren ihre eigenen Bewegungen ungelenk, ihre Fausthiebe ziellos, sie trafen nicht da, wo sie ihre Gegnerin am schnellsten erledigt hätten. Sie hatte sich auf Shae gestürzt wie eine tollwütige Hündin, die um sich biss, nicht wie ein kampferfahrener Wolf. Aber bei Elatha, sie hatte Potenzial!

»Ich werde den *Mór Ceannard* anflehen, dich foltern zu dürfen!«, keuchte Shae.

»Versuch es!«, entgegnete Ash heiser und hieb erneut gegen seine Arme, um sich zu befreien. »Lass mich sofort los, du Scheißkerl!«

Darel öffnete den Mund zu einer Erwiderung, aber eine dunkle, so vertraute und gleichzeitig gefürchtete Stimme kam ihm zuvor: »Tu es, mein Sohn! Lass deine Schwester frei.«

Anfang

Ash

Schwester.

Dem Wort folgte ein kollektives Aufstöhnen aus mehreren Mündern, gefolgt von einer unheimlichen Stille, in der die Stimme des Mannes in ihrem Inneren nachhallte wie eine Klinge, die langsam über ihren Rücken strich. Darels Arme sackten herunter, als wäre er eine Marionette und jemand hätte seine Fäden durchtrennt. Noch vor ein paar Sekunden wäre Ash vorgeschnellt und hätte sich auf die Dunkelelbin gestürzt. Jetzt stand sie wie angewurzelt da, und wagte es nicht, sich umzudrehen.

»Das ist nicht wahr!«, wiederholte Darel genau die Worte, die sie zuvor der Dunkelelbin entgegengeschleudert hatte. Sie klangen eigenartig tonlos, als wäre er nicht ganz er selbst.

»Zweifelst du an meinem Wort? Hast du ernsthaft gedacht, Glenda hätte ihr einziges Kind meiner Willkür ausgeliefert, wenn sie Dealanns Tochter wäre und er ihr nicht mehr gegen meinen berechtigten Zorn beistehen könnte?«

»Aber du … du kannst unmöglich … du *hasst* Menschen!« Darels Stimme brach und das half Ash, sich endlich umzudrehen. Noch nie hatte er so kraftlos geklungen. An seinem bleichen, fassungslosen Gesicht vorbei sah sie auf eine Gruppe Dunkelelben, Männer und Frauen, die einen Mann in ihrer Mitte anstarrten, als wäre er eben aus dem Boden gewachsen wie einer dieser Stalagmiten. Aber Ash hätte Dusk ohnehin erkannt, selbst wenn sie kein einziges Fahndungsplakat von ihm je gesehen hätte. Es gab nur einen, dessen unheimliche Präsenz den ganzen Raum auszufüllen schien und der sie mit Darels Augen ansah und gleichzeitig auch wieder nicht. War Darels Blick wie die aufgewühlte See, so sah sie in seinem Eis, auf dem Polarlichter in geisterhaftem Türkisgrün tanzten. Kälte legte sich wie eine Fessel um ihre Brust.

Mach ihn stolz, mein rebellisches Mädchen!

Wen anders als Dusk konnte ihre Mutter gemeint haben? Ihre Mom hatte ihr wenig von ihrer Zeit als MHAB-Mitarbeiterin während der Aufstände im Mission District erzählt und von dem Anführer der Dunkelelbenrebellen fast nichts. Sie hatte es darauf zurückgeführt, dass sie immer noch Angst vor Dusk hatte. Aber vielleicht hatte sie auch nur Angst davor gehabt, Jago könnte herausbekommen, dass er die Tochter seines Erzfeindes großzog.

»Du willst uns ernsthaft weismachen, dass du, ausgerechnet *du*, dich mit einer Menschenfrau eingelassen hast?« Darels Nasenflügel bebten, seine Augen sprühten Feuer und jedes seiner Worte war ein Schlag.

So dachte er also. Das war der Grund, warum er in seinen Gefühlen ihr gegenüber so hin- und hergerissen war. Er verachtete Menschen, genau wie sein Vater und ... In der nächsten Sekunde wurde es ihr erst bewusst: Darel, für den sie weiß Gott bislang keine geschwisterlichen Gefühle gehegt hatte, war ihr *Halbbruder*. Ihre Wangen wurden heiß.

»Glenda Nolan war nicht nur eine der schönsten, sondern auch eine der gerissensten Frauen, die ich je kennengelernt habe. Ich gebe offen zu, dass ich sie unterschätzt habe. Sie verfiel mir, weil sie den großen Rebellenführer in mir sah, und ich beschloss, ihrem Drängen nachzugeben, um nach dem erfolgreichen Geiselaustausch eine Spionin in der Menschenwelt zu haben, die mir gute Dienste hätte leisten können.« Er machte eine Pause und zögernd setzte ein zustimmendes Murmeln unter den Dunkelelben ein. Nur Darels Gesicht verhärtete sich. Dusk strich sich eine helle Haarsträhne hinters Ohr. Sein Alter und die vielen Kämpfe waren nicht spurlos an ihm vorübergegangen, aber er war charismatisch und kam jetzt mit derselben athletischen Eleganz wie Darel auf sie zu. Instinktiv wich Ash einen Schritt zurück und Dusk blieb stehen.

»Ich mache dir nichts vor, Mädchen. Deine Mutter hat mir nichts bedeutet. Es war nicht geplant, dich in die Welt zu setzen.« Ash spürte, wie ihre Kehle trocken wurde. »Mein engster Freund und Waffenbruder Dealann war es, der wahre Gefühle für sie zu hegen begann. Ob ihr das bewusst war, kann ich dir nicht sagen. Ich habe lange Zeit vermutet, dass sie mich mit ihm eifersüchtig machen wollte. Jedenfalls forderte Dealann mich zum Kampf heraus und …«, er stockte eine Sekunde lang, bevor er fortfuhr, »… kam dabei ums Leben.«

»*Du* hast ihn umgebracht!«, zischte Darel.

»Ja, das habe ich!«, herrschte Dusk ihn laut an und seine Augen durchbohrten ihn mit einer Intensität, die Ash erschauern ließ. »Und ich bereue nichts. Jeden, der mich hintergeht, gleich wie er zu mir steht, werde ich töten.«

Das Raunen setzte wieder ein. Es war offensichtlich, dass Dusk seinem eigenen Sohn gerade drohte. Doch so schnell er aufgebraust war, so schnell fing er sich wieder und wandte sich erneut ihr zu.

»Tarnach musste geglaubt haben, dass du Dealanns Tochter bist, sonst hätte er niemals als Chauffeur unter Hernández' Dach gelebt und dich beschützt. Glenda hatte ihn belogen.« Ein Lächeln glitt jetzt über seine kantigen Züge. »Ich bedaure, dass ich ihre Pläne nicht früher durchschaut habe. Welch ein Liebesbeweis von ihr, dass sie all die Zeit bei Hernández ausgeharrt hat, um wertvolle Informationen für mich zu sammeln.«

Ashs Magen verkrampfte sich schlagartig. Darum ging es hier. Unter all den schmeichelnden Worten für ihre Mom hörte sie deutlich eines heraus: Informationen. Dusk mochte ihr biologischer Vater sein, aber er empfand so wenig für sie, wie er für ihre Mutter empfunden hatte. Nach der Botschaft, die Ciorean ihm jedoch überbracht hatte, erhoffte er sich nun, dass sie ihm geheime Daten der ELO lieferte.

Als hätte er ihre Gedanken erraten, fuhr Dusk fort: »Wie ich sehe, sind diese Informationen nicht alles, was sie mir zum Geschenk gemacht hat.« Er streifte Shae mit einem abfälligen Blick. »Dass du mein Fleisch und Blut bist, lässt sich nach deiner kämpferischen Darbietung nicht leugnen. Du bist ein roher Diamant, den ich schleifen werde, bis du in aller Pracht funkelst.«

Er streckte Ash seine Hand entgegen und Darel stieß ein Schnauben aus, das Wut, aber auch Verachtung ausdrücken konnte. War er eifersüchtig darauf, dass sein Vater ihre Fähigkeiten schätzte?

Unser Vater, korrigierte sie sich in Gedanken.

Sie hatte keine andere Wahl.

Langsam machte sie einen Schritt auf Dusk zu. Etwas knirschte unter ihren Füßen. Ihr Blick glitt zu Boden und sie entdeckte die Kette mit dem Medaillon, die ihre Mutter ihr zum Abschied um den Hals gehängt hatte. Sie musste in dem Kampfgetümmel von ihrem Hals gerissen worden sein. Das

Schmuckstück war aufgesprungen. Ash beugte sich nach unten, um es aufzuheben.

Sie hatte es viele Male aufgeklappt und sich gefragt, ob es eine Bewandtnis hatte, dass ihr Foto sich auf der anderen Seite des Medaillons spiegelte. Für gewöhnlich waren in derartigen Anhängern zwei Bilder eingearbeitet. Spiegel waren von jeher ein Symbol für Selbsterkenntnis. War das die geheime Botschaft, die ihre Mutter ihr damit hatte geben wollen? Finde dich selbst?

Die Kette war zerrissen, sie würde sie reparieren müssen, bevor sie das Medaillon wieder umhängen konnte. Als sie danach griff, klappte der Spiegel plötzlich vor. Er musste sich aus seiner Halterung gelöst haben. Sie fing ihn mit dem Daumen auf und wollte ihn gerade zurückdrücken, da erhaschte sie für einen winzigen Moment einen Blick auf einen Speicherchip. Hastig drückte sie zu, der Spiegel rastete ein und sie schloss die Hand um das Medaillon so fest, dass es schmerzte. Ihr Herz schlug ihr bis zum Hals. Mit zitternden Fingern schob sie das Medaillon in die Hosentasche, trat einen weiteren Schritt auf Dusk zu und ergriff seine Hand. Es fühlte sich endgültig an, als seine kühlen Finger die ihren umschlossen und er sie kurz drückte, bevor er sie wieder losließ. Für einen Dunkelelben musste das in aller Öffentlichkeit eine ziemlich intime Geste sein.

»Ich habe gehört, du nennst dich Ash.«

Sie nickte, unfähig auch nur ein Wort herauszubringen. Ihre Gedanken kreisten immer noch um den Speicherchip in ihrem Medaillon. Was zur Hölle befand sich darauf? Wirklich die geheimen Informationen, die sich Dusk erhoffte? Sie konnte kaum erwarten, ihn zu untersuchen.

Sei vorsichtig!

Dusks Mundwinkel zuckten. »Gefällt mir. Willkommen daheim, Ash.«

Daheim.

Ash war sich nicht sicher, ob der Ort, an den Dusk sie führen würde, die Sehnsucht in ihrem Inneren stillen konnte.

Ohne seinen Sohn auch nur eines weiteren Blickes zu würdigen, drehte sich der Rebellenführer um. Die Menge wich zur Seite, um ihm den Weg frei zu machen. Ash war froh, dass sie mit ihren Körpern die steinernen Gesichter an den Wänden des Gangs verdeckten. Sie straffte die Schultern, hob das Kinn und folgte ihrem Vater.

Das ist nicht das Ende deines Weges, sagte sie sich, *das ist erst der Anfang.*

Epilog

Ranobal hatte gewartet, bis die Atemzüge des Mädchens und des Jungen, die man ihr anvertraut hatte, ruhig und gleichmäßig wurden. Ihre Augen hatten eine Weile auf Adrasel geruht, der seinem Vater so ähnelte. Nicht nur äußerlich. Sie erinnerte sich noch gut an den aufbrausenden jungen Mann, der von Regeln ebenso wenig hielt wie seine Freunde Dealann, Dusk und Tarnach, mit denen er viel lieber durch die Wälder gejagt war und der alle anderen Jungen, die es gewagt hatten, ihr Blicke zuzuwerfen, in die Flucht schlug. Ein Schmunzeln glitt über ihre wettergegerbten Züge. Sie hatte nie erfahren, womit Sleagh ihnen gedroht hatte.

Ihr Lächeln erlosch und sie zog das Plaid, das sie sich umgehängt hatte, fester um die Schultern, während sie zu den Sternen aufblickte. Sleagh hatte nie verstanden, wie sie ihre Visionen aus der Betrachtung des Nachthimmels zog. Aber die Gabe äußerte sich bei jedem anders und während er nachts schlief und tagsüber zu den unmöglichsten Zeitpunkten von den Bildern heimgesucht wurde, durchlebte sie ihre treffendsten Vorhersagen stets nachts.

Wie damals, als der rote, riesige Mond am Himmel stand und ihr Dealanns Tod ankündigte. Sie war augenblicklich zu Tarnach gelaufen und hatte ihn angefleht, etwas dagegen zu unternehmen. Doch der hatte sie nur ausgelacht.

»Hast du jetzt vollends den Verstand verloren?«, hatte er kopfschüttelnd gefragt. »Wir drei würden füreinander durchs Feuer gehen!«

»Aber Dusk –«

»Würde sich lieber die Hand abhacken, als Dealann zu töten.«

»Auch nicht, wenn er ihn zuerst angreift?«, hatte sie zornig entgegnet.

Ihr älterer Bruder stieß sich von dem Felsen ab, auf dem er saß, und trat einen Schritt näher. »Und warum sollte unser Bruder das tun?«, fragte er lauernd.

Ranobal schwieg. Sie wusste, wie loyal Tarnach Dusk gegenüber war und sie hatte Dealann geschworen, niemandem zu verraten, was sie durch Zufall entdeckt hatte: dass ihr Bruder und diese Menschenfrau einander liebten. So sehr liebten, dass er dafür bereit war, sein Volk zu verraten, um sie zu retten.

Es fraß sie innerlich auf.

Aber sie konnte ihn nicht ans Messer liefern.

»Ich weiß es nicht«, wich sie aus. »Ich bitte dich nur, in seiner Nähe zu bleiben.«

Nicht genug.

Sie hätte mehr unternehmen müssen, hätte ahnen müssen, dass Dusk von Dealann fordern würde, Glenda umzubringen, um seine Loyalität ihm gegenüber zu beweisen. Aber selbst sie hatte nicht geglaubt, dass er so grausam seinem besten Freund seit Kindertagen gegenüber sein könnte.

Diese verdammten Visionen waren unscharf, sie zeigten lediglich Splitter der Wahrheit, und Ranobal hatte es nicht geschafft, sie richtig zusammenzufügen. Nur wenig später hatte sie vorhergesehen, wie Glenda mit Tarnach floh, aber sie hatte weder das Blut an seinen Händen noch das Grauen in seinem Gesicht auf Dealann bezogen, sondern war durch die Bilder beruhigt gewesen. Sie hatte gedacht, dass sich doch alles zum Guten wenden würde, Dusk die junge Frau ziehen ließ und Dealann bei ihm blieb.

Ihre Stirn begann wieder zu pochen und sie massierte mit kreisenden Bewegungen ihre Schläfen. Erste Anzeichen neuer Bilder.

Sie dachte an Ash, die Dealanns Augen hatte, und fragte sich, ob das wirklich niemandem auffallen würde. Vielleicht. Aber selbst wenn jemand es erkannte, so würde er es nicht wagen, Dusk zu widersprechen. Seit Tagen sah sie die Lüge am Firmament, die Ash zu seiner Tochter erklärte. Doch solange er einen Nutzen in ihr sah, würde Ash überleben.

Nur das zählte im Moment.

Die Sterne pulsierten, neigten sich ihr entgegen und dann war es, als würden sie in einen Strudel geraten und mit großer Geschwindigkeit auf sie zurasen. Sie stöhnte leicht und stemmte die Füße fester in den Boden, um nicht umzukippen, während um sie herum alles versank und die Schwärze zu gleißendem Licht wurde.

Und in diesem Licht sah sie Ash, wie sie Anlauf nahm und mit einem Sprung ins Nichts hinüberglitt.

In die Welt, aus der sie gekommen waren.

Verzeichnis der wichtigsten Personen

(Die spezielle Aussprache der elbischen Namen ist kursiv angemerkt.)

Hauptpersonen

Luz Hernández Nolan
Tochter von Jago Hernández Ruiz und Glenda Hernández Nolan; Schülerin an der Greenwood High School

Darel
Rebellischer Poetry-Slammer, den Luz bei ihrem ersten Date mit Niall in einem Untergrundclub kennenlernt

Niall Evans
Sohn von Matthew Evans und Arinard Evans; LE-Mischling 3. Grades, Schüler an der Greenwood High School

Menschen

Kelly Dearing
Beste Freundin von Luz; Tochter von Steven und Sheron Dearing

Sheron Dearing
Mutter von Kelly; Künstlerin

Jago Hernández Ruiz
Vater von Luz; Oberbefehlshaber der *Elb Liberation Organization* (ELO); Ehemann von Glenda Hernández Nolan

Julian Dearing
Kellys jüngerer Bruder

Steven Dearing
Vater von Kelly; Softwareentwickler für Verschlüsselungssysteme

Glenda Hernández Nolan
Mutter von Luz, ehemalige Mitarbeiterin bei MHAB (Medical Help for All Beings)

Alejandro Hernández Villa
Großvater von Luz;
militärischer Berater im
Generalstab

Vanessa Adams
Patentochter von Luz' Vater
Jago; getötet von Dubhuir

Matthew Evans
Vater von Niall;
Vorsitzender der liberalen
Partei *Alliance of Human-Beings and Elbs* (AHE)

Jim Kennedy
Freund von Vanessa Adams;
getötet von Dubhuir

Dunkelelben

Dusk
Anführer der freien
Dunkelelbenrebellen;
Clan: Tamwyn *(Tämwin)*

Sleagh *(Sleach)*
Vater von Adrasel; arbeitet
in einer Werft

Tyrasil *(Türasil),*
Tarnach
Chauffeur von Luz

Cearbh *(Kearb)*
Adrasels Freund

Shae *(Schä)*
freie Dunkelelbenrebellin;
Clan: Shaebhag *(Schäbach)*

Adrasel
Sohn von Sleagh;
Freund von Niall

Natir
Adrasels Kindheitsfreund im
Dunkelelbeninstitut

Dealann *(Dschelan)*
freier Dunkelelbenrebell;
Waffenbruder von Dusk;
Clan: Lorcan *(Lorkan)*

Faol
freier Dunkelelbenrebel;
Bruder von Ciorean;
Clan: Anrai *(Anrei)*

Ciorean *(Seiorän)*
freier Dunkelelbenrebell,
Bruder von Faol;
Clan: Anrai *(Anrei)*

Ranobal
freie Dunkelelbenrebellin,
Schwester von Dealann und
Tarnach

Dubhuir
(Dujer mit Betonung auf e)
Dunkelelbendiener im Haushalt von Vanessa Adams

Lichtelben

Arinard Evans
(Betonung auf erstem A)
Mutter von Niall

Rhydian *(Reidian)*
Nialls Freund

Rain
kennt Niall aus Kindheitstagen, sie waren gemeinsam bei dem Lichtelbenzirkel »Kinder von Dagdas Kessel«

Liora Evans
(Betonung auf dem o)
Tochter von Matthew Evans
und Arinard Evans;
LE-Mischling 2. Grades;
Schülerin im Lichtelbeninstitut

Erilia
(Betonung auf zweitem i)
Lichtelbenfreundin von
Darel

Leif Hweitasil
Leiter der Lichtelbeninstitute; faktisch hat er den Rat der Lichtelbenältesten durch seine interne Diktatur ersetzt

Sachverzeichnis

(Die spezielle Aussprache der elbischen Namen ist kursiv angemerkt.)

Familienclans der Dunkelelben

Tamwyn *(Tämwin)*
wichtige Mitglieder: Dusk

Anrai *(Anrei)*
wichtige Mitglieder: Faol und Ciorean

Fayndàn *(Feindahn)*
wichtige Mitglieder: Tynan *(Teinän)*

Lorcan *(Lorkan)*
wichtige Mitglieder: Dealann

Shaebagh *(Schäbach)*
wichtige Mitglieder: Shae

Hierarchie der Lichtelben

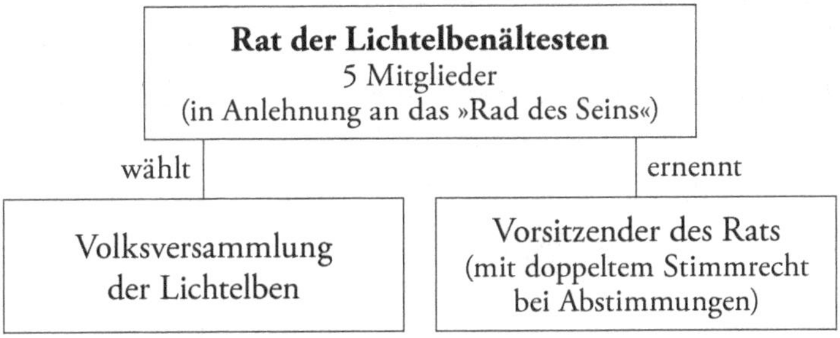

Nach ihrer Flucht aus der Elbenwelt Alfheímr in die Menschenwelt schwang sich der Leiter der Lichtelbeninstitute, Professor Leif Hweitasil, zum Lichtelbenanführer mit der Macht eines Diktators auf.

Der Rat der Lichtelbenältesten existiert weiterhin, ordnet sich ihm aber aus Angst bedingungslos unter.

Hierarchie der freien Dunkelelbenrebellen

Mór Ceannard
(Mor Kjannarshd)
Ist der zum Anführer gewählte Fürst
(Flaith)

Fünf Fürstenclans
Fürst, Flaith *(Foah) oder*
Fürstin, Ban-Flaith *(Ban-Foah)*

Tamwyn *(Tämwin)*
Lorcan *(Lorkan)*
Anrai *(Anrei)*
Shaebagh *(Schäbach)*
Fayndán *(Feindahn)*

Die Fürstenclans wählen ihren Anführer, den Mór Ceannard bzw. die Bana Mór Ceannard. Sie beraten ihn bzw. sie und stimmen bei wichtigen Entscheidungen ab. Die letzte Entscheidungsgewalt liegt beim Mór Ceannard, der sich jedoch nicht dauerhaft dem allgemeinen Willen der Fürsten widersetzen wird, da sie sich umgekehrt im Kriegsfall weigern könnten, ihm die Krieger und Kriegerinnen ihres Hauses zur Unterstützung zu senden.

Die Fürstenfamilien repräsentieren die alten Adelshäuser des Unseelie Court. Ihr Titel wird vererbt an den Sohn (Iarla) *(Sprich: Irla mit Betonung auf dem I)* oder die Tochter (Ban-Iarla), der/die sich als fähigste Kämpfer/in erweist.

Die zahlreichen Prüfungen bedingen einen erbarmungslosen Wettstreit der Kinder der Fürsten untereinander. Der Erbe bzw. die Erbin, die sich durchsetzt, wird Mór Iarla bzw.

Mór Ban-Iarla genannt. »Ban(a)« ist jeweils die weibliche Form der Titel.

Die Zahl fünf entspricht dabei der alten Vorstellung vom »Rad des Seins«, bei dem die vier Elemente Feuer, Luft, Erde und Wasser von einem fünften Kreis, dem Universum, vereint werden. Ebenso vereint der Mór Ceannard, der selbst einem der Fürstenhäuser angehört, die übrigen vier Clans.

Von allen möglichen Berufen (Handwerker, Heiler, Lehrer, etc.) sind die Krieger am höchsten angesehen und nur, wer als solcher erfolgreich ist, kann später Mór Ceannard werden. Die Lehrlinge der kämpfenden Klasse nennen sich Preantas *(Prentäs)* bzw. Ban-Preantas *(Ban-Prentäs)*. Ihr Ziel ist es, ein »heldenhafter Krieger«, also ein Gaisgeach *(Sprich: Gäschgach)* bzw. eine Bana-Gaisgeach *(Bana-Gäschgach)* zu werden.

Organisationen und Institute

IUES (International Union for Elfish Security / Internationale Union für Elbensicherheit)
Internationales Bündnis einiger Europäischer Länder und der USA, die sich bereit erklärt haben, die in die Menschenwelt geflüchteten Elben aufzunehmen. Ziel der Organisation ist es, sich mit ihrer Charta auf eine einheitliche Gesetzgebung bzgl. der Flüchtlinge zu einigen und diese im Anschluss in den jeweiligen nationalen Parlamenten in geltendes Recht umzusetzen.

ELO (Elbish Liberation Organization)
Die **ELO** ist das ausführende amerikanische Organ der **IUES**, ehemals ein Nebenarm des FBI. Sie soll dafür sorgen, dass die Bestimmungen gegen Elben tatsächlich eingehalten werden. Oberbefehlshaber der Elb Liberation Organization ist Luz' Vater Jago Hernández Ruiz.

MHAB (Medical Help for All Beings)
Die medizinische Hilfsorganisation für alle Wesen hilft Menschen und Lichtelben in Not.

Lichtelbeninstitute
Lichtelbenkinder werden im Alter von sieben Jahren in eines der Erziehungsinstitute eingewiesen, wenn ihr Elbengrad 30 % übersteigt. Mit vierzehn Jahren werden sie mit dem LE tätowiert und auch als LE gechippt, bevor sie entlassen werden.

AHE (Alliance of Human Beings and Elbs)
Die Partei *Bündnis Mensch und Elben* setzt sich für die Gleichberechtigung von Menschen und Elben ein. Ihr Vorsitzender ist Matthew Evans.

Dunkelelbeninstitute
Hier werden alle Dunkelelbenkinder im Alter von sieben Jahren zur Erziehung und Schulung gegen ihre Aggression eingewiesen, wenn ihr Dunkelelbengrad 30 % übersteigt. Mit 14 Jahren wird ihnen der tödliche Tyrium-Transponder unter die mit DE tätowierte Haut implantiert und sie werden entlassen.

Smartstraps

Armbänder, die zur Kommunikation, bargeldlosem Zahlen und beim Betreten öffentlicher Verkehrsmittel benutzt werden. Ebenso bieten sie Internetzugang.

Drohnen

Werden in großem Umfang zur Überwachung in den Städten, aber auch auf dem Land eingesetzt.

BFC (Body Field Communication Chips)

Die neueste Generation der Biohacks aus den Lichtwelten von Professor Hweitasil. Sie werden unter die Haut implantiert und sollen künftig die Smartstraps ablösen. Es gibt sie in drei Versionen. Während die billigste nur den Zahlungsverkehr und das Öffnen der Haus- oder Autotür im Vorbeigehen ermöglicht, steigern sich die Funktionen bis hin zum BFC-Allstar, einem Gehirnimplantat, das mittels Gedankenkraft den Zugang zum Internet und der persönlichen Cloud ermöglicht.

ICS (Intelligent Car System)

2044 fahren nahezu alle Solarautos mit dem ICS, das sie vollautomatisiert ans gewünschte Ziel bringt und Missachtung der Verkehrsregeln unmöglich macht.

Tyrium-Chip

Mit für Elben tödlicher Metalllegierung ausgestatteter RFID-Transponder, der bei Überschreitung des festgelegten Aggressionslevels bei Dunkelelben freigesetzt wird.

Cuilathang *(Kwilafang, engl. th)*
Die »Lebensschuld« ist ein heiliger Schwur, der nur sehr selten von Elben geleistet wird. Der/die Elbe/Elbin erklärt sich bereit, das eigene Leben für jemanden zu opfern.

Fomhóraigh/Fomoire *(Foaíwäre mit Betonung auf dem ai)*
Von den Lichtelben als Monster oder Wesen des »Chaos und der Dunkelheit« verunglimpftes Volk, dessen Paläste in Höhlen unter dem Meer liegen. Ob es früher ein legendäres Volk dieses Namens gegeben hat, ist ungewiss. Später aber belegten die Lichtelben die von ihnen vertriebenen Dunkelelben mit diesem Schimpfnamen.

Elatha *(Elafa, engl. th)*
Erster Fürst der Dunkelelben und der Fomoire. Oft von den Dunkelelben im Ausruf »Bei Elatha!« verwendet.

Balor
Legendärer Krieger der Fomoire, dessen Blick tödlich ist. Oft im Ausruf *»Bei Balor!«* oder *»Balors Auge soll dich treffen!«* von den Dunkelelben verwendet.

Lugh *(Lug mit langem u)*
Der Enkel von Balor verrät nicht nur durch List (Geschichte der Weberin) die Fomoire, sondern tötet seinen Großvater und wird nach der zweiten Schlacht von Mag Tuired neuer König der Lichtelben. Wegen seiner als hinterhältig empfundenen List verwenden die Dunkelelben heute noch das Schimpfwort *»Ifraitin Lugh!«*, was so viel wie »Verflucht sei Lugh!« bedeutet.

Fir Bolg
ursprüngliches Menschenvolk

Fíth-Fáth-Zaubernebel
Kriegslist der Elben. Mit diesem Nebel schlugen sie die Menschen mit Blindheit.

Mag Tuired *(Mag Tureth, engl. th)*
Sagenumwobene Schlachten der Elben gegen die Fir Bolg und die Fomoire.

Baobhan Sidhe *(Böven Schih)*
Die blutdurstige Baobhan Sidhe ist in der elbischen Mythologie eine junge, schöne Elbin, die – gleich einer Vampirin – das Blut ihrer Opfer trinkt.

Tamwyn-Sidh *(Tämwin-Schih)*
Legendärer Lehrling des großen Drachenbändigers Jirkash

Banshee *(Ban-Schi)*
In der elbischen Mythologie weibliche Geister aus der Anderswelt, die einen bevorstehenden Tod eines Familienangehörigen ankündigten.

Tuatha Dé Danann *(Tuafa, engl. th; Dsche Danan)*
Das Ursprungsvolk der Elben sah sich als Kinder Dagdas, des guten Gottes, aus dessen Kessel sie entsprungen waren. Zur Aufspaltung von Licht- und Dunkelelben kam es erst später. Sie waren in ihrer Welt Álfheimr unsterblich und verfügten über Magie, z. B. den Fíth-Fáth-Nebel.

Danksagung

Ich danke meiner Agentin Christine Härle für all die freundliche Unterstützung und die großartigen Gespräche, besonders jenes damals über Elfen – obwohl es mich zunächst skeptisch an Tinkerbellglitzer hat denken lassen. Doch manche Ideen, erst einmal in unser Autorinnengehirn gepflanzt, entwickeln hinterher plötzlich ein erstaunliches Eigenleben und treiben Blüten – wenn auch in finsteren Gärten und ganz ohne Glitzer.

Danke, Sarah, dass du mich zur selben Zeit in die Poetry-Slam-Szene Münchens geschleppt und damit meine Dunkelelben in zornige Wortrebellen verwandelt hast. Du brainstormst, leidest und lachst mit mir – ich bin so froh, dass es dich gibt.

Mein Dank und meine Liebe gelten meinem Mann und meinen Kindern, meinen Eltern, meinem Bruder und seiner Familie – ihr stärkt mir alle den Rücken und lasst euch in jede noch so bizarre Welt von mir entführen – ihr seid meine ganze Welt.

Marina, die neue Website für Elbendunkel ist wieder ein Traum geworden! Robert, dank dir weiß ich, wie ein Jammer und diverse Zukunftstechnologien funktionieren, und ohne deinen technischen Support würde ich hier an manchen Tagen verzweifeln. Vielen Dank euch beiden!

Danke, Franziska Bräuning, du hast als Erste meine Dunkelelben ins Herz geschlossen und mich ermutigt weiterzuschreiben.

Ich danke meiner Lektorin Larissa Rupp. Du hast mich angefeuert, das Beste aus meiner Geschichte herauszuholen und dich für Elbendunkel immer starkgemacht. Danke dem gesamten Team des Thienemann-Esslinger Verlags für das Vertrauen und die Unterstützung, diese Geschichte in zahlreiche Bücherregale zu bringen.

Jaqueline Kropmanns, du hast mit viel Kreativität und Gespür für die Handlung ein unfassbar schönes Cover gestaltet, danke dir für all die besonderen Details und Anspielungen, die meine Leser(innen) in Elbendunkel wiederfinden werden.

Ich danke meinen Testleserinnen für das wundervolle Feedback, das mir immer wieder vor Augen führt, warum mein Herz für das Schreiben schlägt.

Und schließlich geht mein Dank an euch alle, die ihr meinen Geschichten erlaubt, euch eine Zeit lang zu verzaubern.

Das vorangestellte Zitat von Anne Brontë stammt aus dem Gedicht *The Narrow Way.*
Anne Brontë, *The Complete Poems of Anne Brontë*

Fischer, Rena:
Elbendunkel – Kein Weg zurück
ISBN 978 3 522 50657 1

Umschlaggestaltung: Jaqueline Kropmanns
unter Verwendung von Motiven von depositphotos.com
Innentypografie und Satz: Kadja Gericke
Reproduktion: DIGIZWO GbR, Stuttgart
Druck und Bindung: GGP Media GmbH, Pößneck

FSC www.fsc.org MIX Papier aus verantwortungsvollen Quellen FSC® C014496

2. Auflage 2020

dich für Elbendunkel immer starkgemacht. Danke dem gesamten Team des Thienemann-Esslinger Verlags für das Vertrauen und die Unterstützung, diese Geschichte in zahlreiche Bücherregale zu bringen.

Jaqueline Kropmanns, du hast mit viel Kreativität und Gespür für die Handlung ein unfassbar schönes Cover gestaltet, danke dir für all die besonderen Details und Anspielungen, die meine Leser(innen) in Elbendunkel wiederfinden werden.

Ich danke meinen Testleserinnen für das wundervolle Feedback, das mir immer wieder vor Augen führt, warum mein Herz für das Schreiben schlägt.

Und schließlich geht mein Dank an euch alle, die ihr meinen Geschichten erlaubt, euch eine Zeit lang zu verzaubern.

Das vorangestellte Zitat von Anne Brontë stammt aus dem Gedicht *The Narrow Way.*
Anne Brontë, *The Complete Poems of Anne Brontë*

Fischer, Rena:
Elbendunkel – Kein Weg zurück
ISBN 978 3 522 50657 1

Umschlaggestaltung: Jaqueline Kropmanns
unter Verwendung von Motiven von depositphotos.com
Innentypografie und Satz: Kadja Gericke
Reproduktion: DIGIZWO GbR, Stuttgart
Druck und Bindung: GGP Media GmbH, Pößneck

MIX
Papier aus verantwortungsvollen Quellen
FSC www.fsc.org FSC® C014496

2. Auflage 2020